JAHRBUCH DES FREIEN DEUTSCHEN HOCHSTIFTS

JAHRBUCH DES FREIEN DEUTSCHEN HOCHSTIFTS

2015

HERAUSGEGEBEN VON
ANNE BOHNENKAMP

WALLSTEIN VERLAG

Berichte des Freien Deutschen Hochstifts 1861–1901

Jahrbuch des Freien Deutschen Hochstifts 1902–1940

Neue Folge seit 1962

Redaktion:
Dietmar Pravida

Freies Deutsches Hochstift
Großer Hirschgraben 23–25
60311 Frankfurt am Main

Bibliografische Information der Deutschen Nationalbibliothek

Die Deutsche Nationalbibliothek verzeichnet diese Publikation
in der Deutschen Nationalbibliografie; detaillierte bibliografische Daten
sind im Internet über http://dnb.d-nb.de abrufbar.

www.wallstein-verlag.de
Vom Verlag gesetzt aus der Aldus
Druck und Verarbeitung: Hubert & Co, Göttingen
Gedruckt auf alterungsbeständigem Papier
ISBN: 978-3-8353-1717-8

Inhalt

Freies Deutsches Hochstift

Aus den Sammlungen / Jahresbericht 2014

Dietmar Pravida

Zum Urfaust

Erich Schmidt entdeckte Louise von Göchhausens Abschrift des ältesten Faust im Jahr 1887. Danach setzte rasch eine intensive Forschung ein, die sich in den wöchentlich oder monatlich publizierten Nummern von Rezensionsorganen, den vierteljährlich erscheinenden Heften der gerade erst etablierten literaturwissenschaftlichen Zeitschriften und in den jährlichen Forschungsberichten der Jahresberichte für neuere deutsche Literaturgeschichte äußerte und deren wissenschaftliche Kommunikation in Dichte, Reaktionsschnelligkeit und Dynamik in der Gegenwart nur in den naturwissenschaftlichen Disziplinen eine Entsprechung hat.[1] Binnen weniger Jahre waren fast alle relevanten Thesen und Argumente formuliert. Schon bald traten Überdruss- und Ermüdungserscheinungen auf,[2] und bereits 1894 hielt Georg Witkowski die philologische Periode der Faustforschung in der Hauptsache für abgeschlossen.[3] Die Intensität und Breite der Diskussion wurde schließlich zu einem sich selbst hemmenden Faktor: »Wer eine Reihe von Jahren hindurch die Faustliteratur mit aufmerksamem Blicke verfolgt, bemerkt mit Befremden, daß sich scheinbar niemand um die Vorgänger, abgesehen von ein paar allgemein anerkannten und allgemein gelesenen Büchern und Aufsätzen, kümmert.«[4] Spätestens um 1900 ver-

1 »es wird ja freilich gegenwärtig etwas viel recensiert und referiert«; Victor Michels, [Rez.:] Euphorion. Zeitschrift für Literaturgeschichte 1. Jg., 1894, in: Anzeiger für deutsches Alterthum 22 (1895), S. 67–72, hier: S. 71.

2 Vgl. Richard Weißenfels in: Jahresberichte für neuere deutsche Literaturgeschichte 8 (1897 [1901]), IV 8 e:vor 70; 9 (1898 [1902]), IV 8 e:vor 105.

3 Georg Witkowski, Neue Faustschriften, in: Euphorion 1 (1894), S. 625–647, hier: S. 626; vgl. auch ders. in: Jahresberichte für neuere deutsche Literaturgeschichte 5 (1894 [1897]), IV 8 e:68.

4 Ders., Über den Plan einer wissenschaftlichen Ausgabe von Goethes Faust, in: Goethe-Jahrbuch 27 (1906), S. 144–157, hier: S. 149.

breitete sich zunehmend Geringschätzung für die alte Faustphilologie,[5] an der es außerhalb der germanistischen Seminare niemals gefehlt hatte.[6] Eine enzyklopädische Zusammenfassung des philologischen Diskussionsstandes, wie sie Witkowski im Jahr 1906 vorschlug, ist nicht zustande gekommen, das Vorhaben selbst wurde später nur noch mit Spott bedacht.[7]

Der Kenntnisstand der zwanziger Jahre wurde in Robert Petschs Faust-Ausgabe aus dem Jahr 1924 kodifiziert, die trotz ihrer nicht geringen Verdienste die inzwischen eingetretene Distanz zur philologischen Periode an vielen Stellen sichtbar werden lässt.[8] Den philologischen Bemühungen späterer Jahre zum Urfaust war das Spektrum der zuvor entwickelten Argumente niemals wieder vollständig präsent. Im folgenden sollen die in der jüngeren und älteren Forschung vertretenen Ansichten zu der Abschrift und zu ihrem Zusammenhang mit dem verlorenen Arbeitsmanuskript Goethes sowie dem ersten Druck des Faust im siebten Band von Goethes ›Schriften‹ aus dem Jahr 1790 erneut diskutiert und eine neue – oder vielmehr eine alte – Auffassung vorgeschlagen werden.

5 Der eigentliche Urheber dieser Haltung ist Jakob Minor, der aber trotz aller Polemik das Niveau der vorangehenden Diskussion noch aufrechtzuerhalten vermochte. Siehe dazu Albert Köster, [Rez.:] Jakob Minor, Goethes Faust, 2 Bde., Stuttgart 1901, in: Anzeiger für deutsches Altertum 28 (1902), S. 72–80, hier: S. 80; Joseph Collin, [Rez.:] Jakob Minor, Goethes Faust, 2 Bde., Stuttgart 1901, in: Literaturblatt für germanische und romanische Philologie 25 (1904), Sp. 353–360.

6 Siehe etwa N.N., Zur neuen Faustphilologie, in: Die Grenzboten 50 (1891), II, S. 234–238.

7 So von Ernst Beutler, Der Kampf um die Faustdichtung, in: ders., Essays um Goethe, 7., vermehrte Auflage, hrsg. von Christian Beutler, Zürich und München 1980, S. 553–571, hier: S. 569. Skeptisch äußerte sich bereits Max Morris in: Jahresberichte für neuere deutsche Literaturgeschichte 17/18 (1906/7 [1909]), S. 871. – Einen Zugang zur älteren Forschung vermittelt Siegfried Scheibes kommentierte Auswahlbibliographie in: Theodor Friedrich, Goethes Faust erläutert. Neu durchgesehen und mit einer Faust-Bibliographie von Siegfried Scheibe, Leipzig 1963, S. 402–540.

8 Goethes Faust. Kritisch durchgesehen, eingeleitet und erläutert von Robert Petsch, zweite Ausgabe, Leipzig o. J. (1926) (zit. *Festausgabe*²). Siehe dazu Karl Alt, [Rez.:] Goethes Faust, hrsg. von Robert Petsch, Leipzig 1924, in: Literaturblatt für germanische und romanische Philologie 46 (1925), Sp. 89–90.

I. Der Urcodex (ca. 1774/75)

Als Goethe im Herbst 1775 nach Weimar kam, brachte er ein Arbeitsmanuskript seines in Frankfurt seit 1774 entstandenen Faust mit.[9] In den ersten Monaten seines Weimarer Aufenthalts hat er manchmal daraus vorgelesen, worüber eine Reihe von – nicht immer leicht zu vereinbarenden – Nachrichten erhalten ist.[10] Er scheint sich aber mit dem Werk sonst nicht weiter beschäftigt zu haben; die letzte ausdrückliche Nachricht über Arbeit am Faust steht in einem Brief an Merck vom Oktober 1775[11] und in einem Brief Mercks an Nicolai von Anfang 1776.[12] Von Goethe selbst sind aus diesen Jahren und bis zur Zeit der

9 Die Entstehungsgeschichte wird im folgenden weitgehend ausgespart. – Goethe selbst scheint die ersten Gedanken an ›Faust‹ ins Jahr 1772 verlegt zu haben, wenn man einen in der Faust-Forschung bislang unbeachteten Eintrag in Friederike Bruns Tagebuch vom 12. Juli 1795 wörtlich nehmen darf. Es erscheint jedoch zweifelhaft, ob das statthaft ist; die Frage soll an anderer Stelle diskutiert werden. Vgl. Louis Bobé, Aus Friederike Bruns Tagebuch, in: Deutsche Rundschau 123 (1905), S. 231–245, hier: S. 239; dazu Klaus Peter Dencker, Zur Entstehungsgeschichte von Goethes ›Iphigenie auf Tauris‹, in: Jahrbuch des Wiener Goethe-Vereins 71 (1967), S. 69–82, hier: S. 72. Zu dem Treffen Friederike Bruns mit Goethe siehe auch Friederike Brun an Christoph Heinrich Pfaff, 26. Juli 1795, in: Christoph Heinrich Pfaff, Lebenserinnerungen. Mit Gregorii Guilielmi Nitzschii memoria Christophori Henrici Pfaffii und mit Auszügen aus Briefen, Kiel 1854, S. 321 f.

10 Vgl. Otto Pniower, Goethes Faust. Zeugnisse und Excurse zu seiner Entstehungsgeschichte, Berlin 1899, S. 19–22 (zit. *Pniower*); Hans Gerhard Gräf, Goethe über seine Dichtungen. Versuch einer Sammlung aller Äußerungen des Dichters über seine poetischen Werke, 3 Teile in 9 Bdn., Frankfurt am Main 1901–1914 (zit. *Gräf*), hier: Bd. II/2, S. 33 f.; Ernst Grumach, Zum Urfaust, in: Goethe 16 (1954), S. 135–142; wieder in: Beiträge zur Goetheforschung, hrsg. von Ernst Grumach, Berlin 1959 (= Deutsche Akademie der Wissenschaften zu Berlin. Veröffentlichungen des Instituts für deutsche Sprache und Literatur 16), S. 268–275, hier: S. 269 f.

11 Goethe an Merck, um den 7. Oktober 1775, WA IV 2, S. 299.

12 Merck an Nicolai, 19. Januar 1776, in: Johann Heinrich Merck, Briefwechsel, hrsg. von Ulrike Leuschner in Verbindung mit Julia Bohnengel, Yvonne Hoffmann und Amelie Krebs, Bd. 1, Göttingen 2007, S. 612. Vgl. Pniower, S. 19. – Zur Frage, wann Merck und Goethe sich 1775 zuletzt sahen, im Juli oder im September, vgl. Gräf II/2, S. 21. Düntzer behauptete, Merck sei im September nach Frankfurt gekommen; ders., Neues über Goethes Faust, in: Allgemeine Zeitung 1899, Beilage Nr. 285, 14. Dezember, S. 3–7; Nr. 286, 15. Dezember, S. 2–5, hier: Nr. 286, S. 4; ders., Erläuterungen zu den Deutschen Klassikern, I. Abth., Bd. 12: Goethes Faust.

italienischen Reise überhaupt nur zwei Äußerungen zu dem Werk bekannt, in denen dessen Titel erwähnt wird, außer dem bereits genannten Brief an Merck noch einmal in dem Brief an Auguste Stolberg vom 17. September desselben Jahres.[13] In der Mitte der siebziger Jahre wurde in der gelehrten Öffentlichkeit allgemein mit einer Publikation des Faust-Dramas gerechnet, in mehreren zeitgenössischen Zeugnissen wird behauptet, das Werk sei nahezu fertig.[14] Mit Anfang 1776 versiegen diese Nachrichten; Goethe dürfte in Weimar nicht weiter an dem Stück gearbeitet haben.[15] Die bei dem Verleger Himburg erscheinende und offenbar gut informierte ›Bibliothek der Romane‹ konstatiert im Jahr 1778 das Ausbleiben des erwarteten Werkes.[16]

Abgesehen von vereinzelten Nachrichten – im Jahr 1780 ist wieder von einem Vortrag aus dem Drama die Rede[17] – und der Veröffent-

Erster Theil, 6. neu bearbeitete Auflage, Leipzig 1899 (zit. *Erläuterungen*[6]), S. 27. Einen expliziten Beleg dazu gibt es nicht, aber die aus Mercks Briefwechsel zwischen August und Oktober 1775 erschließbaren Kontakte zwischen Darmstadt und Frankfurt bestätigen Düntzers Auffassung (Ulrike Leuschner sei für ihre Einschätzung gedankt).

13 WA IV 2, S. 292.

14 Vgl. Pniower, S. 15 f.; Jakob Minor, Goethes Faust. Entstehungsgeschichte und Erklärung, 2 Bde., Stuttgart 1901 (zit. *Minor*), hier: Bd. 1, S. 247; Gräf II/2, S. 15 f., Anm. 1 und S. 20, Anm. 4. Siehe auch Paul Kahl, Goethe und der Göttinger Hain. Mit einem Anhang: Aus Heinrich Christian Boies Briefen an Friedrich Wilhelm Gotter, in: Jahrb. FDH 2007, S. 55–88, hier: S. 59 f., Anm. 14. Aber vgl. Willy Krogmann, Untersuchungen zum Ursprung der Gretchentragödie, Diss. Rostock 1928, S. 68.

15 Vgl. Erich Schmidt in: Goethes Faust in ursprünglicher Gestalt nach der Göchhausenschen Abschrift hrsg. von Erich Schmidt, Weimar 1877, S. X f. (zit. *Urfaust*[1]). Siehe auch Minor, Bd. 1, S. 13. – Georg Schaaffs hat viele oberflächliche Parallelen zu zeitgenössischen Gedichten anderer Autoren der 1780er Jahre (und sogar zu Schillers ›Räubern‹ und der Anthologie auf das Jahr 1782) zusammengestellt, mit denen er belegen will, große Teile der Gretchenhandlung seien erst in Weimar entstanden; Georg Schaaffs, Zwei Gedichte von Goethe, in: Modern Language Notes 28 (1913), S. 43–48, 69–73, dort S. 46 f. zu Schiller; siehe auch ders., Faustmiszellen, in: Modern Language Notes 27 (1912), S. 37–42. Max Morris' scharfe Missbilligung ist nicht übertrieben; vgl. ders. in: Jahresberichte für neuere deutsche Literaturgeschichte 22/23 (1911/12 [1913]), S. 979; 24 (1913 [1915]), S. 737.

16 Vgl. Anm. 116.

17 Carl August an Knebel, 17. Juli 1780, in: Knebels literarischer Nachlaß und Briefwechsel, hrsg. von Karl August Varnhagen von Ense und Theodor Mundt, Bd. 1, Leipzig 1835, S. 119.

lichung der Vertonung von ›Der König in Thule‹ durch Siegmund von Seckendorff im Jahr 1781,[18] wird das Werk erst ab Juli 1786 wieder häufiger genannt. 1786 erschien auch Corona Schröters Liederbuch mit der »Klage«, die Gretchens Monolog »Meine Ruh' ist hin …« nachgestaltet ist,[19] wie ein Jahrzehnt zuvor schon Friedrich von Stolbergs ›Lied in der Abwesenheit‹ aus dem Jahr 1775.[20] Jacobi, der den Faust im Jahr

18 Vgl. Anm. 114.

19 Fünf und Zwanzig Lieder. in Musik gesezt von Corona Schröter, Weimar 1786. Annoch bey mir selbst, und in Commission in der Hoffmannischen Buchhandlung (Nachdruck hrsg. von Leopold Schmidt, Leipzig 1907), S. 9, Nr. 7. Siehe dazu Goethe's Werke. Nach den vorzüglichsten Quellen revidirte Ausgabe, Theil 3: Gedichte, hrsg. und mit Anmerkungen begleitet von Fr. Strehlke, Berlin 1868, S. 395; Jakob Minor, [Rez.:] Otto Pniower, Goethes Faust. Zeugnisse und Excurse zu seiner Entstehungsgeschichte, Berlin 1899, in: Göttingische Gelehrte Anzeigen 162 (1900), S. 220–245, hier: S. 231 f. – Von Goethes Text gibt es Abschriften durch Herder (Staatsbibliothek zu Berlin – Sammlung Preußischer Kulturbesitz, Nachlass Herder, Kapsel XXXII:5, Bl. 7^{r}; vgl. Bernhard Suphan, Goethische Gedichte aus den siebziger und achtziger Jahren in ältester Gestalt, in: Zeitschrift für deutsche Philologie 7 [1876], S. 208–237, 455–458, hier: S. 458; Hans Dietrich Irmscher und Emil Adler, Der handschriftliche Nachlaß Johann Gottfried Herders, Wiesbaden 1979 = Staatsbibliothek zu Berlin – Preußischer Kulturbesitz. Kataloge der Handschriftenabteilung II/1, S. 284) und durch Louise von Göchhausen (Goethe- und Schiller-Archiv, GSA 24/15,2, Bl. 17^{r-v}). Zur Datierung der Herderschen Abschrift vgl. Suphan, a. a. O., S. 230; Heinrich Düntzer, Zur Chronologie der lyrischen Gedichte Goethes, in: Akademische Blätter 1 (1884), S. 37–46, 86–107, hier: S. 104–107.

20 Gedichte der Brüder Christian und Friedrich Leopold Grafen zu Stolberg, hrsg. von Heinrich Christian Boie, Leipzig, in der Weygandschen Buchhandlung, 1779, S. 146; die Jahreszahl steht im Inhaltsverzeichnis. Vgl. Wilhelm Scherer, [Rez.:] Aus Friedrich Leopold Stolbergs Jugendjahren, hrsg. von J. H. Hennes, Frankfurt am Main 1876, in: Anzeiger für deutsches Alterthum 2 (1876), S. 276–284, hier: S. 284 = ders., Kleine Schriften, Bd. 2: Kleine Schriften zur neueren Litteratur, Kunst und Zeitgeschichte, hrsg. von Erich Schmidt, Berlin 1893, S. 348–356, hier: S. 356. Siehe jedoch Ferdinand Bronner, Zu Goethes Faust, in: Zeitschrift für deutsche Philologie 23 (1891), S. 290–292, hier: S. 292, der einwendet, Goethe könne auch durch Stolberg angeregt sein, statt dieser durch jenen. Dagegen ist jedoch auf die zahlreichen Parallelen in anderen Werken Goethes zu verweisen; vgl. Daniel Jacoby, Zu Goethes Faust, in: Goethe-Jahrbuch 1 (1880), S. 186–204; ders., Zu Goethe, in: Archiv für Litteraturgeschichte 10 (1881), S. 483–487. Siehe auch Heinrich Spieß, Neue Beobachtungen und Gedanken über die Entstehungsgeschichte des ›Urfaust‹ und des ›Fragments‹, in: Jahrbuch der Goethe-Gesellschaft 21 (1935), S. 63–107, hier: S. 105.

1775 kennengelernt hatte, fand nach Veröffentlichung des Fragments wenig Neues darin,[21] was dann doch überrascht. Auffällig ist in der Zwischenzeit eine Notiz im Goetheschen Verzeichnis der Briefausgänge zum 1. Dezember 1777, wo eine Paketsendung an Catharina Elisabeth Goethe »mit Faust« verzeichnet ist.[22] Diese Stelle wird gemeinhin so verstanden, dass Goethe eine Abschrift des Faust nach Frankfurt gesandt habe.[23] Skepsis an einer solchen Sendung ist keineswegs unverständlich,[24] wird aber durch einen Brief des Darmstädter Prinzenerziehers Georg Wilhelm Petersen an Friedrich Nicolai vom 30. Januar 1778 widerlegt, in der eine Faust-Handschrift im Besitz von Goethes Mutter erwähnt wird. Der Inhalt des Briefes, welcher sich in Nicolais Nachlass befindet, ist bekannt, seit Gustav von Loeper 1879 daraus ungenau referierte, ohne direkt zu zitieren:

> Auch in Weimar hatte Goethe sein Stück oft *(!)* vorgelesen, nachdem *(!)* er das 1778 *(!)* seiner Mutter übersandte Manuskript zurückempfangen *(!)* hatte. Diese hielt es, nach Petersen's Zeugniß, wie ein Heiligthum, zeigte es jedoch guten Freunden und gab es gelegentlich Merck *(!)* zum Vorlesen *(!)*.[25]

Im Jahr 1908 wird der Brief wieder in einer Notiz über einen Vortrag Erich Schmidts genannt, wo ebenfalls nur in kurzer Zusammenfassung

21 Jacobi an Goethe, 12. April 1791; Friedrich Heinrich Jacobi, Briefwechsel. Gesamtausgabe der Bayerischen Akademie der Wissenschaften, Bd. I/9: Briefwechsel Januar 1791 bis Mai 1792, hrsg. von Rebecca Paimann, Stuttgart-Bad Cannstatt 2015, S. 31. Vgl. Wilhelm Scherer, Aus Goethes Frühzeit. Bruchstücke eines Commentares zum jungen Goethe, Strassburg 1879 (= Quellen und Forschungen zur Sprach- und Culturgeschichte der germanischen Völker 34), S. 96.

22 WA IV 3, S. 320.

23 Pniower, S. 22; Minor, Bd. 1, S. 12; Gräf II/2, S. 35; Goethes Faust in ursprünglicher Gestalt nach der Göchhausenschen Abschrift hrsg. von Erich Schmidt, 8. Abdruck, hrsg. von Wolfgang von Oettingen, Weimar 1915 (zit. *Urfaust*[8]), S. XII, Anm. 2.

24 Heinrich Düntzer, Die Göchhausensche Abschrift von Goethes ›Faust‹, in: ders., Zur Goetheforschung. Neue Beiträge, Stuttgart u.a. 1891, S. 153–198, hier: S. 156 f.

25 Faust. Mit Einleitung und Anmerkungen von G. von Loeper. Zweite Bearbeitung, Berlin 1879 (zit. *Loeper, Faust I*[2]), S. IX. Dieses Referat voller Irrtümer gibt Gräf II/2, S. 35 wieder, der demnach die späteren Abdrucke von Erich Schmidts Urfaust-Ausgabe nicht gründlich ausgewertet hat.

und mit einem knappen Zitat berichtet wird.[26] Darauf hat sich die Faust-Forschung in der Folge bezogen. Der (nicht ganz vollständige) Abdruck des Briefes durch Hermann Bräuning-Oktavio blieb weitgehend unbeachtet, da er erst nach Otto Pniowers und Hans Gerhard Gräfs umfassenden Zeugnissammlungen erschienen ist. Dort heißt es:

> Göthe hat das Manuscript von seinem Doctor Faust seiner Mutter in Frankfurt geschickt, die es, wie ein Heiligthum, verwahret. Einige Göthe-Freunde, die zu Frankfurt darin geblättert haben, können verschiedene Sachen darin nicht genug preisen.[27]

Das hört sich an, als hätte Goethe das Original gesandt,[28] aber da Petersen vom Hörensagen berichtet, darf der Wortlaut nicht gepresst wer-

26 Deutsche Literatur-Zeitung 29 (1908), Sp. 3243. Siehe auch Urfaust[8], S. XII, Anm. 2. Zur Geschichte der Benutzung der Briefe Petersens in der Goethe-Forschung vgl. Max Morris, Goethe-Literatur, in: Euphorion 19 (1912), S. 381–417, hier: S. 411.

27 Hermann Bräuning-Oktavio, Aus Briefen der Wertherzeit, in: Die Grenzboten 70 (1911), I, S. 411–417, 463–469, 557–563, 611–620, hier: S. 613. Grumach, Zum Urfaust (Anm. 10), S. 275 und Siegfried Scheibe, Die Chronologie von Goethes Faust I im Lichte der Forschung seit Wilhelm Scherer, Diss. (masch.) Leipzig 1959, S. 83 kennen diese – in der Sturm und Drang-Forschung in anderen Zusammenhängen viel benutzte – Publikation nicht. Zu Petersen vgl. Hermann Bräuning-Oktavio, Herausgeber und Mitarbeiter der Frankfurter Gelehrten Anzeigen 1772, Tübingen 1966 (= Freies Deutsches Hochstift. Reihe der Schriften 20), S. 122–140. Das Original des Briefes befindet sich in der Staatsbibliothek zu Berlin – Sammlung Preußischer Kulturbesitz, Nachlass Nicolai 56, Mappe 36, Bl. 120–121: Georg Wilhelm Petersen. – Ein weiteres Faust-Zeugnis enthält der Brief Petersens an Nicolai vom 6. November 1774, den Düntzer im Jahr 1859 in der ersten Auflage seiner Faust-Erläuterungen ohne genauere Angaben angeführt hat, in späteren Auflagen (der 4., 5. und 6.) aber nicht mehr wiederholte; vgl. Heinrich Düntzer, Erläuterungen zu den deutschen Klassikern, 19. Bändchen. Erste Abth.: Erläuterungen zu Goethes Werken, XII. Faust. Erster Theil, Wenigen-Jena 1859, S. 21. Seither galt der Brief in der Faust-Forschung als nicht identifizierbar; Bezugnahmen auf Düntzer bei Loeper, Faust I[2], S. VII und Minor, [Rez.:] Pniower, Goethes Faust (Anm. 19), S. 226; aus zweiter Hand bei Gräf II/2, S. 16. Das Zeugnis ist veröffentlicht bei Bräuning-Oktavio, a. a. O., S. 558; siehe auch Deutsche Literatur-Zeitung 29 (1908), Sp. 3243.

28 So bereits Goethes Faust in ursprünglicher Gestalt nach der Göchhausenschen Abschrift hrsg. von Erich Schmidt, 5. Abdruck, Weimar 1901 (zit. *Urfaust*[5]), S. XII; erneut Adolf Trendelenburg, Goethes Faust. Der Tragödie erster Teil, Berlin

den. Es gibt sonst keine weiteren Nachrichten dazu, so dass tatsächlich die Annahme der Sendung des Originals die einfachste wäre. Andererseits weisen alle anderen Nachrichten zu vergleichbaren Sendungen von Werkmanuskripten nach Frankfurt darauf, dass Goethe Abschriften zu schicken pflegte. Eine Sendung der ›Geschwister‹ fällt noch ins Jahr 1776.[29] Auch von der Prosa-Iphigenie[30] sowie von der Theatralischen Sendung besaß die Mutter eine Abschrift, letztere hat Ludwig Tieck noch im Jahr 1806 dort gesehen; eine Faust-Abschrift erwähnt er allerdings nicht.[31] ›Das Neueste von Plundersweilern‹ erhielt Catharina Elisabeth Goethe in einer Abschrift Louise von Göchhausens zu Anfang 1782. Aus dem Nachlass der Mutter erhielt sie Goethe im Jahr 1811 von Fritz Schlosser zurück; sie wurde Grundlage für den Erstdruck im neunten Band der zweiten Cottaschen Ausgabe im Jahr 1817.[32] Von den Abschriften hat sich außer dieser keine erhalten. – Die Frage, ob es neben der Faust-Abschrift Louise von Göchhausens eine weitere Faust-Abschrift gegeben habe, muss demnach offenbleiben.[33] Jakob Minor und Erich Schmidt ziehen sogar die Möglichkeit in Betracht, dass die Göchhausensche Abschrift nach Frankfurt gesandt worden sein könnte.[34]

und Leipzig 1922, S. 17 f.; ebenso Petsch in: Festausgabe², S. 703; vorsichtiger Urfaust⁸, S. XII. Dagegen Rudolf Kögel, Der vorweimarische Faust, in: Vierteljahrschrift für Litteraturgeschichte 2 (1889), S. 545–562, hier: S. 546.

29 Goethe an seine Mutter, Johanna Fahlmer und Johann Caspar Bölling, 6. November 1776, WA IV 3, S. 118. Siehe dazu unten bei Anm. 106–107.

30 Vgl. WA IV 6, S. 92, 186, 210 f., 221, 230 f.; Victor Michels in WA I 39, S. 467.

31 Rudolf Köpke, Ludwig Tieck. Erinnerungen aus dem Leben des Dichters, Bd. 1, Leipzig 1855, S. 329. Vgl. Akademie-Ausgabe (zit. *AA*), Wilhelm Meister, Bd. 5: Überlieferung und Lesarten, Lfg. 1: Wilhelm Meisters Theatralische Sendung, bearb. von Renate Fischer-Lamberg, Berlin 1960, S. 7–9.

32 Vgl. Wilhelm Fielitz in WA I 16, S. 407 f. Im Nachlass der Göchhausen fand sich eine zweite Abschrift (H^2), die flüchtiger gehalten ist und von derselben Vorlage wie H^1 abgeschrieben worden ist, es handelt sich nicht um eine Abschrift von H^1; vgl. ebd., S. 408.

33 Die Ausführungen bei Valters Nollendorfs, Der Streit um den Urfaust, The Hague und Paris 1967, S. 29–33 gehören wie der ganze Abschnitt zum Verhältnis von Abschrift und Urcodex (S. 17–46) zu den schwächeren Teilen seines Buchs. Siehe dazu Siegfried Scheibe, [Rez.:] Valters Nollendorfs, Der Streit um den Urfaust, The Hague, Paris 1967, in: Deutsche Literatur-Zeitung 90 (1969), Sp. 219–222.

34 Minor, Bd. 1, S. 12; Urfaust⁵, S. XII. Siehe auch Köster, [Rez.:] Minor, Goethes Faust (Anm. 5), S. 75.

Dagegen vermutete Rudolf Kögel, Louise von Göchhausen habe ihre Abschrift bei dem zwölftägigen Besuch Anna Amalias in Frankfurt im Oktober 1780 von dem Exemplar der Mutter genommen.[35] Den Aufenthalt Anna Amalias und Louise von Göchhausens in Frankfurt im Sommer 1778 erwähnt er nicht, er hielt wohl eine Abschrift in dieser Zeit – die »seeligen Tage da ich die gnade hatte täglich um Ihro Durchlaucht zu seyn« – nicht für wahrscheinlich.[36]

Siegfried Scheibe behauptet mit einiger Bestimmtheit, dass die Sendung nach Frankfurt auf eine Weiterarbeit und Konzentrierung des schon Vorhandenen in Weimar deute: Goethe hätte keine neue Abschrift gesandt, wäre es nicht eine neue Fassung gewesen.[37] Dieses Argument für eine Fortarbeit am Faust in Weimar – warum sonst hätte Goethe eine Abschrift nach Frankfurt senden sollen? – ist bemerkenswert schwach. Man könnte sich auch andere Gründe vorstellen, zum Beispiel, dass Goethe Ende 1777 – zu einer Zeit, als er schon seit fast einem Jahr an der Theatralischen Sendung arbeitete und vielleicht bereits mit Plänen zur Iphigenie umging[38] – wusste, dass er den Faust so schnell nicht vollenden würde und daher auch als vorläufig abgeschlossen aus der Hand geben konnte.[39] Scheibes Auffassung über den Status der Göchhausen-Abschrift im besonderen und über die Entstehung

35 Kögel, Der vorweimarische Faust (Anm. 28), S. 546 f.

36 Catharina Elisabeth Goethe an Anna Amalia, 22. September 1778; Johann Caspar Goethe, Cornelia Goethe, Catharina Elisabeth Goethe, Briefe aus dem Elternhaus, hrsg. von Wolfgang Pfeiffer-Belli, Zürich ²1973 (= Goethe-Gedenkausgabe, Ergänzungsband 1), S. 424. Vgl. Briefe von Goethes Mutter an die Herzogin Anna Amalia. Neu hrsg. und erläutert von K. Heinemann, Leipzig 1889, S. XIII f.

37 Siegfried Scheibe, Bemerkungen zur Entstehungsgeschichte des frühen ›Faust‹, in: Goethe 32 (1970), S. 61–71, hier: S. 69.

38 Vgl. Gräf II/3, S. 159 f., Anm. 1; Dencker, Zur Entstehungsgeschichte von Goethes ›Iphigenie auf Tauris‹ (Anm. 9), S. 72–75. Zum Abbruch der Arbeit am Faust siehe etwa John Geary, Goethe's ›Faust‹. The Making of Part I, New Haven and London 1981, S. 29–36, 97–99 oder Rolf Christian Zimmermann, Goethes Humanität und Fausts Apotheose. Zur Problematik der religiösen Dimension von Goethes ›Faust‹, in: Goethe-Jahrbuch 115 (1998), S. 125–146, hier: S. 130, Anm. 13. Zu dem derzeit verfügbaren Verständnis der Entwicklung Goethes seit seinem Eintritt in Weimar gilt wohl noch immer, was Hans Pyritz vor 60 Jahren dazu bemerkte; Goethe-Bibliographie, hrsg. von Hans Pyritz unter redaktioneller Mitarbeit von Paul Raabe, Bd. 1, Lfg. 3, Heidelberg 1957, S. 213.

39 In diesem Sinn Trendelenburg, Goethes Faust (Anm. 28), Bd. 1, S. 17.

des Faust im allgemeinen ergibt sich daraus, dass er Ernst Grumachs problematische Hypothesen über die sehr frühe Konzeption und Entstehung des Faust übernimmt, die einen umfangreicheren, bereits vor 1776 vorliegenden Textbestand erforderlich machen und so zur Entwertung der Göchhausenschen Abschrift nötigen.[40] Einige Jahre zuvor hatte Scheibe seine Auffassung noch als »nur eine Vermutung, die durch nichts gerechtfertigt erscheint«, angesehen.[41]

Die Existenz zweier weiterer Faust-Abschriften glaubte man aus der brieflichen Erwähnung von verliehenen oder versandten Werkabschriften schließen zu können: Aus Knebels Brief an Bertuch vom 23. Dezember 1774 geht hervor, dass er eine Handschrift des Faust in die Hände bekam: »Ich habe einen Haufen Fragmente von ihm, unter andern zu einem Doctor Faust, wo ganz ausnehmend herrliche Scenen sind.«[42] Erich Schmidt glaubte zunächst an eine Kopie des Originals,[43] musste diese Annahme dann aber wegen Goethes Brief an Knebel vom 13. Januar 1775 zurückziehen: Knebel hat das Original benutzt und keine vollständige Abschrift davon erhalten oder angefertigt,[44] wenn er auch den Anfangsmonolog oder zumindest dessen erste Verse für Einsiedel aus dem Manuskript kopierte:

40 Vgl. Scheibe, Bemerkungen zur Entstehungsgeschichte des frühen ›Faust‹ (Anm. 37), S. 66 mit Verweis auf Ernst Grumach, Prolog und Epilog im Faustplan von 1797, in: Goethe 14/15 (1952/53), S. 63–107, dort bes. S. 105 (Faustplan seit 1769). Die Übernahme von Grumachs Vermutungen als sichere Erkenntnisse kennzeichnet in noch stärkerem Maß Scheibes Dissertation; vgl. ders., Die Chronologie von Goethes Faust I (Anm. 27), S. 111 und S. 157. Zu Grumachs Quellenvermutungen zur Herkunft des Erdgeists vgl. Rolf Christian Zimmermann, Das Weltbild des jungen Goethe, Bd. 2: Interpretation und Dokumentation, München 1979, S. 323, Anm. 21; siehe bereits Max Morris, Faust-Literatur, in: Euphorion 20 (1913), S. 204–227, hier: S. 221.

41 Vgl. Scheibe, Die Chronologie von Goethes Faust I (Anm. 27), S. 83 f.

42 Knebel an Bertuch, 23. Dezember 1774, in: Adolf Schöll, Ein Brief des Hauptmanns Karl Ludwig von Knebel an den Geheimsecretär Friedr. Joh. Justin Bertuch in Weimar. Mit Anmerkungen, in: Deutsche Rundschau 12 (1877), S. 517–520, hier: S. 519; dazu Gräf II/2, S. 16 f.; Minor, Bd. 1, S. 5 und Urfaust^5, S. XXXI.

43 Urfaust^1, S. XV. Siehe auch Düntzer, Erläuterungen^6, S. 26; Minor, Bd. 1, S. 5.

44 Goethe an Knebel, 13. Januar 1775, WA IV 2, S. 226; Urfaust^5, S. XXXI. Vgl. Gräf II/2, S. 16 f.

> Um Ihnen noch den Inbegriff von meiner und unser aller Weisheit mitzutheilen, so hab' ich Ihnen den Anfang der ersten Scene aus Göthens Docktor Faust abgeschrieben, den Sie sogleich Wieland mittheilen müssen, und ihm dabey einen Kuß von mir auf die Wange drücken.[45]

Der Brief an Einsiedel widerspricht übrigens der Angabe in einer anonymen Biographie Knebels aus dem Jahr 1854, »daß ihm Goethe schon damals eine der letzten Szenen des Faust vorlas (1774) und die ersten Scenen gar noch nicht vorhanden waren«, sofern man unter »die ersten Scenen« nicht Zueignung, Vorspiel und Prolog, sondern den Eingangsmonolog versteht.[46] Danach kann auch Grumachs und Scheibes Verwendung dieses späten Berichts für ihre Urfaust-Hypothesen nicht akzeptiert werden.[47] – Später hat Paul Raabe mit Bezug auf Goethes Brief an Jenny von Voigts vom 20. August 1781 vermutet, Goethe könne Justus Möser zusammen mit diesem Brief eine Faust-Handschrift gesandt haben.[48] Neuerdings wird die Stelle in dem betreffenden

45 Knebel an Einsiedel, 11. Januar 1775; Werner Deetjen, Zum ›Urfaust‹. Ein Brief Knebels an Friedrich Hildebrand von Einsiedel, in: Jahrbuch der Goethe-Gesellschaft 14 (1928), S. 80–81, hier: S. 80.

46 N.N., Karl Ludwig von Knebel. Bericht eines ihm Verwandten, in: Berühmte Schriftsteller der Deutschen: Schilderung nach Selbstanschauung theils auch berühmter Zeitgenossen aus dem Leben von Goethe [...] und Andern. Bisher in keiner Sammlung, hrsg. von Friedrich Wilhelm Gubitz, Bd. 1, Berlin 1854, S. 319–338, hier: S. 325 f. Siehe dazu Chr. Sarauw, Zur Faustchronologie, København 1925 (= Det Kongelige Danske Videnskabernes Selskab, historisk-filologiske Meddelelser X/2), S. 12.

47 Vgl. Grumach, Zum Urfaust (Anm. 10), S. 269 f. sowie Scheibe, Die Chronologie von Goethes Faust I (Anm. 27), S. 256; beide scheinen in diesem Zusammenhang nicht an den Brief Knebels an Einsiedel gedacht zu haben, der, da er in Gräfs Sammlung nicht enthalten ist, leicht übersehen werden kann; ebenso Hans Albert Maier, Goethes Phantasiearbeit am Fauststoff im Jahre 1771, in: Publications of the Modern Language Association 67 (1952), S. 125–147, hier: S. 130. Vgl. Nollendorfs, Der Streit um den Urfaust (Anm. 33), S. 225 f.

48 Goethe an Jenny von Voigts, 20. August 1781, WA IV 51, S. 60. Paul Raabe, Zwölf Goethe-Briefe. Mit einigen kritischen Bemerkungen über die Editionen der Briefnachträge zur Weimarer Ausgabe, in: Goethe 20 (1958), S. 233–263, hier: S. 243. Später hat Raabe stattdessen einen Bezug auf ›Die Mitschuldigen‹ angenommen; vgl. ders. in WA IV 52, S. 96.

Schreiben aber auf ›Egmont‹ bezogen.[49] Da Goethe zusammen mit einem späteren Brief vom 5. Mai 1782 an dieselbe Adressatin und ihren Vater nicht – wie lange Zeit vermutet wurde – ›Egmont‹, sondern ›Iphigenie‹ gesandt hat, ist diese Annahme einleuchtend.[50] Dass Goethe bei seinen Weimarer Vorlesungen aus dem Faust eine speziell für diesen Zweck hergestellte Abschrift benutzt habe, ist oft behauptet worden, und Alfred Walheim hat seine Rekonstruktion des älteren Urfaust auf diese Hypothese aufgebaut;[51] aber einen Beleg dafür gibt es nicht und scheint auch für andere Werke nicht beizubringen sein.

*

Goethe hat sein Arbeitsmanuskript des Faust in einem Brief beschrieben, dessen Text im ›Zweyten Römischen Aufenthalt‹ enthalten ist. Dort wird das Schreiben auf den 1. März 1788 datiert und ohne Adressaten wiedergegeben, ist aber wohl an Herder gerichtet zu denken:

> Das alte Manuscript macht mir manchmal zu denken, wenn ich es vor mir sehe. Es ist noch das erste, ja in den Hauptscenen gleich so ohne Concept hingeschrieben, nun ist es so gelb von der Zeit, so vergriffen (die Lagen waren nie geheftet), so mürbe und an den Rändern zerstoßen, daß es wirklich wie das Fragment eines alten Codex aussieht, so daß ich, wie ich damals in eine frühere Welt mich mit Sin-

49 Renate Stauf, Justus Mösers Konzept einer deutschen Nationalidentität. Mit einem Ausblick auf Goethe, Tübingen 1991 (= Studien zur deutschen Literatur 114), S. 356 f.

50 Goethe an Jenny von Voigts, 5. Mai 1782, WA IV 5, S. 321. Vgl. Ulrike Sheldon, Mösers Urteil über Goethes Iphigenie (dritte Fassung), in: Goethe-Jahrbuch 92 (1975), S. 256–265; aber siehe bereits Gräf II/1, S. 205; II/3, S. 171.

51 Vgl. z. B. Düntzer, Erläuterungen[6], S. 30; Gräf II/2, S. 22; Goethes Faust, hrsg. von Georg Witkowski, 2 Bde., Leipzig 1906 (zit. *Witkowski*[1]), hier: Bd. 2, S. 66; Alfred Walheim, Studien zum Urfaust, in: Chronik des Wiener Goethe-Vereins 45 (1940), S. 1–10 (I); 46 (1941), S. 21–29 und S. 41–44 (II); 47 (1942), S. 18–35 (III); 48/49/50 (1946), S. 3–46 (IV); 51 (1947), S. 31–58 (V/1); 54 (1950), S. 14–23 (VI/2); 55 (1951), S. 8–27 (VI/3) (zit. *Walheim, Studien*), hier: III, S. 18 f.; V/1, S. 53 f.; VI/3, S. 26; Scheibe, Die Chronologie von Goethes Faust I (Anm. 27), S. 96 f.; Albrecht Schöne in: Johann Wolfgang Goethe, Sämtliche Werke. Briefe, Tagebücher und Gespräche (zit. *FA*), Abt. I, Bd. 7: Faust, 6., revidierte Auflage, Frankfurt am Main 2005, Teilbd. 2, S. 82.

nen und Ahnden versetzte, mich jetzt in eine selbst gelebte Vorzeit wieder versetzen muß.[52]

Nach der vorliegenden Briefstelle wird das Manuskript, das Goethe in Italien vorliegen hatte, als »Urcodex« bezeichnet. Das Schreiben ist nur in dem autobiographischen Werk überliefert, da Goethe die Briefe an Herder und Charlotte von Stein nach der Redaktion für die Autobiographie vernichtet hat.[53] Angesichts dieser Überlieferungslage und wegen der ausführlichen Schilderung des Codex, der Herder doch bekannt gewesen sein müsse, verdächtigte Erich Schmidt das Zeugnis als nachträglich fingierten Brief, der »ohne alte Vorlage für die ›Italienische Reise‹ componirt« worden sei.[54] Für den dritten Teil der ›Italienischen Reise‹ sind nur sehr wenige Vorlagen erhalten, aber die Komposition des Bandes legt die Annahme nahe, dass weitgehende Eingriffe in die Originalbriefe vorgenommen wurden.[55] Düntzer – der annahm, dass im ›Zweyten Römischen Aufenthalt‹ anders als bei dem ersten und zweiten Teil des Reisewerks dokumentarische Treue anzunehmen sei – und die Mehrheit der späteren Forscher sind für die Authentizität des Briefes eingetreten, zumal Schmidts inhaltliche Argumente, die für die nachträgliche Verfertigung des Passus sprechen sollen, nicht zu überzeugen vermögen.[56] Eine römische Postsendeliste verzeichnet für den 1. März

52 WA I 32, S. 288 f. Zum Adressaten vgl. Düntzer in der Hempelschen Ausgabe, Bd. 24: Italiänische Reise, Berlin 1877, S. 936; Kögel, Der vorweimarische Faust (Anm. 28), S. 546, Anm. 1.

53 Vgl. Erich Schmidt in WA IV 8, S. 383 f.

54 WA I 14, S. 252; Urfaust[1], S. VIII, X f.; ebenso Gustav Roethe, Die Entstehung des ›Urfaust‹, in: Sitzungsberichte der Preußischen Akademie der Wissenschaften, philologisch-historische Klasse 32 (1920), S. 642–678; wieder in: ders., Goethe. Gesammelte Vorträge und Aufsätze, Berlin 1932, S. 49–92, hier: S. 60.

55 Vgl. Erich Schmidt in: Tagebücher und Briefe Goethes aus Italien an Frau von Stein und Herder, [hrsg. von Erich Schmidt,] Weimar 1886 (= Schriften der Goethe-Gesellschaft 2), S. XXXII; Norbert Miller in: Münchner Ausgabe, Bd. 15, S. 698.

56 Heinrich Düntzer, Der Fund der ältesten Faustscenen, in: Die Gegenwart 33 (1888), Nr. 11, S. 166–169, hier: S. 167 f. Siehe auch Wilhelm Creizenach, Das alte Faustmanuscript, in: Euphorion 3 (1896), S. 475–476; Düntzer, Die Göchhausensche Abschrift von Goethes ›Faust‹ (Anm. 24), S. 158 f.; Kögel, Der vorweimarische Faust (Anm. 28), S. 546, Anm. 1; Pniower, S. 31; Otto Harnack in: Goethes Werke, unter Mitwirkung mehrerer Fachgelehrter hrsg. von [Ernst Elster und]

einen Brief an Charlotte von Stein und einen an Herder.[57] Die italienischen Briefe ein und desselben Tages weisen häufig gleichlautenden Inhalt auf; da Herder in der ersten Hälfte einmal in der dritten Person erwähnt wird, der das Faustmanuskript betreffende Teil aber an ihn selbst gerichtet zu sein scheint, dürfte der Text in der ›Italienischen Reise‹ aus diesen beiden Schreiben zusammengezogen sein.[58]

Ein weiteres Zeugnis ist bei Eckermann unter dem 10. Februar 1829 überliefert:

> Der Faust entstand mit meinem Werther; ich brachte ihn im Jahre 1775 mit nach Weimar. Ich hatte ihn auf Postpapier geschrieben und nichts daran gestrichen; denn ich hütete mich, eine Zeile niederzuschreiben, die nicht gut war und die nicht bestehen konnte.[59]

Karl Heinemann. Kritisch durchgesehene und erläuterte Ausgabe, Bd. 5, bearb. von Otto Harnack, Leipzig und Wien 1902, S. 517; Gräf II/2, S. 44, Anm. 1; Wilhelm Büchner, Goethes Angaben über die Entstehung des ›Faust‹, in: Jahrbuch der Goethe-Gesellschaft 9 (1922), S. 34–45, hier: S. 40; Sarauw, Zur Faustchronologie (Anm. 46), S. 38–41; Otto Pniower, [Rez.:] Chr. Sarauw, Zur Faustchronologie, Kopenhagen 1925, in: Anzeiger für deutsches Altertum 45 (1926), S. 117–121, hier: S. 119; Konrad Burdach, Die Disputationsszene und die Grundidee in Goethes Faust, in: Euphorion 27 (1926), S. 1–67, hier: S. 37 (sowie ebd., S. 66 zur ›Campagne in Frankreich‹); Wilhelm Hertz, Zu Goethes römischem Faustplan, in: Euphorion 31 (1930), S. 383–427, hier: S. 384 = ders., Natur und Geist in Goethes Faust, Frankfurt am Main 1931 (= Deutsche Forschungen 25), S. 41–90, hier: S. 42. Zur Diskussion vgl. Scheibe, Die Chronologie von Goethes Faust I (Anm. 27), S. 120–125; Nollendorfs, Der Streit um den Urfaust (Anm. 33), S. 20 f.; Anne Bohnenkamp, »… das Hauptgeschäft nicht außer Augen lassend«. Die Paralipomena zu Goethes ›Faust‹, Frankfurt am Main und Leipzig 1994 (zit. *Bohnenkamp*), S. 93, Anm. 11.

57 Tagebücher und Briefe Goethes aus Italien (Anm. 55), S. 402; WA IV 8, S. 421. Vgl. WA I 32, S. 448 und S. 458.

58 Vgl. Sarauw, Zur Faustchronologie (Anm. 46), S. 39. Siehe auch Otto Pniower, Die Abfassung der Scene »Vor dem Thor« im Faust, in: Goethe-Jahrbuch 16 (1895), S. 149–178, hier: S. 164.

59 Eckermann, 10. Februar 1829, in: Gespräche mit Goethe in den letzten Jahren seines Lebens, hrsg. von Heinrich Hubert Houben, Leipzig [22]1939, S. 247 f. Siehe auch Eckermanns Entwurf »Wenn sich lau die Lüfte füllen«, datiert 14. Juli 1853, in: Aus Goethes Lebenskreise. J. P. Eckermanns Nachlaß, hrsg. von Friedrich Tewes, Bd. 1, Berlin 1905, S. 307; vgl. auch ebd. (aus: ›Gespräche mit Goethe über den zweiten Theil des Faust‹): »Den ersten Theil des Faust schrieb Goethe wie er mir vor Jahren erzählte auf Postpapier; und zwar hütete er sich, darin die ge-

Diese Angaben zur Entstehungsweise dürften zutreffen: Das Papier zweier erhaltener Blätter, H P6 und H P54 nach der Siglierung bei Anne Bohnenkamp, von denen zumindest das erste eine Niederschrift enthält, die mit Sicherheit aus der frühen Entstehungszeit des Faust stammt, ist niederländisches Postpapier der Mühle C. & I. Honig, dasselbe, das auch für die erhaltene Reinschrift des Ewigen Juden verwendet wurde.[60] Es ist wiederholt darauf hingewiesen worden, dass die Firma 1782 in J. Honig & Zoonen umbenannt worden ist.[61] Doch war dieses Wasserzeichen noch mindestens zwei Jahrzehnte länger verbreitet: Es kommt auch bei den Handschriften der Nausikaa, des Bürgergeneral und sogar noch bei ›Dichtung und Wahrheit‹ vor;[62] auch bei

ringste Correktur zu machen, so daß das Manuscript als ein Muster von Reinheit anzusehen war.« Siehe auch den Brief Eckermanns, datiert »Weimar den 14. Juli 1853«, British Library, London, Egerton MS 2829, Bl. 12^{v}. Vgl. Pniower, S. 225 f.; Julius Petersen, Die Entstehung der Eckermannschen Gespräche und ihre Glaubwürdigkeit, Frankfurt am Main ^{2}1925 (= Deutsche Forschungen 2), S. 84, Anm. 38. Zu Eckermanns geplantem Faust-Buch vgl. Heinrich Hubert Houben, J. P. Eckermann, Sein Leben für Goethe. Nach seinen Tagebüchern und Briefen dargestellt, Leipzig 1925, S. 588–590.

60 WA I 14, S. 294 und S. 311; Jakob Minor in WA I 38, S. 450; Siegfried Scheibe in: AA, Epen, bearb. von Siegfried Scheibe, Bd. 2: Überlieferung, Varianten und Paralipomena, 1963, S. 14 (Scheibes Vorsicht ist womöglich übertrieben: Die Handschrift AA-H^2 des Ewigen Juden und die Urfaust-Handschrift sind tatsächlich auf demselben Papier niedergeschrieben); Bohnenkamp, S. 103–106. Auf Papier dieser Mühle sind auch die Reinschriften der Rede zum »Schäkespears Tag« und des Prometheus-Dramas geschrieben (vgl. WA I 38, S. 286; WA I 39, S. 433).

61 Papier mit diesem Namen ist etwa bei Lila (H^2) belegt (WA I 12, S. 348). Vgl. Erich Schmidt in WA I 14, S. 294, Jakob Minor in WA I 38, S. 450 zu ›Der ewige Jude‹ und Bohnenkamp, S. 104, alle mit Verweis auf Carl C. T. Litzmann, Neue Mittheilungen über Hölderlin, in: Archiv für Litteraturgeschichte 15 (1887), S. 61–80, 452–453, hier: S. 79. Zu der Papiermühle vgl. Henk Voorn, De papiermolens in de provincie Noord-Holland, Haarlem 1960 (= De geschiedenis der Nederlandse papierindusrie 1), S. 348–351; S. A. Klepikov, Some information over the ›Honig‹ watermarks, in: IPH-Information. Bulletin der Internationalen Arbeitsgemeinschaft der Papierhistoriker (IPH) N. F. 6 (1972), Nr. 1, S. 10–13.

62 Vgl. WA I 10, S. 412 (mit Hinweis auf dasselbe Papier beim Brief vom 25. Mai 1787 aus Neapel an Charlotte von Stein, doch ergibt sich daraus nichts weiter); WA I 17, S. 395; AA, Aus meinem Leben. Dichtung und Wahrheit, bearb. von Siegfried Scheibe, Bd. 2: Überlieferung, Variantenverzeichnis und Paralipomena, 1974, S. 262, Nr. 17; Bohnenkamp, S. 104.

anderen Autoren lässt es sich noch zu Anfang des 19. Jahrhunderts nachweisen.[63] Nach Erich Schmidts Vermutung war zumindest H P6 Bestandteil des Urcodex, da ein Teil des dort enthaltenen Textes (Paralipomenon 21) auch in der Göchhausen-Abschrift des Urfaust enthalten ist.[64] An manchen Stellen hat sich Schmidt vorsichtiger geäußert und sogar für möglich halten wollen, dass das Blatt H P6 Louise von Göchhausen nicht vorgelegen habe – dieses also entweder nicht zum Urcodex gehörte oder (viel weniger wahrscheinlich) dieser nicht ihre Vorlage war.[65] Düntzer leugnete zwar, dass das Blatt ein Teil des Urcodex war, doch sind die Hypothesen, die ihn zu dieser Annahme motivierten, mit guten Gründen widerlegt worden.[66] Siegfried Scheibe stellt (im Jahr 1967) fest, dass die Einzelhandschriften zum Ewigen Juden alle auf Konzeptpapier geschrieben sind, während die größere Handschrift auf Postpapier geschrieben wurde;[67] das könnte als Indiz für die Zugehörigkeit der Blätter zum Urcodex aufgefasst werden. Immerhin hielt Scheibe aber (im Jahr 1959) Düntzers These, das Blatt sei kein Teil des Urcodex gewesen, noch für »nicht unbedingt abzulehnen«.[68] Die Frage ist letztlich nicht sicher entscheidbar, die Papierart allein kann kaum als

63 Siehe etwa Eva Ziesche, Der handschriftliche Nachlaß Georg Wilhelm Friedrich Hegels und die Hegel-Bestände der Staatsbibliothek zu Berlin – Preußischer Kulturbesitz, Bd. 2, Wiesbaden 1995 (= Staatsbibliothek zu Berlin – Preußischer Kulturbesitz. Kataloge der Handschriftenabteilung II/4,2), S. 72; Dietmar Pravida, Die Erfindung des Rosenkranzes. Untersuchungen zu Clemens Brentanos Versepos, Frankfurt am Main u. a. 2005 (= Forschungen zum Junghegelianismus 13), S. 18 f. und S. 63.

64 Urfaust[1], S. IX. Siehe auch Bohnenkamp, S. 93 f., 104, 109, die die beiden Blätter H P6 und H P54 – jedoch nicht deren gesamte Beschriftung – für ehemalige Bestandteile des Urcodex hält; auch Bohnenkamp zieht die späteren Abdrucke von Erich Schmidts Urfaust-Ausgabe nicht heran.

65 Urfaust[5], S. LXXVII; ebenso ders. in einer Anmerkung zu dem Aufsatz von Rudolf Kögel, Kleinigkeiten zu Goethe, in: Vierteljahrschrift für Litteraturgeschichte 1 (1888), S. 52–64, hier: S. 52. Vgl. hingegen WA I 39, S. 444.

66 Düntzer, Der Fund der ältesten Faustscenen (Anm. 56), S. 167. Siehe dagegen Urfaust[5], S. XII.

67 Siegfried Scheibe, »Un sac rempli de petits chiffons de papier«. Zu den Papiertaschen von ›Dichtung und Wahrheit‹ und dem frühen ›Faust‹, in: Goethe 29 (1967), S. 166–190, hier: S. 173; zur Überlieferung vgl. AA, Epen, Bd. 2, S. 13–18.

68 Scheibe, Die Chronologie von Goethes Faust I (Anm. 27), S. 415.

ausschlaggebend angesehen werden; für das Blatt H P54 gilt das in noch stärkerem Maß.[69]

Die Behauptung einer fast revisionsfreien Niederschrift des Werks »in den Hauptscenen« könnte zwar als eine spätere Stilisierung Goethes erscheinen, die durch eine Täuschung über den Charakter der erhaltenen Urgötz-Handschrift motiviert sein könnte,[70] die er für die erste Niederschrift (»Urgestalt« nach seinem eigenen Ausdruck) des Werks gehalten zu haben scheint, die aber weit eher als Reinschrift anzusehen ist.[71] Zudem stammen sowohl der ›Zweyte Römische Aufenthalt‹ wie die Bemerkung zu Eckermann aus dem Jahr 1829.[72] Es sind nur wenige erste oder frühe Niederschriften von Jugendwerken Goethes erhalten, die sich zudem in späteren Jahren nicht mehr in Goethes Besitz befanden (zu ›Der ewige Jude‹ und zur zweiten Fassung von Claudine von Villa Bella).[73] Doch gibt es vergleichbare Aussagen nicht erst aus der Eckermann-Zeit, sondern schon viel früher; Knebel schreibt nach seiner ersten Bekanntschaft im Oktober 1774 an Bertuch, Goethe habe »[a]n den Leiden des jungen Werthers [...] zwey Monate gearbeitet und er hat mir versichert, daß er keine ganze Zeile darinn ausgestrichen habe«.[74] Wenn die Authentizität und der genaue Wortlaut des Briefes vom 1. März 1788 an Herder also auch fragwürdig sind, so besteht an der Herkunft aus einem oder zwei echten Briefen doch kein Zweifel; die Glaubwürdigkeit des Inhalts hat nicht einmal Erich Schmidt geleugnet und sie ist durch zeitgenössische Parallelen hinreichend beglaubigt.[75]

*

69 Zu H P54 vgl. Bohnenkamp, S. 109 f.

70 So Roethe, Die Entstehung des Urfaust (Anm. 54), S. 64.

71 WA I 28, S. 200; dagegen Hanna Fischer-Lamberg in: Der junge Goethe. Neu bearbeitete Ausgabe in fünf Bänden, hrsg. von Hanna Fischer-Lamberg, Berlin 1963–1974 (zit. *DjG*³), hier: Bd. 2, S. 331; siehe auch August Sauer in WA I 39, S. 410. Ein Faksimile ist Desiderat.

72 Roethe, Die Entstehung des Urfaust (Anm. 54), S. 60.

73 Der ewige Jude, Paralipomenon 6, H⁴ (vgl. AA, Epen, Bd. 2, S. 16 f.; siehe auch WA I 38, S. 450); Claudine von Villa Bella, H (vgl. WA I 11, S. 418). Erhalten ist auch die Reinschrift von Künstlers Erdewallen (vgl. WA I 16, S. 430).

74 Schöll, Ein Brief des Hauptmanns Karl Ludwig von Knebel (Anm. 42), S. 519 f. Siehe auch Goethes spätere Darstellung in ›Dichtung und Wahrheit‹, WA I 28, S. 224.

75 Vgl. Urfaust⁵, S. X; dagegen G. C. L. Schuchard, Die ältesten Teile des ›Urfaust‹, II, in: Zeitschrift für deutsche Philologie 52 (1927), S. 346–378, hier: S. 347 f., der bei

Da Erich Schmidt die beiden überlieferten Blätter mit den Paralipomena 21 und 54–61 für ehemalige Bestandteile des Urcodex hielt, glaubte er zunächst, dieser habe neben den 21 Szenen auch »leere Seiten zum Zeichen von Lücken und [...] auch abgerissene Brouillons, eilig hingeworfene Blätter, wie wir deren z.B. auf den ›Fetzen‹ des ›Ewigen Juden‹ finden«, enthalten.[76] Bei dem Papier von H P6 und der Handschrift H[1] zum Ewigen Juden handelt es sich wahrscheinlich um Papier derselben Sorte, jedenfalls sind die Wasserzeichen durch bloße Autopsie nicht voneinander unterscheidbar.[77] Später allerdings hielt Schmidt für »wahrscheinlich«, dass die Bruchstücke »von den Lagen des zusammenhangenden Textes getrennt[ ]« aufbewahrt worden seien:[78] Es habe »neben dem Codex auch abgerissene Brouillons mit eilig und zusammenhangslos hingeworfenen Einfällen, wie wir deren z.B. auf dem Fetzen des ›Ewigen Juden‹ finden«, gegeben.[79] Er vertrat also bereits im Jahr 1893 die Auffassung,[80] für die später Siegfried Scheibe argumentiert hat. H P54 kann ohnehin nur mit einiger Mühe als Bestandteil des Urcodex betrachtet werden, da die auf dem Blatt enthaltenen Paralipomena 54–61 schwerlich zum alten Textbestand gehören; man muss dann annehmen, dass die spätere Handschrift als noch leeres Blatt im

Goethes späten Äußerungen über seine revisionsfreien Niederschriften Täuschungsabsicht unterstellt und folgerichtig auch den Brief vom 1. März 1788 für fingiert hält. Siehe dazu Willy Krogmann, Zum Ursprung der Gretchentragödie, in: Germanisch-romanische Monatsschrift 17 (1929), S. 193–204.

76 Urfaust[1], S. IX.

77 Goethe- und Schiller-Archiv, GSA 25/W 1387 (alte Signatur: GSA 25/XVII,2,13) und GSA 25/XXXIV,10,1. Die in Rede stehende Handschrift zum Ewigen Juden hat in der Akademie-Ausgabe die Sigle H[2].

78 Vgl. WA I 14, S. 253, 294 (P21: »Rest des Urcodex«), 311 f. (P54–61); WA I 39, S. 441; Urfaust[5], S. XII. Siehe dazu Pniower, S. 34 f.; Gräf II/2, S. 1; Willy Krogmann, Goethes »Urfaust«, Berlin 1933 (= Germanische Studien 143), S. 14 f. Siehe bereits Alexander von Weilen, Goethes Faust in ursprünglicher Gestalt, in: Zeitschrift für Geschichte und Politik 5 (1888), S. 367–383, hier: S. 370.

79 Goethes Faust in ursprünglicher Gestalt nach der Göchhausenschen Abschrift hrsg. von Erich Schmidt, 3. Abdruck, Weimar 1893, S. X und XII; Urfaust[5], S. XI und XII. Siehe auch Minor, [Rez.:] Pniower, Goethes Faust (Anm. 19), S. 236.

80 Scheibe, Die Chronologie von Goethes Faust I (Anm. 27), S. 102 f. glaubt Schmidt Widersprüche nachweisen zu können, zitiert aber nur dessen Äußerungen bis zum Jahr 1892; auch er berücksichtigt die späteren Abdrucke des Urfaust nicht.

Urcodex enthalten war.[81] Für Schmidts spätere Auffassung sprechen die vielen überlieferten Nachrichten, in denen von Zetteln die Rede ist, die von Goethe separat in Umschlägen aufbewahrt wurden.[82] Rezipiert wurde Schmidts revidierte Ansicht kaum, wie Gustav Roethes Untersuchung aus dem Jahr 1920 zeigt, in der er in Analogie zur altlachmannschen Manier der Nibelungenlied-Forschung eine »Fetzen«-Theorie entwickelt.[83] Erst mit Scheibes Aufsatz aus dem Jahr 1967 hat sich die spätere Auffassung Schmidts durchgesetzt, ohne dass sich Scheibe auf seinen Vorgänger bezieht.

Der Urcodex bestand demnach aus den ältesten einigermaßen zusammenhängenden, wenige Streichungen aufweisenden Niederschrift ganzer Szenen und größerer Szenenbruchstücke zum Faust.[84] »Das Manuskript des frühen Faust hat man sich also in gleicher Weise vorzustellen wie die Haupthandschrift des Ewigen Juden, also als Quartmanuskript, aus gefalteten Folioblättern bestehend, die zu Lagen vereinigt waren, auf Postpapier geschrieben, möglicherweise dem gleichen

81 Vgl. Willy Krogmann, Der Rest der vorweimarischen Faust-Handschrift, in: Die Literatur 35 (1932), S. 55–56, hier: S. 56; Bohnenkamp, S. 109 f.

82 So in den Berichten Zimmermanns über seine Begegnung mit Goethe: Zimmermann an Philipp Emanuel Reich, 25. Januar 1776, in: CXCIV Katalog des antiquarischen Lagers von Albert Cohn in Berlin. Autographen und historische Dokumente Nr. 13, Berlin 1889 (vgl. Goethe-Jahrbuch 11 [1890], S. 267; Pniower, S. 15); August Wilhelm Schlegel an Hayward, 31. Dezember 1832, in: Erich Schmidt, Ein verschollener Aufsatz A.W. Schlegels über Goethes ›Triumph der Empfindsamkeit‹, in: Festschrift zur Begrüßung des fünften allgemeinen deutschen Neuphilologentages zu Berlin Pfingsten 1892, hrsg. von Julius Zupitza, Berlin 1892, S. 77–92, hier: S. 84; August Wilhelm Rehberg, Göthe und sein Jahrhundert, aus der Minerva besonders abgedruckt, Jena 1835, S. 86.

83 Roethe, Die Entstehung des Urfaust (Anm. 54), S. 59–64. Die ältere Auffassung Schmidts findet sich bei Georg Witkowski in: Goethes Faust, hrsg. von Georg Witkowski, 8., verbesserte Auflage, 2 Bde., Leipzig 1929 (zit. *Witkowski*^{8}), hier: Bd. 2, S. 63, und Albrecht Schöne in: FA I 7/2^{6}, S. 82 (»gilt als sicher«); dagegen Sarauw, Zur Faustchronologie (Anm. 46), S. 40 sowie Werner Richter, Urfaust oder Ururfaust? Zwei Studien zur Erforschung des Urfaust, in: Monatshefte für deutschen Unterricht 41 (1949), S. 329–349; 42 (1950), S. 166–177, hier: S. 334. Werner Richter – später Herausgeber des Briefwechsels zwischen Schmidt und Scherer – scheint Schmidts Revision seiner früheren Äußerungen als einziger zu kennen, bezieht sich aber nicht direkt auf ihn. Nicht einmal Otto Pniower hat sie in seinem Buch zu Goethes ›Faust‹ zur Kenntnis genommen (vgl. Pniower, S. 20).

84 Vgl. Urfaust^{5}, S. XII; Minor, [Rez.:] Pniower, Goethes Faust (Anm. 19), S. 236.

Honig-Papier, das Goethe auch beim Ewigen Juden verwendete.«[85] Diese Handschrift war – in einem seit 1788 zunehmend stark veränderten und erweiterten Zustand – das Manuskript, mit dem Goethe zumindest bis zum Jahr 1797 arbeitete. Es wird vermutet, die Handschrift sei 1797/98 verbrannt worden,[86] der Rückgriff auf Lesungen des Urcodex für die zweite Cottasche Ausgabe, die im Jahr 1816 erschien, legt aber immerhin die Möglichkeit, wo nicht die Wahrscheinlichkeit, nahe, dass Goethe das Manuskript erst erheblich später beseitigt hat.[87]

II. Die Göchhausensche Abschrift (ca. 1776/77)

Der Textbestand der ältesten Niederschrift des Faust im Urcodex ist aus der Abschrift Louise von Göchhausens bekannt, die in den ersten Tagen des Jahres 1887 (am 5. Januar) in ihrem Dresdener Nachlass aufgefunden wurde und sich seit 1894 im Besitz des Goethe- und Schiller-Archivs befindet.[88] Von Louise von Göchhausens Hand sind auch weitere Abschriften von Jugendwerken Goethes überliefert,[89] so Satyros,[90] Prometheus in zwei Abschriften[91] und – aus der frühen Weimarer

85 Scheibe, »Un sac rempli de petits chiffons de papier« (Anm. 67), S. 174 f.

86 Düntzer, Der Fund der ältesten Faustscenen (Anm. 56), S. 169; Bohnenkamp, S. 93 (aber vgl. ebd., S. 812, Anm. 18).

87 Urfaust^1, S. VIII f., X; WA I 14, S. 252 f.

88 Vgl. Erich Schmidt in WA I 39, S. 441 und Zehnter Jahresbericht der Goethe-Gesellschaft, in: Goethe-Jahrbuch 16 (1895), S. 8 f. (der separaten Zählung).

89 Vgl. Urfaust^1, S. VII f.; Bernhard Suphan, Ilmenau, in: Deutsche Rundschau 77 (1893), S. 272–287, hier: S. 284; ders., Zum 8. Oktober 1892. Festschrift, hrsg. von den Redaktoren und dem Verleger der Weimarer Goethe-Ausgabe, Weimar 1892, S. 163–201. Auch Behrischs kalligraphische Abschrift des Gedichtbuches ›Annette‹ wurde im Nachlass der Göchhausen aufgefunden, allerdings erst einige Jahre nach der Entdeckung des Urfaust und nach der Überlassung des Dresdener Bestandes an das Weimarer Archiv; vgl. Bernhard Suphan, Das Buch Annette. Unbekannte Jugendgedichte Goethe's, in: Deutsche Rundschau 84 (1895), S. 139–145, hier: S. 141.

90 Vgl. Richard Heinzel in WA I 16, S. 414 (H^1).

91 Vgl. Rudolf Henning in WA I 39, S. 434 (H^2 und H^3); Hanna Fischer-Lamberg, Die Prometheushandschriften, in: Beiträge zur Goetheforschung (Anm. 10), S. 121–127.

Zeit – ›Die Geschwister‹[92], ›Das Neueste von Plundersweilern‹[93] sowie Abschriften von Gedichten in ihrem Nachlass (und im Nachlass Herders).[94] Außerdem hat Goethe ihr in den frühen Weimarer Jahren die beiden Dramen ›Paläophron und Neoterpe‹ und ›Die Vögel‹ – beide Diktathandschriften sind nicht erhalten[95] – und kleinere Texte, so die Theaterreden »Epilog. Gesprochen von Demoiselle Neumann den letzten Dec. 1791« und »An die Herzogin Anna Amalia«,[96] in die Feder diktiert. Die zusammenhängende Untersuchung dieses Bestandes ist ein längst benanntes, aber bislang unerfülltes Desiderat.[97] Da Goethe seine Handschrift Knebel – dem Reisebegleiter der Weimarer Prinzen – sogar schon wenige Tage nach dem ersten Kennenlernen aushändigte, ist es nicht auffallend, dass er sie auch der Gesellschafterin der Herzogin überließ,[98] Bedenken wegen einer unkontrollierten Weiterverbreitung des Manuskripts, die ihn Knebel gegenüber zu nachträglichen brieflichen Mahnungen veranlassten, musste er bei ihr wohl nicht haben. Dass es vom Faust sonst keinerlei sichere Spuren einer genaueren Kenntnis außerhalb Weimars gibt, ist ein Indiz dafür, dass keine weiteren Abschriften in Umlauf waren;[99] ganz anders liegt der Fall bei ›Iphi-

92 Vgl. Karl Julius Schröer in WA I 9, S. 501 f. (H^2, von Goethe durchkorrigiert).

93 Vgl. Gustav Roethe in WA I 16, S. 407 f. (H^1).

94 Vgl. Anm. 19 und 123 sowie Heinrich Düntzer, [Rez.:] Goethes Werke, hrsg. im Auftrage der Großherzogin Sophie von Sachsen, I. Abt. Bde. 1, 2, 6, 7, 14, 15/1–2; III. Abt. Bde. 1, 2; IV. Abt. Bde. 1–3, Weimar 1887–1888, in: Zeitschrift für deutsche Philologie 23 (1891), S. 294–349, hier: S. 311.

95 Vgl. Richard Maria Werner in WA I 13/2, S. 141; Wilhelm Arndt in WA I 17, S. 355.

96 Vgl. Wilhelm Creizenach in WA I 13/2, S. 226, 229. Siehe auch AA, Schriften zur Literatur, Bd. 4: Überlieferung, Varianten und Paralipomena zu Band 1, bearb. von Edith Nahler, 1976, S. 23 f.

97 Vgl. Richter, Urfaust oder Ururfaust (Anm. 83), S. 348.

98 Vgl. Trendelenburg, Goethes Faust (Anm. 28), Bd. 1, S. 6.

99 So auch Nollendorfs, Der Streit um den Urfaust (Anm. 33), S. 30. Zu erwähnen sind immerhin die jüngeren Versuche, in Wezels Kakerlak (1784) Rezeptionsspuren des Faust zu finden: Kurt Adel, Eine vergessene Faustdichtung des 18. Jahrhunderts: Johann Karl Wezels ›Kakerlak‹, in: Jahrbuch des Wiener Goethe-Vereins 66 (1962), S. 61–74; Richard Littlejohns, Johann Karl Wezel, the »Weimarer Musenhof« and ›Faust‹. A Literary Mystery, in: Publications of the English Goethe Society n. s. 59 (1990), S. 1–15, u. a. m.

genie‹, die zahlreichen Personen jenseits des engeren Weimarer Kreises bekannt war.[100]

Ein genaueres Datum, wann die Faust-Abschrift entstand, konnte Erich Schmidt nicht ermitteln: Er geht davon aus, dass sie in »die erste weimarische Zeit« fällt.[101] Hanna Fischer-Lamberg lehnte eine genauere Festlegung ab, wann die Abschriften Goethescher Frühwerke entstanden sind.[102] Für die Abschrift des Faust nimmt sie jedoch eine Entstehung »vermutlich in den Jahren 1776/77« an,[103] in der Zeit, in der auch die Weimarer Vorlesungen aus dem Werk bezeugt sind: »Nach einer solchen Recitation, wahrscheinlich bei der Herzogin Anna Amalie, wird Fr. v. Göchhausen sich das Manuscript erbeten und mit oder ohne Erlaubnis des Dichters copirt haben.«[104] Otto Pniower ging vom Jahr

100 Vgl. Gräf II/4, S. 613 f. Um ein von Gräf nicht genanntes Beispiel anzuführen: Lorenz Westenrieder lernte das Drama am 2. Februar 1786 durch Vermittlung Johann Nepomuk Kaesers kennen; dieser dürfte von Knebel eine Abschrift erhalten haben, von dessen Besuch in München Westenrieders Tagebuch unmittelbar zuvor berichtet: »Nachmittags las mir der ehemalige Legationssecretär Käser ein Schauspiel von Göthe (das noch ungedruckt ist) vor. Es führt den Titel: ›Iphigenie in Tauris‹, und hat einen einfachen Plan, und eine ebenso einfache herzliche Sprache.« (August Kluckhohn, Aus dem handschriftlichen Nachlasse L. Westenrieders, 1. Abth.: Denkwürdigkeiten und Tagebücher, München 1882 [= Abhandlungen der historischen Classe der königlich bayerischen Akademie der Wissenschaften 16,2], S. 36) Zu Knebels süddeutscher Reise 1785/86 vgl. Hellmuth von Maltzahn, Karl Ludwig von Knebel. Goethes Freund, Jena 1929, S. 124–129; zur durch Knebel vermittelten Verbreitung des Dramas seit 1779 vgl. Heinrich Düntzer, Die drei ältesten Bearbeitungen von Goethe's Iphigenie. Herausgegeben und mit zwei Abhandlungen zur Geschichte und vergleichenden Kritik des Stückes begleitet, Stuttgart und Tübingen 1854, S. 145–150.

101 Erich Schmidt, zit. nach Fischer-Lamberg, Die Prometheushandschriften (Anm. 91), S. 127.

102 Fischer-Lamberg, a. a. O., S. 127.

103 DjG³, Bd. 5, S. 465; dagegen (mit problematischen Gründen) Scheibe, Bemerkungen zur Entstehungsgeschichte des frühen ›Faust‹ (Anm. 37), S. 69: 1777/78. Zur Frage der Datierung der Göchhausen-Abschrift vgl. Richter, Urfaust oder Ururfaust (Anm. 83), S. 343–348; Scheibe, Die Chronologie von Goethes Faust I (Anm. 27), S. 84–93. Am vorsichtigsten äußert sich Max Hecker, der sonst im Hinblick auf ›Faust‹ nicht zu Vorsicht neigt: »etwa in den Jahren 1775–1780«; Max Hecker, Die ›Faust‹-Handschriften des Goethe- und Schiller-Archivs im Zusammenhang mit der Geschichte der Dichtung, in: Mitteilungen des Deutschen Schillerbundes Nr. 74 (Mai 1936), S. 1–15, hier: S. 10.

104 Urfaust¹, S. X.

1776 als wahrscheinlichstem Entstehungsdatum der Abschrift aus.[105] Diese Datierung scheint in der Tat die am nächsten liegende, kein einziges sicheres Indiz führt in eine spätere Zeit (sofern man nicht doch einen Zusammenhang mit der Sendung an die Mutter Ende 1777 herstellen möchte). Ähnlich wird die Göchhausensche Abschrift der ›Geschwister‹ von Karl Julius Schröer in das Jahr 1776 datiert und auf Goethes Brief an seine Mutter, Johanna Fahlmer und Johann Caspar Bölling vom 6. November 1776 bezogen.[106] (Dafür gibt es jedoch keine Gewähr, denn diese Handschrift stammt nicht aus dem Nachlass der Göchhausen, sondern aus dem Besitz von August und Charlotte Kestner, denen Goethe die Handschrift geschenkt hatte.[107])

Lange Zeit war nicht mit Sicherheit bekannt, wann Louise von Göchhausen nach Weimar gekommen ist; die Allgemeine Deutsche Biographie hat durch die Angabe, das sei erst 1783 geschehen, für Verwirrung gesorgt.[108] Obwohl bereits damals verfügbare Daten und Nachrichten diese Angabe widerlegen,[109] waren die genauen Daten doch lange Zeit unsicher.[110] Ein Nachweis über den Beginn ihres Weimarer Aufenthalts und des Beginns ihres Hofdienstes wurde anscheinend erst 2003 veröffentlicht, scheint anderen Autoren aber vorher schon bekannt gewesen zu sein, die sich mit einiger Bestimmtheit, aber ohne Beleg dazu

105 Pniower, S. 20.

106 WA I 9, S. 501 f.; WA IV 3, S. 118.

107 Vgl. WA I 9, S. 502.

108 Hugo Schramm-Macdonald, [Art.:] Louise Ernestine Christiane Juliane von Göchhausen, in: Allgemeine Deutsche Biographie, Bd. 9, Leipzig 1879, S. 303–305, hier: S. 304. Vgl. Richter, Urfaust oder Ururfaust (Anm. 83), S. 348 f.

109 Siehe etwa Heinrich Düntzer, Goethes Eintritt in Weimar. Mit Benutzung ungedruckter Quellen dargestellt, Leipzig 1883, S. 44 f.; Karl Frhr. von Lyncker, Am Weimarischen Hofe unter Amalien und Karl August. Erinnerungen, hrsg. von seiner Großnichte Marie Scheller, Berlin 1912, S. 43 (vgl. Carl Wilhelm Heinrich Freiherr von Lyncker, Ich diente am Weimarer Hof. Aufzeichnungen aus der Goethezeit. Zum ersten Mal vollständig hrsg. und mit Anmerkungen und einem biographischen Nachwort von Jürgen Lauchner, Köln u. a. 1997, S. 40).

110 Vgl. Carl August Hugo Burkhardt, Zur Kenntnis der Goethe-Handschriften, I: Biographien der Schreiber mit Proben ihrer Handschrift, Wien 1899 (= Sonderdruck aus: Chronik des Wiener Goethe-Vereins, Bd. 10–13 [1895/96 – 1898/99]), hier: Nr. 6.

äußern.[111] Ihre zumindest gelegentliche Anwesenheit am Hof in Weimar ist seit Ende der 1760er Jahre nachzuweisen.[112] Seit 1775/76 war sie zunächst noch unbesoldete Gesellschafterin Anna Amalias und seit 1783 deren Hofdame. Die Unsicherheit über den Beginn ihres Weimarer Aufenthaltes scheint dazu beigetragen zu haben, eine Datierung der Abschrift in die 1780er Jahre diskutabel erscheinen zu lassen. Strenggenommen ist ohnehin das Erscheinen des Faust-Fragments im Jahr 1790 das einzige Datum, das als unbestreitbarer Terminus ante quem gelten kann.[113]

Das andere Indiz für einen so späten Ansatz ist Seckendorffs Vertonung von ›Der König in Thule‹ (unter dem Titel ›Der König von Thule‹, den Goethe selbst nicht gebraucht), die im letzten Quartal des Jahres 1781 mit dem Jahr 1782 auf dem Titel der Sammlung und mit der Angabe »Aus Göthens D. Faust« in einer stark abweichenden Textfassung des Liedes erschien.[114] Da die Fassung der Göchhausenschen Faust-Abschrift jünger ist, wurde manchmal angenommen, dass die

111 Joachim Berger, Anna Amalia von Sachsen-Weimar-Eisenach (1739–1807). Denk- und Handlungsräume einer »aufgeklärten« Herzogin, Heidelberg 2003 (= Ereignis Weimar–Jena 4), S. 405. Vgl. ohne exakten Nachweis bereits Alfred Zastrau, [Art.:] Louise Ernestine Christiane Juliane von Göchhausen, in: Neue Deutsche Biographie, Bd. 6, Berlin 1964, S. 506 f. Siehe auch Sandra Czaja, Luise Ernestine Christiane Juliane von Göchhausen (1752–1807), in: Frauen-Gestalten. Weimar–Jena um 1800. Ein bio-bibliographisches Lexikon, hrsg. von Stefanie Freyer, Katrin Horn, Nicole Grochowina, Heidelberg 2009 (= Ereignis Weimar–Jena 22), S. 151–156.

112 Gottfried Höfer, Ernst Anton von Göchhausen, in: Jahrbuch der Sammlung Kippenberg N. F. 2 (1970), S. 110–150, hier: S. 150, Anm. 113.

113 Siehe auch Scheibe, Die Chronologie von Goethes Faust I (Anm. 27), S. 82, Anm. (1788 als spätestes Datum).

114 Volks- und andere Lieder, mit Begleitung des Forte piano, In Musik gesetzt von Siegmund Freyherrn von Seckendorff. Dritte Sammlung, Dessau, Auf Kosten der Verlags-Kasse, und zu finden in der Buchhandlung der Gelehrten, 1782, S. 6. Wiederentdeckt wurde dieser Druck von Heinrich Düntzer, Eine ältere Fassung von Goethe's Ballade: »Der König von Thule«, in: Blätter für literarische Unterhaltung 1849, Nr. 230, 25. September, S. 919–920. Zum Erscheinungsdatum vgl. N. N., Anzeige einiger neuen Werke welche die Verlags-Gesellschaft in Dessau diesen Winter zum Druck befördern wird, in: Der Teutsche Merkur 1781, IV, S. 179–192, hier: S. 185. In der Faust-Forschung ist stets vom Jahr 1782 die Rede, so etwa bei Grumach, Zum Urfaust (Anm. 10), S. 275, Anm. 4 und Scheibe, Die Chronologie von Goethes Faust I (Anm. 27), S. 87.

Göchhausen eine bearbeitete Version abgeschrieben habe und dass dies erst nach 1782 geschehen sein könne.[115] Allerdings wird die Vertonung bereits in dem genannten Bericht im ersten Band der ›Bibliothek der Romane‹ aus dem Jahr 1778 erwähnt. Im Vorspann zu dem Abschnitt »Volks-Romane« heißt es:

> Einige der ersten Köpfe der letztern [sc. der vaterländischen Gelehrten] sind bemüht gewesen, sie [sc. die erbauliche Geschichte des D. Faust] auf die Bühne zu bringen, wo sie schon seit undenklichen Zeiten in sehr unregelmäßiger Gestalt sich befand. *Leßings* Doktor Faust war der erste; Scenen davon stehen in den Litteratur-Briefen: Der *Maler Müller* hat von dem seinigen eine Situation drucken laßen, aber *Göthens* Faust ist noch ganz Handschrift; die Romanze und einige andre Lieder darinn sind von dem Herrn Kammerherrn von *** zu Weimar in Musik gesetzt. Keiner von allen diesen Doktor's Fausts ist also vollendet oder dem Publikum vorgelegt.[116]

Dieses Zeugnis, das eigentlich schon immer oder doch spätestens seit Tilles Faust-Splittern bekannt ist, wurde innerhalb der Faust-Forschung

115 Heinrich Düntzer, Erläuterungen zu den Deutschen Klassikern, I. Abth., Bd. 12: Goethes Faust. Erster Theil, 5. neu bearbeitete Auflage, Leipzig 1889 (zit. *Erläuterungen^5*), S. 28, 149; ders., Erläuterungen^6, S. 28, 153; ders., Die Göchhausensche Abschrift von Goethes ›Faust‹ (Anm. 24), S. 155–158; Willy Krogmann, Goethes Ballade »Es war ein König in Thule«, in: Archiv für das Studium der neueren Sprachen und Literaturen 161 (1932), S. 161–166, hier: S. 166; ders., Goethes Urfaust (Anm. 78), S. 23 f. und S. 27. Vgl. Richter, Urfaust oder Ururfaust (Anm. 83), S. 344 f. Zur nachfolgenden Diskussion vgl. Scheibe, Die Chronologie von Goethes Faust I (Anm. 27), S. 87–93. – Die späteste Datierung vertrat Eugen Reichel, Das Märchen vom »Ur-Faust«, in: Dramaturgische Blätter 2 (1899), Nr. 36–37, Sp. 281–288, 289–292, der einen Teil der Abschrift allen Ernstes in die Jahre 1788/89 datieren wollte; nicht viel früher datiert Martin Joos, Just how dusty was the Urfaust, in: Monatshefte für deutschen Unterricht 39 (1947), S. 277–284 (siehe dazu Richter, Urfaust oder Ururfaust, S. 345–347).

116 Bibliothek der Romane. Erster Band, [hrsg. von Heinrich August Ottokar Reichard,] Berlin, bey Christian Friedrich Himburg, 1778, S. 82. Vgl. Alexander Tille, Die Faustsplitter in der Literatur des 16. bis 18. Jahrhunderts nach den ältesten Quellen, Berlin 1900, S. 725, Nr. 310. Der Band wurde von Wieland besprochen; Der Teutsche Merkur 1778, II, S. 286–289 = Wielands Gesammelte Schriften (zit. *Wieland, GS*), Abt. 1, Bd. 22: Kleine Schriften II (1778–1782), hrsg. von Wilhelm Kurrelmeyer, Berlin 1954, S. 16–18.

bislang anscheinend nur von Valters Nollendorfs beachtet.[117] Tilles Sammlung erschien ein Jahr nach Otto Pniowers Sammlung der Entstehungszeugnisse zum Faust, konnte von diesem also nicht berücksichtigt worden; spätere Forscher haben sich dann ausschließlich auf Pniower verlassen.

Die Komposition lag also spätestens Mitte 1778 vor, und auch das ist nur ein Terminus ante quem. Es scheint wenig dagegen zu sprechen, dass der Text nicht auch bereits 1776 in Noten gesetzt worden sein könnte. Laut Düntzer allerdings stand Goethe mit Seckendorff erst im Jahr 1778 so gut, dass er ihm Lieder zur Vertonung überlassen hätte.[118] Wie immer die persönlichen Verhältnisse gewesen sein mögen, Seckendorff und Goethe müssen schon zuvor enger zusammengearbeitet haben, so bei den Aufführungen des Weimarer Liebhabertheaters.[119] In Seckendorffs Briefen, die er seit seiner Ankunft in Weimar im Dezember 1775 schrieb und die zunächst von Missmut an den Weimarer Verhältnissen und seiner eigenen Stellung beherrscht sind, ist zwischen 5. August 1776 und 10. März 1777 eine Lücke, der Brief vom 10. März 1777 berichtet von der Musik zur ersten Fassung von Lila zum 31. Januar 1777,[120] die früheste bekannte sicher datierbare Vertonung eines Goethe-Textes durch Seckendorff. In der ersten Liedersammlung, die im Herbst 1778 mit der Jahreszahl 1779 erschien,[121] finden sich bereits ›Der Fischer‹ und die »Romanze« aus ›Claudine von Villa Bella‹. – Von

117 Vgl. Nollendorfs, Der Streit um den Urfaust (Anm. 33), S. 38.

118 Düntzer, Die Göchhausensche Abschrift von Goethes ›Faust‹ (Anm. 24), S. 157. In den Erläuterungen$^{5-6}$, S. 28 vermutet Düntzer, Goethe habe Seckendorff den Text »wohl im Jahre 1779« mitgeteilt; ebenso ders., [Rez.:] Goethes Werke, I. Abt. Bde. 1, 2, 6, 7, 14, 15/1–2; III. Abt. Bde. 1, 2; IV. Abt. Bde. 1–3 (Anm. 94), S. 332. Zu Seckendorff vgl. Düntzer, Goethes Eintritt in Weimar (Anm. 109), S. 94 f., 103 f., 113 f., 126 f., 134 f., 182 f.

119 Vgl. Gisela Sichardt, Das Weimarer Liebhabertheater unter Goethes Leitung. Beiträge zu Bühne, Dekoration und Kostüm unter Berücksichtigung der Entwicklung Goethes zum späteren Theaterdirektor, Weimar 1957 (= Beiträge zur deutschen Klassik 5), S. 38, 41, 123 f., 135, 136, 137, 143, 149, 152, 153.

120 Curt Graf von Seckendorff, Karl Siegmund Freiherr von Seckendorff am Weimar'schen Hofe in den Jahren 1776–1785, Leipzig 1885, S. 22. Vgl. Valentin Knab, Karl Siegmund von Seckendorff (1744–1785), in: Jahresbericht des Historischen Vereins für Mittelfranken 60 (1914), S. 17–184, hier: S. 56 f.

121 Vgl. Wieland im Teutschen Merkur 1778, III, S. 286 f. = Wieland, GS I 22, S. 106.

›Der König in Thule‹ gibt es zwei weitere Abschriften durch Louise von Göchhausen, von denen sich eine in ihrem eigenen Nachlass in einer Sammlung von Abschriften aus Goethes Gedichten erhalten hat,[122] die andere in dem Herders.[123] Sie sind ebenfalls früh zu datieren,[124] und ihr Text soll »noch älter als der in Seckendorffs ›Volksliedern‹ von 1782« sein.[125] Wie es damit auch bestellt sein mag,[126] die angeblichen Indizien

122 Goethe- und Schiller-Archiv, GSA 24/15,2, Bl. 19^{r-v}; vgl. Gerhard Schmid, Inventare des Goethe- und Schiller-Archivs, Bd. 2: Goethebestand, Teil 1: Gedichte, Weimar 2000, Sp. 428 (wo die Handschrift fälschlich als H^{47} der Gedichthandschriften der Weimarer Ausgabe identifiziert wird). Diese Handschrift zum ›König in Thule‹ wird in keiner Edition erwähnt, auch nicht bei Hanna Fischer-Lamberg; vgl. DjG^3, Bd. 4, S. 373. Das Liederbuch als solches ist den Editoren allerdings wohlbekannt, in der Weimarer Ausgabe unter wechselnden Siglen (vgl. WA I 1, S. 374, 383, 390, 392, 393, 395, 403).

123 Staatsbibliothek zu Berlin – Sammlung Preußischer Kulturbesitz, Nachlass Herder, Kapsel XXXII:9; vgl. Suphan, Goethische Gedichte aus den siebziger und achtziger Jahren in ältester Gestalt (Anm. 19), S. 458 (der die Identität der Schreiberin noch nicht kennt); Irmscher/Adler, Der handschriftliche Nachlaß Johann Gottfried Herders (Anm. 19), S. 286; Gustav von Loeper in: Goethe's Werke (Hempelsche Ausgabe), Bd. 1: Gedichte. Erster Theil. Mit Einleitungen und Anmerkungen von G. von Loeper, Zweite Ausgabe, Berlin 1882, S. 361; ders. in WA I 1, S. 405 f.; Krogmann, Goethes Ballade »Es war ein König in Thule« (Anm. 115), S. 162 (Wiedergabe nach der Handschrift). Die Sigle der Weimarer Ausgabe der Gedichte, wo Louise von Göchhausen erstmals als Schreiberin identifiziert wird, lautet H^{47} (WA I 1, S. 405). – Zu Herders Bedeutung für Seckendorffs Liedkompositionen vgl. Knab, Karl Siegmund von Seckendorff (Anm. 120), S. 129 f.

124 Vgl. Kögel, Kleinigkeiten zu Goethe (Anm. 65), S. 57 f.; ders., Der vorweimarische Faust (Anm. 28), S. 546; Krogmann, Goethes Ballade »Es war ein König in Thule« (Anm. 115), S. 161 f.

125 Düntzer, Zur Chronologie der lyrischen Gedichte Goethes (Anm. 19), S. 103. Loeper vermutet, es handle sich bei den Abweichungen der Seckendorffschen Fassung von der Fassung in Herders Nachlass um Änderungen des Komponisten; Hempelsche Ausgabe, Bd. 1^2, S. 361; ähnlich Spieß, Neue Beobachtungen und Gedanken über die Entstehungsgeschichte des ›Urfaust‹ (Anm. 20), S. 70, Anm., der an eine Rekonstruktion durch Seckendorff aus dem Gedächtnis denkt (Louise von Göchhausen habe eine Abschrift davon genommen). Siehe auch Knab, Karl Siegmund von Seckendorff (Anm. 120), S. 130 zu Textänderungen in »Es war ein Buhle frech genung …« (in der ersten Sammlung, Weimar, bey Karl Ludolf Hoffmann, 1779, S. 24), wo der Komponist den offenen Gedichtschluss selbständig ergänzt zu haben scheint.

126 Vgl. Hanna Fischer-Lamberg in DjG^3, Bd. 4, S. 373.

für eine Entstehung der Göchhausenschen Faust-Abschrift in den 80er Jahren sind nicht tragfähig, für eine Spätdatierung bedürfte es anderer Argumente. Die verschiedenen Fassungen des Liedes stellen zwar ein Problem dar, aber es ist fraglich, ob es auch ein Problem der Entstehung des Faust ist. Überhaupt könnte es verfehlt sein, aus der mehrfachen Überlieferung verschiedener Fassungen des Gedichts entstehungsgeschichtliche Rückschlüsse auf den Faust ziehen zu wollen.[127]

Goethes Rede von einer Niederschrift des frühen Faust »gleich so ohne Concept« kann nicht einfach als Beschreibung eines völlig spontanen Schreibvorganges verstanden werden, wie etwa Kögel, Düntzer – mit Vorbehalten – und Pniower es verstanden.[128] Zettel aller Art sind vorauszusetzen, wiewohl die spärliche Überlieferung solcher Aufzeichnungen keine direkten Rückschlüsse auf deren Charakter erlaubt. Für die Diskussion war die gegenteilige Annahme wichtig, weil jeder Hinweis auf eine abweichende Textgestalt sogleich Schlüsse auf ältere Fassungen des Faust-Dramas erzwang, und in der Forschung hat man bis in die jüngste Zeit so argumentiert. Es ist aber nicht einmal ein Widerspruch zu Goethes Äußerung, wenn man seine Darstellung einer Entstehung »gleich so ohne Concept« akzeptiert und für kleinere Textpartien oder eben für Liedeinlagen trotzdem separate Entwürfe anerkennt, wie es sie auch zum Werther gibt, bei dem man an Goethes eigener und in früher Zeit geäußerter Behauptung, das Werk sei in einem Zug entstanden, nicht gut zweifeln kann,[129] selbst wenn man davon ausgeht, dass Goethe in seiner Jugend bei weitem nicht so schnellhin gearbeitet hat, wie man im Anschluss an seine eigene spätere Darstellung im 16. Buch von ›Dichtung und Wahrheit‹ nicht nur für

127 Vgl. Johannes Niejahr, [Rez.:] Josef Collin, Goethes Faust in seiner ältesten Gestalt, Frankfurt am Main 1896, in: Euphorion 4 (1897), S. 586–591, hier: S. 590; Minor, Bd. 1, S. 142; Witkowski[1], Bd. 2, S. 249; Richter, Urfaust oder Ururfaust (Anm. 83), S. 345; Scheibe, Die Chronologie von Goethes Faust I (Anm. 27), S. 87–93.

128 Vgl. Kögel, Kleinigkeiten zu Goethe (Anm. 65), S. 57 f.; Düntzer, Die Göchhausensche Abschrift von Goethes ›Faust‹ (Anm. 24), S. 158 f.; Pniower, S. 23 f.

129 Vgl. Hanna Fischer-Lamberg in DjG[3], Bd. 4, S. 349. Siehe auch Hans Flaschka, Goethes ›Werther‹. Werkkontextuelle Deskription und Analyse, München 1987, S. 46–56.

Clavigo und andere rasch hingeschriebene Werke, sondern für die gesamte jugendliche Produktion meinte annehmen zu können.[130]

*

Anhand der übrigen mit »zierlich-flüssiger Damenhand« geschriebenen Abschriften Goethescher Werke durch Louise von Göchhausen lassen sich Indizien für ihre Zuverlässigkeit ermitteln.[131] Mit der Abschrift des Prometheus lässt sich zeigen, dass sie zumindest bei Erstabschriften ein sorgfältiger Abschreiber war und sich auch bei kleinsten Details um eine korrekte Wiedergabe bemühte, dabei aber Wortformen in die thüringische Lautung übertrug.[132] Vergleichbar ist die Abschrift der Theatralischen Sendung durch Barbara Schultheß und ihre Tochter

130 WA I 29, S. 14. Siehe etwa Roethe, Die Entstehung des Urfaust (Anm. 54), S. 61 f. und Hecker, Die ›Faust‹-Handschriften des Goethe- und Schiller-Archivs (Anm. 103), S. 4–8; weitere Vertreter dieser Ansicht bei Nollendorfs, Der Streit um den Urfaust (Anm. 33), S. 81–84. Dagegen wendet sich grundsätzlich Zimmermann, Das Weltbild des jungen Goethe (Anm. 40), Bd. 2, S. 20–27; siehe auch Anselm Maler, Goethes Jugendlektüre, in: J. W. Goethe, fünf Studien zum Werk, hrsg. von Anselm Maler, Frankfurt am Main u. a. 1983 (= Kasseler Arbeiten zur Sprache und Literatur 15), S. 1–29. Zu weit geht es aber, wenn Siegfried Scheibe die Arbeitsweise des späten Goethe einfach auf den frühen zurückprojiziert, so in ders., »Un sac rempli de petits chiffons de papier« (Anm. 67), S. 166 f., wo der Fall des Werther nicht berücksichtigt wird, der nicht in dieselbe Kategorie gehört wie ›Götz‹ und ›Clavigo‹.

131 Vgl. Fischer-Lamberg, Die Prometheushandschriften (Anm. 91), S. 126; siehe auch Urfaust[1], S. XXXVII f.; Urfaust[5], S. LXXV f.; Scheibe, Bemerkungen zur Entstehungsgeschichte des frühen ›Faust‹ (Anm. 37), S. 68, Anm. 10. In WA I 39, S. 435–440 sind die für diesen Zweck wichtigen Lesarten der beiden Göchhausenschen Abschriften des Prometheus nicht vollständig wiedergegeben worden, da »für die Textgeschichte ohne jeden Belang« (ebd., S. 435). Das obige Zitat bei Hecker, Die ›Faust‹-Handschriften des Goethe- und Schiller-Archivs (Anm. 103), S. 10.

132 Schmidt in WA I 39, S. 441. Rudolf Henning in WA I 39, S. 434 (zu Prometheus). Max Hecker in: Goethes Werke. Im Auftrage des Goethe- und Schiller-Archivs hrsg. von Anton Kippenberg, Julius Petersen und Hans Wahl (zit. *WGA*), Bd. 12: Urfaust – Faust. Ein Fragment – Faust. Der Tragödie erster Teil, hrsg. von Max Hecker, Mainz 1937, S. 407. Zu den mutmaßlichen Abschreibfehlern vgl. Urfaust[8], S. LXXVII–LXXIX; Max Morris in: Der junge Goethe. Neue Ausgabe in sechs Bänden besorgt von Max Morris, Bd. 6, Leipzig 1912, S. 531 f.; WGA 12 (1937), S. 407 f.; Krogmann, Goethes Urfaust (Anm. 78), S. 20.

(gleichen Vornamens), die »ein sichtliches Streben nach großer Genauigkeit in der Wiedergabe der Vorlage« aufweist und trotzdem sprachlich stark an die dialektalen Eigenheiten der beiden Zürcherinnen angepasst wurde.[133] Sprachliche Anpassung findet sich auch bei anderen Abschriften, etwa in Lenz' Abschriften Goethescher Werke, in vergleichbarer Form, wenn bei ihm auch viel geringere Genauigkeit zu unterstellen ist.[134] Ob einige der auffallenden Fehler auf Diktat zurückgehen oder ob sie bei der Abschrift von einer Vorlage eingedrungen sind, lässt sich hier, wie meist, an der Art der Fehler nicht sicher entscheiden, da sich sogar bei der einfachen Nachschrift einer Vorlage ganz ähnliche Vorgänge abspielen wie bei einem Diktat.[135] Die Orthographie und Zeichensetzung der Faust-Abschrift, die insgesamt ganz der des jungen Goethe in seinen eigenhändigen Manuskripten gleicht, spricht jedoch dafür, dass es sich um eine Nachschrift handelt,[136] obwohl Louise von Göchhausen gerade hier bei allem Bemühen nicht wenige Abweichungen von der Vorlage unterlaufen zu sein scheinen. Einige fehlende Verse oder Stellen mit Gedankenstrichen hatte Erich Schmidt zunächst als Weglassungen Göchhausens aufgefasst, doch hat er sein Urteil später revidiert.[137] Die Unterstellung, Louise von Göchhausen hätte die

133 Harry Maync in WA I 51, S. 292–294, bes. S. 294. Siehe auch Renate Fischer-Lamberg in: AA, Wilhelm Meister, Bd. 5, Lfg. 1, S. 6 f. und S. 15–19.

134 Rudolf Henning in WA I 39, S. 434; Fischer-Lamberg, Die Prometheushandschriften (Anm. 91), S. 124.

135 Siehe dagegen etwa Albrecht Schöne in FA I 7/2[6], S. 82. Zum Problem von Vorlage oder Diktat vgl. T. C. Skeat, The Use of Dictation in Ancient Book-Production, in: Proceedings of the British Academy 1956, S. 179–208; Klaus Junack, Abschreibpraktiken und Schreibergewohnheiten in ihrer Auswirkung auf die Textüberlieferung, in: New Testament Textual Criticism. Its Significance for Exegesis. Essays in Honour of Bruce M. Metzger, ed. by Eldon Jay Epp and Gordon D. Fee, Oxford 1981, S. 277–295.

136 Vgl. Erich Schmidt in WA I 39, S. 442. Zur Interpunktion des jungen Goethe vgl. Hippolyte Loiseau, Contribution à l'étude de la langue du jeune Gœthe d'après sa correspondance de 1764 à 1775, Paris 1911, S. 193–195.

137 Vgl. Urfaust[1], S. XXXVIII (zu den Gedankenstrichen U 726.727) und Urfaust[5], S. LXXVII. Richard Samuel spricht sich ebenfalls gegen eine Auslassung durch die Abschreiberin aus; Urfaust. Johann Wolfgang Goethe's Faust in its original version (1775), ed. by R. H. Samuel, London 1958, S. 91. – Zu den beiden fehlenden Versen in »Auerbachs Keller« U 120.121 vgl. Schmidt in WA I 39, S. 444.

Vorlage aus Prüderie oder anderen Gründen zensiert, sollte daher nicht für selbstverständlich gehalten werden.

Die Abschrift, ein Quartheft von 47 Blättern mit 94 beschriebenen Seiten, enthält 21 Szenen oder Abschnitte, von denen sich nur eine, »Land Strase«, nicht in den späteren Fassungen wiederfindet.[138] Der Auftritt »Faust. Mephistopheles« nach »Nacht. Vor Gretgens Haus« wird in der Göchhausen-Abschrift durch Doppellinie als eigener Abschnitt abgetrennt. Zwar trägt er keine Überschrift, Orts- oder Zeitangabe oder zusätzliche deskriptive Angaben wie im englischen Drama, sondern nur Auftrittsbezeichnungen im französischen Stil, aber das gilt auch für die Folgeszene (von der Erich Schmidt mit Unrecht vermutet, die Göchhausen habe ihre Überschrift »Trüber Tag. Feld« weggelassen[139]). Schmidt fasst die beiden Auftritte in seiner diplomatischen Ausgabe noch nicht zu einem Abschnitt zusammen (ebenso Hans-Gerhard Gräf,[140] Max Hecker,[141] L.A. Willoughby,[142] Ernst Beutler,[143] die

138 Urfaust[1], S. XXIV–XXVIII. Zur Zahl der Szenen siehe auch Krogmann, Goethes Urfaust (Anm. 78), S. 18, der nur 19 Szenen anerkennen will; Walheim, Studien VI/3, S. 19 f. kommt auf 17, Horst Schulze, Das bezifferte Faustschema von 1797, in: Goethe 32 (1970), S. 72–90, hier: S. 75–79, auf 15 (vgl. Siegfried Scheibe, Noch einmal zum bezifferten Faustschema von 1797, in: Goethe-Jahrbuch 89 [1972], S. 235–255, hier: S. 249; Horst Schulze, Zum bezifferten Faustschema. Nachtrag und Ergänzung, ebd., S. 256–260).

139 Urfaust[5], S. LXXVIII; WA I 39, S. 447; ähnlich – ebenso mit Unrecht – Walheim, Studien V/1, S. 46 mit Bezug auf die neunte Szene. Noch am Schluss von Paralipomenon 50 wird mit »Faust. Meph.« auf die Szene verwiesen (WA I 14, S. 311); vgl. Siegfried Scheibe, Zur Entstehungsgeschichte der Walpurgisnacht im Faust I, in: ders., Inge Jensen, Waltraud Hagen, Helmut Praschek, Goethe-Studien, Berlin 1965 (= Sitzungsberichte der Deutschen Akademie der Wissenschaften zu Berlin, Klasse für Sprachen, Literatur und Kunst 1965,4), S. 7–61, hier: S. 57, Anm. 41; Bohnenkamp, S. 157.

140 Goethes Faust. Gesamtausgabe. Textrevision von Hans-Gerhard Gräf, Leipzig 1909, S. 56 f.

141 WGA 12 (1932), S. 76/77; WGA 12 (1937), S. 80/81; Goethes Faust. Gesamtausgabe. Neue, von Max Hecker unter Mitwirkung des Insel-Verlags gestaltete Ausgabe, Leipzig 1941, S. 57 f.

142 Goethe's Urfaust and Faust, ein Fragment, ed. by L.A. Willoughby, Oxford 1943 (= Blackwell's German Texts), S. 206/207.

143 Goethes Faust und Urfaust. Erläutert von Ernst Beutler, Wiesbaden [2]1948, S. 519/520.

Akademie-Ausgabe,[144] Anton Kippenberg[145] und Horst Braunschweiger[146]) und zählt sie als Szenen getrennt,[147] doch sind sie im Abdruck in der Weimarer Ausgabe und in seiner späteren Leseausgabe mit Unrecht zu einer einzigen, im Inneren unterteilten Szene geworden.[148] Werner Keller legt sich nicht explizit auf eine solche Zusammenfassung fest, schließt sie aber durch das typographische Arrangement eher aus.[149] Ausdrückliche Festlegungen auf lediglich 20 Szenen durch Typographie, Kolumnentitel oder bezifferte Szenenangaben finden sich seit Georg Witkowski,[150] dann bei Karl Alt,[151] Robert Petsch,[152] Erich Trunz,[153] Richard Samuel,[154] später bei Albrecht Schöne[155] und auch sonst. Die Übersicht in Tabelle 1 zeigt, wie systematisch die Szenendisposition in dem Manuskript eingerichtet ist: Vor den englischen Szenenanfängen wird das Szenenende graphisch nicht eigens markiert. Vor einem französischen oder sonst überschriftslosen Auftritt am Szenenbeginn dagegen wird entweder am Schluss der vorangehenden Szene der Abgang

144 AA, Faust, Bd. 1, S. 135/136.

145 Goethes Faust. Gesamtausgabe, hrsg. in Gemeinschaft mit Hans-J. Weitz und Walther Ziesemer von Anton Kippenberg, Wiesbaden 1959, S. 55 f.

146 Johann Wolfgang Goethe, Urfaust. Goethes ›Faust‹ in ursprünglicher Gestalt. Neu durchgesehene Ausgabe, [Textredaktion von Horst Braunschweiger,] Nachwort von Robert Petsch, Stuttgart 1987 (= Universal-Bibliothek 5273), S. 54 f. (mit Dank an Gerrit Brüning, der die Identität des Textredakteurs ermittelt hat).

147 Siehe die Szenenzählung in Urfaust[1], S. XXVII.

148 WA I 39, S. 305–307; Jubiläums-Ausgabe, Bd. 13, S. 253–255.

149 Goethe, Faust. Urfaust – Faust. Ein Fragment – Faust. Eine Tragödie. Paralleldruck der drei Fassungen, hrsg. von Werner Keller, Frankfurt am Main 1985 (= Insel-Taschenbuch 625), Bd. 2, S. 494/496.

150 Witkowski spricht in seinem Kommentar von 22 Szenen, doch hat sein Text nur 20; Witkowski[1], Bd. 2, S. 67 und Bd. 1, S. 356. Ebenso noch in der letzten von Witkowski selbst besorgten Auflage seiner Ausgabe; Goethes Faust, hrsg. von Georg Witkowski, 9. vielfach verbesserte Auflage, 2 Bde., Leiden 1936, hier: Bd. 2, S. 58 und Bd. 1, S. 432.

151 Goethes Faust. In sämtlichen Fassungen mit den Bruchstücken und Entwürfen des Nachlasses, hrsg. mit Einleitungen und Anmerkungen von Karl Alt, Berlin u. a. 1913, S. 441.

152 Festausgabe[2], S. 542.

153 Goethes Werke. Textkritisch durchgesehen und mit Anmerkungen versehen von Erich Trunz, Bd. 3: Dramatische Dichtungen I, Hamburg 1949, S. 415.

154 Samuel, Urfaust (Anm. 137), S. 56 f.

155 In der Szenenzählung, FA I 7/2[6], S. 71–74 und im Kommentar, S. 900–902; die Wiedergabe der Handschrift im Textband, S. 530–532 ist aber durchaus adäquat.

aller Figuren mit der Regieanweisung exeunt omnes angegeben (am Ende von »Nachbarinn Haus«[156]) oder ein abgrenzender Strich oder Doppelstrich zeigt das Szenenende ausdrücklich an (vor den Szenen 2, 17 und 18), und zwar auch dann, wenn die folgende Szene auf einer neuen Seite beginnt (Szene 18).

	Szenenüberschrift	*Gestaltung des Szenenschlusses*	*Markierung des Szenenendes*	*Szenenbeginn Blatt (Position)*
1	Nacht		einfacher Strich	1^r (Seitenanfang)
2	*Mephistopheles im Schlafrock …*			7^r (Seitenmitte)
3	Auerbachs Keller	Regieanweisung		12^r (Seitenmitte)
4	Land Strase			18^r (Seitenmitte)
5	Strase	*(ab)*		18^v (Seitenanfang)
6	Abend			20^v (Seitenmitte)
7	Allee	*(ab)*		23^v (Seitenanfang)
8	Nachbarinn Haus	*(alle ab)*		25^r (Seitenanfang)
9	*Faust Mephistopheles.*			29^r (Seitenmitte)
10	Garten			30^r (Seitenmitte)
11	Ein Gartenhäusgen	*(ab)*		33^v (Seitenmitte)
12	Gretgens Stube			34^v (Seitenanfang)
13	Marthens Garten			35^r (Seitenmitte)
14	Am Brunnen			38^v (Seitenmitte)
15	Zwinger			39^v (Seitenmitte)
16	Dom	Regieanweisung		40^v (Seitenmitte)
17	Nacht		Doppelstrich	42^r (Seitenmitte)
18	*Faust. Mephistopheles.*		Doppelstrich	43^v (Seitenanfang)
19	*Faust, Mephistopheles.*			43^r (Seitenmitte)
20	Nacht. Offen Feld			44^v (Seitenmitte)
21	Kerker			44^v (Seitenmitte)

Tabelle 1
Szenendisposition in der Göchhausenschen Abschrift

156 Siehe dazu Walheim, Studien V/1, S. 48.

Es gibt keine Akteinteilung, was das Stück mit Ausnahme von ›Claudine von Villa Bella‹ von allen anderen umfangreicheren und abgeschlossenen dramatischen Werken der Frankfurter Zeit unterscheidet; es ließe sich vermuten, dass das Werk konzeptionell nicht weit genug gediehen war, um eine solche Einteilung zuzulassen.[157] Goethe scheint zumindest bei manchen Werken Aktbezeichnungen erst sehr spät im Verlauf der Entstehung vorgenommen zu haben, so schon beim ersten Götz, wo sie erst nachträglich in die Handschrift eingefügt wurden,[158] und zuletzt noch in dem Mundum des Faust II, wo sie erst ganz spät vorgenommen wurden.[159]

*

Nach einer Äußerung Wielands, die Böttiger berichtet, soll jener im November 1796 gesagt haben:

> Schade nur, daß dieser Faust, so wie wir ihn jetzt in seinen Werken haben, ein aus frühern und spätern Arbeiten zusammengeflicktes Lappenwerk ist (so wie auch der Wilhelm Meister), und daß die interessantesten Wollustscenen (z.B. im Gefängnisse, wo Faust so

157 Vgl. Christian Sarauw, Entstehungsgeschichte des Goethischen Faust, København 1917 (= Det Kongelige Danske Videnskabernes Selskab, historisk-filologiske Meddelelser I/7), S. 27 f.; Walheim, Studien III, S. 18–35; V/1, S. 35 f. Siehe dagegen Robert Petsch, Neue Literatur zu Goethes ›Faust‹, in: Germanisch-romanische Monatsschrift 8 (1920), S. 141–152, hier: S. 149 f. Von einer rein szenischen Organisation geht z.B. Veit Valentin aus, ders., Mephistopheles und der Erdgeist, in: Neue Jahrbücher für das klassische Altertum 1 (1898), S. 611–627; ebenso Georg Witkowski, Die Handlung des zweiten Teils von Goethes Faust. Akademische Antrittsvorlesung, Leipzig 1898, S. 5 f.; Pniower, S. 51; Reinhold Schwinger, Urfaust und Faust I, in: Zeitschrift für deutsche Bildung 14 (1938), S. 380–392, hier: S. 391; Helmut Schanze, Szenen, Schema, Schwammfamilie. Goethes Arbeitsweise und die Frage der Struktureinheit von ›Faust‹ I und II, in: Euphorion 78 (1984), S. 383–400, hier: S. 385 f. Siehe auch Max Morris, Die Form des Urfaust, in: ders., Goethe-Studien, 2. veränderte Auflage, Bd. 1, Berlin 1902, S. 1–12; Robert Petsch, Die dramatische Kunstform des Faust, in: Euphorion 33 (1932), S. 211–244, hier: S. 219–227.

158 Vgl. August Sauer in WA I 39, S. 410.

159 Vgl. Schanze, Szenen, Schema, Schwammfamilie (Anm. 157), S. 386.

wüthend wird, daß er selbst den Mephistopheles erschreckt) unterdrückt worden sind.[160]

Böttigers Aufzeichnungen über Wieland dürfen im allgemeinen als zuverlässig gelten,[161] aber damit ist noch nicht geklärt, ob das wahrscheinlich zutreffend Berichtete seinerseits stimmt. Wielands Äußerung bezieht sich auf das zu dieser Zeit allein vorliegende Fragment und auf seine zwanzig Jahre zurückliegende erste Begegnung mit dem Urfaust, der ihn seinerzeit stark beeindruckt hatte.[162] Es scheint am sinnvollsten, die Passage auf die beiden dort enthaltenen Szenen »Trüber Tag. Feld« und »Kerker« zu beziehen, die sich im Fragment nicht finden,[163] falls man nicht mit Walheim – und mit einiger spekulativer Energie – an den frühen Plan einer Walpurgisnacht denken mag.[164] In der im Jahr 1838 erschienenen Version der ›Literarischen Zustände und Zeitgenossen‹ fehlt das Wort »Wollustscenen«, stattdessen ist nur von »Scenen« die Rede.[165]

160 Karl August Böttiger, Literarische Zustände und Zeitgenossen. Begegnungen und Gespräche im klassischen Weimar, hrsg. von Klaus Gerlach und René Sternke, Berlin 1998, S. 42.

161 Vgl. Bernhard Seuffert, Wielands Vorfahren, in: Funde und Forschungen. Eine Festgabe für Julius Wahle zum 15. Februar 1921, Leipzig 1921, S. 135–169, hier: S. 161, Anm. 2. Siehe dagegen Heinrich Düntzer, Die Prosascene in Goethes ›Faust‹, in: Archiv für Litteraturgeschichte 11 (1882), S. 527–542, hier: S. 539; ders., Christoph Kaufmann. Der Apostel der Geniezeit und der Herrnhutische Arzt. Ein Lebensbild, Leipzig 1882, S. 35, u. ö.

162 Vgl. Pniower, S. 20 f.; Bernhard Seuffert, Prolegomena zu einer Wieland-Ausgabe V, in: Abhandlungen der preußischen Akademie der Wissenschaften, philosophisch-historische Klasse 1908,III (Nachdruck Hildesheim 1989), S. 52.

163 Vgl. Scherer, Aus Goethes Frühzeit (Anm. 21), S. 77; Düntzer, Die Prosascene in Goethes ›Faust‹ (Anm. 161), S. 540; Kuno Fischer, Goethes Faust nach seiner Entstehung, Idee und Composition, 2. neu bearbeitete und vermehrte Auflage, Stuttgart 1887, S. 245. Siehe jedoch Minor, [Rez.:] Pniower, Goethes Faust (Anm. 19), S. 228 f.

164 Walheim, Studien VI/3, S. 8–10. Das einzige Indiz dafür ist der Brief Nicolais an Zimmermann vom 15. April 1775; Eduard Bodemann, Johann Georg Zimmermann, sein Leben und bisher ungedruckte Briefe an denselben, Hannover 1878, S. 303 f.; vgl. Pniower, S. 10–13; Ernst Ferdinand Koßmann, Nicolai in der Walpurgisnacht, in: Goethe-Jahrbuch 29 (1908), S. 169–170; Krogmann, Goethes Urfaust (Anm. 78), S. 119–128.

165 Literarische Zustände und Zeitgenossen in Schilderungen aus Karl Aug. Böttiger's handschriftlichem Nachlasse, hrsg. von Karl Wilhelm Böttiger, Bd. 1, Leipzig 1838, S. 21.

Ernst Grumach machte den originalen Wortlaut erstmals bekannt und führte den Herausgebereingriff in der ersten Ausgabe auf Anstandsrücksichten zurück. Die geläufige Zuordnung zu den genannten Szenen wies er zurück und schloss aus dem Bericht auf die Unvollständigkeit der Göchhausenschen Abschrift. Es habe in Goethes Faust-Handschrift einmal »Liebesszenen in einem sehr konkreten Sinn [...] in der großen Lücke [...] zwischen den Szenen ›Marthens Garten‹ und ›Am Brunnen‹« gegeben.[166] – Es könnte aber auch sein, dass das Wort »Wollustscenen« dem Herausgeber im Zusammenhang keinen verständlichen Sinn ergab und er deshalb änderte.[167] Denn es ist nicht zu verstehen,

166 Grumach, Zum Urfaust (Anm. 10), S. 271 f. – Grumachs Annahme von Wollustszenen wurde weithin akzeptiert, in jüngster Zeit vor allem in der Frankfurter Ausgabe (FA I 7/2[6], S. 82); über diese ist sie bis weit in die Tertiärliteratur hinein vorgedrungen und wird dort wie eine erwiesene Tatsache behandelt. Zu einem verwandten Fall vgl. Rolf Christian Zimmermann, Klarheit, Streben, Wiederbringung. Drei Beiträge zum Verständnis von Goethes ›Faust‹, in: Deutsche Vierteljahrsschrift für Literaturwissenschaft und Geistesgeschichte 74 (2000), S. 413–464, hier: S. 454–463.

167 Schulze, Das bezifferte Faustschema von 1797 (Anm. 138), S. 82 versucht, den Ausdruck »Wollustszenen« nach der Allegorie der Wollust in Wielands ›Die Wahl des Herkules‹ im Sinn von Versuchungs- oder Verführungsszenen zu verstehen und bezieht die Bemerkung daher auf »Trüber Tag. Feld«. Dieses Verständnis des Ausdrucks ist nicht rezipiert worden, und mit Recht. Aber es wurden auch keine besseren Vorschläge gemacht. Siehe die Erwähnung der »Wollust« und der Teufel in Philipp Seidels Brief an Johann Adam Wolf, 1. März 1776 über die Liebhaberaufführung der Maskerade ›Die Versuchung des heiligen Antonius‹ am 23. Februar 1776; C. A. H. Burckhardt, Kritische Bemerkungen zu Goethe's Biographien. Aus Seidel's Briefen und Goethe's Tagebüchern 1775–76, in: Die Grenzboten 33 (1874), I/1, S. 375–382, hier: S. 377; Lyncker, Ich diente am Weimarer Hof (Anm. 109), S. 43. – Zu Wielands lyrischem Drama aus dem Jahr 1773 und seinem behaupteten Einfluss auf ›Faust‹ vgl. Bernhard Seuffert in: Faust, ein Fragment, [hrsg. von Bernhard Seuffert,] Heilbronn 1882 (= Deutsche Litteraturdenkmale des 18. Jahrhunderts 5), S. III–XV, hier: S. III–X, bes. S. VII; Edward Stilgebauer, Wieland als Dramatiker. Ein Beitrag zur Geschichte des Dichters, I–III, in: Zeitschrift für vergleichende Litteraturgeschichte N. F. 10 (1896), S. 300–322, 419–437, hier: S. 433–435, u. v. a.; siehe dagegen Heinrich Düntzer, Der Text des ersten Teiles von Goethes ›Faust‹, in: Zeitschrift für deutsche Philologie 14 (1882), S. 345–378, hier: S. 378. – Zur »Wollust« im 18. Jahrhundert vgl. August Langen, Der Wortschatz des 18. Jahrhunderts, in: Deutsche Wortgeschichte, hrsg. von Friedrich Maurer und Heinz Rupp, 3., neubearbeitete Auflage, Bd. 2, Berlin 1974 (= Grundriß der Germanischen Philologie 17), S. 23–222, hier: S. 47.

inwiefern die in der Klammer stehende und mit »z. B.« als Exemplifikation des Gemeinten angeführte Angabe als Beispiel einer (von mehreren) Wollustszenen im Sinn von »Liebesszenen« aufgefasst werden kann. Wenn in der neueren Forschung die angebliche Äußerung Wielands zitiert wird, um Grumachs Ansichten zu wiederholen und zu bekräftigen, pflegt die eingeklammerte Passage ausgespart zu werden.[168] Aus einer so unsicheren Überlieferung auf verlorene Szenen schließen zu wollen, ist mehr als gewagt.[169] Und dass in der Gretchenhandlung von einer »großen Lücke« die Rede sein könne, »die heute zwischen den Szenen ›Marthens Garten‹ und ›Am Brunnen‹ klafft«, hat vor Grumach kaum jemand ernstlich angenommen,[170] eher wurde die große Ausdehnung der Gretchenszenen konstatiert. Vor allem waren es Interpreten, die meinten, die weitgehend bloß indirekte Spiegelung der äußeren Handlung in Gretchens Erleben sei nicht etwa »die umfassendste Darstellung« des Themas von der verführten Unschuld,[171] sondern das zufällige Ergebnis einer früh unterbrochenen Entstehungsgeschichte, die

168 So etwa Albrecht Schöne, Götterzeichen, Liebeszauber, Satanskult. Neue Einblicke in alte Goethetexte, München 1982, S. 197.

169 Zu älteren Vermutungen zu Ausschweifungsszenen vgl. Max Morris, Mephistopheles [I], in: Goethe-Jahrbuch 22 (1901), S. 150–191, hier: S. 166 f., und die in Anm. 173 genannten Arbeiten Robert Petschs. Scheibe, Die Chronologie von Goethes Faust I (Anm. 27), S. 515 erwägt, die Paralipomena 54–61 auf Wollustszenen Fausts mit Gretchen zu beziehen (gegen Sarauw, Zur Faustchronologie [Anm. 46], S. 24–28 und S. 46 f., der sie der Handlung nach der Valentin-Szene zuordnet); bei Bohnenkamp, S. 109 f. wird diese zweifelhafte Auffassung nicht erwähnt.

170 Siehe die Diskussion bei Valters Nollendorfs, Die »Lücken« in der Gretchentragödie, in: Monatshefte für deutschen Unterricht 55 (1963), S. 253–264. Siegfried Scheibe bezieht sich bei seiner Verteidigung Grumachs gegen Nollendorfs nicht auf diesen Aufsatz, sondern auf die wesentlich knappere Darstellung in dessen Buch, Der Streit um den Urfaust (Anm. 33), S. 46–49; vgl. Scheibe, [Rez.:] Nollendorfs, Der Streit um den Urfaust (Anm. 33), Sp. 219–222. Die Rede von einer »großen Lücke« im Faust geht auf Goethe selbst zurück, bezieht sich bei ihm aber auf die Einführung Mephistopheles' (Goethe an Schiller, 3. oder 4. April 1801, WA IV 15, S. 214).

171 Hellmuth Petriconi, Die verführte Unschuld. Bemerkungen über ein literarisches Thema, Hamburg 1953 (= Hamburger romanistische Studien A/38), S. 126, im Anschluss an S. B. Liljegren, The English Sources of Goethe's Gretchen Tragedy. A study on the life and fate of literary motives, Lund 1937 (= Skrifter utgivna av Kungl. Humanistiska Vetenskapssamfundet i Lund 24).

vor Grumach die Lückenhaftigkeit der Gretchenhandlung ausdrücklich statuiert haben: Im Vollendungsfall würde das Drama ganz die Form von Wagners ›Kindermörderinn‹ erhalten haben.[172] Sonst wurden noch die Undeutlichkeiten oder Unstimmigkeiten in der Chronologie der Gretchenhandlung dazu genutzt, um Freiraum für Spekulationen über einen frühen Plan zu Walpurgisnachtszenen mit drastischen Darstellungen zu verschaffen, die in diesem Fall aber nicht eigentlich in der Gretchenhandlung vermutet wurden, sondern dieser vorangehen sollten.[173]

Solche Ansichten sind in der Folge nicht einmal als Minderheitsmeinungen rezipiert worden, zu Recht, wie es scheinen will. Grumach dürfte erst durch ein Zeugnis, das er zur Unterstützung der Böttigerschen Aufzeichnung heranzieht, auf die Idee gekommen sein, in der Gretchenhandlung eine klaffende Lücke zu vermuten. Denn dass es gerade eine Liebesszene mit Gretchen gewesen sein soll, geht aus der referierten Äußerung Wielands nicht hervor. Der zusätzlich beigebrachte Beleg ist Wielands Gelegenheitsdichtung ›Göthe und die jüngste Niobetochter‹: Als Göthe – zur Verzweiflung der kleinen Sophie Wieland – die Marmorbüste einer Tochter der Niobe aus der Antikensammlung Wielands exaltiert bewundert,[174] verteidigt dieser das

172 So Heinrich Meyer-Benfey, Die Entstehung des Urfaust, in: Preußische Jahrbücher 192 (1923), S. 279–312, hier: S. 303. Siehe dagegen Georg Witkowski, Die Walpurgisnacht im ersten Teile von Goethes Faust, Leipzig 1894, S. 3 f. und Witkowski[1], Bd. 2, S. 74 f.

173 Vgl. Robert Petsch, Die Walpurgisnacht in Goethes Faust, in: Neue Jahrbücher für das klassische Altertum 19 (1907), S. 143–159, hier: S. 145 f., im Anschluss an die Diskussion um die Chronologie der Gretchenhandlung (vgl. Calvin Thomas in: Goethes Faust, ed. by Calvin Thomas, vol. 1: The First Part, Boston, New York, Chicago 1892, S. 323; Clyde B. Furst, The Walpurgisnacht in the Chronology of Goethe's Faust, in: Modern Language Notes 12 [1897], S. 82–85 und Calvin Thomas, The Chronology of the Walpurgisnacht, ebd., S. 126–127); ders., Neue Literatur zu Goethes ›Faust‹ (Anm. 157), S. 149, Anm. 1; ders., Festausgabe[2], S. 31; ders., Zur Chronologie des Faust, in: Euphorion 27 (1926), S. 207–222, hier: S. 214 f.: die betreffende Szene habe anfangs vor die Gretchenszenen gehört und »eine ganze Reihe von erotischen Abenteuern« beschlossen; dagegen Sarauw, Zur Faustchronologie (Anm. 46), S. 44–46. Siehe auch Zimmermann, Das Weltbild des jungen Goethe (Anm. 40), Bd. 2, S. 327 f., Anm. 73.

174 Vgl. Paul Weizsäcker, Wielands Niobetochter, in: Vierteljahrschrift für Litteraturgeschichte 6 (1893), S. 141–145.

seltsame Gebaren als geniegemäßes Verhalten aus idealischer Gesinnung. Mephistopheles flüstert Wieland darauf ins Ohr:

> Närrchen! Daß deine Bonhommie
> Dich ewig doch an der Nase zieh!
> [...]
> Merkst denn nicht, daß es nur Muthwill ist?
> Und daß er in Niobe's Töchterlein,
> Nicht anders als Bein von seinem Bein,
> Nichts als Sein liebes Gretchen küßt;
> Und denkt dann im Hertzen: wie lieblich und fein
> Ihm wäre, wenn er bey Mondes Schein
> Auf halbbeleuchtetem Blumenbett
> Doch Mägdlein in den Armen hätt?[175]

Grumach bezieht diese Passage auf die bewussten unterdrückten »Liebesszenen«.[176] Sein Verständnis und seine Verwendung des von ihm nur ausschnittsweise zitierten und ohne Berücksichtigung des Kontexts benutzten Werkchens sind kaum diskutabel. Denn der Urfaust enthält in der Begegnung im Gartenhäuschen bereits eine Liebesszene, die nach den Maßstäben der Zeit hinreichend konkret gewesen sein dürfte. Auf den dort gewechselten Kuss könnte sich die zitierte Passage allenfalls beziehen. Am Ende der Szene in Marthens Garten vereinbart Faust die Liebesnacht, Wieland hätte nur noch Mond und Blumen beizusteuern brauchen; aber so konkrete Bezüge auf Urfaustszenen herstellen zu wollen, geht bereits zu weit.

Die übrigen Indizien, die Grumach für die Existenz verlorener Szenen ins Feld geführt hat – meist vage Äußerungen, die von einer Lesung berichten oder Äußerungen Goethes referieren und nach solchen Präsentationen einen irgendwie umfangreicheren oder weiter ausgearbeiteten Text erwarten ließen, als ihn die Göchhausensche Abschrift aufweist – unterliegen ähnlichen Vorbehalten und sind nicht geeignet,

175 Wieland, GS I 12: Dichtungen I (1775–1779), hrsg. von Wilhelm Kurrelmeyer, 1935, S. 31–33, hier: S. 33. Der Text wurde zuerst von Bernhard Suphan im Goethe-Jahrbuch 9 (1888), S. 7–10 publiziert. Vgl. Heinrich Düntzer, Wielands Matinée ›Goethe und die jüngste Niobetochter‹, in: ders., Zur Goetheforschung (Anm. 24), S. 26–52, hier: S. 47–49.

176 Grumach, Zum Urfaust (Anm. 10), S. 272.

Spekulationen dieser Art zu erhärten. Das gilt besonders für seinen Hauptbeleg, das ›Schreiben eines Politikers an die Gesellschafft am 6. Jan. 76‹ von Friedrich Hildebrand von Einsiedel, das als Rollenrede des »Mephistopheles« – mit dem Namen ist der Text unterzeichnet – gehalten ist und wo es über Goethe heißt:

's ist ein Genie, von Geist und Kraft:
(Wie eb'n unser Herr Gott Kurzweil schafft)
Meynt, er könn uns all übersehn
Thäten für ihn rum auf Vieren gehn,
Wenn der Fratz so mit einem spricht
Schaut er einem stier ins Angesicht,
Glaubt er könns fein richen an,
Was wäre hinter jedermann.
Mit seinen Schriften unsinnsvoll
Macht er die halbe Welt itzt toll,
Schreibt 'n Buch von ein'm albern Tropf,
Der heiler Haut sich schießt vorn Kopf:
Meynt wunder was er ausgedacht,
Wenn ihr einem Mädel Herzweh macht.
Parodirt sich drauf als Docter Faust,
Daß 'm Teufel selber vor ihm graußt.
Mir könnt' er all gut seyn im Ganzen,
(Thät mich hinter meinen Damm verschanzen)
Aber wär ich der Herr im Land
Würd' er, und all sein Zeugs verbannt. – –[177]

177 Friedrich Wilhelm Riemer, Mittheilungen über Goethe. Aus mündlichen und schriftlichen, gedruckten und ungedruckten Quellen, Bd. 2, Berlin 1841, S. 22 f. (Teildruck, mit der richtigen Lesung »Parodirt«); Robert Keil, Goethe's Tagebuch aus den Jahren 1776–1782, Leipzig 1875, S. 27–33 (erster vollständiger Druck, mit der falschen Lesung »Paradirt«), hier: S. 32; Elke Richter, »'s ist ein Genie, von Geist und Kraft …«. Eine Neujahrs-Matinée im Weimarer Fürstenhaus, in: Album amicarum et amicorum. Für Hans Grüters, Frankfurt am Main 2010, S. 159–175, hier: S. 166–173, 170/172 (zur Publikationsgeschichte S. 162 mit sonderbaren Angaben); u. ö. Zu den »Matinées« vgl. Düntzer, Wielands Matinée ›Goethe und die jüngste Niobetochter‹ (Anm. 175), S. 40–45; Hermann Bräuning-Oktavio, Datierung einer Goethe'schen Epistel, in: Goethe-Jahrbuch 33 (1912), S. 190–197, hier: S. 197; Heinrich Bosse, Lenz in Weimar, in: Jahrb. FDH 2014, S. 112–149, hier: S. 115 f., 137 f.

Die Verse »Parodirt sich drauf als Docter Faust | Daß 'm Teufel selber vor ihm graußt« fasst Grumach als weitere Bestätigung der Wielandschen Äußerung auf.[178] Tatsächlich steckt die ganze Epistel voller mehr verbaler denn inhaltlicher Faust-Reminiszenzen, aber es liegt nicht nahe, eine Bezugnahme auf eine verlorene Szene anzunehmen. In den Knitteln musste nun einmal auf »Faust« gereimt werden, und passende Reimwörter auf »-aust« gibt es nicht im Überfluss. In den 12111 Versen der beiden Teile des Faust wird nur einmal auf »-aust« gereimt, und zwar auf Formen der zweiten Person Singular von Verba mit dem Inifinitivausgang »-auen«,[179] »Faust« steht nie in einem zu reimenden Versausgang, und das nicht einmal allein aus Reimgründen, denn der Name musste davor geschützt werden, lächerlich zu wirken.[180] Mendelssohn schrieb dazu am 19. November 1755 an Lessing: »Wo sind Sie, liebster Lessing! mit Ihrem bürgerlichen Trauerspiele? Ich möchte es nicht gern bey dem Nahmen nennen, denn ich zweifle, ob Sie ihm den Nahmen Faust lassen werden. Eine einzige Exclamation, o Faustus! Faustus! könnte das ganze Parterre lachen machen.«[181] – In den Mitschuldigen benötigte Goethe umgekehrt einen Reim auf »graust«, und so kam es zur ersten Erwähnung der Faustgestalt in seinem Werk. Er greift offenbar auf einen besonders stark mit dieser verbundenen Zug zurück, der ohne weitere Umstände mit dem Faustus der Sage in Verbindung gebracht werden konnte:

178 Grumach, Zum Urfaust (Anm. 10), S. 270 f. Auf die angeblichen Übereinstimmungen zwischen Böttiger und Einsiedel hat nicht erst – wie Grumach sagt – Minor, Bd. 1, S. 11 verwiesen (siehe auch Minor, [Rez.:] Pniower, Goethes Faust [Anm. 19], S. 228 f.); vgl. bereits Scherer, Aus Goethes Frühzeit (Anm. 21), S. 77 und die Einwände dazu bei Düntzer, Die Prosascene in Goethes ›Faust‹ (Anm. 161), S. 539 f.

179 V. 5693 f. Vgl. Erich Staedler, Die Reime in Goethes Faustgedicht. Ein Beitrag zur deutschen Reimkunde, Weimar 1932, S. 33.

180 Düntzer vermutete, dass Faust deshalb den Vornamen Heinrich statt des traditionellen Vornamens Johann trägt; ders., Namensspielerei in der neuesten »Goethephilologie«, in: Die Gegenwart 33 (1888), Nr. 23, S. 358–360.

181 Gotthold Ephraim Lessing, Sämtliche Schriften, hrsg. von Karl Lachmann, 3., aufs neue durchgesehene Auflage besorgt durch Franz Muncker, Bd. 19, Leipzig 1904, S. 23.

SÖLLER mit Angst und Carickatur von Furcht)
[…]
O weh! Ach, wüsst' ihr wie mir's grausst.
Es wird mir siedend heiß! So war's dem Docktor Faust
Nicht halb zu Muth; nicht halb wars so Richard dem Dritten!
Höll' da! Der Galgen da! Der Hahnrey in der Mitten!
[…]
(er erblickt Alcesten und läufft fort)
O weh! Er ist's! er ist's! Er fasst mich bey den Haaren![182]

Söller fürchtet sich vor der Entdeckung seines Diebstahls und »mit Angst und Carickatur von Furcht« wähnt er, seine Lage sei schlimmer als die des Doctor Faustus, der nach Ablauf der 24 Jahre den seine Seele einfordernden Teufel und die kommenden Höllenqualen vor Augen sieht. Eine solche komische Hyperbole lässt sich durch Inversion noch überbieten, wenn sich – wie bei Einsiedel – nicht der Doctor Faustus vor Hölle und Teufel ängstigt, sondern umgekehrt der Teufel sich vor ihm. Es kann keine Rede davon sein, dass Einsiedel »eine verlorene Faustszene […] gekannt haben muß«.[183] Grumachs Schluss aus Böttigers Zeugnis auf eine Folge von – wie man leider sagen muss – expliziten Liebesszenen in der Gretchenhandlung unterstellt eine Massierung des Effekts durch quantitativ steigernde Wiederholung ein und desselben Motivs, die in dem frühen Faust-Drama kaum zu erwarten ist. Dass Goethe nach 1797 in seinen Entwürfen für zusätzliche Szenen im ersten Teil mit solchen Verbreiterungen vielfach experimentiert hat, ist eine andere Angelegenheit.

Nicht alles, was Goethe von seinem Werk erzählte, wurde von ihm auch niedergeschrieben oder muss auch nur ernsthaft konzipiert worden sein.[184] Vergleichbar dürfte der Fall von Matthissons zuerst 1829

182 Die Mitschuldigen (1. Fassung), V. 434 f.; DjG³, Bd. 1, S. 342.

183 Grumach, Zum Urfaust (Anm. 10), S. 270. Aber vgl. immerhin den Brief Stolbergs an eine seiner Schwestern (?), Juni 1776: »Göthe ist nicht bloß ein Genie, sondern er hat auch ein wahrhaft gutes Herz, aber es ergriff mich ein Grausen, als er mir an einem der letzten Tage meiner Anwesenheit in Weimar von Riesengeistern sprach, die sich auch den ewig geoffenbarten Wahrheiten nicht beugen.« (Johannes Janssen, Friedrich Leopold Graf zu Stolberg, Bd. 1, Freiburg im Breisgau 1877, S. 70 f.) Siehe dazu Hans Blumenberg, Arbeit am Mythos, Frankfurt am Main ³1984, S. 489, Anm. 29.

184 Urfaust⁵, S. XXXI: »Dabei ist immer wohl zu beachten, daß Goethe gesprächsweise und namentlich beim Vortrag die Lücken durch Andeutungen oder ge-

erschienener Erinnerung an eine Szene sein, in der Mephistopheles »dem Schlunde der Hölle« entsteigt, »gefolgt von einer Schar Teufelchen«. Matthisson will im Jahr 1815 davon gehört haben und berichtet darüber in seinen Erinnerungen wie wenn es eine solche Szene damals wirklich gegeben hätte.[185] Wieland hörte von Goethe (laut einer Notiz Gräters, die zwanzig Jahre danach niedergeschrieben wurde) den Inhalt eines ganzen Caesar-Dramas,[186] das Goethe nach seiner eigenen Aussage weitgehend nur »in meinem Gehirn« dialogisiert hatte und zu dem er nur ganz wenig niedergeschrieben hat.[187] Zu erwähnen ist zuletzt auch noch Constantin Rößlers Erinnerung an einen angeblichen Brief Boies, den er, wie er 1883 berichtet, im Jahr 1866 »in einer norddeutschen Zeitung« gelesen haben will und der Nachrichten über eine frühe Entstehung der Szene »Vor dem Thor« noch in der Frankfurter Zeit enthalten habe.[188] Diese vermeintliche Briefveröffentlichung ist seither nicht wieder aufgetaucht. Grumach hat es nicht verschmäht, Rößlers zweifelhaften Bericht wieder hervorzuziehen.[189] Bis zum Erweis des Gegenteils ist auch hier von einer Erinnerungstäuschung auszugehen.

Erich Schmidt hat die Vollständigkeit der Abschrift zunächst wegen des Fehlens der Paralipomena 54–61 bezweifelt,[190] doch hat er diese Auffassung später selbst relativiert. Noch erheblich größere Unvollständigkeit nahmen auch Otto Pniower und Johannes Niejahr an, stüt-

naueren Bericht ergänzte, wie das jeder Dichter in solchen Fällen thut.« Vgl. Dichtung und Wahrheit III 14, WA I 28, S. 252.

185 Friedrich von Matthisson, Erinnerungen, Buch VI, in: Schriften von Friedrich von Matthisson. Ausgabe letzter Hand, Bd. 7, Zürich 1829, S. 36. Siehe dazu Pniower, S. 108; Minor, [Rez.:] Pniower, Goethes Faust (Anm. 19), S. 243; Victor Michels, Neue Faust-Schriften, in: Euphorion 8 (1901), S. 397–417, hier: S. 402.

186 August Diezmann, Weimar-Album. Blätter der Erinnerung an Carl August und seinen Musenhof. Eine geschichtliche Schilderung, Leipzig 1860, S. 34, Anm. *.

187 Goethe an Herder, Ende 1771, WA IV 2, S. 11. Vgl. Daniel Jacoby, Zu Goethes Egmont, in: Goethe-Jahrbuch 12 (1891), S. 247–256, hier: S. 247–252.

188 Constantin Rößler, Die Entstehung des Faust, in: Die Grenzboten 42 (1883), IV, S. 436–445, 487–502, 659–673, hier: S. 661 f. (ebenfalls in: ders., Ausgewählte Aufsätze, hrsg. von Walter Rößler, Berlin 1902, S. 112–158). Vgl. Krogmann, Goethes Urfaust (Anm. 78), S. 30 f.; Scheibe, Die Chronologie von Goethes Faust I (Anm. 27), S. 315–317; Nollendorfs, Der Streit um den Urfaust (Anm. 33), S. 61–64.

189 Grumach, Zum Urfaust (Anm. 10), S. 269.

190 Urfaust[1], S. IX f.

zen sich dabei aber auf problematische Frühdatierungen von Szenen – vor allem »Vor dem Thor« und die sogenannte Paktszene –, die erst im Faust I vorkommen.[191] Im Anschluss an Rudolf Kögel schloss Willy Krogmann aus der mehrfachen Überlieferung des Liedes »Es war ein König in Thule …« und aus der textgenetischen Stellung der in der Göchhausen-Abschrift enthaltenen Fassung zwischen der Seckendorff-Fassung und der Fassung im Faust-Fragment, dass die Göchhausen-Abschrift »nicht in allem mehr das Ursprüngliche gewahrt hat«,[192] wozu das Nötige bereits bemerkt wurde. Krogmann selbst hat diese Auffassung kurze Zeit später vollkommen zurückgezogen und die Vollständigkeit der Göchhausen-Abschrift behauptet; er leugnete dann sogar, dass es neben dem Urcodex noch abgerissene Zettel und Notizen gegeben habe.[193]

191 Otto Pniower, Zwei Probleme des Urfaust, in: Vierteljahrschrift für Litteraturgeschichte 2 (1889), S. 149–153 und ders., [Rez.:] Goethes Werke, hrsg. im Auftrage der Großherzogin Sophie von Sachsen, I. Abt. Bde. 1, 14; III. Abt. Bd. 1; IV. Abt. Bde. 1–2, Weimar 1887; Goethes Faust in ursprünglicher Gestalt, hrsg. von Erich Schmidt, ebd. 1887, in: Deutsche Literatur-Zeitung 9 (1888), Sp. 1215–1219, hier: Sp. 1218 f., sowie Kögel, Der vorweimarische Faust (Anm. 28), S. 555–560. – Gegen Pniower und Kögel vgl. Düntzer, Die Göchhausensche Abschrift von Goethes ›Faust‹ [Anm. 24], S. 157–198. – Johannes Niejahr, Kritische Untersuchungen zu Goethes Faust, in: Euphorion 4 (1897), S. 272–287, 489–508, hier: S. 497–508, und ders., Die Osterscenen und die Vertragsscenen in Goethes Faust, in: Goethe-Jahrbuch 20 (1899), S. 155–196, hier: S. 168; vgl. dagegen Wolfgang Binder, Goethes Faust. Die Szene »Und was der ganzen Menschheit zugeteilt ist …«, Gießen 1944 (= Gießener Beiträge zur deutschen Philologie 82), S. 100 f. – Siehe dazu Scheibe, Die Chronologie von Goethes Faust I (Anm. 27), S. 98–112.

192 Krogmann, Goethes Ballade »Es war ein König in Thule« (Anm. 115), S. 166. Vgl. Kögel, Kleinigkeiten zu Goethe (Anm. 65), S. 57–59; ders., Der vorweimarische Faust (Anm. 28), S. 545 (vgl. dagegen Otto Harnack, Beiträge zur Chronologie der Faustparalipomena, in: Vierteljahrschrift für Litteraturgeschichte 4 [1891], S. 169–173, hier: S. 169 f., Anm. 1). Siehe auch Edward Schröder in: Wilhelm Scherer, Geschichte der Deutschen Litteratur, 5. Auflage, Berlin 1889, S. 778; dazu: Regesten zum Briefwechsel zwischen Gustav Roethe und Edward Schröder, bearb. von Dorothea Ruprecht und Karl Stackmann, Bd. 1, Göttingen 2000 (= Abhandlungen der Akademie der Wissenschaften in Göttingen, Philologisch-Historische Klasse, Folge 3, Nr. 237,1), S. 156, 179 f., 181, 678.

193 Willy Krogmann, Die Walpurgisnacht im Plane des Urfaust, in: Neophilologus 17 (1932), S. 217–228, hier: S. 219, Anm. 2; ähnlich bereits Meyer-Benfey, Die Entstehung des Urfaust (Anm. 172), S. 311. Siehe dazu Richter, Urfaust oder Ururfaust (Anm. 83), S. 344 f.

Auch sonst hat es nicht an Versuchen gefehlt, die Autorität der allein erhaltenen Göchhausen-Abschrift dadurch zu schwächen, dass man sie auf eine nicht erhaltene Abschrift statt auf Goethes Original zurückführte.[194] Als Indizien wurden zuerst von Krogmann die Differenzen zwischen dem Wortlaut des Paralipomenons 21 auf H P6 und dessen Pendant in Göchhausens Abschrift herangezogen.[195] Auch in diesem Fall hat er aus seinen früheren Aufstellungen schon kurz nach ihrer Publikation keine Konsequenzen mehr ziehen wollen.[196] Doch hat sie Grumach wiederholt: Er findet, dass vier Abweichungen in elf Zeilen (oder genaugenommen beschränken sie sich auf die drei letzten Zeilen) die Annahme einer direkten Vorlage widerlegten.[197] Ganz abgesehen davon, dass gar nicht gesichert ist, ob H P6 tatsächlich ein Teil des Urcodex war, sind die Abweichungen bei den Schreibgewohnheiten der Göchhausen weder besonders auffallend noch erheblich.[198] Jedenfalls reichen sie nicht aus, um wie Grumach »mit Sicherheit« anzunehmen, dass die Göchhausen-Abschrift nicht vom Urcodex abgeschrieben worden sei. Erich Schmidt hat die Differenzen bemerkt, aber nicht bezweifelt, dass der Urcodex die direkte Vorlage war.[199] Ein Blick auf die Abschrift, die Goethes Schreiber Geist im Jahr 1797 von dem Druck der Dom-Szene machte, kann lehren, dass selbst die sorgfältigsten Ab-

194 Bernhard Seuffert, Die älteste Scene im Faust, in: Vierteljahrschrift für Litteraturgeschichte 4 (1891), S. 338–342, hier: S. 341; ebenso Düntzer, Erläuterungen[6], S. 28–30; Harry Maync in WA I 51, S. 288; Witkowski[1], Bd. 2, S. 67, noch expliziter Witkowski[8], Bd. 2, S. 63, der hier zwischen Urcodex und Göchhausen-Abschrift sogar eine ganze Reihe aufeinanderfolgender Abschriften ansetzt.

195 Krogmann, Der Rest der vorweimarischen Faust-Handschrift (Anm. 81), S. 56.

196 Krogmann, Die Walpurgisnacht im Plane des Urfaust (Anm. 193), S. 219, Anm. 2; ders., Goethes Urfaust (Anm. 78), S. 19 f.

197 Grumach, Zum Urfaust (Anm. 10), S. 274. Zur Frage der Vorlage vgl. Scheibe, Die Chronologie von Goethes Faust I (Anm. 27), S. 93–98.

198 Aber vgl. Kögel, Kleinigkeiten zu Goethe (Anm. 65), S. 55, der an der Änderung von »genug« zu »genung« in Urfaust, V. 86 Anstoß nimmt. Siehe dazu auch Erich Schmidt in WA I 39, S. 250; Krogmann, Der Rest der vorweimarischen Faust-Handschrift (Anm. 81), S. 56; ders., Goethes Urfaust (Anm. 78), S. 16–20; Walheim, Studien I, S. 9, Anm.

199 Urfaust[1], S. IX f., XXXVI f.; Urfaust[5], S. XII, LXXV f. Für eine direkte Abhängigkeit sprechen sich sehr entschieden auch Minor, Bd. 1, S. 242 und Max Hecker in WGA 12 (1937), S. 406 aus. Siehe dagegen etwa Albrecht Schöne in FA I 7/2[6], S. 82.

schreiber dieser Zeit auf die Wahrung der Orthographie und vor allem der Interpunktion am wenigsten Gewicht legten.[200]

*

Der Text der Abschrift erschien erstmals 1887 mit dem Titel »Goethes Faust in ursprünglicher Gestalt nach der Göchhausenschen Abschrift« im Druck. Der Untertitel ist übernommen von Wilhelm Arndts Ausgabe der ersten Fassung von ›Jery und Bätely‹.[201] Erich Schmidt hatte sie im selben Jahr in einem »dickleibigen Quartant[en]« mit der Aufschrift »Auszüge, Abschriften und dergleichen. Aus dem Nachlaß der Frl. L.v.G.« entdeckt, der »Copien und einzelne Originale seit 1766« enthielt.[202] Seither ist die Abschrift aus diesem Konvolut herausgelöst,[203] dem Goethe-Bestand zugeordnet und im Jahr 1994 gründlich restauriert worden, besonders die gefährdeten Blattränder.[204] Der Sammelband, zu dem die Abschrift gehörte, befindet sich ebenfalls im Goethe- und Schiller-Archiv.[205] Dort war die Faust-Abschrift zwischen den heutigen Blättern 360 und 361 eingeheftet; die handschriftliche

200 Goethe- und Schiller-Archiv, alte Signatur: GSA 25/XVII,1,5; neue Signatur: GSA 25/W 1363; Bohnenkamp, S. 135–138. Vgl. WA I 14, S. 279; Bernhard Seuffert, Philologische Betrachtungen im Anschluß an Goethes Werther, in: Euphorion 7 (1900), S. 1–47, hier: S. 8 f. und S. 39; Scheibe in: AA, Epen, Bd. 2, S. 315.

201 Jeri und Bätely. Ein Singspiel von Goethe. In der ursprünglichen Gestalt zum ersten Mal hrsg. von Wilhelm Arndt, Leipzig 1881.

202 Urfaust[1], S. VII.

203 Goethe- und Schiller-Archiv, alte Signatur: GSA 25/XXXV,5; neue Signatur: GSA 25/W 3081. Vgl. Urfaust[5], S. X.

204 Goethe- und Schiller-Archiv, Handschriftenabteilung, Restaurierungsprotokoll Nr. 10/1993.

205 Sammelband mit Werkauszügen, Gedichten, Gelegenheitsdichtungen, wie Sprüchen, Charaden, Epitaphen und »Tiefurter Späßen«, Briefabschriften und theoretischen Abhandlungen verschiedener Verfasser, Umfang nach Herauslösung des Urfaust: 410 Bl., Goethe- und Schiller-Archiv, alte Signatur GSA 24/I,2, neue Signatur GSA 24/25,1–5. Vgl. Karl-Heinz Hahn, Goethe- und Schiller-Archiv. Bestandsverzeichnis, Weimar 1961, S. 239 f. Das Findbuch von Evelyn Liepsch (Weimar 2003), dessen Inhalt unter den Archivdatenbanken des Goethe- und Schiller-Archivs online einsehbar ist, gibt eine detaillierte Inhaltserfassung des Sammelbandes. Die Hinweise zur Zählung und postumen Zusammenstellung stammen von Gerrit Brüning.

Foliierung der Faust-Abschrift, die von 518 bis 564 läuft,[206] erklärt sich daraus, dass die Zählung des Sammelbandes zunächst als Paginierung begann und nach etwas mehr als 150 Blättern als Foliierung fortgesetzt wurde. Es scheint, dass die Zusammenstellung des Bandes erst nach dem Tod Louise von Göchhausens vorgenommen wurde.

Schmidt erkannte, dass hier »der Urfaust in einer sauberen Abschrift« erhalten[207] und damit der »Urfaust in einer Copie des Hoffräuleins v. Göchhausen aus dem Grabe [gestiegen]« war.[208] Die informelle Bezeichnung »Urfaust« folgt wohl einer Wortprägung Düntzers, die bei diesem auf Scherers spekulativen Prosa-Faust bezogen und polemisch gemeint war,[209] zuletzt geht sie auf Goethes eigene Wortbildungsvorliebe für Derivationen mit dem Präfix »ur-« zurück.[210] Für Schmidt bezeichnet sie »das Originalmanuscript des ersten Theils in seiner ursprünglichen fragmentarischen Gestalt«.[211] Daneben gebrauchte er – »faute de mieux«, wie Kuno Fischer bemerkte[212] – den Ausdruck auch für den durch die Göchhausensche Abschrift repräsentierten Text des ältesten Arbeitsmanuskripts. Nach Lage der Dinge kommt es nicht darauf an, für wie treu man die Abschrift hält oder welches genealogische Verhältnis man im einzelnen annimmt, sofern man in dieser Hinsicht nicht zu extremen Auffassungen neigt.[213]

206 In dem Faksimile der Abschrift sind diese Foliierungsziffern am oberen rechten Rand der Vorderseiten nicht wiedergegeben; AA, Faust, Bd. 1: Urfaust – Faust. Ein Fragment (Paralleldruck), bearb. von Ernst Grumach, 1954, nach S. 149.

207 Urfaust[1], S. VIII.

208 Erich Schmidt, Aufgaben und Wege der »Faust-Philologie«. Vortrag, gehalten am 20. Mai in der Versammlung deutscher Philologen und Schulmänner zu München, in: Allgemeine Zeitung 1891, Beilage Nr. 119, 25. Mai, S. 1–6, hier: S. 4.

209 Heinrich Düntzer, Die vorgebliche erste, prosaische Fassung von Goethes ›Faust‹, in: Archiv für Litteraturgeschichte 9 (1880), S. 529–551, hier: S. 539, 544 (»Ur-Faust«).

210 Vgl. Wilhelm Kühlewein, Präfixstudien zu Goethe, in: Zeitschrift für deutsche Wortforschung 6 (1904), Beiheft: Beiträge zu einem Goethe-Wörterbuch, S. 1–36, hier: S. 31 f.

211 Urfaust[1], S. VI.

212 Kuno Fischer, Goethes Faust, 3. durchgesehene und vermehrte Auflage, Bd. 2: Entstehung, Idee und Composition des Goetheschen Faust, Stuttgart 1893, S. 47.

213 Erich Schmidt antwortete in diesem Sinn auf die frühen Kritiker in seinem Vortrag über Aufgaben und Wege der Faust-Philologie (Anm. 208), S. 4.

Wo keine Unsicherheit über das Gemeinte bestehen kann oder der Unterschied zwischen dem Textzeugen und dem bezeugten Text keine Rolle spielt, wird auch die Abschrift selbst »Urfaust« genannt,[214] in der Weimarer Ausgabe sind die Lesungen der Abschrift geradezu mit der Sigle *U* versehen. Schmidts Verwendung des Ausdrucks – in jeder Bedeutung – wurde schon früh bestritten, in wohl ausnahmslos allen Fällen von Forschern, die weitreichende Entstehungshypothesen vertraten oder sich Raum für solche offen halten wollten.[215] Aber wie Werner Richter bemerkt: »Ob man die Göchhausensche Handschrift Urfaust nennt oder nicht, ist nicht ausschlaggebend. Letztlich kommt es dabei nur auf ein Spiel mit Worten hinaus. Über das Göchhausensche Manuskript führt kein sicherer Weg zurück.«[216] Noch besser wäre es gewesen, wenn er einfach an die Differenziertheit und Flexibilität von Schmidts Sprachgebrauch erinnert und diese auch von anderen eingefordert hätte.

214 Sehr auffallend und gegen Schmidts Intention bereits Pniower, [Rez.:] Goethes Werke. I. Abt. Bde. 1, 14; III. Abt. Bd. 1; IV. Abt. Bde. 1–2 (Anm. 191), Sp. 1218, wenn er schreibt, dass »der Urfaust nicht alles enthält, was von dem Drama 1775 oder 76 schon gedichtet war«.

215 Z.B. Pniower, a.a.O., Sp. 1219; ders., [Rez.:] Kuno Fischer, Die Erklärungsarten des Goetheschen Faust, Heidelberg 1889; Fr. Kreyssigs Vorlesungen über Goethes Faust, 2. Auflage neu hrsg. von Franz Kern, Berlin 1890, in: Deutsche Literatur-Zeitung 11 (1890), Nr. 43, Sp. 1576–1578, hier: Sp. 1576; Richard Weltrich, Goethes Faust in der Göchhausenschen Abschrift, in: Das Magazin für die Literatur des In- und Auslandes 57 (1888), S. 216–219, 253–256, 291–295, 326–331, 479–483, 541–546, 560–566, 589–592, 608–611, hier: S. 565 f. (mit Verweis auf eine ähnliche Verwahrung durch Max Koch); Gustav Roethe an Edward Schröder, 9. Oktober 1888, in: Regesten zum Briefwechsel Roethe/Schröder (Anm. 192), Bd. 1, S. 179; Max Koch, Neuere Goethelitteratur, in: Berichte des Freien Deutschen Hochstifts N.F. 5 (1889), S. 223–254, 469–530, hier: S. 491 (»eine ältere Fassung der Dichtung«); Robert Petsch, Neue Beiträge zur Erklärung des »Urfaust«, in: Germanisch-romanische Monatsschrift 10 (1922), S. 138–150, 203–213, hier: S. 139 f.; Hermann Schneider, Goethes Faust. Dichtung und Legende, in: Studium generale 2 (1949), S. 402–413, hier: S. 405 (»Frühfaust«); usw. Siehe auch Anne Bohnenkamp u.a., Perspektiven auf ›Faust‹. Werkstattbericht der historisch-kritischen Hybridedition, in: Jahrb. FDH 2011, S. 23–67, hier: S. 25, Anm. 6.

216 Richter, Urfaust oder Ururfaust (Anm. 83), S. 349.

III. Das Faust-Fragment (1790)

Bevor Goethe im Jahr 1786 nach Italien aufbrach, vereinbarte er mit Göschen eine Sammlung seiner ›Schriften‹, die die erste von ihm selbst zusammengestellte Ausgabe seiner Werke darstellt.[217] Goethe, der sich zu diesem Zeitpunkt seiner Autorschaft keineswegs mehr sicher war,[218] war so vorsichtig, Verleger und Publikum über die zuvor bereits erschienen und jetzt überarbeiteten Werke hinaus zunächst nur vier weitere Bände unvollendeter Werke zuzusagen, mit dem Vorbehalt, »daß es

217 Goethe's Schriften, Bd. 1–8, Leipzig, bey Georg Joachim Göschen, 1787–1790. Kl. 8° (zit. *S*). Zur Vorgeschichte vgl. Bertuch an Göschen, 5. Juni 1786, QuZ 1, S. 4 f. Zur bibliographischen Beschreibung vgl. Otto Deneke, Goethes Schriften bei Göschen 1787–1790, Göttingen 1909 (= Göttinger Beiträge zur Goethebibliographie 4), S. 12–15; Waltraud Hagen, Die Drucke von Goethes Werken, 2. Auflage, Weinheim 1983, S. 9–13, Nr. 11. – Grundlegend für die Geschichte der Goetheschen Werkausgaben ist die Sammlung der Quellen und Zeugnisse zur Druckgeschichte von Goethes Werken von Waltraud Hagen, Edith Nahler und Horst Nahler, 4 Tle., Berlin 1966–1984 (zit. *QuZ*), bes. Teil 1: Gesamtausgaben bis 1822, bearb. von Waltraud Hagen, 1966, zu den ›Schriften‹ S. 3–223. Ferner: Ludwig Geiger, Aus Bertuchs Nachlaß, in: Goethe-Jahrbuch 2 (1882), S. 374–414, hier: S. 395–409; Deneke, Goethes Schriften bei Göschen 1787–1790, a. a. O.; ders., Die Einzeldrucke Goethescher Werke bei Göschen 1787–1790, Göttingen 1909 (= Göttinger Beiträge zur Goethebibliographie 5); Ernst Grumach und Waltraud Hagen, [Art.:] Editionen, in: Goethe-Handbuch. Goethe, seine Welt und Zeit in Werk und Wirkung. 2., vollkommen neugestaltete Auflage hrsg. von Alfred Zastrau, Bd. 1, Stuttgart 1961, Sp. 1993–2061, hier: Sp. 1996–2006; Waltraud Hagen, Die Ausgabe von Goethes ›Schriften‹ im Verlage Göschen (1787–1790). Ihre Rolle in der Literatur- und Buchgeschichte, in: Marginalien H. 117 (1990), S. 11–34; Stephan Füssel, Georg Joachim Göschen. Ein Verleger der Spätaufklärung und der deutschen Klassik, Bd. 1: Studien zur Verlagsgeschichte und zur Verlegertypologie der Goethe-Zeit, Berlin und New York 1999, S. 106–125.

218 Zur Bedeutung der ›Schriften‹ für Goethes Selbstverständnis als Autor vgl. Lothar Bornscheuer, »... und suche das Gründliche was als Capital Interessen tragen muß«. Zur historischen Existenzgründung des »Dichtergenies« auf dem Buchmarkt an den Beispielen Klopstock und Goethe in: Literatur und Leben. Anthropologische Aspekte in der Kultur der Moderne. Festschrift für Helmut Scheuer zum 60. Geburtstag, hrsg. von Günter Helmes, Ariane Martin, Birgit Nübel, Georg-Michael Schulz, Tübingen 2002, S. 39–53, hier: S. 47 f. Anders allerdings Manfred Tietzel, Goethes Strategien bei der wirtschaftlichen Verwertung seiner Werke, in: Buchhandelsgeschichte 1999, H. 1, S. B2–B18.

des Verfassers Absicht ist, die vier letzten Bände denen vier ersten an innerm Gehalt so viel als möglich gleich zu machen«.[219] Bereits vor der Abreise nach Italien wollte Goethe am liebsten die Veröffentlichung von Fragmenten vermeiden, ohne sich aber schon so früh festzulegen.[220] Für den siebten Band war Faust angekündigt, in dem Subskriptionsprospekt wird »Faust ein Fragment« genannt.[221] Der ursprüngliche Plan sah den Abdruck zusammen mit dem Tasso-Fragment und dem Moralisch-politischen Puppenspiel in einem Band vor. ›Tasso‹ erschien schließlich in Band 6, die Knittelversstücke in Band 8.[222] Motiviert durch die erfolgreiche Arbeit an der Iphigenie in Versen im Jahr 1786, fasste Goethe auch die Ausarbeitung seiner übrigen dramatischen Werke ins Auge und entschloss sich nach der Fertigstellung des Dramas im Januar 1787, künftig »nichts in Stücken [zu] geben«.[223] Von der neuen Planung unterrichtete eine weitere Ankündigung, die im Februar 1787 erschien und dem Publikum in Aussicht stellte, dass es »wenigstens keine ungeendigten Stücke, keine Fragmente« zu erwarten habe; es werde nur etwas länger dauern als ursprünglich vorgesehen.[224] Die Bearbeitung des Tasso erwies sich als langwierig, und noch auf der Rückreise nach Weimar entschloss sich Goethe zur völligen Neufassung der beiden ersten Akte,[225] anscheinend ist nur sehr wenig in

219 Verlagsvertrag zwischen Göschen und Goethe, §1, in: QuZ 1, S. 203. Avertissement über die Ausgabe von Goethes Schriften, um den 15. Juli 1786, QuZ 1, S. 22–27, hier: S. 25. Vgl. Karl Rieger, Ankündigung von Goethes Schriften in acht Bänden, in: Goethe-Jahrbuch 5 (1884), S. 347–348.

220 Goethe an Bertuch und Göschen, 28. oder 29. Juni 1786, WA IV 7, S. 236. Vgl. Erich Schmidt in: Tagebücher und Briefe Goethes aus Italien (Anm. 55), S. 438.

221 Avertissement, QuZ 1, S. 24.

222 QuZ 1, S. 24; Goethe an Bertuch und Göschen, 28. oder 29. Juni 1788, WA IV 7, S. 236; Goethe an Göschen, 24. September 1788, WA IV 18, S. 29 f.; QuZ 1, S. 148 f. mit Anm. 4; siehe auch ebd., S. 172 f. Vgl. Wilhelm Scherer, Über die Anordnung Goethescher Schriften I, in: Goethe-Jahrbuch 3 (1882), S. 159–188, hier: S. 160.

223 Goethe an Seidel, 13. Januar 1787, WA IV 8, S. 125.

224 Goethe's Schriften. Erster bis vierter Theil, WA I 40, S. 191 (gedruckt als Beilage zu den ›Schriften‹, wahrscheinlich zum ersten Band).

225 Eduard Scheidemantel, Zur Entstehungsgeschichte von Goethes ›Torquato Tasso‹, in: Wissenschaftliche Beigabe zum Jahresbericht des Wilhelm-Ernst-Gymnasiums zu Weimar 1896, S. 4–20; ders., Neues zur Entstehungsgeschichte von Goethes ›Torquato Tasso‹, in: Goethe-Jahrbuch 18 (1897), S. 163–173; Hans Rueff, Zur Entstehungsgeschichte von Goethes Tasso, Marburg 1910 (= Beiträge zur deutschen Literaturwissenschaft 18), S. 1–4; Lieselotte Blumenthal,

Italien entstanden.[226] So wurde der – von Wieland durchgesehene[227] – achte Band mit kleineren Dramen und der ersten publizierten Sammlung von Goethes Gedichten vorgezogen, der im Februar 1789 erschien.[228] ›Tasso‹ wurde im Sommer 1789[229] und ›Lila‹ im Herbst 1789 fertig und der sechste Band kam – durch Verzögerung seitens des Verlegers – erst im Februar 1790 heraus.[230]

Von Anfang an hatte Goethe geplant, sich dem Faust zuallerletzt zuzuwenden, »wenn ich alles andre hinter mir habe«.[231] Seit Ende 1786 fasste er auch den Abschluss dieses Werkes ins Auge[232] und kündigte dies in einer Anzeige, die im Februar 1787 erschienen ist, öffentlich an.[233] Mit dem »Berg Faustus vor der Nase« und den »Recapitulationen alter Ideen« trug er sich zu Anfang 1787.[234] Die Ausarbeitung sah er für das Frühjahr 1788 nach Abschluss des Tasso vor.[235] Damals scheint er die Integration der Teile, die schließlich Gegenstand von Faust II werden sollten, aber als Teile der Faustfabel schon früh vorgesehen waren

Die Tasso-Handschriften, in: Goethe 12 (1950), S. 89–125; wieder in: Beiträge zur Goetheforschung (Anm. 10), S. 143–181, hier: S. 145–147.

226 Vgl. Schmidt in: Tagebücher und Briefe Goethes aus Italien (Anm. 55), S. 420.

227 Goethe an Charlotte von Stein, 12. und 24. August 1788 (WA IV 9, S. 10 und S. 12); an Herder, 4. September 1788 (ebd., S. 18 f.). Vgl. Karl Heinz Hahn, Nachwort, in: J. W. Goethe, Vermischte Gedichte. Faksimiles und Erstdrucke, hrsg. von K. H. Hahn, Leipzig 1984, S. 157–165, hier: S. 161 f.; Karl Eibl in FA I 1, S. 1001.

228 Göschen an Bertuch, 21. Februar 1789, QuZ 1, S. 163; Ankündigung Göschens vom 22. April 1789, ebd., S. 166.

229 Goethe an Charlotte von Stein, 8. Juni 1789, an Carl August 5. Juli 1789, an Herder, 2. August 1789, WA IV 9, S. 128, 138 f., 146.

230 Göschen an Goethe, 14. Februar 1780, QuZ 1, S. 184. Der Band scheint Mitte Februar 1790 noch nicht im Buchhandel erhältlich gewesen zu sein, wie aus einem Brief Hufelands an Göschen vom 18. d. M. hervorgeht; zit. bei Friedrich Meyer, Goethes Faustfragment 1790, in: Börsenblatt für den deutschen Buchhandel 107 (1940), Nr. 169, 23. Juli, S. 271.

231 Goethe an Carl August, 8. Dezember 1786, WA IV 8, S. 305.

232 Goethe an Carl August, 12.–16. Dezember 1786 (WA IV 8, S. 83), an Seidel, 13. Januar 1787 (ebd., S. 125), an Kayser, 13. Januar 1787 (ebd., S. 129), an Charlotte von Stein, 20. Januar 1787 (ebd., S. 143), an Kayser, 6. Februar 1787 (ebd., S. 175), an Göschen, 15. August 1787 (ebd., S. 247); Italienische Reise, WA I 32, S. 136 (Rom, 3. November 1787).

233 Goethe's Schriften. Erster bis vierter Theil, WA I 40, S. 191; vgl. ebd., S. 436; Pniower, S. 26; QuZ 1, S. 66, Anm. 1.

234 Goethe an Carl August, 16. Februar 1788, WA IV 8, S. 347. Siehe auch Goethe an Carl August, 11. August 1787, ebd., S. 241 f.

235 Goethe an Carl August, 11. August 1787, WA IV 8, S. 241.

(Helena, Kaiserhof) in viel kürzerer Form vorgesehen zu haben.[236] Im Frühjahr 1788 entstanden aber zunächst die kleineren Singspiele,[237] doch wurde zur selben Zeit bereits ein Plan zu ›Faust‹ entworfen,[238] der Faden wiedergefunden und »eine neue Scene ausgeführt«.[239] Die Entstehung dieser Szene stimmte Goethe hoffnungsvoll, denn am 28. März 1788 schreibt er, er fühle zu dem Werk, das ihm zwischenzeitlich sehr fern gerückt war, »eine ganz besondere Neigung«.[240] Johannes Weygardus Bruinier hat bei Gelegenheit dieser Stelle treffend festgestellt, dass Goethes optimistisch gestimmte Äußerungen zur Vollendung des Faust und seines Interesses daran alle aus der Zeit stammen, als er noch am Tasso arbeitete.[241] In dieser Zeit hielt Goethe ›Faust‹ sogar für »die große Girandel« – also das Hauptstück – der gesamten Ausgabe,[242] während sonst die skeptischen Äußerungen vorherrschen.[243] Die Fertigstellung des Dramas war für den Winter 1788/89 geplant. Anfangs glaubte Goethe noch, das Werk zwischen Neujahr und Ostern 1789,

236 Büchner, Goethes Angaben über die Entstehung des ›Faust‹ (Anm. 56), S. 41. Krogmann, Die Walpurgisnacht im Plane des Urfaust (Anm. 193), S. 220 f.

237 Vgl. Goethe an Göschen, 9. Februar 1788, WA IV 8, S. 342.

238 Zum Plan vgl. Scheibe, Die Chronologie von Goethes Faust I (Anm. 27), S. 132–146 (gegen grundsätzliche Veränderung, da Goethe am 1. März 1788 »den Faden wiedergefunden« zu haben meinte; aber vgl. dagegen schon Rößler, Die Entstehung des Faust [Anm. 188], S. 444). Scheibe betont (a. a. O., S. 142 f., Anm.), dass der »römische Plan« sich nicht einfach mit dem Fragment ineinssetzen lasse, da er sich auf das gesamte Drama bezog, das Goethe ja vollenden wollte. Zur Frage, ob der römische Plan schriftlich niedergelegt worden sei, siehe auch Scheibe, »Un sac rempli de petits chiffons de papier« (Anm. 67), S. 172; ders., Noch einmal zum bezifferten Faustschema von 1797 (Anm. 138), S. 239.

239 WA I 32, S. 288 f.; vgl. Chr. Sarauw, Goethes Faust i Aarene 1788–89, København 1919 (= Det Kongelige Danske Videnskabernes Selskab, historisk-filologiske Meddelelser II/8), S. 52–55 (mit Dank an Hanne Bjerre Lassen, Aarhus).

240 Goethe an Carl August, 28. März 1788, WA IV 8, S. 367.

241 J.W. Bruinier, Der ursprüngliche Plan von Goethe's ›Faust‹ und seine Geschichte, in: Allgemeine Zeitung 1898, Beilage, Nr. 136, 21. Juni, S. 1–5; Nr. 137, 22. Juni, S. 4–7, hier: Nr. 136, S. 1.

242 Goethe an Bertuch, 5. April 1788, WA I 8, S. 369; siehe dazu Düntzer in der Hempelschen Ausgabe, Bd. 24, 1877, S. 824; Gräf II/1, S. 428, Anm. 2 (nahezu gleichlautend im Goethe-Wörterbuch, hrsg. von der Berlin-Brandenburgischen Akademie der Wissenschaften, der Akademie der Wissenschaften in Göttingen und der Heidelberger Akademie der Wissenschaften, Bd. 4, Stuttgart 2004, Sp. 233).

243 Curt von Faber du Faur bemerkte, dass Goethe vor 1790 für den ›Faust‹ wenig Interesse habe aufbringen können; ders., Der Erstdruck des Faustfragments, in: Monatshefte für deutschen Unterricht 41 (1949), S. 1–18, hier: S. 11; Richter, Urfaust oder Urfaust (Anm. 83), S. 343.

also binnen etwa drei Monaten, vollenden zu können.[244] Die Erscheinung des Bandes war zunächst für Ostern 1789 geplant.[245] Da er für die drei Akte des Tasso etwa vier Monate vorsah, lässt sich daraus auf den vorgesehenen Umfang schließen: »Goethe scheint ihn damals ungefähr auf den doppelten Umfang des Urfaust berechnet zu haben.«[246]

In Italien hat Goethe nach dem Brief vom 1. März 1788 an Herder trotz den zuversichtlichen Äußerungen kaum mehr an Faust gearbeitet.[247] Das angepeilte Erscheinungsdatum musste um ein weiteres Jahr auf Ostern 1790 verschoben werden.[248] Erst nach der Rückkehr nach Weimar hat er sich vor allem im Sommer und Herbst 1789 dem Werk zugewandt. Aus dieser Zeit gibt es keine zuversichtlichen brieflichen Äußerungen mehr – es fehlen allerdings auch die Anlässe zu Bemerkungen zur eigenen Arbeit –,[249] vielmehr ist der Wunsch, nun endlich zum Abschluss der ganzen Ausgabe zu gelangen, der Grundtenor aller Äußerungen. Hinsichtlich des Faust dachte Goethe spätestens seit Anfang Juli 1789 nur noch an eine unvollständige Mitteilung: »Faust will ich als Fragment geben aus mehr als einer Ursache.«[250] Christian

244 Goethe an Carl August, 28. März 1788 (WA IV 8, S. 367); an Jacobi, 21. Juli 1788 (WA IV 9, S. 4). Siehe auch die Agenda-Liste Johannis 89 – Joh. 90 (WA III 2, S. 23).

245 Goethe an Bertuch, 5. April 1788, WA IV 8, S. 369.

246 So Minor, [Rez.:] Pniower, Goethes Faust (Anm. 19), S. 232; siehe auch Hertz, Zu Goethes römischem Faustplan (Anm. 56), S. 419 = ders., Natur und Geist in Goethes Faust (Anm. 56), S. 81. Noch im Sommer 1797 glaubte Goethe, er könne das Fragment binnen eines Monats vollenden; Goethe an Schiller, 1. Juli 1797, WA IV 12, S. 179; siehe dazu Wolfgang Binder, Goethes klassische Faust-Konzeption, in: Deutsche Vierteljahrsschrift für Literaturwissenschaft und Geistesgeschichte 42 (1968), S. 55–88, hier: S. 65, Anm. 18.

247 So Minor, Bd. 1, S. 286; ders., [Rez.:] Pniower, Goethes Faust (Anm. 19), S. 233 f. Siehe dagegen Düntzer, Die Göchhausensche Abschrift von Goethes ›Faust‹ (Anm. 24), S. 168 f.; Sarauw, Goethes Faust i Aarene 1788–89 (Anm. 239), S. 49 f.; ders., Zur Faustchronologie (Anm. 46), S. 41 f.

248 Goethe an Kayser, 18. Oktober 1789, WA IV 9, S. 157.

249 Vgl. Düntzer, Die Göchhausensche Abschrift von Goethes ›Faust‹ (Anm. 24), S. 169 f.

250 Goethe an Carl August, 5. Juli 1789, WA IV 9, S. 139; dazu Gräf II/2, S. 48, Anm. 3; Sarauw, Zur Faustchronologie (Anm. 46), S. 42. Angesichts des Datums mag man bezweifeln, dass die französische Revolution die Fertigstellung des Werks im Sommer 1789 beeinträchtigt habe (Düntzer, Erläuterungen[6], S. 33), aber vgl. Hans Arens, Kommentar zu Goethes Faust I, Heidelberg 1982, S. 224–228 zum Handlungsaufbau der Hexenküche mit Haupthandlung und eingelegten Zwischenhandlungen, die auf nachträgliche Ergänzungen verweisen könnten. Siehe auch Richard Maria Meyer, »Nicht mehr als sechs Schüsseln«. Ein litterarhistorischer Scherz, in: Euphorion 8 (1901), S. 700–713, hier: S. 705.

Sarauw vermutet, Goethe habe das Werk überhaupt nur deshalb erscheinen lassen, weil es einmal angekündigt war.[251] Zwischen Juli und September 1789 wird das Fragment ausgearbeitet. Im September beginnt die Einrichtung des Manuskripts für den Druck.[252] Im Oktober und November wird es für die Abschrift noch einmal durchgesehen; am 2. November schreibt Goethe an Reichardt: »Hinter Fausten ist ein Strich gemacht. Für dießmal mag er so hingehn.«[253] Ebenso heißt es am 5. November an Carl August:[254]

> Ich bin wohl und fleißig gewesen. Faust ist fragmentirt, das heißt, in seiner Art für dießmal abgethan. Mittelsdorf schreibt ihn ab. Ein wunderlicher Concept ist ihm wohl nie vorgelegt worden. Es ist recht eigen alle diese Tollheiten von eben der Hand zu sehen, welche uns sonst nur: Veste, liebe getreue vorzulegen gewohnt ist. Nun wünsche ich, daß Ihnen das Stückwerk noch einmal einen guten Abend machen möge.
>
> Die beyden kleinen Stücke die in den siebenten Band kommen sollen, waren schon in der Ordnung und ich fühle mich nun erst als ein freyer Mensch, da ich diese Verbindlichkeiten erfüllt habe. Nun kann es an andre Sachen gehn.

*

251 Sarauw, Zur Faustchronologie (Anm. 46), S. 53.

252 Vgl. Knebel an Amalie von Imhoff, 18. September 1789, in: Aus Karl Ludwig von Knebels Briefwechsel mit seiner Schwester Henriette (1774–1813). Ein Beitrag zur deutschen Hof- und Litteraturgeschichte, hrsg. von Heinrich Düntzer, Jena 1858, S. 97. Siehe dazu Düntzer, Die Göchhausensche Abschrift von Goethes ›Faust‹, S. 170 f.; Pniower, S. 36; dagegen Kögel, Der vorweimarische Faust (Anm. 28), S. 548.

253 Goethe an Reichardt, 2. November 1789, WA IV 9, S. 159; dazu Gräf II/2, S. 49, Anm. 2.

254 Goethe an Carl August, 5. November 1789, WA IV 9, S. 160; dazu Gräf II/2, S. 49 f., Anm. 3–5. Die Formulierung »für dießmal« erscheint im Zusammenhang der Bearbeitung der Werke für die ›Schriften‹ öfter; vgl. auch Zweyter Römischer Aufenthalt, 22. Februar 1788, WA I 32, S. 277, über den achten Band; laut Düntzer, Hempelsche Ausgabe, Bd. 24, S. 934 an Herder gerichtet, doch verzeichnet die Postsendeliste kein Schreiben von diesem Tag. – »Veste, Liebe, Getreue« ist die Anrede des Landesfürsten an seine Beamte; vgl. Karl Dietrich Hüllmann, Geschichte des Ursprungs der Stände in Deutschland. Zweite Ausgabe, größtentheils ein neues Werk, Berlin 1830, S. 54.

Das wunderliche Konzept ist der Urcodex,[255] der seit Rom als Arbeitsmanuskript gedient und manche Auswechslungen und Erweiterungen erlebt hatte und weithin nur noch eine genetische Identität mit sich selbst aufwies.[256] Johann Andreas Mittelsdorf war als Kanzlist beim Geheimen Konzil beschäftigt und hatte gewöhnlich die herzoglichen Reskripte ins Reine zu schreiben.[257] Er scheint Goethe vom Herzog für diese Aufgabe zur Verfügung gestellt worden zu sein und liquidierte für seine Arbeit im Februar 1790.[258] Christian Georg Karl Vogel, von dem noch die Reinschriften des Tasso stammen, war nur 1785–1789 als Goethes Schreiber tätig und stand für den Faust nicht mehr zur Verfügung, was sicher Konsequenzen für die Einrichtung der Abschrift hatte, da Mittelsdorf mit den inzwischen etablierten Einrichtungskonventionen und wohl auch mit der Adelungischen Orthographie nicht so vertraut sein konnte wie jener. In Italien pflegte Goethe die Arbeitshandschriften bei sich zu behalten; es musste meist eine weitere Abschrift angefertigt werden.[259] In Weimar wurde dieser Usus aber zumindest beim Faust nicht beibehalten. Wahrscheinlich war Mittelsdorfs Abschrift die Druckvorlage, die Goethe bis Mitte Dezember 1789 einer Revision unterzog.[260] Eine solche letzte Durchsicht lässt sich an den Tasso-Handschriften nachvollziehen,[261] doch könnte Goethe für ›Faust‹ nicht dieselbe Sorgfalt aufgebracht haben wie für den ihm zu

255 So auch Gräf II/2, S. 50, Anm. 5 zu S. 49.

256 Kurt Lewin sprach bei Formen diachronischer oder prozessualer Identität von »Genidentität«; Kurt Lewin, Der Begriff der Genese in Physik, Biologie und Entwicklungsgeschichte. Eine Untersuchung zur vergleichenden Wissenschaftslehre, Berlin 1922.

257 Burkhardt, Zur Kenntnis der Goethe-Handschriften I (Anm. 110), Nr. 12; Gräf II/2, S. 49, Anm. 5; QuZ 1, S. 633 (Register, s. v.).

258 Vgl. Carl August Hugo Burkhardt, Zur Kenntnis der Goethe-Handschriften, II: Chronologisches Verzeichnis der Dictat-Arbeiten und Reinschriften, Wien 1899 (= Beilage zu: Chronik des Wiener Goethe-Vereins 14 [1899/1900], Nr. 7/8), S. 5.

259 Zum Egmont vgl. WA I 8, S. 344; zur Iphigenie WA I 10, S. 390; zu ›Claudine von Villa Bella‹ WA I 11, S. 418; zum Triumph der Empfindsamkeit WA I 17, S. 316.

260 Goethe an Reichardt, 10. Dezember 1789, an Anna Amalia, 14. Dezember 1789, WA IV 9, S. 165, 168. Zum Verhältnis von Druckvorlage und Mittelsdorfscher Abschrift vgl. skeptisch Bernhard Seuffert, Nochmals der Fragmentdruck von Goethes Faust, in: Zeitschrift für Bücherfreunde N. F. 16 (1924), S. 29–33, hier: S. 31 f.

261 Vgl. Blumenthal, Die Tasso-Handschriften (Anm. 22), S. 150–156.

dieser Zeit näher stehenden Tasso.[262] ›Faust‹ wurde am 10. Januar 1790 an Göschen gesandt,[263] die beiden längst vorliegenden Singspiele zum selben Band erst Anfang März.[264] Der Verleger drängte nicht, im Gegenteil war er so enttäuscht von der Ausgabe und ihrem Autor, dass er während des verzögerten und sich hinziehenden Drucks des Tasso meinte, der Autor müsse sich nun auch einmal gedulden.[265]

Laut Vertrag war die Rücksendung der Manuskripte durch den Verlag vorgesehen,[266] und sie wurde bei den ersten vier Bänden durch Seidel[267] und wieder bei ›Tasso‹ durch Goethe selbst eingefordert:[268] Diese Druckvorlagen sind tatsächlich zurückgeschickt worden.[269] Sie sind erhalten bei ›Werther‹,[270] den ›Mitschuldigen‹,[271] dem ›Triumph der Empfindsamkeit‹[272] und ›Tasso‹,[273] nicht jedoch z. B. bei ›Clavigo‹[274] und ›Iphigenie‹.[275] Von anderen Werken sind nur handschriftliche Vor-

262 Vgl. Goethe an Göschen, 22. Juni 1789, 20. August 1789, 4. Januar 1790, WA IV 9, S. 134, 148, 172.

263 WA III 2, S. 1 (Januar 1790); WA IV 9, S. 393 (Postsendeliste 1790).

264 Goethe an Göschen, 3. März 1790, WA IV 30, S. 47. Siehe dazu Ludwig Geiger, Fünf Briefe Goethes 1790–1819, in: Goethe-Jahrbuch 22 (1901), S. 73–84, hier: S. 74.

265 Göschen an Bertuch, 16. Dezember 1789, QuZ 1, S. 182.

266 Verlagsvertrag zwischen Göschen und Goethe, § 11, QuZ 1, S. 205.

267 Seidel an Göschen, 9. August 1787; QuZ 1, S. 81; Göschen an Seidel, 8. September 1787, ebd., S. 91.

268 Goethe an Göschen, 20. August 1789 (WA IV 9, S. 148), 27. August 1789 (WA IV 18, S. 39); 4. Januar 1790 (WA IV 9, S. 172); Göschen an Goethe, 16. Januar 1790 (QuZ 1, S. 183). Vgl. Blumenthal, Die Tasso-Handschriften (Anm. 22), S. 148 f.

269 Vgl. QuZ 1, S. 91, Anm. 3 (aber vgl. ebd., S. 68, Anm. 2 zu Band 3). Zu den erhaltenen Druckvorlagen der Schriften vgl. Marie-Elisabeth Fritze, Untersuchungen zur vierbändigen »geringeren« Ausgabe von Goethes Werken bei Göschen 1787–1791 (S^2), Diss. (masch.) Humboldt-Universität Berlin 1964, S. 22–57.

270 Vgl. Bernhard Seuffert in WA I 19, S. 329–331 (H); Fritze, a. a. O., S. 23–25.

271 Vgl. Franz Schnorr von Carolsfeld in WA I 9, S. 462: H^4; Fritze, a. a. O., S. 32 f.

272 Vgl. Max Roediger in WA I 17, S. 317: H^4; Fritze, a. a. O., S. 28–30.

273 Mischhandschrift H^1H^2; Blumenthal, Die Tasso-Handschriften (Anm. 22), S. 95 f.; vgl. Fritze, a. a. O., S. 33–35.

274 Nach Fritze, a. a. O., S. 31 und S. 43 (und ff.) ist für ›Clavigo‹ keine Druckvorlage erhalten, da nach dem Himburgschen Druck gesetzt wurde.

275 Vgl. QuZ 1, S. 68, Anm. 2; Berthold Litzmann in WA I 10, S. 389 f.; Fritze, a. a. O., S. 25–28.

stufen der Druckvorlagen erhalten.[276] Beim siebten Band scheint es aber nicht mehr zu einer Rücksendung gekommen zu sein. Für keines der drei darin enthaltenen Stücke ist die Vorlage erhalten.[277] Angesichts von Goethes und Göschens Gleichgültigkeit gegenüber diesem letzten Band der Ausgabe wäre vorstellbar, dass der Verleger von der Rückerstattung abgesehen hat. Marie-Elisabeth Fritze vermutet zwar, alle Druckvorlagen der ›Schriften‹ seien zurückgeschickt worden. Auch sie konstatiert aber, dass zum Verbleib der Druckvorlagen von Band 7 und 8 jeder Hinweis fehle. Wie Fritze argumentierte (mit Bezug allein auf ›Faust‹) bereits Grumach, der zusätzlich annahm, die spätere Druckvorlage für den ersten Cottaschen Druck gehe auf die alte Druckvorlage zurück, was deren Verschwinden erkläre.[278] Diese Hypothese lässt sich anhand der erhaltenen Handschrift der Domszene eindeutig widerlegen, wozu hier aber nicht der Ort ist.

*

Gegenüber dem Urfaust weist das Fragment eine ganze Reihe von Neuerungen auf (siehe Tabelle 2):[279] Es enthält drei neue Szenen, vor allem die Einführung Mephistopheles' und die Motivierung der Verbindung zwischen ihm und Faust in der Studierzimmerszene. Die Schülerszene erscheint erst jetzt durch ihre Parallele zu dem Dialog in das Faust-Drama integriert (der Vers »Wir sehn die kleine, dann die große Welt«

276 Vom ›Jahrmarktsfest zu Plundersweilern‹ ist eine von Herder durchkorrigierte Handschrift (H^3) erhalten, die die Vorlage der Druckvorlage darstellt (Wilhelm Fielitz in WA I 16, S. 398; Fritze, a.a.O., S. 35 f.); ebenso bei den Gedichten eine Vorstufe der Druckvorlage für Band 8 (Gustav von Loeper in H^3/H^4; WA I 1, S. 366 f.; vgl. Fritze, a.a.O., S. 39 f.); ›Egmont‹: H^2 (vgl. Elisabeth Völker, Untersuchungen zur Textgeschichte des Egmont, Diss. masch. Humboldt-Universität Berlin 1963, S. 17–27 gegen Jakob Minor in WA I 8, S. 345); ›Erwin und Elmire‹: H^2 (vgl. R. M. Werner in WA I 11, S. 424); ›Lila‹: H^2 (Franz Muncker in WA I 12, S. 349); ›Claudine von Villa Bella‹: H (Eduard von der Hellen in WA I 11, S. 418); ›Jery und Bätely‹: H^2 (Wilhelm Arndt in WA I 12, S. 318 f.). Siehe den Überblick bei Fritze, a.a.O., S. 31 f. und S. 47.

277 Fritze, a.a.O., S. 41, konkret auf ›Faust‹ bezogen S. 50 und auf ›Jery und Bätely‹ S. 55.

278 Grumach, Prolog und Epilog im Faustplan von 1797 (Anm. 40), S. 64 f., Anm. 10.

279 Siehe auch die Übersicht der wichtigsten äußeren Unterschiede bei Gräf II/2, S. 32.

im abschließenden Dialog zwischen Mephistopheles und Faust nimmt eine Formulierung der Schülerszene auf, »Ihr durchstudirt die groß' und kleine Welt«), und stellt die Verbindung zur folgenden Szene her.[280] Im Urfaust klagte Faust am Ende der Schülerszene über seinen langen Bart und den Mangel an leichter Lebensart. An diese Bemerkung knüpft die neue Szene »Hexenküche« an (die im Fragment gegenüber Faust I noch sechzehn Verse weniger hat),[281] die ebenso vermittelnde und motivierende Funktion hat und zur Gretchen-Handlung überleitet und die Szene »Land Strase« ersetzt.[282] Die Szenendisposition der Gretchenhandlung wurde verändert: Während im Urfaust die Szenen »Am Brunnen« und »Zwinger« direkt aufeinander folgen, sind sie im Fragment von der neuen Szene »Wald und Höhle« unterbrochen, die auf den Eingangsmonolog zurückverweist und (neben einem verbindenden Stück V. 1975–2013 = Faust I, V. 3303–3341) mit einem aus

280 Vgl. Otto Pniower, Die Schülerscene im ›Urfaust‹, in: Vierteljahrschrift für Litteraturgeschichte 4 (1891), S. 317–335, hier: S. 319; Minor, Bd. 1, S. 309 f.

281 Zur angeblichen Verjüngung (im Sinn einer Zurücknahme von Lebensjahren) vgl. die bedenkenswerten, aber nicht rezipierten Erläuterungen von Friedrich Bruns, Die Hexenküche, in: Monatshefte für deutschen Unterricht 46 (1954), S. 260–266; Alfred Walheim, Noten und Abhandlungen zu Goethes ›Faust‹, in: Chronik des Wiener Goethe-Vereins 58 (1954), S. 32–41 (I); 59 (1955), S. 25–37 (II); 60 (1956), S. 21–36 (III); 61 (1957), S. 9–21 (IV), hier: II, S. 34 f., und Wilhelm Resenhöfft, Faust, der Dreißigjährige, in: Goethe-Jahrbuch 90 (1973), S. 200–211; siehe bereits Trendelenburg, Goethes Faust (Anm. 28), Bd. 1, S. 315; Reinhard Buchwald, Führer durch Goethes Faustdichtung. Erklärung des Werkes und Geschichte seiner Entstehung, Stuttgart 1942 (= Kröners Taschenausgabe 183), S. 121; dagegen z. B. Minor, Bd. 1, S. 318; Arens, Kommentar zu Goethes Faust I (Anm. 250), S. 205 (nicht überzeugend, dieselben Belege aber wieder in FA I 7/2[6], S. 282 f.); Eberhard von Zezschwitz, Komödienperspektive in Goethes ›Faust I‹. Dramentechnische Integration eines Sturm-und-Drang-Fragments in den Ideenzusammenhang der Klassik, Frankfurt am Main u. a. 1985 (= Europäische Hochschulschriften I/803), S. 368, Anm. 8. – Zur »Hexenküche« und dem italienischen Opernplan des ›Groß-Cophta‹ (AA, Dramen und dramatische Szenen vor der Jahrhundertwende [1788–1799], bearb. von Ilse-Marie Kümmel, Bd. 1/2, 1958, S. 473–486; dazu Goethe an Kayser, 14. August 1787, WA IV 8, S. 244–246) vgl. Lieselotte Blumenthal, Goethes ›Großkophta‹, in: Weimarer Beiträge 7 (1961), H. 1, S. 1–26, hier: S. 19; siehe auch Anton Birlinger, Zu Goethes Faust und Groß-Kophta. Krystall- und Zauberspiegel-Seherei, in: Alemannia 9 (1881), S. 71–84 und Hans-Jürgen Schings, Magier der Moderne. Cagliostro, Saint-Simon und Faust, in: ders., Zustimmung zur Welt. Goethe-Studien, Würzburg 2011, S. 421–436.

282 Siehe etwa Witkoski[1], Bd. 2, S. 75 und S. 83.

dem Urfaust übernommenen Dialogbruchstück aus dem Dialog zwischen Faust und Mephistopheles nach dem Valentin-Monolog (U 1407–1435 = Faust I, V. 3342–3369) wieder zur Gretchen-Handlung überleitet.[283]

Urfaust	*Fragment*	*Faust I*
Strase	Straße	Straße
Abend	Abend	Abend
Allee	Spatziergang	Spaziergang
Nachbarinn Haus	Der Nachbarinn Haus	Der Nachbarin Haus
Faust Mephistopheles	Straße	Straße
Garten	Garten	Garten
Ein Gartenhäusgen	Ein Gartenhäuschen	Ein Gartenhäuschen
		Wald und Höhle
Gretgens Stube	Gretchens Stube	Gretchens Stube
Marthens Garten	Marthens Garten	Marthens Garten
Am Brunnen	Am Brunnen	Am Brunnen
	Wald und Höhle	
Zwinger	Zwinger	Zwinger
		Nacht
Dom	Dom	Dom
Nacht		
Faust Mephistopheles		
		Walpurgisnacht
		Walpurgisnachtstraum
		Trüber Tag. Feld
Nacht. Offen Feld		Nacht, offen Feld
Kerker		Kerker

Tabelle 2
Szenenfolge der Gretchenhandlung in den drei Fassungen des Faust

283 Vgl. Urfaust[1], S. XXVII f., Anm.; Minor, Bd. 1, S. 369 f. zur metrischen Gestaltung. Siehe auch Georg Witkowski in: Jahresberichte für neuere deutsche Literaturgeschichte 2 (1891 [1893]), S. 193; Sarauw, Entstehungsgeschichte des Goethischen Faust (Anm. 157), S. 18 f.; ders., Goethes Faust i Aarene 1788–89 (Anm. 239), S. 51 f.; ders., Zur Faustchronologie (Anm. 46), S. 42–44; Léon Polak, Entstehung der Szene »Wald und Höhle« in Goethes Faust, in: Neophilologus 8 (1923), S. 94–109. Ferner: Walheim, Studien VI/2, S. 16 f., 19; Walheim schließt aus dem Trennungsstrich auf ursprüngliche Nichtzusammengehörigkeit und Inkohärenz von Valentins Monolog und nachfolgender Partie.

Über die szenische Einrichtung der Druckvorlage lassen sich einige Vermutungen anstellen. Da nur zum Egmont eine ausführliche Beschreibung der Handschriften – eine eigenhändige Handschrift H^1 und Vogels Abschrift H^2, die die Vorlage der Druckvorlage war – vorliegt, müssen sich die folgenden Ausführungen damit beschränken. Da sonst kaum eigenhändige Reinschriften vorliegen, wird eine künftige Heranziehung weiteren handschriftlichen Materials aber auch weniger ergiebig sein: In H^1 des Egmont beginnen mit einer Ausnahme alle Szenen auf einer neuen Seite.[284] Dagegen weist H^2, die Abschrift Vogels, Unregelmäßigkeiten auf: Teils beginnen Akte und Szenen auf einer neuen Seite, teils aber wird eine neue Szene einfach an die vorhergehende angeschlossen; die Sprechernamen sind häufig abgekürzt.[285] In der Göchhausenschen Abschrift des Faust folgen die Szenen unmittelbar und ohne Abstandsmarkierung aufeinander und sind manchmal durch Striche voneinander getrennt.[286] Dasselbe gilt für die Akte II bis V der eigenhändigen Handschrift der Iphigenie, wo die Auftritte innerhalb der einzelnen Akte ebenfalls unmittelbar (und ohne Striche) aufeinanderfolgen.[287] Goethe scheint in den Arbeitshandschriften seiner dramatischen Werke Szenenabtrennungen nicht immer deutlich markiert zu haben,[288] während er zumindest bei der Reinschrift des Egmont

284 Goethe, Egmont, ein Trauerspiel in fünf Aufzügen (Faksimile der Handschrift), Berlin 1939 (H^1). Siehe Wilhelm Hansen im Begleitband: Goethes Egmont-Handschrift, hrsg. im Auftrage der Deutsch-Niederländischen Gesellschaft von Wilhelm Hansen. Mit dem Faksimile einer Niederschrift Beethovens aus seiner Egmontmusik, ebd., S. 23; Völker, Untersuchungen zur Textgeschichte des Egmont (Anm. 276), S. 12.

285 Vgl. Jakob Minor in WA I 8, S. 343; Völker, Untersuchungen zur Textgeschichte des Egmont (Anm. 276), S. 15. Siehe auch Heinrich Düntzer, Die erste römische Handschrift von Goethe's ›Egmont‹, in: Archiv für das Studium der neueren Sprachen und Literaturen 38 (1865), S. 234–238; Jakob Minor, Die Weimarische Goethe-Ausgabe, in: Neue Freie Presse, Nr. 16418, 8. Mai 1910, Morgenausgabe, S. 31.

286 Vgl. WA I 39, S. 441; Urfaust^5, S. LXXV; Schulze, Das bezifferte Faustschema von 1797 (Anm. 138), S. 78, Anm. 10–11. Zu Strichen bei Goethe vgl. Siegfried Scheibe, [Rez.:] Goethe, Amtliche Schriften, Bd. 2,1, hrsg. von Helma Dahl, Weimar 1968, in: Deutsche Literatur-Zeitung 91 (1970), Sp. 915–918, hier: Sp. 916, Anm. 4.

287 Goethe, Iphigenie auf Tauris. Faksimile der Handschrift. Nachwort »Zur Entstehung und Geschichte der Handschrift« von Hans Wahl, Leipzig 1938.

288 Siehe auch Düntzer, Die Göchhausensche Abschrift von Goethes ›Faust‹ (Anm. 24), S. 158 f., der für Goethes erste zusammenhängende Faust-Niederschrift von kontinuierlicher Szenenfolge ausgeht.

dann jede Szene mit einer neuen Seite beginnen ließ und bei der Seitendisposition mit Bedacht verfuhr.

Richard Maria Werner weist auf eine Besonderheit im Druck des Faust-Fragments hin, die bislang unerklärt geblieben ist:[289] Während dort alle Szenen bis zur »Hexenküche« auf einer neuen Seite beginnen, vor deren Szenenbeginn eine Kopflinie steht und an deren Ende sich eine 2,3 cm lange Linie befindet (Abb. 1), folgen die Szenen nach der »Hexenküche« fortlaufend ohne Seitenwechsel (doch beginnen die Szenen »Straße«, »Spatziergang« und »Marthens Garten« auf einer neuen Seite, da die vorangehenden Szenen »Hexenküche«, »Abend« und »Grethchens Stube« bis zum Ende der vorhergehenden Seite reichen) und nur durch eine 0,9 cm lange Linie getrennt aufeinander. Das läuft so bis zum Schluss der Szene »Ein Gartenhäuschen«, die wieder mit einer 2,3 cm langen Linie schließt. Die Szene »Grethchens Stube« beginnt auf einer neuen Seite und mit Kopflinie, »Marthens Garten« und »Am Brunnen« folgen nach einer kurzen Linie und ohne Kopflinie, »Am Brunnen« ohne Seitenwechsel. »Wald und Höhle« beginnt nach langer Linie am vorangehenden Szenenende und mit Kopflinie auf einer neuen Seite, »Zwinger« schließt direkt daran an (Abb. 2), doch beginnt »Dom« nach einem 1,9 cm langen Strich ohne Kopfleiste auf einer neuen Seite.[290] (Siehe Tabelle 3.)

289 R.M. Werner, [Rez.:] Faust, ein Fragment von Goethe, hrsg. von Bernhard Seuffert, Heilbronn 1882; Goethes Faust, ein Fragment in der ursprünglichen Gestalt, hrsg. von Wilhelm Ludwig Holland, Freiburg und Tübingen 1882, in: Anzeiger für deutsches Alterthum 9 (1883), S. 205–208, hier: S. 208.

290 Hermann Behn, der die Szeneneinrichtung des Faust in den ›Schriften‹ auf Setzerwillkür zurückführt, schreibt: »Das Fehlen der Seitentrennung erscheint zwischen der fünften und der elften Szene kaum störend, da diese sieben ersten Szenen des Margarethen-Teiles der Dichtung sowohl zeitlich wie dichterisch in unmittelbarer Folge zusammengehören; zwischen der fünfzehnten Szene (›Wald und Höhle‹) und der sechzehnten Szene (›Zwinger‹) ist die Seitentrennung insofern entbehrlich, als beide Szenen des Fragmentes […] jenseit der Katastrophe liegen. Zwischen die dreizehnte Szene des Fragmentes (›zweite Gartenszene‹) und die vierzehnte Szene (›Am Brunnen‹) aber fällt eben die Katastrophe und *hier* wirkt das Fehlen der Szenentrennung geradezu sinnstörend.« (Hermann Behn, Der Erstdruck von Goethes Faust-Fragment, in: Zeitschrift für Bücherfreunde N.F. 15 [1923], S. 41–48, hier: S. 48; siehe dazu Faber du Faur, Der Erstdruck des Faustfragments [Anm. 243], S. 6.)

Szene	*Szenenbeginn Seite (Position)*	*Markierung des Szenenbeginns*	*Markierung des Szenenschlusses*
Nacht	3 (Seitenanfang)	Kopflinie	Abstand, längere Linie
Faust. Mephistopheles.	19 (Seitenanfang)	Kopflinie	Abstand, längere Linie
Auerbachs Keller	39 (Seitenanfang)	Kopflinie	längere Linie
Hexenküche	63 (Seitenanfang)	Kopflinie	kurze Linie
Straße	83 (Seitenanfang)		kurze Linie
Abend	88 (Seitenmitte)		Abstand, kurze Linie
Spatziergang	97 (Seitenanfang)		kurze Linie
Der Nachbarinn Haus	101 (Seitenmitte)		kurze Linie
Straße	114 (Seitenmitte)		kurze Linie
Garten	118 (Seitenmitte)		kurze Linie
Ein Gartenhäuschen	130 (Seitenanfang)		Abstand, längere Linie
Grethchens Stube	133 (Seitenanfang)	Kopflinie	kurze Linie
Marthens Garten	136 (Seitenanfang)		kurze Linie
Am Brunnen	146 (Seitenmitte)		Abstand, längere Linie
Wald und Höhle	151 (Seitenanfang)	Kopflinie	kurze Linie
Zwinger	161 (Seitenmitte)		Abstand, längere Linie
Dom	164 (Seitenanfang)		Abstand, längere Linie

Tabelle 3
Szenendisposition im Faustfragment
(die neuen oder stärker bearbeiteten Szenen sind kursiv gesetzt)

Eine neue Seite mit Kopfleiste beginnt also bei »Nacht«, der Studierzimmerszene, »Auerbachs Keller«, »Hexenküche«, »Grethchens Stube«, und »Wald und Höhle«. Mit Ausnahme der zusammen mit »Marthens Garten« und »Am Brunnen« vor der neuen Szene »Wald und Höhle« stehenden Szene »Grethchens Stube« handelt es sich um neue oder um im Verhältnis zum Urfaust stark bearbeitete Partien. Die unmittelbar aufeinanderfolgenden Szenen gehören zu den weniger bearbeiteten. Es

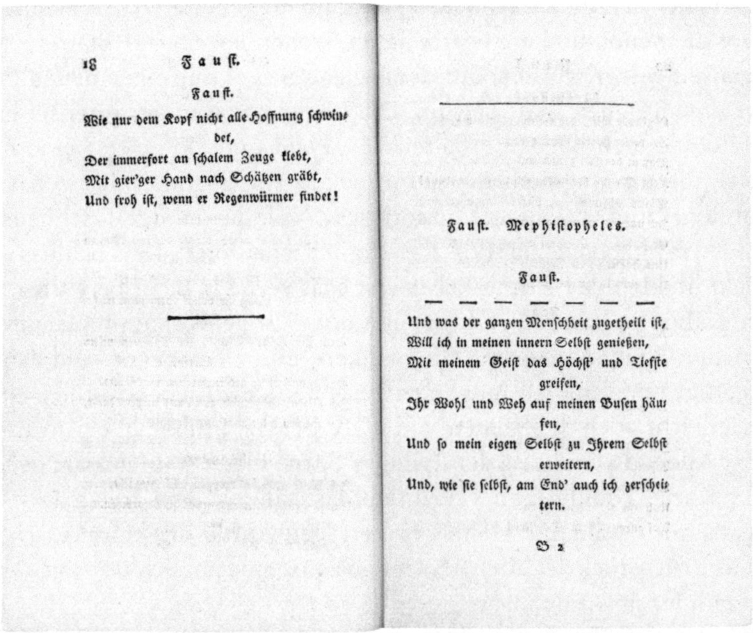

18 Faust.

Faust.

Wie nur dem Kopf nicht alle Hoffnung schwin-
det,
Der immerfort an schalem Zeuge klebt,
Mit gier'ger Hand nach Schätzen gräbt,
Und froh ist, wenn er Regenwürmer findet!

Faust. Mephistopheles.

Faust.

— — — — — — —

Und was der ganzen Menschheit zugetheilt ist,
Will ich in meinen innern Selbst genießen,
Mit meinem Geist das Höchst' und Tiefste
greifen,
Ihr Wohl und Weh auf meinen Busen häu-
fen,
Und so mein eigen Selbst zu Ihrem Selbst
erweitern,
Und, wie sie selbst, am End' auch ich zerschei-
tern.

B 2

Abb. 1 (oben)
Faustfragment, S° 7, S. 18–19
(Ende der Szene »Nacht« und Beginn der Szene »Faust. Mephistopheles«).

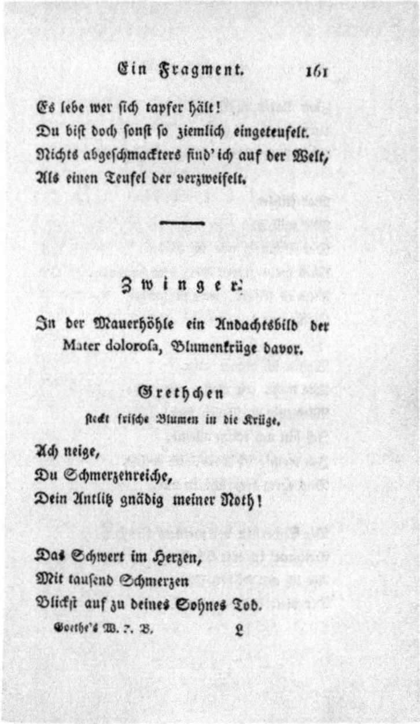

Ein Fragment. 161

Es lebe wer sich tapfer hält!
Du bist doch sonst so ziemlich eingeteufelt.
Nichts abgeschmackters find' ich auf der Welt,
Als einen Teufel der verzweifelt.

Zwinger.

In der Mauerhöhle ein Andachtsbild der
Mater dolorosa, Blumenkrüge davor.

Grethchen
steckt frische Blumen in die Krüge.

Ach neige,
Du Schmerzenreiche,
Dein Antlitz gnädig meiner Noth!

Das Schwert im Herzen,
Mit tausend Schmerzen
Blickst auf zu deines Sohnes Tod.

Goethe's W. 7. B. 2

Abb. 2 (rechts)
Faustfragment, S. 161
(Ende der Szene »Wald und Höhle« und Beginn der Szene »Zwinger«).

liegt nahe, daraus zu schließen, dass im ungehefteten Arbeitsmanuskript die neuen und die bearbeiteten Szenen jeweils auf Blättern oder Bögen eingelegt wurden, auf denen jede Szene mit einer neuen Seite oder einem neuen Blatt begann. Die Bögen der weniger intensiv bearbeiteten Szenen blieben erhalten.[291] »Wald und Höhle« ist eine neue Szene, die im Fragment die unmittelbare Aufeinanderfolge von »Am Brunnen« und »Zwinger« unterbricht, auf die in der Göchhausen-Handschrift ebenso nahtlos die Dom-Szene folgt. Der Schluss von »Wald und Höhle« wurde sicher erst spät verfasst, da er bereitliegende Materialien aufnimmt und für eine notdürftige Verknüpfung mit der Gretchen-Handlung sorgt.[292] »Zwinger« und Dom-Szene sind danach eingefügt und mussten möglicherweise neu geschrieben werden, ebenso vielleicht auch die Szenen von »Grethchens Stube« bis »Am Brunnen«. Allein die Stellung der Zwinger-Szene bleibt so ungeklärt (wegen ihrer Kürze könnte man vermuten, dass sie auf dem freien Rest des Bogens mit »Wald und Höhle« eingetragen wurde, direkt im Anschluss an das Bruchstück der alten »Nacht«-Szene, die zum Schluss von »Wald und Höhle« geworden war).

Die typographische Struktur des Drucks spiegelt demnach den Zustand des Arbeitsmanuskripts wider.[293] Goethes Bemerkung in dem Brief vom 1. März 1788 über die ungehefteten Lagen kann also nicht so verstanden werden, wie Otto Pniower sie auffasste, dass jeder einzelnen Szene auch eine »abgesonderte Lage« entsprach.[294] Vogel hat zwar – wie an H^2 des Egmont zu sehen ist – die Gestaltung der Szenenfolge bei seinen Abschriften nicht übernommen, aber er war beim Faust nicht beteiligt. Anscheinend hielt sich der im Kopieren Goethescher Hand-

291 So auch Düntzer, Die Prosascene in Goethes ›Faust‹ (Anm. 161), S. 536.

292 Vgl. Sarauw, Entstehungsgeschichte des Goethischen Faust (Anm. 157), S. 29 f.; Michels, Neue Faust-Schriften (Anm. 185), S. 400.

293 Anders Schulze, Das bezifferte Faustschema von 1797 (Anm. 138), S. 78, Anm. 11, der meint, die Szeneneinrichtung im Druck ginge »etwa auf Hinweiszeichen zurück, die bei Erstellung des Druckmanuskripts anzeigten, daß aus anderen Blättern als dem Urfaustmanuskript weiter abgeschrieben werden sollte«. Solche Blätter gab es wohl nicht, sie waren alle Bestandteil des Arbeitsmanuskripts selbst und hatten dort ältere Blätter ersetzt.

294 Pniower, [Rez.:] Fischer, Die Erklärungsarten des Goetheschen Faust (Anm. 215), Sp. 1577; ders., Die Abfassung der Scene »Vor dem Thor« im Faust (Anm. 58), S. 178.

schriften unerfahrene Abschreiber, der die Druckvorlage des Faust anfertigte, treu an die Vorlage. So konnte sich die Überlagerung der älteren und der jüngeren Anordnungsweisen des Arbeitsmanuskripts auch in die Druckvorlage fortsetzen und wurde von dort direkt in den Druck übernommen. Die typographischen Elemente (kürzere und längere Linien) gehen auf den Setzer zurück.

Als Korollar ergibt sich: Die Göchhausensche Abschrift gibt in der Disposition der Szenenfolge den Urcodex getreu wieder. Dieser Schluss wird durch eine weitere Eigenheit des Drucks bestätigt, auf die Hermann Behn zuerst hingewiesen hat: Im Druck werden die beiden Monologe Gretchens »Meine Ruh ist hin …« und »Ach neige, du Schmerzenreiche …« unterschiedlich behandelt, der erste Monolog ist im ersten Druck (S^o) eingerückt gesetzt worden, der zweite dagegen nicht.[295] Im zweiten Druck (S^m) sind alle beide nicht eingerückt.[296] Wie der Erstdruck verhält sich auch die Göchhausen-Abschrift, wo ebenfalls der erste Monolog eingerückt, der zweite nicht eingerückt ist.[297] Die fehlende Abtrennung der letzten Strophe von »Meine Ruh ist hin …« im Erstdruck hat eine Entsprechung in den sehr undeutlichen Strophenabständen der Göchhausen-Abschrift.[298] Die Übereinstimmung zwischen Abschrift und Druck lässt auch hier den Zustand des Arbeitsmanuskripts erkennen. In der Versabteilung stimmen beide überein, bis auf den Vers »GRETGEN Ach! LIESCHEN Ja so ist's ihr endlich gangen«, der in der Abschrift einen Vers mit Antilabe bildet, im Fragment aber zwei Verse ausmacht,[299] sowie die Verse »Und ich der Gottver-

295 S^o 7, S. 133–135, 161–163. Vgl. Walheim, Studien V/1, S. 50.

296 S^m 7, S. 133–135, 161–163. Vgl. Behn, Der Erstdruck von Goethes Faust-Fragment (Anm. 290), S. 42.

297 Vgl. Waltraud Hagen, Der Erstdruck von Goethes Faustfragment, in: Beiträge zur Goetheforschung (Anm. 10), S. 59–78, hier: S. 76, gegen Faber du Faur, Der Erstdruck des Faustfragments (Anm. 243), S. 13.

298 S 7, S. 135. Erich Schmidt hat in allen Abdrucken seiner diplomatischen Edition wohl mit Unrecht keinen Abstand zwischen vorletzter und letzter Strophe sehen wollen (Urfaust$^{1-8}$, S. 64). Die neueren Editionen (AA, Keller, Braunschweiger, FA) haben den Strophenabstand hergestellt, wobei im einzelnen unklar ist, ob sie damit den handschriftlichen Befund wiederzugeben meinten oder aber einen Texteingriff vorzunehmen glaubten.

299 U 1241 = Fragment, V. 1853a–b = Faust I, V. 3550f. Vgl. Düntzer, Erläuterungen[6], S. 177, Anm. *; AA, Faust, Bd. 2: Faust. Der Tragödie erster Teil, bearb. von Ernst Grumach und Inge Jensen, 1958, S. 182; Wilhelm Resenhöfft, Goethes

haßte, | Hatte nicht genug,« die im Urfaust zwei Verse bilden, im Fragment jedoch nur einen;[300] in beiden Fällen dürfte es sich um Fehler im Fragmentdruck handeln. Goethe hat Göschens Setzern die Freiheit zu eigener Entscheidung bei der Umsetzung der Manuskriptvorgaben in die typographische Gestaltung überlassen,[301] aber beim Fragment wurde die Szenenfolge der Vorlage mit allen Inkonsistenzen treu nachgebildet. Damit ergeben sich Indizien für die Entscheidung der umstrittenen Fragen nach der direkten oder indirekten Abhängigkeit der Göchhausen-Abschrift vom Urcodex: Sie sprechen für den ersten Teil der Alternative, denn die Göchhausensche Abschrift weist genau die szenische Einrichtung auf, die man von einer direkten Abschrift erwartet.

Die Vorlagentreue der Göchhausen-Abschrift lässt sich so zumindest für die Gretchen-Szenen wahrscheinlich machen. Es ist eine zusätzliche Frage, ob die aus der Abschrift für die Gretchenszenen erschließbare Gestaltung des Arbeitsmanuskripts auch für Anfang und Schluss des Dramas anzusetzen ist. Die sogenannte Gretchentragödie[302] stellt im

Faust. Gleichnis schöpferischer Sinnerfassung, Bern 1975 (= Europäische Hochschulschriften I/128), S. 308, Nr. 60. Für die Aufteilung auf zwei Verse sprechen sich aus Karl Julius Schröer in: Faust von Goethe. Mit Einleitung und fortlaufender Erklärung hrsg. von K. J. Schröer, Erster Theil, 5. Auflage, Leipzig 1907 (zit. *Schröer*[5]), S. XC und S. 234 sowie Erich Schmidt in WA I 14, S. 277.

300 U 1422 f. = Fragment, V. 2028 = Faust I, V. 3356–3357. Zwei Verse auch bei Düntzer, Loeper, WA, JA, WGA, AA, HA. Vgl. Loeper, Faust I², S. 225; Seuffert, Faust. Ein Fragment (Anm. 167), S. XIV; Schröer[5], Bd. 1, S. XC und S. 220; Erich Schmidt in WA I 14, S. 276; H. G. Fiedler, Textual Studies of Goethe's Faust, Oxford 1946, S. 28; Goethe, Faust. Eine Tragödie (1808). Historisch-kritisch ediert und kommentiert von Karl Heinrich Hucke, Münster 2008, S. 213. Zu ähnlichen Fehlern, vermeintlichen und echten, bei der Versaufteilung in anderen Werken Goethes, v. a. Gedichten, vgl. Daniel Sanders, Zur Kritik unserer Goethe-Ausgaben, in: Unterhaltungen am häuslichen Herd 2 (1857), Nr. 6, S. 92–94. Zu beabsichtigten Änderungen der Versgliederung in der Gedichtsammlung der ›Schriften‹ vgl. Hans Keipert, Die Wandlung Goethescher Gedichte zum klassischen Stil. Die Umarbeitungen für die Gesamtausgabe 1789, Jena 1933 (= Jenaer germanistische Forschungen 21), S. 81–92.

301 Goethe an Göschen, 24. September 1788, WA IV 18, S. 30: »Gleichfalls hat der Setzer bei gegenwärtigem Puppenspiel mit Überlegung zu handeln.«

302 Der Ausdruck kommt bereits bei Thomas Mertens, Die Kerkerscene im Faust, in: Vierter Bericht über die Stadttöchterschule II zu Hannover, Hannover 1873, S. 3–60, hier: S. 15, vor, ebenso bei Karl Biedermann, Zur Entwicklungsgeschichte der Goethe'schen Faustdichtung, in: Nord und Süd 3 (1877), S. 228–250, hier: S. 233, und Kuno Fischer, Goethe's Faust. Über die Entstehung des Ge-

Faust-Drama den geschlossensten Teil dar.[303] Die Szenen am Beginn und am Ende des Dramas hängen viel lockerer untereinander zusammen, selbst wenn die sorgfältige Motivierung der Handlung und Verknüpfung der Szenen im Fragment und im Faust I nicht als Maßstab angenommen werden.[304] Es könnte sein, dass hier auch das Arbeitsmanuskript anders gestaltet war als im Mittelteil. Allerdings ist diese Annahme nicht zwingend; Georg Witkowski hat vielleicht als erster darauf verzichtet, den revueartigen Charakter des Urfaust als defektive Form anzusehen, die stets an einer unterstellten Vollständigkeit und Lückenlosigkeit zu messen wäre,[305] und sich mit der Konstatierung von Lücken oder fehlenden Verbindungsstücken selbst bei der Schülerszene zurückgehalten.[306] Ausdrücklich hat sich Robert M. Browning zu dieser

dichts, Stuttgart 1878, S. 111. Düntzer und Vischer scheinen die Bezeichnung nicht zu gebrauchen, durch Fischers Faust-Kommentar dürfte sie sich verbreitet haben. Der analoge, im Hinblick auf das Drama auch wenig glückliche Ausdruck »Gelehrtentragödie« ist jünger und über lange Zeit weniger kurrent; in den Kommentaren findet er sich offenbar erst in der Hamburger Ausgabe, Bd. 3[1], S. 469 u. ö., jedenfalls wird er wohl erst seither geläufig, die Kommentare von Theodor Friedrich (1932, [2]1937, [3]1940) und Reinhard Buchwald (1942) kennen ihn noch nicht. In der Literatur vor Trunz fällt der Ausdruck auch dort nicht, wo man ihn erwarten könnte. Witkowski unterscheidet v. a. beim Urfaust deutlich zwischen den »beiden getrennten Szenenfolgen« um Faust im Akademikermilieu und um die Tragödie Gretchens in ihrer kleinstädtischen Welt (Witkowski[1], Bd. 2, S. 75 f.). Trendelenburg, Goethes Faust (Anm. 28), Bd. 1, S. 18 u. ö. spricht von »Faust-« und »Gretchenteil«, nur bei letzterem auch von »Gretchentragödie«; Meyer-Benfey, Die Entstehung des Urfaust (Anm. 172), S. 298 spricht von zwei Hälften, der Handlung »um die Hauptgestalt des Universitätslehrers« und der »Gretchen-Tragödie«, usw.

303 Vgl. Josef Collin, Goethes Faust in seiner ältesten Gestalt, Frankfurt am Main 1896, S. 181 f., 218 f.; Minor, Bd. 1, S. 131 f.

304 Vgl. Witkowski, Die Walpurgisnacht im ersten Teile von Goethes Faust (Anm. 172), S. 5 f.; ders., Neue Faustschriften (Anm. 3), S. 638 f.; Walheim, Studien VI/2, S. 17. Siehe auch Friedrich Sengle, Goethes Verhältnis zum Drama. Die theoretischen Bemerkungen im Zusammenhang mit seinem dramatischen Schaffen, Berlin 1937 (= Neue deutsche Forschungen, Abt. Neuere deutsche Literaturgeschichte 9 [116]), S. 93–95.

305 So etwa Weltrich, Goethes Faust in der Göchhausenschen Abschrift (Anm. 215), S. 479 f. und noch Hanna Fischer-Lamberg in DjG[3], Bd. 5, S. 466.

306 Witkowski, Die Walpurgisnacht im ersten Teile von Goethes Faust (Anm. 172), S. 3 f.; Witkowski[1], Bd. 2, S. 75; vgl. auch Walheim, Studien VI/2, S. 25 f. Siehe dazu die Kritik von Max Morris, Ein neuer Faustkommentar, in: Das literarische Echo 10 (1907/1908), Sp. 236–242 und Sp. 376, hier: Sp. 238.

Auffassung bekannt: »But in the Urfaust (except in the Gretchen action) such connecting links are largely absent and to assume that Goethe ›probably‹ or ›undoubtedly‹ [...] meant to insert them in 1773–75 but somehow never got around to it is not warranted by what we know.«[307] Auch die oben behandelte Gestaltung der Szenenschlüsse in der Handschrift scheint auf eine sorgfältig eingerichtete Vorlage zu deuten, es scheint fraglich, ob man einem Abschreiber einen so differenzierten und zugleich konsistenten Umgang mit Auftrittsabgrenzungen zutrauen darf, wie sie die Abschrift aufweist. Allerdings sind weder für Goethe – aus früher Zeit oder sonst – noch für Göchhausen detaillierte Handschriftenbeschreibungen in ausreichendem Umfang verfügbar, um über ihr Vorgehen bei der handschriftlichen Einrichtung eigener oder abgeschriebener Werke mit Bestimmtheit urteilen zu können.[308]

Zu einem Vorbehalt zwingt auf jeden Fall Handschrift H P6. Sie enthält neben Paralipomenon 21 – das mit der Szene »Land Strase« weitgehend identisch ist – weitere Verse (Paralipomena 6 und 7), die erst in oder nach der italienischen Zeit auf dem freien Raum der Vorderseite niedergeschrieben worden sind (Abb. 3).[309] Die Rückseite des Blattes ist freigeblieben. In der Göchhausen-Abschrift steht die kurze Szene auf Blatt 18^{r} und folgt dort direkt auf die letzten Zeilen von »Auerbachs Keller«, die das erste Viertel der Seite füllen, das letzte Viertel bleibt

307 R. M. Browning, On the Structure of the ›Urfaust‹, in: Publications of the Modern Language Association 68 (1953), S. 458–495, hier: S. 473. Höchstschätzungen des Urfaust und komparative Abwertungen des Faust I finden sich in gelehrten Publikationen anscheinend zuerst in Amerika, so bei Martin Schütze, Academic Illusions in the Field of Letters and the Arts. A Survey, a criticism, a new approach, and a comprehensive plan for reorganizing the study of letters and arts, Chicago 1933, S. 63: »the one supremely great tragic drama of modern German literature«, und S. 65: »poetically far superior to the final ›Faust‹«; Richard Flatter, The Veil of Beauty. Some aspects of verse and prose in Shakespeare and Goethe, in: Journal of English and Germanic Philology 50 (1951), S. 437–450, hier: S. 442: »this draft of a play is the only dramatic work (not merely among Goethe's plays, but among the dramatic production of the whole world) that can be put on a level with Shakespeare's best plays«; zit. nach Browning, a. a. O., S. 459 f.

308 Jedenfalls erübrigt die Einrichtung der Abschrift und die Gestaltung der Szenenschlüsse darin eine weitere Diskussion darüber, ob Louise von Göchhausen Szenen vertauscht oder umgestellt habe, wie etwa Georg Schaaffs behauptete; ders., Ein Fehler im Urfaust und seine Folgen, I–II, in: Zeitschrift für Bücherfreunde N. F. 5 (1913/14), S. 23–32, 378–392.

309 Vgl. Bohnenkamp, S. 105.

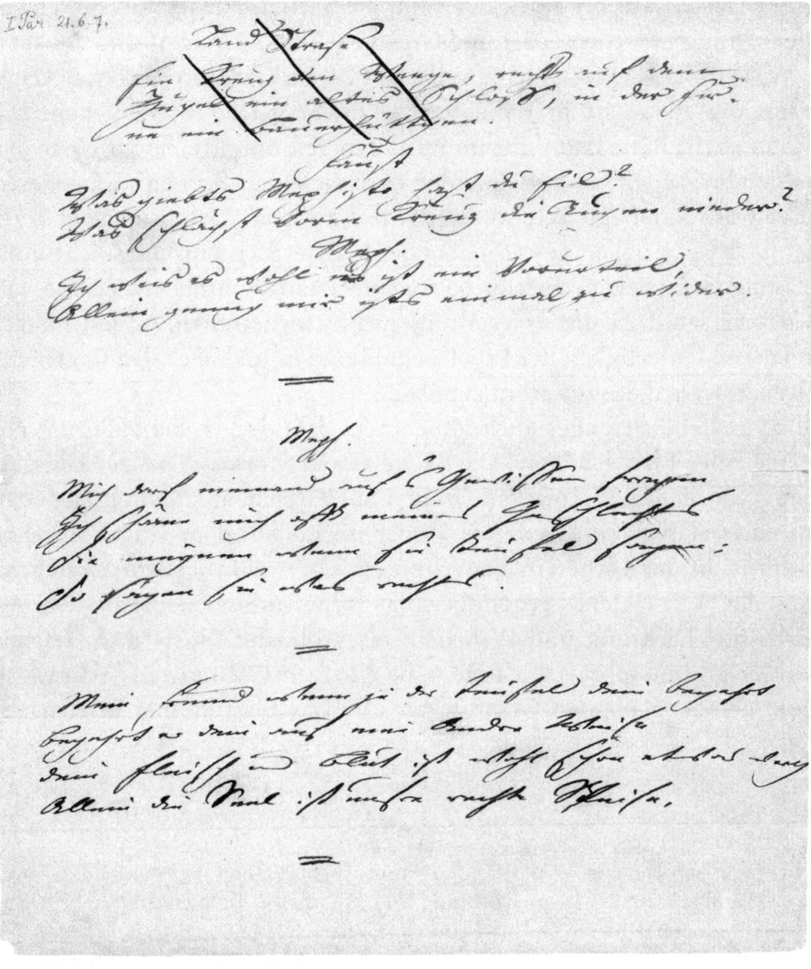

Abb. 3

Handschrift H P6, eigenhändig von Goethe beschrieben, mit dem Paralipomenon 21 in der oberen Hälfte; Szenentitel und Bühnenanweisung wurden gestrichen. In der unteren Hälfte der Seite stehen die Paralipomena 6 und 7 (Klassik Stiftung Weimar, Goethe- und Schiller-Archiv, GSA 25/W 1387). Auffallend ist die Streichung des dramatischen Nebentextes, weil der Rest der Szene (mit Abweichungen im ersten Vers) noch zu Goethes Lebzeiten gedruckt wurde, und zwar in: Karl Friedrich Klischnig, Erinnerungen aus den letzten Lebensjahren meines Freundes Anton Reiser. Als ein Beitrag zur Lebensgeschichte des Hofrath Moritz, Berlin, bei Wilhelm Vieweg, 1794, S. 211.

frei (Abb. 4). Auf der Rückseite folgt die Szene »Strase« mit der ersten Begegnung zwischen Faust und Gretchen. Drei Lösungen sind denkbar:

1. Wird daran festgehalten, dass H P6 Teil des Urcodex war, dann kann die Abschrift hier die Vorlage nicht getreu wiedergeben. Die Handschrift hätte dann nur im mittleren Teil unmittelbar aufeinanderfolgende Szenen und aneinander anschließende Szenen aufgewiesen und wäre am Beginn (und dann wohl auch am Schluss) nicht fortlaufend beschrieben gewesen, sondern hätte auch einzelne nicht vollständig beschriebene Blätter oder Doppelblätter enthalten. Louise von Göchhausen hätte diese Gestaltung nicht übernommen. Angesichts der relativen Unfertigkeit der Faust-Handlung vor und nach den Gretchen-Szenen wäre dies immerhin denkbar.

2. Es ließe sich aber auch annehmen, dass es sich bei H P6 um ein eingelegtes Blatt handelte. Die Szene »Land Strase« dient der Überleitung von den akademischen Szenen zur Gretchenhandlung. Die Szenenanweisung »Ein Kreuz am Weege, rechts auf dem Hügel ein altes Schloss, in der Ferne ein Bauerhüttgen.«[310] stellt die Welt Gretchens und die Welt Helenas gegenüber (das »alte Schloss« kehrt in dem Bericht für ›Dichtung und Wahrheit‹ als Wohnsitz Fausts und Helenas wieder[311]) und gibt so wichtige – die einzigen verfügbaren – Hinweise zum damals geplanten Gesamtdrama.[312] Das Blatt könnte »erst nach-

310 Paralipomenon 21, WA I 14, S. 294; Bohnenkamp, S. 103. Vgl. Urfaust[8], S. 31; WA I 39, S. 251.

311 Paralipomenon 63, WA I 15/2, S. 176; AA, Dichtung und Wahrheit, Bd. 2, S. 611 (Paralipomenon 135 zu ›Dichtung und Wahrheit‹); Bohnenkamp, S. 271. Zur Diskussion der alten Helena-Pläne (Krogmann spricht von der »Urhelena«) vgl. Julius Petersen, Helena und der Teufelspakt, in: Jahrb. FDH 1936–40, S. 199–236, hier: S. 209–211; Richter, Urfaust oder Ururfaust (Anm. 83), S. 337–340; Ernst Grumach, Aus Goethes Vorarbeiten zu den Helenaszenen, in: Goethe 20 (1958), S. 45–71, hier: S. 59, 67 f.; Bohnenkamp, S. 274–276. Siehe auch Krogmann, Untersuchungen zum Ursprung der Gretchentragödie (Anm. 14), S. 57–61.

312 Vgl. Walheim, Studien I, S. 1–10; II, S. 25–29; III, S. 26 f.; VI/3, S. 22 Siehe auch Ernst Beutler, Der Frankfurter Faust, in: Jahrb. FDH 1936–40, S. 594–686, hier: S. 649 und S. 685, Anm. 65. Ferner: Browning, On the Structure of the ›Urfaust‹ (Anm. 307), S. 478 f. Düntzer, Die Göchhausensche Abschrift von Goethes ›Faust‹ (Anm. 24), S. 161–163, hat die Szene gründlich missverstanden. – Zur Diskussion um Paralipomenon 63 vgl. Petersen, Helena und der Teufelspakt, a. a. O., S. 208 f.; Beutler, a. a. O., S. 650–652; Walheim, Studien III, S. 34 f.; Bohnenkamp, S. 275 f.

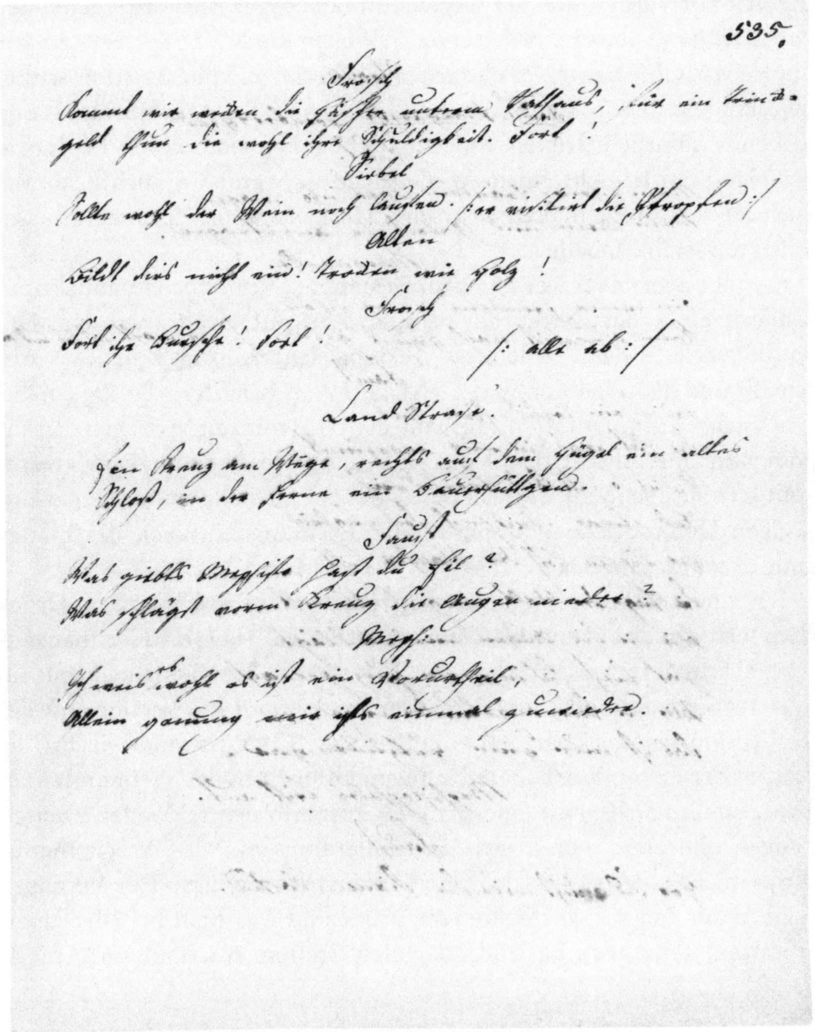

535.

Frosch
Kommt mit werden die Geister unterm [illegible], hier ein Trinkgeld thun die wohl ihre Schuldigkeit. Fort!
Siebel
Sollte wohl der Wein noch laufen. /: er visitirt die Stropfen :/
Alten
Bildt dirs nicht ein! trocken wie Holz!
Frosch
Fort ihr Bursche! Fort! /: alle ab :/

Land Strase.

Ein Kreuz am Wege, rechts auf dem Hügel ein altes Schloss, in der Ferne ein Bauerhüttgen.
Faust
Was giebts Mephisto hast du Eil?
Was schlägst vorm Kreuz die Augen nieder?
Mephis.
Ich weis es wohl es ist ein Vorurtheil,
Allein genung mir ists einmal zuwieder.

Abb. 4
Louise von Göchhausens Faust-Abschrift,
Bl. 18^r mit der Szene »Land Strase«
(Klassik Stiftung Weimar,
Goethe- und Schiller-Archiv,
GSA 25/W 3081).

träglich zur Verbindung der Gretchentragödie mit der vorhergehenden Partie eingeschoben« worden sein.[313] Wegen der Kürze der Szene hätte Louise von Göchhausen es einfach an die vorangehende Szene anschließen können. Da »Auerbachs Keller«, »Land Strase«, »Strase« und »Abend« sämtlich Szenen vom englischen Typ sind, deren Beginn in der Handschrift nicht eigens verdeutlicht zu werden brauchte, konnte auch keine Unregelmäßigkeit in der Markierung des Szenenschlusses auftreten (siehe Tabelle 1).

3. Oder aber H P6 war gar kein Bestandteil des Arbeitsmanuskripts, sondern einer der Zettel, die parallel dazu aufbewahrt wurden. Das würde zugleich das Problem der Textabweichungen zwischen der Abschrift und Paralipomenon 21 aus der Welt schaffen. Es läge nahe, Grumachs Argumentation, die von den Differenzen zwischen Paralipomenon und Abschrift auf die bloß indirekte Abhängigkeit letzerer vom Urcodex schließt, einfach auf den Kopf zu stellen und die geringfügigen Unterschiede als Indiz für die Nichtzugehörigkeit des Blattes zum Urcodex zu werten.

Für eine Rekonstruktion früherer Textzustände ist neben dem Druck noch wenigstens ein zweiter Zeuge erforderlich.[314] Da die Göchhausensche Abschrift im wesentlichen den Zustand des Arbeitsmanuskripts im Jahr 1776 wiedergibt, kann sie – oder besser noch die Version mit der Restitution Goethescher Schreibungen, wie Erich Schmidt sie für die Edition der ersten Fassungen der Jugenddramen in der Weimarer Ausgabe erstellt hat,[315] – als eine Art von Ersatz für den fehlenden zweiten Zeugen eintreten, womit sich dann allerdings nur das Arbeitsmanuskript, nicht aber die Druckvorlage rekonstruieren lässt. Der Vergleich zeigt in der Tat, dass die Nähe von Druck und Abschrift bei aller Überarbeitung sehr groß ist und an vielen Stellen Wortlaut und (meist

313 Collin, Goethes Faust in seiner ältesten Gestalt (Anm. 303), S. 170 f.

314 Vgl. Fredson T. Bowers, Multiple Authority: New Problems and Concepts of Copy-Text, in: The Library 27 (1972), S. 81–115; ders., Mixed Texts and Multiple Authority, in: Text 3 (1987), S. 63–90. Siehe dazu Paul Eggert, Dealings with the Firm of Greg and Bowers. A Personal Tribute to, and a Reconsideration of, the Work of Fredson Bowers, 1905–1991, in: Bibliographical Society of Australia and New Zealand Bulletin 15 (1991), S. 73–88.

315 WA I 39, S. 219–319 sowie WGA 12 (1937), S. 11–90. Siehe dagegen Albrecht Schöne in FA I 7/2[6], S. 83.

fehlende) Interpunktion des Urcodex erreichbar ist. Anhand der Überarbeitungstendenzen bei ›Egmont‹ und ›Tasso‹ scheint dann auch eine partielle Annäherung an die Druckvorlage nicht völlig ausgeschlossen zu sein, wenn es auch nicht möglich sein dürfte, deren Textzustand zu fixieren.

*

Die einzelnen Details der Göchhausenschen Abschrift sind – wie ersichtlich – schon seit der Zeit der Entdeckung umstritten, und die Diskussion wurde hier nicht in allen Verzweigungen verfolgt. Die jüngeren Hypothesen – die die derzeit weitaus vorherrschende Meinung darstellen – haben keine entscheidenden Fortschritte über den älteren Forschungsstand hinaus gebracht, teilweise konnten sie widerlegt oder doch entkräftet werden. Da im vorliegenden Beitrag zusätzliche Indizien für die enge Verwandtschaft von Urcodex und Abschrift beigebracht wurden, kann die ältere Forschung nicht als überholt gelten, wenigstens nicht deren besonnenerer Teil, wie er durch Erich Schmidts Ausführungen in der Einleitung zu dem letzten (7. und in dem postum erschienenen 8.) Abdruck seiner Edition der Göchhausen-Abschrift verbindlich repräsentiert wird.[316] Als einfachste Hypothese ist mit Erich Schmidt, Jakob Minor und Albert Köster anzunehmen, dass die Göchhausen-Abschrift den vollständigen Textbestand überliefert, den auch der Urcodex enthielt, und dass es keine weiteren ausgeführten Szenen gab.[317]

316 Vgl. Lutz Danneberg und Friedrich Vollhardt, Sinn und Unsinn literaturwissenschaftlicher Innovation. Mit Beispielen aus der neueren Forschung zu G. E. Lessing und zur »Empfindsamkeit«, in: Aufklärung 13 (2001), S. 33–69.

317 Vgl. Minor, Bd. 1, S. 246; Köster, [Rez.:] Minor, Goethes Faust (Anm. 5), S. 74. So auch Erich Trunz in: Hamburger Ausgabe, Bd. 3^1, S. 634; Trunz hat sich als beinah einziger Editor und Interpret auch in den späteren Auflagen seiner in vieler Hinsicht immer noch vorbildlichen Ausgabe nicht beirren lassen; vgl. ders. in: Goethes Werke (Hamburger Ausgabe). Textkritisch durchgesehen und kommentiert von Erich Trunz, Bd. 3: Dramatische Dichtungen I, 16., überarbeitete Auflage, München 1996, S. 747.

Hermann Patsch

»... ach! Philosophie«

Fichte, Schelling und Hegel über Goethes ›Faust. Ein Fragment‹

Wer sich in Goethes Zeitgenossen *vor* dem Jahr 1808 versetzen möchte – als ›Faust. Eine Tragödie. Von Goethe‹ in Tübingen in der Cotta'schen Buchhandlung erschienen war –, muss viel vergessen: Den sogenannten Urfaust (mit den wissenschaftlichen Rekonstruktionen der Vorstufen), die Bestimmung der in Italien hinzugewonnenen Teile, die Paralipomena aus dem Nachlass, die brieflichen Hinweise, insbesondere aber natürlich ›Faust I‹ und ›Faust II‹, von einer modernen Hybrid-Ausgabe[1] ganz zu schweigen. Alles was diese frühen Leser kennen konnten, war ›Faust. Ein Fragment‹, gedruckt 1790 im siebten Band der in Leipzig bei Göschen erschienenen ›Schriften‹.[2] Dieses fragmentarische Theater-

1 Vgl. zu dieser Anne Bohnenkamp u.a., Perspektiven auf Goethes ›Faust‹. Werkstattbericht der historisch-kritischen Hybridedition. In: Jahrb. FDH 2011, S. 23–67.

2 Goethe's Schriften. Siebenter Band. Leipzig, bey Georg Joachim Göschen, 1790, S. 3–168 – Titelvignette mit Bezug auf das Singspiel ›Jery und Bätely‹, Titelkupfer: Faust im Studierzimmer, ein im Fenster erscheinendes magisches Zeichen erblickend (H. Lips nach Rembrandt). Ich zitiere nach der textkritisch sorgfältigen Synopse, die auch Versangaben enthält: Johann Wolfgang Goethe, Urfaust. Faust. Ein Fragment. Faust. Eine Tragödie. Paralleldruck der drei Fassungen, hrsg. von Werner Keller, 2 Bde., Frankfurt am Main 1985 (= Insel-Taschenbuch 625). Versziffern beziehen sich, wo nicht anders angegeben, auf die Zählung des ›Fragments‹. – Gesamtausgaben werden mit den folgenden Siglen zitiert:

GA Johann-Gottlieb-Fichte-Gesamtausgabe der Bayerischen Akademie der Wissenschaften, hrsg. von Reinhard Lauth, Erich Fuchs, Hans Gliwitzky und Peter K. Schneider, I. Abt.: Werke, 10 Bde., III. Abt.: Briefe, 8 Bde., Stuttgart-Bad Cannstatt 1962–2012.

GW Georg Wilhelm Friedrich Hegel. Gesammelte Werke. Begründet von Otto Pöggeler, hrsg. von Walter Jaeschke, Abt. I: Werke, 22 Bde., Hamburg 1968–2014.

KFSA Kritische Friedrich Schlegel-Ausgabe. Begründet von Ernst Behler, hrsg. von Ulrich Breuer, 35 Bde., Paderborn u.a. 1958 ff.

stück, noch unspielbar, war eingebettet in eine vorläufige Zusammenstellung anderer Werke Goethes, mit denen es der Autor mit Bedacht hat gemeinsam lesen und verstanden sehen wollen. Kein moderner Interpret tut das heute mehr, weil er zu viel von Vergangenheit und Zukunft des Faust-Stoffes weiß. So übersieht er zum Beispiel vollkommen, dass Goethe das Fragment mit den Singspielen ›Jery und Bätely‹ und ›Scherz, List und Rache‹ in einen Band zusammen gestellt und offenbar auf einer künstlerischen Ebene gesehen hat. Aber dieser Zustand war die Voraussetzung der zeitgenössischen Leser. Was sie einzig dazu noch haben konnten, war die mehr oder weniger genaue Kenntnis der volkstümlichen Sage vom Doktor Faust, der mit dem Teufel einen Pakt schloss und dafür am Ende mit seiner Seele zahlen musste.[3] Dieses Wissen hatten sie mit dem Autor gemeinsam. Für sie kam es also nicht auf die Neuigkeit des Stoffes an, sondern auf die Art und Weise, wie Goethe diesen zu bearbeiten wusste. Der Ausgang des Stückes schien ihnen vorgegeben zu sein, auf den kam es nicht an.

Zu diesen ersten Lesern gehörten natürlich auch Johann Gottlieb Fichte, Friedrich Wilhelm Joseph Schelling und Georg Wilhelm Friedrich Hegel, die sogenannten Deutschen Idealisten. Man kann von vornherein annehmen, dass die Philosophen dieselbe Neugier bewegte, die Friedrich Schiller in seinem Brief an Goethe 1797 so formulierte: »Ich bin überhaupt sehr erwartend, wie die Volksfabel sich dem philosophischen Teil des Ganzen anschmiegen wird.«[4] Schiller forderte die Ausführung einer »Idee«, und man kann voraussetzen, dass auch die Philosophen sich nicht mit der – anscheinend vorgegebenen – erzählerischen

KGA Friedrich Schleiermacher, Kritische Gesamtausgabe, hrsg. von Hans-Joachim Birkner und Gerhard Ebeling, Hermann Fischer, Heinz Kimmerle, Kurt-Victor Selge, Berlin und New York 1980 ff.

NA Schillers Werke. Nationalausgabe. Begründet von Julius Petersen, hrsg. von Norbert Oellers, Weimar 1943 ff.

NS Novalis, Schriften. Die Werke Friedrich von Hardenbergs, hrsg. von Paul Kluckhohn und Richard Samuel. Zweite, nach den Handschriften ergänzte, erweiterte und verbesserte Auflage, 6 Bde., Stuttgart u. a. 1960 ff.

SW F. W. J. von Schelling's Sämmtliche Werke, hrsg. von Karl F. August Schelling, I. Abt., 10 Bde., 2. Abt., 4 Bde., Stuttgart und Augsburg 1856–1861.

3 Die Faust-Historie wird in allen Kommentaren ausführlich erörtert. Ich verweise zusätzlich auf Günther Mahal, Faust. Die Spuren eines geheimnisvollen Lebens, Bern und München 1980.

4 Brief vom 26. Juni 1797; NA 29, S. 89.

Oberfläche zufrieden geben würden, musste doch der Eingangsmonolog mit seinem Ausgang von der Torheit aller klassischen Universitätswissenschaften, zu denen das Ach über die Philosophie gehört, ihre Lust an der Interpretation wecken. Sie wussten nur, was alle wussten – Goethe hielt sich in den Gesprächen mit den Philosophen, die (besonders Schelling) gut mit ihm bekannt waren, mit einer Selbstdeutung zurück. So wird er es sein Leben lang halten. Aber das allgemein Bekannte brauchte gerade wegen seines fragmentarischen Charakters eine tiefere Begründung und Folgerung, sei es im Sinne einer Philosophie der Kunst oder Fundierung der Philosophie selbst. Und selbstverständlich zeigte sich bei den dreien auch das Merkmal bürgerlicher Bildung, zu deren Fundus das Werk von Anfang an wurde: Goethes »Fragment« wurde aus dem Gedächtnis zitiert.

Der mittlere Goethe, der aus Italien zurückgekehrt war, hatte seine ›Schriften‹ mit großem Bedacht ausgewählt. Diese prägten das Bild des Autors für lange Zeit. Hier beginnt das, was man einmal die Weimarer Klassik nennen wird. Schon um 1800 galt er bei der jüngeren Generation als »alter Herr«.[5] Die ›Schriften‹ – dieser Sammlungsbegriff signalisiert ja bereits eine gewisse Abgeschlossenheit, und Goethe sprach selbst bei der Zusammenstellung von dem »Summa Summarum meines Lebens«[6] –, erschienen zwischen 1787 und 1790 in acht Bänden; sie beginnen mit den ›Leiden des jungen Werthers‹ (2. Fassung), dem Werk, mit dem Goethe berühmt geworden war; sie bringen den ›Götz‹ (2. Fassung), die ›Mitschuldigen‹, ›Iphigenie‹, ›Clavigo‹, ›Stella‹, ›Egmont‹, ›Tasso‹ sowie andere kleinere Werke; dem siebten Band mit dem ›Faust‹-Fragment und den Singspielen folgen im letzten Band neben kleineren Werken, z.B. dem ›Prolog zu den neusten Offenbarungen Gottes‹, die ›Vermischten Gedichte‹ in zwei Teilen. Für die Leser war sehr vieles neu, und sie haben gewiss nicht übersehen können, dass die Dramen das Hauptaugenmerk verlangen. Hier stand das ›Faust‹-Fragment am Ende, ohne die spätere Charakterisierung als Tragödie und

5 Dorothea Veit an Karoline Paulus, etwa 15. November 1799. Dorothea Veit schränkt die offenbar geläufige Bezeichnung ein: »Der alte Herr (der beyläufig gesagt, gar nicht alt ist)«; KFSA 25: Höhepunkt und Zerfall der romantischen Schule (1799–1802). Mit Einleitung und Kommentar hrsg. von Hermann Patsch, 2009, S. 25. Vgl. auch ebd., S. 22: »die alte göttliche Ex[c]ellenz, Goethe selbst«.

6 Brief an den Herzog Carl August von Weimar aus Rom, 16. Februar 1788; WA IV 8, S. 347 f.

mit den abschließenden heiteren Idyllen der Singspiele. Das hielt die Deutungsmöglichkeiten ganz offen. Die Gedichte bekommen dann eher das Ansehen eines Ausklangs, der das vorliegende Schriften-Werk abrunden soll. Sehr deutlich endet dieser Band und damit die ganze Sammlung mit den Stanzen ›Die Geheimnisse‹, die den Leser anreden und ihm die Anweisung geben: »Ein jeder soll nach seiner Lust genießen, | Für manchen Wandrer soll die Quelle fließen.«[7] Das ist konventionell gesagt und ernst gemeint. Dieser Horizont gilt auch für ›Faust. Ein Fragment‹ – ein Fragment wie dieses Gedicht, das offen endet.

Es ist sinnvoll, sich den Text so zu vergegenwärtigen, wie er dem zeitgenössischen Leser erschien. ›Faust. Ein Fragment‹ beginnt sofort mit der der Handlung, der Szene ›Nacht‹, also ohne den theaterpraktischen (›Vorspiel auf dem Theater‹) und den entscheidenden metaphysischen Vorbau (›Prolog im Himmel‹) von ›Faust. Eine Tragödie‹ von 1808. Der einsam wachende Gelehrte Faust verzweifelt an den Universitätswissenschaften, die er alle studiert hat und die er nicht mehr lehren möchte. Er hat sich zwar der Erforschung der Magie ergeben (V. 24), aber das Magie-Buch mit dem Zeichen des Makrokosmus und dann des Erdgeistes führt zu der erschütternden Erfahrung, dass er den schließlich erscheinenden Geist »in der Flamme« nicht halten kann. Das lange Gespräch mit seinem Famulus Wagner endet ohne den großen zweiten Faust-Monolog, der zum Selbstmordversuch samt Rettung durch die »Himmelstöne« (Faust I, V. 763) führen wird, ohne die Szene ›Vor dem Thor‹ mit der erneuten Belehrung Wagners über die »Zwey Seelen« in der Brust Fausts (Faust I, V. 1112) und ohne die Szene ›Studirzimmer‹ [I], in der Mephistopheles durch die Verwandlung des Pudels in die Handlung eingeführt wird, und schließlich ohne die alles entscheidende Szene ›Studirzimmer‹ [II] mit der Einfädelung von Pakt und Wette. Spätestens hier hatte Goethe in ›Faust I‹ den Volksstoff von Dr. Faust verlassen, der zwar den Pakt mit der Blutversiegelung kennt, nicht aber eine Wette, deren Ende ja qua Definition offen bleibt. Im ›Faust‹-Fragment ist Mephistopheles einfach da, ohne psychologische Hinführung des Protagonisten, und zwar – nach einem eine bewusste Lücke andeutenden Querstrich – in der rätselhaft beginnenden, unbegründet

7 Goethe's Schriften. Achter Band, Leipzig 1789, S. 320. Ich zitiere hier nach Goethe. Sein Leben in Bildern und Texten. Mit einem Vorwort von Adolf Muschg, hrsg. von Christoph Michel, Frankfurt am Main 1987 (= Insel-Taschenbuch 1000), S. 15.

einsetzenden Szene »Und was der ganzen Menschheit zugetheilt ist« (V. 249; vgl. Faust I, V. 1770). Das ist dramentechnisch ganz unmöglich, aber Goethe wollte hier ja kein Theaterstück veröffentlichen. Mephistopheles lockt Faust »in die Welt hinein« (V. 308), vorher aber führt er noch »in Fausts langem Kleide« die Schüler-Szene als Universitätssatire vor (V. 347–529; vgl. Faust I, V. 1868–2050). Der Leser weiß nicht, wie ihm geschieht und was er erwarten soll. Einen Pakt gibt es außer dem Angebot der Weltfahrt nicht.

Der Weg in die »kleine Welt« (V. 531) führt nach Leipzig in Auerbachs Keller, in dem Faust (und nicht Mephistopheles wie in ›Faust I‹) seine zauberischen Künste zeigt. Der Besuch in der Hexenküche bewirkt die Verjüngung Fausts für die dann sogleich beginnende Gretchen-Handlung. Diese geht in Kurz-Szenen chronologisch vor, bricht aber nach der Szene ›Dom‹ ab. Der Schluss bleibt offen. Die Szene ›Wald und Höhle‹ folgt (anders als in ›Faust I‹) hier der Szene ›Am Brunnen‹, so dass sich Faust erst nach der abgeschlossenen Liebeshandlung als ›der Unbehaus'te« (V. 2020) empfindet.

Der Leser bleibt nach der Ohnmacht der schwangeren Margarethe am Ende der Dom-Szene (V. 2135) mit Fragen zurück. Dass ihr Schicksal tragisch ausgehen wird, kann aus den lateinischen Exequien der Mutter erschlossen werden. Der volkstümliche Faust-Stoff sah die Begegnung mit Helena vor, was auch bereits angedeutet war (V. 1064–1067), nicht aber eine bürgerliche Ehe in einer deutschen Kleinstadt. Mephistopheles hatte die kleine, dann die große Welt« versprochen, dieser »Cursus« (vgl. V. 533) stand noch bevor. Die Weltfahrt mochte in der weiteren Vollendung des bisherigen Fragments dramatisiert werden – noch war ja von einem bloß »Ersten Theil« nicht die Rede. Am Ende würde Faust (trotz des fehlenden Pakts) den Preis seiner Seele zahlen müssen. So verlangte es die christliche Moral. Niemand konnte ahnen, dass Goethe seinen Helden nicht würde zugrunde gehen lassen.

Natürlich hat die erste Rezeption das ungeheure Potential dieses Stückes erkannt. Die Rezensionen waren begierig auf die Fortsetzung.[8]

8 Vgl. Karl Robert Mandelkow (Hrsg.), Goethe im Urteil seiner Kritiker. Dokumente zur Wirkungsgeschichte Goethes in Deutschland, Teil 1: 1775–1832, München 1975, S. 111 f. (August Wilhelm Schlegel, 1790), S. 116 f. (Ludwig Ferdinand Huber, 1792), vgl. S. 223 f. (Adam Müller, 1806).

Der junge Friedrich Schlegel erhebt bereits im Mai 1791 in dem ersten überlieferten Brief an den Bruder August Wilhelm Schlegel ein ›Faust‹-Zitat aus dem Eingangs-Monolog (V. 90–93) zu seinem »Wahlspruch«:

> Die Geisterwelt ist nicht verschlossen
> Dein Sinn ist zu, dein Herz ist todt!
> Auf! Schüler, bade unverdroßen
> Die irdsche Brust in Morgenroth.[9]

1796 ließ er in der von J. F. Reichardt herausgegeben Zeitschrift ›Deutschland‹ unter der Überschrift ›Goethe. Ein Fragment‹ drucken: »Ja wenn der ›Faust‹ vollendet wäre, so würde er wahrscheinlich den ›Hamlet‹, das Meisterstück des Engländers, mit welchem er gleichen Zweck zu haben scheint, weit übertreffen.« Das war ein Vorabdruck aus ›Über das Studium der Griechischen Poesie‹ von 1797.[10] Im ›Gespräch über die Poesie‹ (1800) betont er, dass dieses »große Bruchstück« »den ganzen Geist des Dichters offenbart«, dass der ›Faust‹ »zu dem Größten gehört, was die Kraft des Menschen je gedichtet hat«.[11] Im ›Studium‹-Aufsatz hatte er denn auch schon den Weg zum Zitat gefunden, wobei auffällig ist, dass er weder den Protagonisten noch den Autor nennt, also den kennenden und erkennenden Leser voraussetzt: »Wenn aber auch die Kraft nicht unterliegt, so bringt es wenig Gewinn. Wie ein Mann von großem Gemüte [sc. Faust], dem es aber an Übereinstimmung fehlt, bei dem Dichter [sc. Goethe] von sich selbst sagt: ›So tauml' ich von Be-

9 Brief vom 18. Mai 1891 an August Wilhelm Schlegel; KFSA 23, S. 10. Die kleine Textumstellung zeigt, dass Schlegel auswendig zitiert.

10 Deutschland, 1. Band, 2. Stück, Berlin 1796, S. 258–261 = KFSA 1, S. 260. Auch August Wilhelm Schlegel vergleicht das ›Faust‹-Fragment 1796 in seinem Aufsatz ›Etwas über William Shakespeare bei Gelegenheit Wilhelm Meisters‹ in den ›Horen‹ mit dem ›Hamlet‹ und nennt es wie dieses ein »Gedankenschauspiel«, das nicht einem logischen Zusammenhang folge, sondern »ein solches, aus dessen Verwicklung Aufgaben hervorgehen, welche aufzulösen dem Nachdenken des Lesers oder Zuschauers überlassen wird«; August Wilhelm Schlegel, Kritische Schriften und Briefe I: Sprache und Poetik, hrsg. von Edgar Lohner, Stuttgart 1962, S. 88–122, hier: S. 94.

11 Athenaeum. Eine Zeitschrift von August Wilhelm Schlegel und Friedrich Schlegel, Dritten Bandes Zweites Stück, Berlin 1800 (Nachdruck Darmstadt 1960), S. 174. Diese Aussage erstaunt etwas, da Schlegel sonst Goethes ›Wilhelm Meister‹ als »Tendenz« des Zeitalters pries (Fragment 216, ebd., Bd. I/1, 1798, S. 232).

gierde zu Genuß, | Und im Genuß verschmacht' ich nach Begierde‹«.[12] Das stammt aus ›Wald und Höhle‹ (V. 1921 f.) und soll die Klage über die Zwecklosigkeit und Gesetzlosigkeit des Ganzen der modernen Poesie unterstreichen, aus der sich die Frage nach einem »Leitfaden« für die Bestimmung der modernen Poesie ableiten lassen soll. Mit dem Hinweis auf die Gespaltenheit der Faust-Gestalt, die nach einer umgreifenden Lösung verlangt, hat Schlegel die Philosophen auf die Spur gebracht.

Die Leserinnen waren, wird man erwarten, von der Liebeshandlung angerührt. Der Faust-Stoff entzündete einige Schriftsteller.[13] Die Philosophen schließlich nahmen unterschiedliche Stichwörter, nicht nur des Eingangsmonologs, auf – Schelling überraschenderweise sogar das die Deutung herausfordernde Erdgeist-Motiv (V. 107–160), das ohne beweisbaren Bezug auf Goethe auch bei Friedrich Schlegel und Friedrich Schleiermacher eine kleinere Rolle spielt.[14] Die drei idealistischen Philosophen zitieren den Text und deuten ihn im Rahmen ihres Denkens,[15]

12 KFSA 1, S. 223. In dem das ›Athenaeum‹ abschließenden Aufsatz ›Über die Unverständlichkeit‹ paraphrasiert Schlegel ohne weiteren Hinweis (und auswendig) Vers 31 f. aus dem Eingangs-Monolog: »[...] daß wir aufhören möchten mit Worten zu kramen, und schauen alles Wirkens Kraft und Saamen« (Athenaeum III/2, 1800, S. 339).

13 Vgl. Julius Petersen, Faustdichtungen nach Goethe, in: Deutsche Vierteljahrsschrift für Literaturwissenschaft und Geistesgeschichte 14 (1936) S. 473–494, der die Linien bis ins 20. Jahrhundert auszieht. Friedrich Maximilian Klinger, Faust's Leben, Thaten und Höllenfahrt in fünf Büchern, Petersburg 1791 (vermehrt 1794, 1799) kann trotz des späteren Erscheinungsdatums aus entstehungsgeschichtlichen Gründen nicht von Goethe angeregt sein. Die Vorbemerkung »Der Verfasser dieses Buchs hat von allem, was bisher über Fausten gedichtet und geschrieben worden, nichts genutzt noch nutzen wollen. Dieses hier ist sein eignes Werk, es sey wie es wolle.« (o. S.) belegt aber doch wohl die nachträgliche Kenntnisnahme.

14 Zur Breite des Motivs unter eher literaturwissenschaftlichem Aspekt (Goethe, Herder, Spätromantik, Wedekind, Wilhelm Lehmann) vgl. Hermann Patsch, Metamorphosen des Erdgeistes, in: New Athenaeum / Neues Athenaeum 1 (1989), S. 248–279; konzentriert auf die philosophische Rezeption vgl. ders., Der »Erdgeist« als philosophischer Topos bei Friedrich Schlegel, Schleiermacher, Schelling und Hegel, in: Schleiermacher's Philosophy and the Philosophical Tradition, edited by Sergio Sorrentino, Lewiston und New York 1992 (= Schleiermacher: Studies and Translations 11), S. 75–90.

15 Vgl. die Darstellung (mit eingeschränkten Belegen und ohne Fichte) bei Rüdiger Scholz, Die Geschichte der ›Faust‹-Forschung. Weltanschauung, Wissenschaft

d.h. einen Augenblick lang schmücken sie ihre Überlegungen mit den Goetheschen Concetti. Alle Bezugnahmen verschwinden nach dem Erscheinen von ›Faust I‹.

I. Fichte

Der erste, der sich zitierend und damit seine eigene Gedankenführung rechtfertigend auf das ›Faust‹-Fragment bezog, war Fichte. Nicht dieses Zitat als solches, sondern der Zusammenhang, in dem er erfolgte, hat Geistes- bzw. Philosophiegeschichte geschrieben: Fichtes Darlegung, die er mit Berufung auf Goethe und Schiller schmückte, brach den Atheismus-Streit vom Zaun und kostete ihn seinen Lehrstuhl für Philosophie in Jena.[16]

In dem von Fichte und Friedrich Immanuel Niethammer herausgegebenen ›Philosophische(n) Journal einer Gesellschaft Teutscher Gelehrten‹ erschien im Herbst 1798 der Aufsatz des Radikalaufklärers Friedrich Karl Forberg (1770–1848) mit dem Titel ›Entwickelung des Begriffs der Religion‹.[17] In diesem erklärte Forberg Religion als den praktischen Glauben an eine »moralische WeltRegierung«, der nicht von der Annahme der Existenz eines moralischen Weltregenten, also Gottes, ausgehe, sondern nur von dem Glauben, »als ob« es ihn gebe.

und Goethes Drama, 2 Bde., Würzburg 2011, hier: Bd. 1, S. 55–63, praktisch unverändert seit der ersten Auflage: Goethes ›Faust‹ in der wissenschaftlichen Interpretation von Schelling und Hegel bis heute. Ein einführender Forschungsbericht, Rheinfelden 1983 (= Deutsche und vergleichende Literarturwissenschaft 6), S. 11–22 (erweiterte Auflage 1993). Scholz' Beginn der ›Faust‹-Forschung mit Schelling und Hegel – und nicht mit den Brüdern Schlegel – leitet sich aus seiner durchgehenden Unterscheidung zwischen »materialistischer« und »bürgerlicher« Forschung ab und ist selbst ideologisch. Sie verschafft ihm aber ein klares Urteil und das jahrzehntelange Durchhaltevermögen angesichts einer unermesslichen Forschungsliteratur.

16 Frank Böckelmann (Hrsg.), Die Schriften zu J.G. Fichtes Atheismus-Streit, München 1969. Vgl. Waltraud Beyer, Der Atheismusstreit um Fichte, in: Debatten und Kontroversen. Literarische Auseinandersetzungen in Deutschland am Ende des 18. Jahrhunderts, hrsg. von Hans-Dietrich Dahnke und Bernd Leistner, Bd. 2, Berlin und Weimar 1989, S. 154–245.

17 Philosophisches Journal von einer Gesellschaft Teutscher Gelehrten, Bd. VIII, 1. Heft, Jena und Leipzig 1798, S. 21–46, die folgenden Zitate dort S. 22 und 27.

Damit war Kants sogenannter moralischer Gottesbeweis, d.h. das Postulat Gottes zur Fundierung der Praktischen Philosophie, für überflüssig, ja als »irreligiös« erklärt. »Religion entsteht einzig und allein aus dem Wunsch des guten Herzens, daß das Gute in der Welt die Oberhand über das Böse erhalten möge.« Das zu wünschen sei allerdings Pflicht. Die theoretischen Fragen – z.B. ob ein Gott sei, ob es ein Reich Gottes geben werde – könnten demgegenüber ungewiss bleiben; bloße Gottesverehrung um ihrer selbst willen sei Aberglaube. Das hatte Kant in seiner Religionsschrift auch so gesagt.[18]

Fichte, der Mitherausgeber des Journals, fühlte sich verpflichtet, diesen Aufsatz in einem einleitenden Text mit seiner eigenen Ich-Philosophie zu verbinden. In seinem Forberg vorausgehenden und dessen Zentralbegriff aufnehmenden Aufsatz ›Über den Grund unsers Glaubens an eine göttliche WeltRegierung‹ begründete er diesen Grund noch radikaler als Forberg als eine aus dem Inneren des Ichs stammende unmittelbare und darum notwendige Anschauung, die keiner außersinnlichen Begründung – also etwa durch eine Gottesvorstellung oder durch einen Gottesbeweis – bedürfe. Die wahre Religion, sagt er abschließend, sei die Religion des freudigen Rechttuns.[19] Diese Schlussfolgerung legitimiert er dann geradezu triumphierend mit der Berufung auf »zwei vortreffliche Dichter« – ohne Goethe und Schiller beim Namen zu nennen –, die dieses »GlaubensBekenntniß des verständigen, und guten Menschen« unnachahmlich schön ausgedrückt hätten. Hier zitiert er sichtlich nach den Druckvorlagen wörtlich, wenngleich bei Fausts Glaubensbekenntnis gegenüber Margarethe aus dem ›Faust‹-Fragment (V. 1729f., 1735–1761) mit kennzeichnenden Übertragungen in seine philosophische Begrifflichkeit, und bei Schillers ›Die Worte des Glaubens‹ aus dem ›Musen-Almanach für das Jahr 1798‹, indem er die einleitende Zeile der vierten Strophe »Und ein Gott ist« herausschneidet.[20] Das kommentierte Zitat des Goetheschen ist genauso als Interpretation zu lesen wie die Kastration des Schillerschen Textes:

18 Vgl. Immanuel Kant, Die Religion innerhalb der Grenzen der bloßen Vernunft, Königsberg 1793; Zweyte vermehrte Auflage 1794, dort S. 258f. u. ö. zu den Stichworten »Afterglaube« und »Idololatrie«.

19 GA I 5, S. 347–357, hier: S. 356.

20 Musen-Almanach für das Jahr 1798, herausgegeben von Schiller, Tübingen o.J. (1797), S. 221f.

Wer darf sagen, lässt der eine eine seiner Personen reden,
wer darf sagen,
Ich glaub an Gott?
Wer darf ihn n e n n e n (Begriff und Wort für ihn suchen)
Und b e k e n n e n,
Ich glaub' ihn?
Wer empfinden,
Und sich unterwinden
Zu sagen, ich glaub ihn nicht?
Der Allumfasser (nachdem man ihn nämlich erst durch moralischen Sinn, nicht etwa durch theoretische Speculation ergriffen hat, und die Welt schon als den Schauplatz moralischer Wesen betrachtet)
Der Allerhalter,
Fasst und erhält er nicht
Dich, mich, sich selbst?
Wölbt sich der Himmel nicht da droben?
Liegt die Erde nicht hier unten fest?
Und steigen freundlich blickend
Ewige Sterne nicht hier auf?
Schau ich nicht Aug' in Auge dir,
Und dringt nicht alles
Nach Haupt und Herzen dir,
Und webt in ewigem Geheimniß
Unsichtbar sichtbar neben dir?
Erfüll davon dein Herz, so groß es ist,
Und wenn du ganz in dem Gefühle seelig bist,
Nenn es dann, wie du willst,
Nenn's Glück! Herz! Liebe! Gott!
Ich habe keinen Namen
Dafür. Gefühl ist alles,
Name ist Schall und Rauch,
Umnebelnd Himmelsglut.

Und der zweite singt:

und ein heiliger W i l l e lebt,
Wie auch der menschliche wanke;
Hoch über der Zeit, und dem Raume webt
Lebendig der höchste G e d a n k e;

Und ob alles in ewigem Wechsel kreist,
Es beharret im Wechsel ein ruhiger Geist.

Ganz unbearbeitet konnte Fichte die Texte nicht lassen. Das beginnt mit der Sperrung der Wörter, die er seinem eigenen philosophischen Wortschatz gleich empfand (»Wille«, »Gedanke« bei Schiller)[21] bzw. die einer interpretierenden Erläuterung bedurften (»nennen«, »bekennen« bei Goethe). Für »Gott« muss, heißt das, »Begriff und Wort« gesucht werden, d.h. es bedarf der philosophischen Reflexion und Definition, folglich der Ableitung aus dem Ich, nicht aus einer – wie auch immer zu erklärenden – Selbstoffenbarung des Gottesnamens (etwa im Sinne von 2. Mose 3). Besonders muss das Wort »Allumfasser« vor einem zu schnellen Missverständnis bewahrt werden: Es soll nicht durch theoretische Spekulation, also durch logische Ableitung gewonnen, sondern in einem moralischen Sinn gedeutet werden, was bedeutet, dass die Welt als eine solche gesehen wird, in der die Menschen als moralische Wesen um »freudiges Rechtthun« ringen. Das Wort ist also nicht personalistisch zu verstehen. Das ist auch der Grund, warum Fichte aus dem Gedicht Schillers das Wort »Gott« tilgen musste. Das wäre für ihn ein aus falscher philosophischer Spekulation entwickelter Begriff gewesen, dem man nicht »Wille« und »Gedanke« als anthropomorphe Übertragung hätte zuschreiben dürfen. Von Gott als einer »besondern Substanz« zu reden, hatte er zuvor als unmöglich, ja als »SchulGeschwäz« erklärt.[22] Das wollte er auch Goethe und Schiller nicht sagen lassen.

Aber die Texte schienen ihm sein eigenes »GlaubensBekenntniß«, das ihm nach geradezu verzweifeltem literarischen Hin und Her im März und April 1799 unter der Anschuldigung des Atheismus seinen Lehrstuhl kosten wird, zu untermauern. Weder Goethe noch Schiller, die beide keine dogmatischen Kirchenchristen waren, haben ihn in seinem vergeblichen Bemühen, dieser Anschuldigung zu entgehen, unterstützt. Natürlich haben sie die Zitate bemerkt, denn der Atheismus-Streit ging die intellektuelle Welt auch in Weimar an, aber auf Fichtes Interpretation im Sinne der eigenen Transzendentalphilosophie

21 Siehe Fichtes Herausarbeitung des Willens als eines freien »Vermögens zu wollen« in seiner Sittenlehre: Das System der Sittenlehre nach den Principien der Wissenschaftslehre, Jena und Leipzig 1798; GA I 5, S. 21–317, hier: S. 147–152. Zum Begriff des reinen Gedankens vgl. ebd., S. 58 f. und 69 f.

22 GA I 5, S. 356.

mochten sie sich nicht festlegen lassen. Beide haben auch nachweislich Fichtes ›Appellation an das Publikum‹ aus dem Januar 1799 gelesen, die ihn von dem Vorwurf des Atheismus reinigen sollte.[23] Hier hat sich Fichte auf die aufgeklärten protestantischen Theologen Johann Joachim Spalding (1714–1804) und Franz Volkmar Reinhard (1753–1812) sowie auf den Philosophen Friedrich Heinrich Jacobi (1743–1819) bezogen, denen er sich nahe fühlte, da es ihnen allen um die »wahre innere Religion« gehe.[24] Sein Satz »Ihr nehmt die Gottheit auf in euren Willen, und sie steigt für euch von ihrem Weltenthrone herab« zitiert noch einmal leicht paraphrasierend und auf die Leser applizierend Schiller, nämlich dessen religionsphilosophisches Gedicht ›Das Reich der Schatten‹ aus den ›Horen‹ von 1795,[25] das später den Titel ›Das Ideal und das Leben‹ erhalten wird. Am Ende haben die Weimarer Dichter die Demis-

23 J.G. Fichte's Appellation an das Publikum über die durch ein Churf. Sächs. Confiscationsrescript ihm beigemessenen atheistischen Äußerungen. Eine Schrift, die man erst zu lesen bittet, ehe man sie confiscirt, Jena und Leipzig, Tübingen 1799 (GA I 5, S. 415–453). Vgl. Schiller an Fichte, Brief vom 26. Januar 1799, in dem der Dichter Fichte attestiert, dieser habe sich durch das Schreiben von der Beschuldigung wegen des Atheismus vor jedem verständigen Menschen völlig gereinigt; GA III 3, S. 183 f. – Im Zusammenhang mit dieser Schrift gab es auch eine ›Faust‹-Rezeption bei Novalis. Im ›Allgemeinen Brouillon‹ notiert Hardenberg: »Fichtens Ich ist die Vernunft – Sein Gott und *Spinotzas* Gott haben große Aehnlichkeit. […] Gott ist gerade so persönlich und individuell, wie wir – denn unser sog. Ich vid. Göthens Fragment aus Faust. ist nicht unser wahres Ich, sondern nur sein *Abglanz.*« (NS 3³, S. 469, Nr. 1098; vgl. zur ›Appellation‹ näherhin S. 470, Nr. 1100) Das kann man auch als Paraphrase von ›Über den Grund unsers Glaubens‹ verstehen. Ob aber Fichtes Zitat des »Glaubensbekenntnisses« Fausts im Hintergrund steht, ist nicht deutlich (so aber Hans Jürgen Balmes, in: Novalis, Werke, Tagebücher und Briefe Friedrich von Hardenbergs, Bd. 3: Kommentar, München und Wien 1987, S. 565). Wenn Hardenberg in den Vorarbeiten zum zweiten Band des ›Heinrich von Afterdingen‹ in dem sogenannten ›Lied der Todten‹ in einer Strophe dichtet: ›Helft uns nur den Erdgeist binden, | […] | Erdgeist, deine Zeit ist um‹ (NS 1³, S. 354 f.), so ist bei der schwer deutbaren Chiffre jedenfalls sicher, dass nicht die Gestalt aus Goethes ›Faust‹-Fragment im Hintergrund steht. Vgl. auch Gerhard Schulz, Novalis. Leben und Werk Friedrich von Hardenbergs, München 2011, S. 265.

24 GA I 5, S. 447.

25 Ebd., S. 452 (ungenau nachgewiesen). Vgl. Die Horen, eine Monatsschrift herausgegeben von Schiller, Dritter Band, 9. Stück, Tübingen 1795, S. 1–10, hier: S. 8 (Strophe 14).

sion Fichtes intern mit Spott begleitet.[26] Dabei war Schiller seit 1794 mit Fichte in brieflichem Kontakt, hatte ihn als Mitarbeiter der ›Horen‹ gewonnen und nannte ihn brieflich »Freund«; er musste auch die Paraphrase erkannt haben. Aber in den Atheismusstreit um Fichte wollte er sich so wenig wie Goethe hineinziehen lassen.

Im Zusammenhang mit der Mitarbeit an den ›Horen‹ hatte Fichte sich bereits einige Jahre früher als in dem oben angeführten Zitat in aufregender Weise zu Goethes ›Faust‹-Fragment geäußert; eine Äußerung, die allerdings zu seinen Lebzeiten nicht gedruckt wurde, also zu keiner zeitgenössischen Rezeption führen konnte, und erst aus – Schillers (!) Nachlass bekannt wurde. Fichte lieferte im Sommer 1795 einen seiner berühmtesten frühen Aufsätze zum Abdruck in den ›Horen‹ ein: ›Über Geist und Buchstab in der Philosophie. In einer Reihe von Briefen‹. Schiller fühlte sich, berechtigt oder nicht, in seinen eigenen Briefen ›Über die ästhetische Erziehung des Menschen‹ angegriffen und sandte, nach einigem Briefwechsel hin und her, den Entwurf zurück, freilich nicht ohne vorher von dem Text eine Abschrift nehmen zu lassen. Fichte ahnte davon nichts. Diese Abschrift ist im Goethe- und Schiller-Archiv in Weimar erhalten.[27] Als es wenige Jahre später an Text für das von Fichte mit verantwortete ›Philosophische Journal‹ fehlte, gab dieser seinen Aufsatz in die Ausgabe des Jahres 1800.[28] Hier ließ er allerdings die (noch zu zitierende) sich auf das ›Faust‹-Fragment beziehende Anmerkung aus.

Die Phrase »Geist und Buchstabe« stammt bekanntlich von Paulus (Römer 2,29 und 7,6; 2. Korinther 3,6) und hat eine lange Deutungsgeschichte.[29] Dieses Begriffspaar griff Fichte auf; eine solche Inter-

26 Schiller an Goethe, Brief vom 14. Juni 1799; NA 33, S. 60. Goethe an Johann Georg Schlosser, Brief vom 30. August 1799; WA IV 14, S. 172. Fichte nannte Schillers Verhalten in seinem Brief vom 22. Mai 1799 an Karl Leonhard Reinhold »infam«; GA III 3, S. 353–363, hier: S. 359.

27 Vgl. zu den Einzelheiten GA I 6, S. 315–332, worauf ich hier verweisen kann. Der Text des Aufsatzes ebd., S. 333–361.

28 Bd. IX, 3. und 4. Heft, Jena und Leipzig 1800, S. 199–232 und 291–305.

29 Vgl. Simon Gerber, Geist, Buchstabe und Buchstäblichkeit – Schleiermacher und seine Vorgänger, in: Geist und Buchstabe. Interpretations- und Transformationsprozesse innerhalb des Christentums. Festschrift für Günter Meckenstock zum 65. Geburtstag, hrsg. von Michael Pietsch und Dirk Schmid, Berlin 2013 (= Theologische Bibliothek Töpelmann 164), S. 105–129, zu Fichte S. 105–107. –

pretation »nach dem Geist« (κατὰ πνεῦμα) entsprach seinem philosophischen Verstehen. In seinem ›Versuch einer neuen Darstellung der Wissenschaftslehre‹ hatte er in dem gleichen Journal 1797 bei der Deutung der Philosophie Kants gesagt: »Nach dem Geiste zu erklären ist man wohl genöthigt, wenn es mit der Erklärung nach dem Buchstaben nicht recht fort will.«[30] Vom »Geist« der Philosophie Kants hatte er bereits 1794 gesprochen.[31] Das musste auch für die Ästhetik gelten. Dabei kam er Schiller in die Quere. Aber er konnte in dieser Weise auch Goethes ›Faust‹-Fragment nach dem Geist interpretieren und dabei zu einem aufregenden Ergebnis kommen.

Der »Geist« sei, hatte Fichte am Ende des ›Zweiten Briefes‹ definiert, ein »Vermögen der Ideale«, der die Grenzen der Wirklichkeit hinter sich zurück lasse.[32] Im ›Dritten Brief‹ muss der Philosoph diese These mit den Produkten der Kunst zusammen bringen, die das Künstler-Genie, der »begeisterte Künstler«, mit seinem geistigen Auge unverhüllt gesehen und seinen Zeitgenossen vor Augen gestellt habe und die von diesen in ihrem Inneren nachvollzogen, also verstanden werden sollen. »Diese innere Stimmung des Künstlers ist der Geist seines Products; und die zufälligen Gestalten, in denen er sie ausdrückt, sind der Körper oder der Buchstabe desselben.«[33] Die Werke der geistlosen Schreiber könne nur der »Buchstäbler«, der lediglich die mechanische Seite nachbilden könne, also nur oberflächlich verstehen. Das sieht Fichte als die untere Stufe des Verstehens an, zu der immerhin der größere Teil des Publikums fähig sei. Aber die eigentlichen, »geistreichen«

Zu zeitgenössischen Überlegungen zum Thema Geist und Buchstabe bei Friedrich Schlegel und Friedrich Schleiermacher vgl. Hermann Patsch, Friedrich Schlegels »Philosophie der Philologie« und Schleiermachers frühe Entwürfe zur Hermeneutik, in: Zeitschrift für Theologie und Kirche 63 (1966), S. 434–472, hier: S. 452–460.

30 GA I 4, S. 183–281, hier: S. 231. Siehe auch Fichte in seinem Brief an Schiller, o. D. (Ende Juni – Anfang Juli 1795): »Die Philosophie hat ursprünglich gar keinen Buchstaben, sondern sie ist lauter Geist, und es war darum zu thun, diesen Geist zu fassen und aufzustellen.« (GA III 2, S. 336–340, hier: S. 336)

31 Grundlage der gesammten Wissenschaftslehre (1794), GA I 2, S. 251–451, vgl. ebd., S. 326, Anmerkung: »Die meisten Menschen […] haben Kant nicht verstanden, und seinen Geist nicht geahndet.«

32 GA I 6, S. 352.

33 Ebd., S. 356.

Kunstwerke, meint der Philosoph, erschlössen sich nur denen, die sich auf eine höhere Ebene, die »nächste Stufe der Cultur«, erheben ließen. An dieser Stelle kommt Fichte auf Goethe zu sprechen, der freilich niemals genannt wird, sondern nur durch seine Werke zu erkennen ist. Der Leser – nicht gar so gerne auch Schiller – weiß natürlich, von wem die Rede ist, wenn es heißt:

> So ist in den letzten MeisterWerken des begünstigten Lieblings der Natur unter unsrer Nation, – im Tasso, in der Iphigenie, und in den leichtesten Pinselstrichen desselben Künstlers seitdem, – es ist in ihnen, sage ich, nicht die so einfache Erzählung, nicht die ohne allen Schwulst so sanft hingleitende Sprache, durch welche der gebildete Leser so mächtig angezogen wird. Es ist nicht der Buchstabe, sondern der Geist.[34] […]
>
> Dem Dichter, von dem ich rede, war es gegeben, zwei verschiedene Epochen der menschlichen Cultur mit allen ihren Abstufungen auszumessen. Er nahm sein Zeitalter bei der letztern Stufe auf, um es bei der erstern niederzusetzen. Aber sein Genius überflog, wie es seyn musste, den langsamen Gang desselben. Er bildete, wie jeder wahre Künstler soll, sein Publicum selbst, arbeitete für die NachWelt, und wenn unser Geschlecht höher steigt, so ist es nicht ohne sein Zuthun.[35]

Wie Kant kann also auch Goethe nach dem Geist seines Werkes interpretiert und der Buchstabe verlassen werden. Dass Fichte die (1787 erschienene) ›Iphigenie auf Tauris‹ hochschätzte, ist seit 1790 belegt.[36] An diesem Zusammenhang erlaubt – und das erscheint als ein durchaus moderner Ansatz – der Blick auf das Gesamtwerk, mit spezieller Betonung auf die ›Iphigenie‹, über den einzelnen Text hinaus die Interpretation eines fragmentarischen Werkes »nach dem Geist«, die das Rätsel des ›Faust‹-Fragments zu einer harmonischen Lösung gegen die Überlieferungsgeschichte des Faust-Stoffes und die christliche Moral erzwingt:

> Faust scheint mir den Übergang zu bilden von der lezten Stimmung zur erstern; und im ganzen Künstlerlaufe des Dichters scheint

34 Ebd., S. 357.
35 Ebd., S. 358.
36 GA III 1, S. 126 und 134. Es gibt keine brieflichen Äußerungen zu ›Faust‹.

> dieses Stück mir nicht so zersplittert und so Fragment, als einige glauben. Ich sehe im Geist Faust nach seinem mislungenen Herumtreiben nach aussen in sich selbst einkehren, da den Frieden finden, den er außer sich vergeblich suchte, und durch die Prüfung geläutert nach den Gesetzen einer wundervollen und doch natürlichen Metempsychose ihn in der Iphigenia wieder hervorgehen.[37]

Diese Anmerkung hat Fichte, wie gesagt, in der Druckfassung nicht wiederholt, wie er auch ein Liedzitat aus dem ›Wilhelm Meister‹ weggelassen hat.[38] Der harmonische Ausgang der ›Iphigenie‹ erlaubt ihm hier die Übertragung auf die ›Faust‹-Handlung. Und wenn jenes Schauspiel die nach dem antiken Sujet geforderte Tragödie vermeidet, dann müsste das sozusagen rückwirkend auch für das Schicksal des Protagonisten des ›Faust‹-Fragmentes gelten: Faust wird geläutert werden, er wird dem Teufel den Preis der Seele nach all dem »Herumtreiben« nicht zahlen müssen. Fichte wittert den Schluss von ›Faust II‹. Werden die beiden dramatischen Werke als parallele Texte verstanden, führt das konsequenterweise zu einer Seelenwanderung (Metempsychose) der Protagonisten. Aus Faust wird Iphigenie. Mit Goethe zu sprechen: Zum »heitersten Schluss des Ganzen«.[39]

Dies war die ›Faust‹-Interpretation »nach dem Geist« anlässlich eines noch fragmentarischen Theaterstückes, die Fichte (wenigstens vorübergehend) wagte, indem er den »Geist« des Künstlers Goethe deutete und damit den Buchstaben des Druckwerkes verflüssigte. »Auf Geist, gegen den Buchstaben«, wird Friedrich Schlegel das Verfahren zu Beginn seiner Notizen-Sammlung zu einer Philosophie der Philologie aus der gleichen Zeit nennen.[40] Fichte berief sich in den beiden angeführten Stellen auf Goethe, weil sie sowohl seiner Religionsphilosophie als auch seiner Ästhetik zu entsprechen schienen und diese veranschaulichen und zugleich rechtfertigen konnten. Einen Augenblick lang verließ er

37 GA I 6, S. 358, Anmerkung.

38 Ebd., S. 347, Anmerkung. Vielleicht sollte das auffällige Lob Goethes etwas gemildert werden.

39 Brief an Karl Ernst Schubarth vom 3. November 1820; WA IV 34, S. 5. Vgl. Arthur Henkel, Das Ärgernis Faust, in: ders., Goethe-Erfahrungen. Studien und Vorträge. Kleine Schriften, Bd. 1, Stuttgart 1982, S. 163–179. Henkel spricht von der »tragiküberlegenen Struktur« des Denkens Goethes (S. 178).

40 KFSA 16, S. 35, Nr. 8 (nach vorhergehendem Spott über die »Kantianer«).

seine diskursive Schreibweise, um dem »gebildeten Leser« entgegen zu kommen. Ob er das nach dem Erscheinen von ›Faust. Eine Tragödie‹ von 1808 auch so hätte sagen mögen, ist unbekannt.

II. Schelling

In den wenigen Jahren, in denen Schelling sich mit Goethes ›Faust‹ beschäftigte – zwischen 1802 und 1807 – hat er der der ›Faust‹-Rezeption eine wichtige Initialzündung gegeben. Man wird in seinen Schriften zu diesem Thema einen Nebenzweig und einen Hauptstrang unterscheiden müssen. Der Nebenstrang führt das Stichwort »Erdgeist«, wobei diese philosophische Metapher unbekannter Herkunft zunächst nichts mit der Goetheschen mythologischen Figur zu tun hat und erst 1807 in einem Rezensionsaustausch mit Schleiermacher die Brücke zum ›Faust‹-Fragment schlägt. Mit diesem Brückenschlag in die Poesie war der philosophische Topos für ihn wie für Schleiermacher in der Folge unmöglich geworden. Der Hauptstrang – zwischen 1802 und 1803/04 – bezieht sich auf das Werk selbst, vielfach ohne Titel und Autor zu nennen, und deutet es. Beide Zugangsweisen beginnen in den ›Vorlesungen über die Methode des academischen Studium‹ – im Sommer 1802 an der Universität in Jena gehalten, gleich anschließend 1803 in Tübingen gedruckt.

a) Der »Erdgeist«

Die »Erdgeist«-Metapher kommt lediglich einmal an unauffälliger Stelle in der zweiten Vorlesung vor; sie hat ersichtlich mit Goethes naturmythologischer Gestalt ursprünglich nichts zu tun. Dieser mögliche Bezug wird Schelling erst klar, als Schleiermacher die Phrase rezipiert und es zu einem Rezensions-Hin-und-Her kommt. Schelling spricht bei der Erörterung der Entstehung der frühen Kultur von einer »Einheit des allem eingebohrnen Erdgeistes«,[41] womit sichtlich die Einheit des menschlichen Geistes gemeint ist, die überall Ähnliches schaffen

41 F.W.J. Schelling, Vorlesungen über die Methode des academischen Studium, Tübingen 1803, S. 32. Da es noch keine historisch-kritische Ausgabe gibt, führe ich zugleich die ›Sämmtlichen Werke‹ an, SW I 5, S. 207–352, hier: S. 224.

könne. Wie Schelling auf diese Phrase kommt, ist nicht erkennbar. Schleiermacher hat Schellings Veröffentlichung 1804 in der ›Jenaischen Allgemeinen Literatur-Zeitung‹ ausführlich rezensiert und dabei – überraschend genug – auch auf die Erdgeist-Formulierung angespielt.[42] Gegen Ende seiner Besprechung fordert er den Philosophen auf, seine Theorie der Wissenschaften so weiterzuentwickeln, dass in seinem theoretischen System auch eine Ethik eine »Haltung« habe. Es sei nämlich, schreibt er, »eine dem System der Erkenntnisse gegenüberstehende Aufgabe für jede Philosophie, auch ein ihren Grundsätzen gemäßes System der Gesinnungen und des Lebens aufzuführen« und »die Bedeutsamkeit des Handelns durch die Ideen« festzusetzen.

> Auf diese Art könnten auch vielleicht jene zerstreuten Äußerungen über Staat und Kirche und andere ideale Producte, in denen ›das Handeln‹ sich äußerlich ausdrückt, eine etwas bessere Haltung bekommen. So daß es fast scheint, wenn Herr Schelling nur erst die Moral construiren, und das mit der theoretischen und praktischen Philosophie in Ordnung bringen wollte, alsdann auch die Lücken in dem System der Erkenntnisse sich ausfüllen lassen würden. Und sollte nicht die Stellung der Vernunft als ›Centrum der Natur‹, und die Rücksicht ›auf den Allen eingebornen Erdgeist‹, und noch Einiges andere ohne große Schwierigkeiten hiezu führen?[43]

Dass Schleiermacher hier die oben angeführte Stelle zitiert, an der Schelling vom »Erdgeist« spricht, ist durch die Anführungszeichen unmittelbar evident. Der »Erdgeist« ist dabei offenbar, wie vorher Staat und Kirche, als »ideales Produkt« gedacht, d.h. als abstrahierender Begriff der praktischen Philosophie, der eine überindividuelle Entität beschreibt, in der das Handeln der je einzelnen Individualitäten sich »äußerlich ausdrückt«. An die Figur aus Goethes ›Faust‹-Fragment kann hier ebenso wenig wie bei Schelling gedacht werden.

42 JALZ 1 (1804), Bd. 2, Nr. 96–97, Sp. 137–151 = KGA I 4, S. 463–484. Zu der Auseinandersetzung und zu der gegenseitigen auch terminologischen Einflussnahme in diesen Jahren vgl. auch Hermann Patsch, »... mit Interesse die eigentliche Theologie wieder hervorsuchen«. Schleiermachers theologische Schriften der Hallenser Zeit, in: Friedrich Schleiermacher in Halle 1804–1807, hrsg. von Andreas Arndt, Berlin und Boston 2013, S. 31–54, hier: S. 37–39.

43 KGA I 4, S. 479 (Schleiermacher zitiert etwas ungenau).

Schleiermacher hat in den nächsten Jahren diese Metapher in seinen Hallenser Vorlesungen zur Ethik und in der Gesprächsnovelle ›Die Weihnachtsfeier‹ mehrfach gebraucht, was hier nicht dargestellt werden muss.[44] Schelling hat diese Novelle 1807 in der JALZ ausführlich rezensiert,[45] insgesamt freundlich-kritisch, aber er protestierte dabei aufs Heftigste gegen Schleiermachers theologische Ausdeutungen der »Erdgeist«-Metapher. Schleiermacher lässt Eduard, den dritten Redner über den Sinn des Weihnachtsfestes, ausgehend von der Logos-Christologie des Johannes-Evangeliums, die Menschwerdung Christi mit Hilfe der »Erdgeist«-Metapher erklären:

> Was ist der Mensch an sich anders, als der Erdgeist selbst, das Erkennen der Erde in seinem ewigen Sein und in seinem immer wechselnden Werden.[46]

Hier ist offenbar der »Erdgeist« als das angesehen, was den »Menschen an sich«, die »Menschheit«, im Gegensatz zum Einzelnen ausmacht. In einem verwickelten Gedankengang, in dem die Kirche mit dem »Selbstbewußtsein der Menschheit« verglichen wird, also dem, was vorher »Erdgeist« hieß, kommt Schleiermacher zu dem Schluss, dass Christus als Gründer der Kirche bereits als »Mensch an sich«, »als der Gottmensch« geboren sein muss, der das Selbstbewusstsein der Menschheit ursprünglich in sich trug, als »Menschensohn schlechthin«.[47] So versteht sich der zusammenfassende Satz: »In Christo sehen wir also den Erdgeist zum Selbstbewußtsein in dem Einzelnen sich ursprünglich gestalten.«[48] In der historischen Gestalt Jesu von Nazareth ist mithin vom Ursprung her enthalten, was sonst nur über die Menschheit als ganze ausgesagt werden kann und wozu der einzelne mit Hilfe der von Jesus initiierten Kirche gelangen soll: in sich die Menschheit, den »Menschen an sich«, also den »Erdgeist«, zu repräsentieren.

So weit wollte Schelling auf keinen Fall gehen. Als Philosoph konnte er dem nicht zustimmen, bei allem Respekt vor der Theologie in den Vorlesungen über die Methode des akademischen Studiums und dem

44 Vgl. meine Arbeit: Der »Erdgeist« als philosophischer Topos (Anm. 14).

45 JALZ 4 (1807), Bd. 1, Nr. 58–59, Sp. 457–467 = SW I 7, S. 498–510.

46 KGA I 5: Schriften aus der Hallenser Zeit 1804–1807, hrsg. von Hermann Patsch, 1995, S. 39–98, hier: S. 95.

47 Ebd., S. 96.

48 Ebd.

dortigen indirekten Lob Schleiermachers.[49] Bei der Besprechung der Rede Eduards macht er diesem gleich zu Anfang die Metapher »Erdgeist« fragwürdig, indem er die Schleiermacher selbst nicht bewusste Brücke zu Goethes ›Faust‹-Fragment schlägt:

> Tiefer dringt nun der Gedanke und mystisch, wie er selbst zuvor uns ankündigt, aber zugleich in die Freyheit einer allgemeineren Anschauung den Gegenstand des Festes hinausrückend, ja den Menschen an sich mit dem Erdgeist befreundend, tritt die letzte Rede, Eduards, hervor, so daß, indem er dies Blatt aufschlägt, auch hier einer, wie Faust, freudig sprechen möchte: Du, Geist der Erde, bist mir näher – bald aber und nachdem sich die Erscheinung auf eine fast magische Weise umgestaltet und zusammengezogen, mit abgewendetem Gesicht wie jener ausrufen: Weh ich ertrag dich nicht![50]

Schelling zitiert wörtlich, ohne Goethes Namen zu nennen, die Verse 108 und 132 aus dem Eingangsmonolog Fausts und damit in dessen Gestalt die enthusiastische Erwartung und das elende Scheitern in der Entwicklung der Gedanken. Ihm gefällt die ekklesiologische Ausbeutung der »Erdgeist«-Spekulation nicht. Und da reicht es, auf die poetische Gestalt Goethes zu verweisen. Wenn »der Geist, dem zuvor die Erde der Tempel und Leib, alles was lebt, Organ war [Schelling bezieht sich sichtlich auf V. 148–156], in den engen Mauern und dumpfen Hallen der Kirche sich zusammenzieht«, sagt spöttisch der Pfarrerssohn, sei »gewiß ein Geist« erschienen, »wenn auch nicht der Erdgeist«.[51] Das »Menschenwerk« Kirche könne nicht mit dem »Werk des Erdgeistes« in Beziehung gesetzt werden, ohne dass Schleiermacher mit seinen eigenen Äußerungen in Widerspruch gerate:

> Denn es soll der Erdgeist auch im Einzelnen als das An-sich der Menschheit werden oder sich erkennen: wie aber wäre dieß möglich

49 In der siebten »Vorlesung« hat Schelling Schleiermachers ›Über die Religion. Reden an die Gebildeten unter ihren Verächtern‹ von 1799 ohne Namensnennung gelobt: »Preis denen, die das Wesen der Religion neu verkündet, mit Leben und Energie dargestellt und ihre Unabhängigkeit von Moral und Philosophie behauptet haben!« (wie Anm. 41, S. 150 = SW I 5, S. 278) Er folgert aber zugleich daraus, dass umgekehrt auch die Religion nicht dürfe an die Stelle der Philosophie treten wollen.

50 JALZ 1807, Sp. 463 = S. 506.

51 Ebd.

> außer durch Zurückführung des allgemeinen Bewußtseyns der Menschheit auf das, was sie in That und Wahrheit von Ewigkeit schon ist; ich meine auf die vollkommene Freyheit und Einigkeit des Daseyns in welcher keine Schranke ist, keine Ausschließung und somit auch keine Kirche.[52]

Hier findet Schelling deutliche Worte, und da braucht er den Bezug auf Goethe nicht mehr. An die Stelle der Kirche als einer partikularen Einrichtung, letztlich einer ecclesia oppressa, stellt er einigermaßen überraschend die »öffentliche, allgemeine, im Geist und Herzen eines Volkes lebende Religion«,[53] d.h. die überkonfessionelle Volksreligion, dessen Band die »Liebe« sei. An dieser Stelle argumentiert Schelling noch einmal abschließend – und soweit ich sehe, letztmalig in seinem philosophischen Werk – mit dem »Erdgeist«:

> Ist es aber der Erdgeist, oder der allgemeine, ihnen unbewußte Geist der Dinge, der sich durch die Menschheit offenbar werden soll: so muß diese bewußte Gemeinschaft, welche sich in der öffentlichen Religion ausdrückt, die Menschen eben so frey vereinigen, wie jene ursprüngliche des Universums die Dinge vereinigte, so daß keine Eigenheit durch die des anderen unterdrückt wird, kein innerstes Gefühl gegen das des anderen sich zu sträuben hat, welches das Grundgebrechen eurer Kirche ist.[54]

Schelling distanziert sich gleichzeitig auch von seiner eigenen kirchlichen Sozialisation in der protestantischen Kirche – in deren Schoß er sich doch wenige Jahre vorher von seinem eigenen Pfarrersvater mit Caroline Michaelis geschiedene Schlegel hatte trauen lassen.

Bei gleichem transzendentalphilosophischem Ansatz der beiden Autoren hat sich die philosophische Metapher des »Erdgeistes« doch als zu unpräzise und variabel ausdeutbar erwiesen. Mit Schellings ironischem Hinweis auf die naturmythische Gestalt Goethes, beiden beim ersten Gebrauch nicht erinnerlich, wurde das Wort endgültig unfähig zur philosophischen Diatribe. Beide Autoren verzichteten nach dem Rezensionsaustausch darauf.

52 Ebd., Sp. 464 = S. 508.
53 Ebd., Sp. 465 = S. 509.
54 Ebd., Sp. 466 = S. 509.

b) Das ›Faust‹-Fragment

Einen bedeutenderen Raum nehmen die Goethe-Anspielungen in den ›Vorlesungen über die Methode des academischen Studium‹ von 1802 und in den Vorlesungen zur Philosophie der Kunst (1802/03) ein. Man könnte annehmen, dass Schelling in seinen ›Vorlesungen über die Methode‹ das Problem der unzusammenhängenden und unbefriedigenden Universitätswissenschaften lösen möchte, das der alte Faust in seinem Eingangsmonolog beklagt. Aber dieses »Ach!« ist nicht Schellings. Ihm geht es um den absoluten Begriff der Wissenschaft, der auch das Problem Fausts zum Verschwinden bringen würde. Er entwirft eine Gesamtschau aller Wissenschaften auf dem Hintergrund der idealistischen Philosophie, näherhin der von ihm in den Jahren vorher entwickelten Identitätsphilosophie. Wenn alles Wissen der Einzelwissenschaften auf einem »Urwissen«, »ewigen Wissen« beruht, dessen »Abbild« das endliche Wissen sei,[55] dann würde letztendlich auch die Magie darunter fallen.

Wenn Schelling sich in seinem denkerischen Ansatz mit Goethe hätte verbinden wollen (der der neuen Naturphilosophie ja durchaus zugeneigt war), dann hätte er das gleich am Anfang oder spätestens bei der Klärung des Verhältnisses von Philosophie und Theologie tun können. Er führt Goethe aber erst in der zehnten Vorlesung ›Über das Studium der Historie und der Jurisprudenz‹ an, dort allerding ausführlich und Goethes rhetorische Schärfe nutzend. Nach dem Lob der antiken Geschichtsschreiber (Polybius, Tacitus) wendet er sich gegen die »Modernen«, die den »pragmatischen Geist« für das Höchste in der Historie hielten. Da heißt es denn:

> Bey den Deutschen hat es nun überdieß mit dem pragmatischen Geist in der Regel die Bewandtniß, wie bei dem Famulus in Goethe's Faust: »Was sie den Geist der Zeiten nennen, ist ihr eigner Geist, worinn die Zeiten sich bespiegeln.«[56]

55 Vorlesungen über die Methode des academischen Studium (Anm. 41), S. 14 f. = SW I 5, S. 216 f.

56 Ebd., S. 217 = S. 308.

Mit dem Zitat aus dem ›Faust‹-Fragment hat es aber hier noch kein Ende. Im Vergleich mit den Griechen (Herodot, Thukydides) kommt die pragmatische Moderne schlecht weg:

> In Deutschland, wo die Wissenschaft immer mehr eine Sache der Industrie wird, wagen sich gerade die geistlosesten Köpfe an die Geschichte. Welch ein widerlicher Anblick, das Bild großer Begebenheiten und Karaktere im Organ eines kurzsichtigen und einfältigen Menschen entworfen, besonders wenn er sich noch Gewalt anthut, Verstand zu haben und diesen etwa darein setzt, die Größe der Zeiten und Völker nach beschränkten Ansichten, z. B. Wichtigkeit des Handels, diesen oder jenen nützlichen oder verderblichen Erfindungen zu schätzen und überhaupt einen so viel möglich gemeinen Maasstab an alles Erhabene zu legen; oder wenn er auf der andern Seite den historischen Pragmatismus darinn sucht, sich selbst durch Räsonniren über die Begebenheiten oder Ausschmücken des Stoffs mit leeren rhetorischen Floskeln geltend zu machen, z. B. von den beständigen Fortschritten der Menschheit und wie Wir's denn zuletzt so herrlich weit gebracht.[57]

Um seinen Standpunkt zu unterstützen, dass in der Historie der empirische Standpunkt nicht der höchste ihrer Darstellungen sein könne, führt Schelling seine verächtliche Denunziation zielstrebig auf das Goethe-Zitat zu. Ganz bewusst charakterisiert er den historischen Pragmatismus mit Wagners Ausspruch (V. 220) – mit kleinster, gleichbedeutender Änderung (»denn« statt »dann«), die zeigt, dass aus dem Gedächtnis zitiert wird. Die vorhergehende Sottise Fausts (V. 224–226: »Mein Freund, die Zeiten der Vergangenheit | Sind uns ein Buch mit sieben Siegeln. | Was ihr den Geist der Zeiten heißt, | Das ist im Grund der Herren eigner Geist, | In dem die Zeiten sich bespiegeln.«) ist deutlicher verändert und dem eigenen Argumentationsrhythmus angepasst. Faust und Wagner stellen für Schelling die beiden Typen historischer Vorgehensweise dar, und es ist durch die Namensnennung Goethes jedem Leser klar, auf welcher Seite der Philosoph sich hier befinden möchte. Goethe dient Schelling als partieller Beleg für einen Gedankengang, den er ohne die Anregung durch den Dichter entwickelt hat.

57 Ebd., S. 218 = S. 308 f.

Auf eine ganz unerwartete anonyme Beziehung auf Goethes Schauspiel, nämlich am Schluss der elften Vorlesung ›Über die Naturwissenschaft im Allgemeinen‹, muss noch hingewiesen werden, erkennbar als solche nur, weil die Bezeichnung »Gedicht der Deutschen« in der ›Philosophie der Kunst‹ wiederholt wird. Es geht Schelling in dieser Vorlesung, die der Vorlesung über das Studium der Physik und Chemie vorausgeht und diesem identitätsphilosophisch den Grund legen will, darum, angesichts der Gespaltenheit der Erkenntnis- und Betrachtungsarten der Natur in philosophischer und empirischer Wissenschaft die Notwendigkeit einer Einheit der Natur zu begründen. Als letztes bleibt ihm, ohne dass er den Dichter und seinen Helden nennt, Fausts Klage im Anfangsmonolog das Faszinosum für »das Ringen des Geistes nach der Anschauung der ursprünglichen Natur [vgl. V. 102] und des ewigen Innern [vgl. V. 30] ihrer Erscheinungen«:

> An jenen Widerstreit, der aus unbefriedigter Begier nach Erkenntniß der Dinge entspringt, hat der Dichter seine Erfindungen in dem eigenthümlichen Gedicht der Deutschen geknüpft und einen ewig frischen Quell der Begeisterung geöffnet, der allein zureichend war, die Wissenschaft zu dieser Zeit zu verjüngen und den Hauch eines neuen Lebens über sie zu verbreiten. Wer in das Heiligthum der Natur eindringen will, nähre sich mit diesen Tönen einer höheren Welt und sauge in früher Jugend die Kraft in sich, die wie in dichten Lichtstrahlen von diesem Gedicht ausgeht und das Innerste der Welt bewegt.[58]

Ganz so wird Schelling sich wörtlich in der ›Philosophie der Kunst‹ äußern.[59]

Die strenge Anonymität wirkt einigermaßen esoterisch, vor allem als Abschluss einer schwierigen Erörterung der Möglichkeit einer Naturphilosophie angesichts des Voranschreitens der empirischen Naturwissenschaft. Dass die »frühe« – also studentische – »Jugend« durch ein nur angedeutetes Werk sich für den Weg einer »verjüngten« Wissen-

58 Ebd., S. 258 f. = S. 326. Die Stelle wirkt als bei der Korrektur der Druckfassung hinzugefügt.

59 Philosophie der Kunst, in: SW I 5, S. 353–736, hier: S. 733, wo es heißt »nähere sich diesen Tönen« – was auch Sinn ergibt. Eine historisch-kritische Ausgabe, die die erhaltenen Nachschriften berücksichtigte, ist ein Desiderat.

schaft begeistern lassen solle, ist doch kaum zu erwarten. Vielleicht hat Schelling in der Vorlesung deutlicher gesprochen und die Namen genannt, im Druck aber verschlüsselt. Das Problem der unbefriedigten Wissensbegier bei Faust ließ sich in der Philosophie der Gegenwart aufnehmen und als Beispiel zitieren. Aber natürlich war der Versuch mit der Magie und der Anschluss an den Teufel – der Pakt kann ja nur erschlossen werden – nicht der zu empfehlende Ausweg, sondern das Studium der Identitätsphilosophie bei Schelling selbst.

In seiner ›Philosophie der Kunst‹, im Winter des Jahres 1802/03 als Vorlesung an der Universität in Jena gehalten und im Winter des Jahres 1804/05 in Würzburg wiederholt, hat Schelling den Ausdruck »Erdgeist« nicht gebraucht, auch wenn er sich ausführlich auf Goethe und das ›Faust‹-Fragment bezieht. Schelling, der mit der ungeheuren Belesenheit des älteren Schlegel nicht mithalten konnte, hat sich von diesem zur Vorbereitung dessen Manuskript der Berliner Vorlesungen über schöne Literatur und Kunst von 1801/02 ausgeliehen und exzerpiert.[60] Insgesamt wird man auch den geistigen Austausch mit der neuen romantischen Schule in Jena 1799–1800 nicht unterschätzen dürfen, zum Beispiel die gemeinsame Dante-Lektüre mit Friedrich Schlegel.[61] Das ›Athenaeum‹ wird eigens angeführt.[62] Friedrich Schlegels ›Geschichte der Poesie der Griechen und Römer‹ von 1798 gilt als Bezugstext zur griechischen Lyrik.[63] Die Vorlesungen verbreiteten sich durch Nachschriften,[64] so dass mit einer zeitgenössischen Rezeption

60 Vgl. seine Briefe vom 3. September und 4. Oktober 1802 an A.W. Schlegel, in denen er »ein unnennbares Vergnügen« an der Lektüre bezeugt. »Einen Theil davon lasse ich wirklich ganz abschreiben, einen andern lese ich mit der Feder in der Hand.« (Aus Schellings Leben. In Briefen. Erster Band: 1775–1803, [hrsg. von G.L. Plitt,] Leipzig 1869, S. 408 f.) Das Manuskript wurde am 1. November 1802 zurückgesandt (ebd., S. 429). Bei dieser Abschrift handelt es sich um das gelegentlich in der Literatur erwähnte »Konzept«.

61 Vgl. KFSA 25, S. 42.

62 SW I 5, S. 660. Schelling bezieht sich auf Bd. I/1 (1798): W. u. F. Schlegel ›Elegien aus dem Griechischen‹ (S. 107–140).

63 Ebd., S. 642.

64 In einer Anmerkung zu seinen ›Kritischen Fragmenten‹ (in: Jahrbücher der Medicin als Wissenschaft. Verfasst von einer Gesellschaft von Gelehrten und hrsg. von A. F. Marcus und F. W. J. Schelling, Zweyter Band, Tübingen 1807, S. 283–304) beklagt Schelling, dass »schlechtgeschriebene Hefte der Naturphilosophie, auch der Ästhetik des Verfassers, angefangen haben, in Circulation zu kommen«

gerechnet werden muss. Das kann auch für die Urteile Schellings über Goethes ›Faust‹-Fragment gelten.

Schon in der seinerzeitigen 14. Vorlesung ›Über Wissenschaft der Kunst, in Bezug auf das academische Studium‹ hatte Schelling die Kunst in sein identitätsphilosophisches System in der Weise eingegliedert, dass sie eine »aus dem Absoluten unmittelbar ausfließende Erscheinung« und die »Philosophie der Kunst Darstellung der absoluten Welt in der Form der Kunst« sei.[65] Die Ausführung bedurfte aber doch des Endlichen, der Werke und ihrer Urheber, und so bekam seine Philosophie der Kunst nach der grundsätzlichen theoretischen Einleitung in der Konstruktion der Kunstformen doch das Aussehen einer zeitgenössischen Ästhetik, jedenfalls was die empirische Unterfütterung angeht. Hier spielt, neben dem Übermaß der antiken Vorbilder, Goethe eine beispielgebende Rolle. Wie Friedrich Schlegel sieht Schelling im ›Wilhelm Meister‹ Ironie am Werk,[66] das Epos ›Hermann und Dorothea‹ ist »das einzige epische Gedicht im wahren Sinn der Alten«,[67] in den ›Römischen Elegien‹, die ja ein zeitgenössisches Ärgernis waren, sieht er »die ächte Gattung wiederhergestellt«, verglichen mit den »Muster[n] der Alten«.[68] In diese Reihe gehört ihm auch das ›Faust‹-Fragment. Dabei ist ihm der fragmentarische und das heißt nicht völlig schlüssig zu interpretierende Charakter des Stückes durchaus klar:

> Soweit man Goethes Faust aus dem Fragment, das davon vorhanden ist, beurtheilen kann, so ist dieses Gedicht nichts anderes als die innerste, reinste Essenz unseres Zeitalters: Stoff und Form geschaffen aus dem, was die ganze Zeit in sich schloß, und selbst dem, womit sie schwanger war oder noch ist. Daher ist es ein wahrhaft mythologisches Gedicht zu nennen.[69]

(S. 303). Vgl. auch Ernst Behler, »Das Christentum [...] ist nothwendig Kirche und Catholicismus«. Eine Miszelle zur kritischen Edition von Schellings Philosophie der Kunst (1802/03), in: Athenaeum 3 (1993), S. 283–297.

65 Vorlesungen über die Methode des academischen Studium (Anm. 41), S. 305–323 = SW I 5, S. 344–352, hier: S. 308 = S. 345 und S. 317 f. = S. 350.

66 Philosophie der Kunst, SW I 5, S. 675–677.

67 Ebd., S. 657. Vorher hatte Schelling auf die »mehr kritische und historische Ausführung« in der Rezension August Wilhelm Schlegels (von 1798) hingewiesen (S. 653). Vgl. A.W. Schlegel, Kritische Schriften und Briefe I (Anm. 10), S. 42–66.

68 SW I 5, S. 660 f.

69 Ebd., S. 446.

Damit stellt Schelling Goethe, durchaus im Sinne der Jenaer Romantik, in eine Reihe mit Dante, Shakespeare und Cervantes, wobei »mythologisch« als höchstes Kompliment zu nehmen ist. Denn das Grundgesetz der modernen Poesie sei die Originalität, und jedes wahrhaft schöpferische Individuum müsse sich selbst seine Mythologie aus dem Stoff der Zeit schaffen – ein Gedanke, mit dem Friedrich Schlegel vorangegangen war[70] –, um für seine Zeit den Teil der »noch im Werden begriffenen (mythologischen) Welt« beizutragen, die der »Weltgeist« in »noch unbestimmbarer Ferne« als »große[s] Gedicht« selbst vollendet haben werde.[71] Damit bekommt Goethe und damit sein ›Faust‹-Fragment als »innerste, reinste Essenz« des Zeitalters eine geradezu eschatologische Bedeutung. Das ist schwerlich aus der Lektüre allein gefolgert.

Bei der Konstruktion der Malerei, näherhin der Gegenstände oder der Kunststufen der Malerei fällt Schelling als Beispiel eines Still-Lebens die Szene in Margarethes Zimmer ›Abend. Ein kleines reinliches Zimmer‹ (V. 1141–1215) als »eine Art von poetischem Still-Leben« ein, in der Faust »den Geist der Ordnung, der Zufriedenheit und die Fülle in der Armuth darin« (V. 1155 f.) schildert.[72] Ein Exkurs mit Goethes Wortschatz mitten in der Theorie der Malerei! Das bleibt der einzige Blick in die Gretchen-Handlung, deren tragische Grundstruktur den Philosophen nicht interessiert.

In der Darstellung der modernen dramatischen Poesie behandelt Schelling – nach Shakespeare und Calderón – ›Faust‹ erneut als das »größte Gedicht der Deutschen«: »Es ist aber schwer, das Urtheil über den Geist des Ganzen aus dem, was wir davon besitzen, überzeugend genug zu begründen.«[73] Was er an dieser Stelle liefert, ist nichts weniger als eine Gesamtdeutung des Stückes mit vermuteter, durchaus überraschender Ergänzung des Schlusses.

Zunächst gibt Schelling den »allgemeinsten Gesichtspunkt« an, den er aus dem Eingangsmonolog gewinnt. Das Individuum unterliege dem »ewige[n] Widerspruch« zwischen Schicksal und Handeln. Die aufge-

70 ›Rede über die Mythologie‹ im ›Gespräch über die Poesie‹; Athenaeum III/1, 1800, hier: S. 94–105.

71 SW I 5, S. 445, auch S. 446 f.

72 Ebd., S. 543.

73 Ebd., S. 731, auch für das folgende.

hobene Harmonie könne sich hier nach zwei Seiten ausdrücken und der Streit sich einen doppelten Ausweg suchen. »Der Ausgangspunkt ist der unbefriedigte Durst, das Innere der Dinge [vgl. V. 30] zu schauen und als Subjekt zu genießen, und die erste Richtung die, die unersättliche Begier außer dem Ziel und Maß der Vernunft durch Schwärmerei zu stillen [...].«[74] Die »Schwärmerei« dieser einen Seite meint natürlich den Versuch mit der Magie. Das Stichwort des Genießens stammt aus der Szene »Und was der ganzen Menschheit zugetheilt ist ...« (V. 250), und aus dieser wird auch begründend Mephistopheles' triumphierender Monolog angeführt:

> Verachte nur Vernunft und Wissenschaft,
> Des Menschen allerhöchste Kraft,
> Laß nur in Blend- und Zauberwerken
> Dich von dem Lügengeist bestärken,
> So hab' ich dich schon unbedingt.
>
> (V. 330–334)

Die andere Seite belegt Schelling durch die Fortsetzung dieses Monologs:

> Der andere Ausweg des unbefriedigten Strebens des Geistes ist der, sich in die Welt zu stürzen, der Erde Weh, der Erde Glück zu tragen [vgl. V. 252]. Auch in dieser Richtung ist der Ausgang entschieden; auch hier nämlich ist es ewig unmöglich, als Endliches des Unendlichen theilhaftig zu werden; welches in den Worten ausgesprochen ist:
>
> Ihm hat das Schicksal einen Geist gegeben,
> Der ungebändigt immer vorwärts dringt,
> Und dessen übereiltes Streben
> Der Erde Freuden überspringt.
> Den schlepp' ich durch das wilde Leben,
> Durch flache Unbedeutenheit,
> Und seiner Unersättlichkeit
> Soll Speis' und Trank vor gier'gen Lippen schweben,
> Er wird Erquickung sich umsonst erflehn.
>
> (V. 335–340, 342–344)

74 Ebd., S. 731 f.

Der fehlende Vers (»Er soll mir zappeln, starren, kleben« V. 341) wird auf ein Versehen zurückgehen.[75] Der »Ausgang«, der zur Magie gehört (»Und hätt' er sich auch nicht dem Teufel übergeben, | Er müßte doch zu Grunde gehn!« V. 345 f.), wird unterschlagen, weil dadurch deutlich würde, dass Mephistopheles keineswegs zwei Auswege hatte einander gegenüberstellen wollen. Schelling weiß das natürlich und verschweigt es nicht: »In Goethes Faust sind diese beiden Richtungen dargestellt oder vielmehr unmittelbar vereinigt, so daß aus der einen zugleich die andere entspringt.« Aus Gründen des Dramatischen sei die Begegnung eines solchen Geistes mit der Welt betont. »Soweit wir das Gedicht übersehen, erkennen wir deutlich, daß Faust in dieser Richtung durch das höchste Tragische gehen soll.«[76] Aber die »heitere Anlage des Ganzen« lässt Schelling auf eine »moderne Komödie im höchsten Styl« schließen,[77] und so bringt die Fortsetzung seiner Deutung eine überraschende Vorwegnahme des Schlusses von ›Faust II‹:

> Aber die heitere Anlage des Ganzen schon im ersten Wurf, die Wahrheit des mißleiteten Bestrebens, die Ächtheit des Verlangens nach dem höchsten Leben läßt schon erwarten, daß der Widerstreit sich in einer höheren Instanz lösen werde, und Faust in höhere Sphären erhoben vollendet werde.[78]

Das ist eine ganz erstaunliche Antizipation, von der keiner der Vorlesungshörer wissen konnte, dass sie sich bewahrheiten wird. Vielleicht hatte Goethe doch etwas angedeutet. Schelling mochte Goethe nicht zutrauen, dass dieser sich an den Volks-Faust mit seinem höllischen Ende würde halten wollen. Er kann sich den Weg dahin vorstellen:

> Das wilde Leben, in welches sich Faust stürzt, wird für ihn nach einer nothwendigen Folge zur Hölle. Die erste Reinigung von Qualen des Wissens und der falschen Imagination wird nach der heiteren Absicht des Ganzen in einer Einweihung in die Principien der Teufelei, als der eigentlichen Grundlage der besonnenen Ansicht der Welt,

75 Die sonstige Exaktheit des längeren Zitates kann auf den Herausgeber zurückgehen, zumal der Text mit ›Faust I‹ identisch ist.

76 Ebd., S. 732.

77 Ebd., S. 733.

78 Ebd., S. 732.

> bestehen müssen, wie die Vollendung darin, daß er durch Erhebung über sich selbst und das Unwesentliche das Wesentliche schaut und genießen lernt.[79]

Goethe wird also seinen Helden letztendlich den Weg der modernen Philosophie gehen lassen müssen, woraus sich auch der Schluss ergibt, dass es sich beim ›Faust‹ um ein philosophisches Werk handelt:

> Durch diesen eigenthümlichen Widerstreit, der im Wissen beginnt, hat das Gedicht seine wissenschaftliche Seite bekommen, so daß, wenn irgend ein Poem philosophisch heißen kann, dieses Prädikat Goethes Faust allein zugelegt werden muß.

Das heißt dann:

> Der herrliche Geist, der mit der Kraft des außerordentlichen Dichters den Tiefsinn des Philosophen vereint, hat in diesem Gedicht einen ewig frischen Quell der Wissenschaft geöffnet, der allein hinreichend war, die Wissenschaft zu verjüngen, die Frischheit eines neuen Lebens über sie zu verbreiten.[80]

Es folgt wortwörtlich der Panegyrikus, mit dem Schelling die 14. Vorlesung über die Methode des akademischen Studiums abgeschlossen hatte.[81]

Schelling hat »die Natur des Gedichts« mehr ahnen als wissen können, aber aus dem fragmentarischen Teil auf das Ganze geschlossen; es bleibt ihm »ein ganz und in jeder Beziehung originelles, nur sich selbst vergleichbares, in sich selbst ruhendes Werk«.[82] Er hat damit manche Erkenntnis der späteren ›Faust‹-Forschung vorweggenommen. Die Beobachtung der »heiteren Anlage des Ganzen« – im Fragment-›Faust‹ (Universitäts-Satire, Rüpelszene in ›Auerbachs Keller in Leipzig‹, die Konstellation Marthe Schwerdtlein – Mephistopheles) noch weniger deutlich als später in ›Faust I‹, aber durch die Zusammenstellung mit den heiteren Singspielen im Druck von 1790 unübersehbar – ist richtig getroffen, und natürlich kann der Philosoph den »unbefriedigten Durst,

79 Ebd., S. 733.
80 Ebd.
81 Siehe oben, zu Anm. 58 und 59.
82 SW I 5, S. 733.

das Innere der Dinge zu schauen«, nicht für unerlaubt erklären. Eine solche »Anlage« kann für ihn nicht in die Katastrophe führen. Er hebt den Fragmenten-›Faust‹ in die Höhe des »größten Gedichts der Deutschen«, weil es ihm seiner eigenen Philosophie nahe, ja identisch scheint. Von dieser Voraussetzung her interpretiert er. Die Aufhebung aller Widersprüche im Absoluten, was der Philosophie nur nach größter Abstraktion gelingt, hat Goethe für Schelling im Poem geleistet. Daraus erwächst das unerhörte Lob, das auch eine große Erleichterung spiegelt.

Aber wenn das ›Faust‹-Drama ein philosophisches Drama ist, so ist der Handlungsträger exemplarisch, repräsentativ. Hier beginnt die Faust-Ideologie, als deren Begründer Schelling anzusehen ist.[83] Faust als »mythologische Person« ist ihm Ausdruck des Schicksals »in deutscher Art«.[84] Faust ist »unsere mythologische Hauptperson«:

> Andere theilen wir mit anderen Nationen, diesen haben wir ganz für uns allein, da er recht aus der Mitte des deutschen Charakters und seiner Grundphysiognomie wie geschnitten ist.[85]

Noch einmal hat Schelling sich im gleichen zeitlichen Zusammenhang über das ›Faust‹-Fragment geäußert, und zwar wieder ohne Nennung des Autors, als ob dessen Name tabu wäre. Im mit Hegel gemeinsam herausgegebenen ›Kritischen Journal der Philosophie‹ hat er 1803 in seinem Aufsatz ›Über Dante in philosophischer Beziehung‹ wie in der Kunstphilosophie Goethe mit Dante verglichen:

> Dante ist in dieser Rücksicht urbildlich, da er ausgesprochen hat, was der moderne Dichter zu thun hat, um das Ganze der Geschichte und Bildung seiner Zeit, den einzigen mythologischen Stoff, der ihm vorliegt, in einem poetischen Ganzen niederzulegen. [...] Das einzige deutsche Gedicht von universeller Anlage knüpft die äußersten Enden in dem Streben der Zeit durch die ganz eigenthümliche Erfindung einer partiellen Mythologie, die Gestalt des Faust, auf ähnliche Weise zusammen, obgleich es in bey weitem mehr Aristophanischer

83 Vgl. dazu grundsätzlich Hans Schwerte, Faust und das Faustische. Ein Kapitel deutscher Ideologie, Stuttgart 1962, zu Schelling S. 45 sowie S. 289 (in die Anmerkung abgedrängt).

84 SW I 5, S. 733.

85 Ebd., S. 438.

Bedeutung Komödie und in anderm, mehr poetischem Sinne, göttlich heißen kann, als das Gedicht des Dante.[86]

Mehr als »göttlich« kann man ja nicht sagen.

Wie weit Goethe auf Schelling gewirkt hat oder umgekehrt dieser auf jenen, ist gern diskutiert worden.[87] Für die Farbenlehre Goethes bezeugt sich dieser Einfluss in der enthusiastischen Übernahme in der ›Philosophie der Kunst‹.[88] Für alles andere ist die philologische Basis zu dürftig. Die ästhetischen Maximen und Literatur-Beispiele bis hin zur Goethe-Verehrung sind schlegelsches Allgemeingut und gehen über diese inhaltlich nicht hinaus. Schelling begegnete Goethe mit einer fertigen philosophischen Theorie des Absoluten und war dankbar, dass der verehrte Dichter seinem eigenen Denken offenbar entsprach. Das meinte er in den sporadischen, aber in die Zukunft weisenden Bezugnahmen und Interpretationen des ›Faust‹-Fragments von 1790 zeigen zu können, die lange vor seiner eigenen Entwicklung als Denker gedruckt und in ganz anderen Lebensumständen entstanden waren. Das literarische Werk hatte sich von seinem Autor gelöst und war in die Hände der neuen Kunstphilosophie gefallen, die es nach Gutdünken nutzte.

III. Hegel

Bei Hegel sind entschieden weniger sprechende Zeugnisse der Rezeption von ›Faust. Ein Fragment‹ als bei Schelling überliefert, und dennoch gibt es erheblich weiter gehende Generalthesen, die in Ernst

86 Kritisches Journal der Philosophie, hrsg. von F.W.J. Schelling und G.W.F. Hegel, Zweyten Bandes drittes Stück, Tübingen 1803, S. 35–50, hier: S. 40. Der Aufsatz blieb ohne Namensangabe und findet sich deshalb auch in Werkausgaben Hegels wieder abgedruckt, so in: GW 4, S. 486–493, hier: S. 488.

87 Vgl. zuletzt Dalia Nassar, From a Philosophy of Self to a Philosophy of Nature: Goethe and the Development of Schelling's ›Naturphilosophie‹, in: Archiv für Geschichte der Philosophie 92 (2010), S. 304–321 (mit Literatur). Nassar vertritt die These, Goethes ›Metamorphose der Pflanzen‹ habe Schelling geholfen, sich von Fichte zu lösen. Sie behandelt Schellings Entwicklung bis 1799.

88 SW I 5, S. 509–515. Vgl. dazu zusammenfassend Thomas Kisser, Schelling und Goethe. Naturkonzepte zwischen Philosophie und Wissenschaft um 1800, in: Akademie Aktuell 2007, H. 1, S. 25 f.

Blochs Aussage gipfeln mögen, dass Goethes ›Faust‹ und Hegels ›Phänomenologie des Geistes‹ »sowohl im gesellschaftlichen Grund wie im Bauplan des Werks wie in dem, den Bauplan bestimmenden Inhalt sachlich miteinander« übereinkämen.[89] Dieses umfassende Urteil muss sich darauf gründen, dass Hegel in seiner 1807 erschienenen Monographie zweimal den »Erdgeist« erwähnt und einmal ein zusammenfassendes Zitat aus dem ›Faust‹-Fragment bringt. Man muss sich fragen, wie weit diese Rezeption trägt.

a) Der »Erdgeist«

Bereits vor der ›Phänomenologie‹ gibt es zwei »Erdgeist«-Belege in Hegels Jenaer Systementwürfen von 1805/06, und zwar wie zunächst bei

89 Ernst Bloch, Das Faustmotiv in der Phänomenologie des Geistes, in: Neue Welt. Halbmonatsschrift, 4. Jg., H. 16 (August 1949), S. 71–86, hier: S. 71. Die verschiedenen Erscheinungsjahre der Werke – von ›Faust‹-Fragment bis ›Faust II‹ – hält Bloch für irrelevant. Entgegenstehende Aussagen – etwa das anvisierte Zugrundegehen Fausts (V. 346 und 2015 f.) – gilt als »fremder Rest« der Faust-Sage (S. 72). Für Hegel gelte: »Das Subjekt der Phänomenologie ist schon von Haus aus ein Faust-Selbst« (S. 74). – Die ›Neue Welt‹ (Berlin) war eine von der sowjetischen Hochkommission im Verlag Tägliche Rundschau verantwortete Zeitschrift, die Goethes 200. Geburtstag zwei umfängliche Hefte widmete, um diesen (mit Hegel) – wie Bloch hoffte – in das »neue Tor« der sozialistischen Gesellschaft heimzuholen, »dessen Aufschrift heißt Ende des Objekts am befreiten Subjekt, Ende des Subjekts am unentfremdeten Objekt« (S. 86, gesperrt). Diesen Aufsatz hat Bloch Jahrzehnte später mit allen Spitzenzitaten in die ›Tübinger Einleitung in die Philosophie‹ eingearbeitet, vgl. dort ›Nochmals das Faustmotiv der Phänomenologie des Geistes‹ (Frankfurt am Main ^{2}1970, S. 63–84, hier: S. 83). Das gleiche (vergebliche) Motiv der Einbringung Goethes und Hegels in die unmittelbar vorher gegründete DDR vertrat Hans Mayer in seiner Leipziger Antrittsvorlesung am 20. Juli 1949 (Goethe und Hegel, in: Unendliche Kette. Goethe-Studien, Dresden 1949, S. 44–59). – Vgl. zur ›Faust‹-Deutung in späteren Werken Blochs Wilhelm Voßkamp, »Höchstes Exemplar des utopischen Menschen«. Ernst Bloch und Goethes ›Faust‹, in: Deutsche Vierteljahrsschrift für Literaturwissenschaft und Geistesgeschichte 59 (1985), S. 676–687, sowie schließlich Hermann Patsch, »An dem neuen Tor der sozialistischen Gesellschaft«: Goethes und Hegels Heimholung in den Sozialismus. Ernst Bloch und Hans Mayer zur Gründung der Deutschen Demokratischen Republik, in: Begriff und Interpretation im Zeichen der Moderne. Festschrift für Andreas Arndt, hrsg. von Sarah Schmidt, Dimitris Karydas und Jure Zovko, Berlin 2015, S. 253–261.

Schelling im Zusammenhang seiner Naturphilosophie. Es heißt an der ersten Stelle unter der Überschrift »Das Organische«:

> Die Geschichte ist früher in die Erde gefallen; itzt aber ist sie zur Ruhe gekommen. Ein Leben, das in sich selbst gährend, die Zeit an ihm selbst hatte, – der Erdgeist, der noch nicht zur Entgegensetzung gekommen; die Bewegung und Träume eines schlaffenden, bis er erwacht und im Menschen sein Bewußtseyn erhalten, und sich also als ruhige Gestaltung gegenübergetreten. – Blosses Geschehen.[90]

Hier meint der »Erdgeist« den gemeinsamen Geist der Menschheit, der im bloß organischen Zustand der Erde noch wie schlafend gedacht werden kann. Die »unorganische Erde«, heißt es vorher, hat eine »unbegeistete Gestalt«,[91] d.h. einen Geist der Erde kann es erst im organischen Zustand geben, der sich aus diesem im Menschen dialektisch entwickelt. Man hat nicht den Eindruck eines an dieser Stelle philosophisch definierten Begriffs. Er erinnert an die »Weltseele« in Schellings Naturphilosophie.[92] Jedenfalls hat die Bezeichnung mit Goethes literarischer Figur nicht das Geringste zu tun.

Das gilt auch für die Erwähnung in einem Fragment zur Physik, wo die Erwägungen über die Farben in dem Gedanken enden, dass das Licht in die Totalität des Rot übergeht, »worin das Licht die Finsterniß aufgelöst, und einerseits sie zur Wärme gemacht, zur Wärme und irdisches Feuer, andrerseits zur physischen bestimmten Gestalt geworden ist«.[93]

Dazu lautet eine Randnotiz zur »bestimmten Gestalt«: »Erdgeist«. Das ist kaum zu deuten. Hier scheint der »Erdgeist« ein physikalisches Phänomen darzustellen, in dem das Licht im sich entfaltenden Naturprozess eine physische Gestalt bekommt. Eine Lichtgestalt? Was Hegel sich hier vorgestellt hat, ist schlecht zu erraten. Mythisch hat er im Bereich der Physik nicht gedacht. Er fand das Wort wie Schelling vor,

90 GW 8: Jenaer Systementwürfe III. Unter Mitarbeit von Johann Heinrich Trede hrsg. von Rolf-Peter Horstmann, 1976, S. 113 f. Den Hinweis auf diese entlegenen Stellen verdanke ich Dietmar Pravida.

91 Ebd., S. 112.

92 F.W.J. Schelling, Von der Weltseele, eine Hypothese der höhern Physik zur Erklärung des allgemeinen Organismus, Hamburg 1798.

93 GW 8, S. 296.

woher auch immer, und benutzte es gelegentlich, eine spekulative Ausdeutung (wie bei Schleiermacher) hat er nicht vorgenommen.

Die zwei Belege in der ›Phänomenologie des Geistes‹ sind nicht mehr so deutlich in der Naturphilosophie angesiedelt. Da der – im Text frühere – Beleg in ein Zitat aus dem ›Faust‹-Fragment mündet, scheint hier der Bezug zu dem Werk Goethes eindeutig gegeben zu sein. Das muss genau betrachtet werden. Zumindest bei dem zweiten Vorkommen ist das nicht der Fall.

Eher beiläufig kommt der Topos »Erdgeist« im vorletzten Teil der ›Phänomenologie‹ vor, und zwar innerhalb der Religionsphilosophie im Abschnitt »Die Kunstreligion« im mittleren Kapitel »Das lebendige Kunstwerk«. Nachdem Hegel die religiöse Plastik, Hymnus und Kultus als die Stufe des »abstrakten Kunstwerks« beschrieben hatte, deutet er die religiösen Sakramente – die »Mysterien« der Griechen und des christlichen Abendmahls zusammensehend – als höchste Vollkommenheit der selbstlosen Natur in der Stufe der »Nützlichkeit, gegessen und getrunken werden zu können«:

> [...] sie [die Natur] ist darin die Möglichkeit einer höhern Existenz, und berührt das geistige Daseyn; – theils zur stillkräftigen Substanz theils aber zur geistigen Gährung, ist der Erdgeist in seiner Metamorphose dort zum weiblichen Principe der Ernährung, hier zum männlichen Principe der sich treibenden Krafft des selbstbewußten Daseyns gediehen.[94]

Auch hier ist der »Erdgeist« Topos für ein Durchgangsphänomen, in dem das Selbst mit seinem Wesen noch nicht geeint, in dem nur der unmittelbare Geist, der Geist der Natur, nicht aber der Geist als selbstbewusster Geist offenbar ist. Neben der Aufspaltung des »Erdgeistes« in ein männliches und ein weibliches Prinzip ist auffällig, dass das semantische Wortfeld mit den Begriffen ›Genuss‹ und ›Begierde‹ in Bezug auf die Sakramente, wenn auch vielleicht zufällig, subtil auf Goethes ›Faust‹-Fragment in der Szene ›Wald und Höhle‹ anspielen könnte: »So tauml' ich von Begierde zu Genuß, | Und im Genuß verschmacht' ich nach Begierde.« (V. 1921 f.) Ein zweifelsfreier Rückschluss auf diesen Subtext ist wegen der religiösen Thematik aber nicht naheliegend.

94 System der Wissenschaft von Ge. Wilh. Fr. Hegel, Erster Theil, die Phänomenologie des Geistes, Bamberg und Würzburg 1807, S. 671 = GW 9, S. 386.

b) Das ›Faust‹-Fragment

An der früheren Stelle der ›Phänomenologie‹ verbindet Hegel im unmittelbaren Zusammenhang mit der Anführung des »Erdgeistes« ein (freilich umgearbeitetes) Zitat aus dem ›Faust‹-Fragment, so dass ein Zusammenhang unüberlesbar ist. Unter der Überschrift »Die Verwirklichung des vernünftigen Selbstbewußtseyns durch sich selbst«, näherhin dem Untertitel »Die Lust und die Nothwendigkeit«, sagt Hegel von dem Selbstbewusstsein, das in seinem Fürsichsein verharrt, es sei in dieses »statt des himmlisch scheinenden Geistes der Allgemeinheit des Wissens und Thuns, worin die Empfindung und der Genuß der Einzelnheit schweigt, der Erdgeist gefahren, dem das Seyn nur, welches die Wirklichkeit des einzelnen Bewußtseyns ist, als die wahre Wirklichkeit gilt«.[95] Auffällig ist hier der wie selbstverständliche Gebrauch des Topos »Erdgeist«, der, sichtlich weniger als bei Schelling und anders als bei Schleiermacher, lediglich das defiziente Bewusstsein des Einzelnen als eines Erdbewohners meint, der auf »Lust« ausgeht und Selbstverwirklichung in »Genuß« und »Begierde« (wie es wenig später heißt) sucht und darin die wahre Wirklichkeit gefunden zu haben meint. Den spottenden Sinn wird man nicht überlesen, ohne dass man an die Goethesche Gestalt denken wird, obgleich Hegel gleich im Anschluss in der Tat zur Verbildlichung und ohne Namensnennung (weder des Verfassers noch der literarischen Gestalt) aus dem ›Faust‹-Fragment das Urteil Mephistos über Faust frei und zusammenziehend zitiert:

> Es verachtet Verstand und Wissenschaft
> des Menschen allerhöchste Gaben –
> es hat dem Teufel sich ergeben
> und muß zu Grunde gehn.[96]

Das ist deutlich auf den Schlussmonolog des Mephistopheles in der Szene »Und was der ganzen Menschheit zugetheilt ist« bezogen (V. 330–346), als Übergang zur Schülerszene, wobei Hegel die ihm wichtigen Gedanken auswendig abändernd zusammenzieht (»Verachte nur Vernunft und Wissenschaft, | des Menschen allerhöchste Kraft [...] | Und hätt' er sich auch nicht dem Teufel übergeben, | Er müßte

95 Ebd., S. 298 = S. 198.
96 Ebd., S. 299 = S. 199.

doch zu Grunde gehn!« V. 330 f., 345 f.).[97] Faust ist ihm ein personalisiertes Beispiel für das im Fürsichsein verharrende Selbstbewusstsein. Und es ist klar, dass das Zitat deshalb geeignet war, weil der Philosoph wie die gesamte volkstümliche Faust-Tradition annimmt, dass Faust am Ende seines Lebens zu Grund gehen werde. Hegel fährt auslegend weiter fort, offenbar mit einem die Anspielung erkennenden Leser rechnend:

> Es [das Selbstbewusstsein] stürzt also ins Leben, und bringt die reine Individualität, in welcher es auftritt, zur Ausführung. Es macht sich weniger sein Glück, als daß es dasselbige unmittelbar nimmt und genießt. Die Schatten von Wissenschaft, Gesetzen und Grundsätzen, die allein zwischen ihm und seiner eignen Wirklichkeit stehen, verschwinden, als ein lebloser Nebel, der es nicht mit der Gewißheit seiner Realität aufnehmen kann; es nimmt sich das Leben, wie eine reife Frucht gepflückt wird, welche ebensosehr selbst entgegen kommt, als sie genommen wird.[98]

Das und die folgende Darstellung kann man als allegorische Ausfüllung der Hegelschen Beweisführung mit Fausts Schicksal deuten, zumal »Leben« (vgl. das »wilde Leben« V. 339), »Genuß« (V. 1921, vgl. »genießen« V. 250, 1893), »Begierde« (V. 1921, 2000) dem Wortschatz Fausts zu entstammen scheinen. Diese Semantik kann in der Weiterführung natürlich nicht durchgehalten werden, auch wenn die Phrase vom In-das-Leben-stürzen für die einzelne Individualität wiederholt wird und der »Doppelsinn«, »der in dem liegt, was es [sc. das Selbstbewußtseyn] that, nemlich sein L e b e n sich g e n o m m e n zu haben; es nahm das Leben, aber vielmehr ergriff es damit den Tod«,[99] das (falsch) vermutete Geschick der dramatischen Gestalt umspielt. Ganz zuletzt mag der verzweifelte Ausruf Fausts (aus ›Wald und Höhle‹): »Mag ihr Geschick auf

97 Wenn hier in der Literatur gern auf ›Faust I‹ verwiesen wird (etwa bei Scholz, Die Geschichte der ›Faust‹-Forschung [Anm. 15]), so spielt das inhaltlich keine Rolle, da sich an dieser Stelle das ›Fragment‹ und ›Faust I‹ (V. 1851 f., 1866 f.) nicht unterscheiden. Es ist aber wohl doch ein Beleg dafür, dass dabei unbewusst an das vollständige Werk gedacht wird. Wenn dann der »Faust der zwei Seelen« angeführt wird (S. 61), so wird übersehen, dass diese Selbstcharakterisierung Fausts im Fragment noch fehlt.

98 Phänomenologie des Geistes (Anm. 94), S. 299 = GW 9, S. 199.

99 Ebd., S. 303 = S. 201.

mich zusammenstürzen | und sie [Margarethe] mit mir zu Grunde gehn!« (V. 2015 f.) in dem Gedanken wiederklingen:

> Bis hieher geht die Erscheinung dieser Gestalt des Selbstbewußtseyns; das letzte Moment ihrer Existenz ist der Gedanke ihres Verlusts in der Nothwendigkeit, oder der Gedanke ihrer selbst als eines sich absolut fremden Wesens.[100]

Fausts verzweifelter Ausruf war in der Tat das letzte Wort, das Goethe ihn im ›Faust‹-Fragment sprechen ließ und das allein Hegel konnte gelesen haben. Wenn dieser, der vom Selbstbewusstsein handelt und nicht von der dramatis personae, fortfährt: »Das Selbstbewußtseyn an sich hat aber diesen Verlust überlebt; denn diese Nothwendigkeit, oder reine Allgemeinheit ist sein eignes Wesen. Diese Reflexion des Bewußtseyns in sich, die Nothwendigkeit als sich zu wissen, ist eine neue Gestalt desselben.«, dann könnte im Umkehrschluss auch Goethes Figur ein anderes Ende nehmen sollen, als die Tradition ihr zubilligen wollte.

Das Zitat aus dem ›Faust‹-Fragment selbst ist, wie man natürlich oft bemerkt hat, von Hegel sehr charakteristisch verändert worden: Er schrieb »Verstand« statt »Vernunft«. Das mag für die ›Faust‹-Exegese gleichgültig sein,[101] für die Hegelsche Philosophie ist diese Änderung notwendig. Von der Vernunft kann nicht gesagt werden, was Goethe Mephistopheles sagen lässt, nämlich dass diese als des Menschen allerhöchste Kraft verachtet werden könne. Der Verstand ist lediglich ein Übergangsphänomen im Prozess der Phänomenologie des Geistes, er gehört dem Bewusstsein an, das der gegenständlichen Welt zugeneigt ist und in der Erscheinung »nur sich selbst erfährt«.[102] Diese Erkenntnis kann Mephistopheles, der das Prinzip des Bösen verkörpert, zugebilligt werden. Von »Vernunft« – die nach Hegel darauf geht, »die

100 Ebd., S. 304 = S. 201; dort auch das folgende Zitat.

101 Vgl. Karl Borinski, Goethes Faust und Hegel, in: Goethe-Jahrbuch 9 (1888), S. 198–217, hier: S. 201. Borinski, der methodisch sauber lediglich das ›Faust‹-Fragment voraussetzt, zeichnet das Drama in Hegels Werk ein; er spricht bei Hegel von einer »metaphysischen Ausschöpfung des Faust« (S. 203). Vgl. ähnlich Rudolf Honegger, Goethe und Hegel. Eine literarhistorische Untersuchung, in: Jahrbuch der Goethe-Gesellschaft 11 (1925), S. 38–111, der wie selbstverständlich das jeweilige Gesamtwerk behandelt.

102 Phänomenologie des Geistes (Anm. 94), S. 99 = GW 9, S. 102.

Wahrheit zu wissen«, die »ihre eigne Unendlichkeit« sucht[103] – darf er nicht reden, denn dann würde er nicht das Wesen der »Finsterniß« sein (V. 262), als das er sich vorstellt. (Welche metaphysische Rolle er insgesamt spielt, bleibt in dem Fragment ja noch offen.) Hegel änderte nach seinem Gusto, da er seinen Gedankengang wohl mit der esoterischen Anspielung verdeutlichen, nicht sich aber stören lassen wollte.

Diese Bezüge sind deutlicher als die auf Friedrich Maximilian Klingers Faust-Romane, die man als Subtexte gleichfalls angespielt gesehen hat.[104] Zu einem exegetischen Vergleich der Werke Goethes und Hegels

103 Ebd., S. 174 = S. 137.

104 Vgl. Gustav-H. H. Falke, Begriffne Geschichte. Das historische Substrat und die systematische Anordnung der Bewußtseinsgestalten in Hegels Phänomenologie des Geistes. Interpretation und Kommentar, Berlin 1996, S. 219–223. Falkes Ungenügen an Hegels ›Faust‹-Verständnis setzt unbewusst das gegenwärtige Wissen über das Gesamtwerk Goethes voraus, das Hegel nicht haben konnte. Wenn Falke behauptet, dass Hegel die beiden Faust-Figuren von Goethe und Klinger zu *einer* Bewusstseinsgestalt verschmelze (S. 222), wobei unter dem Stichwort »Lust« »der Klingersche Faust von größerer Bedeutung ist als der Goethesche« (S. 221), so resultiert dieses Urteil aus einer Kombination eines freien Exzerpts Hegels aus einer anonymen Klinger-Rezension in der ›Allgemeinen Literatur-Zeitung vom Jahre 1805‹ (Halle), die man früher für einen originären Hegel-Text gehalten hat (vgl. Manfred Baum und Kurt Meist: Hegels ›Prometheische Confession‹. Quellen für vier Jenaer Aphorismen, in: Hegel-Studien 8 [1973], S. 79–90, hier: S. 81–87), mit den Bemerkungen zu Goethes ›Faust‹ in den Vorlesungen zur Ästhetik. Aber die beiden Absätze, die sich auf Klingers ›Faust's Leben, Thaten und Höllenfahrt‹ (1791) (Anm. 13) beziehen (S. 81–83 = GW 5, S. 498 f., dazu S. 816–819), spiegeln sich weder sprachlich noch vorstellungsmäßig im Duktus der ›Phänomenologie‹ wieder. Und da die Hotho'sche Ausgabe der ›Ästhetik‹ Hegels inzwischen nicht mehr unkritisch genutzt werden kann, weil die Bemerkungen zu Goethes ›Faust‹ in den Nachschriften fehlen (siehe dazu weiter unten), ist diese Kombination auch von dieser Seite her nicht sachgemäß. Wie weit Hegel sich selbständig mit Klingers Werken befasst hat, ist unbekannt. Klinger kommt in den Nachschriften gar nicht vor. Schließlich bleibt auch die Berufung auf Schillers ›Räuber‹ und ›Wallenstein‹ zum Begriff der Tugend in der ›Phänomenologie‹ (S. 221) unsicher, da in der Ästhetik-Vorlesung dieser Terminus niemals mit Schillers Dramen verbunden wird. Falkes »Parallelstellenphilologie« kommt dann an ihre Grenze, wenn es diese Stellen gar nicht gibt. – Hegels Hochschätzung Schillers bleibt von diesem Einwand unberührt; die ›Phänomenologie‹ endet bekanntlich mit einem (umgearbeiteten) Gedichtzitat Schillers. Wichtig ist auch hierbei, dass Hegel keinerlei Bedenken hat, die künstlerischen Äußerungen seinem Gedankengang anzupassen.

im Sinne einer philosophischen gegenseitigen Durchdringung reicht das nicht.

Insgesamt wird man wie bei Schelling sagen müssen, dass die philologische Basis für einen ernsthaften Vergleich allzu schmal ist. Natürlich hat Hegel an der einen Stelle, an der er anonym und verändert zitiert, mit Goethes ›Faust‹-Fragment allegorisch gespielt; er hat vom Selbstbewusstsein wie von der Faust-Gestalt (in den Worten des Mephistopheles!) geredet. Er hat damit seine ›Faust‹-Lektüre bewiesen. Dass die ›Phänomenologie‹ damit »die wesentlichen Elemente der Fausttragödie« [von Tragödie hatte Goethe noch gar nicht geredet!] enthalte,[105] ist Unsinn. Der verallgemeinernde Rückschluss auf den ›Faust‹ »im gesellschaftlichen Grund wie im Bauplan des Werks« – um wieder Bloch zu zieren[106] – ist damit noch nicht möglich geworden, in keinem Fall jedenfalls für das unfertige Drama. Ein anderes aber hatte Hegel nicht vor Augen. Wo man auf sein deutendes Verständnis rückschließen kann, etwa beim Ende der Faust-Gestalt, hat er Goethes spätere Lösung nicht erraten können. Darum kann man Goethes Fragment auch nicht umgekehrt in Hegels ›Phänomenologie‹ einzeichnen.

Ohne Zweifel ist es sinnvoll, Goethe und Hegel bzw. Hegel und Goethe miteinander zu vergleichen, wie es immer wieder geschehen ist.[107] Das kann aber nur aus der Rückschau des jeweiligen Gesamtwerkes zu Ergebnissen führen, also bei dem Faust-Stoff mit Einbeziehung von ›Faust I‹ und ›Faust II‹. Das ist, wenn nicht nur zwei bedeutende Namen zueinander in Beziehung gesetzt werden sollen, der Blick des Historikers aus dem Abstand der Zeiten. Vermutlich ist dabei das zurück-

105 So Edmond Vermeil in seiner oft angeführten Arbeit: Revolutionäre Hintergründe in Goethes Faust, in: Spiegelungen Goethes in unserer Zeit. Goethe Studien […], hrsg. von Hans Mayer, Wiesbaden 1949, S. 237–324, hier: S. 262.

106 Das Faustmotiv in der Phänomenologie des Geistes (Anm. 89), S. 71. Mit dem »gesellschaftlichen Grund« meint Bloch die »gleiche gesellschaftliche Umwälzung« (S. 74).

107 Rüdiger Bubner, Hegel und Goethe, Heidelberg 1978 (= Beihefte zum Euphorion 12), der allerdings das »falsche« ›Faust‹-Zitat nicht bemerkte (S. 38), ist nicht der letzte geblieben. Souverän, unter Rückgriff auf Bloch, Hans Mayer (Goethe, hrsg. von Inge Jens, Frankfurt am Main 1999, S. 187–215: Exkurs: »Goethe, Hegel und das 19. Jahrhundert«, zuerst 1973). Mayer spricht von »geistige[m] Parallelismus« zwischen den Stationen innerhalb der ›Phänomenologie des Geistes‹ und den ›Faust‹-Stationen (S. 201).

haltende Urteil Karl Löwiths am Platz: »Im selben Jahr 1806, als Napoleon durch Jena und Weimar kam, vollendete Hegel die Phänomenologie des Geistes und Goethe den ersten Teil des Faust, zwei Werke, in denen die deutsche Sprache ihre breiteste Fülle und ihre tiefste Dichte erreicht. Doch ist das Verhältnis von Hegel zu Goethe viel unscheinbarer als das von andern deutschen Denkern und Dichtern, so daß es den Anschein erweckt, als hätten sie nur nebeneinander gelebt, ohne miteinander zu wirken.«[108] Die philologisch genaue Nachprüfung hat kein anderes Ergebnis.

* * *

Natürlich haben Fichte, Schelling und Hegel das Erscheinen von Goethes ›Faust. Eine Tragödie‹ (1808) wahrgenommen, Schelling auch den posthum (1832) gedruckten ›Faust. Zweyter Theil‹. Fichte scheint davon unberührt geblieben zu sein; man kennt kein Echo. Von Schelling ist kein zitierbares Urteil bekannt, das man den Bemerkungen in der ›Philosophie der Kunst‹ an die Seite stellen könnte. Die Charakteristik Fausts als »mythologische Hauptperson« der Deutschen ist in die ›Faust‹-Kommentare eingegangen. Hegels Lob des ›Faust‹ in der Ästhetik-Vorlesung von 1823/1826 (herausgegeben von Heinrich Gustav Hotho 1835/1842) als einer »absoluten philosophischen Tragödie« wird ebenfalls gern zitiert. Es heißt dort bei der Behandlung der modernen Tragödie, die »in ihrem eigenen Gebiete das Princip der Subjektivität von Anfang an aufnehme«, noch vor Schiller und Calderón:

> In der erstern Rücksicht [sc. der Particulation und Subjektivität] will ich nur an die absolute philosophische Tragödie, an Goethe's Faust erinnern, in welcher einer Seits die Befriedigungslosigkeit in der Wissenschaft, anderer Seits die Lebendigkeit des Weltlebens und

108 Karl Löwith, Von Hegel zu Nietzsche. Der revolutionäre Bruch im Denken des neunzehnten Jahrhunderts, Stuttgart ^{4}1958, S. 17, vgl. ebd., S. 421 die Literaturangaben zum Thema Goethe und Hegel. – Es ist nicht das geringste Verdienst von Winfried Marotzki (Der Bildungsprozeß des Menschen in Hegels ›Phänomenologie des Geistes‹ und Goethes ›Faust‹, in: Goethe-Jahrbuch 104 [1987], S. 128–156), dass er dieses zu Unrecht fast vergessene Werk Löwiths mit dessen wichtigem Kapitel über Goethe und Hegel (S. 17–43) wieder in Erinnerung ruft.

> irdischen Genusses, überhaupt die tragisch versuchte Vermittlung des subjektiven Wissens und Strebens mit dem Absoluten, in seinem Wesen und seiner Erscheinung, eine Weite des Inhalts giebt, wie sie in ein und demselben Werke zu umfassen zuvor kein anderer dramatischer Dichter gewagt hat.[109]

Das hätte so auch zum ›Faust‹-Fragment gesagt werden können. Es ist doch nicht zu verkennen, dass dieses Urteil in einem einzigen Satz (!) außer einer äußerlich nacherzählenden Charakterisierung der Hauptgestalt blass und unbegründet bleibt, zumal die Unterschiede zwischen den beiden Fassungen – also etwa durch den metaphysischen Vorbau »im Himmel« – mit keiner Silbe erwähnt werden.[110] Inzwischen ist freilich die kompilatorische Herausgabe Hothos in ihrer Authentizität fragwürdig geworden. Das angeführte Zitat ist in keiner einzigen der überlieferten Ästhetik-Nachschriften zu finden; nicht einmal in Hothos eigener Nachschrift der Vorlesung von 1823 kommt bei der Besprechung der »modernen Tragödie« Goethes ›Faust‹ vor.[111] Man wird von einem apokryphen Zitat, wenn nicht von einer Fälschung sprechen müssen.[112] Da Hegel nicht wissen konnte, wie weit Goethe in ›Faust II‹

109 Georg Wilhelm Friedrich Hegel, Sämtliche Werke. Jubiläumsausgabe, Bd. XIV: Vorlesungen über die Ästhetik. Dritter Band. Mit einem Vorwort von Heinrich Gustav Hotho, Stuttgart 1928, S. 562 sowie S. 564.

110 Dass in Hothos Ausgabe natürlich grundsätzlich die ›Faust‹-Tragödie gemeint ist, zeigt sich etwa bei der Erwähnung der Figur der Baubo aus der Blockbergsszene (Bd. XIII, S. 55, Faust I, V. 3962–3967) – wobei auch diese Erwähnung dem Verdacht der sekundären Einschiebung (siehe Anm. 111) unterliegt, da sie in den Nachschriften, selbst Hothos eigener, fehlt.

111 Georg Wilhelm Friedrich Hegel, Vorlesungen. Ausgewählte Nachschriften und Manuskripte, Bd. 2: Vorlesungen über die Philosophie der Kunst. Berlin 1823. Nachgeschrieben von Heinrich Gustav Hotho, hrsg. von Annemarie Gethmann-Siefert, Hamburg 1998, S. XV–CCXXIV (Einleitung). Seither sind von Gethmann-Siefert zwei weitere Nachschriften von 1826 ediert worden, mit demselben negativen Ergebnis.

112 Vgl. Annemarie Gethmann-Siefert und Barbara Stemmrich-Köhler, Faust: Die »absolute philosophische Tragödie« und die »gesellschaftliche Artigkeit« des West-Östlichen Divan. Zu Editionsproblemen der Ästhetikvorlesungen, in: Hegel-Studien 18 (1983), S. 23–64, hier bes. S. 28–44. Die Autorinnen zeigen m. E. überzeugend, dass das Zitat sachlich nicht dem Hegelschen Gedankengang einer Stufenfolge des Wissens (über Kunst zu Religion und Philosophie) entspräche und Hegels Einsichten »eher verunklärt als erklärt« (S. 44).

antike Stoffe verarbeiten würde, mussten ihm Schillers Dramen bei der Analyse der Tragödie in der Moderne näher stehen. »Dieses echt Pathetische ist [es], was in den Werken Schillers die große Wirksamkeit hervorgebracht [hat]; Goethe steht Schillern hierin nach, hat daher mit seinen Tragödien auch nicht die große Wirkung auf der Bühne hervorgebracht.«[113] Hegel konnte gar nicht sagen, was Hotho ihn äußern ließ.

Fichte, Schelling und Hegel haben sich mit Goethe geschmückt, um ihre eigene Philosophie bestätigt zu finden. Dazu reizte sie das Fragmentarische des Stückes in besonderem Maße. Missbraucht haben sie den Namen des verehrten Autors nicht – zumal Schelling den ›Faust‹-Dichter in seinem selbst zum Druck gebrachten Werk nur zweimal, Fichte und Hegel gar nicht genannt haben. Fausts »Ach!« über die Philosophie aber hat die idealistischen Philosophen nicht wirklich berührt. Sie hatten ja eine, die Fausts Probleme nicht kannte.

113 Georg Wilhelm Friedrich Hegel, Philosophie der Kunst. Vorlesung von 1826. [Mitschrift P. von der Pfordten] hrsg. von Annemarie Gethmann-Siefert, Jeong-Im Kwon und Karsten Bert, Frankfurt am Main 2005 (= Suhrkamp Taschenbuch Wissenschaft 1722), S. 251. Diese Bemerkung fehlt in der weiteren – textlich recht verschiedenen – Edition der Vorlesung: Georg Friedrich Wilhelm Hegel, Philosophie der Kunst oder Ästhetik. Nach Hegel. Im Sommer 1826. Mitschrift Friedrich Carl Hermann Victor von Kehler, hrsg. von Annemarie Gethmann-Siefert und Bernadette Collenberg-Plotnikov unter Mitarbeit von Francesca Ianelli und Karsten Berr, München 2004 (= Jena-Sophia I/22), hier: S. 232–234, wo lediglich Shakespeare behandelt erscheint. In der Vorlesung von 1823, die Hotho mitgeschrieben hat, erwähnt Hegel an dieser Stelle seiner Darlegungen weder Schiller noch Goethe, sondern gleichfalls nur Shakespeare (wie Anm. 111, S. 308 f.). Vgl. insgesamt Annemarie Gethmann-Siefert, Einführung in Hegels Ästhetik, München 2005 (= Uni-Taschenbücher 2646), S. 325–332.

Hans Wernher von Kittlitz

»Und es herrscht der Erde Gott, das Geld«

Über Klassikerkult und Stadt-Image: Frankfurt und London in Schillers Gedichten ›Die Theilung der Erde‹ und ›An die Freunde‹

Wie die Heroen und Heiligen, wenn sie über Land gehen, Spuren hinterlassen, die für die Nachwelt bedeutsam und verehrungswürdig sind,[1] so bleiben auch die Wege der Klassiker nicht spurenlos und die Spuren nicht ohne Folgen. Ähnlich wie bei den Itineraren mittelalterlicher Herrscher wäre es möglich, diese Routen zu verfolgen und nachzuzeichnen. Seit längerem gibt es bereits einschlägige Zusammenfassungen und Übersichten wie etwa, zur deutschen Literaturgeschichte, das zuerst 1983 erschienene Atlaswerk von Horst Dieter Schlosser, das besonders literaturtopographischen und -geographischen Zusammenhängen gewidmet ist.[2] Die Bewegungen der Klassiker von Ort zu Ort – Wohnsitzwechsel, Reisen – verändern den Raum, in dem sie stattfinden, aber auch qualitativ, da sie der Mit- und Nachwelt Anlässe geben, ihn memorial-kultisch zu einem Verehrungsraum auszurüsten. Damit werden sie zum Gegenstand eines interdisziplinären Felds, das als Religionsgeographie bezeichnet wird.[3]

In solchem und ähnlichem Sinne beschreiben Wörter wie »Klassik«, »Klassiker« und »klassisch« eine devotionale oder kultische Qualität.[4] Ein Klassiker wäre, so verstanden, ebenso wenig wie etwa ein Star,

1 Hemut Petri, Mythische Heroen und Urzeitlegende im nördlichen Dampierland, Nordwest-Australien, in: Paideuma. Mitteilungen zur Kulturkunde 1 (1938–1940), H. 5, S. 217–240.

2 dtv-Atlas zur deutschen Literatur. Tafeln und Texte, München 1983, [11]2002 (= Deutscher Taschenbuchverlag 3219).

3 Vgl. dazu, mit jeweils ganz unterschiedlichen Interessen: Religionsgeographie, hrsg. von Martin Schwind, Darmstadt 1975 (= Wege der Forschung 397); Gisbert Rinschede, Religionsgeographie, Braunschweig 1999 (= Das Geographische Seminar).

4 Erkenntnis, Anspruch oder Verdacht einer religiösen oder parareligiösen Dimension des »Klassischen« ist schon so frühzeitig geäußert worden, dass diese gera-

ein Heros oder ein Genie an irgendwelchen Eigenschaften »erkennbar«:[5] Nicht weil er Klassiker ist, wird er verehrt, sondern weil er verehrt wird, ist er Klassiker. Ist eine Person allerdings erst einmal in diesen Status aufgerückt, so beginnen sich wie von selbst Verehrungsformen zu etablieren, die sich äußerlich manifestieren. Die leitende, orientierende, ja geradezu heiligende Wirkung einer solchen Klassikergestalt bezieht sich auf Zeit und Raum, auf Sprache und Gesellschaft, darauf, wie Menschen und Menschengruppen sich selbst und einander erklären.

Von diesem allgemeinen Hintergrund her will der Aufsatz – ausgehend von einem kleinen Forschungsfehler, dem Fehlbezug eines Klassikerzitats – sich auf ein besonderes Wirkungsfeld des geschilderten Kultmechanismus begeben. Es geht um das exemplarische Verhältnis eines bestimmten Klassikers zu einem bestimmten Ort, um die Wege, Zeiten und Räume, die Wörter, die »Worte« und die Institutionen, die den Dichter Friedrich Schiller mit der Stadt Frankfurt am Main verbinden – oder ihn von ihr trennen. Speziell interessieren jedoch Vorstellungsgehalte, das Bild einer Person und das Bild eines Ortes, genauer die Schnittfläche zwischen beidem. Regelmäßig wecken Bilder Kulte und gerinnen Kulte zu Bildern. Versetzt man sozusagen ein Bild in die zeitliche Dimension, so ergibt sich fast von selbst »Geschichte«, es kommen »Geschichten« heraus mit ihrer kultischen Tendenz zu Sage, Legende und Mythos. Sucht man dann nach dem räumlichen Widerpart, konkret nach der Bühne dieser narrativen Zeitläufte, so stößt man wieder auf das Moment der Wege, die Orte berühren und bestimmen oder neu bestimmen. Die Frage also, wo und wie Schillerbild und Frankfurtbild einander berühren, auf welche Weise die Legende des Autors und die Legende der Stadt miteinander zu tun haben, führt uns zurück zum Motiv der Wege.

dezu im Begriff selber enthalten zu sein scheint. Einen Rückblick zur Thematik versucht etwa Gunter Scholtz, Die theologischen Probleme des Klassik-Begriffs, in: Über das Klassische, hrsg. von Rudolf Bockholdt, Frankfurt am Main 1987 (= Suhrkamp-Taschenbuch 2077. Materialien), S. 11–35.

5 Vgl. Hans Wernher von Kittlitz, Strukturale Ikonologie. Untersuchungen zur allgemeinen Kunstwissenschaft und ethnologischen Vorstellungskunde, Frankfurt am Main und Bern 1994 (= Europäische Hochschulschriften XXVIII/217), u.a. S. 84 f., 99 f., 132–134.

I. Schiller in Frankfurt

Frankfurt spielt im Nachleben des Dichters eine bedeutendere Rolle als die meisten anderen deutschen Städte – nicht zuletzt deshalb, weil sich dieses kultisch dimensionierte Nachleben hier nicht auf einer abstrakten Grundlage gestalten muss, sondern sich durch eine lebendig-konkrete Präsenz stützen und beglaubigen kann. Mindestens viermal kreuzen Schillers Wege Frankfurt. Dreimal bleibt er über Nacht, für die Jahre 1782, 1783 und 1784 lässt sich jeweils ein mehrtägiger Aufenthalt in der Stadt erschließen.[6] Der erste und der dritte Aufenthalt – der zweite trägt die blasse Signatur einer bloßen »Durchreise« – lassen sich in konstitutiver Weise Leben und Legende Friedrich Schillers zuweisen: 1782 ist es der Flüchtling Schiller, der sich der Anordnung seines Landesherrn, des Herzogs Karl Eugen von Württemberg, keine Stücke mehr zu schreiben, widersetzt und sich dessen Gewalt entzieht, indem er außer Landes flieht und sich dabei auch einige Tage in Frankfurt unter falschem Namen als »Doktor Ritter« einquartiert.[7] Schiller kann aber anscheinend der Versuchung nicht widerstehen, sein Inkognito zu lüften, als er bei den Frankfurter Buchhändlern vom Verkaufserfolg seiner ›Räuber‹ erfährt.[8] 1784 ist es dagegen bereits der schnell berühmt gewordene Dramatiker Schiller, der wie ein Ehrengast gefeiert wird, als er der zweiten Inszenierung seines in Frankfurt uraufgeführten, dritten Theaterstücks ›Kabale und Liebe‹ beiwohnt und herumgereicht wird (oder vielmehr, wie er selbst es ausdrückt, »von Freßerei zu

6 Gero von Wilpert, Schiller-Chronik. Sein Leben und Schaffen, Stuttgart 2000 (= Universal-Bibliothek 18060), S. 68 f., 81, 89 f.

7 Herbert Meyer, Schillers Flucht. In Selbstzeugnissen, zeitgenössischen Berichten und Bildern dargestellt, Mannheim 1959 (= Meyers Bildbändchen, N. F. 16/17).

8 Wenn Rüdiger Safranski in seiner vielgelesenen (zugleich recht belesenen) Schillerbiographie schreibt, der Dichter habe »sich dem Buchhändler gegenüber nicht zu erkennen« gegeben, ignoriert er damit den soeben selber noch zitierten, gerade an dieser Stelle besonders ausführlichen Quellenbericht (R. S., Friedrich Schiller oder die Erfindung des deutschen Idealismus, München und Wien 2004, S. 158). Das weist symptomatisch auf eine ungewollte Funktion populärer Klassiker-Biographik: Statt neues Material zu erschließen, wird in der (etwa durch die Schillerjahre 2005 und 2009) »gebotenen Eile« oft umgekehrt längst Bekanntes übersehen und das Bild durch neue Fehler, zumindest fehlerhafte Details bereichert.

Freßerei herumgerißen« wird).[9] Ausgedrückt in einem Idiom der Wege ist »Frankfurt 1782« Station auf einem Flucht- und Leidensweg, gleichsam einer Via dolorosa, und ist »Frankfurt 1784« Station auf einer Strecke triumphalen Erfolgs, also gleichsam einer Via triumphalis. Gerade in ihrem Frankfurter Auszug verdichtet sich die Schillervita – besonders durch ihre örtliche Lesart – zur Heiligenlegende. So schreibt etwa die Frankfurter Schriftstellerin Elisabeth Mentzel: »Aber schon in Mannheim und noch mehr hier in Frankfurt musste er erkennen, dass derjenige oft ein wahres Martyrium auf sich nimmt, der standhaft [...] bestrebt ist [...] ein grosses Ziel zu erreichen.«[10] Der Triumph erscheint wie das Resultat eines Martyriums, das für Bekennermut in Kauf genommen wird: »Aus innerer Nothwendigkeit hatte Schiller seinem Talente dies Opfer gebracht«.[11]

Diese Parallelität verstärkt sich darin, wie die Erzählung stadttopographisch verbildlicht wird, wie also die Ereignisse in Denkmäler – reale und imaginierte – umgesetzt werden. In einer Zeit, in der die Denkmalstatuen von Literaten, Komponisten, Malern, Forschern den öffentlichen, besonders städtischen Raum zu erobern und damit den tradierten Herrscher- und Heiligenfiguren Konkurrenz zu machen beginnen, formuliert Schillers Witwe die Vision eines Erinnerungsmals: Charlotte von Schiller, durch Pensionszahlungen mit der Stadt Frankfurt verbunden und vertraut, wünscht sich in einem Brief von 1810 ein Denkmal für ihren fünf Jahre zuvor verstorbenen Mann auf der Mainbrücke, weil er, wie sie aus seinen Schilderungen weiß, dort so verlassen

9 »... und kaum, daß ich einen nüchternen Augenblik erwische, wo ich Ihnen, mein Bester, ein paar Zeilen schreiben kann«; Schiller an Georg Rennschüb, 1. Mai 1784, in: Schillers Werke. Nationalausgabe, begründet von Julius Petersen, hrsg. von Norbert Oellers, Weimar 1943 ff., hier: Bd. 23, S. 135; die Ausgabe wird im folgenden als *NA* zitiert. Siehe auch Elisabeth Mentzel, Schillers Jugenddramen zum ersten Male auf der Frankfurter Bühne. Nebst Beiträgen zur Frankfurter Theater- und Musikgeschichte von 1784 bis 1788, II: Die Verschwörung des Fiesko, Kabale und Liebe und Don Carlos, in: Archiv für Frankfurts Geschichte und Kunst, Folge 3, Bd. 4 (1893), S. 64–160, hier: S. 105.

10 Elisabeth Mentzel, Schillers Jugenddramen zum ersten Male auf der Frankfurter Bühne. Nebst Beiträgen zur Frankfurter Theater- und Musikgeschichte von 1782 bis 1784, I: Die Räuber, in: Archiv für Frankfurts Geschichte und Kunst, Folge 3, Bd. 3 (1891), S. 238–300, hier: S. 247.

11 Ebd.

Abb 1
Friedrich Wilhelm Hirt, Das Mainufer am Fahrtor (Tafelbild, 1757, Historisches Museum, Frankfurt, Foto: Horst Ziegenfusz). – Hafenszene, im Hintergrund links Mainbrücke und Sachsenhausen.

und hoffnungslos gestanden und die vorübereilenden Menschen »schmerzlich angeblickt« habe.[12] (Abb. 1)

Ihre Schwester, die Schriftstellerin Caroline von Wolzogen bestätigt zwanzig Jahre später in ihrem Buch über Schillers Leben diese Darstellung: Auf der »Wanderung nach Frankfurt am Main überfiel ihn das Gefühl der Einsamkeit und Hülfslosigkeit mit tieferer Wehmuth«; auch hier erscheint die Brücke als eine Art emotiver Kulminationspunkt,

12 Am 20. August 1810 gerichtet an die Prinzessin Karoline Louise von Sachsen-Weimar; in: Charlotte von Schiller und ihre Freunde, hrsg. von Ludwig Urlichs, Bd. 1, Stuttgart 1860, S. 539 f.; auch zitiert bei Rudolf Jung, Schiller und Frankfurt, in: Alt-Frankfurt. Vierteljahrschrift für seine Geschichte und Kunst 1 (1909), S. 69–80, hier: S. 71.

denn »sehr düstre Augenblicke, so erzählte er uns, brachte er auf der Sachsenhäuser Brücke zu«.[13] Während der heilige Johann Nepomuk sich seinen Platz als Barockskulptur auf unzähligen Brücken noch dadurch verdienen muss, dass er, so der geschichtliche Kern seiner Legende, in der Moldau ertränkt worden ist, reicht für das Dichterdenkmal also ein trauriges Gefühl. Dieser, wie man vielleicht sagen darf, echt romantische Gedanke wird durch dasjenige Denkmal unterstützt, das der Dichter sich selber gesetzt hat durch seine zurückschauende Erzählung, mit der er wohl sein Schicksal – nicht ohne Selbststilisierung – in das heroische Licht eines einsamen Kampfes zu tauchen versucht.[14] Leid und Wehmut der Eigenlegende werden dann in der volkstümlichen Schillerlegende gewissermaßen verlängert und zugleich prägnant vereinfacht, indem die verzweifelten Blicke von der Brücke als Selbstmordgedanken ausgelegt werden.[15] Die Grenze dessen wird immerhin berührt, sofern der Dramatiker Schiller von sich selbst

13 Caroline von Wolzogen, Schillers Leben, verfaßt aus Erinnerungen der Familie, seinen eignen Briefen und den Nachrichten seines Freundes Körner, 2 Teile, Stuttgart und Tübingen 1830 (Nachdruck in: C.v.W., Gesammelte Schriften, hrsg. von Peter Boerner, Bd. 2, Hildesheim, Zürich, New York 2005), Teil 1, S. 58.

14 Der Verdacht einer Überhöhung der eigenen Einsamkeit wird dadurch geweckt oder gefördert, dass, zumindest was die Frankfurter Fluchtsituation betrifft, weder bei Caroline noch bei Charlotte der Name des Fluchtbegleiters Andreas Streicher genannt wird (im zitierten Brief erscheint sogar die Formulierung »ohne Freund«). An Schillers Schwester Christophine Reinwald schreibt Caroline von Wolzogen am 2. Juni 1830, sie habe das (damals im Umlauf befindliche) biographische Manuskript Streichers »gar nicht gelesen« und habe in der eigenen Schiller-Biographie »nur kurz über ihn gesagt, daß er sich edel in einer drückenden Lage, gegen Schiller genommen«; zitiert nach: Andreas Streichers Schiller-Biographie, hrsg. von Herbert Kraft, Mannheim u.a. 1974 (= Forschungen zur Geschichte Mannheims und der Pfalz N.F. 5), S. 413. Denn, so schreibt sie weiter: »Das Ganze mußte ich groß u. nobel halten, u. alles Zergliedern kleiner Lebens-Noth das nicht intreßant sein kann, ließ ich weg« (ebd.). Oder, wie Caroline schon im Juni 1828 an Ernst von Schiller schreibt: »Alles muß im Großen gehalten werden. Kleine Einzelheiten, die nicht charakteristisch sind, waren ihm selbst zuwider« (ebd., S. 391).

15 »Einmal, auf der Sachsenhäuser Brücke, soll Schiller, wie seine Frau später erzählt hat, die Anwandlung gehabt haben, sich in den Fluss zu stürzen.« Mit diesen Worten schließt sich der Biograph Rüdiger Safranski, ohne präzise Quellen zu nennen, der populären Überlieferung an (wie Anm. 8, S. 158).

spricht, der anfängt »zu phantasieren, ob dieses Wasser oder mein Leiden das tiefste wäre?«[16]

Der postume Zusammenhang von Gefahr und Rettung, von Agonie und Triumph in der Schillervita wird also bereits wenige Jahre nach dem Tod des Dichters von seiner Witwe »lokalisiert«. Die gleiche markante Verortung erscheint später erneut als Bestandteil nunmehr der Frankfurt-Legende, genauer der Legende Frankfurts in bezug auf Schiller.[17] Denn wie jede andere Stadt legt auch diese Wert darauf, ein mehr als beliebiges Vehältnis zu den Klassikern zu haben. Da es offenbar unerlässlich ist für den Seelenhaushalt einer Stadt, an diesem Verhältnis zu arbeiten, scheint es zu den Aufgaben institutionalisierter und geförderter städtischer Forschung – sowie auch privat beflügelter Initiativen zur Stadthistorie – zu gehören, herauszufinden und zu bewerten, in welcher Weise ein Großer mit ihrer Stadt in Berührung gekommen ist, durch welche Lebensregungen und durch welche Worte. So beschwört eine zu »Weihnachten 1920« von dem renommierten Germanisten und Schillerkenner Julius Petersen für die Frankfurter »Gesellschaft der Freunde des Frankfurter Goethe-Museums« herausgegebene kleine Schrift zum – oben schon anklingenden – Thema »Schillers Witwenpension und die Stadt Frankfurt am Main« wiederum das Motiv des desolaten Blicks von der Brücke. Diesmal soll damit aber weniger Schiller als vielmehr Frankfurt ein Denkmal gesetzt werden. Als eine Art antagonistisches Fazit kontrastiert der Literarhistoriker die »düstersten Stunden« im Leben des Dichters mit der existenzsichernden Sorge der Mainstadt für seine Familie: »Als er im Oktober 1782 von der Mainbrücke verzweifelt in die Fluten blickte, konnte er nicht ahnen, daß die stolze Stadt, die sich im Strome spiegelte, einmal dazu beitragen würde,

16 Aus dem Schicksalsbericht der Milford in ›Kabale und Liebe‹; dazu unten, Abschnitt VI.

17 Bezeichnenderweise wird die Frankfurter Fluchtsituation schon bald in den Sagenbestand der Stadt aufgenommen – unter dem Titel »Doktor Ritter«, wobei in einem Postskriptum die wahre Identtät des Helden stolz aufgedeckt wird. Als Quelle der »Volkserzählung« wird in einer Fußnote die (etwa durch Caroline von Wolzogen heftig attackierte) Schillerbiographie von Heinrich Doering (1822) genannt. Vgl. Frankfurter Sagenbuch. Sagen und sagenhafte Geschichten aus Frankfurt am Main, hrsg. von Karl Enslin, Frankfurt am Main 1856, S. 206–209, hier: S. 284.

seine Hinterbliebenen vor gleicher Not zu bewahren.«[18] Petersen beschwört hier – mit den gleichen Versatzstücken von Flucht, Fluss, Brücke, Not und Rettung/Schutz – eine Erzählung, die schon von Otto Volger gewissermaßen als Gründungsmythos des durch ihn zum Schillerjubiläum von 1859 ins Leben gerufenen Freien Deutschen Hochstifts[19] formuliert worden ist, erneut kulminierend in der Denkmalidee. Er bestimmt in der Weise die Sendung dieses Instituts, dass »wenn einst wieder ein nach dem Lichte ringender Geist, bestimmt, ein Stolz unseres Volkes zu werden, wenn wieder ein verstoßener, flüchtiger Schiller auf jener Brücke, welche hier in dieser Stadt mit den Ufern des Mains Nord- und Süddeutschland verbindet, zaudernd steht, nicht wissend, wohin den heimatlosen Fuß zu setzen – das Freie Deutsche Hochstift ihn in seinen Schutz nehme und ihm zurufe: bleibe hier, deine Stätte ist gefunden! Dann wird diese Stiftung dastehen, als das würdigste, das wertvollste Schillerdenkmal des deutschen Volkes!«[20]

In gleichem Kontext, aber in anderer – konträrer – Seelenfärbung findet sich das Motiv des Blicks von der, auf der oder auf die Brücke in der biographischen Darstellung des Musikers Andreas Streicher, der als Schillers Fluchthelfer und -begleiter 1836 ein Buch eigens über Schillers Flucht veröffentlicht.[21] Er beobachtet, wie der Dichter auf die Lektüre des absagenden Schreibens reagiert, das er vom Mannheimer Theater erhalten hat: »[…] und blikte dann gedankenvoll durch das Fenster, welches die Aussicht auf die Mainbrücke hatte«.[22] Während

18 Julius Petersen, Schillers Witwenpension und die Stadt Frankfurt am Main. Ungedruckte Briefe von Charlotte von Schiller, Wilhelm von Humboldt, dem Freiherrn vom Stein (Privatdruck der Gesellschaft der Freunde des Frankfurter Goethe-Museums), Frankfurt am Main, Weihnachten 1920, S. 20.

19 Dieses sei nach Volger »wie eine Kirche, für Alle gegründet«; Berichte des Freien Deutschen Hochstifts 1 (1880), S. VII.

20 Alexander von Bernus, Ansprache bei der Enthüllung der Volgertafel, in: Ansprachen gehalten am 10. und 11. November 1934 zur Feier des fünfundsiebzigjährigen Bestehens des Freien Deutschen Hochstifts und zum hundertfünfundsiebzigsten Geburtstage Schillers, Halle 1935, S. 12–26, hier: S. 19.

21 Andreas Streicher, Schiller's Flucht von Stuttgart und Aufenthalt in Mannheim von 1782 bis 1785, Stuttgart und Augsburg 1836. – Zwischen dieser (postumen) ersten Ausgabe und der sorgfältigen wissenchaftlichen Edition von 1974 sind eine ganze Reihe von gekürzten und/oder aus anderen Quellen, wenn nicht der Phantasie angereicherten Ausgaben und Nacherzählungen erschienen.

22 Andreas Streichers Schiller-Biographie (Anm. 14), S. 71.

Charlotte von Schiller ganz offen einen Schmerz benennt, der bis an die Grenze zum Selbstmitleid geht, und dies Leiden in empfindsam-romantischer Sicht überhöht, fast schon feiert und gefeiert sehen will, ist das Bild, das der bewundernde Freund gibt, geradezu gegenteilig akzentuiert. Hier wird gleichsam der reale Schiller der persönlichen Erinnerung in Übereinstimmung gebracht mit dem Schiller des klassischen Ideals, der mittlerweile als eine Art Glaubenstatsache etabliert ist; und der erweist in »Mäßigkeit und Anstand«, ohne zu schimpfen und zu klagen, »sein reines, hohes Gemüth« und besinnt sich einfach auf das, »was zunächst gethan werden müsse«.[23] Die offene, schutzlose Wundheit der ersten Schilderung steht gegen die Besonnenheit der zweiten, Fassungslosigkeit gegen Gefasstheit. »Der Heimatlose entfärbte sich, blickte mit verdüsterten Augen mehrmals nach der Mainbrücke hinüber, sprach aber lange kein Wort.« So wiederum die Erzählung Elisabeth Mentzels, die in einem Beitrag zum hundertsten Todestag des Dichters die Quellenbilder auf ihre Weise synthetisiert, indem sie aus dessen Verhalten »die ganze Größe« eines »bereits gefestigten Charakters« liest, und zwar beinahe in der Weise, als habe sich der Flüchtling via Blickkontakt an der Brücke seelisch festhalten können und als habe damit das Frankfurter Monument – mit seiner schon von Goethe bewunderten »Festigkeit« – einen gewissen sympathetischen Anteil an Schillers souveräner Reaktion.[24] Zumindest hat die deutliche Beschwörung eines an sich eher belanglosen Quellenpassus offenkundig die Funktion einer lokalen Versicherung und Beglaubigung, was die Schillervita anbelangt.

Die gleiche Aufgabe erfüllen auch Zeichen, die dazu dienen, Biographie (Hagiographie) und Topographie stadtbildlich zu korrelieren: In Stadt und Umgebung wird Schillers Fluchtweg sichtbar gemacht und kann dadurch, vergleichbar einem Kreuzweg, leichter nachvollzogen, nachgegangen werden. Als die Sachsenhäuser Unterkunft, in der die beiden Freunde abgestiegen sind, wird später, auch aufgrund dieses Fensterblicks, der »Storch« ausgemacht,[25] was andere Gasthöfe der

23 Ebd., S. 72.

24 Elisabeth Mentzel, Die Beziehungen des jungen Schiller zu Frankfurt am Main, in: Jahrb. FDH 1905, S. 168–199, hier: S. 176.

25 Elisabeth Mentzel betont, dass »der flüchtige Regimentsmedikus Friedrich Schiller mit seinem treuen Freunde Streicher in einem Gasthofe in Sachsenhausen der Mainbrücke gerade gegenüber wohnte« (dies., Schillers Jugenddramen I [Anm. 10], S. 247).

Umgebung nicht daran hindert, Ehre und Verdienst dieser Gastschaft – damit auch ihren auratisch-reliquiaren Wert – für sich zu beanspruchen. Man fühlt sich an das mythische Motiv der Zwillingsheroen erinnert, wenn das »Gasthaus zu den drei Rindern« an der Hausfassade – mit zwei Schriftsäulen – die Beherbergung Schillers und Mozarts proklamiert (Abb. 2).[26]

Ein weithin verbreitetes Element im Wegekult der Heroen, Heiligen und Genies ist ebenfalls Bestandteil der Frankfurter Schillerverehrung: Als im Jahr 1860 eine Erinnerungsstätte auf dem Fluchtweg eingerichtet wird, die »Schillerruhe« im Frankfurter Stadtwald,[27] kann man sich bereits auf den Fluchtbericht Streichers berufen, Erzählung und Malsetzung, Legende und Kult bilden einander auch in diesem Fall ab. Der Vorschlag, als eine weitere – »nähere« und höhere – Wegstation auch die erste Erscheinung der Stadt beim Austritt aus dem Wald zu feiern und diesen Moment durch eine »Schillerhöhe« festzuhalten,[28] wird nicht umgesetzt: »[…] und ganz unvermuthet, zeigte sich das Alter-

26 Nach einem Foto von 1935 im Institut für Stadtgeschichte Frankfurt am Main; vgl. auch Frankfurter Sagenbuch (Anm. 17), S. 207. Schon Elisabeth Mentzel widerspricht diesem Anspruch, »weil man von diesem Gasthofe aus keinen freien Blick auf die Mainbrücke hatte« (dies., Schillers Jugenddramen I [Anm. 10], S. 247, Anm. 2).

27 »Hier ruhte Friedrich von Schiller mit seinem Freund Andreas Streicher auf seiner Flucht vor dem Herzog von Württemberg in der Nacht vom 22. zum 23.9.1782 aus.« So weit »das zu Lesende«, d. h. die Legende, wie sie, zur Kultstätte passend, von einem Führer zu den Frankfurter Denkmälern erzählt wird; Hans Lohne, Mit offenen Augen durch Frankfurt. Handbuch der Frankfurter Brunnen, Denkmäler und der Kunst am Bau, Frankfurt am Main 1982, S. 153 f. – Die mehrfache Abweichung vom historisch Nachweisbaren ist für die Frankfurter Tradition weniger erheblich, was den zeitlichen Aspekt betrifft: Nicht nachts, sondern am Nachmittag des 5. Oktober (!) unterbrechen die Freunde in einem Wald südlich von Frankfurt ihren (am Monatsdritten in Mannheim begonnenen) Fußmarsch von Darmstadt, und zwar für etwa zwei Stunden, weil der übermüdete Schiller einschläft (Wilpert, Schiller-Chronik [Anm. 6], S. 68). Bedeutsamer – im ungünstigen Sinne – für den Frankfurter Schillerkult ist der örtliche Aspekt der Wirklichkeit. Weder der Rastplatz noch auch nur das von Streicher genannte »Wäldchen« können genauer bestimmt werden. So meint Rudolf Jung (im Anschluss an den Streicher-Bericht), »es dürfte kaum die Stelle kurz vor Isenburg gewesen sein, welche die Schillerbegeisterung des Jahres 1859 mit einem kleinen Denkstein geschmückt hat« (ders., Schiller und Frankfurt [Anm. 12], S. 70).

28 Jung, Schiller und Frankfurt (Anm. 12), S. 79.

Abb. 2
Gasthaus zu den drei Rindern, Sachsenhausen, mit Schiller- und Mozartreklame. Photographie von Max Göllner (um 1935), Institut für Stadtgeschichte, Frankfurt am Main.

thümlich gebaute, merkwürdige Frankfurt«, so heißt es im Bericht Streichers.[29] Wenn aus der Sicht der Frankfurt-Forscherin Elisabeth Mentzel »im Glanze der untergehenden Sonne« die beiden Reisenden »ganz entzückt« sind »von dem Anblick Frankfurts, dessen zahlreiche Warten und Türme im glühenden Schimmer der Abendröte« hervor-

29 Andreas Streichers Schiller-Biographie (Anm. 14), S. 66.

treten,[30] so scheint die Stadt zu einem Jerusalem erhöht zu werden, das sich den Exilanten in der Gestalt Frankfurts offenbart.

Als »leer in Börse und Hoffnung« beschreibt Schiller sich damals.[31] Und so bemerkt er, wie Charlotte aus seinen Erzählungen weiß, auf der Mainbrücke nicht nur die vorübereilenden Menschen, »alle so ohne Antheil«, sondern betrachtet auch leidvoll die »reichen großen Wohnungen«.[32] »Die reichen, lachenden Ufer des schönen Stromes luden zu Genuß und Freude, während Gram und Sorgen sein Herz beklemmten«, so wiederum Lottes Schwester Caroline, die in ihrem biographischen Bild besonders nachdrücklich Schmerz und Bitterkeit des »Einsamen«[33] gegen »Reichthum und Überfluß« und »sorgloses Leben« der Großstadt stellt.[34] *»Und es herrscht der Erde Gott, das Geld«:* Dass Schillers Frankfurter Brückenerfahrung mit diesem Satz auch schon diesseits solch schmerzhaften Kontrasts verbunden werden könnte, zeigt der rückblickende Text des Andreas Streicher, nämlich diejenige Passage, in der gleichsam Schillers Frankfurter Initiation geschildert wird. Nachdem der Dichter in einem Brief an seinen Förderer, den Mannheimer Intendanten Wolfgang Heribert von Dalberg, seine verzweifelte Verfassung offenbart und damit vorläufig »die schwerste Last von seinem Herzen abgewälzt« hat, ist er innerlich frei genug, sich dem Neuen zu öffnen, das ihm beim Gang zur Post begegnet: Der initiale

30 Mentzel, Die Beziehungen des jungen Schiller zu Frankfurt am Main (Anm. 24), S. 170. – Belegt ist die Situation »vor der Dämmerung« (siehe die vorige Anmerkung), für das Entzücken gibt es keine Quelle, braucht es auch nicht, da es »offenbar« auf Evidenz beruht; zumindest für den indigenen Blickwinkel sind Anblick und Entzücken in bezug auf Frankfurt ein und dasselbe.

31 So steht die Wendung im Frankfurter Brief vom 6. oder 7. Oktober 1782 an den Intendanten des Mannheimer Nationaltheaters, Dalberg; NA 23, S. 43. Siehe auch Andreas Streichers Schiller-Biographie (Anm. 14), S. 66.

32 Charlotte von Schiller und ihre Freunde (Anm. 12), Bd. 1, S. 540. Siehe auch Jung, Schiller und Frankfurt (Anm. 12), S. 71.

33 In ganz kurzen Abständen (zwei Absätze) verwendet die Autorin Caroline von Wolzogen zweimal das Wort »Einsamkeit« und zweimal das Wort »Einsamer« (als »dem Einsamen«).

34 Wolzogen, Schillers Leben (Anm. 13), Teil 1, S. 58 f. – Für ihr »romantisches Konzept«, ihr Gegeneinander von schwerem und leichtem Gemüt (Sorge und Sorglosigkeit) ist das Motiv »Stadt« wichtig, denn: »aus der Natur tönt dem Einsamen immer eine Stimme des Trostes; aber die Einsamkeit in der lebenvollen, genießenden Welt verödet den Geist« (ebd., S. 59).

Weg von Ufer zu Ufer, vom eher kleinstädtisch anmutenden Sachsenhausen »über die Mainbrücke durch Frankfurt« erschließt ihm in der Tat etwas ganz Neues, da ihm, wie Streicher betont, das »Kaufmännische Gewühl, die ineinander greifende Thätigkeit so Vieler, hier zum erstenmal« begegnet; so »übersah man von der Mainbrücke das thätige Treiben, der abgehenden und ankommenden, der ein- und auszuladenden Schiffe«.[35] Offenbar begegnet Schiller hier nicht nur eine neue Stadt und darüber hinaus eine neue Art von Stadt, sondern damit zugleich eine neue Welt. Die erste Handelsstadt, die erste Handelsmetropole, die er betritt, gibt ihm die Chance, ja nötigt ihn geradezu, seinen Weltblick zu weiten. Die Fähigkeit des Welthandels, Nahes zu entfernen und Fernes nahezubringen,[36] erscheint in Streichers Bericht unmittelbar neben – und beinahe analog – der imaginativen Fähigkeit des Dichters, dessen »überströmende EinbildungsKraft, dem geringsten Gegenstand Bedeutung gab, und die kleinste Nähe an die weiteste Entfernung zu knüpfen wußte«.[37] Als würde dem Leser hier ein Paradestück der zeitgenössischen Assoziationspsychologie geliefert, scheinen hier die äußeren Verknüpfungen durch die inneren widergespiegelt, wobei der ohnehin assoziationsbereite Geist sich an eine entsprechende Erfahrungswirklichkeit um so effektiver knüpft, als diese ihm ähnlich und insofern für ihn »ergiebig« ist; zugleich lässt er sich von ihr um so eindrucksvoller provozieren, als er exzeptionell dazu begabt ist. Ein erhöhtes Assoziationsvermögen in Seele und Rede erbringt, so hier letztlich Streichers Schillerdeutung, gewissermaßen den Geniebeweis.

Schillers Weltgewinn via Frankfurt, sein exploratives Brückenerlebnis erfolgt innerhalb der außergewöhnlichen Konstellation eines Fluchtweges und enthält daher offenbar psychodramatische Siuationen einer mitunter geradezu traumatischen Wucht. Aber schon für den jungen Goethe geht von Stadtgetriebe und Stadtbrücke ein vergleich-

35 Andreas Streichers Schiller-Biographie (Anm. 14), S. 69. – Als neuralgischer Punkt im Stadtgetriebe, als Weg, Über-Gang zwischen diesseitigem und jenseitigem Ufer ist eine Stadtbrücke immer quasi narrativ aufgeladen. Sagen um die Mainbrücke in: Frankfurter Sagenbuch (Anm. 17), u. a. S. 33–35.

36 Caroline von Wolzogen spricht von der »volkreichen Handelsstadt, deren weitgreifender Verkehr an den Zusammenhang mit ganz Europa erinnerte«; vgl. dies., Schillers Leben (Anm. 13), Teil 1, S. 58 f.

37 Ebd.

bares Welterleben aus.[38] Der Aufenthalt auf der Brücke und der Blick hinunter sowie, vom Fluss geleitet, darüber hinaus lösen bei dem Jungen Glücksgefühle aus, wohl nicht zuletzt deshalb, weil ihm hier »Welt« versprochen wird. Schiller wiederum erlebt an diesem Ort die akute Konfrontation mit einer ihm völlig neuen, zuvor unbekannten Wirklichkeit. Unter dem Blickwinkel des Fremden, zugleich auch des Erwachsenen, des wenigstens im Anspruch »Professionellen« (Schriftstellers) und des Flüchtlings trifft er auf ein neues Stück Dasein, das ihm eine erweiterte Ahnung von Welt verschafft. Das ihm so gegebene Weltversprechen bleibt allerdings situationsbedingt prekär und kehrt sich in dem Augenblick gegen ihn, in dem seine eigene Existenz (erneut) in Frage gestellt scheint. Besonders die oben beschriebene Enttäuschung durch die Mannheimer Absage verwandelt, zumindest vorübergehend, Aufgeschlossenheit in Ausgeschlossenheit, in ein Gefühl der Bedrängung; Weite verkehrt sich in Enge. Was ihn soeben gehoben hat, zieht ihn jetzt um so stärker herunter.

II. »Und es herrscht der Erde Gott, das Geld«

Schiller wird in Frankfurt nicht zu einem Brückenheiligen gemacht. Das bleibt ein wehmütiger Gedanke, eine im geschriebenen Wort eines Briefes festgehaltene, aber nicht planerisch verfolgte Eingebung seiner Witwe, hätte aber merkwürdig gut zu dem gleichfalls nicht umgesetzten, jedoch eine Weile ernsthaft betriebenen Vorhaben eines Goethedenkmals auf einer der Maininseln gepasst.[39] Stattdessen wird, als

38 »Am liebsten spazierte ich auf der großen Mainbrücke. Ihre Länge, ihre Festigkeit, ihr gutes Ansehen machte sie zu einem bemerkenswerthen Bauwerk; auch ist es aus früherer Zeit beinahe das einzige Denkmal jener Vorsorge, welche die weltliche Obrigkeit ihren Bürgern schuldig ist. Der schöne Fluß auf- und abwärts zog meine Blicke nach sich; und wenn auf dem Brückenkreuz der goldene Hahn im Sonnenschein glänzte, so war es mir immer eine erfreuliche Empfindung« (Dichtung und Wahrheit I 1, WA I 26, S. 22).

39 Zu dem »intendierten Doppelcharakter eines Goethe- und Nationaldenkmals« zusammenfassend Agnete von Specht, in: FFM 1200. Traditionen und Perspektiven einer Stadt, hrsg. von Lothar Gall, Sigmaringen 1994, S. 233 f. Das 1820/21 von Friedrich Rumpf entworfene klassizistische Denkmal in Gestalt eines antiken

Abb. 3
Johannes Dielmann, Schillerdenkmal (1864) auf dem Schillerplatz (An der Hauptwache). Stereophotographie um 1885 (Christoph Schlott, hrsg., Frankfurt um 1900. »Schöne bunte Welt«, Köln 1998, S. 74).

Abb. 4
Ludwig von Schwanthaler, Goethedenkmal (1844) auf dem Goetheplatz (früher: Stadtallee) – in alter Südorientierung (Geburtshaus). Im Hintergrund Theater (bis 1902). Photochrom von 1898 (Frankfurt um 1900, a. a. O., S. 83).

Rundtempels (Tholos) soll nach seinem Förderer Simon Moritz von Bethmann zugleich »Nazional-Monument« sein, »ein sichtbares Zeychen« dafür, »daß die Deutschen Sinn für einen nazionalen Bund haben« (ebd.).

kolossale Steinskulptur, der Frankfurter Gründerheros Karl der Große 1843 auf der bald nicht mehr einzigen, daher »Alte Brücke« genannten Mainbrücke aufgestellt.[40] Schiller dagegen ist zu Goethe auf andere Weise in eine räumliche Beziehung gesetzt worden. Nachdem 1844 die Stadtallee am Rossmarkt mit der Aufstellung eines Denkmals zum Goetheplatz personalisiert worden ist, passiert zwanzig Jahre danach das gleiche mit dem benachbarten Paradeplatz nördlich der Hauptwache, indem er zum Schillerplatz umgewidmet wird. Erst später erfolgt im Zuge der Straßendurchbrüche, die jeweils im Platzanschluss geplant worden sind, die konsequent erscheinende kulttopographische Fortsetzung durch eine Schillerstraße (1878) und eine Goethestraße (1893). Ludwig Schwanthalers »Goethe« bekommt also auf dem Nachbarplatz ein Pendant, dessen Provisorium der Bildhauer Johannes Dielmann bereits zur Schillerfeier von 1859 auf dem Römerberg aufstellen durfte (Abb. 3 und 4).

Ab 1864 hat nun jedes Mal auch seinen Platz – und damit auch seinen Ort in der urbanen Nomenklatur, und fortan können sich, nur durch den kleinen Steinweg getrennt, die Kinderbanden vom Goetheplatz mit denen vom Schillerplatz ihre Schlachten liefern.[41] Die Aufstellung des Schillerdenkmals an der Hauptwache ist nicht nur eine zentrale, wie schon die vorläufige vor dem Rathaus, sie erklärt sich nicht nur durch den Goethe-Bezug,[42] sie ist darüber hinaus biogra-

40 Die Statue stammt von Karl Eduard Wendelstadt, einem Schüler des Münchener Bildhauers Ludwig Schwanthaler, dessen Frankfurter Goethemonument im Folgejahr eingeweiht wird. »Als Geschenk zur tausendjährigen Wiederkehr des Vertrags von Verdun« ist dieses Karlsdenkmal eine Stiftung des Städel'schen Kunstinstituts; dazu Björn Wissenbach, Frankfurts Alte Brücke. Gestern – heute – morgen, Frankfurt am Main 2010, S. 43.

41 Die nach dem 2. Weltkrieg erfolgte Verdrängung der beiden Denkmäler in den westlichen Anlagenring wird erst im neuen Jahrtausend rückgängig gemacht, so dass seit 2007 Goethe wieder auf »seinem« Platz stehen darf und die Heimkehr Schillers geplant ist.

42 Auch wenn dabei Zufall im Spiel sein mag, so ist diesem doch nachgeholfen worden. Unter wenig glücklichen Umständen wird im 20. Jahrhundert diese Nachbarschaft für einige Jahre »verdichtet«. Als »Schiller« 1937 seinen Platz – offenbar bereits damals aus Verkehrsgründen – räumen muss und vor »seinem« Theater (bzw. dem Nachfolgebau) aufgestellt wird, ergibt sich die Möglichkeit, indem »Goethe« umgedreht wird, die beiden im Gegenüber aufzustellen. Auf die bloße

phisch legitimiert. Bei seinem dritten Aufenthalt 1784 hat Schiller nämlich im Gasthof »Zum Schwarzen Bock« am Paradeplatz gewohnt,[43] nicht weit von dem neuen, erst zwei Jahre früher eröffneten Frankfurter Theater entfernt, wo ›Kabale und Liebe‹, wie erwähnt, in seiner Gegenwart zweitaufgeführt worden ist. Ähnlich wie Goethe in der Nähe seines späteren Denkmals aufgewachsen ist,[44] so hätte Schiller aus seinem Gasthof dem eigenen Bildnis auf den Rücken blicken können. Damit scheint wiederum die Denkmalsetzung, zumindest in einer ihrer Motivationen, den Wegen des Autors zu folgen, ja sie zu markieren. Was Schiller 1784 tatsächlich aus den Fenstern seines Hotels sehen kann, das sind zunächst einmal Menschenmassen, Menschen, die geschäftig und geschäftlich unterwegs sind – ähnlich wie zwei Jahre zuvor auf der Brücke; und es sind, so wie auch dort schon, stattliche Gebäude, die »reichen großen Wohnungen«.[45] Sein potentieller Blick erfasst den Menschenfluss und die seinerzeit prächtigen Häuserreihen einer Straße, die bis heute wie kaum eine andere in Deutschland für Geld, Geschäft und Konsum steht, der Frankfurter Zeil (Abb. 5).

»Und es herrscht der Erde Gott, das Geld.« Der Artikel zu Friedrich Schiller in der ›Frankfurter Biographie‹ aus dem Jahr 1996 geht von dessen Skepsis, was Frankfurt als möglichen Hochschulstandort anbelangt, zu diesem Vers über und nimmt ihn als Beleg für die Behauptung, Schiller habe »überhaupt [...] wenig vorteilhaft« über die Stadt gedacht. Das Gedicht ›Die Teilung der Erde‹ – »mit dieser Zeile« – habe er 1795 an Goethe gesandt, versehen mit den Worten: »Die Teilung der

Nähe der Plätze folgt eine Art von Dialog der Statuen, vergleichbar anderen Konstellationen wie besonders Ernst Rietschels Goethe-Schiller-Gruppe (1857) in Weimar. Zwar büßt der Schillerplatz durch den Umzug auch seinen Namen ein und wird in »An der Hauptwache« neutralisiert, wie er heute noch heißt, Schiller darf aber seinen Platznamen nicht »mitnehmen« (wodurch »sein Platz« unmittelbar an den Goethes grenzen würde), weil der einstige Theaterplatz und seit 1922 (wieder seit 1945) Rathenauplatz von den damaligen Machthabern in Horst-Wessel-Platz umbenannt worden ist.

43 Später Hotel »Pariser Hof«. Dazu etwa Mentzel, Die Beziehungen des jungen Schiller zu Frankfurt am Main (Anm. 24), S. 195.

44 Goethes Geburtshaus steht am Hirschgraben, knapp südlich des Rossmarkts, dessen nördliche Verlängerung (»Stadtallee«) zum Goetheplatz gemacht wird.

45 Siehe oben, Anm. 32.

Erde hätten Sie billig in Frankfurt auf der Zeile vom Fenster aus lesen sollen, wo eigentlich das Terrain dazu ist«.[46] So weit, so richtig. Im Brief an Goethe vom 16. Oktober 1795 schreibt Schiller: »Hier erhalten Sie einige Schnurren von mir. Die Theilung der Erde hätten Sie billig in Frankfurt auf der Zeile vom Fenster aus lesen sollen, wo eigentlich das Terrain dazu ist. Wenn sie Ihnen Spass macht, so lesen Sie sie dem Herzog vor.«[47] Jener findet in seinem Schreiben an Schiller vom 28. des Monats die zugesandten Gedichte »sehr artig, besonders das Theil des Dichters ganz allerliebst, wahr, treffend und tröstlich«.[48] Auf die beiden kollegialen Lesevorschläge, die Lektüre im imaginierten Angesicht der vertrauten Zeil sowie die Vorlese-Idee, geht er brieflich nicht ein.

Nur ein Detail stimmt in der ›Frankfurter Biographie‹ nicht: Der Vers steht nicht in dem Gedicht, und zwar in keiner der drei Fassungen, die von ihm existieren.[49] Vielmehr findet er sich in einem anderen Werk Schillers, nämlich in dem später entstandenen Gedicht ›An die Freunde‹.[50] Die zutreffende literarische Verortung des Gott-Geld-Satzes ist deshalb besonders einfach, weil es sich hier um eine jener Formulierungen des Autors handelt, die sprichwörtliche Qualität angenommen haben; die Tendenz zur Sentenz ist bekanntlich eines der Merkmale Schiller'schen Schreibens. So lässt sich leicht nachschlagen, was viele Schillerkenner ohnehin wissen. Die Verbindung mit der ›Theilung‹ und daher mit Frankfurt erscheint als eine unbekümmerte

46 Sabine Hock, Johann Christoph Friedrich Schiller, in: Frankfurter Biographie. Personengeschichtliches Lexikon, hrsg. von Wolfgang Klötzer, Bd. 2, Frankfurt am Main 1996, S. 281–282, hier: S. 282.

47 NA 28, S. 79.

48 NA 35, S. 404.

49 Schiller hat das 1795 erstveröffentlichte Gedicht (siehe Anm. 64) für den ersten Teil seiner Gedichtausgabe (Leipzig 1800) überarbeitet, ein weiteres Mal für die Zweitauflage von 1804, hat es dabei metrisch vereinheitlicht und auch kleinere inhaltliche Änderungen vorgenommen. Zitiert wird hier, wie üblich, diese dritte Fassung: NA 2 I, S. 406 f. Zur ersten Fassung vgl. NA 1, S. 267 f.

50 »Entstanden zwischen Anfang Dezember 1801 […] und Anfang Februar 1802« (Erstdruck: Taschenbuch für Damen auf das Jahr 1803, S. 1 f.); Friedrich Schiller, Sämtliche Gedichte, hrsg. von Georg Kurscheidt, Frankfurt am Main 2008, S. 206, 998; siehe auch NA 2 I, S. 225 f. und NA 2 II B, S. 160.

Abb. 5
Johann Ludwig Ernst Morgenstern, Unterer Teil der Zeil mit Rotem Haus (Lichtdruck nach Ölgemäde, 1793, Historisches Museum Frankfurt). Links im Hintergrund Schillers Hotel (1784) am Paradeplatz (Schillerplatz 1864).

lokale – oder genauer: ortsbezogene – Sondertradition, die sich über ihre Fixierung im zitierten biographischen Nachschlagewerk bis hinein in die Kolportagen des heutigen Internet fortsetzt. Nicht viel schwerer fällt es, die Quelle des Irrtums zu entdecken. Sie findet sich nämlich in der ersten und bislang einzigen gründlichen Gesamtdarstellung des Themas ›Schiller und Frankfurt‹, die – nach den primär theaterbezogenen Studien Elisabeth Mentzels – unter eben diesem Titel der Frankfurter Historiker Rudolf Jung geliefert hat, und zwar im 150. Geburtsjahr des Dichters. Dieser Aufsatz, 1909 und damit bereits im ersten Jahrgang der von Jung gegründeten und redigierten Zeitschrift ›Alt-Frankfurt‹ erschienen, gibt klar zu erkennen, wie der Fehler publizistisch in die Welt gesetzt worden ist.

Der Historiker entwickelt seinen Text von der oben erwähnten Situation her, dass Schiller die ihm angebotene Professur an einer in Frankfurt zu gründenden Hochschule nicht zuletzt deshalb ablehnt, weil er sich Frankfurt nicht »als den geeigneten Ort für eine solche wissenschaftliche Anstalt« vorstellen könne.[51] Während der Frankfurter Archivar die Bemerkung des Dichters, er habe in dieser Sache »keinen Glauben an Franckfurth« im Schiller-Beitrag nur mit einem »leider« kommentiert,[52] formuliert er seinen patriotischen Schmerz an geeigneter Stelle ungehemmter. In seiner Geschichte der »Frankfurter Hochschulpläne«, die ja großenteils eine Geschichte des Scheiterns ist, aber vorgetragen mit optimistisch-pädagogischem Anspruch, muss er einräumen, dass sich der Schriftsteller von den unterschiedlichen »Bestrebungen jener Zeit, welche unsere als Ort des Geldes und Gelderwerbes verrufene Stadt als einen für höhere Bildungsanstalten nicht ungeigneten Platz ansahen«, wenig beeindruckt zeigt: »Schiller dachte leider nicht so hoch von Frankfurt!«[53]

Mit solch defizitärem Aspekt, was die gelehrte und künstlerische Bildung betrifft, konfrontiert Jung in beiden Texten ein völlig anderes Frankfurt-Bild, das der Dichter durch seine drei Aufenthalte gewonnen habe; die Stadt lebe in seiner »Erinnerung als eine Stadt des großen Handels und Verkehrs«.[54] Dieses Erinnerungsbild belegt er im Schiller-Aufsatz, indem er die einschlägig kommentierte Übermittlung der ›Theilung‹ an Goethe anführt, und er schließt den Passus mit so etwas wie einer Frankfurter Deutung des Gedichts: »Der Poet geht leer aus auf der Zeil, wo in Frankfurt die Güter dieser Erde verteilt werden!«[55]

51 Jung, Schiller und Frankfurt (Anm. 12), S. 73.

52 Im Brief vom 23. Oktober 1789 an Caroline von Beulwitz (von Wolzogen) und Charlotte von Lengefeld (von Schiller), also an seine spätere Schwägerin/Biographin und Ehefrau; NA 25, S. 306.

53 Rudolf Jung, Frankfurter Hochschul-Pläne 1384–1866, in: Archiv für Frankfurts Geschichte und Kunst, Folge 3, Bd. 9 (1907), S. 35–91, 403–406, hier: S. 56. Siehe auch (2., erweiterte Ausgabe) ders., Frankfurter Hochschulpläne 1384–1868, Leipzig 1915 (= Frankfurter Historische Forschungen 8, N. F. 1), S. 23.

54 Jung, Schiller und Frankfurt (Anm. 12), S. 73. Vgl. Jung, Hochschul-Pläne (Anm. 53), S. 56; 2. Ausgabe, S. 23.

55 Jung, Schiller und Frankfurt (Anm. 12), S. 73.

Zuvor zitiert der Historiker allerdings noch Schiller wörtlich: »– – Da ist jedes köstliche zu sehen | Und es herrscht der Erde Gott, das Geld«. Der Eindruck muss entstehen, als stamme das Zitat aus der ›Theilung‹ und wäre damit zu recht auf Frankfurt deutbar. Der unbefangene Leser kann nicht ahnen, dass der Dichter mit diesen Versen nicht die Frankfurter Zeil, sondern in ›An die Freunde‹ den Hafen von London beschreibt: »Wo vier Welten ihre Schätze tauschen, | An der Themse, auf dem Markt der Welt« – da sei »jedes Köstliche zu sehen«, und es regiere eben das Geld.[56] Auch hier geht es demnach um die »Güter dieser Erde«, um die Schätze der Welt. »Welt« und »Welten« – eben noch vier, dann nur noch die eine. Die »vier Welten« verkürzen die vier Weltteile,[57] wie sie noch in der Schillerzeit die Ikonographie barocker Saaldecken kennzeichnen. Schiller und seine Zeitgenossen sind allerdings bereits Zeugen eines neuen, fünften Erdteils, der – besonders durch die Fahrten des James Cook (also eines Engländers!) – die phantastische Inkontinenz einer »unbekannten Süderde«, einer Terra australis incognita begrenzt und beendet.[58] Damit erweitert sich der zunehmend in London zentrierte globale Handelsraum. Der hier stattfindende »Tausch der Schätze« zwischen den Nationen und Weltgegenden, erhält, idealisiert als ausgleichendes Mittel zu deren Glück, seine für das 18. Jahrhundert quasi gültige literarisch-motivische Formulierung durch George Lillos ›Kaufmann von London‹, den etwa Goethe schon frühzeitig im Frankfurter Theater kennenlernt.[59] Bevor auf das Gedicht ›An die Freunde‹ im Hinblick auf die Jung'sche Verwechslung erneut einzugehen ist und bevor gefragt wird, was die Gott-Geld-Sentenz vielleicht doch mit Frankfurt zu tun haben könnte, noch einige Worte speziell zur ›Theilung der Erde‹ und ihrer Nähe zur Frankfurter Zeil.

56 Vers 21–26, NA 2 I, S. 225.

57 Zum Motiv der Weltgebiete siehe auch Anm. 82.

58 »Es ist keine Frage, daß ein Weltentdecker oder Weltumsegler wie Cook einen schönen Stoff zu einem epischen Gedichte entweder selbst abgeben oder doch herbeiführen könnte …«. So Schiller in einem Brief an Goethe vom 13. Februar 1798; NA 29, S. 204.

59 Lillos Stück gehört zu denjenigen, mit deren plakativer Moralität er seine Theaterbegeisterung dem Vater gegenüber entschuldigen kann, wie im dritten Buch von ›Dichtung und Wahrheit‹ festgehalten.

III. ›Die Theilung der Erde‹

»Bedecke deinen Himmel, Zeus«, so beginnt Goethes Gedicht ›Prometheus‹[60]; »Nehmt hin die Welt! rief Zeus von seinen Höhen | Den Menschen zu«, lauten die ersten Worte der ›Theilung‹,[61] die, im Duktus verwandt (etwa im imperativischen Auftakt), nicht ohne Grund Goethe zugeschrieben worden ist,[62] wie ihm Schiller amüsiert mitteilt.[63] Die im Jahr 1795 erstmals erschienene ›Theilung der Erde‹ behandelt, was ihr Titel aussagt, nämlich wie die Erde geteilt und verteilt wird, wie sie geordnet wird, gespalten und preisgegeben zugleich, in der gerecht-ungerechten Willkür, die sich von göttlichem Zugriff auch damals noch unverfänglicher im antiken Gewand behaupten lässt.[64] Schiller ersinnt eine kleine Schöpfungsphantasie mit Hintergedanken. Der Gott verschenkt die Welt also an die Menschheit, als deren Repräsentanten zunächst der »Ackermann«, der »Junker«, der Kaufmann, der Abt und der König »auftreten«; in episodenhaft erzähltem Nacheinander verschafft der Theater- und Balladendichter Schiller in der Tat jedem seinen kleinen großen Auftritt. Ein Teilungsszenario, das – nicht von ungefähr – daran erinnert, wie Goethe in ›Wilhelm Meisters Lehrjahre‹ den Anspruch des Kaufmännischen gegenüber dem Politischen auf Welt-Teil-

60 WA I 2, S. 76.

61 Vers 1–2, NA 2 I, S. 406. – »Da! Nehmt sie hin, die Welt! rief Zeus von seinen Höhen | Den Menschenkindern zu«, so der Wortlaut der ersten Fassung (NA 1, S. 267).

62 Christian Gottfried Körner rätselt im Brief vom 18. Dezember 1795 an Schiller, wem »die Theilung der Welt« zuzuschreiben sei: »Der Schluß […] läßt mich auf Dich rathen, aber nach dem Anfange wär' ich eher auf Göthen gefallen« (NA 36 I, S. 54). Mit dem schillerianischen Schluss meint er wohl den etwa aus Balladen bekannten final ausgleichenden Versöhnungsgestus.

63 »Das Glück, welches das kleine Gedicht die Theilung der Erde zu machen scheint, kommt mit auf Ihre Rechnung, denn schon von vielen hörte ich, daß man es Ihnen zuschreibt« (Brief vom 23. Dezember 1795, NA 28, S. 142). Er antwortet damit Goethe, der ihm am 15. Dezember geschrieben hatte, dass dieses Gedicht »großen Beyfall« finde; »und die Leute sind höchst neugierig wer es wohl gemacht habe?« (NA 36 I, S. 50).

64 Das vermutlich im Oktober 1795 enstandene Gedicht erscheint zuerst in: Die Horen 1795, 11. Stück, S. 27 f., NA 1, S. 267 f.; vgl. NA 2 II A, S. 294 f. und NA 2 II B, S. 240.

habe herausarbeitet.[65] Nachdem sich alle ihren Anteil an der Welt gesichert haben, der ihnen, wie etwa die Feldfrüchte dem Bauern, als poetisches Attribut beigegeben wird, ist endlich der Dichter an der Reihe. Der Poet kommt zu spät und damit zu kurz. Alles ist schon vergeben, vergeblich daher alles Klagen. Den Grund seiner Verspätung wendet der Wortgewandte entschuldigend ins Positive, indem er aus Geistesabwesenheit Gottesschau macht: »Ich war […] bey dir. | Mein Auge hieng an deinem Angesichte« (V. 24 f.). Der Geist, der vom göttlichen Licht »berauscht, das Irdische verlor« (V. 27 f.), kann es gleichwohl so nicht mehr zurückbekommen, denn Gott-Zeus hat die Welt unwiderruflich »weggegeben« – »der Herbst, die Jagd, der Markt ist nicht mehr mein« (V. 29 f.). Aber er bleibt nicht unbeeindruckt und gibt dem Poeten das, wonach dem ohnehin der Sinn mehr als nach weltlichen Gütern zu stehen scheint, seine Nähe; ja, er sichert sie ihm nun zu: »Willst du in meinem Himmel mit mir leben, | So oft du kommst, er soll dir offen seyn« (V. 31 f.). Nun ist es also offiziell und gegenseitig. Der Dichter, dem eigenen Anspruch nach Gottes »getreuster Sohn« (V. 18), ist kein verlorener oder vermessener Spinner, er ist zur Himmelspartnerschaft berufen, darf sich mit Gott ein Reich teilen,[66] das entsprechend dem Christuswort nicht von dieser Welt ist.[67]

Was von Schiller so leicht, halbwegs witzig und nicht ohne Selbstironie vorgetragen wird, ist letztlich doch ernst genug gemeint und auch immer ernst genug genommen worden, um sich so erfolgreich im allgemeinen gesellschaftlichen Bewusstsein einpflanzen zu lassen, dass dem gleichen breiten Denk- und Kulthorizont, zu dem es seinen Teil beigetragen hat, letztlich all die Goethedenkmäler, Kleiststraßen und Schillerschulen zu verdanken sind, wie wir sie heute kennen. Das unter den Vorzeichen der Aufklärung gelockerte Sprechen über Religion hat

65 »Haben die Fürsten dieser Welt die Flüsse, die Wege, die Häfen in ihrer Gewalt und nehmen […]«. Wilhelm Meisters Lehrjahre I 10; WA I 21, S. 54. – Vergleichsstelle aus der ›Theilung‹ (so nah allerdings erst in der 1804 publizierten Fassung): »Der König sperrt die Brücken und die Straßen […]«, Vers 11; NA 2 I, S. 406.

66 Die darin enthaltene Trostbotschaft (dazu Goethe, siehe Anm. 74) bezieht Schiller deutlich auf die Umkehrungsmotivik des Evangeliums: Den Leidenden und Zukurzgekommenen soll über einen himmlischen Ausgleich Genugtuung gegeben werden.

67 Nach dem 18. Kapitel, Vers 36 des Johannes-Evangeliums.

der alten und geradezu kulturuniversellen Meinung über die Gotthaftigkeit des Künstlertums[68] neue Nahrung gegeben und daraus – jedenfalls unter anderem daraus – einen Gedanken gemacht, der unter der Bezeichnung »Kunstreligion« bekannt geworden ist.[69] In der Volksmeinung gesellt sich dazu der Topos des »armen Poeten«, der erst dann wirklich von seiner Arbeit leben kann, wenn er schon tot ist, aber in Lesebüchern und auf Plätzen fortexistieren darf und muss. Das ist etwa die kaum verborgene Spitze in Schillers Gedicht.[70] Und so wird in der zitierten Frankfurt-Biographie an passender Stelle – nämlich anschließend an die lokale Leseanweisung Schillers für die ›Theilung‹ (auf die Zeil hin) – wiedergegeben,[71] wie Goethe 1805 das glorifizierende Trauerspektakel für den verstorbenen Dichterfreund kommentiert, indem er die zeittypisch eigennützige Honorierungspraxis des Frankfurter Theaters aufspießt – und damit auch gleich die Frankfurter Leidenschaft fürs Bare: »Die Herren Frankfurter, die sonst nichts als das Geld zu schätzen wissen, hätten besser gethan, ihren Antheil realiter auszudrucken, da sie […] dem Lebenden Trefflichen, der es sich sauer genug werden ließ, niemals ein Manuskript honoriert haben; sondern immer warteten, bis sie das gedruckte Stück für 12 gr. haben konnten.«[72]

68 Kittlitz, Strukturale Ikonologie (Anm. 5), S. 37 f.

69 Vgl. Heinrich Detering, Was ist Kunstreligion? Systematische und historische Bemerkungen, in: Kunstreligion. Ein ästhetisches Konzept der Moderne in seiner historischen Entfaltung, Bd. 1. Der Ursprung des Konzepts um 1800, hrsg. von Albert Meier, Alessandro Costazza und Gérard Laudin, Berlin und New York 2011, S. 11–27.

70 So sieht es auch Peter von Matt in seiner kleinen Deutung für die ›Frankfurter Anthologie‹ von 1989; vgl. Peter von Matt, Wovon soll der Dichter leben?, in: 1400 Deutsche Gedichte und ihre Interpretationen, hrsg. von Marcel Reich-Ranicki, Bd. 3: Von Friedrich von Schiller bis Joseph von Eichendorff, Frankfurt am Main und Leipzig 2002, S. 57–60.

71 Hock, Johann Christoph Friedrich Schiller (Anm. 46), S. 282. Vgl. Jung, Schiller und Frankfurt (Anm. 12), S. 74.

72 Aus dem Brief Goethes vom 19. Juni 1805 an den Komponisten Carl Friedrich Zelter; WA IV 19, S. 20. Elisabeth Mentzel nimmt allerdings die damalige Bühne der Stadt in Schutz, da »Direktor Großmann nicht zu den gewissenlosen Ausbeutern der Bühnenschriftsteller« gehört habe, sondern »für die Wiedergabe dramatischer Werke eine ein- für allemal bestimmte Summe an die Autoren« zahlte; dies., Die Beziehungen des jungen Schiller zu Frankfurt am Main (Anm. 24), S. 181.

Die ›Theilung der Erde‹ nimmt das Ganze freilich eher leicht als bitter, eher karikierend als anklagend. Der Autor selbst spricht von einer »Schnurre«;[73] ein launiger Einfall also, der nicht zuletzt zum eigenen Vergnügen in den einfachen lyrischen Formen einer Schelmenballade niedergeschrieben worden ist. Was Schiller in seinen großen Gedanken- oder Ideengedichten, gleichsam lyrisch philosophierend, ausbreitet, in ›Die Künstler‹ zum Beispiel, findet sich hier im Kleinen und Leichten nur an-gedeutet. List und Lust verknüpft auch Goethe, wenn er, anspielend auf das Gedicht und auf den Inhalt, den Lebenshintergrund seiner Venezianischen Epigramme, an Schiller schreibt: »Es scheint, da wir Dichter bey der Theilung der Erde zu kurz gekommen sind, uns ein wichtiges Privilegium geschenkt zu seyn, daß uns nämlich unsere Thorheiten bezahlt werden.«[74] In dieser dreifach passivischen Formulierung des Weimarers bleibt allerdings unausgesprochen, wie der Poet selber listig aktiv wird, um von Gott »versohnt« und mit der Welt versöhnt zu sein.

Doch wo liegt nun der Bezug zur Zeil? Wenn Bauer, Kaufmann, Jagd und Markt im Text erscheinen, so tun sie das eher abstrakt-schematisch oder kaleidoskopartig, geben eher so etwas wie emblematische Figuren, als dass sie Teil eines wirklichkeitsnahen, lebendigen Anschauungsbildes wären – und schon gar keines dieser Frankfurter Straße. Sofern Schiller die Lektüre des Gedichts mit Fensterblick auf die Zeil verordnet, spiegeln dabei Straße und Worte einander nicht konkret, sondern gedanklich vermittelt, wobei diese Vermittlung sich allerdings typenhaft-ikonisch konkretisiert. Das lebende Bild der Zeil illustriert sozusagen den Gedanken des Gedichts, dass die »Welt« im Doppelsinne am Dichter vorbeigeht, also vorbeieilt und »vorbeizieht« zugleich, dass materielle und geistige Welt, obgleich sie im Kontakt miteinander stehen und stehen müssen, prinzipiell geschieden, wenn nicht inkommensurabel sind; Pegasus lässt sich eben, so führt es Schiller in einem anderen Gedicht vor,[75] nicht in das Joch weltlichen Funktionierens zwingen – das Edle und Schöne ist da deplaziert, wo es ökonomisch sein soll.

73 Siehe Anm. 47.

74 Im Brief (1. Absatz) vom 15. Dezember 1795; NA 36 I, S. 50.

75 ›Pegasus im Joche‹ (›Pegasus in der Dienstbarkeit‹, Juli 1795); NA 1, S. 230–232, NA 2 I, S. 113–115, NA 2 II A, S. 221–223, NA 2 II B, S. 95.

Aber nicht nur in diesem besonders intendierten Sinne ist das Fenster zur Zeil ein Fenster zur Welt. Wie es der allgemeinen Aussage dieses Parabelgedichts entspricht, teilt sich die Erde auf der Zeil in zweifacher Hinsicht. Im sogenannten bunten Treiben der Straße, Schillers Fluchtbegleiter Andreas Streicher spricht wie ähnlich schon Goethe oder Johanna Schopenhauer vom »Kaufmännischen Gewühl« Frankfurts,[76] teilt sich wie im Gedicht die Menschheit nach Herkunft, Stand und Beruf, in Arme und Reiche, Abhängige und Mächtige. Denn »was die Mode streng geteilt«, so die bekannten Worte in ›An die Freude‹, mischt sich offenbar nur auf Zeit und zum Schein. Zum zweiten teilen sich wie im Gedicht die Menschen – und sind sich zugleich einig – in ihrem »Hinterhersein«, in dem geschäftigen Bemühen, sich konkurrierend einen Teil vom Ganzen zu sichern, so gut sie es eben leisten können und sich leisten dürfen. Dass es sich bei einem solchen Bild um einen Topos von Groß- und Weltstadt handelt, der sich auch oder erst recht für unsere viel größere »Vergleichsstadt« London belegen lässt, zeigt etwa der Reisebericht, den 1782 Karl Philipp Moritz liefert; da ist die Rede von einer drastischen, aber unbefangenen Mischung der Stände »im dicksten Gedränge« und von »diesem Gewühl von Menschen, wo jeder mit schnellen Schritten seinem Gewerbe oder Vergnügen nachgeht, und sich allenthalben durchdrängen und stoßen muß«.[77] Was Schillers Erinnerungsbild der »volkreichen Handelsstadt« Frankfurt anbelangt,[78] so spiegelt sich jedenfalls für ihn im Treiben und Getriebensein um Hauptwache und Zeil die Welt, wie sie der Autor der ›Theilung‹ auf ein Schöpfungsszenario zurückphantasiert.

76 Vgl. Goethe, Dichtung und Wahrheit I 1, WA I 26, S. 22 f. (siehe Anm. 38); Johanna Schopenhauer, Ausflucht an den Rhein und dessen nächste Umgebungen im Sommer des ersten friedlichen Jahres, Leipzig 1818, S. 22.

77 Karl Philipp Moritz, Reisen eines Deutschen in England im Jahr 1782, in: ders., Sämtliche Werke. Kritische und kommentierte Ausgabe, Bd. 5,1, hrsg. von Jürgen Jahnke und Christof Wingertszahn, Berlin und Boston 2015, S. 24.

78 Wolzogen, Schillers Leben (Anm. 13), Teil 1, S. 58.

IV. ›An die Freunde‹

Friedrich Schiller spielt demnach in der ›Theilung‹ mit dem Mythos, setzt ihn ein wie ein Motiv, zitiert und parodiert ihn in seiner herkömmlichen Hauptaufgabe – nämlich Welt auf eine Weise zu begründen, die immer auch literarisch ist. In der Form einer »kleinen Ballade« und Pikareske erzählt er gleichnishaft resümierend eine Geschichte, deren Ergebnis dialogisch entsteht – aus einem Wortwechsel zwischen Gott-Zeus und dem Poeten. Wenn nun der Historiker Rudolf Jung im Kontext der ›Theilung‹, warum auch immer unausgewiesen, aus einem anderen Schillerwerk zitiert, so liegt das Versehen nicht nur inhaltlich nahe, sondern auch von den Textformen her. Er kompensiert nämlich, indem er ›An die Freunde‹ heranzieht, die beiden Formate Erzählung (Ballade) und Monolog/Dialog (Drama) durch Momente, die der ›Theilung‹ fehlen: Schildernde Beobachtung und gedankliche Aussage als Quintessenz dieses Schilderns. Dazu die zuvor schon teilzitierte dritte Strophe noch einmal vollständig:

Wohl von größerm Leben mag es rauschen,
Wo vier Welten ihre Schätze tauschen,
An der Themse, auf dem Markt der Welt.
Tausend Schiffe landen an, und gehen,
Da ist jedes Köstliche zu sehen,
Und es herrscht der Erde Gott, das Geld.

Wie generell in diesem Gedicht folgt auf eine erste Teilstrophe – mit sechs Versen – eine zweite, vierzeilige Teil- oder Gegenstrophe:

Aber nicht im trüben Schlamm der Bäche,
Der von wilden Regengüssen schwillt,
Auf des stillen Baches eb'ner Fläche
Spiegelt sich das Sonnenbild

(V. 21–30)

Aus eloquenten Bildern – mal knapp skizziert, mal genauer ausgemalt – entwickelt Schiller in diesem Gedicht Erkenntnis, teils explizit formuliert – wie im Gott-Geld-Satz –, teils als implizites Resultat des Berichtens und Beschreibens. Wenn die ›Theilung‹ ein Gleichnis in Gestalt einer »kleinen Ballade« gibt, formuliert ›An die Freunde‹ ein kleines Gedankengedicht. Es handelt sich, präziser gesehen, um eine Art

Freundschaftsgedicht als Konversationsgedicht (in manchen Zügen durchaus typologisch vergleichbar mit Formen des Freundschafts- und des Konversationsbildes in der Malerei).[79] Indem es mehrere Situationen oder Szenarien hintereinander staffelt, auf eine gemeinsame Conclusio zielend, also episodisch organisiert ist, lässt es sich – wie auf etwas andere Weise die ›Theilung‹ – als Episodengedicht charakterisieren. Die Episoden sind hier thematisch-konversativ, diskurshaft aufgefasst, wobei jede Strophe ein neues Sujet darstellt, als Teil eines größeren Themas oder als Beleg für eine Art von Weltthese, eine allgemeinere Sicht der Dinge, die Schritt für Schritt in antithetischem Wechselrhythmus durchgefochten oder durchgespielt wird – mündend in den aufmunternden »Abgesang« einer Schlussfolgerung. Was der Dichter dabei verteidigt, sind vor allem die Kategorien des Wir, des Jetzt und des Hier – gegenüber der vermeintlichen oder verlorenen Größe des Fernen oder Vergangenen. Denn all dem trügerischen Glanz, der sich letztlich nur in einem Immergleichen selbst reproduziert, kann auch eine unscheinbare, bescheidene Gegenwart überlegen sein, wenn sie sich nur mit der Kunst verbündet, die mit Hilfe der Phantasie alle Grenzen hinter sich lassen kann. Genau darin sieht der Dichter die Chance Deutschlands in seiner Zeit; so richtet sich ›An die Freunde‹ aufmunternd und tröstend an einen Kreis (dem sich letztlich aber alle anschließen können) deutscher Zeitgenossen.[80] Durchaus analog zur christlichen Überlieferung, der gemäß die Letzten die Ersten sein werden,[81]

79 Dieser bereits allererste Eindruck wird durch den Entstehungskontext des Werks bestätigt; siehe die folgende Anmerkung.

80 »Schiller hat dieses Gedicht für ein Kränzchen geschrieben, für das Mittwochs- oder auch Picknickskränzchen, das Goethe im November 1801 ins Leben gerufen hatte.« Der Lebenskontext des Werks wird ausführlich herausgearbeitet in einem Aufsatz aus dem ›September 1979‹ von Friedrich Dieckmann, Hilfsmittel wider die alternde Zeit. Über Schillers Gedicht ›An die Freunde‹, in: ders., Hilfsmittel wider die alternde Zeit. Essays, Leipzig und Weimar 1990, S. 18–52, hier: S. 18. Dazu auch, verfasst 1987, Gerd Irrlitz, Gedicht gegen die Maskeraden des Zeitgeists, in: Neue deutsche Literatur 39 (1991), H. 458, S. 76–91. – »Tröstlich« erscheint Goethe ja auch die Botschaft der ›Theilung‹ (siehe Anm. 48), die ich folgend in diesem Sinne mit ›An die Freunde‹ vergleiche.

81 Nach den Evangelien des Matthäus (19,30) und Lukas (13,30). – »Und das langsamste Volk wird alle die schnellen flüchtigen einhohlen« (aus Schillers Skizze über ›Deutsche Größe‹, NA 2 I, S. 431; vgl. NA 2 II A, S. 257).

verheißt er ihnen ein anderes Reich – das des Geistes und der Kunst. Das Reich der Deutschen ist um das Jahr 1800, wie Anne Germaine de Staël es, Jean Paul zitierend, ähnlich ausgedrückt hat, genauso wenig »von dieser Welt«, ähnlich verspätet wie es eben das des Künstlers, des Dichters ist, der in der ›Theilung der Erde‹ als letzter in der »realen«, materiellen Welt ankommt, weil er ja schon ein Stück weiter war – hinter und vor den Dingen: bei Gott.[82] Wie dieser Inbild des Künstlers ist, so ist der Künstler Abbild Gottes und gleich diesem, auch als eine Art göttlicher Schelm (Trickster)[83], dazu imstande, wirklich Neues zu schaffen, das dennoch und daher nicht veralten kann (V. 47–50), anders als das im Realen verstrickte menschliche Treiben; denn das – selbst »das Große aller Zeiten« (V. 44) – ist nicht schöpferisch, erschöpft sich vielmehr im ewig Alten (V. 43), kann nur, in Scheinerneuerung wechselnd, das Gegebene wiederholen (V. 47). Im Postulat einer anagogischen und eschatologischen Fähigkeit der Kunst, in dieser kunstreligiösen Botschaft verbinden sich also – über Elemente des formal-inhaltlichen Aufbaus hinaus – die beiden Gedichte.

Der Lyriker baut ›An die Freunde‹ so auf, dass in jeder der fünf Strophen, offenkundig aber in den ersten beiden und bedingt wieder in der letzten, zunächst ein Sechszeiler das Problem, die Krise vorführt und dann – eingerückt – ein Vierzeiler die Lösung oder den Ausgleich. Die dritte Strophe, um die es ja hier geht, dreht das ebenso wie die vierte nur scheinbar um, indem dabei jeweils das Für dem Wider und das Wider dem Für dient: England – London (3. Strophe) und Italien – Rom (4. Strophe) werden anfangs rühmlich in Szene gesetzt, daraufhin aber jeweils im zweiten Strophenteil auf eine Weise entzaubert, die es leich-

82 »Das Gebiet des Meeres gehört den Engländern; das Gebiet der Erde den Franzosen; das Gebiet der Luft den Deutschen.« Wenn Madame de Staël dieses Drei-Welten-Szenario von Jean Paul übernimmt (eine Art Paraphrase oder Parodie auf die – oben angesprochenen – Weltteile- und Elemente-Ordnungen), dann will sie aber der napoleonischen Landherrschaft und britischen Seeherrschaft nicht einfach eine deutsche Geistesherrschaft gegenüberstellen; sie kritisiert zugleich den, verkürzt gesagt, Mangel an Bodenhaftung der deutschen Intellektualität. Vgl. Anne Germaine de Staël, Über Deutschland. Vollständige und neu durchgesehene Fassung der deutschen Erstausgabe von 1814, hrsg. von Monika Bosse, Frankfurt am Main 1985, S. 29.

83 So der Titel von Paul Radins 1954 ersterschienenem Buch über den Trickster.

ter machen soll, sich mit den eigenen, deutschen Verhältnissen abzufinden. In einem Strophenrhythmus von 2 – 2 – 1 ist das Gedicht also dreigeteilt: Zunächst stehen nacheinander zweimal zwei je gleichartige Strophen, von denen jede dialogisch-gegenständig gegliedert ist, und zwar in Strophe und Epi- oder Unterstrophe. Die fünfte Strophe nimmt schließlich die Antithesen des Gedichts auf und gibt nunmehr als Ganzes eine Art von Epode, einen Schlussgesang im Sinne einer Synthese.

In der dritten Strophe ist es die aufgestiegene und weiter aufsteigende koloniale Handelsmacht England, mit der kein anderes Land mehr konkurrieren kann, ist es eine interkontinentale Wirtschaftsmetropole wie London, der Deutschland (etwa seit den großen Zeiten der Hanse, wie Schiller weiß) nicht mehr viel entgegenzusetzen hat. Warum nun die Briten doch nicht wirklich zu beneiden seien, dazu fällt dem Autor nichts besseres ein als Klimatisches. Wo Rom zu tot ist (V. 37 f.), da ist London zu nass. Den nicht immer ausreichend gewürdigten werkgenetischen Faktoren Ungeduld beim Schreiben und Nachgiebigkeit gegenüber schnellen Einfällen ist es wohl zu verdanken, dass Schiller den dialektischen Anspruch seines Gedichts hier auf so läppische Weise umsetzt. Weil er – um der einheitlichen Gesamtform willen – Füllmaterial braucht, tut er dies noch dazu in einer malerischen Ausführlichkeit, die wie ja auch manch anderes aus seinem Schreiben etwa so wirkt, als wolle er, bevor andere es tun, sich schon einmal ordentlich selber parodieren. Aber vielleicht nimmt man damit das Ganze schwerer als Schiller es selbst gesehen hätte. Selbstparodie ließe sich als interessanter Hinweis nehmen und zugleich als Vorwurf entkräften, wenn man das »Als ob« dabei weglässt und unterstellt, dass der Dichter womöglich sein Publikum und nicht zuletzt sich selber hier auf den Arm zu mehmen bereit ist, dass er sich also ganz ernsthaft »lustig machen« will. Die beim Liedvortrag vom Chor zu wiederholenden Refrains, zu denen die englische Wasserpassage gehört, haben großenteils eine launige Leichtigkeit, die ›An die Freunde‹ wiederum an die Seite der ›Theilung‹ stellt. In beiden Gedichten wird verzichtet auf das, was nicht zu haben ist, und gerade dadurch wird gewonnen. Der Verlust wird, speziell in ›An die Freunde‹, darum leicht genommen, weil das Entgangene gewogen und zu leicht befunden worden ist. Laune heißt Willkür, und so wird das vordergründig Große der Welt wohl auch zum reinen Vergnügen und mit wilden Argumenten heruntergespielt, heruntergemacht im Spiel mit Klischees (wie dem englischen

Regen und den römischen Ruinen) – ganz im Sinne und im Zuge der menschlichen Geselligkeit und des Weins: Um das Eigene und den Konsens zu stärken und zu bekräftigen, darf man einmal mit der Wirklichkeit so ungezwungen umgehen, wie es einem höheren Prinzip nicht schadet.

Aber wie auch immer die Schwächen der britischen Gegenstrophe zu bewerten sind, gleich nebenan oder genauer: direkt davor gibt es wieder den unanfechtbar guten Schiller. Im hier entscheidenden vorderen Abschnitt der dritten Strophe hält er das Niveau des Gedichts, das eine selbst für Schiller'sche Verhältnisse außergewöhnliche Dichte an treffenden und prägnanten, mitunter sprichwortreifen oder bereits redensartlich integrierten Formulierungen aufweist.[84] Mit seiner Schilderung und Wertung des Londoner Handelshafens beweist der Arzt, Psychologe und Historiker Schiller seine besondere Fähigkeit, den Dingen diagnostisch auf den Grund zu gehen, indem er einen Sachverhalt mit wenigen Worten auf den Punkt bringt. Einem eher abgeklärten, weniger anprangernden als lakonisch-beobachtenden Blick auf Geschichte und Weltgeschehen ist sicherlich die Konklusion der Gott-Geld-Sentenz zuzuschreiben. Nicht zuletzt in bezug auf den unterstellten Frankfurt-Zusammenhang des Satzes ist es wichtig zu beobachten, dass der Autor die Aussage der Strophe nicht so sortiert, dass sein Ja zu England etwa mit Prosperität zu tun hätte und sein Aber vielleicht mit ungebremster Habsucht oder einer Art von Geldfetischismus. Wäre das sein Argument, könnte er sich das Wettergemälde sparen. Aber vielleicht liegt ihm ja am Szenenwechsel, an Abwechslung, passend zur oben beschriebenen gewissen Leichtigkeit eines Gesellschaftsgedichts und Gesellschaftsliedes. Eine ausdrückliche kritische Differenzierung oder gar Fundamentalkritik will der Dichter, wenigstens in diesem Kontext, jedoch anscheinend nicht äußern – weder an Englands Markt noch am Geld an sich. Auf andere Weise als Goethe, der sich zeitlebens nie wirklich Sorgen darum machen muss, weiß Schiller den Wert des Geldes zu schätzen – aus der Erfahrung eigener existentieller Bedrohung (wes-

84 »Auf den Bretern, die die Welt bedeuten« (V. 45) steht hier wohl an erster Stelle; NA 2 I, S. 226.

Abb. 6
Schiller-Gedenkmünze (»Über Armut und Würde«) von 2005 (Schiller-Jubiläum und Einführung von Hartz IV). Werbeprospekt Europäische Münze, 78458 Konstanz (»Die offiziellen Silber-Gedenkmünzen der Bundesrepublik Deutschland«).

halb man ihm für die Gedenkmünzen zum Schillerjahr 2005 auch gerne zutraut, »über Armut und Würde« geschrieben zu haben; Abb. 6).[85]

Da es ihm wohl weniger liegt, das zu hassen, was er nicht haben kann, respektiert er also das Geld – ein Respekt, der sich auf theoretischer Ebene fortsetzt, indem er aufgrund seiner Geschichtsforschung um die janusköpfige Dynamik des Zahlungsmittels weiß. Wie der

85 Diese Aufschrift (als Teil einer repräsentativen Werktitelauswahl um den Dichterkopf) ziert die Abbildung der »10 € Silber-Gedenkmünze der Bundesrepublik Deutschland ›200. Todestag Friedrich von Schiller‹« in den Postwurf-Prospekten, die von der »Europäschen Münze«, Konstanz »im Auftrag der Bundesregierung« an »alle Haushalte« in Deutschland versandt wurden. Die Prägung erfolgte dann – offenbar nach Protesten – in korrigierter »Anmut«.

Schriftsteller an anderen Stellen seines Werks zum Ausdruck bringt, fasziniert ihn das Telos des Kaufmanns, als Fernhändler zur See in den »Gütern« das »Gute« zu finden.[86] Dass »Geld und Gut« von Martin Luther – im Anschluss an den »Mammon« des Evangeliums – als der »allergewöhnlichste Abgott auf Erden« erkannt wird,[87] das weiß Schiller, und vor solchem Hintergrund benennt er auch in ›An die Freunde‹ das über die Güter regierende Geld als »der Erde Gott«, während den Zugang zum Ewigen, zum »Himmel« in der ›Theilung‹, letztlich nur die Kunst öffnet. Gleichwohl bewegt eben das Geld die Dinge der Welt – und darum »rauscht« es in London vom »größeren Leben«. Was dem Schiller des Don Karlos so imponiert, dürfte ihn auch in den kritischeren Jahren um 1800 noch nicht losgelassen haben: der mit dem Seehandel so eng verknüpfte englische Weg, aus bürgerlichen Tugenden wirtschaftlichen Erfolg und damit auch politische Macht wachsen zu lassen – auch gegen die alten Mächte und ihre höfisch-autokratischen, klerikalen, ständischen Zwänge.[88]

86 »Euch ihr Götter gehört der Kaufmann, Güter zu suchen | Geht er, doch an sein Schiff, | knüpfet das Gute sich an.« So die vierfach alliterierende Gedankenkonstellation der beiden Schlussverse des Sechszeilers »Der Kaufmann«, der wohl aus dem September 1795 stammt (im Monat danach entsteht die ›Theilung‹); NA 1, S. 237, vgl. NA 2 II A, S. 230. – Beide Gedichte entstehen offensichtlich unter dem Eindruck des ›Wilhelm Meister‹: »Was ist reizender als der Anblick eines Schiffes […]« (siehe Anm. 94 und 122).

87 Luthers Großer Katechismus. Textausgabe mit Kennzeichnung seiner Predigtgrundlagen und Einleitung von Johannes Meyer, Leipzig 1914, Nachdruck Darmstadt 1968, S. 40: »Sihe dieser hat auch einen Gott, der heisset Mammon, das ist gelt und gut, darauff er alle sein hertz setzet, welchs auch der aller gemeynest Abgott ist auff erden.«

88 In seinem 1785 »nach einem älteren Dichter« verfassten Gedicht ›Die unüberwindliche Flotte‹ preist Schiller die »glückselge Insel – Herrscherin der Meere«, der mit ihrem »freigebornen Volke« die spanische Armada droht. Mit Wendungen, die an die ›Deutsche Muse‹– mit ihrer Autonomie-These – erinnern (NA 2 I, S. 408; vgl. NA 2 II B, S. 242), betont der Autor das Selbstgeschaffene der englischen Freiheit und Weltgeltung auf der Grundlage der Magna Charta, die »deine Könige zu Bürgern, zu Fürsten deine Bürger macht« (die Umkehrformel erinnert daran, wie nach Karl Philipp Moritz jeder im Land »zu erkennen giebt, daß er auch ein Mensch und ein Engländer sey, so gut wie sein König und sein Minister« [wie Anm. 77], 43 f.). Und daher verhütet Gott selber (durch Seestürme) den Sieg Philipps: »Nie, rief er, soll der Freiheit Paradies, der Menschenwürde starker Schirm verschwinden!« (NA 1, S. 173 f.)

V. Frankfurt und London

Das pointiert beschriebene und kommentierte Handelsszenario in ›An die Freunde‹ hat den Frankfurter Forscher Jung offenbar beeindruckt; es kommt ihm entgegen, wenn er den von Schiller beglaubigten Zusammenhang zwischen einem Gedicht (›Theilung‹) und einer Straße (Zeil) herstellen will. Hätte er dabei aber sein Zitat (»Da ist jedes Köstliche zu sehen, | Und es herrscht der Erde Gott, das Geld«) bereits einen Vers früher begonnen oder hätte er auch nur bedacht, dass sich »sehen« hier auf »gehen« reimt und dass dieses Gehen sich auf »tausend Schiffe« bezieht, so würde ihm aufgefallen sein, dass seine lokale Deutung nicht aufgeht. Denn er will seine Frankfurter Leser wohl kaum mit dem Bild einer schiffbaren Zeil überraschen. Der Historiker muss sich beim Exzerpieren »verzettelt« haben.[89] Warum sollte, was jedem Gelehrten passieren kann, nicht auch einem Archivar zustoßen, der sich damit in den Seilen seines eigensten Metiers, nämlich überkommenen Wust zu sortieren, verfangen oder verheddert hat. Für diese Lesart spricht auch Jungs biographischer Hintergrund, der ihn als Kenner der Materie ausweist: Bevor er die Leitung des Frankfurter Stadtarchivs übernimmt, ist er nämlich für einige Jahre gleichenorts am Freien Deutschen Hochstift beschäftigt, derjenigen Bildungs- und Forschungsinstitution, die von dem oben schon eingeführten Naturwissenschaftler und »Achtundvierziger« Otto Volger anlässlich des 100-jährigen Schillerjubiläums gegründet worden ist.[90] Und so ist auch eine Monumentalisierung auf dem Terrain des publizierten Wortes geradezu kultisch gefordert. Nachdem bereits 1891 und 1893 Elisabeth Mentzel »Schillers Jugenddramen [...] auf der Frankfurter Bühne«, besonders die einzige dortige Uraufführung eines Schillerdramas (›Kabale und Liebe‹ 1784) gewürdigt hat und bevor 1920 das Frankfurter Verdienst einer Witwenpension für Charlotte von Schiller noch einmal extra gefeiert wird, ist – zum Schillerjubiläum von 1909 – Rudolf Jung geradezu der Berufene für den ge-

89 Dafür mag auch sprechen, dass ihm wenige Zeilen später ein weiterer Zitierfehler unterläuft: Er verwechselt (was vorkommen kann) Schiller mit Goethe. Siehe dazu Anm. 130.

90 Otto Ruppersberg, Rudolf Jung. Nachruf in der Gedenkfeier des Vereins am 26. Oktober 1922, in: Archiv für Frankfurts Geschichte und Kunst, Folge 4, Bd. 1 (1925), S. 1–19, hier: S. 3 f.

nerell-resümierenden Blick auf das Thema »Schiller und Frankfurt«.[91] Der Historiker kann in einem solchen Sujet seine stadtgeschichtlich-archivalische Kompetenz vereinigen mit einem Interesse an Literatur- und Klassikerforschung. Dieser Hintergrund sowie Jungs Genauigkeit und Gewissenhaftigkeit legen es nahe, hinter dem hier erörterten Zitierfehler eine letztlich schlüssige und richtige Überlegung anzunehmen.

Vergegenwärtigen wir uns noch einmal, dass Schiller selbst die Frankfurter Zeil als eine Illustration seines Gedichts über die ›Theilung der Erde‹ empfiehlt und dass diese Abbildlichkeit offenbar mit »Handel und Wandel« zu tun hat, mit Kräften, die, selbst vom Geld angetrieben, am Künstler vorbeizugehen scheinen. Und vergegenwärtigen wir uns, wie der Dichter etwas Ähnliches – allerdings konkreter und abstrakter zugleich – in der dritten Strophe von ›An die Freunde‹ darstellt. Auch hier ist es der Begriff der »Erde« – deren Gott das Geld sei –, der wie in der ›Theilung‹ gleichsam für die weltliche Seite der Welt steht. Wenn dieses Irdische, dieses Weltgetriebe sein Gesicht in Schillers Skizze des Londoner Handelshafens zeigt, so darf man fragen, ob es sich hier um eine Vorstellung handelt, die auf eigenes Erleben zurückgreifen kann. Britischen Boden hat der Autor der ›Maria Stuart‹ jedenfalls nie betreten. Lebhafter als zeitgenössische oder historische Texte und Veduten könnte da die Erinnerung an den alten Frankfurter Hafen gewirkt haben.[92] Der Main*hafen* bringt uns zurück zum oben eingeführten Motiv der Main*brücke*: Von dieser aus hat man, »stadteinwärts« nach Westen blickend, jenen direkt vor sich. Besonders sein erster Aufenthalt in der Stadt dürfte da Schillers Gedächtnis geprägt haben. Nachdem er, wie oben dargestellt, in Sachsenhausen nahe der Brücke Quartier bezogen hat, überquert er immer wieder den Fluss, und natürlich blickt er auf oder von dem Bauwerk aus nicht nur die Menschen

91 Eine städtisch bedeutsame Weihung dieses Jubiläums ist die 1909 eröffnete Schillerschule. Dass es sich dabei um eine Sachsenhäuser Schule handelt, ist vielleicht kein Zufall, wenn man an den damals längst gewürdigten ersten Frankfurt-Aufenthalt Schillers mit Fluchtquartier in Sachsenhausen denkt.

92 An der zentralen Stelle (nahe dem Römerberg, also dem Rathausplatz), an der sich durch Jahrhunderte der Frankfurter Handelshafen befand (jetzt noch Anlegeplatz für touristischen Schiffsverkehr), überspannt seit 1869 der Eiserne Steg den Main. Von den neu angelegten Häfen, dem Westhafen (1886) und dem Osthafen (1912), dient nur noch der letztgenannte seiner ursprünglichen Aufgabe.

und Häuser an, sondern beobachtet, wie sein Fluchtbegleiter erzählt, auch Schiffsverkehr und Hafenbetrieb. Der rege Verkehr der an- und ablegenden, der ent- und beladenen Schiffe muss, wie schon auf den jungen Goethe,[93] einen nachhaltigen Eindruck auf ihn gemacht haben. »Besuche nur erst ein paar Handelsstädte, ein paar Häfen, und du wirst gewiß mit fortgerissen werden«, liest Schiller in Goethes ›Wilhelm Meister‹ und ist beeindruckt von solcher »Apologie des Handels«.[94] Frankfurt am Main ist die erste bedeutende Handelsstadt, die er kennengelernt hat, und überhaupt die einzige außer Leipzig, das allerdings keine Hafenstadt ist. Zudem ist Frankfurt, auch was die topographisch-städtebauliche Situation anbelangt, gut vergleichbar mit der englischen Hauptstadt. Wie London oder etwa auch Paris ist Frankfurt eine wirkliche »Stadt am Fluss«, wird geteilt und bestimmt von einem großen, aber überschaubaren Fluss, dem »Main-Strom«, an dessen Ufern sie architektonische Kulissen bildet. Sofern der Dichter seinen Themsehafen aus der Erinnerung an den Mainhafen ruft, spiegelt sich im erdichteten Bild Londons die erlebte Wirklichkeit Frankfurts. Oder anders: Frankfurt wird zum Bild für London, zum Vorbild als Inbild einer Handelsstadt und eines Handelshafens. Und wenn nun das Londoner Hafengetriebe als Spiegel dessen erscheint, was Schiller am Main gesehen hat, so kann auch sein Satz über das irdisch unangefochtete Regime des Geldes genauso wie für London auch für Frankfurt in Anspruch genommen werden.

Mit dieser These schließt sich der Kreis zurück zum diskursiven Rahmen dieses Aufsatzes, der im Allgemeineren davon handelt, in welcher Beziehung das Bild, das Kultbild eines Klassikers zu demjenigen einer Stadt stehen kann – außerdem davon, wie das Bild, das sich eine Person von einer Stadt gemacht hat, dadurch auf das Selbstbild dieser Stadt nennenswerten Einfluss nehmen kann, dass diese Person sich im Status eines Klassikers befindet. Es geht um Bilder und Selbstbilder sowie deren Kontakte, um die Nahtstellen und Spannungen zwischen Mythisierung und Selbstmythisierung, und zwar bei beiden: Stadt und

93 Goethe im Schüleralter »bewunderte den Mechanismus der Krahne, wenn Waaren ausgeladen wurden; besonders aber unterhielt uns die Ankunft der Marktschiffe […]« (Dichtung und Wahrheit I 1, WA I 26, S. 22).

94 Wilhelm Meisters Lehrjahre I 10, WA I 21, S. 53. Schillers Urteil dazu findet sich in seinem Brief an Goethe vom 9. Dezember 1794 (siehe Anm. 122).

Dichter. Dieser kann sich in seiner Kunst, in deren Gestalten oder Rollen auf eine Weise selbst finden und definieren, die sich örtlich manifestiert, etwa im Blick auf eine Stadt; die wiederum kann sich finden und definieren im selbstbezogenen Blick auf die zur Klassik erhobene dichterische Wahrnehmung.

Im situativen, ortspezifischen Aspekt relativiert sich zunächst das Schiller unterstellte negative Frankfurtbild – eine Entwarnung für den Lokalpatriotismus der Mainstadt. Denn wenn die These stimmt, trifft der Dichter mit seiner Gott-Geld-Sentenz Frankfurt zum ersten nur auf dem Umweg über die britische Kapitale, und zum zweiten nicht im Zuge einer dezidierten oder gar vernichtenden Kritik der Geldmetropolen. Die oben zitierte Behauptung, dass Schiller »wenig vorteilhaft« über Frankfurt gedacht habe, beruft sich deshalb mit Unrecht auf den Satz, weil in der dritten Strophe von ›An die Freunde‹ die Eigenschaft interkontinentaler, »globaler« Wirtschaftsstärke nicht gleichsam im Soll Englands verbucht wird (da steht bekanntlich das schlechte Wetter), sondern im Gegenteil auf der Habenseite.

VI. ›Kabale und Liebe‹

So passt es auch zu der Anglophilie des Dichters, die allerdings gegen Ende des 18. Jahrhunderts deutliche Einbußen erleidet und sich geradezu in ihr Gegenteil verkehrt, wenn das Land, das er einmal »der Freiheit Paradies« nannte,[95] sich nun mit Frankreich einen kriegerischen Wettkampf darin liefert, »aller Länder Freiheit zu verschlingen«, indem es »seine Handelsflotten [...] gierig wie Polypenarme« ausstreckt (V. 11, 17 f.);[96] und auch wenn es dann im ›Antritt des neuen Jahrhunderts‹ weiter heißt, dass die britischen Schiffe zwar »alle Inseln« und »fernen Küsten«, aber »nur das Paradies nicht« aufspüren können (V. 23 f.). Doch mildert sich hier der scharfe Ton schon wieder, wendet sich in den letzten vier Gedichtstrophen der kritisch-politische, gar tagespolitische Impetus des Textes auf eine Ebene allgemein menschlicher Fragen, die

95 Siehe Anm. 88.

96 »Am Antritt des neuen Jahrhunderts« (1801); NA 2 I, S. 128 f., 362 f., NA 2 II B, S. 99–101, 229 f.

– unter Verweis auf die tradierte und aktuelle Paradiesmotivik[97] – etwa mit dem Verhältnis von Antrieb, Getriebenheit und Begrenztheit zu tun haben. Mit dem zitierten Gedicht sowie dem schon angeführten lyrischen Entwurf ›Deutsche Größe‹, den beiden Hauptzeugnissen seiner England-Kritik, kann Schiller, bei aller Individualität seiner Ansichten, als repräsentativ gelten für eine Tendenz in Geistesleben und öffentlicher Meinung des kontinentalen Europa überhaupt, den Umschwung einer anglophilen, gelegentlich anglomanen Stimmung in eine England-Skepsis bis Anglophobie seit etwa der Französischen Revolution und den Koalitionskriegen; gerade in den deutschen Gebieten, im Verlauf der neunziger Jahre zunehmend militärisch bedrängt, wird die britische Großmacht verdächtigt, über die Eindämmung des französischen Übergewichts hinaus nicht weniger als eine »für die Kontinentalstaaten gefährliche universale See- und Handelsherrschaft« anzustreben,[98] akute Beschuldigungen, die ergänzt werden durch nationale Stereotypen wie das des »englischen Krämergeists«.[99]

Dem jungen Sturm und Drang-Autor Friedrich Schiller hingegen ist England noch weitgehend ein Bollwerk der Menschenwürde,[100] ihm gilt das Bild des britischen als »des freiesten Volks unter dem Himmel«, wie es in ›Kabale und Liebe‹ heißt.[101] Hält man sich vor Augen, dass den Dichter, als er zum ersten Mal Frankfurt betritt und, wie sein Begleiter schwärmt, »ohne Unterlaß von allen Musen umschwebt« die Stadt

97 Die für Europa in besonderer Weise biblisch bestimmte Idee vom verlorenen und wiederzufindenden Paradies, hat, wie Schiller weiß, in der britischen Literaturtradition, so durch John Milton eindrückliche Formulierungen gefunden. Zugleich sind die Briten etwa durch die Entdeckungsfahrten Cooks (siehe Anm. 58) daran beteiligt, vor allem die polynesische Inselwelt gleichsam aufzuschließen als Angebot für neue Paradiesprojektionen.

98 Sisko Haikala, »Britische Freiheit« und das Englandbild der öffentlichen deutschen Diskussion im ausgehenden 18. Jahrhundert, Jyväskylä 1985 (= Studia Historica Jyväskyläensia 32), S. 241.

99 Vgl. Michael Maurer, Aufklärung und Anglophilie in Deutschland, Göttingen und Zürich 1987 (= Veröffentlichungen des Deutschen Historischen Instituts London 19), S. 431 f.

100 Der »Unterdrükung lezter Felsendamm« lautet ein weiteres Attribut, das Schiller damals den Briten, historisch gewanded, verleiht – im Kampf gegen die Armada, »die unüberwindliche Flotte« (siehe Anm. 88).

101 Ferdinand konfrontiert, ja provoziert die Fürstenfavoritin Milford mit diesem Englandbild (II 3); NA 5 N, S. 56.

durchwandert,[102] vor allem das Projekt seiner ›Louise Millerin‹ innerlich beschäftigt,[103] und dass ein weiterer Aufenthalt der zweiten Frankfurter Aufführung dieser deutschen und politisch umgestülpten Variante von Shakespeares ›Romeo und Julia‹ gilt, so fällt es schwer, hier nicht einen Zusammenhang anzunehmen. Ohne einer schlichten Widerspiegelung von Kunst und Leben das Wort reden zu wollen, sei folgend eine Art virtueller Rekonstruktion gewagt; nicht um »Biographismus« soll es dabei gehen, vielmehr um Identität als werkgenetischen Faktor, um Schreiben als Selbstrettung. Beinahe zwanzig Jahre nach seiner Erfahrung der deutschen Reichsstadt versucht der Dichter für sein Gesellschafts- und Besinnungsgedicht ›An die Freunde‹ in sich ein Bild des Londoner Hafens zu erzeugen, lässt sich dabei helfen von Frankfurter Evokationen – und ist wieder, in Momenten, der von damals. »Krank – ohne Namen – ohne Schuz und Vermögen«, mit diesen Worten aus ›Kabale und Liebe‹ scheint er seine äußere und innere Verfassung der Engländerin des Stücks, Lady Milford, in den Mund zu legen: Die Erzählung von ihrem Flüchtlingsschicksal, ihrer Zukunftsangst erscheinen wie eine Projektion der eigenen Lage.[104] »Ich bin auf der Flucht [...] Ich ging leer hinweg«, schreibt er im schon zitierten Frankfurter Bittbrief an den Mannheimer Intendanten Dalberg, »leer in Börse und Hofnung«.[105] Aber nicht nur in der Bedrohung an Leib und Seele hilft dem namenlosen, unter Geldnot leidenden Flüchtling die Erfindung dieser Dramengestalt offenbar dabei, seine Problematik von Flucht und Identitätsverlust zu bewältigen, auch im Entwurf einer Lösung und Rettung aus moralischer Korruption und Selbstver-

102 Andreas Streichers Schiller-Biographie (Anm. 14), S. 69.

103 »Schon auf dem Wege von Mannheim [...] nach Darmstadt, ließ sich bemerken, daß sein Inneres weniger mit seiner gegenwärtigen Lage, als mit einem neuen Entwurfe beschäftiget seye [...]. Nun zwischen vier Wänden [...] war er, wie durch einem Krampf, ganz in sich zurückgezogen, und für die Außenwelt, gar nicht vorhanden [...]«. Was Schiller im Frankfurter Hotelzimmer so in den Bann zieht, erfährt sein Begleiter Andreas Streicher am nächsten Abend: ein »Bürgerliches Trauerspiel«, zu dem bereits »die Hauptmomente hell und bestimmt vor seinem Geiste standen«; »er dachte so eifrig darüber nach, daß in den nächsten Vierzehen Tagen, schon ein bedeutender Theil der Auftritte niedergeschrieben war« (ebd., S. 69 f.).

104 Im Dialog Ferdinand – Milford (II 3); NA 5 N, S. 60.

105 Schreiben vom 6. oder 7. Oktober 1782; NA 23, S. 43 (siehe Anm. 31).

leugnung: eine zweite, »andere« Flucht soll die Milford schließlich zu sich selbst führen.[106] Es ist zwar bereits ihre gewahrte menschliche Integrität, ihr Bekenntnis zu Freiheit und Humanität sowie ihr glaubhaftes Bemühen, diesem Anspruch auch unter demütigenden Bedingungen treu zu bleiben, durch das die Fürstenmätresse sich den Status der »bewundernswürdigen Brittin« verdient (so ihr konvertierter Provokateur Ferdinand), aber schließlich bewahrheitet sie ihre Haltung auch im Äußersten persönlichen Handelns: durch einen heroischen Akt der Entsagung von Macht und Wohlstand. Schiller, der wie »seine Britin«, ganz im Geiste einer »Tirannenwehre«,[107] einem herzoglichen Regime und Hof entzieht, dramatisiert hier also unübersehbar seinen eigenen opferbereiten Anspruch auf Freiheit und Selbstbestimmung in der Gestalt eines britischen Alter ego.[108]

Stellt man sich den Flüchtling derart als einen mit einer »brittischen« Heroin schwangeren und zugleich von ihr beschützten Dichter vor, so geht das hier gemalte Szenario des Möglichen noch um ein Stück weiter, als es zuächst anvisiert worden ist. Dass Schiller sich schon damals, Herbst 1782, in Frankfurt gewissermaßen als Engländer ehren- und hoffnungshalber gefühlt haben könnte, dass der von einem englischen Wunsch-Ich Gehaltene nicht nur in der späteren Rückschau um 1800, sondern bereits in der freien und Handelsstadt eine Art Vorschein Londons und damit »britischer Freiheit« wahrgenommen haben mag, mit dieser Vorstellung verträgt sich gut, dass seine Milford sich als eine ins Positive gewendete, »rehabilitierte« Sara Millwood in dem bereits oben eingeführten, seinerzeit berühmten Drama ›Der Kaufmann von London‹ von George Lillo verstehen lässt.[109] Wenn Schiller, wie oben schon zitiert, literarisch die Tiefe des Flusses, des Wassers auslotet

106 Die erste Flucht rettet sie in die Arme des Herzogs, die zweite aus seinen Armen, weil die erste Rettung, auf Kosten ihres Selbst gehend, sich als scheinhaft erweist.

107 So der wichtigste, der hervorgehobene Ehrenname Englands in der dritten Strophe der »unüberwindlichen Flotte« von 1785 (siehe Anm. 88 und 100).

108 »Lady Milford ist nicht mehr, und Johanna von Norfolk zu arm, ihre Schuld abzutragen […]« (IV 9); NA 5 N, S. 148.

109 Dass Schiller Lillos Drama bewundert, sogar ein Nachahmerstück »begonnen« hat, berichtet Henry Crabb Robinson: »He said he began a play on the story of George Barnewell He thought highly of Lillos dramatic talent«; NA 42, S. 345, 662.

im Vergleich mit der Tiefe des eigenen Elends und Leidens,[110] so lässt er das zwar von seiner Milford aussprechen (nicht allerdings an der Themse, sondern an der Elbe in Hamburg, wohin sie aus England geflüchtet ist),[111] aber es ist offenbar selbsterfahren: Der andere flüchtige, mittel- und namenlose »Engländer«, Schiller, blickt vielleicht nicht auf den Main, während er diese Worte findet, sicher schreibt er sie jedoch nieder im Sachsenhäuser Gasthof oder später in Oggersheim oder dann in Bauerbach (wo er die Arbeit am Stück ruhiger fortsetzen kann), als die Erinnerung an die düsteren Momente auf der Mainbrücke noch ganz frisch ist.

In der fragmentarisch erhaltenen Bauerbacher Handschrift (die eben diesen Szenenausschnitt bewahrt) folgt dann im Dramentext zuerst noch das dann ersetzte Wort »Einsamkeit«[112] – der zentrale Begriff, den später Schillers Witwe wie auch seine Schwägerin Caroline, nach seiner Erzählung, mit der Frankfurter Fluss- und Brückenerfahrung verbinden. Die »Einsamkeit« des von einem Freund Begleiteten hat nicht nur mit existentiellem Bruch, mit der Verlorenheit des Flüchtlings – oder gar mit nachträglichem Heroenkult – zu tun, sofern sie durch den Mund der Milford als Liebessehnsucht, als eine durch die besondere Lage nicht völlig erklärte, emotionale Heimatlosigkeit entschlüsselt wird: »Mein Herz brannte nach einem Herzen«.[113] – »Mein Herz sehnt sich nach Mittheilung, und inniger Theilnahme«, ganz ähnlich lauten Schillers Worte in eigener Sache, als er in seiner verlängerten, nunmehr Bauerbacher Einsamkeit seine Beschützerin Henriette von Wolzogen brieflich um die Hand ihrer Tochter bittet;[114] er endet mit einem Satz, der seine später in der ›Theilung‹ lyrisch thematisierte unsichere Dich-

110 Siehe Anm. 16. Im frühesterhaltenen Werktext, dem handschriftlichen Bauerbacher Fragment ist das Wort »Elend« gestrichen und durch das Wort »Leiden« (nachträglich darüber geschrieben!) ersetzt; letzteres bleibt im publizierten Text stehen; NA 5 N, S. 60, 302, 394.

111 Schicksalserzählung der Lady Milford in ›Kabale und Liebe‹ (II 3); NA 5 N, S. 60.

112 In der Handschrift streicht Schiller das Wort durch und schreibt unmittelbar dahinter: »Auffenthalt«; »Der Herzog […] fand meinen Aufenthalt« bleibt die publizierte Variante; NA 5 N, S. 60, 302, 394.

113 Kabale und Liebe II 3; NA 5 N, S. 60.

114 Im mittleren Teil des zweimal verschleppten (!), daher dreimal datierten Briefes vom 26. Mai, 7. und 15. Juni 1784; NA 23, S. 147.

terexistenz ausspricht: »Reich würde freilich Ihre Lotte nie – aber gewiß glüklich«.[115] Charlotte von Wolzogen meint wahrscheinlich der Dichter, wenn er, Dichtung und Leben assoziierend, in einem Brief an Wilhelm Reinwald sein schreibendes Interesse an der Milford-Gestalt als ungefähr gleichrangig einstuft mit dem persönlichen an seiner »Dulzinea«.[116] Damit erscheint die Milford als liebes- und schutzbedürftige, aber auch tapfere und zur Entsagung bereite Eigenprojektion Schillers, während sein verklärender Blick auf die ersehnte Charlotte[117] sich in dem Ferdinands auf Louise im Drama zu spiegeln scheint; so wie Ferdinand seine Louise nicht findet, jedenfalls nicht lebend, so findet Schiller seine Charlotte nicht, jedenfalls nicht diese (seine Frau wird bekanntlich auch so heißen).[118] Was den britischen Anspruch des jungen Schiller anbelangt, so wird der unter anderem dadurch belegt, dass sich der Dichter im Sommer 1783, also in der gleichen Zeit des Bauerbacher Exils wünscht, sein »Oncle aus London«, Johann Friedrich Schiller, möge »der Canal« sein, »durch den auch ich in England bekannt werde«.[119] Schiller will, so schreibt er aus Bauerbach an Reinwald, in Richtung Frankfurt aufbrechen, um seinem durch Übersetzungen bekannt gewordenen »Vetter aus Engelland« die »Louise Millerin« (!) nahezubringen – und zwar in der Hoffnung, »durch ihn das Bürgerrecht auf dem Theater zu Drury Lane« zu erhalten: »Denn ich hoffe, daß meine Arbeiten sich dem Geschmak der englischen Nazion mehr

115 Ebd., S. 148.

116 »Meine Lady intereßiert mich fast so sehr, als meine Dulzinea in Stuttgardt.« Schiller am 3. Mai 1783 an Wilhelm Reinwald (ebd., S. 85). Hätte Reinhard Buchwald recht mit seiner (später deutlich abgemilderten) Deutung im Sinne eines Desinteresses an der so Bezeichneten (vgl. ebd., S. S. 302 f.), so wäre das, auf Charlotte bezogen, nur schwer nachvollziehbar, aber für die Gewichtung der Milford wenig erheblich, weil es ungefähr heißen könnte: Mein glühendes Interesse hat sich jetzt beruhigt, weil ich es gestalterisch ausgelebt habe.

117 Im Brief vom 25. Mai 1783 an ihren Bruder Wilhelm von Wolzogen (später verheiratet mit Schillers oben zitierter Schwägerin und Biographin Caroline) beschreibt der Dichter sie »noch ganz, wie aus den Händen des Schöpfers, unschuldig, die schönste weichste empfindsamste Seele«; ebd., S. 89.

118 Für diese werkbezogene Spekulation um den liebenden Schiller bitte ich um Nachsicht. Hinter solchem Spiel mit biographistischen Deutungsklischees steckt das Konzept vom Schreiben als permanentem Identitätswechsel.

119 Brief an Reinwald vom 10. Juli 1783; ebd., S. 97 f.

als der teutschen nähern, da ich ja ohnehin nach englischen Mustern gebildet bin«.[120]

VII. Handelsstädte – merkantiler und poetischer Geist

Was ihn beim ersten Frankfurter Aufenthalt noch heftig bewegt und getrieben hat, ihm aber wohl auch inneren Halt gegeben haben muss, das kann Schiller beim »zweiten Mal« (1784) bereits mit gehörigem Abstand als junger Erfolgsautor im Theater besichtigen. Unter diesen wechselnden Vorzeichen dürfte eines gleichgeblieben sein – Interesse und Faszination für das umtriebige Leben der Handels- und Hafenstadt; wie nachhaltig die Erinnerung ist, beweist ja seine oben zitierte Eigendeutung der 1795 verfassten ›Theilung‹ auf die Mainstadt hin. Das retrospektive »Frankfurt in London« und »London in Frankfurt« könnte ihm mithin um 1800 seinen mittlerweile zumindest weltpolitisch desillusionierten Blick auf das Vereinigte Königreich nostalgisch gemildert haben, ihn gar zu seinen damals ganz besonders auf England hin imaginierten Freiheitswünschen und -projektionen zurückgeführt haben. Aber wie die beiden Städte – und das, wofür sie stehen können – in seiner persönlichen wie zeitgenössisch kommunikativen Erfahrung einander entlasten oder anheben können, so sind sie freilich auch dazu imstande, einander umgekehrt zu belasten oder herabzuziehen: Dann wäre der Gott-Geld-Satz eine doppelte Abrechnung – kühl eingestreut in die leichte Darstellung schwerer Weltumstände.

120 Brief an Reinwald vom 22. Juli 1783; ebd., S. 98. – Der Onkel und Vetter genannte Johann Friedrich Schiller, der in Halle Philosophie studiert hat, ist ein Cousin (ersten Grades) von Schillers Vater und einer der Taufzeugen des Dichters (vgl. u.a. Wilpert, Schiller-Chronik [Anm. 6], S. 14). Wie Schiller in den oben zitierten Briefen betont, hat er etwa Werke des schottischen Historikers William Robertson ins Deutsche übersetzt (NA 23, S. 98, 309). Das gilt allerdings nicht für die ›History of Scotland‹, deren deutsche Ausgabe (von Reinwald Ende 1782 erbeten; Wilpert, S. 74) eine wichtige historiographische Quelle für Schillers Schaffen geworden ist – besonders für ›Maria Stuart‹. In der Protagonistin dieses Werks vollendet sich, wie G. Bremner herausarbeitet, die Rolle der Milford, in der die Königin wie in einer Vorstufe angelegt scheint; vgl. G. Bremner, Milwood, Lady Milford and Maria Stuart, in: German Life and Letters 11 (1957–1958), S. 41–48.

Unabhängig von der Sentenz und ihrem diskreten Frankfurt-Bezug dürfte Schiller, sowohl was Handel und Geld im allgemeinen als auch was Frankfurt im besonderen anbelangt, weitgehend die Sicht Goethes geteilt haben. Das lässt sich an seiner Reaktion auf das Kapitel im ›Wilhelm Meister‹ zeigen, in welchem der Frankfurter seiner Herkunft und Vaterstadt dadurch mittelbar seine Reverenz erweist, dass er in dialogisch-dialektischer Weise den Idealtypus des kaufmännischen Geistes und Handelns entwirft – »ich wüßte nicht, wessen Geist ausgebreiteter wäre, ausgebreiteter sein müßte, als der Geist eines echten Handelsmannes«.[121] So sehr Schiller diese Zeichnung händlerischen Wirtschaftens fasziniert, so hoch rechnet er es Goethe an, dass der gleichwohl die »Neigung des Hauptthelden« (Wilhelms), also Theater = Dichtung = Kunst, dagegen nicht untergehen lässt, sondern hochhält: »gewiß keiner der geringsten Siege, welche die Form über die Materie errang«.[122] Als sich dann Goethe anlässlich seines Frankfurt-Aufenthalts von 1797 erneut und ganz bewusst der Erfahrung der Großstadt aussetzt, gibt es im Briefwechsel zwischen beiden Dichtern einen gedanklichen Austausch, der die thematische Trias von Städtischem, Künstlerischem (Poetischem) und Kaufmännischem umkreist. Goethe will die Großstadt geradezu methodisch als Erfahrungsraum, vielleicht als Experimentierraum benutzen, will »an Frankfurth selbst als einer vielumfassenden Stadt« seine »Schemata probiren« und stellt dabei an »dem Publiko einer großen Stadt« fest, dass es »in einem beständigen Taumel von Erwerben und Verzehren« lebt, unfähig zur Sammlung, wie etwa die Poesie sie verlange,[123] und um so mehr auf »Zerstreuung« aus, wie sie von den Unterhaltungsmedien offeriert wird.[124] Aus diesem Szena-

121 Wilhelm Meisters Lehrjahre I 10; WA I 21, S. 51.

122 Schillers Brief an Goethe vom 9. Dezember 1794; NA 27, S. 103.

123 Goethe bemerkt »eine Art von Scheu gegen poetische Productionen, oder wenigstens in so fern sie poetisch sind«. »Die Poesie verlangt […] Sammlung, sie isolirt den Menschen wider seinen Willen, sie drängt sich wiederholt auf und ist in der breiten Welt […] so unbequem wie eine treue Liebhaberinn« (NA 37 I, S. 92).

124 »[…] alle Vergnügungen, selbst das Theater, sollen nur zerstreuen und die große Neigung des lesenden Publikums zu Journalen und Romanen entsteht eben daher, weil jene immer und diese meist Zerstreuung in die Zerstreuung bringen« (ebd., S. 91 f.). Bekannter ist die Fassung des Gedankens in Versform – im ›Vorspiel auf dem Theater‹ zum ›Faust‹.

rio eines kontemplationsfeindlichen Großstadtklimas[125] begibt sich der Dichter dann – in einem Anhang zum gleichen Brief – hinab zu Spekulationen über die poetische Eignung des »Kaufmannsstammes«.[126] Goethe schaut, tastet und testet, Schiller sucht Gründe, deutet und analysiert mithilfe psychischer oder psychologisierender Antagonismen. Beide Kritiken Goethes, die an Stadt und Publikum sowie die am Kaufmannsstand, nimmt er zusammen und versucht, den zweiten Mangelbefund durch den ersten (der selbst nicht auf Gründe untersucht wird) zu erklären.[127] Nachdem seine Hoffnung auf »poetische Gestalten in dem prosaischen Frankfurt«, auf »diese Schmidt« und »diese Hölderlins« zunächst nicht aufgegangen zu sein scheint,[128] glaubt er, »in der Frankfurter empirischen Welt« die Ursache dafür zu finden, dass debütierende Schriftsteller, die aus diesem Milieu stammen, in ihrer Abwehr dagegen regelrecht herausgetrieben werden aus der ruhigen Wirklichkeitsschau und hineingetrieben in einseitige Innerlichkeit und überspannten Subjektivismus.[129]

125 Das Gegeneinander von zerstreutem und kontemplativen (auratischen) Kunstzugang erinnert an Walter Benjamins Reproduktionsthese im berühmten »Kunstwerk«-Aufsatz (dazu kritisch Kittlitz, Strukturale Ikonologie [Anm. 5], S. 190–194).

126 NA 37 I, S. 93 f.

127 Im Antwortbrief an Goethe vom 17. August 1797; NA 29, S. 117 f.

128 Brief an Goethe vom 28. Juli 1797; ebd., S. 111. Siehe auch Jung, Schiller und Frankfurt (Anm. 12), S. 73. – »Ich habe«, so schreibt Schiller, »meinem neuen Friedberger Poeten Schmidt und auch Hölderlin von Ihrer nahen Ankunft in Francfurt Nachricht gegeben, es kommt nun darauf an, ob die Leutchen sich Muth faßen werden, vor Sie zu kommen« (NA 29, S. 111). Goethe ist – nach dem Schmid-Besuch – nicht überzeugt, aber der fördernde Herausgeber Schiller will letztlich zu seinen Schützlingen stehen; er werde »diese Hölderlin und Schmidt so spät als möglich aufgeben«. So wiederum im Brief an Goethe vom 17. August 1797 (siehe die vorige Anmerkung).

129 »Herr Schmidt, so wie er jetzt ist, ist freilich nur die entgegengesetzte Carricatur von der Frankfurter empirischen Welt, und so wie diese nicht Zeit hat, in sich hinein zu gehen, so kann dieser und seines gleichen gar nicht aus sich selbst herausgehen.« (ebd., S. 118) – Wenn besagte Autoren »so subjectivisch, so überspannt, so einseitig« seien, so könnte das mit der »Opposition der empirischen Welt in der sie leben« zu tun haben. Schiller vermutet, dass ein »Kaufmannssohn, der Gedichte macht« insofern »in sich hineingetrieben wird«, als »ihn die Gegenstände eher zurückstoßen als fest halten, er also nie zu einer klaren und ruhigen Ansicht davon gelangen kann« (ebd.). – Die Opposition, um die es hier

VIII. Die Rettung: Klassiker als Stadtheroen

Wenn Rudolf Jung in seinem Schiller-Aufsatz aus diesem brieflichen Dialog zitiert, so tut er das primär als Anwalt seiner Stadt und übersieht oder vernachlässigt dabei, dass es darin um Grundsätzlicheres als um Frankfurt geht, das hier vor allem herhalten muss als exemplarischer Repräsentant von »großer Stadt« oder Universalstadt überhaupt – sowie auch von kaufmännischem Geist und Handeln an sich. In seinem emphatisch forcierten, streckenweise um so mehr frustrierten Bemühen um Frankfurts Schutz und Rechtfertigung verwechselt Jung an einer Stelle seines Textes sogar die Dialogpartner und schreibt Schiller die Vermutung Goethes zu, dass Menschen, die von der kaufmännischen zur dichterischen Tätigkeit übergehen, letztlich »zu keiner Erhebung fähig« seien.[130] Auch wenn hier an Frankfurt durch die beiden »Klassiker« in erster Linie so etwas wie ein Exempel statuiert wird, die Stadt sozusagen stellvertretend vor Gericht steht, so kommt sie freilich am Ende dabei nicht besonders gut weg. Überhaupt dürfte Schiller, auch unter dem Einfluss der Frankfurt-Erfahrung des Dichterfreundes, der Geld- und Händlerstadt vorwiegend mit innerer Reserviertheit gegenübergestanden haben; die wenigen überlieferten Äußerungen Schillers zu diesem Thema lassen jedenfalls auf eine solche Haltung schließen. Wenn der Dichter etwa, wie oben zitiert, Frankfurts Eignung als Ort der Wissenschaften und Künste anzweifelt, so können das manche Frankfurt-Apologeten – quasi in selbstbewusster, mitunter selbstkritischer Gelassenheit – mit ihrer Schillerliebe schon deshalb leicht vereinbaren, weil sie ihm recht geben: Er hat, wie Goethe und andere auch, einfach den Finger in eine offene Wunde gelegt.

Aber stadtpatriotisch engagierte Frankfurter Intellektuelle wie Jung, der mit seinen bildungsgeschichtlichen Studien nicht zuletzt »das allgemeine Urteil über den Mammonismus und Materialismus des alten Frankfurt« bekämpfen will,[131] sehen in ihrer Zeit das von den Klassi-

wohl vor allem geht, ist allerdings diejenige zwischen Kunstanschauungen: dem »klassischen« Gleichgewichtsideal, wie es von Goethe und Schiller zunehmend symbiotisch vertreten wird, und den überwunden geglaubten Tendenzen empfindsamer oder romantischer Exaltation.

130 Jung, Schiller und Frankfurt (Anm. 12), S. 73.

131 Jung, Hochschul-Pläne (Anm. 53), S. 38, 2. Aufl., S. 2 f.

kern angemahnte Desiderat des »Kulturellen« im Laufe des 19. und 20. Jahrhunderts schon immer deutlicher erfüllt. Dabei spricht Jung im Bewusstsein des schon Erreichten bezeichnenderweise primär von der Einseitigkeit des »alten Frankfurt«. Man kann das wachsend stolze Bewusstsein pflegen, dass sich etwa seit der Zeit Schillers eine Menge getan hat, um dem Frankfurt des Geldes, des Handels und des Geldhandels das Kompensat eines »Main-Athen«,[132] eines Frankfurt als Bildungsstadt zur Seite zu stellen. Und mit besonderer, zuweilen zwiespältiger Genugtuung kann man vermerken, dass es gerade das Geld, die Handelsprofite sind, die in dieser Stadt Bildung und Kunst nicht zum »Fürstengeschenk« machen, sondern zum Ergebnis eigenbürgerlicher Initiative über großzügige Stiftungen. So wird Schillers Skepsis kaum mehr als zehn Jahre nach seinem Tod gleich (mindestens) zweimal kurz hintereinander widerlegt durch die Entstehung einer Kunstakademie und Pinakothek im Rahmen der Städel'schen Stiftung (1816) und die – von Goethe angeregte – Gründung der Senckenbergischen Naturforschenden Gesellschaft (1817) – als eine der Keimzellen der noch einmal beinahe hundert Jahre später (1914) eingerichteten, einzigen deutschen Stiftungsuniversität. Inzwischen wird der national idolisierte »hundertjährige« Schiller selbst gleichsam zum Patron und idealen Mentor für das 1859 gegründete Freie Deutsche Hochstift. So trägt nicht zuletzt das Schillerbild, wie es die Frankfurter einander vor Augen halten, trägt der gerade hier lange Zeit noch eingehender als anderswo betriebene Schillerkult dazu bei, sich selbst zu erkennen und zu reformieren, eine Revision des gängigen einseitigen Frankfurtbildes herbeizuführen, das von Schiller auch kritisch bezeugt, vor allem aber durch ihn als Person beispielhaft gegen-verkörpert wird. Das unter anderem nach seinem Vorbild angestrebte neue Selbst- und Fremdbild wird dann in die neuen institutionellen Realitäten umgesetzt; Realitäten freilich, die wiederum für mehr oder weniger heilsame Fiktionen und Defiktionen stehen,

132 »Bitt' um Entschuldigung! 's ist nicht böse gemeint! Und was nicht ist, kann ja noch werden!« So wird die kühne Bezeichnung in den Fußnoten der Enslin'schen Sagensammlung von 1856 kommentiert. Das Lied »Heil Frankfurt« sei »schon viele Jahre alt« – »der Mund ist etwas voll genommen [...]«. Frankfurt am Main, »das deutsche Rom«, wird hier in erster Linie als Friedensstadt gefeiert, als »friedliches Main-Athen«, in dem »Handel und Wissenschaft, Kunst und Gewerbeskraft blühen«; Frankfurter Sagenbuch (Anm. 17), S. 259–261.

indem sie, sei es performativ (museal, theatralisch), sei es diskursiv (akademisch), Bilder von der Welt erzeugen, vermitteln und diskutieren – womit sie schließlich wieder ganz handfeste, etwa politische Wirkung erzielen können. Dazu gehört es auch, das Bild der Stadt und ihrer Klassikerpatrone aufmerksam zu pflegen und »zyklisch« zu erneuern, sich damit, einer Art reziprokem Imperativ folgend, bei den Protektoren und Mentoren zu revanchieren: Mit Anteilen von adorativem Selbstgenuss gibt man ihnen und letztlich wieder sich selbst etwas vom Erhaltenen zurück.

Es zeigt sich somit als eine der Funktionen des Klassikerkults, Motor zu sein, auch Berufungsinstanz und Begründungsmittel (speziell den »Banausen« gegenüber), um eine Selbstrevision im Sinne einer Daseinsreform zu erreichen; das darin enthaltene Eschaton des Fortschritts kann auch einen Weg zurück zum verlorenen Wahren und Guten beschreiben – mit den Klassikern als Begleitern und Helfern. Ähnlich dem theologischen Spiegelverhalten von Menschen- und Gottesbild kann das Klassikerbild das Bild einer menschlichen Gemeinschaft beeinflussen, das Bild von außen und das Bild, das diese von sich selbst hat, den Kult von außen und die Devotion, die man sich selbst erweist. Da die Äußerungen und Handlungen der Klassiker auf jede Situation hin universalisierbar sind, brauchen sie keinen besonderen Bezug etwa zu den Orten ihrer Verehrung. Sofern aber spezifische Berührungen »da sind«, ausgegraben oder hergestellt werden können, erfahren sie eine besondere Aufmerksamkeit und können, wie oben am Frankfurter Beispiel dargestellt, zum regelrechten Kultinstrument werden. Person und Ort können sich gegenseitig heben oder herabziehen. So kann etwa ein Rom-Aufenthalt – schon das bloße Dagewesensein etwa anlässlich einer Bildungsreise oder Grand Tour – das Image, das Charisma eines Architekten, Malers oder Schriftstellers erhöhen. Im Status eines Klassikers ist das Verhältnis allerdings asymmetrisch: Kant, d.h. »Kant« braucht (im kultischen Sinne) kein Königsberg und »Beethoven« kein Wien und erst recht kein Bonn, aber umgekehrt ist man ohne seinen Geisteshelden eine zumindest etwas andere, und zwar grundsätzlich eine »mindere« Stadt. Bei den großen, vielfach bedeutungsgeladenen, charismatischen Metropolen fällt das allerdings meistens kaum ins Gewicht: »Salzburg« kann auf Mozart deutlich schwerer verzichten als »Wien« auf Schubert; und Rom wäre auch ohne Goethe noch das gleiche »Rom«, wenigstens beinahe. Gerade in Zeiten der Krise und der geschädigten Selbstachtung macht die Vereignung der Großen das Eigene größer, kann die Erinnerung an die eigenen oder angeeigneten »Großen« dazu beitragen, dass ein Land, eine Stadt, ein Dorf (etc.) sich selbst wieder schätzt und vertraut. Die gebauten und die gesprochenen, die gezeigten und die zitierten Denkmäler können und sollen dies durch ihre Gegenwart erklären und beglaubigen. Sie leisten das auf unterschiedlichen Ebenen der Zugehörigkeit – bis hin zur Gemeinschaft des »Menschengeschlechts«, des Menschlichen im Allgemeinen. Gleichwohl gibt es eine Tendenz – übrigens ebenso transepochal wie transkulturell – das Allgemeine auf ein Besonderes hin zu reduzieren, das Abstrakte ins Konkrete zu überführen, das Vergangene oder auch das »Zeitlose« gegenwärtig zu machen. Dieses Bedürfnis äußert sich auch darin, die bildlich-baulichen oder sprachlichen Denkmäler immer wieder neu »anzuschauen«, zu deuten (auch wissenschaftlich) und dadurch zu re-novieren, woraus mitunter neue Denkmäler gewonnen werden – und damit neue Vergegenwärtigung. Wenn nun »unser Schiller«, wie Goethe postuliert hat,[133] uns, »unserer Stadt« etwa, noch etwas nähergestellt werden kann als der übrigen Welt[134] oder »unserer Welt« gegenwärtiger ist[135] als anderen möglichen Welten, wenn die monumentale Suggestion weitere »Beweise« schafft und damit dem Anschein Substanz abgewinnt, dann sollte »uns« eigentlich gar nichts mehr passieren können.

133 »Denn er war unser!« Anlässlich Schillers Tod am 9. Mai 1805 schafft Goethe mit seinem Epilog zum ›Lied von der Glocke‹ eine fortgesetzt zu feiernde Kommunion des Dichters mit »uns«, mit der Menschheit: »So feiert ihn!« Er verlängert gleichsam damit den Vereinigungsgedanken (»Eintracht«) sowie den welt- und lebenszyklischen Gehalt der ›Glocke‹ in bezug auf ihren Autor.

134 Im Gestus gelehrter Bescheidenheit – und mit einer Andeutung von gewahrtem Abstand – begnügt sich der Frankfurter Archivar Rudolf Jung im Schlussabsatz seiner bis 1859 reichenden Zusammenfassung mit der Feststellung, dass seine Stadt seitdem in ihrem Streben nach Schillernähe wenigstens nicht hinter anderen zurückgeblieben sei, dass die »Schillerverehrung in Frankfurt … nicht ohne Schwanken – sich auf der gleichen Höhe gehalten hat, wie in den anderen großen Städten Deutschlands«; Jung, Schiller und Frankfurt (Anm. 12), S. 80. – Die Frankfurter können ruhig schlafen, darf man drastischer und religiöser übersetzen, in ihrem Glaubenseifer kann ihnen sicher keiner etwas vormachen.

135 »Ohne eitle Selbstüberschätzung dürfen wir Frankfurter sagen: er ist der unsere gewesen und wird der unsere sein, so lange die Ideale Schillers auch die unserer Bürgerschaft bleiben.« Soweit der Stadthistoriker und Stadtpatriot Jung (ebd.).

Reinhold Grünendahl

Frühromantische Religiosität im Gegenwind der Säkularisierung

Novalis' ›Die Christenheit oder Europa‹ als ›Geschichte des heiligen Sinns‹

Dass die Romantik von Beginn an einen deutlichen ›Zug zur Religion‹ hatte,[1] steht ebenso außer Frage wie die Feststellung, dass ›Religion‹ hier nicht in einem konventionellen, konfessionellen oder gar orthodoxen Sinne zu verstehen ist. Ein erstes literarisches Zeugnis frühromantischer Religiosität gab Heinrich Wackenroder mit den ›Herzensergießungen eines kunstliebenden Klosterbruders‹ (1796),[2] die Ludwig Tieck, Mitautor und Freund Wackenroders, 1798 mit ›Franz Sternbalds Wanderungen‹ in eine Romanform überführte. Die von beiden thematisierte enge Verbindung zwischen Religion und Kunst sollte später in den kunstkritischen Schriften Friedrich und August Wilhelm Schlegels ihren theoretischen und, als deren praktische Umsetzung, in den Bildwerken des Lukasbundes (der ›Nazarener‹) ihren künstlerischen Ausdruck finden. Friedrich von Hardenberg, genannt Novalis, nahm diese Strömungen auf und verband sie mit der neuen Richtung, die Friedrich Schleiermacher der christlichen Theologie kurz zuvor mit seiner (zunächst anonym erschienenen) Schrift ›Über die Religion – Reden an die Gebildeten unter ihren Verächtern‹ (1799) gegeben hatte.[3] Wie bereits

1 Ein Ausdruck Hans-Joachim Mähls, frei nach Goethe.

2 Wilhelm Heinrich Wackenroder, Herzensergießungen eines kunstliebenden Klosterbruders, Berlin 1797 (recte: 1796), in: ders., Sämtliche Werke und Briefe. Historisch-kritische Ausgabe, hrsg. von Silvio Vietta und Richard Littlejohns, Bd. 1, Heidelberg 1991, S. 51–145. – Wackenroders kurz zuvor separat erschienenes ›Ehrengedächtniß unsers ehrwürdigen Ahnherrn Albrecht Dürers‹ (1796) ist als Kapitel in die ›Herzensergießungen‹ eingegangen.

3 Friedrich Daniel Ernst Schleiermacher, Über die Religion. Reden an die Gebildeten unter ihren Verächtern, in: Kritische Gesamtausgabe, Abt. 1: Schriften und Ent-

in Schleiermachers Titel angezeigt, stellte sich die frühromantische Religiosität gezielt gegen säkulare und antireligiöse Tendenzen des Zeitalters. Dieser Grundkonflikt war von Anfang an bestimmend für die Rezeption der Romantik und bestimmt sie in mancher Hinsicht bis heute. Die Rezeptionsgeschichte von Hardenbergs Rede[4] über ›Die Christenheit oder Europa‹ (1799) liefert dafür ein anschauliches Beispiel.[5] Schon der erste mündliche Vortrag bei jenem historischen Treffen des Jenaer Kreises um die Schlegel-Brüder im November 1799 löste heftigen Gegenwind aus:[6] In einem auf Novalis (und Schleiermacher) gemünzten ›Epikurisch Glaubensbekenntnis Heinz Widerporstens‹

würfe, Bd. 2: Schriften aus der Berliner Zeit 1796–1799, hrsg. von Günter Meckenstock und H. Fischer, Berlin 1984, S. 185–326; (2.–)4. Auflage, (1806–)1831, siehe Bd. 1,12, hrsg. von G. Meckenstock, 1995, S. 1–321.

4 Im folgenden wird die neutrale Bezeichnung ›Rede‹ beibehalten, obwohl ›Predigt‹ in mancher Hinsicht angemessener erscheint (und ich letzterem Begriff darum in der auf englisch geschriebenen ersten Fassung dieses Aufsatzes auch den Vorzug gegeben hatte); vgl. dazu Schulz in NoSch ³1987, S. 800 (»poetische Predigt«) und S. 804 mit Bezug auf Barbara Steinhäuser-Carvill, ›Die Christenheit oder Europa‹. Eine Predigt, in: Seminar. A Journal of Germanic Studies 12 (1976), S. 73–88; siehe auch Richard Samuel, Die Form von Friedrich von Hardenbergs Abhandlung ›Die Christenheit oder Europa‹, in: Stoffe, Formen, Strukturen. Studien zur deutschen Literatur. Hans Heinrich Borcherdt zum 75. Geburtstag, hrsg. von Albert Fuchs und Helmut Motekat, München 1962, S. 284–302; hier: S. 289 zu ›Prediger‹; NoSch ³1987, S. 491, Nr. 119 aus Hardenbergs ›Allgemeinem Brouillon‹ (1798–1799) über ›Predigt‹; Nicholas Saul, ›Prediger aus der neuen romantischen Clique‹. Zur Interaktion von Romantik und Homiletik um 1800, Würzburg 1999, S. 11–31 über »Novalis und die homiletische Tradition«. – Belastet ist die Bezeichnung ›Rede‹ durch Samuel, dem sie dazu diente, Novalis als »Demagogen« zu diffamieren und in die Nähe politischer Figuren vom Schlage Robespierres und Dantons zu rücken (Samuel, a. a. O., S. 295; auch ebd., S. 288).

5 Seine Werke werden zitiert nach: Novalis Schriften. Die Werke Friedrich von Hardenbergs, hrsg. von Paul Kluckhohn und Richard Samuel. Zweite, nach den Handschriften ergänzte, erweiterte und verbesserte Auflage in vier Bänden und einem Begleitband (zitiert als *NoKS*), Darmstadt 1960 ff. (ggf. nach der 3. überarbeiteten Auflage). Näheres zu dieser und weiteren Novalis-Ausgaben in der Liste der Siglen am Ende des Beitrags.

6 Ein diesbezügliches Sonderheft der Zeitschrift ›Athenäum‹ erschien leider zu spät, um hier noch berücksichtigt werden zu können: Das Jenaer Romantikertreffen im November 1799. Ein romantischer Streitfall, hrsg. von Dirk von Petersdorff und Ulrich Breuer, Paderborn u. a. 2015 (= Athenäum. Jahrbuch der Friedrich Schlegel Gesellschaft 25).

parodierte Schelling die neue Religionsbegeisterung in Knittelversen und trug damit auf seine Weise dazu bei, dass die Rede erst nach mehr als einem Vierteljahrhundert zum ersten Male im Zusammenhang veröffentlicht wurde. Neben massiven Eingriffen in die Textgestalt durch die ersten Herausgeber, Friedrich Schlegel und Ludwig Tieck, erfuhr sie von Beginn an allerlei Umdeutungen, in deren Verlauf die Berücksichtigung des religiösen Aspekts beständig abnahm.

In der weltanschaulich geprägten Auseinandersetzung mit der Romantik mag dies nicht weiter verwundern. Doch auch in der wissenschaftlichen Romantikforschung hat sich die Wahrnehmung derart verengt, dass ›Die Christenheit oder Europa‹ heute fast ausschließlich aus einem säkular-politischen Blickwinkel interpretiert wird, der die Sicht auf dieses bemerkenswerte Zeugnis frühromantischer Religiosität seit Jahrzehnten bestimmt. Jemanden, der sich (wie ich) der Rede nicht auf dem durch die Novalis-Forschung vorgezeichneten Wege genähert hat,[7] kann dies einigermaßen erstaunen. Denn abgesehen von einem deutlich religiösen Akzent im Titel ist der Rede von Novalis ein Schlüssel zum Verständnis beigegeben, nämlich das wiederkehrende Motiv vom *heiligen Sinn*, das den gesamten Text wie ein roter Faden durchzieht. Dies wurde von seinen Exegeten zwar zuweilen beiläufig anerkannt,[8] fand aber in ihrer Praxis kaum entsprechende Berücksichtigung. Die daraus entstandene Diskrepanz zwischen Werk und Interpretation halte ich für so schwerwiegend, dass mir ein Rückgang auf den Text der Rede geboten erscheint. Zunächst soll darum Novalis selbst zu Wort kommen und sein Text anschließend einigen Interpretationen gegenübergestellt werden, die als Wegmarken der fortschreitenden Entfernung von einem adäquaten Verständnis frühromantischer Religiosität gelten können.

7 Sondern über die Wissenschaftsgeschichte der Indologie (unten, Anm. 339).

8 Z. B. Rudolf Haym, Die romantische Schule. Ein Beitrag zur Geschichte des deutschen Geistes, Berlin 1870, S. 463: »Wie ihm im ›Heinrich von Ofterdingen‹ seine eigne Gemüthsgeschichte zu einem phantastischen Roman, so wurde ihm die Schleiermacher'sche Behandlung der centralen Bedeutung der Religion zu einem dämmernden Geschichtsbilde, zu der Vision von einer Vergangenheit, in welcher der heilige Sinn wirklich Alles in Allem gewesen, zu der feurigen Prophezeiung von einer Zukunft, in welcher derselbe wiederum Alles in Allem sein werde.«

I. Der religiöse Zusammenhang der Rede

Wie bereits erwähnt, schrieb Novalis ›Die Christenheit oder Europa‹ 1799 unter dem Eindruck von Friedrich Schleiermachers ›Über die Religion – Reden an die Gebildeten unter ihren Verächtern‹ (1799).[9] Die Rede, die den Jenaer Freunden als »Aufsatz über Katholicismus« angekündigt wurde,[10] war zunächst zur Veröffentlichung in der von den Schlegel-Brüdern herausgegebenen Zeitschrift ›Athenaeum‹ vorgesehen, wurde aber letztlich auf Anraten Goethes nicht zum Druck angenommen.[11]

Wie Friedrich Schlegel, so hatte auch Hardenberg, angeregt durch Wackenroder, über die christliche Kunst einen neuen Zugang zur Religion gefunden.[12] Durch die Beschäftigung mit den mittelalterlichen

9 Vgl. Hardenbergs Anspielung auf »einen neuen Schleier« (NoKS, Bd. 33, S. 521; unten, S. 195). Deutlich überbewertet wird der Einfluss der Schleiermacherschen ›Reden‹ allerdings von Haym (a.a.O., S. 463 f.): »Fast kein einziger Gedanke in dem Fragment – auch die historischen nicht ausgeschlossen –, der nicht an einen Gedanken in den Reden anknüpfte, aber auch keiner, der nicht in das Element der Schwärmerei getaucht, nicht in eine Phantasie verwandelt wäre.«

10 F. Schlegel in einem Brief an Schleiermacher vom 10. Oktober 1799, in: Kritische Friedrich-Schlegel-Ausgabe (zitiert als KFSA), hrsg. von Ernst Behler unter Mitwirkung von Jean-Jacques Anstett und Hans Eichner, München, Paderborn u.a. 1958 ff., hier: Bd. 25, S. 10, wobei offen bleibt, ob die Bezeichnung auf Novalis selbst zurückgeht.

11 Dazu hält Mähl (Goethes Urteil über Novalis. Ein Beitrag zur Geschichte der Kritik an der deutschen Romantik, in: Jahrb. FDH 1967, S. 130–270, hier: S. 168 f.) fest, »daß sich Goethe nicht nur gegen Hardenbergs Aufsatz, sondern auch gegen die gleichzeitige Veröffentlichung der Parodie Schellings entschied, offenbar im Hinblick auf das Publikum, bei dem der damit zu Tage tretende innere Gegensatz des Athenäums-Kreises nur Spott und neue Anfeindungen hätte hervorrufen können. [...] Aber wie aus Schlegels Bericht hervorgeht, wandte er sich noch nicht gegen die hier erstmals sichtbar werdenden religiösen Tendenzen der Frühromantik überhaupt, sondern betrachtete die ganze Frage unter dem Gesichtspunkt der Publizität, die bei dem von Friedrich Schlegel gewünschten Ausdruck der ›Philironie‹ dem Kreise nur schaden könne.« (Wie eingangs erwähnt, wurden die religiösen Tendenzen der Frühromantik bereits bei Wackenroder sichtbar.)

12 Der »Brief eines jungen deutschen Mahlers in Rom an seinen Freund in Nürnberg« (Herzensergießungen [Anm. 2], S. 113–117) – für den im übrigen Ludwig Tieck die Autorschaft beanspruchte (vgl. ebd., S. 283) – lässt die Vorstellung von einer engen Beziehung zwischen Religion und Kunst besonders deutlich hervortreten, wenn z.B. der junge Maler dem Freunde abschließend seinen Übertritt

Bildwerken der Dresdener Sammlung sowie durch das Studium der mittelalterlichen Geschichte in Vorbereitung seines Romans ›Heinrich von Ofterdingen‹ gelangte er zu der Ansicht, dass die Grundlage dieser Epoche einer integralen europäischen Zivilisation eine einige ›Christenheit‹ gewesen sei.[13] Deren Bedeutung schätzte er so hoch ein, dass er sie als synonym mit ›Europa‹ betrachtete – eine Ansicht, die ihren Niederschlag im Titel der Rede gefunden hat.[14]

[1.][15] Der erste Abschnitt gibt einen schwärmerischen Bericht vom Mittelalter als einer Epoche, in der alle europäischen Christen in *einem* »geistlichen Reich« unter *einem* Oberhaupt vereint waren, verbunden durch »*ein* großes gemeinschaftliches Interesse«,[16] das über das »irdische Tagewerk« weit hinausging: Geleitet von den »erfahrenen Steuerleuten« der Kirche suchten die Gläubigen, sicher an die jenseitige »Küste der eigentlichen vaterländischen Welt« zu gelangen.[17] Den Sinn

zum Katholizismus gesteht (S. 116): »Die Kunst hat mich allmächtig hinübergezogen, und ich darf wohl sagen, daß ich nun erst die Kunst so recht verstehe und innerlich fasse.«

13 Zu Hardenbergs Rezeption des Mittelalters siehe Ira Kasperowski, Mittelalterrezeption im Werk des Novalis, Tübingen 1994 (= Hermaea, N.F. 74), hier: S. 41–132 zu ›Die Christenheit oder Europa‹.

14 Insofern entspricht der Titel voll und ganz Hardenbergs Intentionen, auch wenn er der Schrift wahrscheinlich erst posthum beigelegt wurde (dazu Samuel in NoKS, Bd. ^{3}3, S. 503).

15 §§1–2 = NoKS, Bd. ^{3}3, S. 507_4–509_{16}. Diesem Muster entsprechend geben die Fußnoten zu Beginn der von mir gewählten Abschnitte jeweils zunächst die Zählung der insgesamt 30 Absätze an, in welche die Rede von Novalis (oder seinen ersten Herausgebern?) eingeteilt wurde (zu alternativen Einteilungen s. Samuel in NoKS, Bd. ^{3}3, S. 1012–1014). Dann folgt die Seitenzahl mit der tiefgestellten Zeilenangabe nach NoKS ^{3}3. Samuel (1962) führt diese (fingierte) Absatzzählung als Referenzhilfe ein, ohne sie zu erläutern.

16 NoKS, Bd. ^{3}3, S. 507: »Es waren schöne glänzende Zeiten, wo Europa ein christliches Land war, wo *Eine* Christenheit diesen menschlich gestalteten Welttheil bewohnte; *Ein* großes gemeinschaftliches Interesse verband die entlegensten Provinzen dieses weiten geistlichen Reichs. – Ohne große weltliche Besitzthümer lenkte und vereinigte *Ein* Oberhaupt, die großen politischen Kräfte.«

17 NoKS, Bd. ^{3}3, S. 507: »Wie heiter konnte jedermann sein irdisches Tagewerk vollbringen, da ihm durch diese heilige Menschen [der Kirche; R.G.] eine sichere Zukunft bereitet, und jeder Fehltritt durch sie vergeben, jede mißfarbige Stelle des Lebens durch sie ausgelöscht, und geklärt wurde. Sie waren die erfahrnen Steuerleute auf dem großen unbekannten Meere, in deren Obhut man alle Stürme geringschätzen, und zuversichtlich auf eine sichre Gelangung und Landung an der Küste der eigentlichen vaterländischen Welt rechnen durfte.«

für ein lebendiges Band zwischen der irdischen und der jenseitigen Welt, das sich den Gläubigen in vielfältiger Form zeigt,[18] sieht Novalis als den Quell der mittelalterlichen Religiosität in all ihren Ausdrucksformen an: dieser Sinn wurde durch Gottesdienst beständig wachgerufen, durch »Wunder und Zeichen« bestätigt und vom Oberhaupt der Kirche gegen alle »frechen Ausbildungen menschlicher Anlagen« verteidigt, die dem *heiligen Sinn* von der jenseitigen Welt schaden konnten.[19] Hier klingt bereits das Leitmotiv an, das als »heiliger Sinn«[20] (S. 508, 512, 515), »heiliges Organ« (S. 520, 523), »höhere(s) Organ(e)« (S. 513, 517), »höherer Sinn« (S. 510), »religiöser Sinn« (S. 512), »Sinn des Unsichtbaren« (S. 509) und in verschiedenen anderen Formulierungen die gesamte Rede durchzieht, wie anschließend gezeigt werden soll.

Novalis zufolge suchte die Kirche in jenen »ächtkatholischen oder ächt christlichen Zeiten«, die Gläubigen vor den »wildesten, gefräßigsten Neigungen« zu bewahren,[21] das Evangelium und die Verheißung

18 Wie NoKS, Bd. ³3, S. 507 f. und passim beschrieben.

19 NoKS, Bd. ³3, S. 508: »Mit Recht widersetzte sich das weise Oberhaupt der Kirche, frechen Ausbildungen menschlicher Anlagen auf Kosten des heiligen Sinns, und unzeitigen gefährlichen Entdeckungen, im Gebiete des Wissens. So wehrte er den kühnen Denkern öffentlich zu behaupten, daß die Erde ein unbedeutender Wandelstern sey, denn er wußte wohl, dass die Menschen mit der Achtung für ihren Wohnsitz und ihr irdisches Vaterland, auch die Achtung vor der himmlischen Heimath und ihrem Geschlecht verlieren, und das eingeschränkte Wissen dem unendlichen Glauben vorziehn und sich gewöhnen würden alles Große und Wunderwürdige zu verachten, und als todte Gesetzwirkung zu betrachten.« Vgl. unten, S. 196, zur »lebendigen Astronomie«.

20 Im folgenden erscheint es vornehmlich unter dieser Bezeichnung.

21 NoKS, Bd. ³3, S. 507 f.: »Die wildesten, gefräßigsten Neigungen mußten der Ehrfurcht und dem Gehorsam gegen ihre Worte weichen. Friede ging von ihnen aus. – Sie predigten nichts als Liebe zu der heiligen, wunderschönen Frau der Christenheit, die mit göttlichen Kräften versehen, jeden Gläubigen aus den schrecklichsten Gefahren zu retten bereit war. Sie erzählten von längst verstorbenen himmlischen Menschen, die durch Anhänglichkeit und Treue an jene selige Mutter und ihr himmlisches, freundliches Kind, die Versuchung der irdischen Welt bestanden, zu göttlichen Ehren gelangt und nun schützende, wohlthätige Mächte ihrer lebenden Brüder, willige Helfer in der Noth, Vertreter menschlicher Gebrechen und wirksame Freunde der Menschheit am himmlischen Throne geworden waren. Mit welcher Heiterkeit verließ man die schönen Versammlungen in den geheimnißvollen Kirchen, die mit ermunternden Bildern geschmückt, mit süßen Düften erfüllt, und von heiliger erhebender Musik belebt waren. In ihnen wurden die geweihten Reste ehemaliger gottesfürchtiger Menschen dankbar, in köst-

des Himmelreichs als des »einzigen Reiche[s] auf dieser Welt« in allen Erdteilen zu verbreiten;[22] durch »harmonische Entwicklung aller Anlagen« und Förderung der »innern Natur der Menschen« kam es unter der »göttlichen Regierung auf Erden« zu bedeutenden Einzelleistungen in Wissenschaft und Kunst und zu einem »blühenden Handelsverkehr mit geistigen und irdischen Waren [...] bis in das fernste Indien hinaus«.[23]

[2.][24] Aber »noch war die Menschheit für dieses herrliche Reich nicht reif, nicht gebildet genug«. Unter dem Druck des »Geschäftlebens« und durch Eigennutz geriet jenes »Band« mit der jenseitigen Welt in Vergessenheit; nachträglich »als Trug und Wahn ausgeschrien«, wurde es »von einem großen Teil der Europäer [...] *auf immer* zerrissen«.[25] Die hier klar zum Ausdruck gebrachte Endgültigkeit lässt es ausgeschlossen erscheinen, dass Hardenberg eine Wiederherstellung der mittelalterlichen Verhältnisse für möglich gehalten oder gar angestrebt haben könnte, wie zuweilen unterstellt.[26] In der so skizzierten Entwicklung, die eine »innere große Spaltung« unter den Europäern hervorrief,[27] sieht Novalis ein »merkwürdiges Zeichen der Schädlichkeit der Kultur für den Sinn des Unsichtbaren«; diese kann den »unsterblichen« *heiligen Sinn* zwar nicht vernichten, wohl aber trüben und verdrängen, indem sie ihm durch ein ständig gesteigertes Streben nach materiellem Wohlstand immer weniger Raum zur »aufmerksamen Betrachtung der

lichen Behältnissen aufbewahrt. – Und an ihnen offenbahrte sich die göttliche Güte und Allmacht, die mächtige Wohlthätigkeit dieser glücklichen Frommen, durch herrliche Wunder und Zeichen.«

22 NoKS, Bd.[3]3, S. 508: »Ämsig suchte, diese mächtige friedenstiftende Gesellschaft, alle Menschen dieses schönen Glaubens theilhaftig zu machen und sandte ihre Genossen, in alle Welttheile, um überall das Evangelium des Lebens zu verkündigen, und das Himmelreich zum einzigen Reiche auf dieser Welt zu machen.«

23 NoKS, Bd.[3]3, S. 509. Dass Novalis hier mit »Indien« lediglich die Grenzen des mittelalterlichen Weltbildes umreißen will, bedürfte kaum der Erwähnung, wenn nicht auch ihm aufgrund einiger (durchweg metaphorischer) Referenzen dieser Art eine ›romantische Indomanie‹ angedichtet worden wäre (s. auch unten, Anm. 93 und 240).

24 §3 = NoKS, Bd.[3]3, S. 509_{17}–511_{10}.

25 Hervorhebung R. G.

26 Siehe auch NoKS, Bd.[3]3, S. 510 zu »kindische Einfalt«.

27 Diese Vorstellung findet sich, neben diversen weiteren Bezügen auf Hardenbergs Rede, in F. Schlegels ›Reise nach Frankreich‹ von 1803 (KFSA, Bd. 7, S. 77 f.).

inneren Welt« lässt.[28] So machen »Glauben und Liebe«[29] den »derbern Früchten, Wissen und Haben« Platz, und die *höheren Sinne*, die nur in der Einsamkeit gedeihen können, werden durch »eine längere Gemeinschaft der Menschen« vermindert und ersticken schließlich im »unruhigen Tumult zerstreuender Gesellschaften«. Im Wechsel der »Zeiten und Perioden« verfällt die Kirche zu einer »Ruine«, deren Geistlichkeit ihren Namen nicht mehr verdient, weil sie sich »in Vergessenheit ihres eigentlichen Amtes«[30] ebenfalls »niedrigen Begierden« hingibt.

In Hinblick auf die unten (S. 230) zu behandelnde ›Geschichtsauffassung‹ ist festzuhalten, dass Hardenberg den Ablauf der Geschichte hier als »Oszillation« versteht, als einen »Wechsel entgegengesetzter Bewegungen«, in welchem jede einzelne ›Schwingung‹ eine »beschränkte Dauer« hat, deren Wesensmerkmal »Wachstum« oder »Abnehmen« sein kann, »aber auch eine Auferstehung, eine Verjüngung, in neuer, tüchtiger Gestalt« (S. 510):

> [...] fortschreitende, immer mehr sich vergrößernde Evolutionen sind der Stoff der Geschichte. – Was jetzt nicht die Vollendung erreicht, wird sie bei einem künftigen Versuch erreichen, oder bei einem abermaligen; vergänglich ist nichts was die Geschichte ergriff, aus unzähligen Verwandlungen geht es in immer reicheren Gestalten erneuet wieder hervor. Einmal war doch das Christenthum mit

28 NoKS, Bd. [3]3, S. 509: »Diese innere große Spaltung, die zerstörende Kriege begleiteten, war ein merkwürdiges Zeichen der Schädlichkeit der Kultur, für den Sinn des Unsichtbaren, wenigstens einer temporellen Schädlichkeit der Kultur einer gewissen Stufe. Vernichtet kann jener unsterbliche Sinn nicht werden, aber getrübt, gelähmt, von andern Sinnen verdrängt. – Eine längere Gemeinschaft der Menschen vermindert die Neigungen, den Glauben an ihr Geschlecht, und gewöhnt sie ihr ganzes Dichten und Trachten, den Mitteln des Wohlbefindens allein zuzuwenden, die Bedürfnisse und die Künste ihrer Befriedigung werden verwickelter, der habsüchtige Mensch hat, so viel Zeit nöthig sich mit ihnen bekannt zu machen und Fertigkeiten in ihnen sich zu erwerben, dass keine Zeit zum stillen Sammeln des Gemüths, zur aufmerksamen Betrachtung der innern Welt übrig bleibt.« Zu den »Mitteln des Wohlbefindens« vgl. Hardenbergs ›Glauben und Liebe‹ von 1798 (NoKS, Bd. [3]2, S. 495).

29 Diese Stelle wird zumeist als Anspielung auf Hardenbergs gleichnamige Schrift ›Glauben und Liebe‹ (NoKS, Bd. [3]2, S. 475–503) gedeutet, die m. E. aber in mancher Hinsicht einen anderen Standpunkt vertritt (dazu unten, S. 245).

30 Nämlich der Förderung des *heiligen Sinns* (s. o.).

voller Macht und Herrlichkeit erschienen, bis zu einer neuen Welt-Inspiration herrschte seine Ruine, sein Buchstabe mit immer zunehmender Ohnmacht und Verspottung.

[3.][31] Die geschilderten Missstände führten zu einer »gewaltsamen Insurrection«, in der die »Protestanten« sich gegen die Anmaßung einer »unrechtmäßig scheinenden Gewalt über das Gewissen« auflehnten und ihr »Recht auf Religions-Untersuchung,[32] Bestimmung und Wahl«[33] forderten. Novalis räumt ein, dass die Reformation »eine Menge löblicher Dinge« bewirkt habe, doch haben die Protestanten das »notwendige Resultat ihres Prozesses« vergessen, nämlich die Teilung der »unteilbaren Kirche« und damit die Zerstörung des »allgemeinen christlichen Verein[s], durch welchen und in welchem allein die ächte, dauernde Wiedergeburt«[34] im Bewusstsein der Transzendenz möglich sei. Durch Einmischung der weltlichen Fürsten sei »die Religion irreligiöser Weise in Staats-Gränzen eingeschlossen« worden (unten, S. 205). Solchermaßen in *politische* Kategorien gezwängt, sei das *religiöse* »cosmopolitische Interesse« des Christentums untergraben worden und habe seinen »friedestiftenden Einfluß« auf die Politik nicht mehr ausüben können. Ein Religionsfriede nach »religionswidrigen Grundsätzen« habe zu einer widersinnigen Perpetuierung »des sogenannten Protestantismus« geführt (S. 510–512; vgl. unten, S. 205 f.).

Nicht der »reine Begriff« kennzeichnet Novalis zufolge den Protestantismus, sondern ein fundamentales Missverständnis des Christentums durch Luther,[35] der den *religiösen Geist* durch einen übersteigerten ›Buchstabenglauben‹ ersetzte, indem er der Religion »eine andere höchst fremde irdische Wissenschaft« beimischte, die Philologie.[36] Durch deren »auszehrenden Einfluß« wurde »der dürftige Inhalt, der rohe

31 §§4–8 = NoKS, Bd. ^{3}3, S. 511_{11}–513_{22}.

32 Siehe unten zur protestantischen ›Philologie‹.

33 Durch »Errichtung der Consistorien«.

34 Vermutlich eine Anspielung auf die »Offenbarung vor Nikodemus« über die Transzendenz (Johannes-Evangelium 3,5–8).

35 Vom uneingeschränkt positiven Lutherbild seines Jugendgedichts von 1789 (NoKS, Bd. 6,1, S. 263 f.) hat Novalis sich hier weit entfernt.

36 Novalis bezeichnet Luther deshalb auch als »Philologenchristen« (dazu Ursula Flickenschild, Novalis' Begegnung mit Fichte und Hemsterhuis, Diss. Kiel 1947, S. 45, mit Bezug auf NoKS, Bd. ^{1}3, S. 107, 296).

abstracte Entwurf der Religion in diesen Büchern« um so deutlicher, zumal ihm die Ergänzung durch den »reichhaltigen Stoff des katholischen Glaubens« fehlte.[37] Dies erwies sich als »höchst verderblich« für den *religiösen Sinn*, da seine »Irritabilität«[38] für das Überirdische durch den ›Buchstabenglauben‹ »vernichtet« wurde, was dem *heiligen Geist* »die freie Belebung, Eindringung und Offenbarung unendlich [...] erschwerte« – womit die offensichtlich von Paulus inspirierte Gegenüberstellung von ›Sinn/Geist‹ und ›Buchstabe‹ auf den Punkt gebracht ist.[39] Da der Protestantismus »keine herrlichen großen Erscheinungen des Überirdischen« mehr hervorbringt (wie sie sich vordem insbesondere in der bildenden Kunst manifestiert hatten), ist schon bald eine »Vertrocknung des heiligen Sinns bemerklich; das Weltliche hat die Oberhand gewonnen, der Kunstsinn leidet sympathetisch« mit.[40] Dies führt

37 Vgl. NoKS, Bd. 3, S. 507 f. zu Marienverehrung, Heiligenlegenden, Reliquienkult, »schönen Versammlungen« in »geheimnißvollen Kirchen, die mit ermunternden Bildern geschmückt, mit süßen Düften erfüllt, und von heiliger erhebender Musik belebt waren« etc. Auch hier bietet der oben (Anm. 12) erwähnte Brief aus Wackenroders ›Herzensergießungen‹ manche Anknüpfungspunkte; siehe auch Wackenroder, Herzensergießungen (Anm. 2), S. 108: »Wessen feinere Nerven einmal beweglich, und für den geheimen Reiz, der in der Kunst verborgen liegt, empfänglich sind, dessen Seele wird oft da, wo ein anderer gleichgültig vorübergeht, innig gerührt; er wird des Glückes theilhaftig, in seinem Leben häufigere Anlässe zu einer heilsamen Bewegung und Aufregung seines Inneren zu finden.«

38 Albrecht von Hallers Begriff für die von ihm entdeckte »Reizbarkeit« der Muskelfasern. Zur Rezeption seiner Entdeckung in der Medizin und im zeitgenössischen Denken siehe Jörg Jantzen, Physiologische Theorien, in: Friedrich Wilhelm Joseph Schelling, Historisch-kritische Ausgabe (zitiert als *HKA*), im Auftrag der Schelling-Kommision der Bayerischen Akademie der Wissenschaften hrsg. von Hans Michael Baumgartner, Wilhelm G. Jacobs, Jörg Jantzen und Hermann Krings, Ergänzungsband zu Werke Band 5–9: Wissenschaftshistorischer Bericht zu Schellings naturphilosophischen Schriften 1797–1800, Stuttgart 1994, S. 373–668, hier: S. 402–422 und passim.

39 2. Korintherbrief 3,6: »Denn der Buchstabe macht tot, der Geist lebendig.«

40 Im medizinisch-physiologischen Sinne. Die Annahme einer engen Verbindung zwischen Religion und Kunst ist deutlich von Wackenroders ›Herzensergießungen‹ inspiriert, wie auch eine Parellele in Schleiermachers ›Reden‹ nahelegt (wie Anm. 3, S. 263): »Religion und Kunst stehen nebeneinander wie zwei befreundete Seelen deren innere Verwandschaft, ob sie sie gleich ahnden, ihnen doch noch unbekannt ist. Freundliche Worte und *Ergießungen des Herzens* schweben ihnen immer auf den Lippen [...]« (Hervorhebung R. G.).

zu einer fast vollständigen »Atonie der höhern Organe«.[41] Durch die Selbstvernichtung des Christentums »in sektirischer Abgeschnittenheit« eröffnet sich für »einzelne mächtige Staaten« die Möglichkeit, »den vakanten Universalstuhl, in einen Thron verwandelt, in Besitz zu nehmen« und das Kirchenvermögen an sich zu bringen. So gelingt es den Fürsten, »das lästige römische Joch abzuwerfen und sich unabhängig auf Erden zu machen«.

[4.][42] An Hardenbergs Beschreibung der sich hier anschließenden Gegenreformation (S. 513 f.) fällt auf, dass darin vom *heiligen Sinn* keine Rede ist. Schon deshalb wird man darin kaum eine Renaissance des Mittelalters sehen können,[43] sondern vielmehr den Versuch einer »Regeneration« des »päpstlichen Reichs«, also der *weltlichen* Macht der Kirche, die Hardenberg hier mit dem gegen den Klerus gerichteten Begriff »Hierarchie« belegt.[44] Der »neu entstandene Orden« der Jesuiten verfolgte dieses Ziel mit Beharrlichkeit, »Verstand«, dem »Zauber des katholischen Glaubens« und – anknüpfend an die »demagogischen Künste«, mit denen Luther dem Protestantismus zum Durchbruch verholfen hatte – mit dem Bemühen um »Popularität«. Durch dieses Vorgehen, insbesondere aber durch den »zerstörenden Eifer«, mit dem er die »grausamste Vertilgung« der »Ketzer« betreibt, steht dieser »furchtbare Orden« in deutlichem Gegensatz zu der eingangs idealisierten, auf das Jenseits gerichteten Religiosität des Mittelalters. Von der Novalis zuweilen unterstellten »Verherrlichung« der Jesuiten kann hier keine Rede sein,[45] zumal er ihre Bemühungen als letztlich geschei-

41 Ein deutliches Echo dieser Stelle vernimmt man in F. Schlegels ›Reise nach Frankreich‹ (1803), wo Europa »die absolute Erstorbenheit der höhern Organe« attestiert wird (KFSA, Bd. 7, S. 76).

42 §9 = NoKS, Bd. ^{3}3, S. 513_{23}–514_{36}.

43 So Richard Samuel, Die poetische Staats- und Geschichtsauffassung Friedrich von Hardenbergs (Novalis). Studien zur romantischen Geschichtsphilosophie, Frankfurt am Main 1925 (= Deutsche Forschungen 12), S. 34: »Der Jesuitismus wird als Wiedergeburt des Mittelalters angeschaut, das eigene Bestreben der Romantik geht ebenfalls auf Renaissance« (vgl. ebd., S. 289). Im weiteren Verlauf hoffe ich, deutlich machen zu können, dass Samuels These nicht zutrifft.

44 Diesen übernahm er wahrscheinlich von Friedrich Schiller, Was heißt und zu welchem Ende studiert man Universalgeschichte. Eine akademische Antrittsrede, hrsg. von Otto Dann, Stuttgart 2006 (= Universal-Bibliothek 18460), S. 19; dazu unten, S. 185, 198 und 218.

45 Vorreiter war auch hier Samuel mit seiner These von Hardenbergs »positive[r] Einstellung dem Jesuitentum gegenüber« (Samuel, Geschichtsauffassung [Anm. 43],

tert ansieht. Die Ansicht, Hardenberg habe den Jesuitismus als »die sichtbare Regeneration des Mittelalters in allen seinen Formen« betrachtet,[46] lässt außer Acht, dass er im Vorgehen dieses Ordens den *heiligen Sinn* eben nicht am Werke sieht, wodurch er in einem unüberbrückbaren Gegensatz zu dem von Novalis idealisierten Mittelalter steht.

[5.][47] Die Reformation bewirkte, dass »der gelehrte und der geistige Stand« sich trennten und fortan in ›instinktiver‹ Feindschaft »Vertilgungskriege« gegeneinander führten – »denn sie streiten um *eine* Stelle«.[48] Zwangsläufig traten »Wissen und Glauben in eine entschiedenere Opposition«, denn im alten Glauben sah man »den Grund der allgemeinen Stockung«.[49] Das »durchdringende Wissen« der neuen Zeit sollte diese beseitigen und damit dem Fortschritt Bahn brechen – sehr zum Schaden des *heiligen Sinns,* der »mannigfachen Verfolgungen« ausgesetzt war. »Das Resultat der modernen Denkungsart nannte man Philosophie und rechnete alles dazu was dem Alten entgegen war, vorzüglich also jeden Einfall gegen die Religion«. Der »Religionshaß« zog immer weitere Kreise, indem er Phantasie, Gefühl, Sittlichkeit und Kunstliebe »verketzerte« und den Menschen jede über die Gegenwart hinausgehende Perspektive nahm, was ihre Empfänglichkeit für »die unendliche schöpferische Musik des Weltalls« stark beeinträchtigte.[50]

S. 289), später noch gesteigert zu einer »Verherrlichung des Jesuitenordens« (ders. in NoKS, Bd. ^{3}3, S. 504).

46 Samuel, Geschichtsauffassung (Anm. 43), S. 289.

47 §10 = NoKS, Bd. ^{3}3, S. 515_{1-30}.

48 Hervorhebung R. G.

49 In der zeitgenössischen medizinischen Bedeutung einer krankhaften Verfestigung, Erstarrung, die schon Herder im dritten Teil seiner ›Ideen zur Philosophie der Geschichte der Menschheit‹ (1787) auf ›politische Stagnation‹ übertragen hatte (Johann Gottfried Herder, Sämmtliche Werke, hrsg. von Bernhard Suphan [zitiert als *SWS*], Berlin 1877–1913, hier: Bd. 14, S. 94): »Nichts ist der menschlichen Gesundheit schädlicher, als Stockung ihrer Säfte; in den despotischen Staaten von alter Einrichtung ist diese Stockung unvermeidlich, daher sie meistens auch, falls sie nicht schnell aufgerieben werden, bei lebendem Leibe ihres langsamen Todes sterben.«

50 NoKS, Bd. ^{3}3, S. 515: »Der anfängliche Personalhaß gegen den katholischen Glauben ging allmählig in Haß gegen die Bibel, gegen den christlichen Glauben und endlich gar gegen die Religion über. Noch mehr – der Religions-Haß, dehnte sich sehr natürlich und folgerecht auf alle Gegenstände des Enthusiasmus aus, verketzerte Fantasie und Gefühl, Sittlichkeit und Kunstliebe, Zukunft und Vorzeit,

[6.][51] An die Stelle der Religion tritt ein »aus lauter Wissen zusammen geklebt[er] […] neu[er] Glaube«, dessen »entschiedenere Opposition« (s.o.) zum alten sich nun darin zeigt, dass er die vielfältigen Ausdrucksformen des *heiligen Sinns* auf den allein geduldeten »Enthusiasmus für diese herrliche, großartige Philosophie und insbesondere für ihre Priester und ihre Mystagogen« reduziert. Die Mitglieder dieser »neuen Kirche […] waren rastlos beschäftigt, die Natur, den Erdboden, die menschlichen Seelen und die Wissenschaften von der Poesie zu säubern, – jede Spur des Heiligen zu vertilgen, das Andenken an alle erhebende Vorfälle und Menschen[52] durch Sarkasmen zu verleiden, und die Welt alles bunten Schmucks zu entkleiden«. Durch das ›freche Licht der Aufklärung‹ suchte man »der alten Religion einen neuern vernünftigen, gemeinern Sinn zu geben, indem man alles Wunderbare und Geheimnißvolle sorgfältig von ihr abwusch«. Zugleich bot die »neue europäische Zunft« der »Philanthropen und Aufklärer« alle Gelehrsamkeit auf, »um die Zuflucht zur Geschichte« durch deren Profanisierung »abzuschneiden«. So wurde Gott »zum müßigen Zuschauer des großen rührenden Schauspiels, das die Gelehrten aufführten«. Im Sinne dieses deistisch-anthropozentrischen Weltbildes sollte das »gemeine Volk […] zu jenem gebildeten Enthusiasmus erzogen« werden, den man an die Stelle des heiligen Sinns gesetzt hatte (s.o.). Doch es gelang nicht, die Welt »von der Poesie zu säubern«,[53] und auch der alte »Aberglaube an eine höhere Welt« zeigte sich immer wieder, so sehr man auch bei »jedem gefährlichen Funken […] von allen Seiten Lärm« blies und ihn »durch Philosophie und Witz in der Asche [zu] erstick[en]« suchte – obwohl doch vorgeblich »Toleranz das Losungswort der Gebildeten« war.

In der »Geschichte des modernen Unglaubens«, die Novalis in Gestalt dieser Rede als »Schlüssel zu allen ungeheuren Phänomenen der

setzte den Menschen in der Reihe der Naturwesen mit Noth oben an, und machte die unendliche schöpferische Musik des Weltalls zum einförmigen Klappern einer ungeheuren Mühle, die vom Strom des Zufalls getrieben und auf ihm schwimmend, eine Mühle an sich, ohne Baumeister und Müller und eigentlich ein ächtes Perpetuum mobile, eine sich selbst mahlende Mühle sey.«

51 §11 = NoKS, Bd. ^{3}3, S. 515_{31}–517_{28}.

52 D.h. die »Wunder und Zeichen« (S. 508) sowie die »längst verstorbenen himmlischen Menschen« (= Heiligen, s. S. 507), in denen die Gläubigen früherer Zeiten ihre Ahnungen von einem Band mit der jenseitigen Welt bestätigt gesehen hatten.

53 NoKS, Bd. ^{3}3, S. 516: »Schade daß die Natur so wunderbar und unbegreiflich, so poetisch und unendlich blieb, allen Bemühungen sie zu modernisiren zum Trotz.«

neuern Zeit« vor Augen führen will, ist damit der Wendepunkt erreicht.[54] In Deutschland, wo die Religion durch die von der Reformation verursachte »Atonie der höhern Organe« (s.o.) am längsten »in asthenischem Zustande gelegen hatte«,[55] trat sie zuerst wieder hervor, sobald »ein Zwiespalt unter den Gelehrten[56] und Regierungen, unter den Feinden der Religion und ihrer ganzen Genossenschaft entstand«. Die aus diesem Zwiespalt erwachsene »Anarchie« sieht Hardenberg als das »Zeugungselement der Religion«, die den Menschen »gen Himmel« erhebt und »die höhern Organe« als »Urkern der irdischen Gestaltung« hervortreten lässt. Nachdem der Scheitelpunkt jener oben beschriebenen ›philosophischen Sintflut‹ überschritten ist, zeigt sich »der Geist Gottes [...] über den Wassern[57] und ein himmlisches Eiland wird als Wohnstätte der neuen Menschen, als Stromgebiet des ewigen Lebens zuerst sichtbar über den zurückströmenden Wogen«, womit Novalis die menschliche Existenz erneut auf das Jenseits ausgerichtet sieht.

[7.][58] Mit dieser Vision ist die obige ›Chronik des *heiligen Sinns*‹ abgeschlossen, und der Text wechselt in einen anderen Sprachgestus: Hardenberg redet seine Hörer nunmehr direkt an[59] und fordert sie auf, die »neuen staatsumwälzenden Zeiten« einmal mit dem unbefangenen Blick des »echten« Beobachters zu betrachten. Dieser unbefangene Beobachter ist das genaue Gegenstück zu dem von der aufklärerischen Geschichtsphilosophie geprägten Universalhistoriker, wie Schiller ihn 1789 in seiner Jenaer Antrittsrede ›Was heißt und zu welchem Ende studiert man Universalgeschichte?‹ skizziert hatte. Im Vergleich der beiden Reden treten Bezüge zutage, die nach Art und Umfang die Vermutung nahelegen, dass Hardenberg seine Position hier in gezielter Opposition zu Schiller formuliert hat.[60]

54 Vgl. Samuel, Die Form von F.v. Hardenbergs Abhandlung (Anm. 4), S. 296 f.

55 In der Brownschen Medizin der Krankheitszustand anomal geringer Erregung (s. NoSch ^{3}1987, S. 777, Anm. 1; Jantzen, Physiologische Theorien [Anm. 38], S. 468 f.).

56 Als der Gegenpartei des geistlichen Standes (s.o.).

57 Vgl. die unten (S. 238) zitierte Stelle aus ›Heinrich von Ofterdingen‹ (NoKS, Bd. ^{3}1, S. 258).

58 §§12–13 = NoKS, Bd. ^{3}3, S. 517_{29}–518_{20}.

59 Vgl. Samuel, Die Form von F.v. Hardenbergs Abhandlung, S. 294 und Steinhäuser-Carvill, Christenheit, S. 84 (beide wie Anm. 4).

60 Schon Samuel hat Hardenbergs Rede in die »Nachfolge Schillers« gestellt und dabei auf charakteristische Unterschiede hingewiesen (Samuel, a.a.O., S. 291 f., 294 f., 300 f.).

Aus Hardenbergs Sicht kann der Universalhistoriker (Schillerscher Prägung) der Forderung nach ›Unbefangenheit‹ kaum gerecht werden, denn sein Geschichtsentwurf steht unter der Prämisse eines »teleologischen Prinzips«, nach dem er aus der Gesamtheit der geschichtlichen »Begebenheiten« und »Fakten« vorzugsweise solche auswählt, »welche auf die heutige Gestalt der Welt und den Zustand der jetzt lebenden Generation einen wesentlichen [...] Einfluß gehabt haben« (Schiller, S. 22). Damit die unter dieser Prämisse ausgewählten Begebenheiten kein »Aggregat von Bruchstücken« bleiben, fügt der »philosophische Verstand« dementsprechend »künstliche Bindeglieder« hinzu und erhebt so »das Aggregat zum System, zu einem vernunftmäßig zusammenhängenden Ganzen« (S. 24), das sich im Verlauf der Geschichte »planvoll entwickelt« (S. 27). Für Schiller *musste*[61] »eine lange Kette von Begebenheiten« (S. 21) bis ins Spätmittelalter genau so ablaufen, wie es geschehen war, damit Luther »das Zeichen zum Abfall« geben und »dem römischen Hierarchen eine Hälfte Europens« entrissen werden konnte – beides notwendige Vorbedingungen, um »unser menschliches Jahrhundert herbey zu führen«, das der »philosophische Verstand« der Moderne als Ausgangspunkt für seinen universalgeschichtlichen Entwurf nimmt und das in der Gegenwart – etwa in der Zusammenkunft der protestantischen Hörer zu Schillers Jenaer Antrittsrede – seinen aktuellen ›Zweck‹ findet.[62] Der »philosophische Geist«[63] schreitet »durch immer neue und immer schönere Gedankenformen [...] zu

61 Durch die mehrfache Wiederholung von »mußte« unterstreicht Schiller die Notwendigkeit dieses Geschichtsverlaufs.

62 Schiller, Universalgeschichte (Anm. 44), S. 19: »Durch seine wachsenden Reichthümer, durch die Unwissenheit der Völker und durch die Schwäche ihrer Beherrscher mußte der Klerus verführt und begünstigt werden, sein Ansehen zu mißbrauchen, und seine stille Gewissensmacht in ein weltliches Schwerd umzuwandeln. Die Hierarchie mußte in einem Gregor und Innozenz alle ihre Greuel auf das Menschengeschlecht ausleeren, damit das überhandnehmende Sittenverderbniß und des geistlichen Despotismus schreyendes Scandal einen unerschrockenen Augustinermönch auffordern konnte, das Zeichen zum Abfall zu geben, und dem römischen Hierarchen eine Hälfte Europens zu entreissen, – wenn wir uns als protestantische Christen hier versammeln sollten.« Siehe unten, Anm. 66.

63 Wie Schiller ihn sonst durchweg nennt; gelegentlich auch »philosophischer Kopf«, wohl in Anlehnung an Kant (siehe O. Dann im Anhang zu Schiller, Universalgeschichte [Anm. 44], S. 34, 41, 70). Alle diese Ausdrücke können dabei sowohl die Eigenschaft/Fähigkeit als auch deren Träger bezeichnen.

höherer Vortrefflichkeit« fort (S. 11). Dabei sieht er sich selbst »immer im Mittelpunkt des Ganzen« (S. 12) und sucht »alles um sich herum seiner eigenen vernünftigen Natur zu assimiliren«. So verwirklicht sich für ihn im modernen »Zeitalter der Vernunft« der ›höhere Endzweck‹ der Geschichte (S. 13).

Während Schiller in der Moderne »die streitenden Mächte des Staats« in einem »gesegneten Gleichgewicht ruhen« sieht (S. 20), erscheint Novalis das Bemühen des modernen »Staatsumwälzers« wie die Arbeit eines Sisyphus, dem die mächtige Last »auf der Spitze des Gleichgewichts« zur anderen Seite herunterrollt, weil nicht der sich selbst in den Mittelpunkt setzende Mensch, sondern nur die (fehlende) »Anziehung gegen den Himmel sie auf der Höhe schwebend« halten könnte (s. unten, S. 199).[64] »Alle eure Stützen sind zu schwach, wenn euer Staat die Tendenz nach der Erde behält, aber knüpft ihn durch eine höhere Sehnsucht an die Höhen des Himmels, gebt ihm eine Beziehung auf das Weltall, dann habt ihr eine nie ermüdende Feder in ihm«.

Auch Novalis verweist seine Zuhörer an die Geschichte, in deren »belehrende[m] Zusammenhang« sie mit dem »Zauberstab der Analogie«[65] nach »ähnlichen Zeitpunkten« forschen sollen. Aus seiner obigen ›Chronik‹ geht zweifelsfrei hervor, dass seine Sicht der Geschichte vom *heiligen Sinn* bestimmt ist, nicht vom ›philosophischen Geist‹ Schillers. Nirgends zeigt sich der grundverschiedene Ansatz der beiden Reden deutlicher als in der Beurteilung des Verhältnisses zwischen Religion und Philosophie. Während Schiller die Religion (für ihn selbstverständlich das protestantische Christentum)[66] durch die aufklärerische Philosophie ›veredelt‹ sieht,[67] kritisiert Hardenberg diese durch die Refor-

64 Siehe auch unten, Anm. 171 und 200.

65 Vgl. Schiller, Universalgeschichte (Anm. 44), S. 24 zur Analogie als »mächtiges Hülfsmittel« des Universalhistorikers. Dieser Zusammenhang wurde bereits von Samuel bemerkt (Die Form von F. v. Hardenbergs Abhandlung [Anm. 4], S. 294; NoKS, Bd. ^{3}3, S. 504 und S. 1015).

66 Es ist für Schiller selbstverständlich, dass die Hörer seiner Antrittsrede sich an der Jenaer Universität »als protestantische Christen [...] versammeln« (Schiller, a. a. O., S. 19, zit. oben, Anm. 62).

67 Ebd., S. 17: »Selbst unsre Religion – so sehr entstellt durch die untreuen Hände, durch welche sie uns überliefert worden – wer kann in ihr den veredelnden Einfluß der bessern Philosophie verkennen? Unsre Leibnitze und Locke machten sich um das Dogma und um die Moral des Christenthums eben so verdient, als – der Pinsel eines Raphael und Correggio um die heilige Geschichte.«

mation beförderte ›moderne Denkungsart‹ als Selbsttäuschung und Hauptgrund für die »mannichfachen Verfolgungen« des *heiligen Sinns*. Als das Grundübel sieht er auch hier den *Buchstaben*, den ewigen Feind des heiligen Sinns, zuerst in der Despotie der »ehemaligen Verfassung« des zur »Ruine« herabgesunkenen vorreformatorischen Christentums (S. 510 f.), dann in dem von Luther eingeführten »andern Buchstaben« der protestantischen Religion (S. 512), wodurch die christlichen Konfessionen »in sektirischer Abgeschnittenheit weiter von einander [standen] als von Mahomedanern und Heiden« (S. 513). Und an dieser Stelle nun greift Novalis selbst zum »Zauberstab der Analogie«, indem er die Französische Revolution zu einem »weltlichen Protestantismus« erklärt und dann mahnend fragt, ob die Geschichte sich damit wiederholen und, indem »Buchstaben Buchstaben Platz machen«, die ›protestantische Grundhaltung‹ wiederum zu einer festen Einrichtung gemacht werden solle, womit er auch für Europa die Gefahr der vernichtenden Zersplitterung heraufbeschwört, die das Christentum bereits mit der Reformation ereilt hatte.[68]

Schillers »philosophischer Geist« ordnet die »lange Kette von Begebenheiten« nach dem »teleologischen Prinzip« in aufsteigender Ordnung, und mit dem ›mächtigen Hilfsmittel der Analogie‹ formt er die Geschichte zu einem »vernunftmäßig zusammenhängenden Ganzen«,[69] das »unter dem geliehenen Lichte des Verstandes« stets eine »heitre Gestalt« annimmt (Schiller, S. 21–25).[70] Weder die durchaus eingeräumte Wechselwirkung von »Verschlimmerung« und »Verbesserung« (S. 7) noch die aus vorigen Zeiten etwa eindringenden »barbarischen Überreste« (S. 16) können seinen Blick auf die »heitre Gestalt« der Moderne trüben. Er »bringt einen vernünftigen Zweck in den Gang der

68 NoKS, Bd. ^{3}3, S. 518: »Frankreich verficht einen weltlichen Protestantismus. Sollten auch weltliche Jesuiten nun entstehn, und die Geschichte der letzten Jahrhunderte erneuert werden? Soll die Revolution die französische bleiben, wie die Reformation die Lutherische war? Soll der Protestantismus abermals widernatürlicherweise, als revolutionäre Regierung fixirt werden? Sollen Buchstaben Buchstaben Platz machen?«

69 Schiller (Universalgeschichte [Anm. 44], S. 24 f.) räumt ein, dass es sich dabei um – wenngleich durch ihren »erheblichen Zweck« gerechtfertigte – Projektionen des Universalhistorikers handelt.

70 Hardenbergs »geborgtes Licht« (NoKS, Bd. ^{3}3, S. 521) scheint Schillers Formulierung direkt aufzunehmen.

Welt«, selbst wenn die Vernunft ihren Zweck zuweilen nur auf Umwegen zu erreichen scheint, wenn etwa »der selbstsüchtige Mensch niedrige Zwecke zwar verfolgen kann, aber unbewußt vortreffliche befördert«[71] – worin der philosophische Geist eine ›List der Vernunft‹ sieht.

Solcherlei historisierendem ›Zweck‹-Optimismus, der in der Moderne die Erfüllung der Geschichte sieht, setzt Hardenberg eine ganz andere Geschichtsauffassung entgegen. Darin stehen die Reformation und, analog dazu, der »weltliche Protestantismus« der französischen Revolution[72] beispielhaft für eine historische Fehlentwicklung, in deren Verlauf der *heilige Sinn* seit jenen ›schönen glänzenden Zeiten‹ des Mittelalters beständig abgestumpft ist, was bereits zur verhängnisvollen Spaltung der Christenheit geführt hat und nun zur Zersplitterung Europas zu führen droht. Denjenigen, die (nach Schillers »teleologischem Prinzip«) einen angenommenen »höhern Endzweck« rückwärts in die Geschichte projizieren, gibt er durch rhetorische Fragen zu bedenken, dass die Vergangenheit ebenso bereits den »Keim des Verderbens« in sich tragen könne.[73] Unter Anrufung der Transzendenz als »Geist der Geister« verlagert er die Betrachtung der Geschichte schließlich auf eine religiöse Ebene. Statt im vermeintlichen Wissen um den ›Zweck‹ der Geschichte sie »eigenmächtig« zu »modeln« und in allem »[die eigene] Richtung ihr zu geben«, empfiehlt er, sie wie ein ›Evangelium‹ zu studieren[74] und dabei »gläubig ihren Verheißungen und Winken zu folgen«.[75] Auch hier erkennt man die Opposition von Glauben

71 Schiller, Universalgeschichte (Anm. 44), S. 27 und 38 (Anm.).

72 Die Schiller in seiner Antrittsrede Ende Mai 1789 freilich noch nicht berücksichtigen konnte.

73 NoKS, Bd. 33, S. 518: »Sucht ihr den Keim des Verderbens auch in der alten Einrichtung, dem alten Geiste? und glaubt euch auf eine bessere Einrichtung, einen bessern Geist zu verstehn?«

74 Vgl. die zeitgenössischen Fragmente (NoKS, Bd. 33, S. 565, Nr. 73): »Behandlung der Geschichte, als *Evangelium*« (unten, Anm. 135); S. 586, Nr. 214: »Der Historiker muß im Vortrag oft Redner werden – Er trägt ja *Evangelien* vor, denn die ganze Geschichte ist Evangelium.«

75 NoKS, Bd. 33, S. 518: »O! daß der Geist der Geister euch erfüllte, und ihr abließet von diesem thörichten Bestreben die Geschichte und die Menschheit zu modeln, und eure Richtung ihr zu geben. Ist sie nicht selbständig, nicht eigenmächtig, so gut wie unendlich liebenswerth und weissagend? Sie zu studiren, ihr nachzugehn, von ihr zu lernen, mit ihr gleichen Schritt zu halten, gläubig ihren Verheißungen und Winken zu folgen – daran denkt keiner.«

und Wissen, von *heiligem Sinn* und *Buchstaben*, die sich durch den ganzen Text zieht.

Es dürfte deutlich geworden sein, dass es Hardenberg nicht um eine Universalgeschichte im Sinne der Schillerschen Antrittsrede geht,[76] wohl aber um eine Weltgeschichte,[77] wenngleich – dem Titel seiner Rede entsprechend – um eine auf die Christenheit und Europa ausgerichtete, und – ersterer Ausrichtung entsprechend – nicht um eine profane, sondern um eine religiöse. Entsprechend gestaltet sich die Rolle der Analogie. Versteht man sie in ihrer Anwendung auf die Geschichte in einem ›aristotelischen‹ Sinne, »von Einem her, auf Eines hin«,[78] so ist dieses ›Eine‹ bei Schiller die in aufsteigender Stufenordnung zu einem »übereinstimmenden Ganzen« fortschreitende Vernunft, bei Novalis dagegen der im Verlauf der neueren europäischen Geschichte zunehmend unterdrückte und erlahmte *heilige Sinn*, den neu zu beleben Novalis zur Aufgabe der Zukunft erklärt. Es versteht sich von selbst, dass dem tatsächlichen Verlauf der Geschichte damit in einem viel geringeren Maße eine sinnstiftende Aufgabe zukommt als in einer Universalgeschichte Schillerscher Prägung. Folglich ist auch die konkrete Geschichte, der faktische Ablauf der Begebenheiten, für Hardenberg von geringer Bedeutung – weshalb der oft wiederholte Vorwurf, es mangele ihm an der nötigen Kenntnis historischer Fakten oder er setze sich über sie hinweg,[79] ins Leere geht: Sein visionäres Geschichtsbild zielt gar nicht darauf ab. Ihm geht es allein um die Frage, in welchem Maße sich der *heilige Sinn* in den einzelnen historischen Epochen jeweils manifestiert.

76 Insbesondere Schiller, Universalgeschichte (Anm. 44), S. 18–21.

77 In diese Richtung weist ein zeitgenössisches Fragment (NoKS, Bd. [3]3, S. 566, Nr. 77): »Partielle Geschichten sind durchaus nicht möglich – Jede Geschichte muß Weltgeschichte seyn, und nur in Beziehung auf die ganze Geschichte ist historische Behandlung eines einzelnen Stoffs möglich.«

78 Siehe Wolfgang Kluxen, Analogie [I.], in: Historisches Wörterbuch der Philosophie, hrsg. von Joachim Ritter und Karlfried Gründer, Bd. 1, Basel 1971, Sp. 214–227, hier: Sp. 217.

79 Beispielhaft ist hier Tiecks Rechtfertigung für die (abermalige) Unterdrückung der Rede in der Novalis-Ausgabe [5]1837–1846 (zitiert nach Samuel in NoKS, Bd. [3]3, S. 500): »Wir fanden die historische Ansicht zu schwach und ungenügend«. Eine Übersicht über die zahlreichen Spielarten dieses Vorwurfs bietet Kasperowski, Mittelalterrezeption (Anm. 13), S. 41–46; siehe auch Martin Schierbaum, Friedrich von Hardenbergs poetisierte Rhetorik. Politische Ästhetik der Frühromantik, Paderborn u. a. 2002, S. 62–69.

[8.][80] Novalis gibt sogleich ein Beispiel dafür, wie man den »Verheißungen und Winken« der Geschichte gläubig zu folgen habe, selbst wenn dies auf den ersten Blick schwerfallen mag (S. 518): Nicht ohne Ironie bemerkt er, dass in Frankreich viel für die Religion getan worden sei, »indem man ihr das Bürgerrecht genommen,[81] und ihr bloß das Recht der Hausgenossenschaft gelassen« habe, so dass sie nun als »eine fremde unscheinbare Waise [...] erst die Herzen wiedergewinnen« müsse. Es steht für ihn außer Zweifel, dass sie sodann auch »wieder öffentlich angebetet und in weltliche Dinge zur freundschaftlichen Berathung und Stimmung der Gemüther gemischt wird«, wogegen dann die postrevolutionären Religionsschöpfungen der »eisernen Maske« Robespierre,[82] die Theophilanthropie und andere zeitgenössische Erscheinungen des religiösen »Kaltsinns« – als Antipode des *heiligen* – sich wie ›historische Merkwürdigkeiten‹ ausnehmen.[83]

Auch in den übrigen europäischen Ländern sieht Hardenberg bereits »ein neues höheres religiöses Leben [...] pulsiren und bald Alles andere weltliche Interesse verschlingen« – wodurch das »Band mit der jenseitigen Welt«[84] als erneuert anzusehen wäre. Als Wegbereiter dieser Erneuerung gilt ihm Deutschland, das sich über die weltlichen Belange der übrigen europäischen Länder wie »Krieg, Spekulation und Parthey-Geist« erhebt und einer »höhern Epoche der Cultur« entgegenstrebt. »Eine gewaltige Gärung« in Wissenschaften und Künsten erregt überall »eine gewaltige Ahndung der schöpferischen Willkühr, der Grenzenlosigkeit, der unendlichen Mannigfaltigkeit, der heiligen Eigenthümlichkeit und der Allfähigkeit der innern Menschheit«. Wenngleich »nur Andeutungen, unzusammenhängend und roh«, verraten diese Entwicklungen »dem historischen Auge eine universelle Individualität, eine neue

80 §§14–15 = NoKS, Bd. 33, S. 518_{21}–520_{7}.

81 Mit der »Constitution civile du clergé« von 1790.

82 Dazu Samuel, Geschichtsauffassung (Anm. 43), S. 86–88 und Ernst Behler, Unendliche Perfektibilität. Europäische Romantik und Französische Revolution, Paderborn u.a. 1989, S. 263. Siehe auch Hardenbergs Bemerkungen zur »Maske des Kosmopolitismus« in ›Glauben und Liebe‹, Nr. 23 (NoKS, Bd. 32, S. 485). Der Begriff war übrigens kurz zuvor durch Friedrich Eberhard Rambachs (unter Pseudonym veröffentlichten) Ossian-Roman ›Die eiserne Maske. Eine schottische Geschichte‹ (Frankfurt und Leipzig 1792) populär geworden.

83 Entsprechend der Polarität unten, S. 193.

84 NoKS, Bd. 33, S. 509; s. o., S. 177 f. und Anm. 52.

Geschichte, eine neue Menschheit«.[85] Auch hier wird der Unterschied – wenn nicht der bewusste Gegensatz – zu Schillers Universalhistoriker deutlich, dessen Annahme eines »vernunftmäßig zusammenhängenden Ganzen« (oben, S. 186) auf der Prämisse der »Gleichförmigkeit und unveränderlichen Einheit der Naturgesetze und des menschlichen Gemüths« beruht.[86] Dieser Schillerschen ›Universalität‹ mit deutlicher Tendenz zur ›Uniformität‹ setzt Hardenberg die »universelle Individualität« entgegen (unten, S. 254), die sich ihm in ebenjener »neue[n] Geschichte« zeigt, welche demnach als nicht von der aufklärerischen Prämisse geprägt anzunehmen wäre. Sie führt die »neue Menschheit« zu einer Wiedervereinigung mit der Religion: »[...] die süßeste Umarmung einer jungen überraschten Kirche und eines liebenden Gottes, und das innige Empfängniß eines neuen Messias in ihren tausend Gliedern zugleich« verkünden jene »neue goldene [...], ewiges Leben entzündende Zeit«, eine »große Versöhnungszeit«, deren »Heiland [...] wie ein ächter Genius unter den Menschen einheimisch, nur geglaubt nicht gesehen werden [kann], und unter zahllosen Gestalten den Gläubigen sichtbar, als Brod und Wein, verzehrt, als Geliebte umarmt, als Luft geathmet, als Wort und Gesang vernommen, und mit himmlischer Wollust, als Tod, unter den höchsten Schmerzen der Liebe, in das Innre des verbrausenden Leibes aufgenommen wird« – all dies eine deutliche Manifestation des *heiligen Sinns* in Ausdrucksformen dessen, was Novalis unter ›angewandter Religion‹ versteht.[87] Hier bestätigt sich die obige Beobachtung, dass Hardenbergs Idee der Geschichte religiös geprägt ist und das von Samuel in Umlauf gebrachte ›Triadenschema‹ (unten, S. 230) ihr deshalb kaum gerecht werden kann. Vielmehr lässt sich ihr Verlauf, in Anlehnung an Schellings (spätere) Schrift ›Philosophie und Religion‹ (1804),[88] in zwei Stränge unterteilen, nämlich den

85 NoKS, Bd. 33, S. 519.

86 Schiller, Universalgeschichte (Anm. 44), S. 24.

87 Diese Vorstellungen werden später wieder aufgenommen (unten, Anm. 141); zu ›angewandter Religion‹ vgl. NoKS, Bd. 33, S. 570 f., Fragment Nr. 104.

88 Friedrich Wilhelm Joseph Schelling, Philosophie und Religion, in: ders., Sämmtliche Werke, I. Abt., Bd. 6, Stuttgart und Augsburg 1860, S. 11–70, hier: S. 57: »Die Geschichte ist ein Epos, im Geiste Gottes gedichtet; seine zwei Hauptpartien sind: die, welche den Ausgang der Menschheit von ihrem Centro [= Gott; ebd., S. 45 f., R. G.] bis zur höchsten Entfernung von ihm darstellt, die andere, welche die Rückkehr.«

Abfall von der ›Absolutheit‹ (Gott) und, am Punkt der größtmöglichen Entfernung, die Umkehr und letztendliche Versöhnung mit und Auflösung in ihr[89] – wodurch alle Geschichte zu ihrem Ende kommt.

[9.][90] Dass es Novalis an diesem Wendepunkt gelingt, »auch jenen [...] vorhergegangenen Zeiten freundlich zuzulächeln«, zeigt die inzwischen gewonnene Distanz, aus welcher ihm die »wunderlichen Thorheiten« der vorangegangenen Epoche als »merkwürdige Kristallisationen[91] des historischen Stoffs« erscheinen, die gleichwohl zur vollen Ausbildung kommen mussten, damit die oben skizzierte ›Geschichte des Abfalls vom heiligen Sinn‹ sich erfüllen konnte. Mit einem verbindlichen – und nicht minder ironischen – Händedruck dankt er den »Gelehrten und Philosophen« dafür, dass durch sie der »Wahn« der »vorhergegangenen Zeiten [...] zum Besten der Nachkommen erschöpft, und die wissenschaftliche Ansicht der Dinge geltend gemacht« worden sei. Denn erst indem sie den philosophisch-wissenschaftlichen »Wahn«[92] auf die Spitze trieben, konnte dessen Gegenpol, die Poesie, um so »reizender und farbiger, [...] wie ein geschmücktes Indien dem kalten, todten Spitzbergen jenes Stubenverstandes gegenüber« gestellt werden.[93] Nachdem sie, zunächst überwältigt durch die Einsichten ihres mechanistischen Weltbildes,[94] den Sinn für das »Heiligste und Schönste der Welt« dem »ersten Selbstbewußtseyn« geopfert hatten, waren diese

89 Ebd., S. 43.

90 §16 = NoKS, Bd. ³3, S. 520_{8-29}.

91 Dazu vgl. Novalis' ›Blüthenstaub‹-Fragment Nr. 109 (NoKS, Bd. ³3, S. 461).

92 Entsprechend der Polarität von »Kaltsinn« und heiligem Sinn (oben, S. 191).

93 Novalis entwickelt diese Polarität anschließend noch weiter (NoKS, Bd. ³3, S. 520): »Damit Indien in der Mitte des Erdballs so warm und herrlich sey, muß ein kaltes starres Meer, todte Klippen, Nebel statt des gestirnvollen Himmels und eine lange Nacht, die beiden Enden unwirthbar machen.« Es versteht sich von selbst, dass aus diesem Gebrauch ›Indiens‹ als Metapher für die Poesie kein besonderes Interesse an Indien ableitbar ist, wie zuweilen behauptet (oben, Anm. 23). Man vergleiche dazu seinen Brief an Just vom Februar 1800 (NoKS, Bd. ²4, S. 321, Nr. 152): »Die Philosophie ruht jetzt bey mir nur im Bücherschranke. Ich bin froh, daß ich durch diese Spitzberge der reinen Vernunft durch bin, und wieder im bunten erquickenden Lande der Sinne mit Leib und Seele wohne.« Ähnliches gilt für das Bild von der »indischen Heymath«, in welche der Geist beim Hören von Musik versetzt wird (Allgemeines Brouillon, Nr. 245, NoKS, Bd. ³3, S. 283).

94 NoKS, Bd. ³3, S. 520: »Die tiefe Bedeutung der Mechanik lag schwer auf diesen Anachoreten in den Wüsten des Verstandes.«

»Anachoreten in den Wüsten des Verstandes« selbst »die Ersten, die wieder die Heiligkeit der Natur, die Unendlichkeit der Kunst, die Nothwendigkeit des Wissens, die Achtung des Weltlichen, und die Allgegenwart des wahrhaft Geschichtlichen durch die That anerkannten« (dazu unten, S. 233) – womit die aufklärerische »Gespensterherrschaft« menschlicher Selbstbezogenheit von deren (vormaligen) Protagonisten selbst überwunden war.

[10.][95] Mit dem ›Zauberstab der Analogie‹ überträgt er das aus Wissenschaft und Philosophie entwickelte Muster nun auf die Religion. Die Erklärung für »jene fürchterlichen Erzeugnisse eines Religionsschlafs, jene Träume und Deliria des heiligen Organs«, in denen »Gespenster« an die Stelle der Götter traten,[96] erwartet Novalis auch hier von den (vormaligen) Protagonisten dieser nun überwundenen Epoche, nämlich von »Philanthropen und Encyclopädisten«. Mit ersteren meint er vermutlich die Anhänger der spätrevolutionären *Theophilanthropie* (s. o.), einem Religionssurrogat aus griechischer Philosophie,[97] Freimaurerei,[98] Deismus und anderen Komponenten, mit letzteren Denis Diderot und seine Mitstreiter, deren ›Encyclopédie‹ (1751–1772) die Religion, insbesondere das Christentum, einer destruktiven Kritik unterzieht.[99] Sie alle verweist Hardenberg nun auf Schleiermachers ›Re-

95 §§17–18 = NoKS, Bd. ^{3}3, S. 520_{30}–521_{22}.

96 NoKS, Bd. ^{3}3, S. 520 f.: »Erst durch genauere Kenntniß der Religion wird man jene fürchterlichen Erzeugnisse eines Religionsschlafs, jene Träume und Deliria des heiligen Organs besser beurtheilen und dann erst die Wichtigkeit jenes Geschenks recht einsehn lernen. Wo keine Götter sind, walten Gespenster, und die eigentliche Entstehungszeit der europäischen Gespenster, die auch ihre Gestalt ziemlich vollständig erklärt, ist die Periode des Übergangs der griechischen Götterlehre in das Christenthum.«

97 Dazu merkt G. Schulz an (NoSch ^{3}1987, S. 809): »Die ›Periode des Übergangs der griechischen Götterlehre in das Christentum‹ ist als eine Zeit der Überdeckung christlicher durch antike mythologische Vorstellungen zu verstehen, wie das seit der Renaissance bis ins 18. Jahrhundert der Fall war, nicht als ein Zwischenreich zwischen Antike und Christentum«, wie bei Samuel (NoKS, Bd. ^{3}3, S. 1015), der »die Zeit des griechischen Einflusses auf das Christentum durch Plotin und Dionysius Areopagita« als die »eigentlich[e] Entstehungszeit der europäischen Gespenster« (NoKS, Bd. ^{3}3, S. 520) verstanden hatte.

98 Daher der Bezug auf »friedenstiftende Loge« und »Bruderkuß«.

99 Schon der von Novalis geschätzte Edmund Burke (unten, Anm. 128) hatte hinter der ›Encyclopédie‹ »something like a regular plan for the destruction of the

den‹, damit die im Verlauf der Geschichte »abgestorbene geliebte Ahndung« neu belebt werde und sie »mit junger Liebe die Wunderherrlichkeit der Natur, der Geschichte und der Menschheit« schauen und darin das erkennen, was »der schwerfällige irdische Verstand [ihnen] nicht haschen konnte«. Den »neuen Schleier«, den Schleiermachers ›Reden‹ um »die Jungfrau« legen, stellt Novalis als Metapher für den ›überirdischen‹ Aspekt von Religion dem Protestantismus gegenüber,[100] der »keine herrlichen großen Erscheinungen mehr« hervorgebracht habe (oben, S. 181). In den ›Reden‹ erklingt für Novalis »der feierliche Ruf zu einer neuen Urversammlung, der gewaltige Flügelschlag eines vorüberziehenden englischen Herolds. Es sind die ersten Wehen, setze sich jeder in Bereitschaft zur Geburt!« Ganz ähnlich waren Schleiermachers ›Reden‹ in F. Schlegels ›Ideen‹ (1800) aufgenommen worden[101] (die Novalis 1799, schon vor deren Veröffentlichung, ausführlich kommentiert hatte).[102]

[11.][103] Nach dieser »Betrachtung der innern Welt« der Religion[104] wendet sich Novalis nun den »äußern Wissenschaften« zu. Durch deren jüngste Fortschritte habe sich immer deutlicher gezeigt, dass der »Glanz unserer Entdeckungen […] nur ein geborgtes Licht« sei, in dessen

Christian religion« vermutet, wodurch der Revolution der Boden bereitet worden sei (Edmund Burke, Reflections on the Revolution in France, and on the Proceedings in Certain Societies in London Relative to that Event. In a Letter Intended to have been sent to a Gentleman in Paris, London 1791, zitiert nach: The Writings and Speeches of Edmund Burke, vol. VIII: The French Revolution, 1790–1794, ed. by L. G. Mitchell, Oxford 1989, S. 53–293, hier: S. 160–162).

100 Siehe auch unten, S. 205.

101 Siehe insbesondere F. Schlegels ›Ideen‹, Nr. 50 (KFSA, Bd. 2, S. 261): »Ihr staunt über das Zeitalter, über die gärende Riesenkraft, über die Erschütterungen, und wißt nicht welche neue Geburten ihr erwarten sollt. Versteht euch doch und beantwortet euch die Frage, ob wohl etwas in der Menschheit geschehen könne, was nicht seinen Grund in ihr selbst habe. Muß nicht alle Bewegung aus der Mitte kommen, und wo liegt die Mitte? – Die Antwort ist klar, und also deutet auch die Erscheinung auf eine große *Auferstehung der Religion*, eine allgemeine Metamorphose. Die Religion an sich zwar ist ewig, sich selbst gleich und unveränderlich wie die Gottheit; aber eben darum erscheint sie immer neu gestaltet und verwandelt« (Hervorhebung R. G.). Zum zentralen Gedanken einer »Auferstehung der Religion« vgl. Schleiermacher, Reden (Anm. 3), S. 263.

102 NoKS, Bd. ^{3}3, S. 488–493, hier: S. 490.

103 §19 = NoKS, Bd. ^{3}3, S. 521_{23}–522_{8}.

104 NoKS, Bd. ^{3}3, S. 509; s. oben, Anm. 28.

Schein die Natur anfing, »immer dürftiger auszusehn«.[105] Diese Entwicklung habe die »Hülfsbedürftigkeit der äußern Wissenschaften [...] immer sichtbarer« gemacht, und nun sei klar, dass man »das Wesentliche, das Gesuchte [...] mit den bekannten Werkzeugen und den bekannten Methoden nicht finden und construiren« könne. Die Einsicht, »daß Eine Wissenschaft nichts ohne die Andere sey«, habe einige zu »Mystifikationsversuche[n] der Wissenschaften« angeregt, in denen »das wunderliche Wesen der Philosophie [...] als rein dargestelltes wissenschaftliches Element zu einer symmetrischen[106] Grundfigur der Wissenschaften« hinzutrat (›anflog‹),[107] während andere versuchten, »die concreten Wissenschaften in neue Verhältnisse« zu bringen, »einen lebhaften Verkehr derselben untereinander« zu befördern und »ihre naturhistorische Classification aufs Reine zu bringen«. Dieser ›kombinatorische‹ »Umgang mit der äußern und innern Welt« ist Ausdruck einer »höhern Bildung des Verstandes« (S. 522), in der sich die »Kenntniß der erstern«, d.h. der äußeren Welt, mit der »Erregung[108] und Cultur der letztern«, inneren Welt, verbindet, womit die – offenbar auf einseitiges Wissen zurückgeführte – »Witterung sich klären und der alte Himmel und mit ihm die Sehnsucht nach ihm, die lebendige Astronomie, wieder zum Vorschein kommen muß«. Erst diese »lebendige Astronomie«,[109] in welcher die Beobachtung »des gestirnvollen Him-

105 Wiederum in Analogie hatte Novalis es zuvor dem ›auszehrenden Einfluß‹ der Lutherschen Philologie zugeschrieben, dass »der dürftige Inhalt« der Bibel im protestantischen ›Buchstabenglauben‹ immer deutlicher hervorgetreten sei (oben, S. 180).

106 Zu ›Symmetrie‹ unten, Anm. 122.

107 Laut Wilfried Malsch, ›Europa‹. Poetische Rede des Novalis. Deutung der Französischen Revolution und Reflexion auf die Poesie in der Geschichte, Stuttgart 1965, S. 60 f., bezieht sich dies auf Franz von Baader (ein Schüler Abraham Gottlob Werners an der Freiberger Bergakademie, wie später Novalis selbst), Schelling (der von Baader beeinflusst war) und Johann Wilhelm Ritter.

108 Oben, Anm. 38, zu ›Reizbarkeit‹.

109 Die Umrisse dieser »lebendigen Astronomie« werden bereits erkennbar in Hardenbergs Fragmenten von 1800, zu denen die Herausgeber, R. Samuel und G. Schulz, in ihrer Einleitung bemerken (NoKS, Bd. [3]3, S. 549): »Die physikalisch-astronomischen Studien, die Betrachtungen zu Schwerkraft und Erdrotation stehen zum Teil wieder in Verbindung mit Theorien Ritters. In allem aber geht es letzten Grundes um die Einfügung und Einordnung des Menschen in den Gang der Natur und des Kosmos.«

mels« (S. 520) sich mit dem neu ›erregten‹ *heiligen Sinn* für das ›alte‹, in Vergessenheit geratene Jenseits verbindet, kann die »tiefe Bedeutung der Mechanik« entschlüsseln, die den »Anachoreten in den Wüsten des Verstandes« wegen ihrer rein ›mechanistischen‹ Betrachtungsweise[110] ein Rätsel bleiben musste (oben, S. 193).[111] In dieser »lebendigen Astronomie«[112] sucht Novalis offenbar die fromme Unwissenheit des alten Glaubens mit den »gefährlichen Entdeckungen« der neuen »äußern Wissenschaften«[113] zu vermitteln und damit den *heiligen Sinn* in die Gegenwart zu integrieren.

[12.][114] Beim anschließenden Blick auf das »politische Schauspiel« seiner Zeit greift Novalis wiederum zum »Zauberstab der Analogie«: Wie in den Wissenschaften, so sind auch hier »alte und neue Welt [...] im Kampf begriffen«. Die offensichtliche »Mangelhaftigkeit und Bedürftigkeit der bisherigen Staatseinrichtungen«, die zu »furchtbaren Phänomenen«[115] geführt hat, lässt in der Politik dieselbe ›Hülfsbedürftigkeit‹ erkennen, die im vorigen Abschnitt den Wissenschaften attestiert wurde. Und wie diese durch »lebhaften Verkehr« untereinander neu belebt wurden (s. o.), müssten vielleicht auch die europäischen Staaten in »eine nähere und mannigfaltigere Connexion und Berührung« gebracht werden, vermutet Novalis, und fragt weiter, ob dies zu erreichen vielleicht »der historische Zweck des Krieges wäre«. Sollte analog zur neuen Wissenschaftslehre [Fichtes], die dazu gedacht war, den Verkehr der Wissenschaften untereinander auf eine neue Grundlage zu stellen, nun vielleicht auf dem Gebiet der Politik »ein Staat der

110 Man denke an die entschieden atheistische ›Himmelsmechanik‹ des Pierre Simon de Laplace (Traité de mécanique céleste, Paris 1798, dt. 1800), dessen ›Exposition du système du monde‹ (Paris 1795) Novalis in der deutschen Übersetzung von 1797 »sorgfältig studiert« (Schulz in NoKS, Bd.^{3}3, S. 6; vgl. S. 13, 15–17) hatte und auf den er (als »La Place«) wiederholt Bezug nimmt (NoKS, Bd.^{3}3, S. 40, 53, 58, 69 und passim).

111 Vgl. NoKS, Bd.^{3}3, S. 520, zit. in Anm. 94; diese Passage steht beispielhaft für Hardenbergs Vision von einer »lebendigen Astronomie«.

112 In ›Glauben und Liebe‹ (dazu unten) prägt Novalis den Begriff »geistiger Astronom« (NoKS, Bd.^{3}2, S. 490).

113 Oben, Anm. 19.

114 §§20–22 = NoKS, Bd.^{3}3, S. 522_{9}–523_{21}; zu Absatzeinteilungen s. dort, S. 1014.

115 Vermutlich eine Anspielung auf die Französische Revolution und die darauf folgende Terrorherrschaft.

Staaten, eine *politische* Wissenschaftslehre«[116] bevorstehen, fragt er, und könnte analog zur Philosophie in ersterem Umfeld nun die »Hierarchie« die »symmetrische Grundfigur der Staaten« sein? Ob Hardenberg mit ›Hierarchie‹ hier (wie oben, S. 182) die *weltliche* Macht der – durch ebendiese korrumpierten – Kirche oder, wie an anderer Stelle, die Herrschaft eines Monarchen meint,[117] bleibt offen.[118] In jedem Falle steht der Begriff für »weltliche Kräfte«, und diesen ist es nach seiner Überzeugung unmöglich, »sich selbst ins Gleichgewicht [zu] setzen, ein drittes Element, das weltlich und überirdisch zugleich ist, kann allein diese Aufgabe lösen«. Die Problematik des fehlenden *Gleichgewichts*[119] hängt eng zusammen mit der in der Frühromantik verbreiteten Grundannahme einer Polarität[120] der Kräfte in der Natur und damit in allen auf sie bezogenen Wissenschaften von der Medizin bis zur Mechanik, aber nicht minder in allen menschlichen Lebensbereichen,[121] sei es im Staate oder in der Ehe (s. u.). Das fehlende Gleichgewicht[122] weltlicher

116 Hervorhebung R. G.

117 In einem Fragment seines ›Allgemeinen Brouillon‹, Nr. 254 (NoKS, Bd. ³3, S. 285), wo Novalis unter der Überschrift »Politik« notiert: »Hierarchie = Monarchie. Regierung eines Einzelnen«.

118 Siehe auch unten, S. 241 zu Fragment Nr. 153 von 1799.

119 Vgl. F. Schlegel in einem Fragment zur Geschichte und Politik von 1812 (KFSA, Bd. 20, S. 381, Nr. 322) und Hermann Kurzke, Romantik und Konservatismus. Das ›politische‹ Werk Friedrich von Hardenbergs (Novalis) im Horizont seiner Wirkungsgeschichte, München 1983 (= Literaturgeschichte und Literaturkritik. Schriften zur Deutschen und Allgemeinen und Vergleichenden Literaturwissenschaft 5), S. 12 f. zu Adam Müllers ›Vorlesungen über die deutsche Wissenschaft und Literatur‹ (Dresden 1806).

120 Vgl. Wackenroder, Herzensergießungen (Anm. 2), S. 87 und passim.

121 Hierzu z. B. Hardenbergs Freiberger naturwissenschaftliche Studien, 5. »Physicalische Fragmente« (NoKS, Bd. ³3, S. 78): »Alle Bewegung entsteht durch Bestreben wieder das Gleichgewicht herzustellen.« Diese Fragmente fallen in die Zeit seiner intensiven Auseinandersetzung mit Schellings ›Von der Weltseele‹ (1798; vgl. Schulz in NoKS, Bd. ³3, S. 19), wo dieser festgestellt hatte (Schelling, HKA, I. Abt., Bd. 6, 2000, S. 64–270, hier: S. 86): »[…] die entgegengesetzten Kräfte haben ein notwendiges Bestreben, sich ins Gleichgewicht, d. h. ins *Verhältniß der mindesten Wechselwirkung* zu setzen«; zum zentralen Begriff der Wechselwirkung s. auch Sarah Schmidt, Die Konstruktion des Endlichen. Schleiermachers Philosophie der Wechselwirkung, Berlin und New York 2005 (= Quellen und Studien zur Philosophie 67).

122 Mit der wiederholt angesprochenen ›symmetrischen Grundfigur‹ (s. o.) ist dasselbe gemeint, nämlich eine ausgewogene, harmonische Anordnung der Teile

Mächte, hier veranschaulicht am Kampfe zwischen Monarchie und Republikanismus,[123] hatte Hardenberg bereits mit dem Sisyphus-Gleichnis (oben, S. 187) problematisiert, und er war dort zu dem Schluss gekommen, dass es nur durch eine »Anziehung gegen den Himmel«, eine »höhere Sehnsucht«, eine »Beziehung auf das Weltall« ausgeglichen werden könne. Damit sind diese beiden polar angeordneten weltlich-politischen Kategorien, deren »nothwendige Ansprüche« Hardenberg gleichermaßen anerkennt,[124] aufgehoben in der über dieser Polarität

zueinander und zum Ganzen, worin noch die ursprüngliche Bedeutung des Begriffs anklingt (vgl. Walter Kambartel, Symmetrie, in: Historisches Wörterbuch der Philosophie, hrsg. von Joachim Ritter und Karlfried Gründer, Bd. 10, Basel 1998, Sp. 745–749, hier: Sp. 745).

123 NoKS, Bd. ³3, S. 522: »Unter den streitenden Mächten kann kein Friede geschlossen werden, aller Friede ist nur Illusion, nur Waffenstillstand; auf dem Standpunkt der Kabinetter [der Politiker/Diplomaten; R. G.], des gemeinen Bewußtseyns ist keine Vereinigung denkbar. Beide Theile haben große, nothwendige Ansprüche und müssen sie machen, getrieben vom Geiste der Welt und der Menschheit. Beide sind unvertilgbare Mächte der Menschenbrust; hier die Andacht zum Alterthum, die Anhänglichkeit an die geschichtliche Verfassung, die Liebe zu den Denkmalen der Altväter und der alten glorreichen Staatsfamilie, und Freude des Gehorsams; dort das entzückende Gefühl der Freiheit, die unbedingte Erwartung mächtiger Wirkungskreise, die Lust am Neuen und Jungen, die zwanglose Berührung mit allen Staatsgenossen, der Stolz auf menschliche Allgemeingültigkeit, die Freude am persönlichen Recht und am Eigenthum des Ganzen, und das kraftvolle Bürgergefühl.«

124 Es versteht sich von selbst, dass ein solches ›polares Weltbild‹ immer beide Pole als ›notwendig‹ voraussetzt, die dann jeweils in das richtige Verhältnis zueinander zu setzen sind. Hier scheint mir eine Bemerkung Florian Roders zu Hardenbergs »antithetischem Verfahren« treffend (F. Roder, Novalis. Die Verwandlung des Menschen. Leben und Werk Friedrich von Hardenbergs, Stuttgart 1992, S. 616 f.): »Alle geschichtlichen Phänomene sind in ihrer Zweischneidigkeit erfaßt, je nach dem Blickpunkt, von dem aus sie beurteilt werden. Keinen der Zustände setzt Novalis absolut; vielmehr sucht er den gesamten Verlauf als Widerspiel polarer Kräfte zu begreifen, die sich notwendig bedingen und auseinander hervortreiben. […] Novalis verfolgt keinen ideologischen Zweck, er will keinen Parteistandpunkt einnehmen; er ist weder für das Mittelalter noch gegen es, weder für die Revolution noch gegen sie. Er betrachtet die Geschichte in souveräner Ruhe von einem erhöhten Ort aus. […] Die souveräne Unbefangenheit vermag Extreme zu überspannen. Sie schildert den historischen Verlauf nicht mildernd, abwägend, relativierend, sondern bewußt aus Gegensätzen heraus. Damit gewinnt sie den lebendigen Raum, in dem Geschichte aus einer Reihung von Tatsachen zu einem dramatischen Kunstwerk wird.«

stehenden »geistlichen Macht«.[125] Statt sich selbst an deren Stelle zu setzen[126] und damit einem alles vernichtenden »Wahnsinn« anheimzufallen,[127] sollten die Menschen einsehen, dass das Staatswesen nur auf der Grundlage der christlichen Religion errichtet werden könne – wie dies ganz ähnlich Edmund Burke schon 1791 zu bedenken gegeben hatte,[128] dessen starke Bezugnahme auf die Religion in diesem Zusam-

125 NoKS, Bd.³3, S. 523: »Keine hoffe die Andere zu vernichten, alle Eroberungen wollen hier nichts sagen, denn die innerste Hauptstadt jedes Reichs liegt nicht hinter Erdwällen und läßt sich nicht erstürmen. Wer weiß ob des Kriegs genug ist, aber er wird nie aufhören, wenn man nicht den Palmenzweig ergreift, den allein eine geistliche Macht darreichen kann.« Siehe auch ›Glauben und Liebe‹, NoKS, Bd.³2, S. 490f.: »[22.] Es wird eine Zeit kommen und das bald, wo man allgemein überzeugt seyn wird, daß kein König ohne Republik, und keine Republik ohne König bestehn könne, daß beide so untheilbar sind, wie Körper und Seele, und daß ein König ohne Republik, und eine Republik ohne König, nur Worte ohne Bedeutung sind. Daher entstand mit einer ächten Republik immer ein König zugleich, und mit einem ächten König eine Republik zugleich. Der ächte König wird Republik, die ächte Republik König seyn.« Danach (in Nr. 23) wendet sich Novalis gegen die Hybris der republikanischen »[…] Philister, leer an Geist und arm an Herzen, Buchstäbler [s. o.], die ihre Seichtigkeit und innerliche Blöße hinter den bunten Fahnen der triumphirenden Mode […] in der neuen, französischen Manier […] unter der imposanten Maske des Kosmopolitismus zu verstecken suchen, und die Gegner(,) wie die Obscuranten verdienen, damit der Frosch- und Mäusekrieg vollkommen versinnlicht werde.«

126 In Analogie zu dem durch die Reformation ausgelösten Konflikt (dazu oben, S. 183).

127 NoKS, Bd.³3, S. 523: »Es wird so lange Blut über Europa strömen bis die Nationen ihren fürchterlichen Wahnsinn gewahr werden, der sie im Kreise herumtreibt und von *heiliger Musik* getroffen und besänftigt zu ehemaligen Altären in bunter Vermischung treten, Werke des Friedens vornehmen, und ein großes Liebesmahl, als Friedensfest, auf den rauchenden Wahlstätten mit heißen Thränen gefeiert wird« (Hervorhebung R. G.). Mit der ›heiligen Musik‹ spielt Novalis wiederum auf Schleiermacher an (ders., Reden [Anm. 3], 2. Rede, S. 219): »[…] die religiösen Gefühle sollen wie eine heilige Musik alles Thun des Menschen begleiten«; ›heilige Musik‹ steht auch hier in enger Verbindung mit dem *heiligen Sinn* und bezeichnet nicht etwa Musik im geläufigen Sinne.

128 Für Burke, dessen ›Reflections on the Revolution in France‹ starken Eindruck auf Novalis, F. Schlegel und andere Frühromantiker machten (zu Novalis vgl. Samuel, Geschichtsauffassung [Anm. 43], S. 76), ist die Religion die Grundlage des Staatswesens (Reflections [Anm. 99], S. 141 und 147): »We know, and what is better we feel inwardly, that religion is the basis of civil society, and the source

menhang selten berücksichtigt wird.[129] Denn »nur die Religion kann Europa wieder aufwecken und die Völker sichern, und die Christenheit mit neuer Herrlichkeit sichtbar auf Erden in ihr altes friedenstiftendes Amt installiren« (S. 523). Dass Novalis dabei dem *heiligen Sinn* eine zentrale Bedeutung beimisst, zeigt seine unmittelbar anschließende rhetorische Frage, in der er diesen – wiederum mit dem ›Zauberstab der Analogie‹ – vom menschlichen auf den ›Staatskörper‹ überträgt: »Haben die Nationen Alles vom Menschen – nur nicht sein Herz? – sein heiliges Organ?«[130] Vor der damit in Erinnerung gerufenen Transzendenz relativieren sich für ihn alle menschlichen Werte und Einrichtungen, einschließlich der politischen, und die Menschen vereint nunmehr »Ein Unglück, Ein Jammer, Ein Gefühl«. Der Anklang an die einleitende Beschreibung des Mittelalters als Zeit, in der »*Ein* Oberhaupt [...] die großen politischen Kräfte« vereinigte,[131] ist kaum überhörbar. Dennoch kann Novalis in seiner konkreten historischen Situation hier nicht direkt an die alte Institution anknüpfen: Der 1798 von Napoleon abgesetzte und anschließend nach Valence verschleppte Papst Pius VI. war dort gerade im August 1799 in Gefangenschaft gestorben, und eine Neuwahl hatte Napoleon untersagt. Als Hardenberg seine Rede schrieb, lag das »alte Pabstthum« bereits »im Grabe«,[132] ohne konkrete Aussicht

of all good and of all comfort. [...] Each contract of each particular state is but a clause in the great primaeval contract of eternal society, linking the lower with the higher natures, connecting the visible and invisible world, according to a fixed compact sanctioned by the inviolable oath which holds all physical and all moral natures, each in their appointed place« (weiter ausgeführt auf S. 147–150). Man denke ferner an seine Hervorhebung der »ties that connect the human understanding and affections to the divine« (S. 143) und seine Kritik von Selbstsucht und Individualismus als Zerstörer des Gemeinwohls (S. 145 f.). Hier liegen die oft (z. B. auch von Kasperowski, Mittelalterrezeption [Anm. 13], S. 89 f.) übersehenen Gemeinsamkeiten mit Burke.

129 Bei Samuel kann sie nur indirekt aus der Bemerkung erschlossen werden, dass Burke seine Gegnerschaft gegen die Revolution »in der Hauptsache auf die Zerstörung der Religion innerhalb des Staates« stützte (Samuel, Geschichtsauffassung [Anm. 43], S. 64; vgl. S. 86).

130 Zum Herzen als Sitz des »heiligen Intuitionssinns« vgl. die »Paralipomena zu den Heiligen Liedern« Hardenbergs, NoKS, Bd. ³1, S. 178.

131 NoKS, Bd. ³3, S. 507; oben, Anm. 16.

132 NoKS, Bd. ³3, S. 524; unten, S. 204.

auf Wiederbelebung, und so lässt er die vorgestellte Friedensversammlung an den »*ehemaligen* Altären« zusammenkommen.[133]

[13.][134] Darauf folgt die in einem eigenen Absatz herausgehobene zentrale Frage: »Wo ist jener alte, liebe, alleinseligmachende *Glaube an die Regierung* Gottes auf Erden,[135] wo ist jenes *himmlische Zutrauen* der Menschen zu einander, jene süße *Andacht* bei den *Ergießungen eines gottbegeisterten Gemüths,*[136] jener *allesumarmende Geist* der Christenheit?«[137] – womit Novalis die zuvor erläuterten Ausdrucksformen des *heiligen Sinns* abschließend zusammenfasst.

[14.][138] Das Christentum ist nach Hardenbergs Verständnis »dreifacher Gestalt«: »Eine ist das Zeugungselement der Religion, als Freude an aller Religion«, eine Art abstrakter Fähigkeit, die den Menschen für die Transzendenz empfänglich macht[139] – mit anderen Worten: der *hei-*

133 NoKS, Bd. 3, S. 523 (oben, Anm. 127); Hervorhebung R. G.

134 §23 = NoKS, Bd. 3, S. 523_{22-25}.

135 Dies spielt auf die biblische Vorstellung von Gott als dem ›Herrn der Geschichte‹ an, die damit über die Relativität weltlicher Machtverhältnisse und Interpretationen gestellt ist; vgl. NoKS, Bd. 3, S. 518 (zit. oben, Anm. 75). Dazu passt ein Fragment vom Juni 1799 (Nr. 73, NoKS, Bd. 3, S. 565): »Behandlung der Geschichte, als *Evangelium*. Mönche, als Geschichtschreiber« (oben, Anm. 74).

136 Eine deutliche Referenz auf Wackenroder; zu dessen Einfluss auf Novalis siehe auch Matthias Nowack, Wackenroders Einfluss auf das Mittelalterbild des Novalis. Ein Beitrag zum besseren Verständnis der ›Europarede‹, in: The Germanic Review 65 (1990), S. 20–29.

137 Die hinzugefügten Hervorhebungen sollen die auf die Transzendenz gerichtete Perspektive verdeutlichen; zu »allesumarmend« unten, Anm. 216.

138 §24 = NoKS, Bd. 3, S. 523_{26-32}.

139 Friedrich Max Müller formulierte diesen wohl auf Augustinus zurückgehenden Gedanken rund siebzig Jahre später ganz ähnlich – und vermutlich ebenfalls unter dem Einfluss der (von ihm häufig zitierten) ›Reden‹ Schleiermachers (Introduction to the Science of Religion. Four Lectures Delivered at the Royal Institution, in February and May, 1870, new edition, London 1893, S. 13–16, hier: S. 13): »As there is a faculty of speech, independent of all the historical forms of language, there is a faculty of faith in man, independent of all historical religions […], a mental faculty or disposition, which, independent of, nay in spite of sense and reason, enables man to apprehend the Infinite under different names, and under varying disguises.« Müller spricht hier auch von »faculty of the Infinite« (S. 14, mit Bezug auf deutsch ›Sinn‹; auch S. 16) und von »sense of the Divine« (S. 15).

lige Sinn an sich.[140] Eine zweite, ähnlich abstrakte Gestalt ist für Novalis der Glaube an die »Allfähigkeit alles Irdischen, Wein und Brod des ewigen Lebens zu seyn«; dieser Glaube stellt als »das Mittlerthum überhaupt« die Beziehung zwischen diesseitiger und jenseitiger Welt her.[141] In der dritten Gestalt, nämlich als »der Glaube an Christus, seine Mutter und die Heiligen«, konkretisiert sich Hardenbergs Christentum in der Frömmigkeit der eingangs beschriebenen »ächtkatholischen oder ächt christlichen Zeiten«.[142] »Wählt welche ihr wollt, wählt alle drei, es ist gleichviel, ihr werdet damit Christen und Mitglieder einer einzigen, ewigen, unaussprechlich glücklichen Gemeinde.«

[15.][143] Die dritte Gestalt, »angewandtes, lebendig gewordenes Christentum«, nimmt nicht etwa moderne Vorstellungen vom Christentum als indifferentes Sammelbecken für »alle Werte der Humanität«[144] vorweg. Gemeint ist hier vielmehr ausdrücklich »der alte katholische Glaube, die letzte dieser Gestalten«, seine »Allgegenwart im Leben[,] seine Liebe zur Kunst,[145] seine tiefe Humanität,[146] die Unverbrüchlichkeit seiner Ehen,[147] seine menschenfreundliche Mittheilsamkeit, seine

140 Der protestantische Theologe Andreas Kubik deutet dies als »tolerante Freude an aller Religion« (A. Kubik, Die Symboltheorie bei Novalis. Eine ideengeschichtliche Studie in ästhetischer und theologischer Absicht, Tübingen 2006 [= Beiträge zur historischen Theologie 135], hier: S. 337 f.), womit Hardenbergs auf die Transzendenz gerichteter *heiliger Sinn* in ›neo-humanistische‹ Kategorien umgemünzt wird, die Novalis gänzlich fremd waren (unten, Anm. 348).

141 Dies korrespondiert mit der oben (S. 191) angesprochenen »Allfähigkeit der innern Menschheit«, die auch in Zusammenhang mit Hardenbergs Vorstellungen von »angewandter Religion« (oben, Anm. 87) eine Rolle spielen (dazu auch Kubik, Symboltheorie, a. a. O., S. 320).

142 Siehe NoKS, Bd. ^{3}3, S. 507 f. (zit. in Anm. 21).

143 §§25–27 = NoKS, Bd. ^{3}3, S. 523_{33}–524_{15}.

144 Samuel in NoKS, Bd. ^{3}3, S. 505.

145 Bereits oben, in seinem historischen Abriss, hatte Novalis ja bemängelt, dass der Kunstsinn im Protestantismus stark gelitten habe.

146 Oben, Anm. 21.

147 Da die Ehe in der katholischen Kirche als Sakrament vor Gott geschlossen wird, hat sie für Novalis offenbar die »Anziehung gegen den Himmel«, die dem obigen Sisyphus-Gleichnis zufolge allein die ›Polarität‹ der weltlichen Verhältnisse im Gleichgewicht halten kann. Luther dagegen erkannte die Ehe nicht als Sakrament an. (Samuel, Geschichtsauffassung [Anm. 43], S. 99–101 scheint mir hier am Wesentlichen vorbeizugehen.)

Freude an der Armuth, Gehorsam und Treue«,[148] kurz: das Aufgeben aller Ziele und Erwartungen in der diesseitigen Welt zugunsten der jenseitigen. Damit wird wiederum der Bogen zum Anfang der Rede geschlagen, wo Hardenberg beschreibt, wie die »Freude an der Armuth« durch »eigennützige Sorgen« und Trachten nach »Mitteln des Wohlbefindens« korrumpiert wurde,[149] wie der Gehorsam gegenüber »*Einem* Oberhaupt« (S. 507/509) durch den institutionalisierten Protest der »Insurgenten« untergraben wurde (S. 511) und wie der »Glaube an Christus, seine Mutter und die Heiligen«[150] vertrocknete, weil er durch den protestantischen ›Buchstabenglauben‹ (S. 512)[151] vom *heiligen Sinn* abgeschnitten wurde.

Sollte denn nun, da das Christentum durch den »Strom der Zeit« gereinigt ist und »seine zufällige Form [...], das alte Pabstthum [...] im Grabe« liegt, nicht auch der Protestantismus – dem damit der Gegenpol fehlt[152] – »endlich aufhören und einer neuen, dauerhafteren Kirche Platz machen«, fragt Novalis.[153] Damit erneuert er die bereits in ›Glau-

148 Auch hier wird, wie mit allen anderen Punkten, an die Ausdrucksformen des *heiligen Sinns* in den eingangs idealisierten »ächtkatholischen Zeiten« angeknüpft.

149 Siehe NoKS, Bd. ^{3}3, S. 509 (und Zitat oben, Anm. 28) zur Schädlichkeit des Wohlstands für den *heiligen Sinn*.

150 NoKS, Bd. ^{3}3, S. 523; vgl. S. 508 (zit. in Anm. 21).

151 Dazu oben, S. 180, und unten, S. 221.

152 Diese Interdependenz legt auch F. Schlegel seiner Charakterisierung des Katholizismus als »positive« und des Protestantismus als »negative« Religion zugrunde; siehe »Vom Charakter der Protestanten«, Kap. 8 seiner Abhandlung über ›Lessings Gedanken und Meinungen‹ (1804, KFSA, Bd. 3, S. 85–94).

153 NoKS, Bd. ^{3}3, S. 524: »Er [= »der alte katholische Glaube« (vgl. S. 523); R.G.] ist gereinigt durch den Strom der Zeiten, in inniger, untheilbarer Verbindung mit den beiden andern Gestalten des Christenthums wird er ewig diesen Erdboden beglücken. Seine zufällige Form ist so gut wie vernichtet, das alte Pabstthum liegt im Grabe, und Rom ist zum zweytenmal eine Ruine geworden. Soll der Protestantismus nicht endlich aufhören und einer neuen, dauerhafteren Kirche Platz machen?« Die Bedeutung dieser Passage für die Einschätzung von Hardenbergs Verhältnis zu Katholizismus und Protestantismus ist offensichtlich. Bemerkenswerterweise fehlt sie in der Erstveröffentlichung der Rede in ›nichtfragmentierter‹ und (vermeintlich) vollständiger Form (siehe NoST ^{4}1826, Bd. 3, S. 208, zwischen den ersten beiden Abschnitten; vgl. NoKS, Bd. ^{3}3, S. 1014, Anm. zu 524), obwohl sie bereits in den ›fragmentierten‹ Fassungen publiziert war (vgl. NoST, Bd. ^{1}2, S. 551 f. und Bd. ^{3}2, S. 291). Auch nach 1826 wurde sie

ben und Liebe‹ geäußerten Vorbehalte gegenüber der Perpetuierung einer (reformatorischen oder revolutionären) »Krisis«.[154] Zugleich ist hervorzuheben, dass er auch in dieser Vision des in einer »neuen, dauerhaften Kirche« vereinten, christlichen Europa den Blick auf die Verbindung zur jenseitigen Welt gerichtet hat.[155]

[16.][156] Damit wird die obige Vision von einer »neue[n] Urversammlung« in die von einer neuen »sichtbare[n] Kirche ohne Rücksicht auf Landesgränzen«[157] überführt, »die alle nach dem Überirdischen durstige Seelen[158] in ihren Schooß aufnimmt und gern Vermittlerin(,) der alten und neuen Welt wird«.[159] »Aus dem heiligen Schooße eines

übrigens nach diesen zitiert, z.B. in Carl Ludwig Michelets Verschnitt von ›Die Christenheit oder Europa‹ mit Hardenbergs ›Vermischten Bemerkungen‹ (Geschichte der letzten Systeme der Philosophie in Deutschland von Kant bis Hegel, 2 Bde., Berlin 1837–1838, Bd. 2, S. 125–128, hier: S. 127). Ein weiteres anschauliches Beispiel dieser Praxis liefert Theodor Mundt, Geschichte der Literatur der Gegenwart, Leipzig ^{2}1853, S. 122 f. (zit. unten, Anm. 209).

154 Vgl. Glauben und Liebe, Nr. 21 (NoKS, Bd. ^{3}2, S. 490): »So nöthig es vielleicht ist, daß in gewissen Perioden alles in Fluß gebracht wird, um neue, nothwendige Mischungen hervorzubringen, und eine neue, reinere Krystallisation zu veranlassen, so unentbehrlich ist es jedoch ebenfalls diese Krisis zu mildern und die totale Zerfließung zu behindern, damit ein Stock übrig bleibe, ein Kern, an den die neue Masse anschließe, und in neuen schönen Formen sich um ihn her bilde. [...] Würde es nicht Unsinn seyn eine Krisis permanent zu machen, und zu glauben, der Fieberzustand sey der ächte, gesunde Zustand, an dessen Erhaltung dem Menschen alles gelegen seyn mußte?«

155 NoKS, Bd. ^{3}3, S. 524: »Die andern Welttheile warten auf Europas Versöhnung und Auferstehung, um sich anzuschließen und Mitbürger des Himmelreichs zu werden. Sollte es nicht in Europa bald eine Menge wahrhaft heiliger Gemüther wieder geben, sollten nicht alle wahrhafte Religionsverwandte voll Sehnsucht werden, den Himmel auf Erden zu erblicken? und gern zusammentreten und heilige Chöre anstimmen?« Novalis' ›Geistliche Lieder‹ (NoKS, Bd. ^{3}1, S. 159–177) sind nicht zuletzt in diesem Zusammenhang zu betrachten.

156 §§28–30 = NoKS, Bd. ^{3}3, S. 524_{16-33}.

157 Wie infolge der durch die Reformation ausgelösten Religionskriege; s. oben, S. 180.

158 Infolge der Austrocknung des *heiligen Sinns* durch den Mangel an »herrlichen großen Erscheinungen des Überirdischen« im Protestantismus; s. oben, S. 181 und 195.

159 Diese Passage scheint Samuel zu der Spekulation inspiriert zu haben, dass Novalis das traditionelle katholische »Papsttum mit der ihm seit dem Mittelalter gegebenen spirituellen Mission als Vehikel zur Regeneration Europas« betrachtet habe (Samuel, Die Form von F. v. Hardenbergs Abhandlung [Anm. 4], S. 292).

ehrwürdigen europäischen Consiliums wird die Christenheit aufstehn, und das Geschäft der Religionserweckung, nach einem allumfassenden, göttlichem Plane betrieben werden.« Hier wird erneut deutlich, dass Novalis nicht an überkommene Formen der Religion anknüpfen will, sondern deren Neuschöpfung durch eine »Urversammlung«, ein »Consilium« oder, wie es in einem Fragment aus derselben Zeit heißt: einer »Bildungsloge«,[160] entgegensieht. Durch diese gemeinschaftliche Religionserweckung bei gleichzeitiger Betonung der Individualität des religiösen Erlebnisses[161] soll sich jedes weitere ›Protestieren‹ erübrigen. Wann »die heilige Zeit des ewigen Friedens« komme,[162] danach sei nicht zu fragen, aber kommen werde sie gewiss,[163] versichert Novalis seinen ›Glaubensgenossen‹, und mahnt sie zum Abschluss der Rede, dem »wahrhaften, unendlichen Glauben« treu zu bleiben.[164]

*

160 Fragmente unter »18. Juni [1799]«, Nr. 12 (NoKS, Bd. ³3, S. 557): »Noch ist keine Religion – Man muß eine Bildungsloge ächter Religion erst stiften. Glaubt ihr – daß es Religion gebe – Religion muß gemacht und hervorgebracht werden – durch die Vereinigung mehrerer Menschen.« Dazu auch Nr. 84 (ebd., S. 566): »In Gottesdienstlichen Versammlungen sollte jeder aufstehn und aus dem Schatze seiner Erfahrungen göttliche Geschichten den Andern mittheilen. Diese religioese Aufmercksamkeit auf die Sonnenblicke der andern Welt ist ein Haupterforderniß des religiösen Menschen.«

161 Vgl. Allgemeines Brouillon, Nr. 862 (NoKS, Bd. ³3, S. 435): »[...] angewandte, individuelle Religion, *individualisirte Theologie*«. Siehe dazu Alfred von Martin, Das Wesen der romantischen Religiosität, in: Deutsche Vierteljahrsschrift für Literaturwissenschaft und Geistesgeschichte 2 (1924), S. 367–417, hier: S. 383 f.

162 Das Attribut ›heilig‹ macht deutlich, dass es sich hier um eine religiöse Vision handelt, nicht um eine politische (vgl. unten, S. 243).

163 Eine wörtliche Anspielung auf Lessings ›Erziehung des Menschengeschlechts‹ (1777); dazu Hans-Joachim Mähl, Die Idee des goldenen Zeitalters im Werk des Novalis. Studien zur Wesensbestimmung der frühromantischen Utopie und zu ihren ideengeschichtlichen Voraussetzungen, Tübingen 1965, ²1994, S. 248.

164 NoKS, Bd. ³3, S. 524: »Wann und wann eher? darnach ist nicht zu fragen. Nur Geduld, sie wird, sie muß kommen die heilige Zeit des ewigen Friedens, wo das neue Jerusalem die Hauptstadt der Welt seyn wird; und bis dahin seyd heiter und muthig in den Gefahren der Zeit, Genossen meines Glaubens, verkündigt mit Wort und That das göttliche Evangelium, und bleibt dem wahrhaften, unendlichen Glauben treu bis in den Tod.«

Diese »neue Welt« ist eine ebenso auf die Transzendenz gerichtete Vorstellung wie die »eigentliche vaterländische Welt«, die für Hardenberg den Mittelpunkt des ›ächtkatholischen‹ Lebens und Strebens bildete (oben, S. 176). Entsprechend ist »das neue Jerusalem« als eine ›transzendentale‹ »Hauptstadt« zu verstehen, die mit der zuvor erwähnten »inneren Hauptstadt« korrespondiert (oben, Anm. 125).[165] Diese Vorstellungen, einschließlich der Frage nach dem Anbruch der ›heiligen Zeit‹, gehen m. E. direkt auf die Offenbarung des Johannes (Kap. 21) zurück,[166] könnten davon aber auch indirekt über Joachim von Fiore inspiriert sein,[167] in dessen eschatologischer Vision vom (kommenden) ›Dritten Zeitalter‹, dem tausendjährigen ›Dritten Reich‹ des Heiligen Geistes, die Menschen einander in Liebe zugetan sind und durch »intelligentia spiritualis« in direkter Verbindung mit der Transzendenz stehen.[168] In keinem Falle ist dabei jedoch an eine diesseitige Verwirklichung des ›Goldenen Zeitalters‹ zu denken, sei es im Mittelalter oder in der Zukunft. Hardenberg geht es immer und ausschließlich um die »Beziehung auf das Weltall« (S. 518), die sich in jeder Epoche in unterschiedlicher Form und Intensität gestalten kann. Sie ist Vorbedingung für die »sichre Gelangung und Landung an der Küste der eigentlichen vaterländischen Welt«.[169] Hier liegt die »himmlische Heimath« aller Gläubigen, das »himmlische Eiland« (oben, S. 185), das »Himmelreich[, das] zum einzigen Reiche auf dieser Welt zu machen« das Ziel der alten

165 Die von Siegbert Peetz (Jerusalems Rache. Zur universalgeschichtlichen Deutung der Moderne bei Novalis, in: Universalgeschichte und Nationalgeschichten. Ernst Schulin zum 65. Geburtstag, hrsg. von Gangolf Hübinger, Jürgen Osterhammel, Erich Pelzer, Freiburg im Breisgau 1994 [= Rombach Wissenschaft. Rombach aktuell], S. 137–156) vorgetragenen Thesen zu ›Jerusalem‹ stehen in keiner für mich nachvollziehbaren Verbindung zu Hardenbergs Rede, ja, sie widersprechen m. E. seinem religiösen Denken – das Peetz allenfalls am Rande zur Kenntnis nimmt.

166 Dies legt Hardenbergs Bezug auf das »göttliche Evangelium« nahe.

167 Da Novalis m. W. nirgendwo ausdrücklichen Bezug auf Joachim / Gioacchino da Fiore nimmt, wäre hier an Lessing als Vermittler zu denken (s. o.).

168 Auf letzterer Ableitung beruht H.-J. Mähls Interpretation von Hardenbergs Rede als Vision eines ›Goldenen Zeitalters‹ (Die Idee des goldenen Zeitalters [Anm. 163], S. 202–204, 382).

169 NoKS, Bd. ³3, S. 507 (zit. oben, Anm. 17).

Kirche gewesen war.[170] Mit Blick auf ihr eigentliches Ziel ist das irdische Dasein der Menschen demnach nur als ein Durchgangsstadium zu betrachten. Folglich handelt es sich bei der abschließenden Vision von einer »heilige[n] Zeit des ewigen Friedens« auch nicht um eine politische Utopie, denn dieser »ewige Friede« resultiert nicht aus politischem Handeln, sondern aus dem *heiligen Sinn*,[171] dessen ›Erweckung‹ Novalis als Vorbedingung für jene neue »sichtbare Kirche« betrachtet, und nur diese kann folglich den ewigen Frieden garantieren. Damit gibt er der Religion die »eigenthümliche Rolle« zurück, die sie aus seiner Sicht am Ende der »ächtkatholischen Zeiten« infolge der Spaltung der »untheilbaren Kirche« durch den Protestantismus (S. 511) verloren hatte.[172] Damit erklärt sich der Rückblick auf jene Zeiten nicht aus einer vermeintlichen Sehnsucht nach dem verlorenen Goldenen Zeitalter, sondern aus dem Bemühen um ein Verständnis dessen, was ›Christenheit‹ ehemals bedeutete und was im weiteren Verlauf der europäischen Geschichte an deren Stelle getreten ist.

II. ›*Politisierung*‹

Damit dürfte der religiöse Zusammenhang der Rede hinreichend deutlich geworden sein, auch wenn der *heilige Sinn* hier weder in all seinen Variationen noch im Verhältnis zu anderen Schriften Hardenbergs bzw. der ihm nachweislich bekannten Autoren behandelt werden konnte.[173]

170 NoKS, Bd. 3, S. 508 (zit. in Anm. 22).

171 Dies unterscheidet Hardenbergs Konzept von Kants Schrift ›Zum ewigen Frieden‹ (1795), die auf einer staatsbürgerlichen Vertragsbasis und den Prinzipien einer säkularen philosophischen Ethik beruht, nicht auf einer primär religiösen. Hardenbergs Zitat daraus, »aller Friede ist nur Illusion, nur Waffenstillstand« (NoKS, Bd. 3, S. 522; vgl. ebd., S. 1015), ist durch den Zusammenhang, in den er es stellt, eher gegen Kant gewendet, als dass es dessen Auffassung folgt oder bestätigt, denn auch hier nimmt Novalis Bezug auf die Transzendenz (S. 522): »Es ist unmöglich dass weltliche Kräfte sich selbst ins Gleichgewicht setzen, ein drittes Element, das weltlich und überirdisch zugleich ist, kann allein diese Aufgabe lösen« (oben, Anm. 64 und 147).

172 Dazu insbesondere NoKS, Bd. 3, S. 507 f., 512.

173 Hier wäre beispielsweise anzumerken, dass Hemsterhuis' ›organe moral‹ (François Hemsterhuis, Œuvres philosophiques, 2 Bde., Paris 1792, hier: Bd. 1, S. 192 f.)

Stellvertretend für letzteren Aspekt sei hier erneut auf die Nähe zu Schleiermacher verwiesen, die sich etwa in dessen Begriff von einem »Sinn für das Heilige«[174] und in der Geringschätzung aller Religion zeigt, die nur an einer »toten Schrift« hängt.[175] Es kann somit kein Zweifel bestehen, dass ›Die Christenheit oder Europa‹ von einem im Kern religiösen Anliegen bestimmt ist, wenngleich in poetischer Gestalt vorgetragen und mit gelegentlichen (universal)historischen und ›politischen‹ Folgerungen. Dennoch gerät die religiöse Dimension von Hardenbergs Denken leicht aus dem Blick, wenn man seine Schrift aus der ›politisierten‹ Perspektive betrachtet, die den Diskurs der letzten Jahrzehnte geprägt hat. Von dieser Warte mag man einwenden, meine Zusammenfassung erzeuge den besagten Eindruck, indem sie den religiösen Aspekt zu Lasten des geschichtsphilosophischen und/oder politischen herausstelle. Auf solche Einwände wäre zu entgegnen, dass die

kaum als Vorlage für Hardenbergs »heiligen/höheren Sinn« betrachtet werden kann, wie von Samuel vorausgesetzt (Geschichtsauffassung [Anm. 43], S. 31 f.; s. auch Mähl, Die Idee des goldenen Zeitalters [Anm. 163], S. 377), da Hemsterhuis' Perspektive eine vornehmlich ethische ist, während Hardenbergs *heiliger Sinn* sich ausschließlich auf die Transzendenz richtet – eine Dimension, die wiederum in Hemsterhuis' ›organe morale‹ nicht zum Tragen kommt (vgl. Flickenschild, Novalis' Begegnung mit Fichte und Hemsterhuis [Anm. 36], S. 30 f.), und folglich auch nicht in Hardenbergs auf den »moralischen Sinn« bezogener Notiz seiner Hemsterhuis-Studien (NoKS, Bd. ³2, S. 376; unten, Anm. 250). Vor allem aber fehlt in Hemsterhuis' neuplatonischer Konzeption die entschieden christliche Ausrichtung des *heiligen Sinns* bei Novalis.

174 Schleiermacher, Reden (Anm. 3), S. 212: »Religion ist Sinn und Geschmack für das Unendliche« (vgl. Jan Rohls, ›Sinn und Geschmack fürs Unendliche‹. Aspekte romantischer Kunstreligion, in: Neue Zeitschrift für Systematische Theologie und Religionsphilosophie 27 [1985], S. 1–24); siehe auch S. 245 über den »Sinn fürs Universum« und insbesondere die dritte Rede, »Über die Bildung zur Religion«.

175 Schleiermacher, Reden (Anm. 3), S. 242: »Ihr habt Recht die dürftigen Nachbeter zu verachten, die ihre Religion ganz von einem Andern ableiten, oder an einer todten Schrift hängen, auf sie schwören und aus ihr beweisen. Jede heilige Schrift ist nur ein Mausoleum der Religion ein Denkmal, daß ein großer Geist da war, der nicht mehr da ist; denn wenn er noch lebte und wirkte, wie würde er einen so großen Werth auf den todten Buchstaben legen, der nur ein schwacher Abdruk von ihm sein kann? Nicht der hat Religion, der an eine heilige Schrift glaubt, sondern welcher keiner bedarf, und wohl selbst eine machen könnte.«

religiöse Thematik, und hier insbesondere die ›Chronik des heiligen Sinns‹, sich durch den gesamten Text zieht, während geschichtsphilosophisch bzw. politisch relevante Aspekte vergleichsweise selten hervortreten. Sicher kann es nicht darum gehen, ›Die Christenheit oder Europa‹ als Traktat über Religion *oder* über Geschichte *oder* über Politik *oder* über Kunst und Wissenschaft *oder* über Philosophie *oder* über Poesie zu klassifizieren, denn Novalis bezieht sich auf alle diese Bereiche, indem er die Möglichkeiten ihrer »Reintegration« skizziert.[176] Dennoch kann es kaum einem Zweifel unterliegen, dass diesen Bereichen je unterschiedliches Gewicht zukommt und dass Novalis sich diese ›Reintegration‹ unter der Schirmherrschaft der Religion, genauer: des Christentums, vorstellte, dem er sich in dieser Zeit mit neuer Intensität zugewandt hatte.[177] Und deshalb halte ich alle anderen Aspekte für zweitrangig gegenüber Hardenbergs religiösem Denken und dessen Leitmotiv, dem *heiligen Sinn*, die allein als Schlüssel zu einem integralen und umfassenden Verständnis seiner Rede dienen können.

Wie eingangs erwähnt, löste Hardenbergs Rede bereits nach dem ersten mündlichen Vortrag 1799 im Kreise der Jenaer ›Frühromantiker‹ einen heftigen Gegenwind aus, der ihr Erscheinen um mehr als ein Vierteljahrhundert verzögerte. Dem Rat Goethes folgend, veröffentlichten die Brüder Schlegel sie nicht in ihrer Zeitschrift ›Athenaeum‹, wie zunächst vorgesehen. Drei Jahre später, in der von Friedrich Schlegel und Ludwig Tieck besorgten *editio princeps* der Werke ihres 1801 verstorbenen Freundes, erschien sie stark gekürzt und überdies künstlich ›fragmentiert‹.[178] Dass sie in dieser Form wenig von Hardenbergs Gedankengang erkennen ließ, entsprach durchaus den Absichten der

176 Vgl. Pauline Kleingeld, Romantic Cosmopolitanism. Novalis's ›Christianity or Europe‹, in: Journal of the History of Philosophy 46 (2008), S. 269–284, hier: S. 275.

177 Samuel, Die Form von F. v. Hardenbergs Abhandlung (Anm. 4), S. 291, spricht hier von einer »positiven Hinwendung zum Christentum«.

178 NoST, Bd. ¹2, S. 534–552. – Was Mähl (Goethes Urteil [Anm. 11], S. 183–189) am Beispiel von Hardenbergs ›Wilhelm-Meister-Studien‹ detailliert nachgewiesen hat, nämlich dass Tieck »die Verantwortung für die Entstellungen und Verfälschungen des Textes trifft« (S. 185), dürfte ebenso für die Rede wie für die *editio princeps* von Hardenbergs Schriften überhaupt gelten: F. Schlegel hatte zwar noch in Dresden die auszuwählenden Teile von Hand markiert, konnte deren Bearbeitung durch Tieck dann aber von Paris aus nicht mehr überprüfen.

Herausgeber.[179] Die (offenbar unautorisierte) Veröffentlichung in nahezu voller Länge[180] und die anschließenden ›Refragmentierung‹[181] sind nur äußere Anzeichen einer ideologischen Auseinandersetzung, die sich über Gattungsgrenzen hinweg durch weltanschaulich wie wissenschaftlich geprägte Texte verfolgen lässt,[182] wie nun an einigen Beispielen gezeigt werden soll.

179 F. Schlegels Brief an Tieck vom 5. November 1801 gibt einen Eindruck davon, wie sie den betreffenden Band ihrer Ausgabe konzipierten – und damit die Wahrnehmung des verstorbenen Freundes über Jahrzehnte gezielt beeinflussten (KFSA, Bd. 25, S. 302 f.): »Den zweiten Theil können dann die ›Hymnen auf die Nacht‹, die ›geistlichen Lieder‹, und die Fragmente die ich aus seinen Papieren wählen werde ausfüllen. Zu diesen denke ich das beste und wichtigste aus dem ›Blüthenstaub‹, ›Glauben und Liebe‹ und ›Europa‹ zu nehmen, da alle diese drei Aufsätze in ihrer Ganzheit und individuellen Beziehung nur irre leiten würden über den Charakter des Schriftstellers, den die Hymnen über die Nacht hingegen am schönsten und leichtesten im Ganzen erklären.« In einem Brief vom 8. April 1815 schreibt F. Schlegel dagegen an den Verleger G. Reimer (KFSA, Bd. 29, S. 49): »Es war die Absicht meines Freundes, diese Rede bekannt zu machen, es spricht sich seine ganze Gesinnung, schön und groß wie sie war, darin aus.«

180 NoST ^{4}1826, Bd. 1, S. 187–208. Ein Beispiel für eine gewichtige Auslassung wurde oben, Anm. 153, gegeben.

181 NoST ^{5}1837, Bd. 2, S. 275–286. Siehe dazu auch Johann Michael Raich, Novalis Briefwechsel mit Friedrich und August Wilhelm, Charlotte und Caroline Schlegel, Mainz 1880, hier den »Vorbericht« zur Edition der Rede (S. 145–154), der in einigen Punkten von Samuels Darstellungen der Publikationsgeschichte abweicht; vgl. Richard Samuel, Zur Geschichte des Nachlasses Friedrich von Hardenbergs (Novalis), in: ders., Novalis (Friedrich Freiherr von Hardenberg). Der handschriftliche Nachlaß des Dichters. Beschreibendes Verzeichnis, ^{2}Hildesheim 1973 (^{1}Berlin 1930), S. 1*–45*, hier: S. 13*–17*, 25*, 28*; vgl. auch Samuel in NoKS, Bd. ^{3}3, S. 501 f.; Materialien siehe NoKS, Bd. 5, S. 125–187. Diesen Berichten wäre hier noch hinzuzufügen, dass einige ›Fragmente‹ aus ›Die Christenheit oder Europa‹ im ›Archiv für Geschichte Statistik Literatur und Kunst‹, herausgegeben von Josef Freiherr von Hormayr, dem einstigen Wiener Gönner und späteren Kritiker F. Schlegels (vgl. KFSA, Bd. 10, S. LXV f.), Band 16 (1825) als »Aphorismen« erschienen sind, zuweilen begleitet von »Aphorismen aus Tieck«, aber ohne Nennung von Novalis, und dass die 1826 erschienene Vollversion 1837 (also zeitgleich mit ihrer ›Refragmentierung‹) in der Stuttgarter Neuauflage (NoST ^{4}1837, Bd. 1, S. 305–339) erhalten geblieben ist.

182 Zu »Grenzüberschreitungen zwischen wissenschaftlicher und nichtwissenschaftlicher Rezeption« siehe Herbert Uerlings, Friedrich von Hardenberg, genannt Novalis. Werk und Forschung, Stuttgart 1991, S. 2.

II.1. Echtermeyer und Ruge

Einen ersten Höhepunkt erreichte die ideologisch geprägte Kritik an Hardenbergs Rede mit dem Aufsatz »Der Protestantismus und die Romantik« von Ernst Theodor Echtermeyer und Arnold Ruge, in vier »Artikeln« veröffentlicht in den von ihnen herausgegebenen ›Hallischen Jahrbüchern‹ (1839–1840),[183] dem zentralen ›Artikulationsort‹ junghegelianischer Polemik gegen die Romantik.[184] Von der im Titelzusatz angekündigten »*Verständigung* über die Zeit und ihre Gegensätze«[185] konnte dabei freilich nur in einem sehr einseitigen Sinne die Rede sein. In erster Linie versteht sich der Beitrag als »Manifest« der vor allem durch die beiden Autoren selbst repräsentierten Fraktion eines freiheitsbewusst und protestantisch[186] auftretenden Junghegelianismus, der seine Aufgabe darin sieht, die Kritik Hegels[187] zu vollenden und »die Romantik vollends zu Tode zu jagen«.[188] Dieses Anliegen wird stilisiert als der Kampf eines »freien« gegen ein »unfreies Prinzip«, welch letzteres sich, von der Literatur ausgehend, zunehmend in Theologie, Philosophie und Gesellschaft breitgemacht habe und nun auch die

183 Theodor Echtermeyer und Arnold Ruge, Der Protestantismus und die Romantik. Zur Verständigung über die Zeit und ihre Gegensätze. Ein Manifest, in: Hallische Jahrbücher für deutsche Wissenschaft und Kunst, 1839–1840. Zitiert nach der Ausgabe in: Philosophie und Literatur im Vormärz. Der Streit um die Romantik (1820–1854), hrsg. von Walter Jaeschke, Hamburg 1995 (= Philosophisch-literarische Streitsachen 4), Quellenband, S. 192–325; im folgenden mit bloßen Seitenzahlen angeführt.

184 Dazu und zur folgenden Einordnung des Manifests im allgemeinen siehe Wolfgang Bunzel, »Der Geschichte in die Hände arbeiten«. Zur Romantikrezeption der Junghegelianer, in: Romantik und Vormärz. Zur Archäologie literarischer Kommunikation in der ersten Hälfte des 19. Jahrhunderts, hrsg. von Wolfgang Bunzel, Peter Stein, Florian Vaßen, Bielefeld 2003 (= Vormärz-Studien 10), S. 313–338.

185 Hervorhebung R.G.

186 Wenig später, 1841, folgte bereits der Bruch mit der Religion.

187 Dazu Otto Pöggeler, Hegels Kritik der Romantik, Bonn 1956 (= Abhandlungen zur Philosophie, Psychologie und Pädagogik 4).

188 Ruge am 16. März 1839 an David Friedrich Strauß (Bunzel, »Der Geschichte in die Hände arbeiten« [Anm. 184], S. 329, Anm. 47; vgl. Manuel Borutta, Antikatholizismus. Deutschland und Italien im Zeitalter der europäischen Kulturkämpfe, Göttingen 2012 [= Bürgertum, N.F. Studien zur Zivilgesellschaft 7], S. 69).

Politik erfasse. Indem Echtermeyer und Ruge das freie Prinzip mit dem Protestantismus und das unfreie mit dem Katholizismus identifizieren, geben sie ihrem gegen die Romantik gerichteten Kampf eine stark antikatholische Tendenz. Ihr Verständnis von Katholizismus ist dabei nicht auf die römische Kirche beschränkt, sondern schließt auch vermeintlich ›katholische‹ Entwicklungen im Protestantismus ein. Selbst Preußen, in dem vormals »der *freie deutsche, der protestantische Geist*« regiert habe, sei davon betroffen, weil es im Siebenjährigen Krieg durch Berührung »mit dem katholischen Süden [...] so viel verderbliche Elemente in sich aufgenommen« habe, dass der preußische Staat dadurch in einen »Zustand principieller und geistiger Ohnmacht« versetzt worden sei (S. 322). Dieser Entwicklung, die wenig später, im Frühsommer 1840, ihren symbolischen Höhepunkt zu finden scheint, als Friedrich Wilhelm IV., der ›Romantiker auf dem Thron‹, König von Preußen wird, sagen Echtermeyer und Ruge mit ihrem Manifest den Kampf an.

Das Grundgerüst ihrer Auseinandersetzung mit der Romantik bildet deren – erst am Ende des vierten Artikels (S. 323–325) entwickelte – Periodisierung in Abschnitte von je zwanzig Jahren, die zusammengenommen zugleich den ersten Versuch darstellen, eine ›romantische Makroperiode‹[189] zu konstituieren. Novalis findet seinen Platz im zweiten Artikel, der die Reihe der im ersten behandelten »Progonen der Romantik«[190] (ab 1770) fortsetzt und abschließt, bevor im dritten die Vertreter der »eigentlichen Romantik«[191] (ab 1790) abgehandelt werden, im vierten gefolgt von der nur summarisch behandelten »zahlreichen Epigonenschaft« (ab 1810). Der zweite Artikel eröffnet mit Schiller und Goethe, die »Niemand Romantiker, Jeder aber in vielen Stücken romantisch nennen wird«;[192] nach Ansicht von Echtermeyer

189 Bunzel, »Der Geschichte in die Hände arbeiten« (Anm. 184), S. 320.

190 Ebd., S. 201–223 = »Erster Artikel«, Kap. 4, mit den Abschnitten a) Jacobi (S. 201–203), b) Hamann (S. 203–206), c) Jung Stilling (S. 206–209), d) Die Fürstin Gallitzin und Friedrich Stolberg (S. 209–214) und e) Die Stürmer und Dränger, und die Empfindsamkeit (S. 214–223).

191 Ebd., S. 257–297 mit den Abschnitten a) »Friedrich Schlegel und die Doktrin« (S. 258–270) mit Schwerpunkt auf »›Lucinde‹. Romantik der Liebe und des Lebens« (S. 259–267), b) »August Wilhelm Schlegel und die romantische Propaganda« (S. 270–278), c) »Tieck und die Poesie der Romantik« (S. 278–297; einschließlich der »Lyrik der beiden Schlegel«).

192 Ebd., S. 194; neben Schiller und Goethe ist dort Shakespeare genannt.

und Ruge bezeichnen sie »einen Abschluß in dem Bildungsprocesse des vorigen Jahrhunderts«, weil sie »in den Dualismus und das Gähren seines Geisteslebens [...] eine Versöhnung« brachten (S. 224). An Jean Pauls anschließend behandeltem ›Leben des Quintus Fixlein‹ (1796) ist der Hauptkritikpunkt aus junghegelianischer Sicht »das gar nicht in der Sache sein, der Mangel an wahrer Begeisterung für eine objective Idee« (S. 237). An Jean Pauls Roman und ebenso an der anschließend kritisierten Philosophie Fichtes exemplifizieren sie ihren von Hegel übernommenen Hauptvorwurf gegen die Romantik, nämlich dass in ihr das »Princip der Subjectivität« (S. 228)[193] herrsche, das sie zuvor schon Goethe angelastet hatten (S. 222). Daraus ergibt sich sowohl die Zielrichtung ihres Manifests[194] als auch ein erster Hinweis auf die Bedeutung, die darin Novalis zukommt, denn auf kaum einen der von ihnen abgehandelten ›romantischen‹ Autoren scheint ihre einleitende Charakterisierung der Romantik so genau zu passen wie auf ihn (S. 195):

> Das Zurückgehen auf die eigene Substantialität, auf das eigenste innerste Gemüthsleben, also die Einkehr des gläubigen, das Göttliche voraussetzenden Gemüths in seine eigene Innerlichkeit ist der Grund der Romantik.

Um so bemerkenswerter muss es darum erscheinen, dass sie Novalis nicht der »eigentlichen Romantik« zuordnen, zumal er doch für sie »nicht nur das Original und die Quelle der Romantik, sondern auch ihr ganzer Inbegriff« ist (S. 250).[195] Und nicht nur in Hinblick auf die Romantik, sondern auch auf ihre eigene philosophische Position nimmt Novalis eine Schlüsselstellung ein (ebd.):

> Nach der andern Seite ist er eine Grundlage und eine Vorbedeutung der gegenwärtigen Philosophie, die zuerst in *Schelling*[196] ihm ent-

193 Zu Hegels Vorwurf einer »substanzlosen Subjectivität« siehe Pöggeler, Hegels Kritik der Romantik (Anm. 187), S. 61–107, und Bunzel, »Der Geschichte in die Hände arbeiten« (Anm. 184), S. 323.

194 Dazu Bunzel, a. a. O., S. 323: »Die zentrale Aufgabe des antiromantischen ›Manifests‹ besteht demnach darin, die Gesamtheit aller Erscheinungsweisen hypostasierter Subjektivität im genannten Zeitraum aufzudecken.«

195 Dementsprechend erfährt er nach F. Schlegel und Tieck die ausführlichste Behandlung.

196 Dessen Behandlung den zweiten Artikel beschließt (S. 250–257).

> spricht, sodann in *Hegel* ihm und Schelling widerspricht, und mit dem gegenwärtigen Bewußtsein, der Kritik Schelling's, auch die vollkommene und eigentliche Kritik Novalis' herbeiführt, dessen Wahres und Unwahres in seiner Darstellung zu sondern darum so schwer fiel, weil es nothwendig war, daß das neue Princip zuerst in mangelhafter, in mythisch, mystisch, mährchenhafter Form, *eingehüllt in das individuelle Gemüth und seine Phantasieen* erscheinen mußte.

Einerseits lasten Echtermeyer und Ruge Novalis an, die »Grundlage« für den romantischen Irrweg geschaffen zu haben, der erst durch Hegel überwunden worden sei,[197] andererseits gestehen sie ihm durchaus dichterisches Talent und einen »philosophischen Geist« zu (S. 247). Dies hält sie jedoch nicht davon ab, ›Die Christenheit oder Europa‹ in freizügiger bis entstellender Manier zu ›zitieren‹ und zudem in einer für ihre Leser selten erkennbaren Weise mit Versatzstücken aus Hardenbergs übrigen Schriften zu vermischen. Auch daran zeigt sich, dass sie weder seiner Dichtung noch seiner Philosophie ein echtes Interesse entgegenbringen; die Rede dient ihnen lediglich als Munition im ideologischen Kampf gegen die »Widersetzlichkeit gedrückter, von dunkler Gemüthsbewegung beklommener Geister gegen die neuerdings eingetretene letzte Phase der Reformation, *die freie Bildung unserer geistigen Wirklichkeit*« (S. 192). Sie verschreiben sich dem »Princip der Reformation« und deuten den »reformatorische[n] Proceß der Selbstbefreiung« in Hegelscher Manier als »eine Kritik des trüben Mediums, durch welches der Geist hindurchgeht, um zu immer höheren Formen zu gelangen«. »Die Aufgabe«, vor die sie sich in diesem ›historischen Proceß‹ (s. u.) gestellt sehen, ist, im institutionalisierten Protestantismus die letzten Reste eines ›falschen Bewusstseins‹[198] zu bekämpfen, nämlich den »noch nicht völlig überwundene[n] Dualismus«, wodurch der Protestantismus »noch mit dem Katholicismus zusammenhängt«. Mit einem Appell an das junghegelianisch-protestantische Wir-Gefühl

197 Weniger kritisch spricht Samuel in seiner Arbeit von 1925 von einer »Übergangsstellung« Hardenbergs »zu Hegel hin, der jene in der ›Europa‹ versuchte Synthese von formaler und empirischer Geschichtsphilosophie, die in den Maximen Kants und Herders ausgesprochen waren und die in anderer Form bereits Schiller versucht hatte, zur Vollendung brachte« (Geschichtsauffassung [Anm. 43], S. 299).

198 Nach späterem ›junghegelianischen‹ Sprachgebrauch.

wollen sie ihre Leserschaft zu einem »gründlicheren Bewußtsein« über den »neuen« Katholizismus führen, indem sie zu zeigen suchen, dass »das, was der Katholicismus gegen *uns* wendet, nichts Anderes ist, als die adoptirte Romantik des Protestantismus selbst«, dass also »ganz moderne Principien und Anregungen in ihm gähren, die mitten im Protestantismus entsprungen« sind.[199] Dass Echtermeyer und Ruge die nach ihrer Ansicht in diesen ›Proceß‹ verwickelten Protestanten nur als ›Renegaten‹ betrachten können, zeigt sich etwa daran, dass sie Novalis in die Nähe jener »Scheinheiligen« rücken, denen sie vorwerfen, »den Protestantismus und die Staatsfreiheit an das unfreie Princip des altdeutschen Glaubens und Lebens zu verrathen«.[200] Sie attestieren ihm eine »verirrte Rede«, welcher »der Grund der Gedanken« fehle, und mahnen: »Der *heilige Staat* ist nicht der *heilige Geist*« – was Hardenberg indessen gar nicht behauptet hatte und auch mit seinem Verständnis des *heiligen Sinns* nicht in Übereinstimmung zu bringen ist. Gerade darin zeigt sich m. E. das (absichtliche oder ungewollte) Missverständnis, das der junghegelianischen Auseinandersetzung mit Hardenbergs Rede zugrunde liegt: Obwohl Echtermeyer und Ruge die zentrale Stellung des *heiligen Sinns* offenbar erkannt haben,[201] unternehmen sie keinen Versuch, ihn in der von Novalis intendierten Bedeutung zu erfassen. Vielmehr deuten sie ihn um in einen »heiligen Geist«,[202] den sie gewissermaßen gegen einen Hegelschen ›Weltgeist‹ (S. 241)

199 S. 193 f., Kap. 1: »Die Aufgabe«; Hervorhebung R. G.

200 Bezugspunkt für ihren Diskurs ist hier (wie an zahlreichen anderen Stellen) eine Collage bis zur Unkenntlichkeit entstellter – und wohl auch missverstandener – Passagen, zunächst nach NoKS, Bd. ³3, S. 515 und anschließend aus NoKS, Bd. ³3, S. 317/323 (Echtermeyer/Ruge, S. 243): »Vernünftiger fährt er dann fort: ›Die staatsumwälzenden Zeiten, ganz in die Weltlichkeit versenkt, wälzen den Stein des Sisyphus, weil der *Staat* nach der *Erde* weist; aber eben sie knüpfen den Menschen durch *höhere Sehnsucht* an die *Höhen des Himmels*. Die Anarchie ist das Zeugungselement der Religion‹«; zum ersten Satz oben, S. 187, zum zweiten S. 202.

201 S. 240 und das ausführliche (wenngleich stillschweigend gekürzte) Zitat, das die gesamte Thematik in gebündelter Form enthält (S. 242 f. = NoKS, Bd. ³3, S. 512; dazu oben, S. 180).

202 Den ›heiligen Geist‹ bringen sie durch eine Anleihe aus Hardenbergs »Berliner Papieren« in die Diskussion (Fragment Nr. 688, NoKS, Bd. ³3, S. 690); vgl. S. 242, dort verschnitten mit »Teplitzer Fragment« Nr. 78 (NoKS, Bd. ³2, S. 609); siehe auch unten, Anm. 242.

aufwiegen – und erwartungsgemäß für zu leicht befinden: Hardenbergs »Mangel« zeigt sich für sie im »Princip des absoluten Ergusses, der die Welt überströmt und zur fixen Idee einer verloren gegangenen Gemüthsherrlichkeit verglast, statt sie in ihrer wahren Wirklichkeit zu durchdringen und selbst in dem unendlichen Fluß der Weltgeschichte aufzugehn« (S. 240). Aus dieser junghegelianischen Perspektive[203] kann ihnen dann Hardenbergs ›Chronik des heiligen Sinns‹ nur als erfundene und »für uns unwahre Vergangenheit der Hierarchie« erscheinen, die geradewegs auf eine Wiedererrichtung derselben hinausläuft.[204] Die Metapher von Hardenbergs »Sehnsucht nach dem trüben Duft eines heiligen Sinnes« (S. 240) vereint Assoziationen von katholischer Liturgie mit dem Generalvorwurf der »wollüstige[n] Sinnlichkeit« (S. 248) und »romantische[n] Berauschung« (S. 286). Aus ihrer Sicht verleugnet Novalis die eigene Entdeckung der »innern Welt« (unter der dieser indessen etwas grundsätzlich anderes versteht als Echtermeyer und Ruge). Die Erklärung, die sie dafür anbieten, bringt ihren gesamten Diskurs auf den Punkt (S. 241):

> Dies ist die mangelhafte Vermittlung seiner Freiheit mit der Wirklichkeit; es ist seine Unfreiheit: daß er seine neue Freiheit und ihre geistige Realität wegwirft an eine todte, nur phantastisch wirkliche Form der Vergangenheit. »*Einmal war doch das Christenthum mit voller Macht und Herrlichkeit erschienen,* ruft er aus, bis zu einer neuen Welt-Inspiration« (ist Prophetie der Convertiten) »herrschte seine Ruine, sein Buchstabe mit immer zunehmender Ohnmacht und Verspottung«. Ja wohl: *Einmal* und nicht wieder! Neuer Geist ist neue Form. Jene Macht war nicht voll, und jene Herrlichkeit war nicht Geist. Keine goldnen Decken und kein hoher Dom, dein eignes

203 Aus dieser ist ihnen etwa Hardenbergs »Herz und Gemüth […] selbst der bewegende Punkt, in dem der Weltgeist mit höchster Energie sich ansetzt« (S. 239).

204 Dass dies auf einer »falschen Einschätzung des Aufsatzes« beruht, räumt auch Gerhard Schulz (Einleitung, in: Novalis. Beiträge zu Werk und Persönlichkeit Friedrich von Hardenbergs, hrsg. von G. Schulz, Darmstadt 1986 [= Wege der Forschung 248], S. X) ein, der Echtermeyer und Ruge gleichzeitig eine seltene »Aufgeschlossenheit« für Novalis attestiert. Eventuelle Schwächen ihrer Interpretation entschuldigt er mit ›zeitgebundener Unkenntnis‹ (vgl. ebd., S. XIV) und der bemerkenswerten Erklärung, Novalis selbst habe »in seinem Versuch einer poetischen Behandlung der Geschichte Mißverständnissen Tür und Tor geöffnet«.

> tiefes, wunderbar alle Welten weitüberwölbendes Gemüth, der heilige unendliche Dom des innerlichen Geistes, das, edler Novalis, ist deine Sehnsucht, das unsre »unsichtbare Kirche«, das deine Zukunft und unsre Gegenwart, die in keiner *sichtbaren* Kirche befaßt und gebannt wird. Nicht die Allgemeinheit der kosmopolitischen *Hierarchie,*[205] sondern die Allgemeinheit des unendlichen Geistes, der in aller nationalen und persönlichen Zersprengung weder an Macht noch an Herrlichkeit verliert, und je unsichtbarer, desto sicherer ganz Europa beherrscht, die hättest du weissagen sollen, um dir selber treu zu bleiben und die wahre Wirklichkeit des Gemüthes und seiner Religion nicht zu verkennen […].

Die Unterstellung eines ›falschen‹ Bewusstseins und der Vorwurf des ›Verrats am Protestantismus‹ verdichten sich in dem, was Echtermeyer und Ruge als Hardenbergs eigentliches Vergehen betrachten, nämlich dass er »*Selbstgefühl*« und »*Freiheit*«, die ihnen als zentrale Errungenschaften des Protestantismus gelten,[206] wegwerfe »an ›*die Wiederkunft der Hierarchie*‹« und den »starren Zwang ihrer Formen« (S. 244),[207] womit auch hier selbstverständlich der Katholizismus gemeint ist (vgl. oben, S. 182). Für den Ausdruck »*Wiederkunft der Hierarchie*«, den Echtermeyer und Ruge als Novalis-Zitat kennzeichnen,[208] bietet ›Die

205 Diese Hervorhebung R. G.

206 Dies wird am deutlichsten in ihrer Auffassung der Mystik als einer Vorläuferin der Reformation (S. 247): »Die *Mystik,* dieses visionär exclusive *Selbstgefühl* im Absoluten, zeigt sich zuerst gegen die steife und äußerliche Scholastik und ist in dem Geltendmachen des Subjectiven die Richtung auf die religiöse Befreiung, ein Vorläufer der Reformation. Der Mystiker in seiner frommen Ekstase ist sein eigener Priester, er hat nur den innerlichen, gar keinen äußerlichen Zweck, er geht über die Formen der Kirche, über die Vorstellungen der Kirche, über die Gesetze hinaus und erkennt keine andere Vermittlung mit Gott an, als die Visionen, diese Zustände seines eigenen Innern, als die Gefühlserregung, die, unabhängig von aller Menschenmacht und von aller hierarchischen Controle, *mitten im Unfreien die Geistesfreiheit* geltend macht« (Hervorhebungen wie dort). Zu den theologischen Hintergründe siehe z. B. das streitbare Luther-Buch des Indologen Paul Hacker (Das Ich im Glauben bei Martin Luther, Graz 1966, ³Bonn 2009).

207 Alle Hervorhebungen nach dem Original.

208 Anders können Echtermeyer/Ruges Anführungszeichen hier nicht verstanden werden, denn zur Hervorhebung oder Absetzung von Begriffen verwenden sie durchweg Kursive.

Christenheit oder Europa‹ jedoch kein Gegenstück, und auch in Hardenbergs sonstigen Schriften findet sich nichts Entsprechendes. Es handelt sich somit um ein untergeschobenes ›Zitat‹, das auf den ›Zeitgeist‹ berechnet war, und dies so treffend, dass es alsbald ein Eigenleben entwickelte,[209] ohne dass spätere Exegeten dies je beanstandet hätten.[210]

Die Zielrichtung des Diskurses steht somit klar vor Augen: Echtermeyer und Ruge lösen den Begriff *Hierarchie* aus den zwei durchaus unterschiedlichen – jedoch in keinem Falle einschlägigen[211] – Bezügen der Rede heraus, um Novalis als ›Renegaten‹ und Befürworter einer Wiedererrichtung der »Hierarchie« zu diskreditieren, wobei sie sich der stereotypen Vorstellung von der ›katholischen Unfreiheit‹ bedienen.[212] Neben diesem konfessionellen Grundkonflikt zwischen Protestantismus und Katholizismus wird der Beitrag bestimmt von der Inkompatibilität zwischen Hardenbergs (vermutlich augustinisch-neuplatonische

209 So spitzt etwa Th. Mundt Hardenbergs Rede darauf zu, dass darin die »Wiederherstellung einer allgemeinen alle Völker umfassenden und alle Zeiten versöhnenden Kirche als das höchste Ideal der Zukunft angeschaut« werde und fährt fort (Mundt, Geschichte der Literatur der Gegenwart [Anm. 153], S. 122 f.): »Es heißt darin zugleich: ›In der Fortsetzung des sogenannten Protestantismus ist eine Revolutionsregierung permanent erklärt, Luther hat den Geist des Christentums verkannt, mit der Reformation war's um die Christenheit geschehen – dem Menschen ist nichts geblieben als ein Enthusiasmus für eine materialistische Philosophie, der Protestantismus soll aufhören und einer neuen Religion Platz machen, auf die Weltperiode des Nutzens eine neue poetische Periode folgen, die nur durch Wiederkunft der Hierarchie möglich ist‹.« Dieses vermeintliche ›Novalis-Zitat‹ setzt sich zusammen aus einigen für passend befundenen Versatzstücken aus der Rede (vgl. NoKS, Bd. [3]3, S. 512, 515, 524), verschnitten mit einer Sentenz aus Hardenbergs ›Allgemeinem Brouillon‹ (vgl. ebd., S. 423). Durch Anhängen der vermutlich auf Echtermeyer/Ruge zurückgehenden Phrase von der »Wiederkunft der Hierarchie« gibt Mundt seinem Kunstprodukt die schon von seinen Vorgängern bekannte Tendenz.

210 Als neueres Beispiel wäre Kurzke, Romantik und Konservatismus (Anm. 119), S. 28 zu nennen.

211 Vgl. oben, S. 182, zu NoKS, Bd. [3]3, S. 513, und S. 198 zu der ›fichtisierenden‹ Passage über die Hierarchie als »symmetrische Grundfigur« (NoKS, Bd. [3]3, S. 522), die bisher kaum kommentiert, geschweige denn schlüssig erklärt wurde.

212 Man denke etwa an die gegen Friedrich Leopold Graf zu Stolberg, einen der prominentesten Konvertiten jener Zeit, gerichtete Streitschrift von Johann Heinrich Voß, Wie ward Fritz Stolberg ein Unfreier?, in: Sophronizon 1819, H. 3, S. 3–113.

Vorstellungen aufnehmender) Konzeption des *heiligen Sinns* und der (jung)hegelianischen Kategorie ›Geist‹.

Die bei Echtermeyer und Ruge angelegte Überführung des Diskurses von einer ursprünglich religiösen auf eine ›staatspolitische‹ Ebene sollte bis heute bestimmend bleiben für die Auseinandersetzung mit Hardenbergs Rede.

Im selben Jahr (1840), und ebenfalls in den ›Hallischen Jahrbüchern‹, formte Karl Friedrich Köppen den konfessionellen Grundkonflikt noch entschiedener – und mit anhaltendem Erfolg – in einen philosophischen um, indem er den Protestantismus mit der von Echtermeyer und Ruge (Hegel folgend) noch wenig geschätzten Aufklärung gleichsetzte, deren philosophische Neubewertung genau in dieser Zeit beginnt. So »rückte die ›Aufklärung‹ mit einem Mal zum eigentlichen geistigen Gegenprinzip der […] ›Romantik‹ auf«, wie W. Bunzel dargelegt hat.[213]

Die so konstruierten Assoziationsketten Protestantismus–Freiheit–Aufklärung und Katholizismus–Unfreiheit–Romantik reduzieren sich in späteren, eher ›säkularen‹ Spielarten des antiromantischen Diskurses auf die jeweils letzten Begriffspaare in verschiedenen Kombinationen, nicht selten angereichert mit Variationen der Goetheschen Sentenz: »Das Klassische nenne ich das Gesunde und das Romantische das Kranke.«[214] Auch hier sind Echtermeyer und Ruge richtungsweisend, indem sie etwa die Konversion der Fürstin Amalie von Gallitzin als Folge von »Krankheit und geistiger Gebrochenheit« erklären (S. 210; s. o.) und entsprechend in Novalis einen »Brustkranken« (S. 239) sehen, dem »die *Krankheit* lieber, als die Gesundheit, und die *Nacht* lieber, als der Tag und sein ›freches Licht‹[215] [ist]. Hiemit schließt Novalis sich entschieden an die Gallitzin an« (S. 245). Wo sie Anschlussmöglichkeiten an ihre eigene Position zu entdecken meinen, etwa in Hardenbergs

213 Wolfgang Bunzel, ›Patriarch der deutschen Geistesfreiheit‹. Zur Lessing-Rezeption der Junghegelianer, in: Zwischen Aufklärung und Romantik. Neue Perspektiven der Forschung. Festschrift für Roger Paulin, hrsg. von Konrad Feilchenfeldt u. a., Würzburg 2006, S. 89–105, hier: S. 95 f.; dazu auch ders., Zurück in die Zukunft. Die Junghegelianer in ihrem Verhältnis zur Aufklärung, in: Der nahe Spiegel. Vormärz und Aufklärung, hrsg. von Wolfgang Bunzel, Norbert Otto Eken, Florian Vaßen, Bielefeld 2008 (= Vormärz-Studien 14), S. 79–98.

214 Im Gespräch mit Eckermann vom 2. April 1829. Dazu Mähl, Goethes Urteil (Anm. 11), S. 147 f.

215 Eine umgemünzte Anleihe aus Hardenbergs Aufklärungsmetaphorik (vgl. oben, S. 184).

Wissen um den »historischen Proceß« – ›junghegelianisch‹ aufgefasst als unaufhaltsame »Kritik des trüben Mittels« (S. 193 f.) – oder in seinem Bewusstsein »von Entwicklung und Methode«, handelt es sich zumeist um einen ›Kurzschluß‹ mit ihren eigenen Prämissen.

Aus meiner obigen Zusammenfassung von ›Die Christenheit oder Europa‹ dürfte klar hervorgehen, dass die von Echtermeyer und Ruge vorgetragene Kritik in ihrem Kern an Hardenbergs Intentionen vorbeigeht. Seine Rede zielt nicht auf die Wiedererrichtung der alten ›Hierarchie‹ im weltlichen Sinne. Seine Idee von einem ›neuen Katholizismus‹ ist nicht gleichzusetzen mit der »zufälligen« weltlichen Institution des Papsttums, die ja für ihn bereits »im Grabe« liegt (oben, S. 204). Hardenberg selbst lässt keinen Zweifel daran, dass seine Vision eines neuen europäischen ›Katholizismus‹ im wörtlichen Sinne des griechischen *katholikós* als »allesumarmend«,[216] »allgemein« (NoKS, Bd. 33, S. 511) zu verstehen ist. Die Institution der römisch-katholischen Kirche und ihre Geschichte beurteilt er dagegen durchaus kritisch (ebd., S. 510 f.).[217] Echtermeyer und Ruge indes haben offensichtlich keine Vorstellung von den ›katholischen‹ Dimensionen seines Denkens. Einen Höhepunkt erreicht seine »Religionsansicht« in einem Brief vom 26. Dezember 1798, in dem er diese einerseits gegen den »kindlichen Sinn« der bibelfrommen ›Buchstabengläubigen‹[218] und andererseits gegen die »Theologie des historisch-kritischen Verstandes«[219] absetzt:

> Wenn ich weniger auf urkundliche Gewißheit, weniger auf den *Buchstaben*, weniger auf die *Wahrheit und Umständlichkeit der Geschichte* fuße; wenn ich geneigter bin, in mir selbst höhern Einflüs-

216 S. oben, Anm. 137.

217 Schon Joseph von Eichendorff hatte betont, dass man Novalis nicht als Katholiken im konventionellen Sinne ansehen dürfe (vgl. Uerlings, Friedrich von Hardenberg [Anm. 182], S. 50). Dass auch sein Verhältnis zum Protestantismus kein konventionelles war, sollte hinreichend deutlich geworden sein. Insofern erscheinen Versuche, Novalis von dieser Seite zu vereinnahmen, wie etwa diejenigen der Theologen Heinrich Geizer (1841) und August Friedrich Christian Vilmar (1844), ebenso verfehlt (vgl. Kurzke, Romantik und Konservatismus [Anm. 119], S. 23 f.; Uerlings, a. a. O., S. 51–53); ein entferntes Echo solcher Bemühungen klingt vielleicht bei Kubik (Symboltheorie [Anm. 140]) an (dazu unten, Anm. 350).

218 Zu diesen zählt er auch den Adressaten seines Briefes, Coelestin August Just, seinen Freund und dienstlichen Vorgesetzten.

219 Dazu oben, S. 180.

> sen nachzuspüren, und mir einen eignen Weg in die Urwelt zu bahnen; wenn ich in der Geschichte und den Lehren der christlichen Religion die symbolische Vorzeichnung einer *allgemeinen, jeder Gestalt fähigen, Weltreligion* – das reinste Muster der Religion, als historischen Erscheinung überhaupt – und wahrhaftig also auch die vollkommenste Offenbarung zu sehen glaube; wenn mir aber eben aus diesem Standpunkt alle Theologien auf mehr und minder glücklich begriffenen Offenbarungen zu ruhen, alle zusammen jedoch in dem sonderbarsten Parallelism mit der Bildungsgeschichte der Menschheit zu stehn und in einer aufsteigenden Reihe sich friedlich zu ordnen dünken, so werden Sie das vorzüglichste Element meiner Existenz, die *Phantasie*, in der Bildung dieser Religionsansicht, nicht verkennen.[220]

Echtermeyer und Ruge können diesem phantasievollen Verständnis von ›Katholizismus‹ in keiner Weise gerecht werden. Ihre Kritik bleibt durchweg in den Grenzen ihres protestantisch-junghegelianischen Weltbildes befangen, das sie lediglich auf Novalis projizieren. Mit ihrem ›Manifest‹ beginnt die Einbettung der Rede in politische Zusammenhänge und damit einhergehend ihre Vereinnahmung für ideologisch geprägte, meist gegen die Romantik gerichtete Geschichtsentwürfe.[221]

II.2. Richard Samuel

Nachhaltige Impulse für die ›politische‹ Interpretation der Rede gingen von zwei Arbeiten Richard Samuels aus.

a) 1925

In der ersten, seiner Dissertation von 1925,[222] interpretiert Samuel den *heiligen Sinn* als Aspekt von Hardenbergs Geschichtsauffassung, worunter er »das Bewußtsein der *Heiligkeit* der Geschichte, der Ehrwürdigkeit des Vergangenen« versteht (S. 18).[223] Die damit implizierte Grundannahme, Novalis habe die Geschichte als heilig betrachtet, stützt sich

220 NoKS, Bd. ²4, S. 272. Hervorhebungen R. G.

221 Dazu Bunzel, »Der Geschichte in die Hände arbeiten« (Anm. 184), S. 335–337.

222 Samuel, Die poetische Staats- und Geschichtsauffassung Friedrich von Hardenbergs (Anm. 43); im folgenden mit bloßen Seitenzahlen angeführt.

223 Hervorhebung R. G.

auf ein ›Jugendfragment‹, das Samuel dem nun zu besprechenden Kapitel über »Die Welt als Geschichte« (S. 18–51) als Motto voranstellt:

> Sanft und groß ist der Vorzeit Gang: Ein heiliger Schleier deckt sie für den Ungeweihten[224] aber dessen Seele das Schicksal aus dem sanften Rieseln des Quell erschuf, sieht sie in göttlicher Schöne mit dem magischen Spiegel.[225]

Samuel hört »Novalis' innerliches Verhältnis zur Geschichte [...] aus diesen Rhythmen[226] des Dichters« sprechen. Damit allein kann seine stillschweigende Übertragung der Eigenschaft ›heilig‹ vom Schleier auf die Geschichte jedoch noch nicht als gesichert gelten. Novalis selbst redet ja nicht einmal von Geschichte, sondern von »Vorzeit«, ohne den Begriff an dieser Stelle zu erläutern. Macht man sich nun Samuels Argumentation zu eigen und deutet den großen zeitlichen Abstand zwischen der Rede über ›Die Christenheit oder Europa‹ von 1799 und obigem Fragment – es wurde vermutlich um 1790 notiert – als Zeichen der Kontinuität in Hardenbergs Denken, so darf man zur Erklärung auch die ›Hymnen an die Nacht‹ hinzuziehen, die chronologisch und thematisch zweifelsfrei in das Umfeld der Rede gehören. Von besonderem Interesse sind hier einige Strophen aus der sechsten Hymne mit dem Titel »Sehnsucht nach dem Tode«, in welchen die Stimmung der Rede sehr deutlich anklingt.[227] Mit »Vorzeit« meint der Dichter hier

224 Samuel fügt an dieser Stelle ein Semikolon ein (ebd., S. 18).

225 NoKS, Bd. ³2, S. 25. Von einem solchen magischen Spiegel heißt es im ›Ofterdingen‹ (NoKS, Bd. ³1, S. 312), dass er »alles in seiner wahren Gestalt zurückwerfe, jedes Blendwerk vernichte, und ewig das ursprüngliche Bild festhalte« (dazu Beate Luther, Bedeutungsbereiche bei Novalis, dargestellt am Traum von der blauen Blume, Diss. München 1954, S. 82).

226 Dies ist das allgegenwärtige ›Leitmotiv‹ einer hochkultivierten Musik-Metaphorik, die Samuels gesamten Novalis-Diskurs durchzieht.

227 NoKS, Bd. ³1, S. 155 (Druckfassung): »Was sollen wir auf dieser Welt | Mit unsrer Lieb' und Treue. | Das Alte wird hintangestellt, | Was soll uns dann das Neue. | O! einsam steht und tiefbetrübt, | Wer heiß und fromm die *Vorzeit* liebt. || Die *Vorzeit* wo die Sinne licht | In hohen Flammen brannten, | Des Vaters Hand und Angesicht | Die Menschen noch erkannten. | Und hohen Sinns, einfältiglich | Noch mancher seinem Urbild glich. || Die *Vorzeit*, wo noch blüthenreich | Uralte Stämme prangten, | Und Kinder für das Himmelreich | nach Quaal und Tod verlangten. | Und wenn auch Lust und Leben sprach, | Doch manches Herz für Liebe brach. || Die *Vorzeit*, wo in Jugendglut | Gott selbst sich kundgegeben | Und frü-

jedoch nicht ›Geschichte‹ in dem von Samuel unterstellten Sinne, sondern genau denjenigen Zeitpunkt in der Vergangenheit, an welchem »die Sinne licht« der Menschen noch in Verbindung mit der Transzendenz standen, also die zu Beginn der Rede geschilderten »ächtkatholischen oder ächt christlichen Zeiten«, in denen Hardenberg noch den *heiligen Sinn* wirken sah. Der »Durst«, den die Menschen nach jener Vorzeit verspüren, kann jedoch »auf dieser Welt« nicht gestillt werden; erst in der jenseitigen »Heimat«[228] werden sie »diese heilge Zeit« sehen können. Diese zeichnet sich nun aber gerade dadurch aus, dass sie aller »Zeitlichkeit« enthoben, mit anderen Worten: *geschichtslos*, ist (vgl. unten, S. 238). Das Gegenstück zur menschlichen Sehnsucht nach der jenseitigen »Heimat« ist das zu Beginn der Hymne hervorgehobene Fehlen aller Neugier auf die »Fremde«,[229] das gegen Ende mit folgenden Zeilen aufgenommen wird (NoKS, Bd. ³3, S. 157):

Zu suchen haben wir nichts mehr –
Das Herz ist satt – die Welt ist leer.

Von einer »Heiligkeit der Geschichte« in dem von Samuel unterstellten Sinne ist hier keine Rede,[230] und die zwei zitierten Zeilen der Hymne, in denen er eine Sehnsucht nach dem »Geist der Vorzeit« zu vernehmen meint,[231] lesen sich ganz anders, wenn man sie im oben dargelegten Zusammenhang betrachtet. Dann nämlich wird deutlich, dass die Frage nach dem »Sinn der Geschichte«[232] – die Samuel zu einem der »grundlegenden Gedanken« in Hardenbergs Geschichtsphilosophie er-

hem Tod in Liebesmuth | Geweiht sein süßes Leben. | Und Angst und Schmerz nicht von sich trieb, | Damit er uns nur theuer blieb. || Mit banger Sehnsucht sehn wir sie | In dunkle Nacht gehüllet, | In dieser Zeitlichkeit wird nie| Der heiße Durst gestillet. | Wir müssen nach der Heymath gehn, | Um diese *heilge Zeit* zu sehn.« (Hervorhebungen R. G.)

228 Samuel führt Hardenbergs eindeutig christliche Jenseitsvorstellung auf eine »neuplatonische Urheimatidee« zurück (S. 20 f.).

229 NoKS, Bd. ³1, S. 153: »Die Lust der Fremde ging uns aus, | Zum Vater wollen wir nach Haus.«

230 Dazu unten, S. 237.

231 S. 19: »Mit pathetischen Orgeltönen predigt die 6. Hymne von diesem Geist der Vorzeit, in den sich die erlösungsbedürftige Seele hineinsehnt: ›O, einsam steht und tiefbetrübt, wer heiß und fromm die Vorzeit liebt‹« (vgl. die oben zitierte Fassung).

232 S. 18, 33, 45 und passim.

klärt[233] – sich für diesen so gar nicht stellt, weil die im Mittelpunkt seines Interesses stehende »heilige Zeit« ihren ›Sinn‹ bereits aus der Religion empfängt.[234] Diese schafft den »belehrenden Zusammenhang«, durch den sich die alle Epochen übergreifende ›Geschichte des *heiligen Sinns*‹ erschließt. Und wenn er seine Zuhörer an die Geschichte verweist, so lautet sein Auftrag, mit dem »Zauberstab der Analogie [...] nach ähnlichen Zeitpunkten« zu forschen, an denen sich eine »Beziehung auf das Weltall« zeigt,[235] um so die ›Geschichte des *heiligen Sinns*‹ fortzuschreiben und nicht, um den »Sinn der Geschichte« zu erfassen (S. 48).

Es gibt, wie gesagt, keinen Anhaltspunkt dafür, dass Novalis die Geschichte als »heilig« betrachtet hätte, wie Samuel behauptet. Im Sinne dieser unbegründeten Prämisse deutet er in seinen weiteren Ausführungen zum »Wesen der Geschichte« bei Novalis (S. 21–35) sowohl die obigen zwei Zeilen aus der sechsten Hymne als auch zwei Strophen aus dem dritten der ›Geistlichen Lieder‹,[236] wobei er sie ihres christlich-religiösen Zusammenhangs entkleidet. Ähnlich verfährt er mit einer Stelle aus Novalis' Roman ›Heinrich von Ofterdingen‹. Dort interpretiert er die von der Erde offenbarten »mächtigen Geschichten der längst verfloßnen Zeit«, die als »der Vorwelt heilge Lüfte« das Angesicht des alten Bergmanns umwehen,[237] wiederum als Beleg für das postulierte »Bewußtsein der Heiligkeit der Geschichte«. Doch in diesem Bergmann hat Hardenberg bekanntlich seinem Lehrer an der Freiberger Bergakademie, Abraham Gottlob Werner, ein Denkmal gesetzt, was nicht auf ›Historie‹ deutet, sondern auf ›Geognosie‹. In dem erweiterten Sinne, in welchem diese ›Erdbeobachtung‹ z.B. auch in seinen ›Lehrlingen zu Saïs‹ begegnet, versteht Novalis sie als Entschlüsselung einer geheim-

233 Vgl. den Titel des ersten Abschnitts (S. 17).

234 Weshalb, beiläufig bemerkt, die dafür üblich gewordene Bezeichnung ›Goldenes Zeitalter‹ leicht missverständlich ist.

235 NoKS, Bd. ³3, S. 518; vgl. oben, S. 187.

236 Hier die von Samuel (S. 18 f.) zitierte Passage nach NoKS, Bd. ³1, S. 162 f.: »Wer in das Bild vergangner Zeiten | Wie tief in einen Abgrund sieht, | In welchen ihn von allen Seiten | Ein süßes Weh hinunter zieht; – || Es ist, als lägen Wunderschätze | Da unten für ihn aufgehäuft, | Nach deren Schloß in wilder Hetze | Mit athemloser Brust er greift.«

237 Erstes Bergmannslied, NoKS, Bd. ³1, S. 247 f.; weiteres zu ›Heinrich von Ofterdingen‹ unten, S. 248.

nisvollen »Chiffernschrift«, »die man überall, auf Flügeln, Eierschalen, in Wolken, im Schnee, in Krystallen und in Steinbildungen,[238] auf gefrierenden Wassern, im Innern und Äußern der Gebirge [...] erblickt«.[239] Die in dieser »Wunderschrift« geschriebene und den Menschen nur in momenthaften ›Ahndungen‹ verständliche Sprache[240] ist »ein Accord aus des Weltalls Symphonie«, gleich jener ersten der »zwey wunderbaren Sprachen«, durch welche, Wackenroders ›Herzensergießungen‹ zufolge, »der Schöpfer den Menschen vergönnt hat, die himmlischen Dinge in ganzer Macht [...] zu fassen und zu begreifen«: es ist die Sprache der Natur, in der nur Gott zu den Menschen spricht.[241] Aus diesem – von Samuel gänzlich vernachlässigten – Zusammenhang ist ein spezifisches Interesse an ›Geschichte‹ im unterstellten Sinne ebensowenig ableitbar wie aus den im weiteren Verlauf von ihm zitierten Stellen, deren religiösen Zusammenhang er gleichfalls unberücksichtigt lässt bzw. als ›historisch-religiösen‹ »Trieb zur Geschichte« (oder »Eros zur Ferne«) deuten will.[242]

Aus einem von ihm selbst passgenau komponierten Zitat[243] leitet Samuel den »Gegensatz Geist – Natur« ab, um Novalis auf dieser frag-

238 Vgl. NoKS, Bd. ^{3}1, S. 80: »[...] in Bänken und in bunten Schichten der Erde Bau«.

239 NoKS, Bd. ^{3}1, S. 79.

240 Wegen ihrer Unverständlichkeit bezeichnet einer der Lehrlinge sie auch als »die ächte Sanscrit« (ebd.); vgl. oben, Anm. 23.

241 Wackenroder, Herzensergießungen (Anm. 2), S. 97. Die zweite Sprache, in der sich die Transzendenz den Menschen mitteilt, die Kunst, wird nur von wenigen entsprechend begabten Menschen beherrscht.

242 Ersteres gilt insbesondere für seine Behandlung der ›Aufzeichnungen aus dem Sommer und Herbst 1800‹, Nr. 688 (NoKS, Bd. ^{3}3, S. 690), letzteres für die der ›Teplitzer Fragmente‹, Nr. 14 (333) (NoKS, Bd. ^{3}2, S. 597), beide zit. von Samuel (ebd., S. 20); siehe auch oben, Anm. 202.

243 Ebd., S. 24: »Die Natur ist ewig, nicht der Geist ... Im Geiste ist der Grund der Vergänglichkeit zu suchen ... Sterblichkeit und Wandelbarkeit ist gerade ein Vorzug höherer Naturen. Ewigkeit ist ein Zeichen (sit venia verbis) geistloser Naturen.« Dieses ›Zitat‹ ist ein Verschnitt von NoKS, Bd. ^{3}3, S. 110 (dort aber: »nicht umgekehrt« statt Samuels »nicht der Geist«) und S. 111 (beides aus Hardenbergs Studien zu Schellings ›Über die Weltseele‹; Bezug unklar) mit Nr. 869 des ›Allgemeinen Brouillon‹, NoKS, Bd. ^{3}3, S. 436 = NoMi, Bd. 2, S. 223, Nr. 188 (letztere Referenz gibt Samuel für das gesamte Zitat an). Den Zusammenhang zwischen den von Samuel verschnittenen Teilen des Zitats halte ich für ebenso konstruiert wie deren Relevanz für die Novalis damit zugeschriebenen Vorstellungen vom »Wesen der Geschichte«.

würdigen Grundlage die »Gleichsetzung des Geistes mit der Geschichte« zuzuschreiben (S. 24). In weiteren, nicht minder spekulativen Schritten verdichtet er die Novalis zugeschriebene Auffassung vom »Wesen der Geschichte« zu der These (S. 27): »Geschichte ist also Leben, Werden, immerwährende Genesis; sie gibt ›*Sinn*‹ und damit zugleich Wert, moralische, religiöse, künstlerische Werte.«[244] Samuel zufolge sah Novalis den »Sinn der Weltgeschichte« somit in den »Kulturleistungen« eines Volkes »als eine handlungsfähige, individualitätshaltige Gemeinschaft« (S. 28). Von »Kulturleistungen« als Maßstab für die ›Geschichtlichkeit‹ einzelner Völker (ebd.) findet sich jedoch in der Rede nichts – was in Anbetracht seiner explizit europäischen, alle Völker in einer neuen ›Katholizität‹ friedlich vereinenden Perspektive kaum überraschen kann. Auch Samuel räumt hier indirekt eine Diskrepanz zwischen seiner Interpretation und Hardenbergs Rede ein,[245] in welcher ja der »Kultur *einer gewissen Stufe*«[246] eine »Schädlichkeit« für den *heiligen Sinn* attestiert wird. Samuel führt zwar die einschlägige Stelle an,[247] ignoriert aber deren engen Bezug auf den *heiligen Sinn* und konstruiert stattdessen einen Zusammenhang mit der Aufklärung, für welche sich »aus dem Problem der Kultur [...] die Tatsache der fortschreitenden Perfektibilität des Menschengeschlechts gegeben« habe – ein Konstrukt, das in der Behauptung gipfelt, Novalis übernehme diesen aufklärerischen »Begriff der Kultur« (S. 29). Unter nicht näher begründetem Bezug auf Rousseaus »rückläufige Geschichtsbetrachtung« gelangt Samuel zu der Auffassung (S. 30):

> Novalis legt seinerseits einen neuen Wertmaßstab an die Geschichte und kommt zu denselben Ergebnissen wie Rousseau. Den »Sinn des Unsichtbaren« verfolgt er im Laufe der Geschichte. Es ist der Sinn für Religion, der »heilige Sinn«, der letzte und höchste Wert, der das Übervernünftige mit einschließt in die Grenzen seines Wertreiches, und welcher von der Aufklärung gerade hinausgetrieben worden ist

244 Hervorhebung R. G.

245 Allerdings führt Samuel diese eher auf Novalis zurück (S. 28): »Dennoch ist ihm [Novalis; R. G.] das Problem der Kultur problematisch«.

246 Also nicht der Kultur generell; Hervorhebung R. G. Die Verbindung zu Rousseau, die Samuel hier mit leichter Hand zieht (S. 30), ist deshalb mit Vorbehalt zu betrachten.

247 NoKS, Bd. ³3, S. 509 (oben, S. 178 und Anm. 28).

aus dem Bereich der Kultur, wie Novalis selbst in der ›Europa‹ so unnachahmlich treffend dargestellt hat.

Hier deutet sich bereits an, dass Samuel unter dem *heiligen Sinn*[248] nicht dasselbe versteht wie Hardenberg, in dessen Rede keine solche Affinität zum aufklärerischen Kulturbegriff[249] nachweisbar ist. Durch Aneinanderreihung von Sentenzen unterschiedlichster Art – darunter geschichtsphilosophische Entwürfe,[250] »kabbalistische Ideen von der Erlösungsbedürftigkeit Gottes«, eine ›weltgeschichtliche‹ Konzeption zur »Fertigmachung des Menschen« durch »Vermehrung und Ausbildung der Sinne [...] zur Graderhöhung der Menschheit« – will Samuel bei Novalis einen »Rhythmus der Weltgeschichte« (S. 32) nachweisen. Diesen nimmt er als Inbegriff für »des Novalis ganze Geschichtsauffassung«, die er unter anderem aus folgendem ›Poesie‹-Fragment zum »Inhalt des Dramas« abstrahiert:

> Der Inhalt des Dramas ist ein Werden oder ein Vergehn. Es enthält die Darstellung der Entstehung einer organischen Gestalt aus dem Flüssigen – einer wohlgegliederten Begebenheit aus Zufall – Es enthält die Darstellung der Auflösung – der Vergehung einer organischen Gestalt im Zufall. Es kann beydes zugleich enthalten und dann ist es ein vollständiges Drama. Man sieht leicht, dass der Inhalt desselben eine *Verwandlung* – ein Läuterungs, Reduktionsproceß seyn müsse. Oedipus in Colonos ist ein schönes Beyspiel davon – so auch Philoktet.[251]

Aus dem ganzen Zusammenhang und insbesondere auch aus dem letzten Satz – den Samuel nicht zitiert (S. 33) – ergibt sich zweifelsfrei, dass

248 Hier auch mit dem eher verwässernden Begriff »Sinn für Religion« bezeichnet, den Novalis selbst nur einmal ganz allgemein für Religion gebraucht (Fragment Nr. 53 unter »18 Junius 1799«, NoKS, Bd. ³3, S. 563).

249 Dazu auch S. 31.

250 Z. B. eine aus dem ›Allgemeinen Brouillon‹ (Nr. 633, NoKS, Bd. ³3, S. 381, zit. bei Samuel, S. 30), mit der Samuel zu David Hume überleitet, ohne dass ein Zusammenhang mit Hardenbergs Rede oder dem *heiligen Sinn* erkennbar würde. Dasselbe gilt für die dann folgende Assoziation mit Hemsterhuis' »organe morale«, wo Samuel eine Notiz in Hardenbergs Hemsterhuis-Studien zu dessen »moralischem Sinn« (NoKS, Bd. ³2, S. 376) Novalis selbst zuschreibt (S. 32 f.; vgl. oben, Anm. 173).

251 NoKS, Bd. ³2, S. 535, Nr. 44. Hervorhebung R. G.

in diesem Fragment mit ›Geschichte‹ nichts anderes gemeint ist als eben »der Inhalt des Dramas«, sprich: die Handlung, nicht etwa ›Historie‹.[252] Eine Studie von Johannes Endres verdeutlicht den Zusammenhang des Fragments mit anderen Äußerungen Hardenbergs zum zeitgenössischen Diskurs über das Drama, woraus sich unter anderem die zentrale Bedeutung des Begriffs »Verwandlung« erklärt. Wie Endres weiter zeigt, fügt sich Hardenbergs einziges vollendetes Schauspiel, ein vor dem Fragment entstandenes »Monodrama« mit dem Titel ›Panthea‹, »auf erstaunliche Weise in die spätere theoretische Eingrenzung des Dramas« ein.[253] Für das Fragment und Hardenbergs übrige Schriften zur Dramaturgie ist hier mit Endres festzuhalten: »Novalis argumentiert, wann immer er auf das Drama sieht, niemals aus geschichtsphilosophischer Perspektive.« Samuel dagegen versucht, ausgehend vom ›Poesie‹-Fragment zum Drama, bei Novalis die Vorstellung von einer »Bewegung der Geschichte« nachzuweisen (S. 33):

> Als *Weltdrama* hat er bereits die Geschichte gleichnishaft bezeichnet,[254] [...] die Wahl der Bilder [gibt] wieder, wie er die Geschichte unter einer Form dichterischer Gestaltung sieht. Die Reaktionsidee ist

252 Ebenso ist ›Geschichte‹ in einer Zusatznotiz zu Nr. [234] des ›Allgemeinen Brouillon‹ zu verstehen, die nicht das Drama betrifft, sondern »Romant[ik] etc.«, womit Novalis hier die verschiedenen Gattungen der erzählenden Dichtung meint (NoKS, Bd. ^{3}3, S. 280 f.): »(Mit der Zeit muß die Geschichte Märchen werden – sie wird wieder, wie sie anfieng)«. Im Anschluss an Samuels Theorie von einer »triadischen Grundfigur« deutet Mähl (Die Idee des goldenen Zeitalters [Anm. 163], S. 305) auch hier ›Geschichte‹ als ›Historie‹, wobei er ergänzend auf eine Zusatznotiz zu Nr. 598 des ›Allgemeinen Brouillons‹ hinweist (NoKS, Bd. ^{3}3, S. 372): »(*Alle* Geschichte ist dreifach – Vorzeit, Gegenwart und Zukunft.)« Dieser Zusatz zum Thema »Encyclopaedistik« ist allgemeinster Art und aus seinem Zusammenhang kaum auf das Samuelsche Triadenschema einzuengen.

253 Johannes Endres, Szenen der ›Verwandlung‹. Novalis und das Drama, in: Das romantische Drama. Produktive Synthese zwischen Tradition und Innovation, hrsg. von Uwe Japp, Stefan Scherer, Claudia Stockinger, Tübingen 2000 (= Untersuchungen zur deutschen Literaturgeschichte 103), S. 65–87; zum obigen Fragment (NoKS, Bd. ^{3}1, S. 569–571) insbesondere S. 75 f., das folgende Zitat auf S. 75.

254 Den Begriff ›Weltdrama‹ hatte Samuel zuvor (S. 32) einem anderen Zusammenhang entlehnt (Allgemeines Brouillon, Nr. 79, NoKS, Bd. ^{3}3, S. 254, zur »MenschenLehre«, dort unter »Physik und ZukunftsLehre«).

> im »Werden und Vergehen« gegeben. Die *musikalische Bewegung* im Widerspiel von Aufbauen und Auflösung, der *Sinn der Geschichte* im Gedanken des Läuterungsprozesses, das *Ziel der Geschichte* im Bilde der Zurückführung der alten Synthese. Der *Gesamtrhythmus* endlich angedeutet in jenem *Dreiklang* des Entstehens der geschichtlichen Welt *aus Zufall*, dem Läuterungsprozeß aus dem Werden und Vergehen *im Zufall* [...]. *Zufall* ist, nach der Lehre des Novalis, ein religiöser Begriff, gleichbedeutend seiner Idee nach mit Schicksal. Er stammt aus der Wunderwelt Gottes und hat innere Regelmäßigkeit, und sein Walten ist Zeichen der Berührung mit höheren Wesen, eben mit Gott. Endlich ist auf die organische Wesenheit des geschichtlichen Prozesses angespielt, die in der »Europa« so klassisch gedeutet ist [...].[255]

Mit diesem Konstrukt aus durchweg unbegründeten Assoziationen hat Samuel den Grundstein für die bis heute bestimmende Novalis-Rezeption gelegt, der zufolge seine Rede über ›Die Christenheit oder Europa‹ auf einer später unter der Bezeichnung *Triadenschema* bekannt gewordenen Geschichtsauffassung aufbaut.[256] Dieses Triadenschema lässt sich jedoch weder aus dem obigen Fragment zum Drama ableiten noch ist es in Herders »bedeutungsvolle[m] Aufsatz« ›Tithon und Aurora‹[257] nachweisbar, auf den Samuel im darauffolgenden Kapitel »die ganze Geschichtstheorie der ›Europa‹« zurückführen will (S. 55; auch S. 34). Alternativ dazu zieht er in einem späteren Kapitel eine Entwicklungslinie von Rousseau bis zu Hegel.[258]

Aus Hardenbergs Rede jedoch ergibt sich eine ganz andere Geschichtskonzeption: Für ihn stellt sich die Abfolge der »Zeiten und Perioden« als »eine Oszillation, ein Wechsel entgegengesetzter Bewegungen« dar.[259] Das exakte Vorbild dafür sehe ich im dritten Teil von Herders ›Ideen‹ (1787), wo im 15. Buch unter »III. Das Menschengeschlecht

255 Hervorhebungen R.G.

256 Auch unter *Triadenschritt, triadische Grundfigur, (rhythmischer) Dreitakt* (der Geschichte) und ähnlichen Bezeichnungen. Ergänzend dazu auch S. 163–165 und S. 173.

257 In Herders ›Zerstreuten Blättern‹, 4. Sammlung, 1792 (Herder, SWS, Bd. 16, S. 109–128).

258 Über den »Rhythmus der Weltgeschichte«, S. 152–172, hier: S. 161–163.

259 NoKS, Bd. ^{3}3, S. 510; vgl. oben, S. 179.

ist bestimmt, mancherlei Stuffen der Cultur in mancherlei Veränderungen zu durchgehen [...]« drei »Naturgesetze« formuliert werden, die nach Ansicht Herders den Gang der Geschichte bestimmen – und zugleich als ›physikalische‹ Begründung seiner Hermeneutik gelten können.[260]

- Das erste Naturgesetz geht davon aus, dass jedes »Ding« sich naturgemäß in einem »Beharrungszustande« befindet, einem ›vollkommenen‹ Ruhezustand, in dem dieses ›Ding‹ verharrt, solange es nicht durch in oder an ihm wirkende Kräfte darin gestört wird. Zu diesem »Beharrungszustande eines Dinges [ist] jederzeit eine Art Vollkommenheit, ein Maximum oder Minimum [erforderlich],[261] das aus der Wirkungsweise der Kräfte dieses Dinges folget«. Von diesem Minimum oder Maximum aus wirken alle Kräfte »in harmonischem Gleichgewicht« auf das Ding, solange es sich in seinem Beharrungszustand befindet. »Jedes bestehende Daseyn trägt also nach diesem schönen Naturgesetz seine physische Wahrheit, Güte und Nothwendigkeit als den Kern seines Bestehens in sich«.
- Nach dem zweiten Naturgesetz beruht »alle Vollkommenheit und Schönheit« der Dinge »auf einem solchen Maximum«, in dem diese »eine Art Ebenmaaßes und harmonischer Proportion« finden.
- Das daran geknüpfte dritte Naturgesetz nun besagt,

> [...] daß wenn ein Wesen oder ein System derselben aus diesem Beharrungszustande seiner Wahrheit, Güte und Schönheit verrückt worden, es sich demselben durch innere Kraft, entweder in Schwingungen oder in einer Asymptote wieder nähere, weil außer diesem Zustande es keinen Bestand findet. Je lebendiger und vielartiger die Kräfte sind: desto weniger ist der unvermerkte gerade Gang der Asymptote möglich, desto heftiger werden die Schwingungen und *Oscillationen,* bis das gestörte Daseyn das Gleichgewicht seiner Kräfte oder ihrer harmonischen Bewegung, mithin den ihm wesentlichen Beharrungszustand erreichet.[262]

260 Herder, SWS, Bd. 14, S. 225.

261 Den Hinweis auf die Parallelität dieses ›Naturgesetzes‹ mit dem ›Lagrangeschen Extremalprinzip‹ in der Physik verdanke ich Felix Mühlhölzer. Der italienische Mathematiker und Astronom Joseph-Louis Lagrange wird sowohl von Herder als auch von Novalis verschiedentlich erwähnt.

262 Ebd., S. 226. Hervorhebung R. G.

Dass Herder diese ›Naturgesetze‹ aus den Schriften des hier ungenannt bleibenden Johann Heinrich Lambert abgeleitet hat, geht zweifelsfrei aus einer anderen Stelle hervor.[263] Ihre Übertragung auf die Geschichte in der hier vorliegenden Form wird man jedoch Herder selbst zuschreiben dürfen, weshalb ich es für wahrscheinlicher halte, dass Novalis sie von Herder übernahm als dass er sie direkt aus Lamberts Schriften schöpfte.[264] Auf diesem Wege also wurde er mit dem ›Oszillationsmodell‹ bekannt, das auch die Geschichtsauffassung der Rede bestimmt. Wenn er z.B. verkündet: »Was jetzt nicht die Vollendung erreicht, wird sie bei einem künftigen Versuch erreichen, oder bei einem abermaligen«, so meint er damit die unterschiedlich starken Schwingungen des als oszillierend gedachten Geschichtsverlaufs.[265] Durch sie soll das im ›Beharrungszustand‹ der »ächtkatholischen« Zeiten gestörte und »mit immer zunehmender Ohnmacht und Verspottung« zur »Ruine« verkommene Christentum das ›Gleichgewicht seiner Kräfte‹ wiederfinden[266] und sich erneut auf den ihm eigenen Zustand der Vollkommenheit ›einpendeln‹, indem der *heilige Sinn* die unterbrochene »Beziehung auf das Weltall« wiederherstellt. Der Ablauf der von Hardenberg beschriebenen Geschichte lässt sich entsprechend als ein Oszillieren des menschlichen Geistes zwischen *heiligem Sinn* und ›Kaltsinn‹ auffassen:

263 In seinem ebenfalls 1787 erstmals erschienenen ›Gott. Einige Gespräche‹ fasst Herder Lamberts Lehre folgendermaßen zusammen (Herder, SWS, Bd. 16 S. 469 f.): »Sowohl in seinem ›Organon‹ als in seiner ›Architektonik‹ kann er nicht oft gnug auf die Wahrheit zurückkommen, ›daß der Beharrungsstand, mithin das Wesen jedes eingeschränkten Dinges, allenthalben auf einem Maximum beruhe, bei welchem gegenseitige Regeln einander aufheben oder einschränken, mithin die Bestandheit der Dinge und ihre innere Wahrheit, nebst dem Ebenmaas, der Ordnung, Schönheit, Güte, die sie begleiten, auf eine Art innerer Notwendigkeit gegründet sei‹.«

264 Hardenbergs Notizen zu Lamberts ›Neuem Organon‹ (Leipzig 1764) enthalten keinen diesbezüglichen Anhaltspunkt, sind aber möglicherweise unvollständig (siehe NoKS, Bd. 33, S. 130–134 und diesbezügliches in der Einleitung von Schulz, ebd., S. 21 f.).

265 NoKS, Bd. 33, S. 510. Für Samuel, der das Stichwort ›Oszillation‹ ignoriert, zeigt sich hier ein angeblich von Herder übernommener »Entwicklungsgedanke verschmolzen mit mystisch-theosophischen Reinkarnationsideen, die in die Geschichtsentwicklung hineingetragen werden und notwendig zu einer Mythologisierung der Geschichte führen müssen« (S. 34).

266 NoKS, Bd. 33, S. 510; vgl. oben, S. 179.

Wenn der philosophisch-wissenschaftliche »Wahn« auf die Spitze getrieben ist, schwingt das Pendel vom kalten Spitzbergen des Verstandes zurück zum farbig geschmückten Indien der Poesie, und die »Anachoreten des Verstandes« sind »die Ersten, die wieder die Heiligkeit der Natur, die Unendlichkeit der Kunst« anerkennen, wie es oben (S. 191 f.) hieß. Bei einem solchen Oszillieren der Geschichte kann prinzipiell nicht ausgeschlossen werden, dass auf eine »Auferstehung, eine Verjüngung, in neuer, tüchtiger Gestalt« ein erneutes »Abnehmen« folgt, denn alle »Perioden« der Oszillation haben nur eine »beschränkte Dauer« (oben, S. 179); erst in der jenseitigen »Heimat« geht alle »Zeitlichkeit« in der geschichtslosen »heiligen Zeit« auf (oben, S. 224).

Mit dem Stichwort ›Oszillation‹ hat Hardenberg der Rede auch hier einen Schlüssel zum Verständnis beigegeben. Dass Samuel diesen nicht gebrauchen konnte, liegt m.E. an einer grundsätzlichen Unvereinbarkeit mit seinem Triadenschema,[267] auf dessen »rhythmischen Dreiklang« seit 1925 alle Interpretationen gestimmt sind, die aus der Rede ein ›chiliastisches‹ Grundmuster heraushören wollen. Diese Inkompatibilität zeigte sich bereits in Samuels teilweise fragwürdiger und insgesamt wenig überzeugender Deduktion von Hardenbergs Geschichtsauffassung.

Hinzu kommt nun, dass auch Samuels Verständnis des *heiligen Sinns* auf schwankendem Boden steht. Nach seiner fragwürdigen Deduktion einer »Gleichsetzung des Geistes mit der Geschichte« und der unbegründeten These von der Geschichte als ›Sinn‹ gebende, »moralische, religiöse, künstlerische Werte« setzende Instanz (oben, S. 227) wendet sich Samuel der Frage zu, mit welcher »Erkenntnismethode« der ›Geschichtsschreiber‹ Novalis zufolge »zum Sinn und zur Deutung der Geschichte« gelangen könne (S. 39–44).[268] An diesem Punkt kehrt er zu dem als Motto des Kapitels zitierten »Fragment der Jugendzeit« zurück. Hatte er zuvor (S. 18) in dessen »Rhythmen« Hardenbergs

267 Ein innerer Widerspruch dieser beiden Geschichtsauffassungen klingt schon bei Mähl (Utopie und Geschichte in Novalis' ›Die Christenheit oder Europa‹, in: Aurora 52 [1993], S. 1–16, hier: S. 9 f.) an, der seiner gesamten Interpretation der Rede bis dahin das Triadenschema zugrunde gelegt hatte.

268 Ob Novalis mit dem »*Geschichtschreiber*« dasselbe meint wie Samuel, der daraus stillschweigend einen »*Geschichts*schreiber« macht (den Novalis nicht kennt), oder eher einen *Geschichten*schreiber, wäre dabei noch im Einzelfall zu prüfen.

»Bewußtsein der *Heiligkeit* der Geschichte« vernommen (vgl. oben, S. 224 f.), so findet er darin nun angedeutet, dass für Novalis »das Geschäft der Historie ein heiliges Geschäft sei« und »daß gewissermaßen eine Einweihung, Bereitung der Seele, eine besondere Sinnbegabung dem echten Historiker eigen sein« müsse (S. 39 f.). Diese Erkenntnis bündelt Samuel in der Formel (S. 40): »Der Historiker muß einen ›historischen Sinn‹ besitzen [...].« Diesen »historischen Sinn« leitet er ab von der auf den 11. Februar 1800 datierten Aufzeichnung Nr. [533] in Hardenbergs ›Fragmenten und Studien‹, wo sie in deutlichem Zusammenhang mit der unmittelbar vorausgehenden Aufzeichnung steht, die Samuel nicht zitiert:

> 532. Dramatische Darstellung in einzelnen unabhängigen Capiteln. Unbequemlichkeiten einer chronologisch fortschreitenden Erzählung.
>
> [533.] Eigner historischer Sinn und Takt. Eigenthümlicher Geist jeder Begebenheit.[269]

Ähnlich wie beim oben besprochenen ›Poesie‹-Fragment ist das Umfeld dieser Aufzeichnungen wiederum ein poetologisches:[270] Es geht Novalis um die »dramatische Darstellung« in erzählender Prosa und nicht um Geschichtsschreibung. Samuels Versuch, den ›historischen Sinn‹ als eine dem Geschichtsschreiber eigene Sinnesbegabung zu deuten, durch welche ihm die Geschichte angeblich »ihr geheimnisvolles Wesen eröffnet« (S. 39), erweist sich bereits hier als verfehlt. Daran knüpft sich nun eine Reihe weiterer Fehlinterpretationen, etwa wenn er Novalis mit den Worten zitiert: »Der eigentliche Sinn für die Geschichte entwickelt sich erst spät [...].« (S. 41) An der zitierten Stelle im ›Ofterdingen‹ ist jedoch nicht vom »Sinn für die Geschicht*e*« die Rede, sondern vom »Sinn für die Geschicht*en der Menschen*«,[271] und aus dem Zusammenhang geht eindeutig hervor, dass der hier sprechende Einsiedler

269 NoKS, Bd. ³3, S. 645. Die Nummer in eckigen Klammern wurde von den Herausgebern, Samuel und Schulz, eingefügt, weil sie offenbar der Meinung waren, dass hier »ein unmittelbarer Zusammenhang mit den vorausgehenden Aufzeichnungen nicht bestand« (vgl. NoKS, Bd. ³3, S. 225 f. zur Erläuterung dieser Praxis).

270 Von kleinen Einsprengseln abgesehen, gilt dies übrigens auch für das weitere Umfeld.

271 NoKS, Bd. ³1, S. 257 f. Hervorhebung R. G.

damit nicht Geschichte in dem von Samuel suggerierten Sinne meint, sondern »die geheime Verkettung des Ehemaligen und Künftigen« im menschlichen Leben: Erst im »reiferen Alter« lernt der Mensch »die Geschichte aus Hoffnung und Erinnerung zusammensetzen«; die »sorgfältige Betrachtung der Schicksale des Lebens« ist es, die »unter allen Gedanken uns am meisten über die irdischen Übel erhebt«; so wird die Geschichte dem Menschen eine »himmlische tröstende und erbauende Freundinn, die ihn durch ihre weisen Gespräche sanft zu einer höheren, umfassenderen Laufbahn vorbereitet, und mit der unbekannten Welt ihn in faßlichen Bildern bekannt macht«. Hier wird deutlich, dass Samuel den vermeintlichen »Sinn für die Geschichte« aus einem Zusammenhang konstruiert, in dem Novalis eindeutig den *heiligen Sinn* meint. Auch wenn Samuel diesen religiösen Zusammenhang in seinem Zitat weitgehend ausblendet, kommt er wenig später nicht umhin festzustellen (S. 43):

> Tatsächlich haben wir in Novalis ein Stück mittelalterlicher Weltanschauung neu formuliert […]. Die Geschichte ist ihm ein Weg in die jenseitige Welt und ihre Erkenntnis hinein, sie ist geradezu Mittlerin zwischen der diesseitigen und jenseitigen Wirklichkeit […].[272]

Problematisch an dieser im Kern treffenden Beobachtung ist die Überbetonung der Geschichte im Sinne von ›Historie‹, um die es Hardenberg eigentlich in keinem der von Samuel beigebrachten Zitate geht. Wie an der oben wiedergegebenen Stelle aus dem ›Ofterdingen‹ deutlich wurde, sollen die »Geschichten der Menschen« in erster Linie auf deren jenseitige Bestimmung hinweisen. Wie Hardenberg gleich anschließend ausführt, kommt alles darauf an, mit Blick auf dieses Ziel die »Begebenheiten schicklich zu verknüpfen«, damit nicht »*das Wissenswürdigste vergessen* [werde], *dasjenige, was erst die Geschichte zur*

272 Das hier anschließende Zitat (ebd.: »denn sie scheint ›noch uneröffnete Augen in uns zu berühren. Wir stehen in einer anderen Welt, wenn wir aus ihrem Gebiete kommen‹«) hat Samuel, wie schon die oben zitierte Aufzeichnung Nr. [533], passend aus Hardenbergs ›Fragmenten und Studien‹ ausgeschnitten, wiederum unter Weglassung des poetologischen Zusammenhangs (NoKS, Bd. 33, S. 564): »[63.] Es ist seltsam, daß in einer guten Erzählung allemal etwas Heimliches ist – etwas Unbegreifliches. Die Geschichte scheint noch uneröffnete Augen in uns zu berühren – und wir stehn in einer ganz andern Welt, wenn wir aus ihrem Gebiete zurückkommen.«

Geschichte macht«; um »die mancherley Zufälle zu einem angenehmen und lehrreichen Ganzen verbinden« zu können, müsste »ein Geschichtschreiber nothwenig auch ein Dichter seyn«, denn nur Dichter verstehen sich auf ebenjene »Kunst, Begebenheiten schicklich zu verknüpfen« und so dem »geheimnißvollen Geist des Lebens« eine Stimme zu verleihen, die Novalis im Märchen deutlicher vernimmt »als in gelehrten Chroniken«;[273] dabei ist es »einerley, ob die Personen, in deren Schicksalen wir den unsrigen nachspüren, wirklich einmal lebten, oder nicht. Wir verlangen nach der Anschauung der großen *einfachen Seele der Zeiterscheinungen*, und finden wir diesen Wunsch gewährt, so kümmern wir uns nicht um die zufällige Existenz ihrer äußern Figuren.«[274] Samuel verdichtet diese Passage aus dem ›Ofterdingen‹ zu folgendem ›Zitat‹ (S. 43 f.):

> »Der Historiker[275] soll die große, einfache Seele der Zeiterscheinungen in Anschauung bringen, er soll das Wissenswürdigste geben, das, was die Geschichte erst zur Geschichte macht.« (Oftdg.)[276]

Die deutliche Tendenz, auch hier die ›Historie‹ in den Vordergrund zu spielen, setzt sich gleich anschließend fort in Samuels entsprechend zugeschnittener Wiedergabe und Interpretation eines weiteren poetologischen Fragments[277] sowie der bereits erwähnten Notiz Nr. 234 des ›Allgemeinen Brouillon‹ zur »Romantik« (= erzählende Prosa; vgl. oben, Anm. 252), speziell zum Märchen. Ihren Höhepunkt findet sie in einem als Zitat gekennzeichneten Satz, der sich bei Hardenberg m. W. nirgends nachweisen lässt (S. 45):

> […] der Geist dieser ganzen poetischen Geschichtsauffassung kommt am klarsten zur Anschauung in dem Satz: »Chronistischer Sammel-

273 NoKS, Bd. 3 1, S. 259: »Es ist mehr Wahrheit in ihren Mährchen, als in gelehrten Chroniken.«

274 NoKS, Bd. 3 1, S. 259. Die von mir hinzugefügten Hervorhebungen kennzeichnen die in Samuel ›Zitat‹ verarbeiteten Teile dieser Passage.

275 Unter dem Novalis hier untergeschobenen Begriff ›Historiker‹ versteht dieser etwas ganz anderes; siehe Allgemeines Brouillon, Nr. 256 (NoKS, Bd. 3 3, S. 285) zur »Erziehungswissenschaft des Gelehrten«.

276 Samuel verzichtet hier auf eine genaue Stellenangabe.

277 Siehe ebd., S. 44, zu NoKS, Bd. 3 3, S. 685, Nr. 668; Novalis sieht hier in Shakespeares Stücken nicht »angewandte Historie«, wie Samuel vorgibt, sondern ein »ächtpoetisches Spiel, ohne eigentliche Zwecke«.

> eifer und Märchengeist[278] miteinander ergibt den echten historischen Geist«.

Solange die Authentizität dieses Satzes nicht belegt ist, wird man Samuels gesamtes darauf aufbauendes Konstrukt mit Vorbehalt betrachten müssen, zumal sein bisher beobachteter Umgang mit Zitaten einen Vertrauensvorschuss in dieser Hinsicht aus meiner Sicht nicht rechtfertigt. Zu deutlich spricht aus allem das Bemühen, diese und andere Novalis-›Zitate‹ mit der Historie in Beziehung zu setzen. Dass dabei der ursprünglich religiöse Bezug kaum zufällig verlorengeht, zeigt sich beispielhaft an Samuels Umgang mit Nr. 70 der ›Fragmente und Studien‹ vom 18. Juni [1799],[279] die Samuel wie folgt wiedergibt (S. 47):

> »In den menschlichen Begebenheiten – also in der Geschichte – offenbart sich der Geist des Himmels am hellsten.« Diesen »Geist des Himmels« will Novalis in der Geschichte fassen und durch die Form der Legende darstellen.

In weiteren Akzentverschiebungen dieser Art, auf die ich hier nicht eingehen kann, wird der für Hardenbergs Denken wesentliche Bezug auf die Transzendenz Schritt für Schritt im Sinne der von Samuel postulierten ›Geschichtsauffassung‹ umgedeutet, wodurch der *heilige Sinn* allmählich zu einem ›historischen‹ mutiert (oben, S. 235) und die ›Heiligkeit‹ auf die Historie übergeht (vgl. oben, S. 224 f.). Besondere Beachtung verdient hier Samuels Versuch (S. 60 f.), seine These von der Heiligkeit der Geschichte dadurch zu untermauern, dass er Novalis »die gleiche Gesinnung« wie Schelling unterstellt, für den »unter dem Heiligen [...] nichts [...] heiliger« ist als die Geschichte, »dieser große Spiegel des Weltgeistes, dieses ewige Gedicht des göttlichen Verstan-

278 Samuels mehrfache Bezugnahme auf diesen »Märchengeist« (S. 46, 50) bestätigt, dass er den fraglichen Satz als Novalis-Zitat verstanden wissen will.

279 NoKS, Bd. ³3, S. 565: »70. Predigten sollten eigentlich *Legenden* heißen, denn der eigentliche Stoff der Predigten ist der *Legendenstoff*. Unter Menschen muß man Gott suchen. In den menschlichen Begebenheiten, in menschlichen Gedanken und Empfindungen offenbart sich der Geist des Himmels am hellsten. Religionslehre ist davon ganz abgesondert. Sie kann nur religioesen Menschen verständlich und religioes nutzbar seyn. Religion kann man nicht anders verkündigen, wie *Liebe* und *Patriotism*. Wenn man jemand verliebt machen wollte, wie fienge man das wohl an?«

des«.[280] Ebendiese Gesinnung liest Samuel auch aus einer Stelle in ›Heinrich von Ofterdingen‹ heraus, die er in seinem Zitat stillschweigend verkürzt:[281]

> Die Kirche ist das Wohnhaus der Geschichte, [und der *stille Hof* ihr sinnbildlicher Blumengarten. Von der Geschichte sollten nur alte, gottesfürchtige Leute schreiben, deren Geschichte selbst zu Ende ist, und die nichts mehr zu hoffen haben, als die Verpflanzung in den *Garten*].[282] Nicht finster und trübe wird ihre Beschreibung seyn; vielmehr wird ein *Strahl aus der Kuppel* alles in der richtigsten und schönsten *Erleuchtung* zeigen, und *heiliger Geist* wird über diesen seltsam bewegten Gewässern[283] schweben.[284]

Hier geht es Novalis sicher nicht um Geschichte und Geschichtsschreibung im Sinne Samuels und ebensowenig um Schellings Geschichte als Spiegel des Weltgeistes. Hardenbergs »originaler Anteil« am frühromantischen Geschichtsverständnis – den Samuel ihm rundheraus abspricht (S. 61) – besteht genau darin, dass er Geschichte hier in »die Kirche« und damit in die christliche Religion einbettet[285] und ihr so einen deutlichen Bezug auf die Transzendenz gibt, der jedoch durch Samuels Auslassungen teilweise verdunkelt wird: Jene alten, gottesfürchtigen Menschen, denen Novalis vorzüglich die Fähigkeit zuschreibt, die Geschichte in ihren Zusammenhängen zu deuten, stehen selbst kurz vor der »Verpflanzung« in ihre letzte Ruhestätte auf dem stillen Kirchhof und sind damit der Zeitlichkeit schon soweit entrückt (vgl. oben, S. 224), dass sie für den »Strahl aus der Kuppel« besonders empfänglich werden und so durch den *heiligen Geist* die »Erleuchtung« erlangen oder, wie es später heißt, »begeistert durch unsichtbaren

280 Schellings ›Vorlesungen über die Methode des akademischen Studiums‹, 10. ›Über das Studium der Historie und der Jurisprudenz‹ sind hier zitiert nach Samuel (S. 61).

281 NoKS, Bd. 3 1, S. 258. Siehe auch unten, Anm. 331.

282 Dieser von mir eingeklammerte Teil wird in Samuels Zitat stillschweigend ausgelassen; kleinere Abweichungen in Samuels Text können hier unberücksichtigt bleiben.

283 Vgl. oben, Anm. 57.

284 Hervorhebung der Bezüge auf die Transzendenz R. G.

285 Allein dies unterscheidet seine Position ebenso wesentlich von der Friedrich Schlegels in seinem ›Studium‹-Aufsatz, für den Samuel zuvor eine ähnliche Gesinnungsgenossenschaft, ja eine Vorbildfunktion, reklamiert hatte (S. 58 f.).

Umgang, himmlische Weisheit auf Erden in lieblichen Tönen verkündigen können«.[286]

Kommt Samuel tatsächlich einmal Hardenbergs Auffassung vom *heiligen Sinn* nahe (S. 231), so hat dies keine erkennbaren Auswirkungen auf seine geschichtsphilosophisch geprägte Interpretation, durch welche der ›religiöse Sinn‹ mehr und mehr vom ›historischen‹ überlagert wird (S. 286):

> Der religiöse Sinn war für [Novalis] [...] der schlechthin umfassende Sinn, in dem sich die Kultur in allen ihren Möglichkeiten vollendete, er war die große synthetische Kraft. Und diese zerbrach im Zeitalter der Reformation und der Ich-Wiedergeburt; neue Werte traten an ihre Stelle, Werte, die Novalis zwar anerkennt, die ihm aber »minder wertig«[287] sind, weil sie – auf das Ganze des religiösen Sinns gesehen – nur Teilwerte sind.

Damit greift Samuel auf seine unbegründete These zurück, der zufolge Novalis die Geschichte als kulturelle Werte stiftende Instanz betrachtet haben soll. Die in diesem Zusammenhang bereits oben (S. 227) festgestellte Diskrepanz zwischen Novalis und Samuel in bezug auf den *heiligen Sinn* zeigt sich hier noch deutlicher (S. 286):

> Novalis schreibt in der ›Europa‹ eine Geschichte des religiösen Sinns. Mit feinem Unterscheidungsinstinkt sucht er nach ihm im Gewirre der europäischen Geschichte, nachdem er im Mittelalter mit einer großartigen Weltinspiration sich offenbart hat und dann wieder verscheucht worden ist.

Während Novalis in der Rede unter dem *heiligen Sinn* nie etwas anderes als eine dem Menschen angeborene Fähigkeit zur Wahrnehmung des Bandes zwischen diesseitiger und jenseitiger Welt versteht, erklärt Samuel den (synonymen) »religiösen Sinn« als die der Geschichte innewohnende Bedeutung, die Novalis darin gesucht habe.

Diese These bezeichnet m. E. den Punkt der weitesten Entfernung von Hardenbergs Rede und bildet gleichzeitig den Schlussstein des Konstrukts, durch das Samuel deren ›politische‹ Interpretation dauerhaft prägte.

286 Siehe ›Heinrich von Ofterdingen‹, NoKS, Bd. ^{3}1, S. 208 f. über die »zwey Wege um zur Wissenschaft der menschlichen Geschichte zu gelangen«.

287 Eine solche Wertung ist m. W. bei Novalis selbst nirgends nachweisbar und darf bis zum Beweis des Gegenteils als Zutat Samuels verworfen werden.

b) 1962

Samuels Dissertation von 1925 behielt einen prägenden Einfluss auf die politische Interpretation der Rede[288] auch nach Erscheinen seines Aufsatzes von 1962,[289] in dem er einige Aspekte seiner Dissertation aufnimmt und teilweise revidiert. Samuel schickt zwar voraus, dass die »Entfaltung, Verschüttung und Wiederentfaltung des Religiösen, des ›heiligen Sinns‹ in der Geschichte« das »Leitmotiv« von ›Die Christenheit oder Europa‹ darstelle,[290] für seine anschließende Interpretation der Rede bleibt diese knappe Feststellung jedoch ohne nennenswerte Folgen,[291] denn er fasst sie wiederum in vornehmlich ›politische‹ Kategorien, die nicht aus ihr, sondern aus einem Eintrag in Hardenbergs ›Fragmenten und Studien‹ abgeleitet sind. In seiner Schrift von 1925 hatte Samuel noch das ›Logologische Fragment‹ Nr. 13, in dem er damals die »Quintessenz der Novalisschen Geschichtsphilosophie vor der neuen Formulierung in den ›Hymnen‹ und der ›Europa‹« sehen wollte, als einen »Ausschnitt oder eine *Vorstudie* aus dem größere Gesichtskreise überblickenden Europaaufsatz« bezeichnet.[292] 1962 lässt er diese

288 Vgl. Uerlings, Friedrich von Hardenberg (Anm. 182), S. 528–531.

289 Samuel, Die Form von F. v. Hardenbergs Abhandlung (Anm. 4), S. 284–302; im folgenden mit bloßen Seitenzahlen angeführt.

290 S. 292: »Hardenberg hatte […] vom Anbruch eines neuen Zeitalters, des religiösen gesprochen, mit dem eine neue Weltgeschichte beginne, von einer ›heiligen Revolution‹. Von dieser Auffassung her nahm er sein Leitmotiv zur Erforschung der Geschichte. Während Kant und Schiller nach Anzeichen der Entfaltung der Vernunft, der Aufklärung und der bürgerlichen Freiheit in der Geschichte suchten, suchte Hardenberg nach der Entfaltung, Verschüttung und Wiederentfaltung des Religiösen, des ›heiligen Sinns‹ in der Geschichte« (vgl. S. 300 über den ›heiligen Sinn‹ als »Leitfaden a priori«). Die Kontinuität, die Samuel in den ersten beiden Sätzen konstruiert, stützt sich auf Hardenbergs abschließende Bemerkung zu F. Schlegels ›Ideen‹ (NoKS, Bd. ³3, S. 493, »An Julius«, nach der Hauptfigur in F. Schlegels ›Lucinde‹).

291 Bemerkenswert häufig wird der *heilige Sinn* (später) in einem Aufsatz H.-J. Mähls angesprochen (Mähl, Utopie und Geschichte [Anm. 267], S. 5, 9 f., 15), doch wiederum ohne Auswirkungen auf die Interpretation der Schrift, deren »Konzeption« Mähl »auf das chiliastisch getönte Wunschbild einer im ›ewigen Frieden‹ geeinten europäischen Staatenföderation« ausgerichtet sieht (ebd., S. 6). In allen wesentlichen Punkten bleibt er der Interpretation Samuels verpflichtet. Ähnliches gilt z. B. für Kasperowski (Mittelalterrezeption [Anm. 13], S. 47 f.), die sich ihrerseits an Mähl orientiert.

292 NoKS, Bd. ³2, S. 524–526. Samuel, Geschichtsauffassung (Anm. 43), S. 156–159, dort 158 f.; Hervorhebung R. G.

Interpretation kommentarlos fallen und setzt an die Stelle des nicht einmal mehr erwähnten logologischen Fragments das nun zu behandelnde. Samuel entnimmt es einer Sammlung, die hypothetisch auf September/Oktober 1799 datiert wird[293] – womit sie in die zeitliche Nähe der Rede gerückt wäre.[294] Er gliedert das (gattungsbedingt allein stehende) Fragment[295] in einen Katalog von sieben ›politischen‹ Themenbereichen[296] und deutet es sodann als »Vorstudie«[297] zu ›Die Christenheit oder Europa‹.[298] Im nächsten Schritt gliedert er die Rede in sieben ›dialektisch entwickelte‹ *thematische Wellen*,[299] wodurch er die

293 Fragment Nr. 153, NoKS, Bd. ^{3}3, S. 575; zur hypothetischen Datierung vgl. Schulz und Samuel in NoKS, Bd. ^{3}3, S. 533.

294 Samuel in NoKS, Bd. ^{3}3, S. 498: »Die Abfassung von ›Christenheit oder Europa‹ liegt also zwischen Anfang Oktober und dem 9. November [1799].«

295 Es ist eingerahmt von Notizen über Musik (Fragment Nr. 152) und Blumen (Nr. 154).

296 S. 291 (Schreibung nach NoKS, Bd. ^{3}3, S. 575; Numerierung nach Samuel): »1. Nothwendigkeit eines Pabstes und eines Concilii zur Regeneration von Europa. 2. Teleologie der Revolution. 3. Herstellung der Hierarchie (oben, S. 187). 4. Ehmalige große Welt am päbstlichen Hofe. Historische Ansicht des Protestantismus. 5. *Magie* einer Republik – überhaupt einer Staatsverbindung. 6. Nothwendigkeit aller Staatsformen – Möglichkeit der Ausbildung jedes politischen Individui. 7. Annihilation des nat[ürlichen] Staatsrechts.« Tatsächlich steht Samuels Einteilung in sieben Themenbereiche Minors Novalis-Ausgabe (NoMi, Bd. 3, S. 300, Nr. 821) näher als seiner eigenen (im Verein mit H.-J. Mähl und G. Schulz; s. NoKS, Bd. ^{1}3, S. 575 von 1960, ebenso spätere Aufl.), in der die Zeilen 4 und 5 jeweils in zwei aufgeteilt sind, wodurch sich neun Themenbereiche ergeben, nicht sieben. Zu Zeile 4 unten, Anm. 307.

297 Samuel in NoKS, Bd. ^{3}3, S. 533; vgl. Samuel, Geschichtsauffassung (Anm. 43), S. 297. Samuels Modell wurde von G. Schulz (in NoSch ^{2}1981 S. 800) und anderen übernommen.

298 Fragment Nr. 73 (NoKS, Bd. ^{3}3, S. 565), das Samuel ebenfalls in seine Hypothese einbezieht, kann hier ebenso unberücksichtigt bleiben wie andere vermeintliche Vorstufen für die in die Rede hineingelesene ›politische‹ Theorie (siehe z. B. Samuel, Geschichtsauffassung [Anm. 43], S. 55).

299 S. 293: »Das Ganze ist in 30 Abschnitte gegliedert. Die Themen sind: 1. Die ›ächtkatholischen‹ Zeiten: (Das Hochmittelalter) [§§1–2 = NoKS, Bd. ^{3}3, S. 507_{1}–509_{16}]. Ihr Verfall: (spätes Mittelalter) [§3 = S. 509_{17}–511_{10}]. 3. Die Reformation als Revolution [§§4–8 = S. 511_{11}–513_{22}]. 4. Der vergebliche Versuch der Regeneration durch den Jesuitenorden: (Gegenreformation) [§9 = S. 513_{23}–514_{36}]. 5. Das Zeitalter der Aufklärung [§§10–11 = S. 515_{1}–517_{28}]. 6. Die neuen staatsumwälzenden Zeiten [§§12–20 = S. 517_{29}–523_{3}]. 7. Das Heraufkommen des neuen Zeitalters [§§21–30 = S. 523_{4}–524_{33} (= Ende)]. Der Rhythmus dieser

von ihm bevorzugte, aber keineswegs alternativlose Gliederung der angenommenen »Vorstudie« auf die Rede projiziert, wohl in der Absicht, durch diesen ›Strukturtransfer‹ auch den ›politischen‹ Tenor des Fragments auf die Rede zu übertragen. Geht man jedoch von der Rede selbst aus und folgt darin dem Thema, das Samuel selbst als Leitmotiv anerkannt hat, nämlich dem *heiligen Sinn*, so ergibt sich eine gänzlich andere Einteilung, wie oben gezeigt. Im Vergleich dazu kann Samuels Verfahren nur willkürlich erscheinen, zumal er 1925 noch ein anderes Schema von sieben »Wellenbewegungen der abendländischen Geschichte, die der intuitive Blick des Novalis erschaut«, angenommen hatte.[300]

Bemerkenswert ist in diesem Zusammenhang, dass Samuel seiner eigentlichen Analyse nicht die sieben thematischen »Wellen« zugrunde legt, sondern eine offenbar rein numerische Einteilung nach »Sechsteln«.[301] Auch wenn einige in Fragment Nr. 153 aufgeführte Themen gewisse Übereinstimmungen mit Teilen der Rede zeigen, bereitet der Versuch, sie in genaue Korrelation zu bringen, einige Schwierigkeiten, denn offensichtlich führt die Rede nicht alle im Fragment angesprochenen Themen aus, und diejenigen, die sie ausführt, erscheinen durchweg in anderer Anordnung. Dies ist durchaus kein nebensächlicher Gesichtspunkt, wenn man bedenkt, welche Bedeutung Samuel der thematischen Anordnung des Fragments durch Novalis beimisst.[302]

sieben Wellen geht vom Ende aus und wird dialektisch entwickelt« (eckige Klammern mit Paragraphenzahlen und Seiten-/Zeilenreferenzen R.G.).

300 Samuel, Geschichtsauffassung (Anm. 43), S. 232: »[1] Synthetisches Zeitalter – [2] Verfall; [3] Revolution in der Reformation – [4] Versuch der Regeneration im Jesuitismus – [5] Abschluß in der französischen Revolution; [6] Aufsteigen des neuen Zeitalters; [7] das neue synthetische Zeitalter selber« (eingeklammerte Referenznummern hinzugefügt von R.G.). Um in der Version von 1962 Platz für das Zeitalter der Aufklärung zu schaffen (dort »Welle« 5), zieht Samuel die »Wellen« 6 und 7 der obigen Einteilung von 1925 zu einer zusammen.

301 Auch wenn Samuel diese »Sechstel« m.W. nirgendwo spezifiziert, muss davon ausgegangen werden, dass damit sechs Blöcke von je fünf der insgesamt dreißig Absätze gemeint sind.

302 S. 291: »Es wird deutlich, daß Hardenberg von seiner eigenen Zeit ausgeht, in der Nachfolge Schillers, der in seiner Antrittsvorlesung vom Mai 1789 feststellte: ›Der Universalhistoriker rückt von der neuesten Weltlage aufwärts, dem Ursprung der Dinge entgegen‹.« Im Unterschied dazu folgt ›Die Christenheit oder Europa‹ dem chronologischen Verlauf der Geschichte vom Mittelalter bis

Wo Samuels Versuch, Rede und Fragment in Korrelation zu bringen, über den obigen ›Strukturtransfer‹ hinausgeht, beschränkt er sich im wesentlichen auf zwei Thesen:

Erstens vermutet er eine Beziehung zwischen den Themen 1–3 der ›Vorstudie‹ und »dem letzten Sechstel der Rede« (S. 292) – womit rein quantitativ nicht mehr als eine (nämlich die letzte) von achtzehn Seiten des gedruckten Textes[303] abgedeckt wäre. Diese Korrelation passt jedoch schlecht zu der angenommenen thematischen ›Wellenstruktur‹, insofern das letzte Sechstel die siebte ›Welle‹[304] in zwei Teile teilt, von denen der erste in Samuels Schema keine Berücksichtigung findet. Desungeachtet verkündet Samuel mit großer Entschiedenheit (S. 292):

> Der Ausgangspunkt war also gefunden: Papst, Hierarchie, europäisches Konzil, d.h. Unterwerfung der weltlichen unter eine geistige, spirituelle Macht als Endzweck (Teleologie) der Revolution (Sätze 1–3 [des Fragments; R.G.]). Sie entsprechen völlig dem letzten Sechstel der Rede.

Was hier als thematische Übereinstimmung zwischen dem Anfang des Fragments und dem Schluss der Rede gedeutet wird,[305] erscheint mir vornehmlich als eine reduktive Politisierung dieses Schlusses, in dem Novalis deren um den *heiligen Sinn* kreisende religiöse Thematik noch einmal in einer Vision verdichtet. Von dem so ›korrelierten‹ Schluss zieht Samuel eine Verbindungslinie zum Anfang der Rede, aber wiederum in einer Weise, die deren religiösem Charakter in keiner Weise gerecht wird. Denn es kann kein Zweifel daran bestehen, dass mit der »Küste der eigentlichen vaterländischen Welt«, welche die Christen einst in der Obhut der »erfahrnen Steuerleute« der Kirche zu erreichen

zur Gegenwart. Samuel sucht diese Diskrepanz dadurch aufzulösen, dass er behauptet, der »Rhythmus« der sieben thematischen Wellen gehe vom Ende der Rede aus (S. 293, zit. oben, Anm. 299). Der ›Rhythmus der Geschichte‹ ist ein wiederkehrendes Thema in Samuels Diskurs (siehe insbesondere Samuel, Geschichtsauffassung [Anm. 43], S. 152–172), das ich eher Samuels »intuitive[m] Blick« zuschreiben würde als dem des Novalis (wie Samuel behauptet; ebd., S. 232).

303 §§26–30 = NoKS, Bd. ^{3}3, S. 524_3–524_{33}.

304 §§21–30 (vgl. oben, Anm. 299).

305 Verbunden mit einer (partiellen) Umkehrung der Argumentationsstruktur der »Vorstudie«.

suchten, nicht die diesseitige Welt gemeint ist, sondern »das Himmelreich[, das] zum einzigen Reiche auf dieser Welt zu machen« die Kirche in jenen »ächt christlichen Zeiten« bestrebt war.[306] Diese und andere Hinweise auf die »himmlische Heimath« des Menschen bestimmen sowohl den Anfang als auch den Schluss der Rede. In Samuels obiger These findet dies keine nennenswerte Berücksichtigung.

Zweitens behauptet Samuel (S. 293): »Der 4. Satz füllt die ersten beiden Sechstel der ›Rede‹ aus.« Was Samuel hier als *einen* »Satz« verstanden wissen will, sehe ich als eine Kombination von zwei Themen an und finde meine Auffassung darin bestätigt, dass auch die unter seiner Federführung herausgegebene Textedition diesen Satz entsprechend teilt: »Ehmalige große Welt am päbstlichen Hofe. Historische Ansicht des Protestantismus.«[307]

Wenn Samuels Behauptung zuträfe, wäre rund die Hälfte der Rede[308] mit dem Themenkatalog des Fragments ›korreliert‹. In der Rede jedoch kommt die große Welt am päpstlichen Hofe nur einmal relativ kurz zur Sprache,[309] und Hardenbergs »Ansicht des Protestantismus« – von der Papst-Thematik durch den Bericht vom spätmittelalterlichen Niedergang getrennt[310] – füllt »die ersten beiden Sechstel« ebenfalls nur zum geringeren Teil aus.[311]

Im übrigen bliebe damit das dritte bis fünfte Sechstel der Rede[312] immer noch ohne jede Korrelation mit dem Themenkatalog des Fragments, und dies beläuft sich auf nahezu die Hälfte des gedruckten Textes.[313] Darin findet sich nichts, was auch nur entfernt mit dem Fragment in Verbindung zu bringen wäre – eine Feststellung, die im übrigen auch für Samuels thematische »Wellen« 5 bis 7 gilt.[314] Zur ›Korrelation‹ der verbleibenden drei Themenbereiche der »Vorstudie« macht Samuel nur vage Andeutungen, über die man allenfalls spekulieren kann.[315]

306 NoKS, Bd. ^{3}3, S. 508, zit. oben, Anm. 22.
307 NoKS, Bd. ^{3}3, S. 575; vgl. Samuel, S. 291, zit. oben, Anm. 296.
308 Die »ersten beiden Sechstel« entsprechen §§1–10 = NoKS, Bd. ^{3}3, S. 507–515_{30}.
309 NoKS, Bd. ^{3}3, S. 509_{1-7}.
310 §3 = NoKS, Bd. ^{3}3, S. 509_{17}–511_{10}.
311 §§4–8 = NoKS, Bd. ^{3}3, S. 511_{11}–513_{22}.
312 §§11–25 = NoKS, Bd. ^{3}3, S. 515_{31}–524_{2}.
313 Abzüglich des letzten Sechstels von knapp einer Seite; oben, Anm. 303.
314 Abgesehen von dem zweiten Teil der siebten »Welle«; oben, Anm. 304.
315 A. a. O., S. 293: »Die letzten drei Sätze sind ebenfalls nicht belanglos für die Rede«.

Insbesondere das letzte Thema des Fragments, offenbar der Zielpunkt der zuvor skizzierten, nämlich die »Annihilation des natürlichen Staatsrechts«,[316] findet keine Entsprechung in der Rede.[317] Somit bleibt abschließend nur festzustellen, dass »die Form«[318] der Rede sich in keiner Weise aus der vermeintlichen »Vorstudie« ableiten lässt.

Samuel sucht die offensichtliche Lücke in seinem Konstrukt dadurch zu überbrücken, dass er die Rede hilfsweise mit ›Glauben und Liebe‹ (1798)[319] ›korreliert‹, einer weiteren Sammlung von Fragmenten, die ebenso wenig Bezug zum Leitmotiv der Rede hat wie die vermeintliche Vorstudie. Doch der von ihm unterstellte Bezug ist hier noch weniger zu erkennen als bei Fragment Nr. 153, denn die Rede markiert eine deutliche Abkehr von der säkularen Grundkonzeption von ›Glauben und Liebe‹, in deren Mittelpunkt der ›ideale König‹ steht, dessen Stellung zu den »Staatsbürgern« Novalis mit derjenigen der »Sonne im Planetensystem« vergleicht.[320] Diese Art von Anknüpfung an »die Höhen des Himmels« (NoKS, Bd. ³3, S. 517) ist mit den in der Rede vertretenen Anschauungen ebenso wenig vereinbar wie die quasi-religiöse Verehrung »weltlicher Kräfte« (ebd., S. 522), nämlich des preußischen

316 Dies könnte sich auf das ›allgemeine‹ oder ›natürliche Staatsrecht‹ beziehen, wie es wenige Jahre zuvor von Hardenbergs Lehrer, dem Leipziger Juristen Karl Heinrich Heydenreich in ›Grundsätze des natürlichen Staatsrechts und seiner Anwendung‹ (Leipzig 1795) formuliert worden war; vgl. Hisao Kuriki, Die Rolle des allgemeinen Staatsrechts in Deutschland von der Mitte des 18. bis zur Mitte des 19. Jahrhunderts, in: Archiv des öffentlichen Rechts 99 (1974), S. 556–585.

317 Samuels Versuch, diesen Punkt in die Rede zu projizieren (S. 293), beruht auf einem grundlegenden Missverständnis des »dritten Elements« (dazu oben, S. 198): Wie könnte der »republikanische Charakter der Hierarchie«, ja, wie könnte überhaupt eine »Staatsform«, und sei es eine noch so »kunstvolle«, für Novalis »weltlich und überirdisch« zugleich sein? Samuels willkürliche Einführung des Begriffs ›Naturrecht‹ dient vornehmlich dem Zweck, eine Verbindung mit Hardenbergs Sentenz von einer »Annihilation des natürlichen Staatsrechts« zu konstruieren.

318 Um den Titel von Samuels Aufsatz hier noch einmal aufzugreifen.

319 S. 293: »Sie [= die letzten drei Sätze, vgl. Anm. 315; R.G.] zeigen Hardenbergs Stellung zur Revolution und zur Republik als Staatsform und nehmen Gedanken von ›Glauben und Liebe‹ wieder auf.«

320 NoKS, Bd. ³2, S. 488: »Der König ist das gediegene Lebensprinzip des Staats; ganz dasselbe, was die Sonne im Planetensystem ist«; S. 489: »Die Monarchie ist deswegen ächtes System, weil sie an einen absoluten Mittelpunct geknüpft ist; an ein Wesen, was zur Menschheit, aber nicht zum Staate gehört.«

Königspaares, als Repräsentanten der segensreichen irdischen Herrschaft der Vernunft in ›Glauben und Liebe‹.[321] Entsprechend ist der in jenem Sonnensystem obwaltende »Geist« ein Organ des Verstandes, nicht der Kommunikation mit der Transzendenz, wie der *heilige Sinn* der Rede, deren religiöse Dimension man in ›Glauben und Liebe‹ vergeblich sucht. Der Diskrepanzen zur Rede finden sich darin viele, nicht jedoch ein Anknüpfungspunkt für deren ›politische‹ Interpretation.

Samuels ›Korrelation‹ der Rede mit Fragment Nr. 153 zeigt beispielhaft, dass solche Versuche in mehrfacher Hinsicht auf schwankendem Boden stehen. Schon die Quellenlage kann, wie Samuel selbst andeutet (S. 284), durchaus nicht als in allen Punkten gesichert gelten: ›Glauben und Liebe‹ und in einem noch höheren Maße ›Die Christenheit oder Europa‹ waren starken redaktionellen Eingriffen durch Hardenbergs Herausgeber ausgesetzt. Dies erschwert die Rekonstruktion der relativen Chronologie und damit auch der inhaltlichen Bezüge und Verhältnisse der Schriften, insbesondere der Fragmente, auf- und zueinander. Der dadurch entstehende Spielraum scheint mir eine notwendige Vorbedingung für die beschriebene ›Politisierung‹.

Die aufgezeigten Unstimmigkeiten in Samuels Korrelationsversuchen betrachte ich indessen nur als äußeres Anzeichen einer grundsätzlicheren Inkohärenz mit weitreichenden Folgen. Selbst wenn man einräumt, dass das als »Vorstudie« deklarierte Fragment eine gewisse Affinität zur Rede über ›Die Christenheit oder Europa‹ zeigt, und wenn man ferner annimmt, dass es Hardenberg an einem (allerdings noch zu bestimmenden) Punkt als »Vorstudie« gedient hat,[322] so ist es damit noch keines-

321 Die Verehrung von König und Königin wird hier zu einer Art Gottesdienst stilisiert (Fragmente 30 und 31, NoKS, Bd. 32, S. 493 f., hier: S. 494): »[…] der Königsdienst wäre dann, was der Gottesdienst auf eine ähnliche Weise seyn sollte«; s. auch ebd., S. 498 zu säkularen Vorstellungen von ›ewigem Frieden‹, ›Goldenem Zeitalter‹ und »Transsubstantiation«.

322 Mit ebensolchem Recht könnte man darin einen Entwurf für die geplante Revision der Rede sehen, von der Novalis in einem Brief vom 31. Januar 1800 an F. Schlegel spricht (Max Preitz, Friedrich Schlegel und Novalis. Biographie einer Romantikerfreundschaft in ihren Briefen, Darmstadt 1957, S. 157): »Die ›Europa‹ schickt mir wieder – ich habe eine andre Idee damit – Sie kann mit einigen Veränderungen zu einigen andern öffentlichen Reden kommen und mit diesen besonders gedruckt werden.« Und auch eine dritte Alternative ist nicht auszuschließen, dass es nämlich überhaupt keine Verbindung zwischen der Rede und dem von Samuel zur »Vorstudie« erklärten Fragment gibt.

falls als »Disposition« (S. 291) der Rede in der uns vorliegenden Form zu betrachten. Denn es bietet keinen Hinweis auf deren Kompositions- und Strukturprinzipien und deckt ihren Inhalt nur zum geringeren Teil ab. Insbesondere fehlt darin jeder Bezug auf das Thema, das Samuel selbst eingangs als Leitmotiv ausgemacht hat, nämlich den *heiligen Sinn*.

Samuel schuf mit seinen Arbeiten die Grundlage für verschiedene andere Interpretationen,[323] auf die hier nicht näher eingegangen werden muss, da sie durchweg mit demselben Mangel behaftet sind, indem auch sie den *heiligen Sinn* als Inbegriff von Hardenbergs religiösem Denken weitestgehend ignorieren. Worin sie ebenfalls von Samuel geprägt sind, ist die Tendenz, die Rede mit Fragmenten[324] zu korrelieren, welche die jeweilige politische Interpretation der Rede zu bestätigen scheinen. Zuweilen wird dies mit dem Hinweis verbunden, dass ›Die Christenheit oder Europa‹ nicht isoliert gesehen werden könne, sondern immer in ihrem Umfeld zu betrachten sei – eine Forderung, die meist durch Hinzuziehung seiner Schriften eher theoretischen Inhalts eingelöst wird. Bei diesem Schwerpunkt auf der »Verankerung« der Rede in Hardenbergs Theorie[325] – und hier vor allem politischer Theorie – kann leicht übersehen werden, dass sein dichterisches Werk eine wesentlich breitere Grundlage für die Korrelation mit der Rede und insbesondere mit deren Leitmotiv bietet.

323 Darunter Ludwig Stockinger, Religiöse Erfahrung zwischen christlicher Tradition und romantischer Dichtung bei Friedrich von Hardenberg (Novalis), in: Religiöse Erfahrung. Historische Modelle in christlicher Tradition, hrsg. von Walter Haug und Dietmar Mieth, München 1992, S. 361–393; Benjamin Specht, Textpotential und Deutungskanon. Zum Verhältnis von Textstrategie und Kanonisierung am Beispiel der Rezeptionsgeschichte von Novalis' Europa-Rede, in: Die Bildung des Kanons: textuelle Faktoren, kulturelle Funktionen, ethische Praxis, hrsg. von Lothar Ehrlich, Judith Schildt, Benjamin Specht, Köln 2007, S. 75–102; Jonas Maatsch, »... wenn nicht eine Anziehung gegen den Himmel sie auf der Höhe schwebend erhält«. Novalis' ›Europa‹-Text und die Kraft der Poesie, in: Europa in Weimar. Visionen eines Kontinents, hrsg. von Hellmuth Th. Seemann, Göttingen 2008, S. 239–255.

324 In erster Linie auch hier mit der vermeintlichen »Vorstudie« (oben, S. 240) und mit ›Glauben und Liebe‹.

325 Kurzke, Romantik und Konservatismus (Anm. 119), S. 224: »Unser Vorgehen zielt zunächst darauf ab, die Verankerung der ›Christenheit‹ im übrigen theoretischen Werk zu zeigen.«

In seiner Dichtung nämlich wird die Bedeutung des *heiligen Sinns* noch offensichtlicher. Neben den ›Hymnen an die Nacht‹[326] und den ›Geistlichen Liedern‹[327] zeigt sich dies insbesondere in seinem Roman ›Heinrich von Ofterdingen‹, der zeitlich und gedanklich eng mit der Rede zusammenhängt.[328] Die Sicht auf die gegenwärtige existentielle Situation des Menschen, welche ›Die Christenheit oder Europa‹ bestimmt, wird im Roman gleich anfangs von Heinrichs Vater angesprochen[329] und wieder aufgenommen von dem (bereits erwähnten) alten Bergmann, der Heinrich in die unterirdische Welt der geheimnisvollen Höhle hinabführt.[330] Dort öffnen die Worte des Alten in Heinrich »eine versteckte Tapetenthür«, durch die er fortan beständig zwischen der gewöhnlichen und der übernatürlichen Welt (metaphorisch) hin und her wandert. Der Einsiedler, auf den Heinrich in der Höhle trifft, erklärt ihm, wie das Studium der Geschichte den Sinn des Menschen für die jenseitige Welt wecken könne,[331] und er entlässt ihn mit einer Weis-

326 Siehe oben, Anm. 227.

327 NoKS, Bd. ³1, S. 159–177. Fritz Strich (Die Mythologie in der deutschen Literatur von Klopstock bis Wagner, 2 Bde., Halle 1910, hier: Bd. 2, S. 14 f.) hatte bereits auf die Verbindung zwischen der Rede und den ›Geistlichen Liedern‹ hingewiesen – von denen Novalis einige bei ebender Gelegenheit vortrug, bei der er dem Jenaer Kreis der Frühromantiker auch ›Die Christenheit oder Europa‹ vorlas; siehe F. Schlegels Brief an Schleiermacher vom 15. November 1799 (KFSA, Bd. 25, S. 23): »Auch christliche Lieder hat er uns gelesen.«

328 Zur Chronologie dieser Werke bemerkt Kurzke (Romantik und Konservatismus [Anm. 119], S. 229, Anm. 18): »Parallel zur ›Christenheit‹ entstehen in der zweiten Jahreshälfte 1799 die Mehrzahl der ›Geistlichen Lieder‹, die übrigen 1800. Ende November 1799 beginnt die Arbeit an ›Heinrich von Ofterdingen‹ (erster Teil im April 1800 abgeschlossen), Dezember 1799 bis Januar 1800 entstehen die ›Hymnen an die Nacht‹ in erster Fassung. Auch die Gedichte stammen mit Ausnahme der Jugendarbeiten aus den letzten zwei Lebensjahren.«

329 NoKS, Bd. ³1, S. 198: »In dem Alter der Welt, wo wir leben, findet der unmittelbare Verkehr mit dem Himmel nicht mehr Statt. Die alten Geschichten und Schriften sind jetzt die einzigen Quellen, durch die uns eine Kenntniß von der überirdischen Welt, so weit wir sie nöthig haben, zu Theil wird; und statt jener ausdrücklichen Offenbarungen redet jetzt der heilige Geist mittelbar durch den Verstand kluger und wohlgesinnter Männer und durch die Lebensweise und die Schicksale frommer Menschen zu uns.«

330 Kap. 5, NoKS, Bd. ³1, S. 251–266.

331 NoKS, Bd. ³1, S. 258: »Die Jugend liest die Geschichte nur aus Neugier, wie ein unterhaltendes Mährchen; dem reiferen Alter wird sie eine himmlische tröstende und erbauende Freundinn, die ihn durch ihre weisen Gespräche sanft zu

sagung, die in vollendetem Einklang mit der Vision der Rede steht.[332] Später, als Heinrich seiner geliebten Mathilde die Allgegenwart der »unbekannten heiligen Welt« erklären will, eröffnet er ihr, dass diese den Menschen viel näher sei, als sie gemeinhin dächten.[333] Ein Weg, damit in Verbindung zu treten, sei die Poesie, die ihren Ursprung in dem »ursprünglichen Trieb« des Menschen habe, »das, was außer der Welt ist, in ihr zu offenbaren«; ein anderer Weg sei die Liebe, die auch hier religiöse Dimensionen annimmt.[334] Diese Vorstellungen stehen tatsächlich in enger Beziehung zu Hardenbergs theoretischem Werk, allerdings einem in keiner Weise politischen, sondern poetischen. Vor allem ist hier an sein oft zitiertes programmatisches Fragment über ›Romantisierung‹ (1798) zu denken, das ebenfalls um das Verhältnis zwischen zwei verschiedenen Ebenen der Wahrnehmung kreist, der ›gewöhnlichen‹ und der ›höheren‹.[335] Novalis' ›Romantisierung der

einer höheren, umfassenderen Laufbahn vorbereitet, und mit der unbekannten Welt ihn in faßlichen Bildern bekannt macht« (hier schließt die oben, S. 238 zitierte Stelle an); siehe auch ebd., S. 263 über »göttliche Erleuchtung«.

332 NoKS, Bd. ³1, S. 266: »Ein himmlischer Tag wird uns umgeben, und wir werden uns freuen, daß wir einander in diesen Thälern der Prüfung freundlich begrüßten, und von gleichen Gesinnungen und Ahndungen beseelt waren. Sie sind die Engel, die uns hier sicher geleiten. Wenn euer Auge fest am Himmel haftet, so werdet ihr nie den Weg zu eurer Heymath verlieren.«

333 NoKS, Bd. ³1, S. 289: »Ja Mathilde, die höhere Welt ist uns näher, als wir gewöhnlich denken. Schon hier leben wir in ihr, und wir erblicken sie auf das Innigste mit der irdischen Natur verwebt.«

334 NoKS, Bd. ³1, S. 288: »O Geliebte, der Himmel hat dich mir zur Verehrung gegeben. Ich bete dich an. Du bist die Heilige, die meine Wünsche zu Gott bringt, durch die er sich mir offenbart, durch die er mir die Fülle seiner Liebe kund thut. Was ist die Religion, als ein unendliches Einverständniß, eine ewige Vereinigung liebender Herzen? Wo zwey versammelt sind, ist er ja unter ihnen.«

335 Vermischte Fragmente (1798), Nr. 105 (NoKS, Bd. ³2, S. 545): »Die Welt muß romantisirt werden. So findet man den ursprünglichen Sinn wieder. Romantisiren ist nichts, als eine qualitative Potenzirung. Das niedre Selbst wird mit einem bessern Selbst in dieser Operation identificirt. So wie wir selbst eine solche qualitative Potenzenreihe sind. Diese Operation ist noch ganz unbekannt. Indem ich dem Gemeinen einen hohen Sinn, dem Gewöhnlichen ein geheimnißvolles Ansehn, dem Bekannten die Würde des Unbekannten, dem Endlichen einen unendlichen Schein gebe so romantisire ich es – Umgekehrt ist die Operation für das Höhere, Unbekannte, Mystische, Unendliche – dies wird durch diese Verknüpfung logarythmisirt – Es bekommt einen geläufigen Ausdruck, romantische Philosophie. *Lingua romana*. Wechselerhöhung und Erniedrigung.«

Welt‹ ist das ständige Streben, die Grenze zwischen beiden zu überschreiten, die sowohl in der Rede als auch in ›Heinrich von Ofterdingen‹ als Folge des abnehmenden Sinns für die Transzendenz aufgefasst wird. Das dem eben zitierten Fragment unmittelbar vorausgehende[336] macht deutlich, wie infolge dieses Verlustes der ›transzendentalen Dimension‹ alles nur »todte Wiederholung« wird, für Novalis der Inbegriff des Philistertums in der Religion wie im Leben.[337]

Auch wenn die geistige Nähe der Rede zu ›Heinrich von Ofterdingen‹ und Novalis' dichterischem Werk im allgemeinen hier nur skizziert werden konnte, sollte doch die zentrale Bedeutung der Suche nach einer Verbindung mit der Transzendenz, nach einer »Berührungsstelle mit der unsichtbaren Welt«,[338] deutlich geworden sein. Im Roman findet sie sinnbildhaften Ausdruck in der Suche nach der *blauen Blume*,[339] die insofern nicht zu Unrecht zum Inbegriff der (Früh)Romantik erhoben wurde, als diese Epoche insgesamt stark von dem Bewusstsein der Transzendenz geprägt ist.[340] Beispielhaft bringt dies ein Fragment in

336 Vermischte Fragmente, Nr. 104 (NoKS, Bd. ³2, S. 545): »Ehemals war alles Geistererscheinung. Jezt sehn wir nichts, als todte Wiederholung, die wir nicht verstehn. Die Bedeutung der Hieroglyfe fehlt. Wir leben noch von der Frucht besserer Zeiten.« Das ›Hieroglyphen‹-Motiv kehrt in Novalis' Roman ›Die Lehrlinge von Saïs‹ (1799) wieder (und soll an anderer Stelle eingehender behandelt werden).

337 Vgl. auch die (parallelen) Fragmente Nr. 76 bzw. 77 in ›Vermischte Bemerkungen‹ bzw. ›Blüthenstaub‹, NoKS, Bd. ³2, S. 446/448 bzw. S. 447/449.

338 So in seinem Brief vom 20. Januar 1799 an Caroline Schlegel (NoKS, Bd. ²4, S. 276).

339 Dazu Edgar Ederheimer, Jakob Boehme und die Romantiker, Teil I: Jakob Boehmes Einfluß auf Tieck und Novalis, Heidelberg 1904, S. 81. Zu ›indisierenden‹ Interpretationen der *blauen Blume*, die mich (neben anderem) von der Wissenschaftsgeschichte der Indologie zu Novalis geführt haben, siehe R. Grünendahl, ›Romantische Indomanie‹ oder ›orientalische Renaissance‹? Zu einigen Erklärungsmustern für das Entstehen der Indologie in Deutschland, in: Zeitschrift der Deutschen Morgenländischen Gesellschaft 165 (2015), S. 185–210, hier: S. 187.

340 Dazu Joseph von Eichendorff, Geschichte der poetischen Literatur Deutschlands, 1. Teil, Paderborn 1857, S. 41: »Als aber das Christenthum das irdische Dasein in geheimnisvollen Rapport mit dem Jenseits gesetzt und jene zerstreuten Ahnungen als vorzugsweise berechtigt in Einen leuchtenden Brennpunkt zusammengefaßt hatte, so entstand auch sofort eine entsprechende Poesie des Unendlichen, die das Irdische nur als Vorbereitung und Symbol des Ewigen darzustel-

F. Schlegels ›Ideen‹ von 1799 zum Ausdruck: »Nur durch Beziehung aufs Unendliche entsteht Gehalt und Nutzen; was sich nicht darauf bezieht, ist schlechthin leer und unnütz.«[341]

III. ›Lesbarmachung‹

Gemessen an seiner zentralen Bedeutung findet der *heilige Sinn,* wie religiöse Aspekte überhaupt, in der neueren Sekundärliteratur zu Hardenbergs Rede wenig Berücksichtigung. Ich sehe dies als Folge einer ›rückwirkenden‹ Säkularisierung, d.h. einer Umdeutung historischer Zeugnisse religiösen Denkens in dem Bemühen, diese dadurch aus der religionsfernen Perspektive der Gegenwart ›lesbar‹ zu machen. Diese ›rückwirkende‹ Säkularisierung sehe ich als Fortsetzung einer bereits in der oben beschriebenen Politisierung angelegten Tendenz, die jedoch in frühen Diskursen über ›Die Christenheit oder Europa‹ weniger deutlich hervortritt.[342] Insoweit die Auseinandersetzung mit der Rede anfangs christlich geprägt war, begegnete sie Novalis noch auf derselben Ebene. Doch schon bei Echtermeyer und Ruge ist die Wahrnehmung des religiösen Charakters nicht nur auf eine ›staatspolitische‹ Ebene verlagert, sondern zusätzlich durch ihre hegelianisch-geschichtsphilosophische Perspektive gebrochen, die sich ja (oben) auch als bestimmend für deren Deutung des *heiligen Sinns* erwiesen hat. Darin liegt bereits der Ansatz für eine Entwicklung, die im weiteren Verlauf dadurch befördert wurde, dass die ehemals religiös geprägten Assoziationsketten sich mit fortschreitender Säkularisierung auf ihre jeweils letzten Begriffspaare reduzierten (oben, S. 220). In dem Maße, in dem damit einhergehend Kenntnis und Wahrnehmung der christlichen Tradition im allgemeinen schwinden, verringern sich auch die möglichen Anknüpfungspunkte an religiöse Aspekte romantischen Denkens. Hardenbergs Geschichte des

len suchte. Diese christliche Poesie ist daher übersinnlich, wunderbar, mystisch, symbolisch; und das ist eben der unterscheidende Charakter des Romantischen.«

341 Nr. 3, KFSA, Bd. 2, S. 256. Novalis hatte die Fragmente vor ihrer Veröffentlichung mit »Randbemerkungen« versehen (NoKS, Bd. 3, S. 481–493).

342 Zur Rezeptionsgeschichte der Rede siehe z.B. Kurzke, Romantik und Konservatismus (Anm. 119), S. 11–75 und passim; Uerlings, Friedrich von Hardenberg (Anm. 182), S. 12 f. und passim.

christlichen Europa als ›Chronik des schwindenden *heiligen Sinns*‹ wiederholt sich damit in der Rezeptionsgeschichte seiner Rede gleichsam auf einer Meta-Ebene.

Als bevorzugter Anknüpfungspunkt für säkulare Interpretationen der Rede hat sich dabei ›Europa‹ erwiesen, erwartungsgemäß zu Lasten der ›Christenheit‹. Ein eindrucksvollles Beispiel dieser Entwicklung liefert ein der Rede gewidmetes Heft der ›Mitteilungen der Internationalen Novalis-Gesellschaft‹, das zugleich die fließenden Grenzen zwischen wissenschaftlichem und politisch-ideologischem Diskurs vor Augen führt.[343] Stellvertretend für das letztere Ende dieses Spektrums möchte ich hier einen Aufsatz des Münchner Philosophen Thomas Buchheim heranziehen.[344] Gegenüber einschlägigen Veröffentlichungen jüngeren Datums gebührt derjenigen Buchheims hier der Vorzug, weil sie diese Entwicklung m. E. besonders deutlich macht.

Religiöse Aspekte der Novalis-Rede tut Buchheim kurzerhand als »Religionskitsch« (S. 49) ab; die Unterstellung, Novalis habe Europa damit »eine rosige Zukunft im Schafstall der Religion« prophezeien wollen, hält er für ebenso unangemessen wie »eine politische Deutung [...] innerhalb des Spannungsfeldes von konservativer Restauration und politischer Freiheits-Utopie« (S. 53):

> Das einzige, was sie bezweckt, ist die Gegenwart des Lebens zu einer ›geistigen‹ statt ›gewöhnlichen‹ umzugestalten, d. h. uns zu einer nicht auf Kristallisation und Verkrustung der eigenen Kultur gebau-

343 4. Jg., 2002. Selten vernimmt man in diesem Heft noch ein Echo des religiösen Tenors der Rede, wie etwa in der folgenden Feststellung (Gerhard Schulz, ›An die Geschichte verweise ich euch‹. Novalis' ›Die Christenheit oder Europa‹ zweihundert Jahre später, ebd., S. 9–23, hier: S. 18 = ders., Novalis. Leben und Werk Friedrich von Hardenbergs, München 2011, S. 146): »Daß für das Selbstverständnis der sogenannten ›Romantiker‹ kulturell die Christlichkeit im Kontrast zur Antike und zum ›Morgenland‹ im Mittelpunkt stand und nicht irgendwelche philosophischen oder ästhetischen Konzepte, kann nicht genug betont werden. Nur war eben in dem durch Revolution, Krieg und Bewußtseinskrisen bewegten Europa diese zentrale Substanz in Gefahr, zu schwinden oder ganz verloren zu gehen.«

344 Th. Buchheim: ›Universelle Individualität‹. Zur romantischen Fiktion Europas nach Novalis, in: Europa-Philosophie, hrsg. von Werner Stegmaier, Berlin und New York 2000, S. 49–65; im folgenden mit bloßen Seitenzahlen angeführt.

ten, sondern von sich selbst freien und dem Fremden zugewandten Lebensart aufzufordern.

In Buchheims Diskurs bleibt folglich von der ›Christenheit oder Europa‹ nur Europa übrig, ein Europa, das mit Religion nicht mehr das Geringste zu tun hat. Buchheim gibt dem Diskurs die entsprechende Tendenz, indem er, wiederum auf dem Umweg über zweckdienlich erscheinende Novalis-Fragmente, einen profanisierten Begriff des ›Unendlichen‹ an die Stelle der (religiösen) Transzendenz setzt. Unter diesem »Unendlichen« will er dann »Nicht-Eigenes«, kulturell »Fremdes und Anderes« (S. 52) verstehen, mit dem Ergebnis, dass Hardenbergs *heiliger Sinn* bei Buchheim zum »Sinn des Unendlichen«, zur »Wahrnehmung des Fremden« (S. 64) in einem ganz und gar profanen Sinne wird, wodurch der Anschluss an zeitgenössische Migrations- und Eurozentrismusdiskurse hergestellt ist. Was Buchheim für diesen Zweck bei Hardenberg nicht finden kann, bezieht er von dem französischen Philosophen Rémi Brague, der meinte, »die Stärke des Europäischen [...] gerade darin zu entdecken, daß das von Haus aus nur barbarische Wesen der Europäer immer über sich hinauslangt nach dem Fremden, der Kultur der anderen, und sich dieses durch Universalisierung versucht anzueignen« (S. 52). Dies führt Buchheim zu der These, »daß Novalis generell durch seine Dichtung das eigentlich Europäische in uns wachrufen und fördern möchte« (S. 53), womit er zum Urahn von Pluralismus, europäischem Unionismus, Globalismus und freiem Unternehmertum (S. 64) stilisiert wäre. Indem Buchheim zufolge »Novalis' Entfaltung des Europäertums von vornherein auf den Kosmopolitismus, d. h. auf das wirklich universelle Menschsein zielt«, trifft dieser »in mancher Hinsicht [...] bereits mit unseren heutigen Auffassungen von einer notwendigen Globalisierung des Handelns und Wirtschaftens zusammen« (S. 62 f.).[345] Im Gegensatz zu Novalis ist Buchheims Europavision »eine durch unablässige *Wahrnehmung des Fremden* unternommene Arbeit an der Infinitisierung der eigenen Individualität und ihrer finiten Verhältnisse« hin auf eine »Universalität des Unendlichen« (S. 63 f.) in einem säkularen Sinne.

345 Als Beleg dient Buchheim hier eine Notiz Hardenbergs zur Ökonomie seines Freiberger Lehrers Abraham Gottlob Werner (Nr. 422, NoKS, Bd. ^{3}3, S. 623).

Frei nach Novalis mussten wohl auch diese Ansichten erst »zum Besten der Nachkommen erschöpft werden«. In ihrem Dunstkreis wird eine ›moderne Universalgeschichte‹ erkennbar, in welcher Geschichte vornehmlich der universalen Selbstbespiegelung der Moderne zu dienen hat. Dies steht Hardenbergs Geschichtsauffassung auf der Grundannahme einer ›universellen Individualität‹ (oben, S. 192) diametral entgegen. Für eine solche ›moderne Universalgeschichte‹ kann Hardenbergs Denken folglich nur noch insoweit Interesse beanspruchen, als es nach »Abstreifen des befremdlich Überhöhenden [...] Anknüpfungspunkte für zeitgenössische Problemlagen« bietet.[346] Damit wird Geschichte zur universalen Selbstvergewisserung einer säkularisierten Moderne, deren wirtschaftliche, wissenschaftlich-technische und gesellschaftliche Grundzüge sich in ebender Zeit herausbilden, in der Novalis (wie vor ihm schon Herder) ein allgemeines Überhandnehmen von »Geschäftleben« und ›Mechanisierung‹ feststellt, veranschaulicht in dem Bild einer »sich selbst mahlenden Mühle«.[347] Im Rückblick der säkularisierten Moderne auf die ›Vormoderne‹ droht insbesondere deren religiöses Denken in seiner Eigenart nicht mehr adäquat wahrgenommen zu werden. Selbst theologisch geprägte Interpretationen können sich dem zeitgenössischen ›Säkularismus‹ offenbar nicht entziehen[348] – was diejenigen, die eine Säkularisierung des Christentums ›von innen‹ zu beobachten meinen, als Bestätigung ihrer Ansichten

346 S. 63; dort »Problemlagen rund um Europa«.

347 NoKS, Bd. ³3, S. 515 (zit. oben, Anm. 50); s. auch oben, S. 197.

348 Dies legen zumindest die Ausführungen des protestantischen Theologen A. Kubik nahe. Kubik erkennt den *heiligen Sinn* zwar nominell als Leitmotiv der Rede an, deutet ihn aber, dem von ihm selbst gewählten Leitmotiv entsprechend, als »eine Geneigtheit zum religiösen Symbolisieren« (Kubik, Symboltheorie [Anm. 140], S. 330 f.). Sein Kapitel über »Novalis' Ansicht des Christentums« (ebd., S. 336–340) trägt dessen oben dargelegter Auffassung vom gegenwärtigen Zustand der Religion kaum angemessen Rechnung. Vielmehr scheint es darauf angelegt zu zeigen, dass man es bei Novalis' »Kirchentheorie [...] mit einer freien Weiterbildung der protestantischen Ekklesiologie zu tun« habe – womit offenbar sein »heftiges Kokettieren mit dem Katholizismus« (ebd., S. 340) neutralisiert werden soll. Ähnliche Töne, die an eine schon von Echtermeyer und Ruge bekannte Denkfigur erinnern (vgl. oben, Anm. 199), klingen auch in Kubiks Resümee zu Hardenbergs Rede (ebd., S. 340–344) an.

nehmen dürften.[349] Und auch Novalis dürfte sich in seiner Ansicht bestätigt fühlen, dass eine solche Universalgeschichte vornehmlich dazu diene, »die Zuflucht zur Geschichte« durch deren Profanisierung »abzuschneiden«. Seine modernen Exegeten jedenfalls lassen meist keinen Zweifel an ihren politisch-ideologischen Prioritäten, denen zufolge die »Tradition der Aufklärung« den Maßstab für die »Bewertung« der Rede abzugeben hat.[350] Dass die auf die Transzendenz gerichtete Perspektive der Rede nicht in den universale Gültigkeit beanspruchenden Kategorien und Wertvorstellungen eines aufgeklärten, säkularen Humanismus zu verstehen ist, liegt auf der Hand. In der Berufung seiner Kritiker auf die Aufklärung sehe ich eine doppelte Ironie, zum einen insofern ihr Diskurs die Eigenart seines religiösen Denkens nach meiner Überzeugung eher verdunkelt und dabei gar die Möglichkeit eines ›kongruenten Verständnisses‹ explizit ausschließt;[351] zum anderen, weil damit der vermeintlich universale Wertmaßstab der Aufklärung an eine Schrift angelegt wird, die gerade diesen universalistischen Anspruch im Namen einer »universalen Individualität« zurückweist. Den Prinzipien

349 Weiteste Verbreitung fand diese Ansicht durch den (ehemals) anglikanischen Theologen Edward Norman (Christianity and the World Order, Oxford u.a. 1979 [= The B.B.C. Reith Lectures 1978], hier: S. 72–85 und passim).

350 So z.B. L. Stockinger über Novalis' »berüchtigte Darstellung des mittelalterlichen Katholizismus« (Religiöse Erfahrung [Anm. 323], S. 385): »Das Bild des Mittelalters in der ›Europa‹ macht nicht nur wegen des scheinbar sorglosen Umgangs mit den historischen Fakten Schwierigkeiten, sondern auch dessen Bewertung muß jedem Historiker, der in der Tradition der Aufklärung steht, äußerst anstößig sein.«

351 Stefan Matuschek, Poesie und Prosa der Europa-Idee. Novalis' ›Die Christenheit oder Europa‹ und seine modernen Leser, in: Schönheit, welche nach Wahrheit dürstet. Beiträge zur deutschen Literatur von der Aufklärung bis zur Gegenwart, hrsg. von Gerhard Kaiser und Heinrich Macher, Heidelberg 2003 (= Jenaer Germanistische Forschungen N.F. 16), S. 169–183, hier: S. 171: »Wer das frühromantische Konzept von Novalis' ›Europa‹ gegen deren restaurative Rezeption neu verstehen will, kann nicht so tun, als ob es ein dem Entstehungskontext kongruentes Verständnis gäbe.« Es geht Matuschek zufolge also nicht darum, Novalis' »frühromantisches Konzept« *an sich* zu verstehen, sondern es *gegen* ein anderes, implizit falsches Verständnis *neu zu verstehen*. Novalis »gegen seine Rezipienten in Schutz [zu] nehmen«, erscheint Matuschek dagegen als ›verfehlte Apologie‹ (s.u.).

der aufgeklärten Moderne verpflichtete Kritiker setzen diesen Anspruch nicht in einer dialogischen, sondern in einer vornehmlich ideologisch geführten Auseinandersetzung mit Novalis durch,[352] in welcher der Autor sowohl seine ›Individualität‹ als auch jedes Recht an seinem Werk verloren hat, so dass nur noch festzustellen bleibt: »Um ›Die Christenheit oder Europa‹ zu verstehen, wirkte es eher störend, wenn man Novalis gegen seine Herausgeber und Rezipienten neu ins Recht setzen wollte.«[353] Novalis hätte gewiss nicht angestanden, auch den späten Erben Heinz Widerporstens freundlich zuzulächeln und ihnen für die Ausbildung so mannigfaltiger »Kristallisationen des historischen Stoffs« dankbar die Hände zu drücken.

352 Ein anschauliches Beispiel gibt Claus Trägers pathetisches »Schaudern« (Träger, Novalis und die ideologische Restauration. Über den romantischen Ursprung einer methodischen Apologetik, in: Sinn und Form 13 [1961], S. 618–660, hier: S. 646; vgl. Samuel, Die Form von F. v. Hardenbergs Abhandlung [Anm. 4], S. 301) vor Novalis, dem »absolut reaktionärste[n] Vertreter der deutschen Romantik« (ebd., S. 651) und seinem »ungeheuerlichen Ansinnen […], die jahrhundertelange Emanzipation des Menschen aus den Fesseln fremder, überirdischer Mächte und vor allem deren irdischer Sachwalter als Verderben, als Abfall der Menschheit von ihrer Bestimmung zu deuten« (ebd., S. 648, vgl. S. 639).

353 Matuschek, Poesie und Prosa (Anm. 351), S. 172.

Siglen der Novalis-Ausgaben (chronologisch)

NoST ^{1}1802	Novalis Schriften, hrsg. von Friedrich Schlegel und Ludwig Tieck, 2 Bde., Berlin.
NoST ^{3}1815	Novalis Schriften, hrsg. von Ludwig Tieck und Friedrich Schlegel, 3. Auflage, 2 Bde., Berlin.
NoST ^{4}1826	Novalis Schriften, hrsg. von Ludwig Tieck und Friedrich Schlegel, 4. vermehrte Auflage, 2 Bde., Berlin.
NoST ^{4}1837	Novalis Schriften, hrsg. von Ludwig Tieck und Friedrich Schlegel, 4. vermehrte Auflage, 2 Bde., Stuttgart.
NoST ^{5}1837–	Novalis Schriften, hrsg. von Ludwig Tieck und Friedrich Schlegel [und Eduard von Bülow], 3 Teile, Berlin 1837–1846.
NoMi 1907	Novalis Schriften, hrsg. von J[akob] Minor, 4 Bde., Jena.
NoKS ^{1}1928	Novalis Schriften, nach den Handschriften ergänzte und neugeordnete Ausgabe, im Verein mit Richard Samuel hrsg. von Paul Kluckhohn, 4 Bde., Leipzig (= Meyers Klassiker-Ausgaben).
NoKS ^{2}1960–	Novalis Schriften. Die Werke Friedrich von Hardenbergs, hrsg. von Paul Kluckhohn und Richard Samuel, zweite, nach den Handschriften ergänzte, erweiterte und verbesserte Auflage in vier Bänden und einem Begleitband, Darmstadt [ggf. zitiert nach der 3. überarbeiteten Auflage]:
Bd. ^{3}1	Das dichterische Werk, unter Mitarbeit von Heinz Ritter und Gerhard Schulz, revidiert von R. Samuel, 1977.
Bd. ^{3}2	Das philosophische Werk I, hrsg. von R. Samuel in Zusammenarbeit mit H.-J. Mähl und G. Schulz, revidiert von R. Samuel und H.-J. Mähl, 1981.
Bd. ^{3}3	Das philosophische Werk II, hrsg. von R. Samuel in Zusammenarbeit mit H.-J. Mähl und G. Schulz, 1983.
Bd. ^{2}4	Tagebücher, Briefwechsel, zeitgenössische Zeugnisse, hrsg. von Richard Samuel in Zusammenarbeit mit H.-J. Mähl und G. Schulz, mit einem Anhang: Bibliographische Notizen und Bücherlisten, bearb. von Dirk Schröder, 1975.

Bd. 5 Materialien und Register, hrsg. von R. Samuel in Zusammenarbeit mit H.-J. Mähl und G. Schulz; Bearbeitung der Register von Hermann Knebel, 1988.

Bd. 6 Der dichterische Jugendnachlaß (1788–1791) und Stammbucheintragungen (1791–1793):

1. Teilband: Text, hrsg. von H.-J. Mähl in Zusammenarbeit mit Martina Eicheldinger, 1998.

2. Teilband: Kommentar, hrsg. von H.-J. Mähl in Zusammenarbeit mit M. Eicheldinger; Bearbeitung der Stammbücher von Ludwig Rommel, 1999.

3. Teilband: Schriften und Dokumente aus der Berufstätigkeit: Text, Textbearbeitung: Gabriele Rommel und G. Schulz in Verbindung mit Bernd Rüdiger und Heiko Weissbach, 2006.

NoMS 1978– Novalis. Werke, Tagebücher und Briefe, hrsg. von H.-J. Mähl und Richard Samuel, München 1978–1987 (²1999), 2 Textbde.

Bd. 3 Kommentar, von Hans Jürgen Balmes, 1987.

NoSch ³1987 Novalis Werke, hrsg. und kommentiert von Gerhard Schulz, 3. Auflage, München (= Beck's kommentierte Klassiker) ¹1969, ²1981.

Luigi Reitani

Hölderlin als Leser des ›Werther‹*

I. Ein »Fremder im Hintergrunde«?

Die Beziehung Friedrich Hölderlins zu Johann Wolfang Goethe ist vor allem in seiner biographischen Dimension beleuchtet worden.[1] Berühmt ist insbesondere jene erste persönliche Begegnung in Jena, als der vierundzwanzigjährige Hölderlin im Haus Schiller Goethe vorgestellt wurde, seinen Namen überhörte und ihn lange ignorierte, vertieft wie er war im Gespräch mit dem »Meister«. Erst später, als er das Haus schon verlassen hatte, erfuhr Hölderlin den Namen des »Fremden«. Wie peinlich dies den jungen Dichter anmutete, gesteht er in einem Brief an seinen Freund Ludwig Neuffer vom November 1794:

> Auch bei Schiller war ich schon einigemale, das erstemal eben nicht mit Glük. Ich trat hinein, wurde freundlich begrüßt, und bemerkte kaum im Hintergrunde einen Fremden, bei dem keine Miene, auch nachher lange kein Laut etwas besonders ahnden ließ. Schiller nannte mich ihm, nannt' ihn auch mir, aber ich verstand seinen Nahmen nicht. Kalt, fast one einen Blik auf ihn begrüßt ich ihn, und war einzig im Innern und Äußern mit Schillern beschäftigt; der Fremde sprach lange kein Wort. Schiller brachte die Thalia, wo ein Fragment von meinem Hyperion u. mein Gedicht an das Schiksaal gedrukt ist, u. gab es mir. Da Schiller sich einen Augenblik darauf entfernte, nahm der Fremde das Journal vom Tische, wo ich stand, blätterte

* Im vorliegenden Beitrag nehme ich Thesen und Argumente auf, die ich zum Teil schon in einem auf italienisch erschienenen Aufsatz dargelegt habe. Vgl. Luigi Reitani, Hölderlin lettore del ›Werther‹, in: Il Bianco e il Nero. Scritti di filologia e letteratura 3 (1999), S. 119–135.

1 Vgl. zuletzt Sabine Doering, »so fand ich ihn«. Goethe und Hölderlin – Stationen einer komplizierten Begegnung, in: Goethe-Jahrbuch 128 (2011), S. 170–187. Vgl. ferner Friedrich Strack, Von Goethe und Schiller verkannt und gegängelt? Hölderlins Auseinandersetzung mit der Weimarer Klassik, in: Jahrb. FDH 2001, S. 122–150.

> neben mir in dem Fragmente, u. sprach kein Wort. Ich fült' es, daß ich über und über roth wurde. Hätt' ich gewust, was ich jezt weis, ich wäre leichenblas geworden. Er wandte sich drauf zu mir, erkundigte sich nach der Frau von Kalb, nach der Gegend und den Nachbarn unseres Dorfs, u. ich beantwortete das alles so einsylbig, als ich vieleicht selten gewohnt bin. Aber ich hatte einmal meine Unglüksstunde. Schiller kam wieder, wir sprachen über das Theater in Weimar, der Fremde lies ein paar Worte fallen, die gewichtig genug waren, um mich etwas ahnden zu lassen. Aber ich ahndete nichts. Der Mahler Majer aus Weimar kam auch noch. Der Fremde unterhielt sich über manches mit ihm. Aber ich ahndete nichts. Ich gieng, u. erfuhr an demselben Tage im Klubb der Professoren, was meinst Du? daß *Goethe* diesen Mittag bei Schiller gewesen sei. Der Himmel helfe mir, mein Unglük, u. meine dummen Streiche gut zu machen, wenn ich nach Weimar komme. Nachher speist ich bei Schiller zu Nacht, wo dieser mich so viel möglich tröstete, auch durch seine Heiterkeit, u. seine Unterhaltung, worinn sein ganzer kolossalischer Geist erschien, mich das Unheil, das mir das erstemal begegnete, vergessen lies.[2]

Diese Stelle wurde oft als Schlüsselparabel für das Verhältnis Hölderlins zu Goethe stilisiert, dessen Wahrnehmung förmlich durch Schiller aufgehoben zu sein scheint. Goethe ist der Fremde »im Hintergrunde«, der laut- und mienenlos – ein Bühnenrequisit, möchte man meinen – dem inneren und äußeren Dialog mit Schiller beiwohnt und ihn fast stört. Für diesen Fremden hat der junge Hölderlin kein Ohr und keine Augen. Seine Aufmerksamkeit gilt allein dem »kolossalische[n] Geist« Schillers.

Stimmt aber eine solche Deutung wirklich? Blieb Goethe für Hölderlin nur ein Fremder, der in seinem Werk keine Spuren hinterließ? Oder sollte man eher die Texte hinterfragen, statt die biographischen Dokumente als Angelpunkt zu betrachten? Während die Wirkung Schillers auf Hölderlin immer wieder unterstrichen wurde,[3] wurde diejenige

2 Friedrich Hölderlin, Sämtliche Werke. Große Stuttgarter Ausgabe, hrsg. von Friedrich Beißner, 8 Bde., Stuttgart 1946–1985 (im folgenden zitiert als *StA*), hier: Bd. 6.1: Briefe, hrsg. von Adolf Beck, 1954, S. 140 f., Z. 51–80.

3 Vgl. Momme Mommsen, Hölderlins Lösung von Schiller. Zu Hölderlins Gedichten ›An Herkules‹ und ›Die Eichbäume‹ und den Übersetzungen aus Ovid, Vergil und

Goethes häufig unterschätzt oder gar beiseitegelassen.[4] In der umfangreichen Forschungsliteratur über Hölderlin, die seine vielfältigen Verbindungen zum Denken antiker und moderner Autoren beleuchtet hat, fehlt noch eine umfangreiche analytische Monographie über sein Verhältnis zu Goethe, wenn man von der postum erschienenen und verdienstvollen Studie von Eudo C. Mason absieht.[5] Vielmehr wird des Öfteren pauschal die Distanz des »Außenseiters« Hölderlin zum

Euripides, in: Jahrbuch der deutschen Schiller-Gesellschaft 9 (1965), S. 203–244; Götz-Lothar Darsow, »aber von Ihnen dependier' ich unüberwindlich.«. Friedrich Hölderlins ferne Leidenschaft, Stuttgart 1995; Günther Mieth, Friedrich Hölderlin und Friedrich Schiller – Die Tragik einer literaturgeschichtlichen Konstellation, in: Hölderlin-Jahrbuch 28 (1992–1993), S. 68–79; Ulrich Gaier, Friedrich Schiller, in: Hölderlin-Handbuch. Leben – Werk – Wirkung, hrsg. von Johann Kreuzer, Stuttgart und Weimar 2002, S. 78–82; Luigi Reitani, Hölderlins ›Nänie‹. ›Menons Klagen um Diotima‹ als ästhetische Replik auf Schiller, Udine 2003; Luigi Reitani, »Mit wahrster Verehrung«. Hölderlins Rechenschaftsbriefe an Schiller, in: Hölderlin-Jahrbuch 34 (2004–2005), S. 143–160; Johann Kreuzer, »Sonst haben wir keinen wie uns selbst«. Zur ambivalenten Beziehungsform von J. C. F. Hölderlin und J. C. F. Schiller, in: Prekäre Freundschaften. Über geistige Nähe und Distanz, hrsg. von Thomas Jung und Stefan Müller-Doohm, München 2011, S. 13–26.

4 Im Hölderlin-Handbuch gibt es z. B. in der Sektion »Voraussetzungen, Quellen, Kontext« keinen Goethe gewidmeten Artikel. Selbst Strack (wie Anm. 1), der auf etliche intertextuelle Verweise aufmerksam macht und zu nachvollziehbaren Schlüssen kommt, kann nicht umhin zu behaupten: »zu einem geistigen Austausch zwischen Goethe und Hölderlin kam es nie [...]. Der geistige Funke wollte nicht überspringen, wenngleich viele Anspielungen in Hölderlins Werk auf Goethe zurückweisen« (S. 122 f.). In der älteren Forschungsliteratur steht Hölderlin oft im Gegensatz zu Goethe. Paradigmatisch ist die folgende Aussage Wilhelm Michels: »An den Wesengegensatz zwischen Goethe und Hölderlin dürfen wir denken, wenn wir in seinen Selbstzeugnissen jede tiefere Berührtheit von Goethes Dichtung vermissen. Er erwähnt gelegentlich einzelne Werke von ihm, aber eine Anknüpfung an diese tritt in keiner Weise hervor. Hölderlin hat Goethe wahrscheinlich nie vollkommen ›erblickt‹. Die Verschiedenheit ihrer Naturen war so geartet, dass eine organische Hereinnahme Goethescher Elemente für Hölderlin ein Ding der Unmöglichkeit war.« (Das Leben Friedrich Hölderlins, Bremen 1940, S. 41)

5 Eudo C. Mason, Hölderlin and Goethe, edited by P. H. Gaskill, Foreword Hans Reiss, Bern und Frankfurt 1975 (= Britische und irische Studien zur deutschen Sprache und Literatur 3). Auf die Doktorarbeit von Rudolf Fahrner (Hölderlins Begegnung mit Goethe und Schiller, Marburg 1925 [= Beiträge zur deutschen Literaturwissenschaft 25]) macht Doering (wie Anm. 1) aufmerksam.

»Dichterfürsten« Goethe hervorgehoben. Zu diesem Zweck wird eine weitere berühmte Begegnung beider Dichter in Betracht gezogen, die am 22. August 1797 in Frankfurt stattfand. Auch in diesem Fall wurde das Treffen von Schiller initiiert, der Hölderlin, der zu diesem Zeitpunkt im Haus Gontard als Hofmeister arbeitete, empfohlen hatte, sich Goethe vorzustellen, nicht ohne didaktische Absichten, denn es ging ihm darum, seinen »Schützling« auf den rechten Weg zu bringen. Schon vor dieser Begegnung hatte Schiller Goethe darum gebeten, einige Gedichte Hölderlins im Hinblick auf ihre Publikation in den ›Horen‹ zu überprüfen.[6] Das kritische Urteil Goethes bestätigte Schiller in seiner Meinung. Hölderlin wurde einer besonderen Autorentypologie zugeschrieben, die noch Siegfried Schmid und Jean Paul einschloss:

> Ich möchte wissen, ob diese Schmidt, diese Richter, diese Hölderlins absolut und unter allen Umständen so subjektivisch, so übergespannt, so einseitig geblieben wären, ob es an etwas primitivem liegt, oder ob nur der Mangel einer ästhetischen Nahrung und Einwirkung von außen und die Opposition der empirischen Welt in der sie leben gegen ihren idealischen Hang diese unglückliche Wirkung hervorgebracht hat.[7]

Goethe reagierte entsprechend und stellte sich Hölderlin gegenüber als »kluger Ratgeber«, der ihm den rechten Weg der Dichtung zu weisen hatte. Davon gibt er prompt Rechenschaft in einem Brief an Schiller: »Ich habe ihm besonders geraten kleine Gedichte zu machen und sich zu jedem einen menschlich interessanten Gegenstand zu wählen.«[8] Die Konkretheit der Erfahrung wird hier gegen die Gefahr der Abstraktion hochgehalten. Inwiefern sich Hölderlin an diese »gutgemeinten«

6 Eine ausführliche Dokumentation wird von Adolf Beck geboten: StA 7.2, S. 95–112; StA 7.4, S. 352; StA 8, S. 12.

7 Schiller an Goethe, 17. August 1797; MA 8.1, S. 395, Z. 4–11. Zu Recht hat Gerhard Kurz auf die implizierte Poetologie dieser vielzitierten und oft nur psychologisch interpretierten Stelle aufmerksam gemacht, die einen für Schiller problematischen Begriff der Subjektivität voraussetzt. Vgl. ders., »Am Feigenbaum ist mein | Achilles mir gestorben«. Lebenswelt und Klassizismus bei Hölderlin, in: Literatur und Lebenswelt, hrsg. von Alexander Löck und Dirk Oschmann, Wien und Köln 2012 (= Literatur und Leben, N. F. 82), S. 125–144.

8 Goethe an Schiller, 23. August 1797; MA 8.1, S. 400, Z. 14–16.

Hinweise hielt, sei jedoch dahingestellt. Werden einerseits die sogenannten Frankfurter Kurzoden in Zusammenhang mit dieser empfohlenen Poetik gebracht,[9] so lassen sich andererseits manche Verse gerade als eine Replik darauf interpretieren:

Der Jüngling an die klugen Rathgeber

Ich sollte ruhn? Ich soll die Liebe zwingen,
Die feurigfroh nach hoher Schöne strebt?
[…]
Versucht es nicht, das Sonnenroß zu lähmen!
Laßt immerhin den Sternen ihre Bahn!
Und mir, mir rathet nicht, mich zu bequemen,
Und macht mich nicht den Knechten unterthan.[10]

Wie immer Hölderlin zu den Ratschlägen Goethes gestanden haben mag, so sind bei dieser emblematischen Episode die Rollen klar verteilt

9 So der Kommentar in Friedrich Hölderlin, Sämtliche Werke. ›Frankfurter Ausgabe‹. Historisch-Kritische Ausgabe hrsg. von D.E. Sattler, 20 Bde. und Supplemente, Frankfurt am Main und Basel 1975–2008 (im folgenden zitiert als *FHA*), hier: Bd. 5: Oden II, hrsg. von D.E. Sattler und Michael Knaupp, 1984, S. 489. Vgl. ferner Ulrich Gaier, Hölderlin. Eine Einführung, Tübingen und Basel 1993 (= Uni-Taschenbücher 1731), S. 326.

10 StA 1.1, S. 225 f. Die erste Fassung dieses Gedichts, das den Titel ›An die klugen Rathgeber‹ trägt, geht allerdings auf das Jahr 1796 zurück. Hölderlin hatte es am 24. Juli an Schiller geschickt, der es aber nicht in seinen Musenalmanach aufnahm. Ein Jahr später übersandte er die neue Fassung wieder an Schiller, der den Text abermals ablehnte. Hölderlin legte das überarbeitete Gedicht einem Brief bei, der auf ein verlorengegangenes Schreiben Schillers vom 28. Juli antwortete. Nach Schillers Kalender ist Hölderlins Epistel am 24. August eingegangen. Die neue Fassung dürfte also kurz vor dem Besuch bei Goethe verfasst worden sein und kann sich kaum auf die Ratschläge Goethes beziehen, obwohl der Text zweifellos beide Dichter und ihre ästhetischen Positionen attackiert (dazu vgl. Strack, Von Goethe und Schiller verkannt und gegängelt [Anm. 1], S. 135–137). Da Schiller ihm nach dem Meinungsaustausch mit Goethe in seinem Brief vom 28. Juli mitteilt, die Gedichte ›An den Äther‹ und ›Der Wanderer‹ veröffentlichen zu wollen, glaubt Hölderlin, die Anerkennung seines »Meisters« wieder gefunden zu haben. Die Verarbeitung des Gedichts ›An die klugen Rathgeber‹ und die Abstattung des empfohlenen Besuchs bei Goethe sind somit zwei unterschiedliche Facetten der ambivalenten Beziehung zu Schiller.

und definiert: Schiller und Goethe vertreten eine Ästhetik, die sich durchsetzen und neue Anhänger gewinnen will, während Hölderlin als widerspenstiger Schüler dasteht. Einmal mehr tritt Goethe in dieser Geschichte nur in Zusammenhang mit Schiller auf, und zwar als seine Projektion, als eine Instanz, deren Autorität die Lehre des »Meisters« bekräftigen soll.

Es besteht freilich kein Zweifel daran, dass Hölderlins persönliches Verhältnis zu Schiller viel intensiver als jenes zu Goethe war. Zeugen die Briefe Hölderlins an seinen »Meister« von der Ambivalenz einer komplexen Beziehung, die für den Tübinger Dichter schwere psychologische Folgen hatte, so dürfte sich Hölderlin brieflich nur ein einziges Mal an Goethe gewandt haben, wobei der in Frage kommende Entwurf – eine Einladung zur Mitarbeit an der geplanten Zeitschrift Iduna – den Adressaten nicht eindeutig erkennen lässt.[11] Eine Antwort des Weimarers ist jedenfalls nicht bekannt. Es fällt deshalb schwer, von einer wirklichen persönlichen Beziehung zu sprechen.

Soll man aber daraus schließen, dass Goethe für Hölderlin nichts anderes als ein strenger Richter war, ein Bundesgenosse Schillers, der dem jungen Dichter den Weg zur poetischen Emanzipation versperrte und sonst nicht wahrgenommen wurde?

Diese Annahme lässt sich einfach durch die diversen intertextuellen Bezüge auf die Schriften Goethes widerlegen, die das Werk Hölderlins aufweist. Gedichte wie ›Prometheus‹ oder ›Mahomets Gesang‹ werden von Hölderlin oft variiert.[12] Das »Parzenlied« aus ›Iphigenie in Tauris‹, das der Tübinger Dichter mehrmals zitiert, dient – wie Jochen Schmidt nachgewiesen hat – als Modell für das berühmte ›Schickaalslied‹ im Roman ›Hyperion‹.[13] Ein Zitat aus ›Grenzen der Menschheit‹ steht als

11 StA 6.1, S. 349 f. Maria Cornelissen hat die These aufgestellt, dass auch ein zweiter Briefentwurf Hölderlins (StA 6.1, S. 381 f.) an Goethe adressiert sei. Vgl. Maria Cornelissen, Ein Brief Hölderlins an Goethe?, in: Goethe 22 (1960), S. 269–277.

12 ›Prometheus‹ wird z. B. in der letzten Strophe der Ode ›Die Heimath‹ variiert. ›Mahomets Gesang‹ wirkt in der ›Rhein‹-Hymne und in der Ode ›Der gefesselte Strom‹. Vgl. Mason. Hölderlin and Goethe (Anm. 5), S. 31 f.

13 Vgl. Jochen Schmidt, Hölderlins Übersetzung von Iphigeniens ›Parzenlied‹ in ›Hyperions Schicksalslied‹, in: Zwiesprache. Beiträge zur Theorie und Geschichte des Übersetzens, hrsg. von Ulrich Stadler, Stuttgart und Weimar 1998, S 347–353. Hölderlin schrieb Hegel ein ›Iphigenie‹-Zitat ins Stammbuch.

rhetorisches Argument im ersten Brief an Böhlendorff.[14] ›Hermann und Dorothea‹ ist die Folie des Versepos ›Emilie vor ihrem Brauttag‹.[15] ›Menons Klagen um Diotima‹ setzt die Kenntnis der Liebeselegien Goethes voraus.[16] Neuffer teilt Hölderlin seine Freude bei der Lektüre von ›Wilhelm Meister‹ mit,[17] die in der ›Feiertags‹-Hymne nachwirkt.[18] Mit der Figur Tassos im gleichnamigen Drama will Susette Gontard seinen Freund identifizieren.[19] Obwohl all diese Spuren nicht systematisch untersucht wurden, wird auch bei einer nur kursorischen Textanalyse offenkundig, dass Goethes Œuvre für Hölderlin sehr wohl präsent war und zwar jenseits der persönlichen Begegnung und abgesehen von der Beziehung zu Schiller.

Wenn man übrigens die oben zitierte Stelle des Briefs an Neuffer genau betrachtet, kann man nicht umhin festzustellen, dass Goethe für Hölderlin keineswegs unbedeutend war. Im Gegenteil, das Peinliche ist ja genau die Tatsache, dass der junge Dichter unbewusst eine von ihm geschätzte Persönlichkeit nicht beachtet hat. Das mag vielleicht erklären, warum Hölderlin Neuffer eine zweite Begegnung mit Goethe in Weimar so berichtet, als wäre sie die erste Gelegenheit gewesen, mit dem Dichter Bekanntschaft zu machen.[20] In einem Brief an Hegel vom 26. Januar 1795 stellt Hölderlin diese Begegnung triumphal als Höhe-

14 Vgl. Strack, Von Goethe und Schiller verkannt und gegängelt (Anm. 1), S. 139.

15 Vgl. meinen Kommentar in der zweisprachigen Ausgabe der Gedichte Hölderlins: Friedrich Hölderlin, Tutte le liriche, edizione tradotta e commentata e revisione del testo critico tedesco a cura di Luigi Reitani, con uno scritto di Andrea Zanzotto, Milano 2001, S. 1376–1379.

16 Vgl. Dieter Burdorf, Goethes und Hölderlins Liebeselegien, in: Goethes Liebeslyrik. Semantiken der Leidenschaft um 1800, hrsg. von Carsten Rohde und Thorsten Valk, Berlin und Boston 2013, S. 299–319.

17 StA 6.1, S. 151, Z. 52–54.

18 Vgl. Strack, Von Goethe und Schiller verkannt und gegängelt (Anm. 1), S. 139–150.

19 »noch heute laß ich im Tasso, und fand unverkennbare Züge von Dir« (StA 7.1, S. 80). Auf einem im Nachlass aufbewahrten Doppelblatt, das den Entwurf der Elegie ›An Landauer‹ enthält, befindet sich auch die Notiz ›Tasso an Leonoren‹, welche von Beißner als Titel für ein geplantes Gedicht interpretiert wurde (StA 2.1, S. 324, Nr. 31). Zu dem Einfluss des ›Tasso‹ auf die Thaliafassung des ›Hyperion‹ vgl. Paul Requadt, Das literarische Urbild von Hölderlins Diotima, in: Jahrbuch der deutschen Schillergesellschaft 10 (1966), S. 250–265.

20 StA 6.1, S. 151, Z. 38.

punkt seines Weimarer Aufenthalts dar, als Beweis seiner definitiven Aufnahme in die literarische Gesellschaft:

> Göthen hab' ich gesprochen, Bruder! Es ist der schönste Genuß unsers Lebens, so viel Menschlichkeit zu finden bei so viel Größe. Er unterhielt mich so sanft und freundlich, daß mir recht eigentlich das Herz lachte, u. noch lacht, wenn ich daran denke.[21]

Sieht man auch von der unvermeidlichen Stilisierung ab, so bleibt die Tatsache, dass Goethe für Hölderlin der unbestrittene Gipfel der Weimarer literarischen Gesellschaft darstellte. Dabei ging es jedoch nicht nur um Anerkennung, sondern auch um Konfrontation.

II. Intertextualität bei Hölderlin

Zu den bedeutendsten, wenn auch nicht unbedingt zu den augenfälligsten Merkmalen der Schreibweise Hölderlins gehört eine ausgesprochene Intertextualität, die oft eine kritische Auseinandersetzung mit den zitierten Prätexten impliziert. Der Dichter, der mehr als jeder andere seiner Epoche eine eigene, unverwechselbare Stimme zu besitzen scheint, stellt sich bei genauerer Betrachtung als intensiver Leser heraus, der in seinem Werk aus zahllosen Quellen, die von der Antike bis zur Gegenwart reichen, seine Bilder und Motive schöpft. Es handelt sich natürlich um ein Verfahren, das nicht nur Hölderlin anwendet und für den gesamten literarischen Diskurs gelten kann, der eben in einem Dialog zwischen Autoren besteht, aus dem sich Themen und Motive herauskristallisieren, welche über die einzelnen Werke hinausgehen. Bei Hölderlin lässt sich jedoch eine Poetik des Dialogs auffinden, nach der die Dichtung keine originelle Erscheinung, sondern immer das Produkt einer Konfrontation mit anderen Texten ist. »Deuten und Singen« werden am Schluss der Ode ›Unter den Alpen gesungen‹ als eine einzige untrennbare Aufgabe wahrgenommen, die dem Dichter in der Nacht der Geschichte zusteht.[22] Und es ist vielleicht gerade diese Vorstellung des Poetischen, bei der sich ein Text immer an andere Texte

21 Ebd., S. 155, Z. 28–31.

22 StA 2.1, S. 45.

anlehnt, die sein Werk so faszinierend macht und gleichzeitig so viele hermeneutische Schwierigkeiten bereitet. Im radikalen Bild des Dichters als »Gefäß«[23] ist keine Originalität mehr möglich. So ist das poetische Wort kein Ausdruck einer vermeintlichen Subjektivität; vielmehr soll es den Erwartungen einer Gemeinschaft entsprechen: »Viel hat von Morgen an, | Seit ein Gespräch wir sind und hören voneinander, | Erfahren der Mensch; bald sind wir aber Gesang«.[24] Martin Buber hat zu Recht hervorgehoben, dass Hölderlin in diesen berühmten Versen der ›Friedensfeier‹ nicht »*im* Gespräch« sondern »*ein* Gespräch« meint. »Wir selber sind das Gespräch: wir werden gesprochen […] Unser Gesprochenwerden ist unser Dasein.«[25]

Wenn also der Mensch ein »Gespräch« und unser Dasein ein »Gesprochenwerden« ist, so ist die Dichtung, die zur utopischen Dimension des »Gesangs« führen muss, selbstverständlich ein Dialog. Das poetische Wort re-aktualisiert seine Vorgeschichte. Es ist kein schöpferischer Akt, sondern Arbeit am Tradierten.

Die Signifikanz der intertextuellen Bezüge bei Hölderlin ist ein konstitutiver Teil seiner poetischen Strategie. Ohne die Vielstimmigkeit zu berücksichtigen, die seine Texte prägt, lässt sich ihr semantisches und kulturhistorisches Potential kaum erfassen. Dass dabei Goethe eine entscheidende Rolle spielt, kann nicht wundern. Denn Hölderlin war sich ohne weiteres dessen bewusst, dass Goethes Werke den Kulturhorizont der Zeit entscheidend bestimmten. Im folgenden soll anhand der intertextuellen Bezüge zu dem Roman ›Die Leiden des jungen Werthers‹ gezeigt werden, inwiefern diese Auseinandersetzung für Hölderlin zentral gewesen ist.

III. Wann las Hölderlin den ›Werther‹?

Goethes ›Werther‹ wird in den Schriften Hölderlins nie erwähnt. In der Liste der Bücher, die zu Hölderlins Bibliothek gehörten, wird keine

23 »Heilige Gefäße sind die Dichter« (Buonaparte, V. 1; StA 1.1, S. 239). Vgl. auch Brod und Wein, V. 113 (StA 2.2, S. 93)

24 StA 3, S. 536.

25 Martin Buber, »Seit ein Gespräch wir sind«. Bemerkung zu einem Vers Hölderlins, in: Hölderlin-Jahrbuch 11 (1958–1960), S. 210–211, hier: S. 210.

Ausgabe des Romans verzeichnet.[26] Eine Datierung dieser Lektüre ist deshalb nur auf mögliche Indizien angewiesen. Wie sehr der Roman auf die Vorstellungswelt der um 1770 geborenen Generation noch einwirkte, lässt sich übrigens am Beispiel eines Briefs Rudolf Magenaus an Hölderlin zeigen. Zusammen mit Neuffer und Hölderlin, mit dem er schon die Klosterschulen in Denkendorf und in Maulbronn besucht hatte, hatte Magenau im Tübinger Stift einen sogenannten »Dichterbund« ins Leben gerufen. Aus Markgrönigen, wo er die Ferien verbrachte, schilderte er am 3. Juni 1792 seinem in Tübingen gebliebenen Kollegen den eigenen Gemütszustand: »so frei u. zufriden kost ich den Freuden Becher u. seines minniglichen Weines. Ich möchte, mit Göthe zu reden, zum Maienkäfer werden, um alle die 1000. Reizze u. Wonnen dieses schönen Maien aufzusaugen.«[27] Es handelt sich offenkundig um eine Anspielung auf den ersten ›Werther‹-Brief vom 4. Mai, in dem die Hauptfigur seine Sehnsucht offenlegt, sich in einen Maikäfer zu verwandeln, »um in dem Meer von Wohlgerüchen herumschweben und alle seine Nahrung darin finden zu können«.[28] Der kühne Vergleich Goethes ist bei Magenau schon zu einer klischeehaften Formulierung geworden, die zu einem Privatbrief taugt. In dem Roman findet die neue Generation einen Bildercode, mit dem die eigenen Gefühle zum Ausdruck gebracht werden können.

Spätestens zu diesem Zeitpunkt kann man bei Hölderlin die Lektüre des ›Werther‹ voraussetzen. Es ist anzunehmen, dass Magenau die zweite, 1787 erschienene Fassung des Romans kannte. Im gleichen Jahr entdeckt der junge Hölderlin die Lieder Ossians[29] und berichtet davon enthusiastisch seinem Freund Immanuel Nast:

26 Vgl. StA 7.3, S. 388–402.

27 StA 7.1, S. 28.

28 Johann Wolfgang Goethe, Sämtliche Werke. Briefe, Tagebücher und Gespräche, I. Abt., Bd. 8: Die Leiden des jungen Werthers. Die Wahlverwandtschaften. Kleine Prosa. Epen. In Zusammenarbeit mit Christoph Brecht hrsg. von Waltraud Wiethölter, Frankfurt am Main 1994, S. 9–267 (Paralleldruck der Fassungen von 1774 und 1787), hier: S. 13, Z. 27–29. Aus diesem Band der Frankfurter Ausgabe wird im folgenden unter der Sigle *FA 8* zitiert.

29 Vgl. Howard Gaskill, Hölderlin und Ossian, in: Hölderlin-Jahrbuch 27 (1990–1991), S. 100–130. Gaskill geht davon aus, dass Hölderlin zunächst die Prosa-Übersetzung von Johann Wilhelm Petersen und dann die Übersetzung von Michael Denis gelesen habe. Für den Tübinger Dichter blieben die Fälschungen

> Eine Neuigkeit! eine schöne, schöne herzerquikende Neuigkeit! Ich habe den Ossian, den Barden ohne seines gleichen, Homers großen Nebenbuhler hab' ich wirklich unter den Händen.
>
> Den must Du lesen, Freund – da werden Dir Deine Thäler lauter Konathäler – Dein Engelsberg ein Gebirge Morvens – Dich wird ein so süßes, wehmütiges Gefühl anwandeln – Du must ihn lesen – ich kan nicht deklamiren. Er muß mit nach Nürtingen in die Vakanz, da leß' ich ihn so lang, biß ich ihn halb auswendig kan.[30]

Die Datierung dieses Briefes (sowie die ganze Chronologie der Briefe an Nast) ist umstritten. Die Vakanz, von der die Rede ist, kann entweder die Oster- oder die Herbstvakanz 1787 gewesen sein. In der Stuttgarter Ausgabe entschied sich Beck für die spätere Datierung.[31] Raabe (wie schon vor ihm Litzmann und Zinkernagel) verlegte hingegen den Brief auf den März.[32] Die neuesten Briefeditionen[33] folgen diesem Vorschlag, dessen Begründung jedoch nicht unanfechtbar ist.[34]

Macphersons bis noch in die späteren Jahre bedeutend. Hölderlin versuchte u.a., eine neue Übersetzung der Lieder durch Franz Wilhelm Jung zu fördern, an der er sich beteiligte.

30 StA 6.1, S. 16, Z. 1–5.

31 StA 6.2, S. 506 f.

32 Paul Raabe, Die Briefe Hölderlins. Studien zur Entwicklung und Persönlichkeit des Dichters, Stuttgart 1963 (= Germanistische Abhandlungen 2), S. 270–272. Vgl. auch Carl C.T. Litzmann, Friedrich Hölderlins Leben in Briefen von und an Hölderlin, Berlin 1890, S. 32; Friedrich Hölderlin, Sämtliche Werke und Briefe, Kritisch-historische Ausgabe hrsg. von Franz Zinkernagel, Bd. 4: Briefe, Leipzig 1921, S. 21.

33 Friedrich Hölderlin, Sämtliche Werke und Briefe, hrsg. von Jochen Schmidt, Bd. 3: Die Briefe. Briefe an Hölderlin. Dokumente, hrsg. von Jochen Schmidt in Zusammenarbeit mit Wolfgang Behschnitt, Frankfurt am Main 1992; Friedrich Hölderlin, Sämtliche Werke und Briefe, hrsg. von Michael Knaupp, Bd. 2, München 1992; FHA 19: Stammbuchblätter, Widmungen und Briefe II, hrsg. von D.E. Sattler und Anja Ross, 2007; Friedrich Hölderlin, Sämtliche Werke, Briefe und Dokumente in zeitlicher Folge, hrsg. von D.E. Sattler, Bd. 1: 1770–1788. Nürtingen. Denkendorf-Maulbronn. Erste Gedichte. Homer, München 2004.

34 Da die Briefe Nasts an Hölderlin bis auf eine Ausnahme nicht erhalten blieben und Hölderlin viele Briefe nicht datiert hat, ist die gesamte Chronologie des lückenhaften Briefwechsels unsicher. Raabe (wie Anm. 32) begründet seinen Vorschlag vor allem damit, dass sich Hölderlin im Brief auf ein Versprechen bezieht, Nast ein Musikstück zu schicken, das er seinerseits von Franz Karl Hiemer erhalten soll. Im Ossian-Brief berichtet Hölderlin nämlich, dass sich Hiemer für

So soll die von Beck festgelegte Chronologie noch im Rahmen der Möglichkeiten bleiben.

Man kann sich nun fragen, ob dieses Interesse für Ossian nicht aus einer Lektüre des Romans Goethes hervorgeht, in dessen zweiten Teil bekanntlich die elegischen Lieder Macphersons für die Hauptfigur identitätsstiftend werden. Zwar geht der europäische Ossian-Kult dem ›Werther‹ voraus und verbreitet sich selbstständig,[35] seine überwältigende Resonanz wird jedoch durch Goethe noch verstärkt. Wenn Höl-

seine Verspätung endlich entschuldigt habe. Von diesem Versprechen ist zunächst im ersten Brief Hölderlins an den Freund vom Januar 1787 die Rede. Darauf geht Hölderlin nochmals in seinem Brief vom 18. Februar 1787 ein, in dem er sich beklagt, dass Hiemer auf seine wiederholte Bitte noch nicht geantwortet habe (StA 6.1, S. 11, Z. 56–58). In einem weiteren undatierten Brief, der nach der Ostervakanz 1787 geschrieben zu sein scheint, verspricht Hölderlin schließlich, das Musikstück innerhalb von vierzehn Tagen zu schicken (ebd., S. 13, Z. 18 f.). Daraus schließt Raabe, dass der Ossian-Brief chronologisch zwischen dem Februar-Brief und dem Brief nach der Ostervakanz zu stellen sei. Da wir aber nicht genau wissen, wann der Dichter tatsächlich diese Partitur erhalten und weitergeschickt hat, wäre auch eine andere Reihenfolge möglich, und zwar, dass Hölderlin trotz der wiederholten Versprechen des Freunds im Herbst 1787 noch nicht in Besitz des Musikstücks gekommen war. Das mag erklären, warum Hölderlin die Partitur erst im April 1788 von Nast zurückverlangt (ebd., S. 30, Z. 38). Hätte er sie dem Freund schon vor dem Sommer 1787 geschickt, so wäre sie fast ein Jahr in den Händen Nasts geblieben. Ein weiteres Indiz für eine spätere Datierung ist, dass Hölderlin im Frühjahr 1788 immer noch mit seiner intensiven Ossian-Lektüre beschäftigt ist, wie ebenfalls aus dem späterem Brief an Nast hervorgeht (ebd., S. 29, Z. 2–4). Auch in diesem Fall wäre die Zeitspanne zu groß, wenn die Entdeckung Ossians schon in den März 1787 fallen würde. Schließlich könnte der Briefschluss mit seiner rätselhaften Anspielung »Dein Hölderlin (eben so zufrieden wie Du)« (ebd., S. 17, Z. 32–33) auf die heimliche Verlobung des Absenders, der jetzt wie der Empfänger eine Freundin hat, verweisen. Dies kann aber erst nach dem Sommer geschehen sein. Auf jeden Fall kann die Argumentation Raabes die spätere Datierung nicht ausschließen.

35 Grundlegend bleibt dazu die Arbeit von Paul van Tieghem, Ossian et l'ossianisme dans la littérature européenne au XVIIIe siècle, Groningen und Den Haag 1920 (= Neophilologiese Bibliotheek 4); wieder in: ders., Le préromantisme. Études d'histoire littéraire européenne, vol. 1, Paris 1924, S. 195–287. Vgl. ferner Howard Gaskill, Ossian in Europe, in: Canadian Review of Comparative Literature 21 (1994), S. 643–678. Eine ausführliche Dokumentation der deutschen Rezeption in Wolf Gerhard Schmidt, »Homer des Nordens« und »Mutter der Romantik«. James Macphersons ›Ossian‹ und seine Rezeption in der deutschsprachigen Literatur, 3 Bde., Berlin und New York 2003.

derlin Ossian als »Homers großen Nebenbuhler« nennt, so bezieht er sich auf ein gängiges Urteil, das im ›Werther‹ seine höchste literarische Legitimation fand.

In seiner letzten Begegnung mit Lotte liest Werther seine eigene (d.h. Goethesche) Übersetzung einiger Gesänge Ossians, darunter die Episode ›Colma‹ aus den ›Songs of Selma‹, in der Colma vor einem Fels die vom Mondschein beleuchteten Leichen ihres Bruders und ihres Geliebten entdeckt, die in einem Zweikampf gestorben sind. Ein vergleichbares Szenario lässt sich in einem Jugendgedicht Hölderlins wiederfinden. Da gibt es ein Tal, »wo zu der Väter Zeit | Helme klangen, und Schilde«. Darüber hängen »schauerlich Wald und Fels«; »stille Erhabenheit« blickt »ernst und düster« herunter. Dieses Tal ist allerdings durchaus friedlich geworden und scheint in einen locus amoenus verwandelt zu sein. Ein Nebenfluss des Neckars (!) durchquert es und neben anderen bukolischen Erscheinungen tritt eine Frau auf, deren Namen »des Getümmels Ohr | nicht zu kennen verdient«. Wie heißt aber diese »Gute«, die »stille, der Tugend bekannt | Und der sanfteren Lust« wandelt? Im ›Marbacher Quartheft steht zunächst reinschriftlich der Name Lotte. Durch eine spätere Korrektur wird Lotte jedoch durch Amalie (die offenkundig auf Schillers ›Räuber‹ anspielt) ersetzt:

An meinen B. 1786.

Freund! wo über das Thal schauerlich Wald und Fels
Herhängt, wo das Gefild leise die Erms durchschleicht,
Und das Reh des Gebürges
~~Ungestört in der Kühle schläft –~~
Stolz an ihrem Gestade geht –

~~Wo vom moosigten Fels stille Erhabenheit~~
~~Auf die friedliche Flur, wo zu der Väter Zeit~~
~~Helme klangen, und Schilde,~~
~~Ernst und düster herunterblikt.~~

Wo im Knabengelok heiter und undschuldsvoll
Wen'ge Stunden mir einst lächelnd vorüberflohn –
Dort sind Hütten des Seegens,
Freund! – du kennest die Hütten auch;

Dort am schattichten Hain ~~unter dem ernsten Fels~~*wandelt Amalia.*
~~Wandelt Lotte im Thal.Seegne, die Saite mir,~~*Seegne, seegne*
[*mein Lied, kränze die Harfe mir,*
Denn sie nannte den Nahmen,
Den, du weists, des Getümmels Ohr

Nicht zu kennen verdient. Stille, der Tugend ~~bekannt,~~*nur*
Und der ~~sanfteren Lust~~*Freundschaft bekannt,* wandelt die
[Gute dort.
Liebes Mädchen, es trübe
Nie dein himmlisches Auge sich.[36]

In diesem Jugendgedicht, das dem Freund Ludwig Bilfinger gewidmet ist, sind die berühmtesten Frauenfiguren des Sturm und Drang austauschbar, Platzhalter in einer Phantasie, in der sich die schwäbische Landschaft mit derjenigen Ossians überlagert. Nicht von ungefähr schwärmte Hölderlin in seinem Brief an Nast über sein Leseerlebnis mit diesem auffordernden Versprechen: »Den must Du lesen, Freund – da werden Dir Deine Thäler lauter Konathäler – Dein Engelsberg ein Gebirge Morvens«.[37]

Lotte aus dem ›Werther‹, Amalie aus den ›Räubern‹, schauerliche Felsen in der Manier Ossians, bukolische Elemente, die Verwandlung der heimatlichen Landschaft in einen Schauplatz von Liebe und Tod: Über die Naivität einer solchen jugendlichen Konstruktion kann man gewiss lächeln. Sie ist jedoch kulturhistorisch von Bedeutung. Hölderlin liest Ossian durch Goethe und Lotte hat schon den Rang einer Muse, die vom Dichter besungen wird und sich von der Masse abhebt.

Im ›Marbarcher Quartheft‹ ist das Gedicht mit dem Jahr 1786 datiert. Hölderlin hat aber seine in Maulbronn verfassten Gedichte erst später

36 Die hier vorgeschlagene Textkonstitution beruht auf dem Faksimile des ›Marbacher Quarthefts‹: Friedrich Hölderlin, Die Maulbronner Gedichte. 1786–1788. Faksimile des ›Marbacher Quarthefts‹, hrsg. von Werner Volke, Marbach am Neckar 1977 (= Schriften der Friedrich-Hölderlin-Gesellschaft 10), Bl. 38 f. Die späteren Korrekturen sind kursiv gesetzt. Vgl. die genetische Rekonstruktion in: FHA 1: Gedichte 1784–1789, Stammbuchblätter und Widmungen I, hrsg. von D. E. Sattler und Hans Gerhard Steimer, 1995, S. 300 f.

37 StA 6.1, S. 16, Z. 4–5.

(vermutlich bevor er nach Tübingen ging)[38] hineingeschrieben, in dem Heft gesammelt und mit Jahresangaben versehen. Die Datierung kann also irrführend sein. Schon Karl Viëtor, dem der Ossianische Ton nicht entging, stellte sie deshalb in Frage.[39] Jedenfalls kann das Gedicht schwerlich vor der intensiven Ossian-Lektüre entstanden sein – und vor der Lektüre des ›Werther‹. Obwohl Hölderlin den Roman als Raubdruck oder sogar in der Erstausgabe gelesen haben kann, liegt die Vermutung nahe, dass er die zweite, im Mai 1787 als erster Band der bei Göschen erschienenen Ausgabe der ›Schriften‹ kannte. Das würde für eine spätere Datierung sowohl des Gedichts als auch des »Ossian«-Briefs an Nast sprechen. So könnte Hölderlin den ›Werther‹ nach dem Erscheinen der zweiten Ausgabe gelesen haben, dadurch auf Ossian aufmerksam geworden sein und sich im Herbst eine deutsche Übersetzung besorgt haben. Das bleibt freilich eine Spekulation, die nicht nachgewiesen werden kann. Genausogut hätte Hölderlin den Roman und die Lieder Ossians unabhängig voneinander auf anderen Wegen entdecken können. Signifikant bleibt auf jeden Fall der enge Zusammenhang der beiden Leseerlebnisse im Gedicht ›An meinen B.‹.

In den Briefen Hölderlins dieses Jahres gibt es Formulierungen, die an den ›Werther‹ erinnern. In einem anderen Schreiben an Nast, das wahrscheinlich im Sommer 1787 verfasst wurde,[40] klagt der Dichter über seine eigene Situation im Kloster:

> Hier halt' ichs nimmer aus! nein wahrlich! Ich muß fort – ich habe mir vest vorgenommen, entweder meiner Mutter morgen zu schreiben – daß sie mich gar aus dem Kloster nimmt, oder den Prälaten um eine Curzeit von etlich Monathen zu bitten, weil ich öfters Blut auswerfe.[41]

38 Vgl. Werner Volke, Nachwort, in: Hölderlin, Die Maulbronner Gedichte (Anm. 36), S. 151.

39 Karl Viëtor, Die Lyrik Hölderlins. Eine analytische Untersuchung, Frankfurt am Main 1921 (= Deutsche Forschungen 3), S. 28. Vgl. auch Friedrich Siegmund-Schultze, Der junge Hölderlin, Breslau 1939 (= Sprache und Kultur der germanischen und romanischen Völker B/32), S. 60. Beißner sah hingegen keinen Anlass, die überlieferte Datierung anzuzweifeln (vgl. StA 1.1, S. 343).

40 Darüber sind sich die Editoren einig.

41 StA 6.1, S. 16, Z. 24–28.

Adolf Beck hat die Verwandtschaft dieser Stelle mit dem ›Werther‹-Brief vom 3. September bemerkt,[42] wo Werther seine Absicht erklärt, Wahlheim und Lotte zu verlassen:

> Ich muß fort! Ich danke dir Wilhelm, daß Du meinen wankenden Entschluß bestimmt hast. Schon vierzehn Tage gehe ich mit dem Gedanken um, sie zu verlassen. Ich muß fort. Sie ist wieder in der Stadt bey einer Freundin. Und Albert – und – ich muß fort![43]

Ob die stark exponierte elliptische Ausrufung »Ich muß fort!« tatsächlich der dreimal wiederholten Selbstaufforderung Werthers geschuldet ist,[44] mag dahingestellt bleiben. Das Leiden, das der junge Hölderlin erlebt, ist aber nicht nur physisch. Vielmehr geht es hier um seine Liebe zu Louise Nast, die Cousine Immanuels, die er dem Freund allmählich gesteht. Insofern spielt das Liebesmotiv, das in Leiden umschlagen kann, ein gewichtige Rolle im ganzen Briefwechsel mit Nast. Dass sich Hölderlin dabei auf Goethes Roman stützen kann, ist für dessen Rezeption symptomatisch. Denn bekanntlich hat der ›Werther‹ dazu beigetragen, den Stil des privaten Briefs entscheidend zu erneuern. Das emphatische Vokabular der Liebe, die syntaktischen Inversionen, die insistierenden Ausrufe und Wiederholungen, die besondere Interpunktion bildeten die Grundlage für eine neue Grammatik der Gefühle. Insofern führte die Fiktion in die »Wirklichkeit« zurück. Der Briefroman wurde zum Modell für den Roman des Lebens.

›Werther‹-Wortschatz und Stil wirken in den Jugendbriefen Hölderlins auch an anderen Stellen nach. Der einzige erhaltene Brief an Louise Nast beginnt – wie es für den Roman Goethes typisch ist – medias in res mit einem Ausruf: »Was wir doch für Menschen sind – Liebe!«[45] Beck[46] erinnert dabei an den ›Werther‹-Brief vom 8. Juli, der mit den Ausrufen beginnt: »Was man ein Kind ist! Was man nach einem Blicke geizt! Was man ein Kind ist!«[47] Beide Briefe – der fiktive und der reale

42 StA 6.2, S. 506.

43 FA 8, S. 115, Z. 12–16.

44 Die dreimalige Wiederholung steht erst in der zweiten Fassung; in der ersten ist die zweite Selbstaufforderung verkürzt: »Ich muß« (FA 8, S. 114, Z. 14).

45 StA 6.1, S. 31, Z. 1.

46 StA 6.2, S. 525.

47 FA 8, S. 73, Z. 19–20.

– beziehen sich auf eine Begegnung mit der Geliebten und auf die daraus entstehende Verwirrung. Man könnte aber auch an einen anderen ›Werther‹-Brief denken, der mit dem Satz beginnt: »Was das für Menschen sind, deren ganze Seele auf dem Ceremoniell ruht«.[48] Damit greift Werther das aristokratische Milieu an, mit dem er sich als Sekretär des Gesandten auseinanderzusetzen hat.

Freilich lassen sich die von Beck vorgelegten Beispiele auch anders interpretieren, gehören doch solche Ausrufe und Formulierungen zur gesprochenen Sprache, ohne dass man sie unbedingt als Reminiszenzen erkennen muss. Bei aller Behutsamkeit kann man allerdings feststellen, dass viel für eine Lektüre des ›Werther‹ im Jahre 1787 spricht, die in vielerlei Hinsicht wirksam gewesen zu sein scheint.

IV. ›Werther‹ und ›Hyperion‹

Der Roman ›Hyperion‹ ist zweifelsohne das Werk Hölderlins, bei dem die meisten ›Werther‹-Spuren zu finden sind.[49] Man kann sogar behaupten, dass die Konfrontation mit Goethe wesentlich seine Textur prägt.

Beiden Romanen ist die Briefstruktur gemeinsam. Das hat zu Urteilen geführt, die nicht immer zutreffen. Hyperion wurde als »grie-

48 Ebd., S. 133, Z. 16–17.

49 Die meisten intertextuellen Bezüge zu ›Werther‹ sind in den diversen Kommentaren zum Roman vermerkt worden. Neben den Anmerkungen Beißners in StA 3 vgl. noch Friedrich Hölderlin, Sämtliche Werke und Briefe, hrsg. von Jochen Schmidt, Bd. 2: Hyperion, Empedokles, Aufsätze, Übersetzungen, hrsg. von Jochen Schmidt in Zusammenarbeit mit Katharina Grätz, Frankfurt am Main 1994; Michael Knaupp, Erläuterungen und Dokumente zu Friedrich Hölderlin: Hyperion, Stuttgart 1997 (= Universal-Bibliothek 16008). Trotzdem fehlt noch eine analytisch fundierte Studie, die beide Romane miteinander systematisch vergleicht. Auf einige Parallelstellen geht Walter Silz (Hölderlin's ›Hyperion‹. A critical Reading, Philadelphia 1969, S. 5–20) ein. Vgl. ferner Hartmut Vollmer, »Worte sind hier umsonst«. Die Beschreibung des Unbeschreiblichen in Goethes ›Werther‹ und Hölderlins ›Hyperion‹, in: Zeitschrift für deutsche Philologie 122 (2003), S. 481–508, der aber vor allem auf den Aspekt der Sprachproblematik in beiden Romanen hinweist.

chischer Werther«[50] oder als sein »jüngerer Bruder« bezeichnet.[51] Zu Recht wurde aber bemerkt, dass sich gerade das Erzählmodell Hölderlins von jenem Goethes unterscheidet.[52] Bezieht sich Werther in seinen Briefen auf Ereignisse, die soeben stattgefunden haben, so erinnert sich Hyperion an eine Vergangenheit, die er aus einer zeitlichen, geographischen und emotionalen Ferne betrachtet. Während der Erzähler Werther mit dem Helden seiner Erzählung übereinstimmt, kann sich Hyperion nicht mehr in seinen eigenen Handlungen wiedererkennen. Es ist diese schmerzliche Distanz, die für die Poetik des Romans konstitutiv ist, welche die innere Entwicklung eines Charakters zeigt, wie schon Christian Friedrich von Blanckenburg 1774 in seinem ›Versuch über den Roman‹ formuliert hatte.[53] Werther bleibt am Ende die Figur, die der Leser am Anfang kennengelernt hatte. Hyperion zeigt sich durch den Prozess der Erinnerung verändert. Für ihn bedeutet das Schreiben eine Reflexion über die erlebten Ereignisse, die zu seiner Reife beiträgt. Für Werther hingegen ist das Schreiben nur die treue Wiederspiegelung des Lebens. Die Trennung vom Erlebten, die das Schreiben Hyperions an Bellarmin voraussetzt, ist Werther völlig fremd.

So verschieden die Erzählmodelle sind, so unterschiedlich auch die Romanfiguren. Das gilt freilich, wenn man Werther mit dem Erzähler

50 Theodor Vischer, Friedrich Hölderlin. Ein Abschnitt aus Vischers Vorträgen, in: Marbacher Schillerbuch, Stuttgart und Berlin 1905, S. 285. Vgl. dazu die kritischen Bemerkungen Friedrich Beißners in: StA 3, S. 430.

51 Hans Heinrich Borcherdt, Hölderlins ›Hyperion‹, in: ders., Der Roman der Goethezeit, Urach und Stuttgart 1949, S. 334–362.

52 Lawrence Ryan, Hölderlins ›Hyperion‹: Ein »romantischer« Roman?, in: Über Hölderlin, hrsg. von Jochen Schmidt, Frankfurt am Main 1970, S. 175–212, hier: S. 176. Vgl. auch Lawrence Ryan, Hölderlins ›Hyperion‹. Exzentrische Bahn und Dichterberuf, Stuttgart 1965 (= Germanistische Abhandlungen 7).

53 Blanckenburgs Hauptthese ist, dass der Roman »die innre Geschichte eines Charakters« erzählt (Friedrich von Blanckenburg, Versuch über den Roman, Faksimile der Originalausgabe von 1774, hrsg. von Eberhard Lämmert, Stuttgart 1965 [= Sammlung Metzler G/39], S. 390). Inwiefern Hölderlin die poetologische Diskussion rund um den Roman verfolgt und die Theorien Blanckenburgs berücksichtigt, habe ich an anderer Stelle erörtert: Luigi Reitani, Die terra incognita des Romans. Hölderlins ›Hyperion‹ im Rahmen der Kulturdebatte des 18. Jahrhunderts, in: Unterwegs zu Hölderlin. Studien zu Werk und Poetik, hrsg. von Sabine Doering und Johann Kreuzer, Oldenburg 2015, S. 27–42.

Hyperion vergleicht. Wie steht es aber mit dem Helden der Briefe, mit dem jungen Hyperion, von dem sich der Erzähler distanzieren will? Spricht er zuweilen nicht die Sprache des jungen Werther?

Schon in dem dritten Brief des Romans erzählt Hyperion von seinen Jugendtagen in Griechenland und seiner damaligen Naturauffassung in einer Weise, die unverkennbar ihre Herleitung aus dem ›Werther‹ zeigt:

> Und wenn ich oft dalag unter den Blumen und am zärtlichen Frühlingslichte mich sonnte, und hinaufsah in's heitre Blau, das die warme Erde umfieng, wenn ich unter den Ulmen und Weiden, im Schoose des Berges saß, nach einem erquikenden Regen, wenn die Zweige noch bebten von den Berührungen des Himmels, und über dem tröpfelnden Walde sich goldne Wolken bewegten, oder wenn der Abendstern voll friedlichen Geistes heraufkam mit den alten Jünglingen, den übrigen Helden des Himmels, und ich so sah, wie das Leben in ihnen in ewiger müheloser Ordnung durch den Aether sich fortbewegte, und die Ruhe der Welt mich umgab und erfreute, daß ich aufmerkte und lauschte, ohne zu wissen, wie mir geschah – hast du mich lieb, guter Vater im Himmel! fragt' ich dann leise, und fühlte seine Antwort so sicher und seelig am Herzen. (I, 15)[54]

Wie schon oft erkannt wurde,[55] variiert Hölderlin hier eine berühmte Passage aus dem ›Werther‹-Brief vom 10. Mai, die als eklatanter Beweis des Pantheismus Goethes gilt:

> Wenn das liebe Thal um mich dampft, und die hohe Sonne an der Oberfläche der undurchdringlichen Finsterniß meines Waldes ruht, und nur einzelne Strahlen sich in das innere Heiligthum stehlen, ich dann im hohen Grase am fallenden Bache liege, und näher an der Erde tausend mannichfaltige Gräschen mir merkwürdig werden; wenn ich das Wimmeln der kleinen Welt zwischen Halmen, die unzähligen, unergründlichen Gestalten der Würmchen, der Mückchen näher an meinem Herzen fühle, und fühle die Gegenwart des All-

54 Aus dem Roman wird im laufenden Text mit der Angabe von Band und Seitenzahl der Erstausgabe zitiert, die in den meisten Editionen der Werke Hölderlins notiert ist.

55 Vgl. Ryan, Hölderlins ›Hyperion‹. Exzentrische Bahn und Dichterberuf (Anm. 52), S. 70–73, der zu anderen Schlussfolgerungen kommt.

> mächtigen, der uns nach seinem Bilde schuf, das Wehen des Alliebenden, der uns in ewiger Wonne schwebend trägt und erhält; mein Freund! wenn's dann um meine Augen dämmert, und die Welt um mich her und der Himmel ganz in meiner Seele ruhn wie die Gestalt einer Geliebten; dann sehne ich mich oft und denke: ach könntest du das wieder ausdrücken, könntest dem Papiere das einhauchen, was so voll, so warm in dir lebt, daß es würde der Spiegel deiner Seele, wie deine Seele ist der Spiegel des unendlichen Gottes! – Mein Freund – Aber ich gehe darüber zugrunde, ich erliege unter der Gewalt der Herrlichkeit dieser Erscheinungen.[56]

Die Verwandtschaft der Texte ist evident. Ihre Syntax besteht in einer langen Kette von temporalen Nebensätzen, die durch eine rhetorische Steigerung den emphatischen Ausruf des Hauptsatzes einführen. In beiden Fällen liegt der Held im Gras und bewundert aus dieser Perspektive die Welt, deren Elemente in einem »Katalog« aufgezählt werden; er fühlt sich von den Naturkräften umarmt und wendet sich in seinen Gedanken an den Schöpfer, der mit seiner Schöpfung identifiziert wird. Selbst der Prosa-Rhythmus weist mehrere Berührungspunkte auf: so die *w*-Alliterationen, die Häufigkeit der Konjunktion »und«, die bedeutende Anzahl von einsilbigen Wörtern. »Herz« und »fühlen« – zwei Worte, die zum Hauptvokabular des Sturm und Drang gehören – bestimmen in beiden Texten ein zentrales semantisches Feld.

Trotz dieser markanten Ähnlichkeiten unterscheiden sich die Texte dennoch in wesentlichen Punkten. Der Blick auf die Welt geht in ›Hyperion‹ von unten nach oben, während in ›Werther‹ eine horizontale Wahrnehmung geschildert wird, die auch in den winzigen Elementen, im Mikrokosmos, die Gegenwart des Schöpfers erblickt. Die Umarmung der Natur hat bei Goethe eine ausgesprochen erotische Konnotation, die bei Hölderlin gänzlich fehlt. Ihre Gestalt lässt an die Gestalt einer Geliebten denken. Anders ist aber vor allem der Schluss. Schlägt für Werther die erotische Wonne der Naturumarmung in die Angst ihres raschen Vergehens um, in das ungelöste Problem ihrer Unsagbarkeit, so ist für den jungen Hyperion die Bewunderung der hierarchischen Ordnung der Schöpfung nur die Bestätigung des eigenen Gnadenzustandes. Dies gilt jedoch nur für den jungen Hyperion. Im

56 FA 8, S. 15, Z. 14–34.

Unterschied zu ›Werther‹ ist nämlich der ›Hyperion‹-Text konsequent im Präteritum geschrieben, wobei der Erzähler seinen damaligen Gemütszustand so einführt und relativiert: »Daß der Mensch in seiner Jugend das Ziel so nahe glaubt! Es ist die schönste aller Täuschungen, womit die Natur der Schwachheit unsers Wesens aushilft.« (I, 15)

Die Dramatik des ›Werther‹-Textes wird somit bei Hölderlin durch die Reflexion des Erzählers wiedergegeben, der die vermeintliche Seligkeit des Subjekts als Täuschung und Schwachheit entlarvt. Für den erzählenden Hyperion hat das Gefühl der Einigkeit mit dem Kosmos eine unheimliche und fast psychotische Facette. Wenn er endlich glaubt, den »Geist der Welt« erfassen zu können, so muss er feststellen, dass er dazu keinen Zugang und nur sich selbst dahinein projiziert hat. Wie bei ›Werther‹ bleibt das Gefühl der Teilnahme an der Natur unsagbar:

> Es ist, als säh' ich, aber dann erschrek' ich wieder, als wär' es meine eigne Gestalt, was ich gesehn, es ist, als fühlt' ich ihn, den Geist der Welt, wie eines Freundes warme Hand, aber ich erwache und meine, ich habe meine eignen Finger gehalten. (I, 16)[57]

Auch die Liebe Werthers zur Natur ist im Grunde Eigenliebe, welche die unendlichen Möglichkeiten des Ichs hervorhebt, und somit Narzissmus, und die Angst Werthers stellt eben den psychotischen Aspekt einer solchen Eigenliebe dar, deren Erfüllung sich auf die Dauer als Selbstzerstörungsprozess herausstellt.[58] In dieser Hinsicht ist die Kritik des erzählenden Hyperion an seinem vergangenen Gemütszustand, in dem er sich einig mit dem Kosmos fühlte, eine Kritik, die sich nicht nur auf den ›Werther‹ bezieht, sondern ihn auch interpretiert. Der implizite, selbstzerstörerische Narzissmus, der die Goethe'sche Figur prägt, wird in ›Hyperion‹ zu einem expliziten Moment der erzählerischen Reflexion. Die stilistische und thematische Wiederaufnahme des ›Werther‹-Briefs vom 10. Mai im dritten Brief des ›Hyperion‹, d. h. an einer ähnlichen Position am Anfang des Buches, wirkt als Kontrafaktur. Hölderlin interpretiert bewusst die Romanfigur Goethes und zeigt den Ver-

57 Zu dieser Stelle vgl. Gerhard Kurz, Friedrich Hölderlins Roman ›Hyperion‹ oder ›Der Eremit in Griechenland‹, in: Bad Homburger Hölderlin-Vorträge 1986/87, Bad Homburg vor der Höhe 1988, S. 26–35, hier: S. 30.

58 Ich beziehe mich hier auf die hervorragende Interpretation von Giuliano Baioni, Il giovane Goethe, Torino 1996, S. 227–289.

such seines Helden, sich von dessen Pathologie zu befreien. Stellt Werther das Paradigma einer kranken, narzisstischen Subjektivität dar, so bemüht sich Hyperion, diese zu überwinden. Damit ist auch ein Grundproblem formuliert, mit dem sich Hölderlin bis zuletzt beschäftigen wird.[59]

›Hyperion‹ weist noch etliche intertextuelle Bezüge zu der Goethe'schen Vorlage auf. Sie betreffen sowohl einzelne Bilder und Gleichnisse als auch den Stil und den Rhythmus der Prosa. Nicht in der Erzählkonstruktion oder im Plot, sondern in seiner Mikrostruktur bezieht sich also ›Hyperion‹ auf den ›Werther‹. So scheint z.B. die folgende elegische Passage im selben Brief eine andere Textstelle im ›Werther‹ nachzubilden:

> ach wie ich oft da saß mit klopfendem Herzen, auf den Höhen von Tina, und den Falken und Kranichen nachsah, und den kühnen fröhlichen Schiffen, wenn sie hinunterschwanden am Horizont! (I, 14)

> Ach damals, wie oft habe ich mich mit Fittigen eines Kranichs, der über mich hinflog, zu dem Ufer des ungemessenen Meer gesehnt [...].[60]

Als Hyperion den tragischen Tod Diotimas ahnen lässt, rekurriert er auf den Topos des Schiffbruchs: »Das Steuer ist in die Wooge gefallen und das Schiff wird, wie an den Füßen ein Kind, ergriffen und an die Felsen geschleudert« (I, 136). Nicht anders hatte es Werther gemacht, als er über das Märchen des Magnetbergs zum ersten Mal auf seine Selbstzerstörung anspielt: »die Schiffe die zu nahe kamen, wurden auf einmal alles Eisenwerks beraubt, die Nägel flogen dem Berge zu, und die armen Elenden scheiterten zwischen den übereinander stürzenden Brettern«.[61] Das eindrucksvolle Bild der Blumen, die Werther in den Fluss wirft, nachdem er sie gepflückt und »sehr sorgfältig in einen

59 Zu diesem zentralen Punkt der Poetik und der Anschauung Hölderlins vgl. Gerard Kurz, »Am Feigenbaum ist mein | Achilles mir gestorben« (Anm. 8), S. 142–144.

60 FA 8, S. 107, Z. 19–21. Darauf macht Mason, Hölderlin and Goethe (Anm. 5), S. 79 aufmerksam.

61 FA 8, S. 85, Z. 5–8. Goethe bezieht sich wiederum auf ein Märchen aus ›Tausendundeine Nacht‹.

Strauß« gefügt hat,[62] wird von Hölderlin in einem der Briefe wiederaufgenommen, die Hyperion an Diotima vor der katastropalen Schlacht von Misistra schreibt. Der Held wirft die Blumen in die Wellen als Geschenk an den Flussgott und als Zeichen für die Wiederentstehung Griechenlands, die er nahe glaubt (II, 42); aber die späteren Ereignisse und der unmittelbar folgende Brief Diotimas, die von ihrer Krankheit nach der Abfahrt Hyperions berichtet, verleihen dem Bild einen Sinn, der nicht weit von jenem des ›Werther‹ ist. In ihrem Abschiedsbrief an den Freund bekräftigt Diotima ihren Glauben an das Jenseits mit dem Satz »Ich werde seyn« (II, 102), der mehrmals wiederholt wird und in der Behauptung gipfelt: »Wir werden wohl uns wieder begegnen.« (II, 104) Auch in diesem Fall handelt es sich um eine ›Werther‹-Variation.[63] Am Abend vor der Abfahrt Werthers von Wahlheim spricht Lotte von der Vergänglichkeit der menschlichen Existenz und sagt: »Wir werden seyn! […] aber Werther sollen uns wieder finden? wieder erkennen?« Darauf antwortet Werther emphatisch: »wir werden uns wieder sehen! hier und dort wieder sehen!«[64] Diese Versicherung wird später wieder aufgenommen (»wir werden uns wiedersehen, rief ich, wir werden uns finden, unter allen Gestalten werden wir uns erkennen«)[65] und kommt schließlich im letzten Brief Werthers an Lotte wieder vor: »Wir werden seyn! wir werden uns wieder sehen!«[66]

Obwohl in diesem letzten Fall fast von einem Zitat gesprochen werden kann,[67] besteht der intertextuelle Bezug weniger in der wörtlichen Bedeutung, als in seiner erzählerischen Funktion. Der Satz wird zunächst von den weiblichen Figuren beider Romane ausgesprochen und dann mehrmals an exponierten Stellen wiederholt. Ihr semantischer

62 Ebd., S. 91, Z. 25–26.

63 Vgl. dazu Mason, Hölderlin and Goethe (Anm. 5), S. 80 f.

64 FA 8, S. 119, Z. 1–3 und 6–7.

65 Ebd., S. 123, Z. 7–8.

66 Ebd., S. 251, Z. 35.

67 Allerdings handelt es sich dabei um eine Formulierung, die in der Literatur der Empfindsamkeit kursiert und schon vor Goethe anzutreffen ist. Vgl. Eudo C. Mason, »Wir sehen uns wieder!« Zu einem Leitmotiv des Dichtens und Denkens im 18. Jahrhundert, in: Literaturwissenschaftliches Jahrbuch N. F. 5 (1964), S. 79–109, bes. S. 103–105. Ferner Roger Paulin, »Wir werden uns wieder sehn!« On a Theme in ›Werther‹, in: Publications of the English Goethe Society 50 (1980), S. 55–78.

Wert hat mit der ganzen Thematik beider Romane zu tun. ›Hyperion‹ und ›Werther‹ sind zwei Werke, die u.a. das Problem der Transzendenz in Angriff nehmen. Aber wenn die dramatische und distanzierte Schilderung des Todes Werthers das Pathos seiner Sätze über das Jenseits relativiert und in Frage stellt, scheint der Schluss von ›Hyperion‹ eine Bestätigung der Worte Diotimas zu sein, die Hyperion in seiner ekstatischen Wahrnehmung der Natur zu hören glaubt und somit »wieder begegnet« (vgl. II, 122). Für Hölderlin bietet der Roman Goethes ein Reservoir an Stilelementen, Bildern und sprachlichen Formulierungen, die aber re-funktionalisiert werden können. Klingen die Worte Lottes im Munde Werthers exaltiert und zweifelhaft, so gewinnen sie in der Diktion Diotimas wieder an Glaubwürdigkeit.

Die häufige Wiederaufnahme von Motiven aus dem ›Werther‹ ist bei Hölderlin nie ganz neutral. Im vorletzten Brief des ersten Buchs vergleicht Hyperion den liebenden Menschen mit einer Lichtquelle: »Ja! eine Sonne ist der Mensch, allsehend, allverklärend, wenn er liebt, und liebt er nicht, so ist er eine dunkle Wohnung, wo ein rauchend Lämpchen brennt.« (I, 133) Ein ähnliches Gleichnis befindet sich im ›Werther‹-Brief vom 18. Juli: »Wilhelm, was ist unserem Herzen die Welt ohne Liebe! Was eine Zauberlaterne ist ohne Licht! Kaum bringst du das Lämpchen hinein, so scheinen dir die buntesten Bilder an deine weiße Wand!«[68] Hölderlin hat jedoch das Bild verändert, indem er die Wirkung des Lichts an dem Menschen und nicht mehr an der Welt misst. Die Liebe kann für Werther die Welt verklären und zu einem bunten Schauspiel werden lassen, während für Hyperion der Mensch selbst durch die Liebe animiert wird. Für Werther ist die Welt ohne Liebe tot, eine stumpfe Erfahrung, da die Welt nur die Materie ist, die das Subjekt braucht, um sich durchzusetzen (ohne Liebe keine Welt). Für Hyperion ist aber die Liebe eine notwendige Komponente des Subjekts, ohne die keine Wahrnehmung der autonom existierenden Welt möglich wäre (ohne Liebe kein Subjekt). Zu dieser Konfrontation mit Goethe trägt wahrscheinlich auch das kritische Studium der Philosophie Fichtes bei, das Hölderlin in den Entstehungsjahren des Romans aufnimmt.[69] Es sind aber die ›Werther‹-Bilder, die seine Phantasie anregen.

68 FA 8, S. 79, Z. 25–28.

69 Vgl. Violetta Waibel, Hölderlin und Fichte, 1794–1800, Paderborn 2000.

Es gibt in ›Hyperion‹ noch ein wichtiges Stück, wo Goethes Roman als Prätext erscheint. Es ist der sogenannte Nihilismus-Brief, mit dem das erste Buch des Romans schließt. Seine Thematik verweist auf den berühmten ›Werther‹-Brief vom 18. August und steht im Gegensatz zu dem schon untersuchten Passus, in dem Hyperion den allumfassenden Hauch des Schöpfers fühlt, genauso wie der entsprechende Prätext im Gegensatz zu dem Brief von 10. Mai steht. Analog ist wieder einmal der kompositorische Aufbau. Hyperion und Werther gehen von einer rhetorischen Frage allgemeinen Charakters aus:

> Mußte denn das so seyn, daß das, was des Menschen Glückseligkeit macht, wieder die Quelle seines Elendes würde?[70]

> Was ist der Mensch? könnt'ich beginnen; wie kommt es, daß so etwas in der Welt ist, das, wie ein Chaos, gährt, oder modert, wie ein fauler Baum, und nie zu einer Reife gedeiht?« (I, 77 f.)

Danach folgt die Klage über das eigene Unglück und die Sehnsucht nach einer glücklichen Vergangenheit: »Ach damals«;[71] »O einst!« (I, 79). Schließlich kommt man wieder zu allgemeineren Betrachtungen, die als Ergebnis einer bitteren Enttäuschung dargestellt werden:

> Ich sehe nichts als ein ewig verschlingendes, ewig wiederkäuendes Ungeheuer.[72]

> Wenn ich hinsehe in's Leben, was ist das letze von allem? Nichts. Wenn ich aufsteige im Geiste, was ist das Höchste von allem? Nichts. (I, 79)

Die Feststellung Werthers, dass die Natur ein ewiger Zerstörungsprozess ist, wird von Hyperion noch weiter ausgeführt und zur Negation jeglicher Teleologie gebracht. Voraussetzung seines Nihilismus ist die Angst vor der Vergänglichkeit. Nicht von ungefähr nennt Hyperion die Menschen »Kinder des Augenbliks« (I, 79). Der junge Hyperion hat sich also die Gedanken Werthers angeeignet. Der Erzähler Hyperion achtet jedoch darauf, sich davon zu distanzieren. Zum Schluss schreibt er: »So dacht' ich. Wie das alles in mich kam, begreif ich noch nicht«

70 FA 8, S. 105, Z. 13–14.
71 Ebd., S. 107, Z. 19.
72 Ebd., S. 109, Z. 13–14.

(I, 80). Werthers Nihilismus wird also im Roman Hölderlins nur als *eine* Phase des Lebens Hyperions vorgestellt, worüber der Erzähler noch nachdenken will, um sie zu verstehen. Der schwermütige Jüngling, der an die Götter und an die Liebe nicht glauben will, hat Diotima noch nicht kennengelernt. Hölderlins Romanfigur hat somit den ganzen psychologischen Zyklus Werthers – von dem unsagbaren Gefühl einer Einheit mit dem Kosmos bis zur nihilistischen Vorstellung einer Natur, die alles zerstört – zu Ende geführt, noch bevor seine Liebesgeschichte beginnt. Die Enthüllung – durch Diotima – des Schönen als Garant einer kosmischen Ordnung bleibt Werther versagt.

Die Figur Hyperions kann also in ihrer Entwicklung jener Werthers nicht entsprechen. Seine Stimme ist jedoch im Roman präsent. Ist die Absicht Hölderlins, wie man in der Vorrede liest, »die Auflösung der Dissonanzen in einem gewissen Karakter« (I, 3) zu zeigen, so ist eine dieser »Dissonanzen« den »Wertherismus« als moderne geistige Krankheit zu sehen. Hölderlin liest den Roman Goethes als versteckte Kritik an dessen Hauptfigur. Dem Narzissmus Werthers, der in Nihilismus umschlägt, stellt Hölderlin eine neoplatonische Vorstellung der Liebe und des Schönen entgegen.[73] ›Hyperion‹ ist deshalb nicht so sehr ein »Gegenentwurf zu ›Werther‹«,[74] sondern eher der Versuch, den Wertherismus einer ganzen Generation zu überwinden, ein Gegengift gegen die Krankheit der Moderne.[75]

73 Zum Neoplatonismus Hölderlins vgl. Stephan Lampenscherf, »Heiliger Plato, vergieb …« Hölderlins ›Hyperion‹ oder Die neue platonische Mythologie, in: Hölderlin-Jahrbuch 28 (1992–1993), S. 128–151; Michael Franz, Tübinger Platonismus. Die gemeinsamen philosophischen Anfangsgründe von Hölderlin, Schelling und Hegel, Tübingen 2012; Ulrich Gaier, »Heiliger Plato«. Platonismus in der Goethezeit, in: ders., Hölderlin-Studien, hrsg. von Sabine Doering und Valérie Lawitschka, Tübingen 2014, S. 159–209.

74 Für Ulrich Gaier ist ›Hyperion‹ »der große Gegenentwurf zu den ›Leiden des jungen Werthers‹«, in dessen Mitte »die Erlösungsbedürftigkeit des modernen Subjekts, der abendländischen Kultur, der zeitgenössischen Gegenwart in ihrer gesellschaftlichen und politischen Zerrissenheit« steht; Gaier, Hölderlin. Eine Einführung (Anm. 9), S. 120 f.

75 Inwieweit Hölderlin bei diesem Versuch andere Werke Goethes miteinbezieht, kann ich in diesem Rahmen nicht erörtern. Sowohl ›Tasso‹ als auch ›Wilhelm Meister‹ wirken aber in ›Hyperion‹ als Intertext. So liest Hölderlin den früheren Roman Goethes auch durch die Perspektive von dessen späteren Werken.

V. Nachspiel

Die Dissonanzen des Lebens werden Hölderlin jedoch weiter beschäftigen. Eine letzte Spur des ›Werther‹ befindet sich in einem seiner berühmtesten Gedichte, in ›Hälfte des Lebens‹, das 1804 in Friedrich Wilmans Almanach ›Taschenbuch für das Jahr 1805. Der Liebe und Freundschaft gewidmet‹ erschien. In der zweiten Strophe fragt sich das Subjekt, wo es im Winter die Blumen finden kann:

> Weh mir, wo nehm' ich, wenn
> Es Winter ist, die Blumen, und wo
> Den Sonnenschein,
> Und Schatten der Erde?
> Die Mauern stehn
> Sprachlos und kalt, im Winde
> Klirren die Fahnen.[76]

Diese berühmten Verse sind in unzähligen Kommentaren und Interpretationen besprochen worden. So wurden ihre Metrik und Syntax, ihre phonetischen Werte, ihre symbolische Bildlichkeit untersucht.[77] Die Winterlandschaft steht hier im Gegensatz zu der Sommerlandschaft der ersten Strophe, die von Harmonie und Fülle geprägt ist. Dagegen erscheint es im Winter unmöglich, eine »Auflösung der Dissonanzen« zu finden. Seine Chiffren sind das »Klirren« der Fahnen im Wind und die Sprachlosigkeit der Mauer. Das »Getrennte findet sich« *nicht* »wieder«, wie noch der optimistische Schluss des ›Hyperion‹ darlegte (vgl. II, 124). Was in der ersten Strophe noch vorherrschte, wird hier radikal negiert: Kein harmonischer Klang, keine Kommunikation, keine architektonische Symmetrie der Natur. Stehen im zweiten Vers

76 StA 2.1, S. 117.

77 Vgl. u.a. Ludwig Strauß, Friedrich Hölderlin: ›Hälfte des Lebens‹, in: Interpretationen, Bd. 1: Deutsche Lyrik von Weckerlin bis Benn, hrsg. von Jost Schillemeit und Dieter Steland, Frankfurt am Main 1965, S. 113–134; Jochen Schmidt, Sobria Ebrietas. Hölderlins ›Hälfte des Lebens‹, in: Hölderlin-Jahrbuch 23 (1982–1983), S. 182–190; Winfried Menninghaus, ›Hälfte des Lebens‹. Versuch über Hölderlins Poetik, Frankfurt am Main 2005; Wolfram Groddeck, Zahl, Maß und Metrik in Hölderlins Gedicht ›Hälfte des Lebens‹, in: Weiterlesen: Literatur und Wissen. Festschrift für Marianne Schuller, hrsg. von Ulrike Bergermann und Elisabeth Strowick, Bielefeld 2007, S. 159–173.

die Blumen für die Worte, so ist die Welt unlesbar geworden. Was bleibt, ist der Schmerz.

Den meisten Interpreten scheint jedoch ein wichtiger intertextueller Bezug entgangen zu sein.[78] Im zweiten Teil des Romans begegnet Werther einem Menschen »in einem grünen schlechten Rocke«, der an einem windigen Wintermittag »zwischen den Felsen herumkrabbelte und Kräuter zu suchen schien«.[79] Werther fragt ihn, was er suche:

> Ich suche, antwortete er mit einem tiefen Seufzer, Blumen – und finde keine – Das ist auch die Jahrszeit nicht, sagte ich lächelnd. – Es gibt so viele Blumen, sagte er, indem er zu mir herunter kam; In meinem Garten sind Rosen und Je länger je lieber zweyerley Sorten, eine hat mir mein Vater gegeben, sie wachsen wie Unkraut; ich suche schon zwey Tage darnach und kann sie nicht finden. Da haussen sind auch immer Blumen, gelbe und blaue und rothe, und das Tausendgüldenkraut hat ein schönes Blümchen; Keines kann ich finden.[80]

Werther, der gleich etwas »Unheimliches« merkt und bald begreift, einen Geisteskranken vor sich zu haben, wird von dessen Mutter erfahren, dass der Grund seines Wahnsinns eine unglückliche Liebe für die eben die Lotte ist, in die er sich verliebt hat. Der verzweifelte Mensch, der im Winter Blumen sucht, ist deshalb eine Art Doppelgänger Werthers, und sein Wahnsinn ist die tragische Variante einer gemeinsamen Pathologie. Goethe dürfte sich seinerseits auf eine Stelle in Shakespeares ›Hamlet‹ (IV, 5) bezogen haben, in der die verrückt gewordene Ophelia glaubt, Blumen und Kräuter zu pflücken:

> There's rosemary, that's for remembrance. Pray you, love, remember. And there is pansies, that's for thoughts. [...] There's fennel for you,

78 In der umfangreichen Forschungsliteratur zum Roman hat nur Walter Silz die mögliche Assoziation mit dem ›Werther‹ bemerkt, ohne sich aber darüber viele Gedanken zu machen: »Both young authors have a tragic sense for helpless, afflicted humanity, and the figure of madman vainly seeking flowers out of season (am 30. November) seems a weird anticipation of the later Hölderlin himself and his plaint in ›Hälfte des Lebens‹«; ders., Hölderlin's ›Hyperion‹ (Anm. 49), S. 15. Vgl. auch meinem Kommentar in der zweisprachigen Ausgabe der Gedichte Hölderlins (Anm. 15), S. 1495 f.

79 FA 8, S. 185, Z. 29–31.

80 Ebd., S. 187, Z. 8–17.

> and columbines. There's rue for you, and here's some for me. We may call it herb of grace o'Sundays. O, you must wear your rue with a difference. There's a daisy. I would give you some violets, but they withered all when my father died.[81]

In beiden Textstellen ist die unmögliche Suche nach Blumen mit einer unglücklichen Liebe verbunden, die bis zum Wahnsinn führt. Insofern scheint die Szene fast ein Topos für die dramatisch-lyrische Darstellung der Geisteskrankheit zu sein. Bei Goethe ist allerding die Winterlandschaft ganz neu. Im ›Werther‹ ist die Suche nach Blumen im Winter das poetische Bild einer »Dissonanz« geworden, der jegliche »Auflösung« versagt bleibt. Um die Intertextualität zu begreifen, die die ›Hälfte des Lebens‹ mit dem ›Werther‹ verbindet, muss man aber noch eine Vorstufe der Strophe berücksichtigen, die sich im sogenannten ›Stuttgarter Foliobuch‹ befindet:

Die Rose.

holde Schwester!

Wo nehm ich, wenn es Winter ist
Die Blumen, daß ich Kränze den Himmlischen winde?
Dann wird es seyn, als wüßt ich nimmer vom Göttlichen,
Denn von mir sei gewichen des Lebens Geist;
Wenn ich den Himmlischen die Liebeszeichen
Die Blumen im kahlen Felde suche und dich nicht
[finde.[82]

In diesem Entwurf[83] wird die Suche nach den Blumen im Winter mit einem existentiellen Zustand in Zusammenhang gebracht, in dem sich »des Lebens Geist« von dem Subjekt entfernt hat. Was ist aber damit

81 William Shakespeare, Hamlet, edited by T.J.B. Spencer with an Introduction by Anne Barton, London 1980 (= New Penguin Shakespeare), S. 168 f.

82 Friedrich Hölderlin, Sämtliche Werke und Briefe, hrsg. von Michael Knaupp, Bd. 1, München 1992, S. 264.

83 Zu der Entstehungsgeschichte dieses Entwurfs vgl. Peter Szondi, Der andere Pfeil. Zur Entstehungsgeschichte des hymnischen Spätstils, in: ders., Schriften I, Frankfurt am Main 1978, S. 289–314.

gemeint, wenn nicht der Verstand?[84] Der Text beginnt mit einer Anrede an die »holde Schwester« und ebenso wenig wie die Blumen findet das Subjekt das angesprochene Du. Die Blumen sind »Liebeszeichen«, mit denen man »Kränze den Himmlischen« winden kann. Mit der Liebe ist auch der Verstand und der Glaube an die Götter verschwunden. Der Entwurf trägt den Titel ›Die Rose‹, die als eine Bestimmung der Blumenart gedeutet werden kann. Es sind aber Rosen, die der Doppelgänger Werthers behauptet, in seinem Garten zu haben. Nun ist das symbolische Spektrum der Rose kaum zu beschränken, aber man gerät bestimmt nicht auf Abwege, wenn man darin eine Chiffre für das Schöne und für die Liebe erkennt. Das sind aber eben die Begriffe, die in ›Hyperion‹ für die Beständigkeit des Seins garantieren. Ihr Verlust bedeutet die Krise des Subjekts, die Sinnlosigkeit der Welt, das Verschwinden der Götter. Mit anderen Worten: die Krankheit der Moderne, den Wertherismus.

Wenn diese intertextuelle Interpretation fundiert ist, so lässt sich schließen, dass die Werther-Figur – samt ihrem Doppelgänger auf der Suche nach den Blumen im Winter – für den Dichter des ›Hyperion‹ ein unheimliches und bedrohliches Gespenst bildete, das ihn in den Jahren des Wahnsinns in Tübingen verfolgen wird.[85]

84 Freilich kann damit auch die Liebe gemeint sein, die schon in ›Hyperion‹ als die Lichtquelle betrachtet wurde, die den Menschen animiert (vgl. oben, Abschnitt III). So ist aber der Mensch nur »eine dunkle Wohnung, wo ein rauchend Lämpchen brennt« (I, 133).

85 In seinem umfangreichen Aufsatz über ›Hölderlins Melancholie‹ geht Ulrich Gaier davon aus, dass sich der Dichter seiner Geisteskrankheit von Jugend an bewusst war und versuchte, sie durch unterschiedliche Strategien zu bewältigen. Seine Biographie erscheint in dieser Hinsicht als ein ständiger Kampf mit melancholischen und manischen Tendenzen; Ulrich Gaier, Hölderlins Melancholie, in: ders., Hölderlin-Studien (Anm. 73), S. 27–129. So soll ein biographischer Hinweis dieser Art nicht überraschen, vor allem 1804, als die Zeichen der Geisteskrankheit schon offenkundig waren. Wichtiger als der lebensgeschichtliche Kontext ist jedoch der kulturhistorische.

Petra Maisak

Klassisch-romantische Phantasien

Ambivalenz und Transformation in Bettine von Arnims bildkünstlerischem Schaffen

Sei es als junge Bettine Brentano, als Frau Achim von Arnims oder in ihrem dritten Leben als bekannte, skandalumwitterte und politisch engagierte Schriftstellerin – stets gehörte die bildende Kunst, namentlich das Zeichnen, zu ihren persönlichsten Ausdrucksmitteln. Man weiß, dass sie auch in Ton modelliert und in Öl gemalt hat, doch davon liegen keine materiellen Zeugnisse vor.[1] Das Zeichnen mit Kreide, Bleistift oder Feder war Bettines bevorzugte Technik, da es in nahezu jeder Umgebung möglich war und beim geringsten handwerklichen Aufwand die unmittelbarste Umsetzung der künstlerischen Idee erlaubte.[2] Es war nicht nur die Lust an der eigenen Kreativität, die sie dazu bewegte, sondern der unbedingte Wille, neue poetische Bilder zur Visualisierung

1 An Arnim schrieb Bettine am 13. Juli 1807 aus Kassel, sie »mahle oder besser schmiere in Oel«; Bettine von Arnim, Werke und Briefe in vier Bänden, hrsg. von Walter Schmitz und Sibylle von Steinsdorff, Frankfurt am Main 1986–2004 (im folgenden zitiert als *Werke und Briefe*), hier: Bd. 4: Briefe, hrsg. von Heinz Härtl, Ulrike Landfester und Sibylle von Steinsdorff in Zusammenarbeit mit Ursula Härtl, Bettina Kranzbühler und Walter Schmitz, 2004, S. 48 f. Das Bettine von Arnim zugeschriebene Gemälde des ›Petrihäuschens‹ im Rödelheimer Park (Privatbesitz; vgl. Hartwig Schultz, Die Frankfurter Brentanos, Stuttgart und München 2001, S. 100 f.) ist mit Skepsis zu betrachten. Ihre Tonbozzetti des Goethe-Denkmals sind verloren.

2 Achim von Arnim riet seiner Frau am 9. Mai 1822 schon aus praktischen Gründen, lieber zu zeichnen als zu malen: »Schwer halte ich es nun freilich als Mutter von 6 Kindern die Ölmalerei anzufangen und einen Erfolg zu haben, es fordert schon in Nebendingen eine große Anstalt und Anordnung, […] es sollte mir leid tun, wenn Dir das Zeichnen dadurch verleidet würde, das ohne große Anstalten einen Genuß gewährt«; Achim und Bettina in ihren Briefen. Briefwechsel Achim von Arnim und Bettina Brentano, hrsg. von Werner Vordtriede, 2 Bde., Frankfurt am Main 1961 (im folgenden zitiert als *Briefwechsel-Arnim*), hier: Bd. 1, S. 364 f., vgl. auch S. 374.

ihrer Vorstellungswelt zu schaffen. Davon abgesehen empfand sie den spielerischen Umgang mit dem Zeichenstift als Entlastung, wenn die geistige Anspannung oder die Mühen des Alltags überhandnahmen.

Die zeichnerische Tätigkeit gehörte nicht zuletzt zu den vielfältigen Strategien der Kommunikation, deren Bettine sich bediente. Das Zeichnen spielte eine konstitutive Rolle in ihrer Korrespondenz, war Gesprächsthema im Bekanntenkreis und diente zur Auseinandersetzung mit dem Kreis der Künstler, deren Umgang sie suchte. Immer wieder bricht die Gier nach Bewunderung durch; kaum zu zählen sind Bettines Berichte über angebliche Lobeshymnen von Freunden und Kunstkennern. Das dialogische Prinzip, das ihr schriftstellerisches Werk kennzeichnet,[3] durchzieht auch ihre bildkünstlerischen Aktivitäten. Sie zeichnete zusammen mit Freunden wie Philipp Hössli,[4] schickte ihre Blätter zur Ansicht herum oder richtete Zeichnungen an bestimmte Adressaten. Eine besondere Rolle spielten sie als erotisches Responsorium in der Korrespondenz mit Hermann Fürst von Pückler-Muskau.[5] Über ihre Zeichnungen zu reden und zu schreiben war ein wesentlicher Faktor, aus dem Bettine neue Impulse bezog. Dass sie selbst dabei immer der Fixpunkt blieb, erweist sich in aller Deutlichkeit an ihrem künstlerischen Haupt- und Lebenswerk, dem Goethe-Denkmal, dem sie auch ihre eigene Apotheose einzuschreiben gedachte.

Mit Ausnahme des Goethe-Denkmals fand Bettines bildkünstlerisches Schaffen als vollwertiger Teil ihres Werks noch wenig Beachtung. Das mag verschiedene Gründe haben: Zum einen liegen die erhaltenen Ar-

3 Dem Thema widmete sich ein Symposion im Künstlerhaus Schloss Wiepersdorf, dokumentiert in: Dialog und Bewegung. Bettina von Arnim als Kommunikationsexpertin, hrsg. von Anne Frechen und Olivia Franke, Berlin 2011, darin: Wolfgang Bunzel, Im Gespräch. Dialogizität bei Bettine von Arnim, S. 19–34.

4 Das Tagebuch von Hössli, mit dem Bettine zwischen 1822 und 1824 in enger Verbindung stand, enthält eine aufschlussreiche Dokumentation der Gemeinschaft stiftenden Funktion ihres Zeichnens; vgl. Bettina von Arnim, »Ist Dir bange vor meiner Liebe?« Briefe an Philipp Hössli, nebst dessen Gegenbriefen und Tagebuchnotizen, hrsg. von Kurt Wanner, Frankfurt am Main und Leipzig 1996 (im folgenden zitiert als *Briefwechsel-Hössli*), S. 115–202, insbesondere S. 135, 168, 179, 197 und passim.

5 Vgl. Bettine von Arnim und Hermann von Pückler-Muskau, »Die Leidenschaft ist der Schlüssel zur Welt«. Briefwechsel 1832–1844, hrsg. von Enid Gajek und Bernhard Gajek, Stuttgart 2001 (im folgenden zitiert als *Briefwechsel-Pückler*).

beiten nicht als überschaubares Oeuvre vor wie das Corpus der Goethe-Zeichnungen, das in Synopse mit den schriftlichen Quellen ausgewertet werden kann. Ein großer Teil der von Bettine oder ihren Zeitgenossen beschriebenen Zeichnungen ihrer Hand ist nicht bekannt oder nur in Skizzen überliefert, die das Endstadium lediglich erahnen lassen.[6] Zum anderen besitzen ihre meist mehrdeutigen und allegorisch aufgeladenen Blätter nicht die unmittelbare Ausstrahlung der Zeichnungen eines Victor Hugo oder E.T.A. Hoffmann. Eher lassen sie sich mit dem Zeichengestus ihres Bruders Clemens Brentano vergleichen, der seine Bildideen in elaborierten, aber etwas ungelenk ausgeführten Entwürfen festhielt, um sie dann von anderer Hand vollenden zu lassen.

Für Bettine steht die Inventio, die künstlerische Idee, im Mittelpunkt. Bei der Erfindung ihrer Kompositionen versucht sie, möglichst originell und individuell vorzugehen, um sich von den Werken anderer abzuheben. Die technische Ausführung spielt dabei eine untergeordnete Rolle. Es kommt allerdings vor, dass sie ihre Zeichnungen zur Qualitätssteigerung und Verbreitung von erfahrenen Stechern reproduzieren lässt.[7] Am bekanntesten ist die Radierung der spiegelbildlich aufeinander bezogenen ›Doppelgruppe von Venus und Amor‹, die ein zierlicher Laubbaum mit Nestern und Vögeln – die Tauben der Liebesgöttin – in der Mittelachse trennt (Abb. 1).[8] Die zärtlich sich umarmenden Paare, die in gegenläufiger Bewegung dargestellt werden, erscheinen in der Art eines Reliefs in Profilansicht. Im Hintergrund werden die Konturen einer

6 Einen Einblick in Bettine von Arnims Zeichentätigkeit erlauben die Blätter, die großenteils aus dem Nachlass der Töchter Maximiliane von Oriola und Armgart von Flemming in die Kunstsammlungen des Freien Deutschen Hochstifts gelangt sind. Zeichnungen aus dem Nachlass von Gisela und Herman Grimm finden sich in der Verwaltung der Staatlichen Schlösser und Gärten Hessen, Bad Homburg. Weitere Arbeiten Bettines sind z.B. in den Graphischen Sammlungen der Klassik Stiftung Weimar und im Kupferstichkabinett der Staatlichen Museen zu Berlin.

7 Sowohl bei der Reproduktion der Entwurfszeichnung zum Goethe-Denkmal als auch bei den geplanten Radierungen nach dem ›Octoberfest‹ ging der Auftrag an professionelle Stecher; vgl. Werke und Briefe, Bd. 4, S. 292.

8 Um 1830; Radierung, 25,4×39,6 cm; ein Abzug im Freien Deutschen Hochstift, IV–1960–13, Nr. 16, Blatt 5, ein weiterer mit der Widmung »an Goethe« in der Klassik Stiftung Weimar. Der geläufige Titel ›Amor und Psyche‹ ist irreführend, da es sich bei den weiblichen Akten mit den Amoretten nicht um die kindliche Psyche mit den Schmetterlingsflügeln, sondern um sinnliche Frauengestalten handelt.

Abb. 1
Bettine von Arnim, Doppelgruppe von Venus und Amor, Radierung (Freies Deutsches Hochstift – Frankfurter Goethe-Museum).

südlichen Landschaft mit Meeresbucht sichtbar. Die Komposition im Konturenstil gibt Einblick in die charakteristische Themenwahl und die Arbeitsweise der Zeichnerin Bettine: Sie entlehnt die Ikonographie von Venus und Amor der klassischen Tradition, durchbricht diese jedoch durch die rhythmisierte Doppelung und die subjektive Stilisierung der Figuration. Bettine formt eine poetische Liebesallegorie, die auf sublime Weise sinnlich wirkt und Teil ihrer persönlichen Mythologie ist.

Eine Eigenart Bettines erschwert die Rezeption ihres zeichnerischen Werks: Die Arbeit erfolgt in der Regel als fließender Prozess, dessen Stadien unmittelbar ineinander übergehen. Sie skizziert ihre Bildideen vorzugsweise auf einer Schiefertafel, so dass sie Linienführung und Komposition ständig löschen und verändern kann; die Vergänglichkeit der einzelnen Stadien gehört zum Werkprozess. Wenn sie von begeisterten Reaktionen auf diese flüchtigen Erzeugnisse erzählt – »auf dieser Tafel ist mehr Genie, als man in diesem Jahrhundert auftreiben kann«, soll ein Betrachter geäußert haben[9] –, so lässt sich ein solches Urteil nie am Gegenstand überprüfen. Das technische Verfahren ist dagegen leicht nachzuvollziehen, wie Bettines Bericht vom gemeinsamen Badeaufenthalt mit der Nichte Sophie Brentano in Schlangenbad belegt: »Eine meiner besten Unterhaltungen ist die, daß ich eine Schiefertafel mit ins Bad nehm und die Sophie nackend darauf zeichne, bald von hinten, bald von vorne, nachher zeichne ich sie ab in ein Büchlein und am andern Tag zeichne ich neue.«[10] Noch im Alter nutzt Bettine dieses Verfahren für ihre Entwürfe, die sie »mit einem Griffel auf eine große Schiefertafel« zeichnet, »was mich zwar von allem, was ich vornehme, am meisten anstrengt, aber auch mich am leidenschaftlichsten einnimmt«.[11]

Diese vergänglichen Produktionen setzen sich in den Arbeiten auf Papier fort, die Bettine meist mit einem weichen Bleistift anlegt; Federzeichnungen sind seltener. Der Duktus wirkt zaghaft und unentschieden, ein Eindruck, den zahlreiche durch Wischtechnik verschleierte Pentimenti noch unterstreichen. Auch diese Zeichnungen pflegt Bettine zu modifizieren, indem sie einzelne Motive auf dünnem, transparentem Papier durchpaust, mit Variationen wiederholt oder in einen neuen Kontext einbindet. Exemplarisch zeigt sich das an den beiden vom selben Motiv durchgepausten, nur leicht veränderten Figuren der Psyche, die Bettine im Hinblick auf ihr Goethe-Denkmal entwickelt (Abb. 2).[12] Bereits abgeschlossene Kompositionen werden ebenfalls wiederholt und im Freundeskreis weitergereicht. So kommt es zu einer Serienproduktion, die in Bettines Augen jedoch keinen Qualitätsverlust bedeutet, sondern die Möglichkeit einer Steigerung impliziert. Als Fürst Pückler eine ihrer Zeichnungen als bloße Kopie achtlos weglegt, insistiert sie, diese sei ihr »besser gelungen als das Original«.[13]

9 Am 25. Mai 1829 an Achim von Arnim über das Lob, mit dem Karl Friedrich von Rumohr einen ihrer Entwürfe auf der Schiefertafel bedachte; Briefwechsel-Arnim, Bd. 2, S. 800.

10 Am 9. September 1824 an Arnim aus Schlangenbad; Briefwechsel-Arnim, Bd. 2, S. 482; vgl. auch S. 484 f.

11 Am 2. November 1840 an Adolf Stahr; Bettina von Arnim, Sämtliche Werke, hrsg. von Waldemar Oehlke, 7 Bde., Berlin 1920–1923 (im folgenden zitiert als *Sämtliche Werke*), hier: Bd. 1, S. XXXVIII.

12 Bleistift, auf transparentem Papier, bez. auf dem Untersatzkarton u. l.: »zum Goethedenkmal / Psyche«; u. r.: »Bettine«: 18,6 × 9,7 cm. Freies Deutsches Hochstift – Frankfurter Goethe-Museum, Inv. Nr. IV–1960–13, Nr. 16, Blatt 1.

13 Briefwechsel-Pückler, S. 174–176.

Abb. 2
Bettine von Arnim, Zwei Studien zur Psyche, Bleistiftzeichnung (FDH – FGM).

Die Modelle für ihre Figurationen nimmt Bettine wie bei den Aktstudien der Nichte Sophie Brentano aus dem persönlichen Umkreis. Häufig sind es die eigenen Kinder; so berichtet z. B. der Sohn Freimund dem Vater: »Die Mutter vertreibt sich die Zeit mit Zeichnen, wobei sie uns immer braucht, heute hat sie mein Ohr abgezeichnet.«[14] Bei diesen Studien dürfte das anrührende Porträt des Kindes entstanden sein, das

14 Am 8. November 1823; Briefwechsel-Arnim, Bd. 1, S. 416.

Abb. 3
Bettine von Arnim, Kind, das seinen Kopf auf einen Stuhl legt, Bleistiftzeichnung (Verwaltung der Staatlichen Schlösser und Gärten Hessen).

sein Köpfchen auf einen Stuhl legt und vertrauensvoll zu der Zeichnerin aufblickt (Abb. 3).[15] Der Bildhauer Bertel Thorvaldsen bedauert in einem launigen Brief an Bettine, seine Werkstatt nicht »mit lebendigen Modellen bevölkern zu können, wie es Ihnen gelungen, daher ich mich nicht wundern darf, daß Ihnen die Genien so wohl gelingen, da Sie [...] immer ein halbes Dutzend [Kinder] zu Gebote haben«.[16]

Wie aus individuellen Bewegungsstudien der Kinder »Genien« werden, dokumentiert das Blatt mit den beiden Skizzen der Psyche: Das Gesicht wird maskenhaft stilisiert, das Geschlecht neutralisiert, der Körper idealisiert. So berichtet Bettine: »heute hab ich der Psyche ein

15 Bleistift, leicht gewischt, numeriert. r.u. »96.«; 7,3 × 9,5 cm. Auf dem Untersatzkarton bez. u.l.: »Bettine«. Verwaltung der Staatlichen Schlösser und Gärten Hessen, Bad Homburg, Inv. Nr. 1.3.191. Für die Erlaubnis der Erstveröffentlichung sei der Verwaltung der Staatlichen Schlösser und Gärten Hessen herzlich gedankt.

16 Im März 1822; Sämtliche Werke, Bd. 7, S. 497.

gut Theil von ihrem Hintern hinweg genommen und sie dadurch verschönert«.[17] Als Attribut fügt sie die Schmetterlingsflügel hinzu, die Psyche, die Inkarnation der unsterblichen Seele, kennzeichnen; später werden die Arme, die noch ins Leere greifen, die apollinische Leier umfassen. Ähnlich verfährt Bettine mit dem Trauben pressenden Ganymed: Eine stilisierte Knabengestalt wird durch die Beigabe von Weinreben, dem Becher und einem angedeuteten Adler zu Jupiters schönem Liebling und Mundschenk (Abb. 4).[18] Beide Gestalten, Psyche und Ganymed, entlehnt Bettine der klassischen Mythologie, die ihr nicht zuletzt durch die ›Götterlehre‹ (1791) von Karl Philipp Moritz vertraut ist.[19] Anregungen bieten ihr auch die Umrisszeichnungen von Asmus Jacob Carstens nach antiken Motiven, mit denen Moritz die ›Götterlehre‹ illustriert. Wie Moritz versteht Bettine die antike Mythologie als eine »Sprache der Phantasie«,[20] die sie sich anverwandelt und als Basis für die Rollenentwürfe und Inszenierungsmuster ihrer Selbstdarstellung nutzt. Als Inbegriff liebender Hingabe gehören die kindlichen Figuren von Psyche und Ganymed zu Bettines bevorzugten Rollenbildern, für die sie auch zeichnerische Lösungen sucht.[21] Die klassische Ikonographie mit ihren spezifischen Attributen bildet dabei stets den Ausgangspunkt, der subjektiv überformt und ›romantisiert‹ wird.

Bettines Zeichentätigkeit ist in kein gängiges Schema einzuordnen, sondern changiert zwischen unterschiedlichen Stilrichtungen, ikono-

17 Am 7. Januar 1823 an Achim von Arnim; Werke und Briefe, Bd. 4, S. 223.

18 Bleistift, 19,1 × 14,2 cm. Freies Deutsches Hochstift – Frankfurter Goethe-Museum, Inv. Nr. III–15063.

19 Angeblich schickt Brentano der Schwester schon 1801 eine Ausgabe der ›Götterlehre‹ (Werke und Briefe, Bd. 1: Clemens Brentano's Frühlingskranz. Die Günderode, hrsg. von Walter Schmitz, 1986, S. 35). Zu ›Ganymed‹ wird sie vor allem Goethes Gedicht inspiriert haben.

20 »Die mythologischen Dichtungen müssen als eine Sprache der Phantasie betrachtet werden«, lautet bereits der erste Satz in: Karl Philipp Moritz, Götterlehre oder mythologische Dichtungen der Alten. Mit Abbildungen nach antiken geschnittenen Steinen und anderen Denkmälern des Altertums [nach Zeichnungen von Asmus Jakob Carstens], Reprint, Frankfurt am Main 1979, S. 9.

21 Vgl. dazu Konstanze Bäumer, Bettine, Psyche, Mignon. Bettina von Arnim und Goethe, Stuttgart 1986 (= Stuttgarter Arbeiten zur Germanistik 139) sowie Wolfgang Bunzel, »Die Welt umwälzen«. Bettine von Arnim geb. Brentano (1785–1859), Ausstellungskatalog, Freies Deutsches Hochstift – Frankfurter Goethe-Museum, Frankfurt am Main 2009, S. 46–49.

Abb. 4
Bettine von Arnim, Ganymed,
Bleistiftzeichnung (FDH – FGM).

graphischen Mustern, Bedeutungen – Antinomie und Ambivalenz werden zum Merkmal. Einerseits ist eine Bindung an die klassische Formensprache zu beobachten, andererseits eine Tendenz zur radikalen Individuation. Einerseits knüpft Bettine an die ikonographische Tradition an, andererseits bricht sie diese Tradition auf, um sie mit ihren subjektiven Inventionen zu verschränken. Einerseits bemüht sie sich um einen klaren Konturenstil, andererseits weicht sie ihn auf, bis er in wolkigen Details verschwimmt. Bettines Bildkonzepte sind tief in der romantischen Ideenwelt verwurzelt, verzichten jedoch zugunsten der antiken Götterwelt auf die Rückbindung an ein christliches Mittelalter. Selbst ihr künstlerischer Status bleibt im Ungewissen: Mit Nachdruck betreibt Bettine ihre Selbstinszenierung als geniale Dilettantin und beharrt darauf, nie zeichnen gelernt zu haben und stets nur ihrer Intuition gefolgt zu sein. Dabei verschweigt sie, dass sie von früh an zum Zeichnen angehalten wurde und viel von professionellen Künstlern profitiert hat. Einem methodischen Zeichenunterricht hat sie sich allerdings nie unterzogen.

An Bettine von Arnims Verfahren, widersprüchliche und mehrdeutige Elemente in ihren Zeichnungen phantasievoll zu verknüpfen, erweist sich ihre Affinität zum Strukturprinzip der Arabeske, das seit der Frühromantik eine bedeutende Rolle in den Künsten spielt. Im ›Athenäum‹ nennt Friedrich Schlegel die Arabeske 1798 »die älteste und ursprüngliche Form der menschlichen Phantasie«. Bettine kannte nicht nur das grundlegende Werk der arabesken Kunst der Romantik, Philipp Otto Runges ›Vier Zeiten‹, sondern besaß sogar die rare erste Auflage der Kupferstichfolge von 1805.[22] Ihre Nähe zum Gestaltungsprinzip der Arabeske fiel schon den Zeitgenossen auf; so charakterisiert Joseph von Görres Bettines Schaffen zutreffend (Abb. 5)[23]:

> Das ist freilich mit allerlei kuriosen Circumflexen umwachsen, [...] alles indessen so künstlich zusammengeflochten und mit allerlei Arabesken eingebogen, daß man es als ihren Garten betrachten muß [...] Der Irrgarten ist so gut komponiert und so künstlich ineinandergeschlungen wie ihre Zeichnung zum Oktoberfest [...], es kann auch überhaupt keinem Mann gelingen, so viel Zierlichkeit zusammenzufangen und in den paar Strichen festzuhalten. Antik ists nicht,

22 Mit Bettine von Arnims Besitzervermerk. Freies Deutsches Hochstift – Frankfurter Goethe-Museum, Inv. Nr. III–14219 a–d; vgl. Verwandlung der Welt. Die romantische Arabeske, hrsg. von Werner Busch und Petra Maisak, Petersberg 2013, S. 119–124. Vgl. auch Frank Büttner, Philipp Otto Runges Zyklus ›Vier Zeiten‹, ebd., S. 101–110.

23 Bettine von Arnim, Entwurf zu der Komposition ›Octoberfest‹, Mittelstück mit dem Thron des Königs; später für den Stufenunterbau des Goethe-Denkmals weiterverwendet. Bleistift, teilweise durchgepaust, gewischt, auf transparentem, oben angestücktem Papier; 42,6 × 63.0 cm. Freies Deutsches Hochstift – Frankfurter Goethe-Museum, Inv. Nr. III–13897–136.

Abb. 5
Bettine von Arnim, Entwurf zu der Komposition ›Octoberfest‹, Bleistiftzeichnung (FDH – FGM).

> romantisch auch nicht, aber Bettinisch, eine eigene anmutige Mittelgattung.[24]

Mit ihrer arabesken Zeichenweise, bei der Anregungen aus Kunst, Dichtung und Leben unmittelbar ineinandergreifen, nähert Bettine sich Friedrich Schlegels frühromantischer Vorstellung einer progressiven Universalpoesie. Überspitzt könnte man sagen: Sie erfindet die progressive Universalpictur. Eine werkimmanente Interpretation der Zeichnungen reicht unter dieser Prämisse kaum aus; mehr Aufschluss bietet ein intermedialer Ansatz der Betrachtung im Kontext von Leben und Gesamtwerk. Vor diesem Hintergrund offenbart sich die substantielle Bedeutung, die das Zeichnen für Bettine besitzt, am deutlichsten.

*

24 Briefwechsel-Arnim, Bd. 2, S. 905.

Um einen Überblick über Bettine von Arnims zeichnerisches Schaffen zu gewinnen, sei ihr Entwicklungsgang kurz umrissen. Auch wenn sie darauf beharrt, Autodidaktin zu sein, lassen sich zumindest die Grundzüge einer zeichnerischen Ausbildung erkennen. Im ausgehenden 18. Jahrhundert gehörte eine gewisse Fertigkeit in den schönen Künsten zum Bildungsideal des gehobenen Bürgertums und war auch Teil der weiblichen Erziehung.[25] So wird sie im Mädchenpensionat des Ursulinenklosters in Fritzlar neben feinen Handarbeiten die Anfangsgründe des Zeichnens erlernt haben. Es wurde in der Regel anhand von Kopien nach simplen Musterbüchern und Vorlagewerken eingeübt, eine mechanische Vorgehensweise, die Bettine kaum gefallen haben dürfte. In der Folge entwickelte sie jedoch ein auf ihre Bedürfnisse zugeschnittenes freieres Kopierverfahren, das sie zeit ihres Lebens beibehalten sollte. Auch während ihres Aufenthalts bei der Großmutter Sophie von La Roche in der Offenbacher »Grillenhütte« muss sie um 1800/02 ein wenig gezeichnet haben.[26]

Die häufigen Ortswechsel der folgenden Zeit – Frankfurt, Gut Trages, Marburg, Kassel, Winkel – ließen an geregelte Zeichenübungen nicht denken. In Frankfurt hatte Bettine immerhin ihr eigenes »kleines Kabinetchen«, in dem sie arbeiten konnte.[27] Sie erzählt Clemens von Zeichnungen mit einem Rötelstift, den sie aus dem Granitmauerwerk von Häusern gebrochen haben will, doch selbst der in Frankfurt übliche Rotsandstein wäre dazu ungeeignet gewesen. Von einer »Flora« ist die Rede sowie von »Vier Knaben in Rotstift mit Perücken in schwarzer

25 War der Dilettantismus, die Liebhaberei der schönen Künste, ursprünglich ein vor allem von Männern dominiertes Feld, so öffnete es sich im ausgehenden 18. Jahrhundert vermehrt für Frauen. »Zeichnen-Können wird zum geschlechtsunabhängigen Attribut, zu einem Indikator für die gesellschaftliche Tugend ›Geschmack‹«, konstatiert Wolfgang Kemp, »…einen wahrhaft bildenden Zeichenunterricht überall einzuführen«. Zeichnen und Zeichenunterricht der Laien 1500–1870. Ein Handbuch, Frankfurt am Main 1979, S. 111.

26 Entsprechende Hinweise finden sich im ›Frühlingskranz‹: Brentano mahnt die Schwester gleich im ersten Brief: »Sei fleißig in der Musik und Zeichnung es sind die unschuldigsten Organe der Güte und Schönheit« (Werke und Briefe, Bd. 1, S. 13). Er hält sie schulmeisterlich zu weiterem Üben an: »Spiele brav Klavier, singe, zeichne und lerne wo Du kannst, nur damit kannst Du Dir Deinen Lebenskreis erweitern« (ebd., S. 15), oder: »zeichne recht mutig« (ebd., S. 39). Bettine stöhnt indessen: »O Zeichenkunst werde ich je weiter kommen[?]« (ebd., S. 126).

27 Ebd., S. 126.

Abb. 6
Bettine von Arnim, Kinder mit Ziegenbock, Kohle, Rötel, Tusche (Verwaltung der Staatlichen Schlösser und Gärten Hessen).

Kreide«, die »mit einem Bock in weißer venetianischer Kreide« spielen, »auf hellblauem Papier«.[28] Dass etwas Wahres daran ist, beweist die früheste bekannte Zeichnung Bettines, die ›Kinder mit Ziegenbock‹ (Abb. 6), die an barocke Vorbilder erinnert.[29] Den kompakten, plasti-

28 Ebd., S. 210.

29 Kohle, Rötel, Tusche; 40,0 × 35,0 cm; Verwaltung der Staatlichen Schlösser und Gärten Hessen, Inv. Nr. 1.3.7; vgl. Petra Maisak, Alltag und Apotheose. Bettines Umgang mit der bildenden Kunst, in: Bettine von Arnim 1785–1859, Katalog des Freien Deutschen Hochstifts – Frankfurter Goethe-Museums, hrsg. von Christoph Perels, Frankfurt am Main 1985, S. 202–224, hier: S. 220.

schen Duktus dieses Blattes behielt sie nicht bei, sondern ging zu einer linearen Strichführung über.

Während ihres Aufenthalts in Kassel bei der Schwester Lulu Jordis machte Bettine 1807 die Bekanntschaft des angehenden Zeichners, Malers und Kupferstechers Ludwig Emil Grimm (1790–1863), des jüngeren Bruders von Wilhelm und Jacob Grimm. Es entstand eine herzliche, lebenslange Freundschaft mit dem Künstler, der nicht nur die treffendsten Porträts von Bettine anfertigte, sondern auch ihre Zeichentätigkeit förderte. Grimm erhielt in Kassel Privatunterricht bei dem Akademieprofessor und Galerieinspektor Ernst Friedrich Ferdinand Robert (1763–1843), einem Schüler des Hofmalers Johann Heinrich Tischbein dem Älteren.[30] Ähnlich wie Tischbein, aber ohne dessen Eleganz, vollzog Robert nach Aufenthalten in Paris und Rom den Übergang vom Spätbarock zu einem steifen Klassizismus. Bettine nahm ebenfalls Kunstunterricht beim »alten Maler Robert aus Kassel«, scheint aber wenig profitiert zu haben, denn sie klagt: »bei dem ich nichts gelernt habe«.[31]

Die Freundschaft mit Grimm vertiefte sich, als Bettine zwischen 1808 und 1810 im Umfeld der Familie ihres Schwagers Friedrich Carl von Savigny in München und Landshut lebte. Grimm kam Ende 1808 nach Landshut und nahm im Frühjahr 1809 das Studium an der Münchener Akademie auf. Bettine, die fast täglich mit ihm zusammen war, muss auch Einblick in seine Zeichenstudien erhalten haben: Sie begannen mit Umrisskopien nach Raffael, wurden im Antikensaal und im Aktsaal fortgesetzt, erfolgten aber auch im Freien nach der Natur.[32] Bettines Federskizze einer Baumkrone steht Grimms Baumstudien von Ausflügen in die Münchner Umgebung nahe und wird analog in die Zeit um 1809/10 zu datieren sein (Abb. 7).[33]

Gleichzeitig mit Bettine und Grimm hielt sich Karl Friedrich von Rumohr (1785–1843) in München auf. Der wohlhabende Sonderling

30 Vgl. Ludwig Emil Grimm, Erinnerungen aus meinem Leben, hrsg. und ergänzt von Adolf Stoll, Leipzig 1911, S. 86.

31 Werke und Briefe, Bd. 2, S. 322.

32 Vgl. Grimm, Erinnerungen aus meinem Leben (Anm. 30), S. 94–114.

33 Feder in Braun, 21,1 × 17,9 cm. Freies Deutsches Hochstift – Frankfurter Goethe-Museum, Inv. Nr. III–13899–1. Zu Grimm vgl. Ingrid Koszinowski und Vera Leuschner, Ludwig Emil Grimm. Zeichnungen und Gemälde, Werkverzeichnis, 2 Bde., Marburg 1990, hier: Bd. 2, S. 90–92.

Abb. 7
Bettine von Arnim, Baumkrone,
Feder in Braun (FDH–FGM).

aus holsteinischem Uradel hatte in Göttingen bei dem Universitätszeichenlehrer und Kunsthistoriker Johann Dominicus Fiorillo studiert und sich in Hamburg mit Philipp Otto Runge angefreundet. In der Folge betätigte er sich als Zeichner, Maler, Kunsthistoriker, Kunstsammler und Schriftsteller; seinen größten Erfolg sollte er mit der gastrosophischen Schrift ›Geist der Kochkunst‹ (1822) feiern. Rumohr schrieb sich 1805 an der Akademie der Bildenden Künste in München ein, reiste dann mit Ludwig Tieck nach Italien, um seine Kunstkenntnisse zu vertiefen, und wurde nach der Rückkehr im September 1806 durch Tieck in den Frankfurter Kreis um Clemens Brentano eingeführt. Dort lernte Bettine den exzentrischen Rumohr kennen; aus der Begegnung entstand eine lange freundschaftliche Beziehung, die ihren Niederschlag in der zeichnerischen Praxis, insbesondere in der Gestaltung von Briefvignetten fand. Eine erste Spur enthält Bettine Brentanos übermütiger Brief an Rumohr vom August 1807, in den sie unterhalb der Grußformel die Strichmännchen eines Trommlers und eines Tambours einfügt, daneben den lautmalerischen Kommentar: »Pla bum bum badabum«.[34]

In München traf Bettine 1809 den »kapriziösen Liebhaber der Wissenschaften und Künste« wieder und ließ sich von ihm auf Ausflügen in die Umgebung begleiten.[35] Rumohr entwarf für sie kleine Federzeichnungen mit Landschaftsmotiven, die Bettine als Vignetten für ihre eigenen Briefe nutzte. Mit Rumohrs Ansicht des Kölner Uferpanoramas schmückt sie ihren Münchner Brief vom 9. September 1809 an Goethe und schreibt: »Da oben ist Cöllen«; die Erinnerung an die Rheinfahrt im Jahr zuvor »hat ein launiger Freund hingekritzelt«.[36] In ihrer Korrespondenz bezieht sie sich explizit auf die Vignetten und baut sie in die Kommunikation ein, so auch im letzten Brief an Goethe vom 8. März 1832: »Alte Zeiten kehren wieder, du siehsts an der Vignette, sie ist auch von Rumohrs Hand an meinem Schreibtisch gemacht, wie die vor zwanzig Jahren [...].«[37]

Im Gegensatz zu Bettine verleiht Rumohr seinen perspektivisch aufgebauten Landschaften Tiefenräumlichkeit und modelliert sie durch Licht und Schatten. Sein souveräner, energischer Duktus mit den engen parallelen Schraffuren und der flächigen Lavierung ist unverkennbar. Während der gemeinsamen Münchener Zeit entstanden wahrscheinlich seine Federzeichnungen mit den Gebirgsmotiven, die Bettine in späteren Jahren für ihre Briefe an Fürst Pückler verwendete (Abb. 8).[38] Früher wurden diese Vignetten Bettine häufig selbst zugeschrieben. Vergleicht man sie jedoch mit ihrer eigenhändigen Federskizze im Brief an Arnim vom Juni 1809 aus München ist der Unterschied nicht zu

34 Werke und Briefe, Bd. 4, S. 55 und Abb. 6.

35 Werke und Briefe, Bd. 2, S. 266–270 (unter dem 18. Mai 1809).

36 Ebd., S. 649 und Abb. 6.

37 Ebd., S. 746.

38 Freies Deutsches Hochstift, Hs. 7172 sowie Hs. 13323–13325 (Abb.); vgl. dazu Briefwechsel-Pückler, S. 419.

Abb. 8
Karl Friedrich von Rumohr, Vignette einer Gebirgslandschaft, in Bettine von Arnims Brief an Fürst Pückler vom 23. Mai 1832, Feder in Braun (FDH–FGM).

übersehen, auch wenn sie versucht, die gratige Schraffiertechnik Rumohrs nachzuahmen (Abb. 9).[39] Bettine entwirft am Briefende eine Gebirgslandschaft mit Tempelchen und zwei Kreuzen, darüber eine dunkle Gewitterwolke, aus der ein Blitz herabfährt. Darauf bezieht sich

39 Freies Deutsches Hochstift, Hs. 7486; die Transkription ist Renate Moering zu danken.

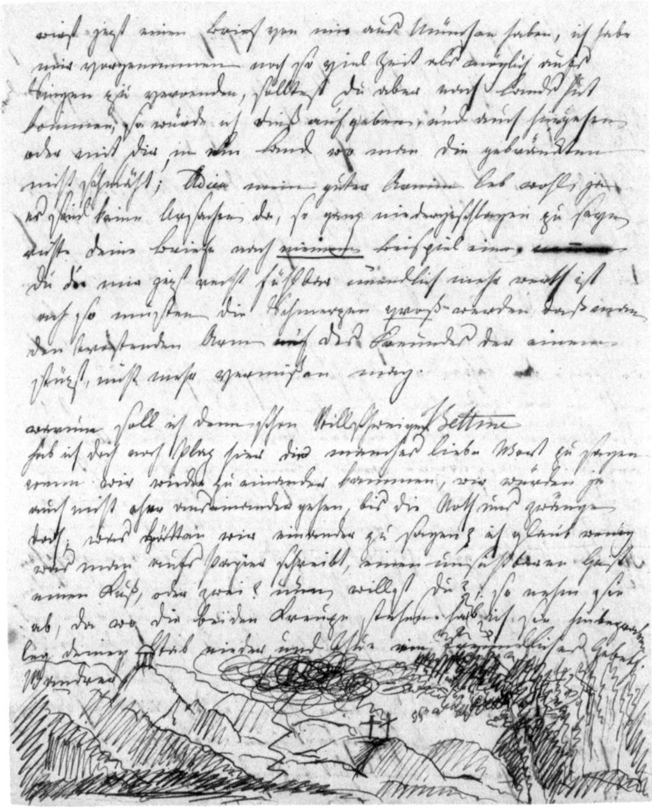

Abb. 9
Bettine von Arnim, Vignette einer Gebirgslandschaft, im Brief an Achim von Arnim vom Juni 1809, Feder in Braun (FDH – FGM).

die Nachschrift: »Laß dich die herabhängende Gewitterwolke nicht stören, die über den Kreuzgen hängt […].« Handschrift und Skizze gehen hier unmittelbar ineinander über, während Rumohrs Vignetten deutlich vom Text abgegrenzt sind.

In ihrer Münchener Zeit empfing die Zeichnerin Bettine wesentliche Impulse von Ludwig Emil Grimm und Rumohr. Einen gewissen Einfluss übte wohl auch der Zeichner und Kupferstecher Carl Ernst Christoph Heß (1755–1828) aus, Grimms Professor an der Akademie, der für seine Reproduktionsgraphik bekannt war. Damals kann sie auch schon Philipp Otto Runges Zyklus der ›Vier Zeiten‹ (1805 und 1807 ediert) wahrgenommen haben, denn Grimm entnahm ihm Motive für seine Illustration des Kinderlieder-Anhangs im ›Wunderhorn‹ (Bd. 3, 1808). Die ›Minnelieder aus dem Schwäbischen Zeitalter‹ (1803) des Freundes Ludwig Tieck mit Runges Kinder-Vignetten im Konturenstil werden ihr ebenfalls früh bekannt gewesen sein. In Wien hätte sich Bettine 1810 beim Aufenthalt im Haus von Antonie Brentanos verstorbenem Vater, dem Kunstsammler Johann Melchior Edler von Birkenstock, eine besondere Gelegenheit geboten, ihre Kenntnisse zu erweitern und Anregungen zu sammeln, lebte sie dort doch inmitten reichster Kunstschätze – »zwischen 20.000 Kupferstichen, eben so viel Handzeichnungen« und Myriaden anderer Objekte. Nach eigenem Bekunden hatte sie aber keine Lust, sich mit dem Sammelsurium dieser Kunst- und Wunderkammer zu befassen.[40]

Die wichtigsten Anregungen erhielt die Zeichnerin Bettine zweifellos in Berlin, wo sie nach der Heirat mit Achim von Arnim im März 1811 eine Wohnung bezog. Für die Zeichnerin begann nun eine neue Ära. Die Schwangerschaften, die häufigen Wohnungswechsel und die Aufenthalte in Wiepersdorf waren zwar beschwerlich, doch das Zeichnen bewährte sich als Ausgleich zu den Lasten des Alltags. In Wiepersdorf besaß Bettine ein eigenes »Zeichnungscabinet«, ein Refugium, in das sie sich zurückziehen konnte; in ihrer letzten Berliner Wohnung In den Zelten verfügte sie sogar über ein großes Atelier.[41]

In Berlin gewann Bettine neue Künstlerfreunde und wurde durch die Akademie-Ausstellungen mit der zeitgenössischen Kunstszene vertraut. So stellte Peter Cornelius (1783–1867) im März 1820 die ersten Kartons seiner Fresken für die Münchner Glyptothek aus,[42] deren

40 An Goethe, 15. Mai 1810; Werke und Briefe, Bd. 2, S. 335.

41 Zu Wiepersdorf vgl. den Briefwechsel-Hössli, S. 165. Über das Berliner Atelier berichtet Maximiliane von Arnim; Johannes Werner, Maxe von Arnim. Tochter Bettinas, Gräfin Oriola 1818–1894. Ein Lebens- und Zeitbild, Leipzig 1937, S. 168.

42 Vgl. Die Götter Griechenlands. Peter Cornelius (1783–1867): Die Kartons für die Fresken der Glyptothek in München aus der Nationalgalerie Berlin, hrsg. von Leon Krempel und Peter-Klaus Schuster, Berlin und Köln 2004.

klassisch-poetische Interpretation der antiken Götterwelt in Bettines Zeichnungen nachzuwirken scheint. Die Bildhauer Christian Friedrich Tieck (1776–1851) und Christian Daniel Rauch (1777–1857) traten in ihren Gesichtskreis, mit deren Werken sie sich lebhaft auseinandersetzte. Zu ihrem Bekanntenkreis gehörte sogar der prominente Klassizist Bertel Thorvaldsen (1770–1843), der 1820 in Berlin u.a. den ›Amor mit der Lyra‹ aus der Graziengruppe (1818) ausstellte.[43] Der Bildhauer Karl Friedrich Wichmann (1788–1859), ein Schüler von Johann Gottfried Schadow, zählte ebenso zu ihrem Umgang wie Friedrich Wilhelm von Schadow (1788–1862) oder der Porträtist Wilhelm Hensel (1794–1861). »Ich kann es nicht lassen, immer bei den Künstlern herumzufahren«, schrieb sie 1820 an Ludwig Emil Grimm, »aber ich habe mehr Ärger als Freude dabei«.[44]

Trotz ihrer beharrlichen Versicherungen, ganz eigenständig zu arbeiten, bediente Bettine sich gern professioneller Hilfe, um ihre Zeichnungen zu verbessern. Zu den Helfern gehörte neben dem Berliner Maler Carl Wilhelm Kolbe (1781–1853)[45] auch der mit Savigny befreundete Karl Wilhelm Wach (1787–1845). Wach war in Paris Schüler von Jacques Louis David, wirkte seit 1820 als Professor an der Berliner Akademie und brachte es bis zum königlichen Hofmaler. Seinen Ruf verdankte er dem Deckengemälde der neun Musen im 1821 eröffneten Königlichen Schauspielhaus am Gendarmenmarkt, einem Schinkel-Bau. Wie Schinkel bewegte Wach sich zwischen Klassizismus und Romantik, blieb allerdings eher einem gefälligen Eklektizismus verhaftet. Neben antiken Sujets wie ›Psyche von Amor überrascht‹ schuf Wach zahlreiche religiöse Werke wie die ›Madonna mit dem Kinde‹ oder die Allegorie ›Stiftung der christlichen Kirche‹, die 1826 auf der Berliner

43 Vgl. Die Kataloge der Berliner Akademie-Ausstellungen 1786–1850. Quellen und Schriften zur bildenden Kunst, hrsg. von Helmut Börsch-Supan, Berlin 1971: 1820, S. 68, Nr. 484. Im März 1822 schrieb Thorvaldsen aus Rom an die »schönäugige Bettine«, die »geistvolle Frau«; er schickte ihr Bleistifte und Tusche und lobte ihre eigenwilligen Bilder, die sie ihm gezeigt oder geschickt haben muss; vgl. Sämtliche Werke, Bd. 7, S. 497.

44 Grimm, Erinnerungen aus meinem Leben (Anm. 30), S. 372 f.

45 Kolbe half Bettine bei der Korrektur ihrer (nicht mehr nachweisbaren) Zeichnung ›Luna und Endymion‹; vgl. den Brief an Achim von Arnim, 29. Januar 1825; Briefwechsel-Arnim, Bd. 2, S. 509.

Akademie-Ausstellung zu sehen war.[46] Kurzzeitig muss auch Bettine sich an solchen Motiven versucht haben, denn ihr Freund Philipp Hössli berichtet anlässlich seines Besuchs in Wiepersdorf am 24. September 1822 von einem (nicht nachweisbaren) Madonnenbild: »Mit Bettina ins Zeichenzimmer. Die angefangene Figur fertig nachgezeichnet, Madonna mit 2 stehenden Engelchen. Dann angefangen zwei liebende Engel unter Früchten und Blumen.«[47]

Wach unterstützte Bettine 1823 tatkräftig bei der Ausarbeitung ihres ersten Entwurfs für das Goethe-Denkmal. Die Korrekturphase dokumentiert eine Zeichnung mit weichem Graphitstift, deren Konturen von anderer Hand mit spitzem, hartem Bleistift in einem sicheren, prägnanten Duktus überformt wurden (Abb. 19 auf S. 329).[48] Erfreut berichtet Bettine: »Wach war sogar so gut Abends spät noch zu mir zu kommen und daran zu korrigieren, und ich kann nicht läugnen daß es durch seinen Rath unendlich gewonnen«.[49] Es ist typisch für Bettine, dass sie gleich auch das Lob des professionellen Künstlers einflicht: »Wach konnte nicht begreifen wie ich in kurzer Zeit solche Fortschritte gemacht […], ich bin aber auch ganz verliebt in dießes Mein Werck«.

»Dießes Mein Werck«, auf das Bettine so stolz war, zeigt ihr Goethe-Denkmal im Konturenstil, den John Flaxman durch seine Illustrationen zu Homer und Dante um 1800 in Mode gebracht hatte.[50] In dieser Technik der Umrisszeichnung fand sie das adäquate künstlerische Ausdrucksmittel, das sie bis ins Alter bevorzugte. Beim Konturenstil wird die Binnenstruktur der Motive nur chiffrenhaft angedeutet, das Erscheinungsbild eines Gegenstandes also einer Abstraktion unterzogen. Diese Abkehr vom Prinzip der Naturnachahmung verlangt vom Be-

46 Wach belieferte regelmäßig die Berliner Akademie-Ausstellungen; vgl. Börsch-Supan, Die Kataloge der Berliner Akademie-Ausstellungen 1786–1850 (Anm. 43).

47 Briefwechsel-Hössli, S. 167 f.

48 Bleistift; bez. u. r.: »Bettine Arnim«; 56,0 × 40,4 cm; Verwaltung der Staatlichen Schlösser und Gärten Hessen, Inv. Nr. 1.3.2.

49 An Achim von Arnim am 16. November 1823; Werke und Briefe, Bd. 4, S. 231.

50 Vgl. John Flaxman. Mythologie und Industrie, Ausstellungskatalog der Hamburger Kunsthalle, hrsg. von Werner Hofmann, Hamburg 1979 sowie Günter Oesterle, Die folgenreiche und strittige Konjektur des Umrisses in Klassizismus und Romantik, in: Bild und Schrift in der Romantik, hrsg. von Gerhard Neumann und Günter Oesterle, Würzburg 1999 (= Stiftung für Romantikforschung 6), S. 27–58.

trachter, die Formen in seiner Vorstellung zu ergänzen und seiner Phantasie Spielraum zu gewähren. Die Umrisszeichnung wurde um 1800 insbesondere für die puristische Reproduktion antiker Kunst, aber auch neuerer Gemälde und Skulpturen eingesetzt. Ebenso beliebt war sie im Illustrationsgenre. Die Reduktion auf die Umrisslinie zwang den Künstler zur Präzision und zur Konzentration aufs Wesentliche. Die Vereinfachung der Formen und der Verzicht auf Tiefenräumlichkeit und Plastizität erleichterte aber auch die technische Ausführung. Aus diesem Grund verwendeten Laien gern den Linienstil, was Goethe zu der spöttischen Bemerkung veranlasste, Flaxman sei »der Abgott aller Dilettanten«.[51]

Auf welche Weise Bettine den Flaxmanschen Linienstil einsetzt, verdeutlicht die Umrisszeichnung ›Theseus mit dem erschlagenen Minotaurus‹, die ein Thema aus der griechischen Mythologie aufgreift (Abb. 10).[52] In der ›Götterlehre‹ erzählt Moritz von dem attischen Helden Theseus, der gegen Ungeheuer kämpfte und »den Herkules sich zum Muster nahm«, sich von jenem aber »durch eine gewisse Feinheit der Züge in seinem Wesen« unterschied.[53] Im Labyrinth auf Kreta tötete Theseus den stierköpfigen Minotaurus, der Menschenopfer verlangte; den Rückweg aus dem Labyrinth fand er mit Hilfe des Fadens, den er von der minoischen Königstochter Ariadne erhalten hatte. Bettine präsentiert den nackten Theseus im Bildzentrum als strahlenden jungen Helden über dem erschlagenen Minotaurus, in der Attitüde eines Herakles mit der Keule, aber, wie Moritz sagt, feiner gebildet. Ihn umringen die dankbaren Mädchen und Jünglinge aus Athen, die er vor dem Opfertod bewahrt hat. Im Hintergrund, wo der Eingang des Labyrinths knapp angedeutet wird, sitzt auf einer Erhebung eine Frauengestalt – Ariadne? –, die auf das Geschehen blickt. Die reliefartig angeordneten nackten oder antikisch drapierten Figuren mit den anmutigen Gesichtern sind für Bettine typisch, doch die heroische Thematik und die gesamte Anlage der Komposition wirken in ihrer Bildwelt wie ein Fremdkörper.

51 Goethe, Über die Flaxmanischen Werke, 1799; WA I 47, S. 245–246.

52 Bleistift, 42,0 × 26,6 cm; Verwaltung der Staatlichen Schlösser und Gärten Bad Homburg. Für die Erlaubnis der Erstveröffentlichung sei der Verwaltung der Staatlichen Schlösser und Gärten Hessen herzlich gedankt.

53 Moritz, Götterlehre (Anm. 20), S. 210.

Abb. 10
Bettine von Arnim, Theseus mit dem erschlagenen Minotaurus, Bleistiftzeichnung (Verwaltung der Staatlichen Schlösser und Gärten Hessen).

Das Rätsel löst sich, wenn man die Zeichnung als Nachbildung eines antiken Gemäldes mit Theseus und dem Minotaurus aus Herculaneum erkennt, auf das Moritz aufmerksam macht: es stelle »den Helden dar, wie zarte Knaben, die dem Tod geweiht waren, die Hände ihm küssen und zärtlich seine Knie umschlingen«.[54] Diese von Kindern darge-

54 Ebd., S. 213.

brachte Geste zärtlicher Dankbarkeit muss Bettine besonders angesprochen haben. Außer der ›Götterlehre‹ gibt es eine zweite Quelle, die ihr das Sujet nahegebracht haben kann: In seinem Aufsatz ›Philostrats Gemälde‹ beschreibt Goethe 1818 in der Zeitschrift ›Über Kunst und Alterthum‹ neben anderen das Bild ›Theseus und die Geretteten‹.[55] Goethe sah das Original 1787 im Museum von Portici, verweist aber darüber hinaus auf die Reproduktion in den Stichwerken der ›Antichità di Ercolano‹, deren Bildtafeln die Ausgrabungen in Pompeji und Herculaneum einer breiten Öffentlichkeit bekannt machten.[56] Der Kupferstich ›Theseus und die Geretteten‹ ist das eindeutige Vorbild für Bettines Zeichnung (Abb. 11).

Der Vergleich belegt, dass Bettine die Gesamtstruktur der Komposition getreu aus der Vorlage übernimmt, sich bei der Ausgestaltung jedoch einige Freiheiten erlaubt. Am meisten fällt die Weichzeichnung auf, mit der sie die Anmut der Figuren steigert und eine Verniedlichung der Gesichter erreicht. So zeigt die Stichvorlage Theseus mit athletischem Körper und markantem männlichem Antlitz, während Bettine die Anatomie nur schematisch andeutet und dem Helden ein liebliches Jünglingsgesicht verleiht. Im Kupferstich werden die fehlenden Partien des Originalgemäldes am rechten und am oberen Rand ausgespart, doch Bettine ergänzt die Fragmente und ›erfindet‹ sogar den fehlenden Kopf der oberen weiblichen Figur, die Goethe als »halb kenntliche Gottheit« bezeichnet. Die Reste eines Bogens und Pfeils in der Linken sowie eines Köchers über der Schulter, die auf Artemis hindeuten, lässt Bettine weg.

Ist Goethes Aufsatz ›Philostrats Gemälde‹ im Kern als antiromantische Propaganda zu verstehen, so verfolgt Bettine mit ihrer Antikenkopie eine andere Intention. Indem sie das hochdramatische Helden-

55 Zweiten Bandes erstes Heft; WA I 49/1, S. 91 f. Goethe verknüpft Philostrats Bericht in den ›Eikones‹ über angebliche Gemälde des Polygnot mit verwandten Wandbildern aus Pompeji und Herculaneum.

56 Erstmals publiziert von Ottavio Antonio Bajardi, Le Pitture antiche d'Ercolano e contorni incise con qualche spiegazione (Antichità di Ercolano esposte), 5 Bde., Napoli 1757–1779; dem Prachtwerk folgt die kleinere und schlichtere Ausgabe von Tommaso Piroli, Le Antichità di Ercolano, 5 Bde., Roma 1789–1794. Goethe benutzte die deutsche Ausgabe von Christoph Gottlieb Murr, Abbildungen der Gemälde und Alterthümer in dem Königlich Neapolitanischen Museo zu Portici […], 8 Bde., Augsburg 1777–1799, mit Umrissstichen von Georg Christoph Kilian.

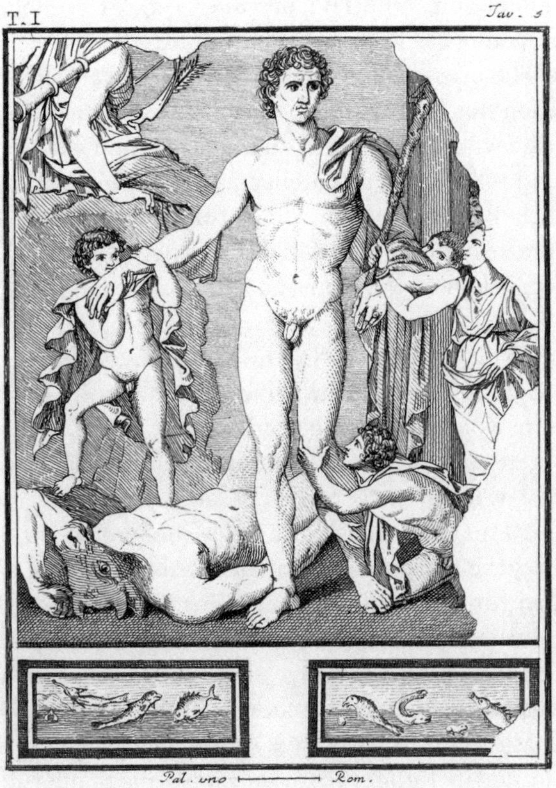

Abb. 11
Theseus und die Geretteten,
in: Tommaso Piroli, Le Antichità di Ercolano,
Roma, Bd. 1, 1789, Tafel 3.

stück als zartes lineares Geflecht darstellt, transponiert sie es in eine vergeistigte Sphäre. Theseus wird zur bildbeherrschenden Lichtgestalt, zu einem milden Erlöser, der die Keule wie eine Fackel und nicht wie ein Mordinstrument hält. Spricht Moritz in der ›Götterlehre‹ vom zärtlichen Dank der geretteten Opfer, wird daraus bei Bettine ein romantischer Gestus der liebenden Hingabe, der die Phantasie des Betrachters anregt und nach einer Deutung hinter der Oberfläche suchen lässt. Die Reduktion auf die Linienzeichnung unterstützt die transitorische Wirkung der Darstellung, ein Effekt, den auch August Wilhelm Schlegel in seiner Besprechung des Flaxmanschen Konturenstils hervorhebt. Schlegel, der von Flaxmans Umrissen begeistert war, vergleicht diese linearen Bildzeichen mit Hieroglyphen, die einen geheimen Sinn verbergen: »Die Phantasie wird aufgefordert zu ergänzen, und nach der empfangenen Anregung selbständig fortzubilden. […] So wie die Worte des Dichters eigentlich Beschwörungsformeln für Leben und Schönheit sind, […] so kommt es einem bey dem gelungenen Umriß wie eine wahre Zauberey vor, daß in so wenigen und zarten Strichen so viel Seele wohnen kann.«[57]

Unter diesen Auspizien entwickelte Philipp Otto Runge seinen hochkomplexen Zyklus ›Vier Zeiten‹, eine Arabeske mit Blumen, Kindern und Genien im Konturenstil, die Clemens Brentano bekanntlich als den Versuch deutete, »das verlorene Paradies aus seiner Notwendigkeit zu konstruieren«. Wie bereits vermerkt besaß Bettine die Kupferstiche der ›Vier Zeiten‹. Ein Echo findet sich insbesondere in ihrer Zeichnung ›Amor und Psyche über einer Weinlaube‹ (Abb. 12),[58] die das Motiv der Laube mit den Kindern und Genien aus Runges ›Mittag‹ (Abb. 13) aufnimmt. Die Trauben in Runges Laube sind als christologisches Symbol zu deuten. Im Gegensatz zu Runge stellt Bettine aber nicht den Bezug zu einem christlich-eschatologischen Weltmodell her, sondern integriert den klassischen Mythos von Amor und Psyche in ihr Bild. An der Stelle, an der in Runges ›Mittag‹ zwei Kinder über der Laube die aufstrebende Lichtlilie flankieren, erscheint bei Bettine Psyche, die an den kleinen Schmetterlingsflügeln zu erkennen ist. Sie versucht den geflügelten Amor, der sich gerade von ihr abwenden will, an der Schulter zurückzuhalten. Das Paar korrespondiert zudem mit den beiden

57 August Wilhelm Schlegel, Über Zeichnungen zu Gedichten und John Flaxman's Umrisse, in: Athenäum II/2 (1799), S. 193–246, hier: S. 205.

58 Bleistift, teilweise durchgepaust, mit segmentbogenförmigem Abschluss, auf transparentem Papier; 24 × 20 cm; auf dem Untersatzkarton bez.: »Bettine«. Freies Deutsches Hochstift – Frankfurter Goethe-Museum, Inv. Nr. IV–1960–13, Nr. 16, Blatt 2. Vgl. Petra Maisak, Bettina von Arnim als Zeichnerin oder der Versuch, alte Bilder in eine neue Mythologie zu verwandeln, in: Achim von Arnim und sein Kreis, hrsg. von Steffen Dietzsch und Ariane Ludwig, Berlin und New York 2010 (= Schriften der Internationalen Arnim-Gesellschaft 8), S. 145–182, hier: S. 168–170.

Abb. 12
Bettine von Arnim, Amor und Psyche über einer Weinlaube, Bleistiftzeichnung (FDH–FGM).

Engeln, die bei Runge in den oberen Ecken der Rahmenleiste über Passionsblumen, dem Sinnbild von Leiden und Erlösung, Gott zustreben, der sich inmitten eines Regenbogens, dem Symbol der Versöhnung, offenbart. An die Stelle dieser religiösen Bilder setzt Bettine die Geschichte von Amor und Psyche, die auf anderer Ebene ebenfalls von der schuldhaften Verstrickung der menschlichen Seele, ihrer Buße durch einen langen Leidensweg und der Wiedervereinigung im Zeichen der göttlichen Liebe erzählt.

Aus Bettines Korrespondenz mit Karl Friedrich Schinkel ergibt sich noch eine andere Interpretationsmöglichkeit des Blattes. Bettine bittet Schinkel am 29. September 1837, ihr eine Zeichnung zurückzusenden,

Abb. 13
Philipp Otto Runge, Der Mittag.
Radierung, mit dem Besitzervermerk Bettine von Arnims (FDH – FGM).

die sie ihm einst zum Geburtstag geschickt hatte und die sie ›Der Traum aus Faust‹ nennt: »Kleine Kinder die in Lauben von Trauben sitzen worüber zwei Figuren schweben, aber in Laub verschlungen wieder kleine Genien p.p.«[59] Die angesprochenen Motive stimmen mit der Zeichnung ›Amor und Psyche über einer Weinlaube‹ überein; nach ihrer Gewohnheit wird Bettine die Kompositionen mehrfach variiert haben.

59 Zitiert nach Hartwig Schultz, Kunst und Homöopathie. Unbekannte Briefzeugnisse aus Bettine von Arnims Korrespondenz mit Karl Friedrich und Susanne Schinkel, in: Internationales Jahrbuch der Bettina von Arnim-Gesellschaft 20/21 (2008/2009), S. 37–56, hier: S. 39.

So berichtet Clemens Brentano schon 1825: »Sie hat den Traum aus dem Faust mit merkwürdiger Kunst und einer zerstörenden Anstrengung gezeichnet«.[60] Der Titel ›Der Traum aus Faust‹ verweist auf die Studierzimmer-Szene in Goethes ›Faust I‹, wo der Gesang der Geister Faust in den Schlaf wiegt (Verse 1447–1505). Das Motiv der Weinlaube und der Liebenden kommt darin vor: »Flatternde Bänder | [...] | Decken die Laube, | Wo sich fürs Leben, | Tief in Gedanken, | Liebende geben. | Laube bei Laube! | Sprossende Ranken! | Lastende Traube.« Die Zeichnung ist nicht als Illustration zu Goethes »klassisch-romantischer Phantasmagorie« zu verstehen, sondern als assoziatives Spiel mit dem Text, dessen Aussage und Stimmung Bettine in ihre eigene Vorstellungswelt überträgt.

Mehrfach beschäftigt hat Bettine sich auch mit dem Sujet einer anderen Zeichnung aus der Mappe, die ›Amor und Psyche über einer Weinlaube‹ enthält: Es ist die ›Trunkene Bacchantin‹, eine nackte Mänade, die ein gegensätzliches Liebesmuster reflektiert (Abb. 14).[61] Sie liegt aufreizend über einem Felsen ausgestreckt vor einer Felsgrotte, an der sich ein Weinstock emporrankt. Eine Raubkatze leckt die Brust der Schlafenden, deren Hand eine Fackel entglitten ist. Leopard, Weinstock und Grotte sind Attribute des Dionysos/Bacchus und verweisen auf die orgiastische Sphäre des Thiasos. Dem entspricht Bettines Vermerk auf einer Durchzeichnung des Motivs aus dem Nachlass Ottilie von Goethes: »Eine vom Duft des Weines betäubte Bachantin nach der Natur gezeichnet und erfunden Bettine v. Arnim«.[62]

Selbst wenn Bettine ein lebendes Modell in Anspruch nach, um »nach der Natur« zu zeichnen, hat sie die Konstellation doch nicht ganz selbständig »erfunden«, sondern sich von Vorbildern inspirieren lassen. Von Schinkel gibt es eine ähnliche Version der ungewöhnlichen Liege-

60 An Joseph Görres am 24. Mai 1825; Bettinas Leben und Briefwechsel mit Goethe, hrsg. von Fritz Bergemann, Leipzig 1927, S. 154.

61 Bleistift, gewischt, teils durchgepaust, auf transparentem Papier mit segmentbogenförmigem Abschluss; 28,5 × 38,5 cm. Freies Deutsches Hochstift – Frankfurter Goethe-Museum, Inv. Nr. IV–1960–13, Nr. 16, Blatt 9; vgl. Maisak, Bettina von Arnim als Zeichnerin (Anm. 58), S. 176–178. Die ›Trunkene Bacchantin‹ findet sich als Teil einer mehrfigurigen Komposition auch in Bettines Zeichnung ›Bacchus rettet Psyche aus dem dionysischen Taumel‹, die sie im Kontext ihres Goethe-Denkmals entwarf.

62 Vgl. Briefwechsel-Pückler, S. 573 und Abb. 5.

Abb. 14
Bettine von Arnim, Trunkene Bacchantin, Bleistiftzeichnung (FDH – FGM).

figur mit dem hochgewölbten Rücken; dort ist es ein androgyner Jüngling, der ›Sterbende Genius der Baukunst‹, der über einer zerborstenen Säule liegt. Der Genius gehört zu einer Folge von Tonreliefs, die Schinkel 1831 für die Fensterbrüstungen der neuen Bauakademie in Berlin entwarf. Die Reliefs der Fensterbrüstungen wurden 1833 in einem Stichwerk reproduziert (Abb. 15).[63] Außerdem kann Bettine ein Abguss oder Nachstich der ›Schlafenden Mänade‹ zugänglich gewesen sein, einer antiken Marmorskulptur, die wie hingegossen auf einem Pantherfell liegt. Und mit Sicherheit kannte sie Johann Heinrich Danneckers berühmte Plastik der ›Ariadne auf dem Panther‹, in der die Kombination von Frauenakt und Raubkatze lustvoll ausgespielt wird. Die Mar-

63 Karl Friedrich Schinkel, Sammlung architektonischer Entwürfe, Heft 20, Berlin 1833.

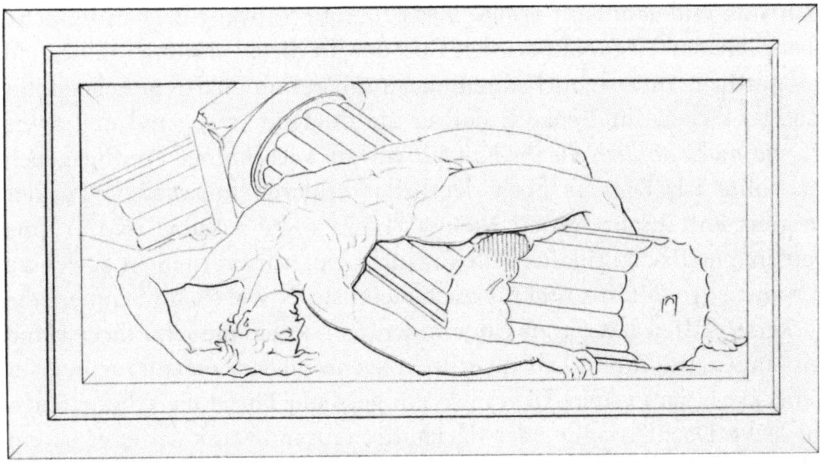

Abb. 15
Karl Friedrich Schinkel, Genius der Baukunst,
in: Sammlung architektonischer Entwürfe, Heft 20 (FDH–FGM).

morfassung der Ariadne entstand im Auftrag des Bankiers Moritz von Bethmann, der sie in Frankfurt 1816 in einem eigens errichteten Museumsbau, dem Odeon, aufstellen ließ.

Auf die Affinität der ›Trunkenen Bacchantin‹ zu Danneckers ›Ariadne auf dem Panther‹ weist Fürst Pückler hin, dem Bettine eine Durchzeichnung des Motivs schickte. Daraus entspann sich ein erotisch aufgeladener Dialog, der bezeichnend für die Korrespondenz der beiden in den Jahren 1832/1833 ist. Pückler dankt Bettine am 26. Februar 1832: »Sie haben einen höheren Geist als ich, und hundertmal schönere Körper im Kopfe, wie Ihre himmlischen Zeichnungen darthun. Tausend Dank für die letzte, eine Ariadne, nicht wahr? So reizend, daß selbst ein Leopard ihr wollüstig die Brüste küßt, und so lieblichen, stillen Ausdruckes im Gesicht, daß man nicht weiß ob sie wirklich todt ist, oder nur schläft. Wie gern erweckte ich sie, und nähme sie, ohngeachtet meiner migraine, zu mir ins Bett, denn auf mich Erdensohn wirkt die Kunst meist nur sinnlich.«[64] Bettine repliziert: »Nein eine Ariadne ist meine von der

64 Briefwechsel-Pückler, S. 17.

Gährung und dem Duft des Weines betäubte trunckne Bachantin nicht, aber Sieh: der Tieger ahndet den Gott der ihr die Besinnung raubte, und das göttliche ihrer Trunckenheit macht ihn besonnen daß er liebend mit heiliger Scheu ihr liebkoßt daß er sie duldend trägt, und daß *seine Zunge nicht bößlich an ihr handelt* wie sie auch immer Preiß gegeben ist. sollte ich Dir das noch deutlicher erklären müssen?«[65] Pückler reagiert enttäuscht: »Was? Meine schöne, todte Ariadne ist nur eine betrunkene Bachantin. Ich sehe gar nicht ein, warum es nicht auch eine Ariadne seyn könnte, und für mich bleibt sie es, wie sie im Schmerz die Fackel ergriffen hat, ihren Ungetreuen zu suchen, die jetzt ihrer Hand entsunken, mit ihrem Leben verlischt, während der Leopard (denn da er gefleckt ist, ist er kein Tiger) wie ein getreuer Hund die schöne Brust ihr leckt. Doch Ariadne oder Bachantin, tausend Dank dafür, es ist ein schönes und gewürdigtes Geschenk.«[66]

Die Mänade gehört wie Psyche zu den fiktiven Rollenentwürfen und Inszenierungsmustern, die Bettine in Wort und Bild für sich in Anspruch nimmt. Sie setzt das Spiel in einer nahezu surrealen Bleistiftskizze – ›Tiger, Katze, Mänade und Mond‹ (Abb. 16) – fort, die sie mitten im Brief an Pückler vom 15. August 1833 placiert und selbstbezogen deutet: »da oben im Bildchen ist Dir eine Mystische Darstellung gegeben von dem was Dich über mich belehren könnte. […] das Bild ist der Spiegel Deiner Sehnsucht, die den Tiger zum Heulen bringt, eine bachantische [Mänade] verbirgt und schüzt ihn mit ihrem Mantel vor der boshaften Katze«.[67] Ironisch fügt sie an: »in diesem Bild zeigt sich freilich nicht, daß die Erfinderin ein vernünftiges Wesen ist.«

Die Affinität der ›Trunkenen Bacchantin‹ zu einem Motiv Karl Friedrich Schinkels (1781–1841) ist kein Einzelfall. Keinem anderen Künstler stand Bettine in Berlin so nahe wie dem vielseitigen Maler und Architekten, der eine starke Wirkung auf sie ausübte und auch mit Brentano und Arnim befreundet war.[68] »Als Schinkel noch in der Gro-

65 Am 27. (?) Februar 1832; ebd., S. 22.

66 Am 27. Februar 1832; ebd., S. 26.

67 Freies Deutsches Hochstift, Hs–13306; Briefwechsel-Pückler, S. 215 (Abb.).

68 Vgl. Hartwig Schultz, Karl Friedrich Schinkel und die Brentano-Geschwister, in: Karl Friedrich Schinkel und Clemens Brentano. Wettstreit der Künste, hrsg. von Birgit Verwiebe, Ausstellungskatalog, Nationalgalerie – Staatliche Museen zu Berlin, Berlin 2008, S. 29–50, darin: Bettine als Schülerin Schinkels, S. 45–47.

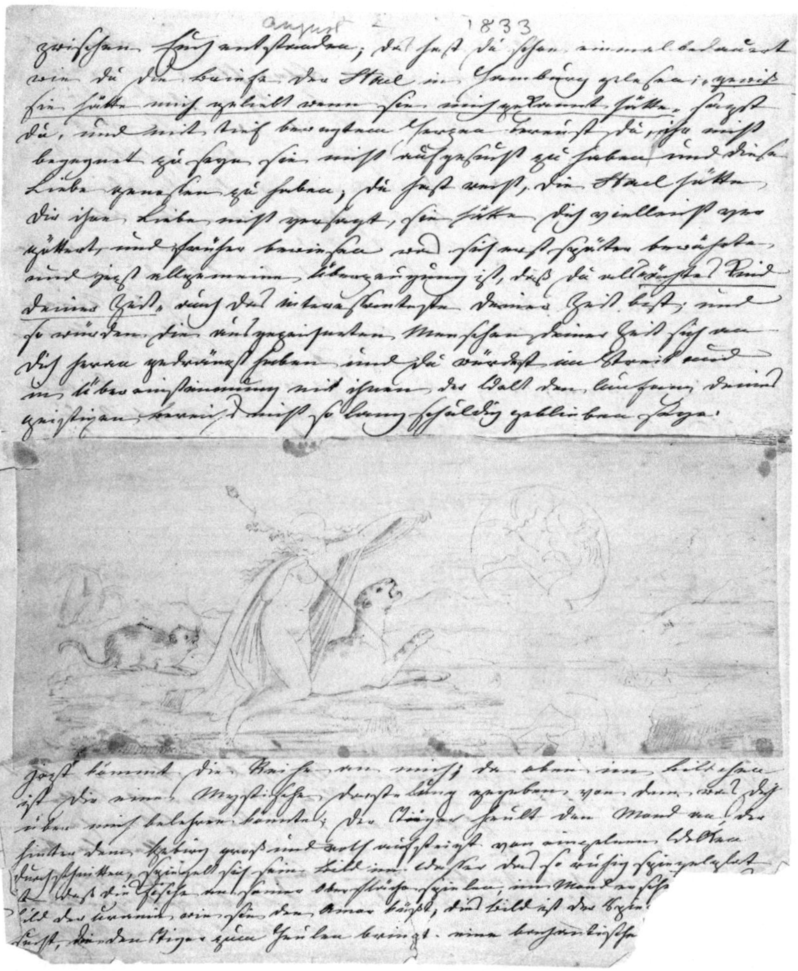

Abb. 16
Bettine von Arnim, Tiger, Katze, Mänade und Mond,
im Brief an Pückler vom 15. August 1833,
Bleistiftzeichnung (FDH – FGM).

ßen Friedrichsstraße Nr. 99 [1814–1821] wohnte, pflegte sich oft […] eine höchst interessante, geistvolle, fröhliche Gesellschaft Abends bei ihm zusammenzufinden«, zu der auch Clemens Brentano und Bettine von Arnim gehörten.[69] Bei einer solchen Gelegenheit entstand 1820 im Wettstreit mit Brentanos Erzählung Schinkels hochromantisches Bild ›Schloss am Strom‹. Schinkel gelang es, die griechische Antike ebenso suggestiv zu inszenieren wie das gotische Mittelalter und sich virtuos zwischen beiden Welten zu bewegen. Das nur noch in der Kopie von Wilhelm Ahlborn erhaltene Gemälde ›Die Blüte Griechenlands‹ (1825),[70] ein klassizistisches Hauptwerk Schinkels, schildert Bettine ausführlich im Ehebriefwechsel und in der Korrespondenz mit Goethe.[71] Dort rühmt sie die »grazienhaften Gestalten und Liniamente«, die ganz ihrem eigenen zeichnerischen Ideal entsprechen.

Die Zeichnerin Bettine begegnete dem Künstler mit Respekt und suchte seine Anerkennung; so wünschte sie von Arnim: »Erzähle dem Schinckel von meiner großen Kunstanlage und wie ich mirs sauer werden lasse.«[72] Bettine tauschte mit Schinkel Zeichnungen aus, ihm hatte sie auch manche Korrektur und Ergänzung zu danken. So erzählt sie von einer (nicht nachweisbaren) Zeichnung: »seit 8 Tagen hat sie Schinckel, aus dessen Finger der Kunstgeist electrisch sprüht, und sie also mit einem electrisirten Wald umgiebt«.[73] In Schinkels Nachlass haben sich Blätter Bettines erhalten, die stark von seinem Duktus beeinflusst sind.[74] Dazu gehört die großformatige Bleistiftzeichnung ›Knabe mit Eule in einer Felslandschaft‹, die früher Schinkel selbst zugeschrieben wurde; eine Vorstudie Bettines befindet sich im Freien Deutschen Hochstift (Abb. 17).[75] Für »die vortreffliche Eule mit Buben umher und schöns-

69 Zitiert nach Carl Gropius in: Aus Schinkels Nachlaß. Reisetagebücher, Briefe und Aphorismen, hrsg. von Alfred von Wolzogen, 3 Bde., Berlin 1862–1863 (Reprint 1981), hier: Bd. 2, 1862, S. 340 f.

70 Vgl. Karl Friedrich Schinkel. Lebenswerk, Bd. 20: Bild-Erfindungen, hrsg. von Helmut Börsch-Supan, München und Berlin 2007, S. 455–461.

71 An Arnim am 24. Mai 1825 (Briefwechsel-Arnim, Bd. 2, S. 532 f.), an Goethe am 6. Juni 1825 (Werke und Briefe, Bd. 2, S. 737 f.).

72 Am 7. Januar 1823; Briefwechsel-Arnim, Bd. 1, S. 389.

73 An Pückler am 27. (?) Februar 1832; Briefwechsel-Pückler, S. 20.

74 Vgl. Börsch-Supan, Bild-Erfindungen (Anm. 70), S. 632 f.

75 Staatliche Museen zu Berlin, Kupferstichkabinett; vgl. Schultz, Karl Friedrich Schinkel und die Brentano-Geschwister (Anm. 68), S. 46 f. (mit Abb.). Vorstudie: Bleistift, teilweise durchgepaust, auf transparentem Papier; 37,5 × 20,4 cm. Bez. auf dem Untersatzkarton: »Bettine«. Freies Deutsches Hochstift – Frankfurter Goethe-Museum, Inv. Nr. IV–1960–13, Nr. 16, Blatt 3. Vgl. Maisak, Bettina von Arnim als Zeichnerin (Anm. 58), S. 170 f.

Abb. 17
Bettine von Arnim, Knabe mit Eule,
Bleistiftzeichnung (FDH–FGM).

ter Landschaft« bedankt sich der Künstler am 29. September 1837 und fügt hinzu: »in letzterer, welcher Fortschritt!«[76] Die verwickelte Symbolik dieses Blattes beschreibt Bettine ausführlich im 1848 veröffentlichten ›Ilius Pamphilius‹, wobei sie den »Knaben in der einsamen Felsnische«, der eine Krone in der Hand hält, selbstreflexiv als den Dichter bezeichnet, »aus dessen Gedicht die Zeichnung entlehnt ist«.[77]

76 Zitiert nach Schultz, Kunst und Homöopathie (Anm. 59), S. 38.

77 Werke und Briefe, Bd. 3: Politische Schriften, hrsg. von Wolfgang Bunzel, Ulrike Landfester, Walter Schmitz und Sibylle von Steinsdorff, 1995, S. 575 f. und S. 1186.

Mit größtem Interesse verfolgte Bettine von Arnim Schinkels Planung und Bau des Museums am Lustgarten (1823–1830), das die königliche Kunstsammlung aufnehmen sollte. Der Bau, der mit seinen klassizistischen Formen und seiner Kolonnade aus 18 ionischen Säulen an das Vorbild der Antike anknüpft, fand Bettines Gefallen: »Für mich ist das Ganze zauberisch schön.«[78] Dem Museumsbau lag das kunstpolitische Programm einer ästhetischen und moralischen Erziehung des Menschen zugrunde, das insbesondere durch allegorische Fresken in der Vorhalle vermittelt werden sollte. Schinkels Entwürfe, die Gouachen zum ›Zyklus aus der Bildungsgeschichte des Menschengeschlechts‹ (1828–1834), sind das malerische Hauptwerk seiner späten Jahre. Unter dem Eindruck der ›Götterlehre‹ von Karl Philipp Moritz entwickelt er eine arabesk verschlungene Darstellung der Kunst und der Kultur im Kontext von Kosmos und Leben, wobei er die antike Mythologie poetisch zu transformieren sucht.[79] Die fließende Komposition mit ihrem überquellenden Reichtum an anmutig bewegten Figuren inspirierte Bettine. Am 7. Mai 1828 berichtet sie Arnim, dass Schinkel bei ihr war und ihr »ein Stück seiner Komposition für das Museum« gezeigt habe, die »schon über 100 Figuren zählt«; das habe sie angeregt, »eine Gruppe Taunymphen zu komponieren«.[80] Eine zum Teil durchgepauste Skizze auf Transparentpapier kann damit zusammenhängen: Sie zeigt eine große Ansammlung weiblicher und kindlicher Aktfiguren in allen denkbaren Haltungen, deren Körper nur kursorisch angedeutet sind, während die Köpfe mit den stilisierten Gesichtern stärker herausgearbeitet werden (Abb. 18).[81]

Schinkels komplexes, anspruchsvolles Bildprogramm und die Nacktheit der Gestalten stießen beim König auf Widerstand, die Ausführung der Museumsfresken verzögerte sich und konnte erst 1841 nach dem Regierungsantritt von Friedrich Wilhelm IV. durch Cornelius und andere in Angriff genommen werden (im Krieg zerstört). Zusammen mit

78 Am 5. September 1828; Briefwechsel-Arnim, Bd. 2, S. 761.

79 Vgl. Jörg Trempler, Das Wandbildprogramm von Karl Friedrich Schinkel. Altes Museum Berlin, Berlin 2001 sowie Börsch-Supan, Bild-Erfindungen (Anm. 70), S. 480–495.

80 Briefwechsel-Arnim, Bd. 2, S. 734.

81 Bleistift, teilweise durchgepaust, auf transparentem Papier; 55,2 × 102,4 cm. Freies Deutsches Hochstift – Frankfurter Goethe-Museum, Inv. Nr. 13897–18.

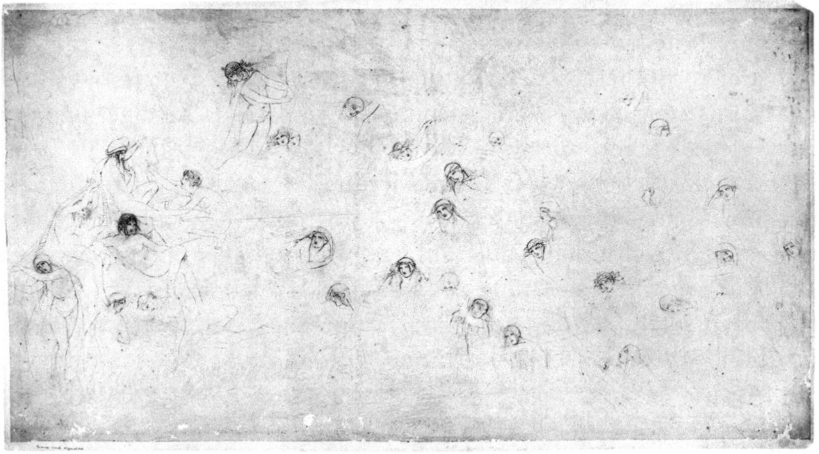

Abb. 18
Bettine von Arnim, Skizze zu den ›Taunymphen‹ (?), Bleistiftzeichnung (FDH–FGM).

Fürst Pückler setzte Bettine sich vehement für Schinkels Entwürfe ein. Als ihre erste Publikation veröffentlichte sie 1834 anonym in Pücklers ›Andeutungen über Landschaftsgärtnerei‹ eine Streitschrift für die Museumsfresken,[82] die das kulturelle Leben beflügeln und sogar den »Keim einer Kunstschule in Berlin« bilden könnten.

Bei Schinkel fand Bettine ihr eigenes Kunstideal wieder, auch er suchte Friedrich von Hardenbergs Forderung nach einer Romantisierung der Welt einzulösen. So rühmt Bettine in den ›Andeutungen über Landschaftsgärtnerei‹ Schinkels Vermögen, »eine nicht gekannte unendliche Kette von Eingebungen an bekannte Begriffe und Erfahrungen anzuknüpfen, das Eigentümliche selbst dem Gewöhnlichen einzuflößen«. Beide teilen das Ideal der Kindlichkeit und Natürlichkeit, ohne einzugestehen, dass dieses utopische Wunschbild in der Kunst ihrer Zeit nur im Vorschein, nur mit höchstem Raffinement erreichbar ist.

82 Andeutungen über Landschaftsgärtnerei verbunden mit der Beschreibung ihrer praktischen Anwendung in Muskau vom Fürsten von Pückler Muskau, Stuttgart 1834; zitiert nach Werke und Briefe, Bd. 2, S. 810–818.

So lobt Bettine Schinkels im Grunde höchst artifizielle »Art der Darstellung«, weil sie »so kindlich und naiv wie ihr Inhalt« sei, und der Künstler formuliert in der Diktion der Romantik: »Die schöne Kunst macht uns zu Kindern; wir spielen mit ihr, und je unschuldiger und unbefangener wir dies tun, je mehr werden wir wieder Kinder.«[83] Beide bekräftigen das Primat der Phantasie und lehnen naturalistische bzw. illusionistische Tendenzen ab, denn, so Schinkel: »Nur was die Phantasie anregt, soll in der Kunst aufgenommen werden. Das Hinwirken auf eine gemeine Täuschung der Sinne ist ein der Kunst unwürdiges Bestreben. Hieraus ist zu erklären, warum eine Skizze oft so viel mehr und höher wirkt als die Ausführung.«[84]

*

In Schinkels Entwürfen und in seinen Notizen[85] zum Bildprogramm der Museumsfresken finden sich zahlreiche Motive, die in Bettine von Arnims Bildwelt nachklingen. Das betrifft vor allem ihre beiden ambitioniertesten Projekte: die große, König Ludwig I. von Bayern gewidmete Komposition ›Octoberfest‹, die zwischen 1827 und 1830 entstanden ist,[86] und Bettines Hauptwerk, das Goethe-Denkmal, an dem sie von 1823 bis zum Ende ihres Lebens arbeitete.[87] Beide Werke lassen

83 Karl Friedrich Schinkel, Gedanken und Bemerkungen über Kunst im Allgemeinen, in: Romantische Kunstlehre. Poesie und Poetik des Blicks in der deutschen Romantik, hrsg. von Friedmar Apel, Frankfurt am Main 1992 (= Bibliothek der Kunstliteratur 4), S. 175–202, hier: S. 178.

84 Ebd., S. 183.

85 Börsch-Supan, Bild-Erfindungen (Anm. 70), S. 639–645.

86 Vgl. Petra Maisak, Bettine von Arnims ›Octoberfest‹. Idee, Genese und Rekonstruktion, in: Jahrb. FDH 1990, S. 184–217; dies., Das »Oktoberfest« Bettine von Arnims, in: »Der Geist muß Freiheit genießen ...!« Studien zu Werk und Bildungsprogramm Bettine von Arnims, hrsg. von Walter Schmitz und Sibylle von Steinsdorff, Berlin 1992 (= Bettina von Arnim-Studien 2), S. 48–66.

87 Vgl. u.a. Bergemann, Bettinas Leben und Briefwechsel mit Goethe (Anm. 60), S. 147–152; Jahrb. FDH 1980, S. 435–438; Maisak, Alltag und Apotheose (Anm. 29), S. 214–217; Bettina von Arnim, Werke, hrsg. von Heinz Härtl, Bd. 1: Goethes Briefwechsel mit einem Kinde, Berlin und Weimar 1986, S. 649–657; Werke und Briefe, Bd. 2, S. 422–426 sowie S. 732–735 (originaler Briefwechsel); Rolf Selbmann, Dichterdenkmäler in Deutschland, Literaturgeschichte in Erz und Stein, Stuttgart 1988; Jutta Schuchard, »Goethe auf dem Postament« – Goethe-Denkmäler, in: Goethe-Jahrbuch 106 (1989), S. 278–308; Wolfgang Bunzel, Lippen auf

sich der Kategorie der Huldigungsbilder zurechnen, beide sind im Hinblick auf Genese und Programm eng miteinander verbunden. Die Reinzeichnung des ›Octoberfests‹ ist verschollen, das Freie Deutsche Hochstift besitzt jedoch ein Konvolut von aussagekräftigen Skizzen und Entwürfen. Sie sind konzeptionell mit Bettines Entwürfen für das Goethe-Denkmal verwandt, für das es weitere Skizzen ihrer Hand sowie Graphikreproduktionen und Gipsmodelle von Helfern gibt, nicht zu vergessen die Marmorausführung der Hauptgruppe durch den Bildhauer Carl Johann Steinhäuser in Weimar. Die Projekte, die durch reiches Quellenmaterial dokumentiert sind, wurden in der Forschung bereits ausführlich diskutiert, deshalb werden die historischen Fakten hier nur kurz umrissen.

Mit beiden Projekten stellte Bettine von Arnim sich der Öffentlichkeit, bevor sie als Schriftstellerin auf den Plan trat. Dabei hob sie auf ihren Status als Dilettantin, als ingeniöse Liebhaberin der Kunst ab, um sich von vornherein von den Normen und Ansprüchen des professionellen Kunstbetriebs zu distanzieren. Sie inszenierte sich als kindliche Enthusiastin, deren Produktion nicht am schnöden handwerklichen Können oder an akademischen Regeln, sondern am Maßstab ihrer eigenen Begeisterungskraft zu messen ist. Dennoch setzte sie sich auf geradezu herausfordernde Weise der Konkurrenz arrivierter Künstler aus, die sie mit ihren Inventionen zu übertreffen gedachte. Treibende Kraft war in beiden Fällen ihr Wunsch, ein bleibendes Denkmal zu stiften, das nicht nur einer verehrungswürdigen Persönlichkeit, sondern mittelbar auch ihr selbst galt.

Die gestalterische Initiative ging weder beim Goethe-Denkmal noch beim ›Octoberfest‹ von Bettine aus, vielmehr waren es Modelle des Bildhauers Christian Daniel Rauch, die ihren vehementen Widerspruch erregten und sie zu einer Gegenposition ermunterten. Als Bettine 1826 auf der Berliner Akademie-Ausstellung Rauchs Modell zu einem Denkmal für den bayrischen König Maximilian I. Joseph sah, empörte sie sich, das »bestialische Werck« sei ein geistloser »Klumpen Erz«, ein »Kasten auf dem der Kobolt sitzt«.[88] Dieser Invektive ging die hitzige

Marmor. Bettine von Arnims epistolare Erinnerungspolitik, in: Adressat: Nachwelt. Briefkultur und Ruhmbildung, hrsg. von Detlev Schöttker, Paderborn 2008, S. 161–180.

88 An Goethe, 26. Oktober 1826; Werke und Briefe, Bd. 2, S. 741.

Debatte um das Frankfurter Goethe-Denkmal voraus, das von einem Komitee unter dem Vorsitz des Bankiers Bethmann 1819 als prächtiger Rundtempel mit einem Fries von Thorvaldsen und einer Goethe-Büste von Dannecker geplant war, aus Kostengründen jedoch auf eine einzelne Goethe-Statue reduziert wurde. Für die Ausführung bewarb sich außer Rauch auch noch Christian Friedrich Tieck, doch Goethe selbst gab Rauch 1820 den Vorzug. Der Bildhauer sah ein all'antica drapiertes Standbild mit Lorbeerkranz vor, das jedoch in Frankfurt wenig Anklang fand. 1823/24 folgten drei durch Skizzen vorbereitete Bozzetti des sitzenden Goethe im Habitus eines antiken Philosophen mit Schreibtafel und Griffel.

Die ursprünglich vorgesehene fast sakrale Pracht des Frankfurter Monuments hatte Bettines Imagination beflügelt; daran gemessen mussten schlichtere Planungen sie enttäuschen. Rauchs Modell des sitzenden, in eine Toga gehüllten Goethe, das sie bereits aus einer Entwurfsskizze kannte, bezeichnete sie despektierlich als einen »alten Kerl im Schlafrock«.[89] Sie konterte mit dem Gegenmodell des thronenden Dichterfürsten mit Lorbeerkranz und Leier, an dessen Knie sich eine kindliche Psyche mit Schmetterlingsflügeln schmiegt (Abb. 19).[90] Die Anatomie der Figuren kann nur als höchst eigenwillig beschrieben werden. In der Rolle der Psyche, die auf Goethes Fuß tritt und in die Leier greift, sah sie sich selbst, verklärt zum Sinnbild der Museninspiration und divinatorischen Kraft. Für Goethe, das Objekt ihrer Verehrung, kam eine Darstellung, die wie Rauchs Modell noch einen Bezug zur Realität aufwies, keinesfalls in Frage. Stattdessen entwarf Bettine ein Kultbild des Dichterfürsten en face in der Pose des thronenden Jupiters, dessen Sockel ein Adler ziert Zugleich schrieb sie dem Bild synkretistische Züge ein, um es ins zeitlos Erhabene zu steigern; so erinnert es auch an die christliche Ikonographie einer Majestas Domini. Diesen transitorischen Aspekt betont sie gegenüber Goethe: »Der *erfundne* Göthe konnte nur so dargestellt werden daß er zugleich einen Adam einen Abraham einen Rechtsgelehrten oder auch einen Dichter bezeichnet, keine Individualität.«[91]

89 An Bethmann am 3. Februar 1824; Werke und Briefe, Bd. 4, S. 232.

90 Bleistift, sign. u. r.: »Bettine Arnim«; 56,0 × 40,4 cm; Verwaltung der Staatlichen Schlösser und Gärten Hessen, Inv. Nr. 1.3.2.

91 Am 1. Januar 1823; Werke und Briefe, Bd. 2, S. 732 f.

Abb. 19
Bettine von Arnim, Entwurf zum Goethe-Denkmal, Bleistiftzeichnung (Verwaltung der Staatlichen Schlösser und Gärten Hessen).

Sieht man von allem Beiwerk ab, geht die antikisch stilisierte Sitzfigur im wallenden Mantel letztendlich auf die Frontalansicht von Rauchs sitzendem Goethe in der Toga zurück. Bettines Phantasie entzündet sich erst am expressiven Pathos der Figur und an den assoziationskräftigen Details. Auch dafür lassen sich mögliche Inspirationsquellen finden, die Bettine freilich auf einzigartige Weise zu amalgamieren versteht. Angeregt haben könnte sie Friedrich Burys theatralisch inszeniertes Goethe-Bildnis (1800), das den Dichter mit einer Schriftrolle in strenger Frontalansicht auf einem thronartigen, mit Löwenköpfen und Masken geschmückten Sessel darstellt, die Alltagstracht von

Details aus Abb. 19:
Mignon (links), Genien und die Tänzerin Bettine (rechts).

einer Toga überdeckt. Dieses lebensgroße Porträt, das als Dichterbildnis im »höhern Styl« galt, war in Rumohrs Besitz; da er es Bettine gegenüber erwähnt, muss sie es gekannt haben.[92]

Bettine spart bei ihrem Entwurf nicht mit narrativen Details, die sie selbst in Beziehung zu Goethe setzen. Zusätzlich zur Psyche integriert sie zwei weitere Rollenbilder, die an den Außenkanten der Rücklehne erscheinen: »Mignon an Deiner rechten Seite im Augenblick, wo sie entsagt«, und zur Linken – »meiner Liebe zur Apotheose« – die Tänzerin Bettine.[93] Inschriften an der Lehne des Throns bekräftigen den Zusammenhang. In die Zeichnung fügt sie oben links über Mignon ein Zitat aus Mignons Lied im ›Wilhelm Meister‹ ein: »So last mich scheinen bis ich werde«. Rechts, über der Tänzerin Bettine, zitiert sie einen Vers aus den ›Venezianischen Epigrammen‹ (38), der sich auf die kindliche Akrobatin – »Bettine du liebliches Wunder« – bezieht: »Jupiter sieht dich, der Schalk, und Ganimed ist besorgt« (s. Details aus Abb. 19).

92 Zeichnung in der Klassik Stiftung Weimar; vgl. Die Bildnisse Goethes, hrsg. von Ernst Schulte-Strathaus, München 1910 (= Goethes sämtliche Werke. Propyläen-Ausgabe, Supplement 1), S. 43.

93 Im Brief an Pückler gibt Bettine nach Goethes Tod Ende März 1832 eine noch bildhaftere Beschreibung des ganzen Programms; Briefwechsel-Pückler, S. 58/60.

Abb. 20
Karl Friedrich Schinkel, Tänzerinnen in einer Kassette der Decke des Berliner Schauspielhauses; Sammlung architektonischer Entwürfe, Heft 20.

Bei der Darstellung Mignons als Engel mit der Laute folgt Bettine Johann Gottfried Schadows Kreidezeichnung ›Marianne Schadow als Mignon‹ (1802).[94] Für die Tänzerin Bettine konnten Schadows Zeichnungen und Radierungen des Tänzerpaars Vigano oder die Tänzerinnen in den Deckenfeldern von Schinkels Schauspielhaus am Gendarmenmarkt (Abb. 20) als Vorbild dienen.[95]

94 Staatliche Museen zu Berlin, Kupferstichkabinett. Der Sohn Friedrich Wilhelm von Schadow entwarf 1828 eine romantisierte Version von Mignon als Engel (Öl auf Leinwand, Schloss Charlottenburg Berlin).

95 Karl Friedrich Schinkel, Sammlung architektonischer Entwürfe, Heft 20, Berlin 1833.

Die Lehne des Throns ziert oben ein Fries mit geflügelten Kindergestalten in Nischen. Neben Mignon presst ein Genius mit Thyrsosstab eine Weintraube in einen Pokal, neben der Tänzerin Bettine hält ein anderer einen Krug, um ein Öllämpchen zu füllen. »Die kleinen Genien in den Nischen am Rande des Sessels«, erläutert Bettine dem Dichter, »haben ein jeder ein Geschäft für Dich […]: sie keltern Dir den Wein, sie zünden Dir Feuer an und bereiten das Opfer, sie gießen Oel auf die Lampe.«[96] So originell die geschäftigen Genien im Kontext eines Dichterdenkmals wirken, besitzen sie doch ein Vorbild in den Amoretten, die mit diversen Tätigkeiten als Umrissstiche in den ›Antichità di Ercolano‹ abgebildet werden.[97]

Auch das Postament erhält einen programmatischen Schmuck: »Unten am Sockel hab *ich, ein Franckfurther Kind wie Du,* meiner guten Stadt Frankfurth Ehre erzeugt«, schreibt Bettine und stellt an der Vorderseite zwischen »erhabnem Lorbeergesträuch« den »Frankfurther Adler« dar. Das Motiv ist mehrdeutig gewählt: als heraldisches Signet, als Attribut Jupiters und als Sinnbild der Apotheose. In Goethes Haus am Frauenplan begegnet der Adler an Jupiters Thron gleich zweimal in Gipsabgüssen.[98] Seit der Antike wird die Vergöttlichung eines Sterblichen durch das Bild des Himmelsflugs auf Jupiters Adler symbolisiert, eine Vorstellung, die Bettine auch für Goethes Apotheose in Anspruch nahm. Adler mit ausgebreiteten Schwingen gehörten im 19. Jahrhundert zum Standardrepertoire der Denkmalsgestaltung; in Berlin konnte Bettine sie u.a. an Rauchs Grabmal der Königin Luise (1810) und am Sockel seiner Denkmäler für Bülow und Scharnhorst (1819–1822) bewundern. Darüber hinaus ziert der Adler als signifikantes Symbol die Stele des frühesten Goethe-Denkmals, das Tieck zusammen mit Peter Kauffmann im Auftrag der Großherzogin Maria Pawlowna von Sachsen-Weimar 1821 für Jena geschaffen hatte.[99]

96 An Goethe am 1. Januar 1823; Werke und Briefe, Bd. 2, S. 732–735.

97 Vgl. dazu Anm. 56.

98 Über dem Eingang zum Gelben Saal hängt als Supraporte der ›Thron des Jupiter‹, ein Gipsabguss von Martin Klauer nach einem Relief aus dem Palazzo Ducale in Mantua, und im Brückenzimmer befindet sich ein Abguss des ›Thronenden Zeus mit Adler‹, ein Fragment aus einem griechischen Marmorrelief mit der Apotheose Homers.

99 Vgl. Bernhard Maaz, Christian Friedrich Tieck 1776–1851. Leben und Werk unter besonderer Berücksichtigung seines Bildnisschaffens, mit einem Werkverzeichnis, Berlin 1995, S. 325 f.

Bettine zeigte ihren Denkmalsentwurf, der in Durchzeichnungen kursierte, Freunden und Künstlern, bevor sie ihn Anfang 1824 Bethmann nach Frankfurt und Goethe nach Weimar sandte. Für Goethe verfasste sie eine emphatische Interpretation, der sie die Versicherung vorausschickt, sie »habe nie gezeichnet oder gemalt«, sondern sei lediglich ihrer Inspiration gefolgt.[100] Da Goethe damals auch das Modell Rauchs erwartete, pries Bettine ihre Zeichnung als genialen, von Begeisterung getragenen Wurf, der die »bedächtige vorsichtige Logick eines Bildhauers« außer Kraft setze. Sie betont die unkonventionelle dynamische Konzeption der frontalen Gestalt, die sich unmerklich nach der Seite neigt, »wo die im Augenblick der Begeistrung vernachlässigte Lorbeerkrone in der losen Hand ruht« – »während die kindliche Psyche das Geheimniß seiner Seele durch die Leyer ausspricht.«

In einer Nachschrift teilt Bettine Goethe mit, Rauch habe ihre Zeichnung gesehen »und sich gleich entschlossen sie [...] zu modeliren«, den Abguss nach Frankfurt zu schicken und bei Gefallen »im Großen« auszuführen. Auch im Brief an Bethmann erwähnt sie, »daß Rauch mir mit Begeistrung das Anerbieten machte [...] das Monument nach dieser Sckizze zu machen«. Dann beklagt sie sich, dass der Bildhauer dennoch zu seinem eigenen Entwurf, dem »alten Kerl im Schlafrock«, zurückgekehrt sei.[101] Durch Rauchs höflich lavierendes Verhalten getäuscht, hatte Bettine in ihrer Euphorie tatsächlich angenommen, der selbstbewusste Bildhauer würde ohne Zögern sein Konzept zugunsten ihrer Idee verwerfen. Rauch lehnte jedoch Bettines »idyllische Darstellung Goethes [...] als ikonische Statue, welche die charakteristische Persönlichkeit des Darzustellenden verewigen soll« als »durchaus nicht ausführbar« ab.[102]

Auch für Goethe kam Bettines Entwurf, den er »das wunderlichste Ding von der Welt« nannte,[103] als würdiges Denkmal im öffentlichen

100 Am 1. Januar 1824; Werke und Briefe, Bd. 2, S. 732–735.

101 An Bethmann am 3. Februar 1824; Werke und Briefe, Bd. 4, S. 231–233.

102 An Karl Ritter am 10. Februar 1825; zitiert nach Bettina von Arnim, Werke, Bd. 1 (Anm. 87), S. 652 f.

103 Goethe fährt ironisch fort: »wenn man das kleine nette Schoßkind des alten impassablen Götzen aus seinem Naturzustande mit einigen Läppchen in den schicklichen befördern wollte, und die starre trockne Figur vielleicht mit einiger Anmuth des zierlichen Geschöpfs sich erfreuen ließe, so könnte der Einfall zu einem kleinen hübschen Modell recht neckischen Anlaß geben« (am 3. Juli 1824 an C. L. F. Schultz; WA IV 38, S. 179 f.).

Raum nicht in Frage. Nach seiner Intention sollte ein Künstler nicht zum Dichter in Konkurrenz treten und ›poetisieren‹, sondern das in seinem Medium wirklich Darstellbare aufgreifen. Zudem dürfte ihm ziemlich missfallen haben, dass die Künstlerin selbst sich so vorwitzig in sein Denkmal drängte. Goethe gab Rauchs Modell eindeutig den Vorzug, das der Künstler am 25. Juni 1824 in Weimar unter Goethes Augen vollendete.[104]

Bettine war von ihrem Vorhaben freilich so überzeugt, dass sie in offene Konkurrenz zu dem Bildhauer trat und das Frankfurter Komitee für sich einzunehmen suchte: ihr Goethe auf dem »florentinischen Sessel« sei doch »Imposant« und spreche »sehr deutlich den Apotheosierten Dichter« aus. Bettine beschwor Bethmann, mit der Entscheidung über die Auftragsvergabe für das Denkmal zu warten, bis sie ihm zur besseren Anschauung ein Gipsmodell schicken könne.[105] Für die Herstellung auf der Basis ihres eigenen Tonmodells nahm sie die Hilfe des Berliner Bildhauers Karl Friedrich Wichmann in Anspruch.[106] Einen Abguss erhielt Goethe in Weimar.[107] Im September 1824 konnte Bettine im Städelschen Kunstinstitut in Frankfurt einen weiteren Gipsabguss ihres Modells ausstellen, der allgemein positiv beurteilt wurde. Zu ihrer Freude erschien am 16. Januar 1825 in der Zeitschrift ›Iris‹ Johann Friedrich Böhmers lobender Aufsatz ›Modell zu einer Bildsäule Göthe's‹, dem eine Federlithographie von unbekannter Hand nach Wichmanns Modell beigegeben war.

Trotz dieser ehrenvollen Aufnahme blieben Goethe, Bethmann und das Frankfurter Denkmalskomitee bei ihrer Entscheidung für Rauch. Jener hatte das entscheidende Problem auf den Punkt gebracht: Bettines Goethe war als »ikonische Statue« konzipiert, war also bildhaft und nicht plastisch gedacht. Von allen ästhetischen Argumenten abgesehen

104 WA III 9, S. 231–235.

105 Werke und Briefe, Bd. 4, S. 232

106 Das bestätigt ein Tagebucheintrag von Philipp Hössli, der am 24. April 1824 bei Bettine das »schöne Modell von Goethe, das sie selbst in Thon gearbeitet« und in Wichmanns Atelier das Gipsmodell »von Bettinas Denkmal für Goethe« sah; Briefwechsel-Hössli, S. 183 f.

107 Der Weimarer Gipsabguss ist als einziger erhalten (50 × 28 × 45 cm; Klassik Stiftung Weimar). Zu Goethes Reaktion liegen widersprüchliche Aussagen von Bettine und ihm selbst vor; vgl. Briefwechsel-Arnim, Bd. 2, S. 462 f. sowie WA III 9, S. 248 f. und S. 275.

war die Bedeutungsvielfalt und innere Dynamik des Entwurfs nicht in die geschlossene, vom klassischen Kanon geleitete Form der Skulptur jener Zeit zu übertragen. Ein Bernini oder Canova hätte vielleicht noch einen Näherungswert gefunden. Das adäquate Medium für Bettines Entwurf war de facto die Zeichnung im Konturenstil, die es bei chiffrehaften Andeutungen belässt und der Phantasie freien Spielraum gewährt.

Nach Bethmanns Tod im Jahr 1826 stagnierte das Frankfurter Denkmalsprojekt, doch Bettine hielt an ihrem Vorhaben fest, obwohl auch eine mögliche Zusammenarbeit mit Tieck nicht zustandekam.[108] In dieser Situation fesselte ein anderes Denkmalsprojekt ihre Aufmerksamkeit: Ihr ›Konkurrent‹ Rauch stellte seinen Entwurf für das Münchener Bronzedenkmal zum Andenken an den verstorbenen König Maximilian I. Joseph von Bayern aus, eine lebensnahe Sitzfigur auf einem von Löwen getragenen Sockel mit Reliefschmuck.[109] Im Brief an Goethe vom 26. Oktober 1826 drückt Bettine ihren ganzen Unwillen über Rauchs Denkmal aus, weil es den Monarchen nicht verkläre, sondern herabwürdige.[110] Deutlich schwingen die Ressentiments ihrer Frankfurter Niederlage mit.

Das hinderte Bettine jedoch nicht daran, Anregungen aus Rauchs »Bestialischem Werck« zu übernehmen, als sie nun daran ging, ein idealisiertes Gegenmodell zu entwickeln, das Ausdruck ihres Enthusiasmus sein sollte. Ihr Ausgangspunkt war die Sockelgestaltung, für die Rauch die Hilfe Schinkels in Anspruch genommen hatte; Thema war »Das Glück Bayerns unter dem väterlichen, friedliebenden König«.[111] Bettine fertigte Zeichnungen an, die sie Graf Gneisenau im März 1827 als »Umrisse« ihres »Entwurfs zu einem Basrelief für das Monument zum Andenken des verstorbenen Königs von Bayern« vorlegte.[112] Während des Entstehungsprozesses richtete sie den Fokus dann aber auf den regierenden König Ludwig I., der ihr schon als Kronprinz begegnet war. Am 9. Mai 1828 berichtet sie Goethe von ihrem Plan: »Die flüchtigen Augenblicke die mir bei tausend Sorgen übrig bleiben habe ich schon

108 Vgl. Briefwechsel-Arnim, Bd. 2, S. 720.

109 Vgl. Barbara Eschenburg, Das Denkmal König Maximilians I. Joseph in München 1820–1835, Diss. München 1977.

110 Werke und Briefe, Bd. 2, S. 741.

111 Vgl. Maisak, Bettine von Arnims ›Octoberfest‹ (Anm. 86), S. 196; in dem Aufsatz findet sich ein ausführliche Beschreibung des Bildprogramms.

112 Briefwechsel-Arnim, Bd. 2, S. 649.

seit geraumer Zeit zu einer Composition in der bildenden Kunst verwendet, die ziemlich umfangend sie stellt das Octoberfest des Königs von Baiern dar zu samt dem Pferderennen im Basreliefstyl, es ist mir gelungen ohne Combination, unter vorwaltender Naivetät, eine Composition von Hunderten Figuren zu bilden deren Gruppen sich durch Eigenthümlichkeit auszeichnen«. Das Lob liefert sie gleich mit: »Rumohr sah es und stellte es als Norm aller Composition auf«.[113] Das vollendete Werk, »eine Mächtige große Zeichnung [...] die über 3 Bogen Papier hinausreicht«,[114] durfte Bettine Mitte August 1830 in Bad Brückenau dem bayerischen Königspaar präsentieren, das es huldvoll aufnahm.

Mit der allegorischen Komposition, die sich auf das 1810 begründete bayrische Nationalfest bezieht, hatte Bettine Rauchs Sockelreliefs übertrumpft. »Bettina brachte mir drei Blätter der originellsten, bewunderungswürdigsten Zeichnungen, die sie gemacht hat. Ich war stupéfaite. Rauch, Schinkel, sämtliche Maler sollen auch halb von Stein geworden sein, wie sie es gesehen«, schreibt Hedwig von Olfers über das Bild. »Eine Fülle von Gestalten, von Motiven, eine Grazie in jeder Stellung [...]. Es stellt das Oktoberfest vor in Bayern, wie die Ernte, die Jagd, der Fischfang usw. dem Könige huldigen. Die Figuren sind meist nackt, wenigstens verhüllen sie die Gewänder fast gar nicht.«[115] Im Gegensatz zu Görres, der meinte, eine Arabeske wie Bettines ›Octoberfest‹ könne »überhaupt keinem Mann gelingen«,[116] kommt Hedwig von Olfers zu dem emanzipatorischen Schluss: »Ich jauchzte laut, ein solches Werk von einem Frauenzimmer zu sehn. Das ist nun einmal keine Frauenzimmerlichkeit.«

Ein Ensemble von drei auf Pappe montierten Graphitzeichnungen auf transparentem Papier lässt die Konzeption des ›Octoberfests‹ deutlich erkennen,[117] auch wenn der Duktus nicht homogen ist. Nach Betti-

113 Werke und Briefe, Bd. 2, S. 744. Etwas später schreibt sie: »Die Blätter sind dem König von Bayern bestimmt um sie deutlicher zu machen will ich ihnen den Nahmen: der Gute König, oder das Octoberfest beilegen« (ebd., S. 746).

114 An Meline von Guaita am 10. Oktober 1827; Werke und Briefe, Bd. 4, S. 274.

115 An Auguste Wißmann am 4. August 1830; Werke und Briefe, Bd. 4, S. 865.

116 Zitiert nach Briefwechsel-Arnim, Bd. 2, S. 905 (s. o., S. 298 f.).

117 Blatt 1: 55 × 111 cm, Blatt 2: 43 × 105 cm, Blatt 3: 58 × 105 cm. Freies Deutsches Hochstift – Frankfurter Goethe-Museum, Inv. Nr. III–13897. Die partiell nur noch schwer zu erkennenden Zeichnungen wurden mit einem Konvolut von 23 Figurenskizzen erworben; vgl. Maisak, Bettine von Arnims ›Octoberfest‹ (Anm. 87), S. 184 f. mit Abbildungen.

Abb. 21
Bettine von Arnim, Entwurf zum ›Octoberfest‹, Blatt 2 mit der zentralen Gruppe um den thronenden König, Bleistiftzeichnung (FDH – FGM).

nes Gewohnheit werden die einzelnen Motive mehrfach durchgezeichnet, modifiziert und neu zusammengesetzt; Überformungen weisen auf Korrekturen von fremder Hand hin. Kombiniert man die Skizzen, ergibt sich eine dreiteilige Bildfolge in der Art eines antikisch stilisierten Basreliefs.[118] Alle Blätter durchzieht eine Säulenstellung mit dorischen Kapitellen und einem dreistufigen Unterbau. Auf den Stufen bewegen sich jugendlich anmutige Figurengruppen sowie ein Reiterzug in rhythmischer Reihung, ohne in ein Raumkontinuum eingebunden zu sein. Die gesamte Komposition ist auf den König im Zentrum ausgerichtet, der wie ein majestätischer Jupiter auf einem mit einer Draperie geschmückten Herrschersitz thront und eine Schriftrolle in der Rechten hält (Abb. 21). Auf den Stufen des Throns umringen ihn drei geflügelte Genien mit Leiern, deren mittlerer Thorvaldsens ›Amor mit der Lyra‹ nachempfunden ist. Die machtvolle, nur mit einem Mantel drapierte Herrschergestalt, zwischen deren Knien ein Genius mit Leier kauert, erinnert nicht von ungefähr an Bettines Goethe-Denkmal. An den König schmiegt sich links ein Knabe, der eine Krone als Herrscherzeichen

118 Bettine besaß nach Hösslis Aussage »herrliche Gipsabgüsse von griechischen Antiken«; Briefwechsel-Hössli, S. 188. weitere Anregungen konnte sie in der Berliner Antikensammlung, in der Abguss-Sammlung der Akademie der Künste oder in Stichreproduktionen finden.

Abb. 22
Christian Friedrich Tieck, Der Herzog als Landesvater.
Entwurf zu einem Relief im Treppenhaus des Weimarer Schlosses.
Feder über Bleistift, laviert. Kupferstichkabinett, Staatliche Museen Berlin
(Abb. nach Maaz, Christian Friedrich Tieck 1776–1851, Berlin 1995, S. 50).

präsentiert und den man aus dem Blatt ›Knabe mit Eule‹ (vgl. Abb. 17) kennt; rechts weist ein tänzerisch bewegter Knabe einen großen Blütenkranz vor, um Ludwig I. als Dichter und Förderer der Künste zu feiern. Auf dieses Zentrum bewegt sich von beiden Seiten der Zug der Figuren zu.

Auch wenn Bettine durch die Überfülle an Personen und Details das Grundkonzept verschleiert, lässt sich ein Vorbild ausmachen. Für das Treppenhaus des Weimarer Schlosses hatte Tieck 1802 drei antikisierende Reliefs im Querformat entworfen, deren ikonographisches Programm als Huldigung auf Herzog Carl August von Sachsen-Weimar zu verstehen ist (Abb. 22).[119] Das Mittelfeld zeigt den Herzog als guten Landesvater: Im Zentrum sitzt der Herrscher auf einem Stufenthron mit Draperie, dem sich beidseits ein Zug der huldigenden Stände nähert; von links außen kommt ein Reiter, von rechts ein Bauer mit Stier. Das Relief an der Südwand stellt den Herzog als Förderer der Künste und Wissenschaften dar, wie er Lorbeerkränze verteilt; Apoll greift in die Leier und die bildenden Künste sind in der Personifikation von Architektur, Malerei und Plastik anwesend. Das Relief an der Nordwand beherrschen Demeter und Dionysos; links ist ein Amor mit Leier neben der Gruppe der Grazien zu sehen.

Auch Bettine nimmt dionysische und apollinische Anspielungen in ihr ›Octoberfest‹ auf. Einem großen Stier folgen links Knaben, die ein

119 Feder über Bleistift, laviert; Berlin, Staatliche Museen, Kupferstichkabinett; vgl. Maaz, Christian Friedrich Tieck (Anm. 99), S. 50 und Kat. Nr. 37.

Abb. 23
Bettine von Arnim, Fassträger. Ausschnitt aus dem ›Octoberfest‹, Blatt 1, Bleistiftzeichnung (FDH – FGM).

mit Hopfenranken versehenes Bierfass tragen (Abb. 23). Rechts entsteigen einem Nachen vier Jünglinge, deren Attribute sie als Personifikation der schönen Künste kennzeichnen: Leier und Lorbeer deuten auf den Sänger und Dichter, ein Zirkel auf den Architekten, Palette und Pinsel auf den Maler, Hammer und Meißel auf den Bildhauer (Abb. 24). Dahinter öffnet sich eine rundbogige Grotte mit drei Grazien oder Musen, die Amor, auf seinen Bogen gestützt, betrachtet.

Das Motiv der Musengrotte und zahlreiche weitere Details finden ihr Korrelat in Schinkels Entwürfen für die Museumsfresken, über die Bettine sich mit dem Künstler intensiv austauschte. Eine deutliche Affinität zeigt sich in der Gestalt des Dichterkönigs aus dem ›Octoberfest‹, der Züge des Göttervaters aus Schinkels ›Jupiter und die neue Götterwelt‹ trägt. Vorzugsweise nimmt Bettine Motive aus Schinkels Entwurf zur ›Entwicklung des Lebens auf der Erde vom Morgen bis zum Abend‹ in ihre Darstellung auf.[120] Wie inspirierend Bettines ›Octoberfest‹ wie-

120 Vgl. Abb. 296.2 und 296.3 bei Börsch-Supan, Bild-Erfindungen (Anm. 70), sowie ebd., S. 491–494.

Abb. 24
Bettine von Arnim, Nachen mit dem Dichtersänger, dem Architekten, dem Maler und dem Bildhauer. Ausschnitt aus dem ›Octoberfest‹, Blatt 3, Bleistiftzeichnung (FDH – FGM).

derum auf den Künstlerfreund wirkte, belegt Schinkels Federzeichnung ›Götterversammlung‹ (um 1835/40) mit dem Motiv des thronenden Königs, zwischen dessen Knie sich die kindliche Gestalt des Ganymed schmiegt.[121]

Unterdessen hatte Bettine das Projekt ihres Goethe-Denkmals nicht aus den Augen verloren. Nachdem ihr Vorhaben in Frankfurt gescheitert war, zeigte sie sich fest entschlossen, es aus eigener Kraft zu realisieren. Als Beitrag zur Finanzierung plante sie, das ›Octoberfest‹ als Radierung reproduzieren und vertreiben zu lassen. Das geht aus der Korrespondenz mit ihrem Sohn Siegmund in Paris hervor, den sie 1832/33 mehrfach um Unterstützung bat.[122] Im ersten Höhenflug ge-

121 Vgl. ebd., S. 524–534 (Nr. 328,2a; Abb. S. 531). Der Entwurf (Klassik Stiftung Weimar), den Schinkel für die Goethe-Galerie im Weimarer Schloss anfertigte, kam nicht zur Ausführung.

122 Vgl. Sabine Schormann, Anhang zum ›Octoberfest‹, in: »Der Geist muß Freiheit genießen …!« (Anm. 86), S. 61–66.

Abb. 25
Bettine von Arnim, Genius aus dem ›Octoberfest‹, Radierung (FDH – FGM).

dachte sie, die Radierung »in Rom unter Thorwaldsens Leitung« als »wahres Prachtwerk« herstellen zu lassen. Nach Problemen mit den Stechern und Friedmunds grundlegender Kritik an dem Werk geriet Bettines Selbsteinschätzung jedoch ins Wanken. So entschloss sie sich im Frühjahr 1833, ihren Entwurf vollständig zu überarbeiten: »am Octoberfest arbeite ich täglich angestrengt es muß entweder ganz gut werden oder gar nicht zum Vorschein kommen«. Der ursprünglichen Euphorie folgte die Ernüchterung, der Plan zerschlug sich. Die zahlreichen Arbeitsproben der Stecher dokumentiert nur noch ein radiertes Blättchen des ›Genius mit der Leier‹ vom Thron des Dichterkönigs, das Clemens Brentano seiner Freundin Emilie Linder 1835 zum Geburtstag schenkte und mit der Unterschrift: »Aus dem Octoberfeste von Bettine v. Arnim« versah (Abb. 25).[123]

Mit ihrem ersten Buch, ›Goethe's Briefwechsel mit einem Kinde‹, das 1835 erschien und ausdrücklich ›Seinem Denkmal‹ gewidmet war,

123 Radierung, 10,0 × 10,9 cm. Freies Deutsches Hochstift, Hs–7743.

Abb. 26
Carl Funke, Frontispiz mit dem Goethe-Denkmal »Nach der Originalzeichnung«; in: Bettine von Arnim, ›Goethe's Briefwechsel mit einem Kinde‹ (FDH–FGM).

gedachte Bettine sich eine neue Finanzierungsquelle zu erschließen. Das Frontispiz zeigt eine Umrissradierung des Denkmals von Carl Funke »Nach der Originalzeichnung«, bei der die Unregelmäßigkeiten des Bettinischen Entwurfs etwas ausgeglichen werden (Abb. 26).[124] Das Goethe-Denkmal wurde zum Signum Bettine von Arnims. Als Ludwig Emil Grimm sie am 29. November 1838 in Kassel »ad viv.[um]« porträ-

124 Radierung, in der Platte bez. u.l.: »Bettina v. Arnim inv.«, u.r.: »C. Funke fc.«, mittig: »Nach der Originalzeichnung«. Freies Deutsches Hochstift – Frankfurter Goethe-Museum, Inv. Nr. III–14214.

Abb. 27
Ludwig Emil Grimm, Bettine von Arnim vor dem Modell ihres Goethe-Denkmals, Radierung (FDH – FGM).

tierte, fügte er das Monument nach Funkes Konturstich in den Hintergrund ein (Abb. 27).[125] Dabei ließ er sich von der dynamischen Konzeption des Modells leiten und neigte die Leier und Psyche so weit nach rechts, dass sie sich an Bettine, die im Moment der Inspiration darge-

125 Vgl. Koszinowski/Leuschner, Ludwig Emil Grimm (Anm. 33), Bd. 1, S. 167 f. Radierung nach der Zeichnung im Freien Deutschen Hochstift – Frankfurter Goethe-Museum, Inv. Nr. III–3653. Um 1838 entwarf Grimm noch zwei allegorische Darstellungen mit Bettine im Zentrum einer phantastischen Landschaft; im Hintergrund erscheint klein, aber unverkennbar das Goethe-Denkmal analog zu Funkes Stich (ebd., S. 166 f.).

stellt ist, anzuschmiegen scheinen – Bettine und ihr Goethe-Denkmal werden eins.

Der überraschende Erfolg ihres Goethebuchs spornte Bettine an, die Marmorausführung des Denkmals voranzutreiben. Mit Unterstützung von König Friedrich Wilhelm IV. hoffte sie, eine Aufstellung in Berlin zu ermöglichen. Das Projekt nahm unterdessen immer prächtigere Formen an; das Denkmal sollte nun auf einem Stufenunterbau ruhen, der reich mit Basreliefs geschmückt war. Für den Entwurf der Reliefs griff Bettine auf ihre Skizzen zum ›Octoberfest‹ zurück, insbesondere auf das Motivs des Dichterkönigs am Wasser, dem sich von beiden Seiten ein Triumphzug nähert.[126] Außerdem sah sie – für Denkmäler jener Zeit noch durchaus unüblich – die Kombination mit einem Monumentalbrunnen vor. Über Bettines Aktivitäten zur Umgestaltung und Finanzierung ihres Denkmals, an dem sie unermüdlich »verändert, gediftelt und geflickt« hat, berichtet Varnhagen ausführlich in seinen Tagebüchern, nicht ohne maliziös anzumerken: »Käme es zur Ausführung, die Verwirrung würde grenzenlos sein.«[127]

Symptomatisch für Bettines elaboriertes Bildprogramm ist die Gestaltung der Rückseite des Throns, die »von einem großartigen Basrelief« umkleidet werden sollte. Es stellt »die Gottheit der Sonne, ein Jünglingsweib« vor, das mit »flammendem Haupt und gehobnen Flügeln« von der Erde aufschwebt und den Tierkreis in den ausgestreckten Händen trägt; beidseits sollten »zwei riesige Aloe« emporsteigen.[128] Ein entsprechender Entwurf ist als Bleistiftskizze auf transparentem Papier erhalten (Abb. 28).[129] In der Mittelachse sieht man den Umriss einer schmalen androgynen Aktfigur, die mit erhobenen Armen über dem Boden schwebt; die ausgebreiteten Flügel erhalten im unteren

126 Vgl. Karl August Varnhagen von Ense, Tagebücher, Bd. 13, Hamburg 1870, S. 235.

127 Ebd., S. 197.

128 An Varnhagen, 12. Dezember 1846; Briefe von Stägemann, Metternich, Heine und Bettina von Arnim, nebst Briefen, Anmerkungen und Notizen von Varnhagen von Ense, hrsg. v. Ludmilla Assing, Leipzig 1865 (= Aus dem Nachlaß Varnhagen's von Ense), S. 401 f.

129 Bleistift, teilweise durchgepaust, gewischt; 49,3 × 46,5 cm. Auf dem Untersatzkarton von späterer Hand bez.: »Goethedenkmal, Rückseite der Lehne: Sonnenweib«. Freies Deutsches Hochstift – Frankfurter Goethe-Museum, Inv. Nr. III–13897–3; vgl. Bunzel, »Die Welt umwälzen« (Anm. 21), S. 75 f.

Abb. 28
Bettine von Arnim, Sonnenweib.
Teilentwurf zum Goethe-Denkmal, Bleistiftzeichnung (FDH – FGM).

Bereich ihr Gegengewicht durch die ausschwingenden Enden eines Umhangs. In der Gestalt verschmelzen die alten Bilder von Helios, dem Sonnengott, mit der geflügelten Siegesgöttin Nike/Victoria; auch der Mythos von Atlas, der das Himmelsgewölbe stützt, klingt an. Das »Jünglingsweib« rahmen zwei blühende Aloestauden, die seit dem 18. Jahrhundert wegen ihrer Größe, Schönheit und Langlebigkeit als Königin unter den Pflanzen und als Sinnbild der Unvergänglichkeit und der königlichen Majestät galten. Die Konfiguration deutet auf Macht und Herrlichkeit, unterstützt also die Apotheose des Dichtergottes. Auch dieses Beispiel zeigt, wie Bettine klassische Muster auflöst und vor einem romantischen Hintergrund neu definiert.

Abb. 29
Carl Johann Steinhäuser, Skizze des Goethe-Denkmals von der Rückseite, im Brief von Pauline Steinhäuser an Bettine von Arnim (FDH–FGM).

Ein derart oszillierendes Bildprogramm in Marmor zu hauen, stellte die Bildhauer vor ein kaum lösbares Problem. Schließlich fand Bettine in dem bei Rauch und Thorvaldsen ausgebildeten Carl Johann Steinhäuser (1813–1879), dem Mann ihrer langjährigen Freundin Pauline Steinhäuser, einen vielseitigen Künstler, der zur Zusammenarbeit bereit war. Anhand der Korrespondenz Bettines mit Pauline, die mit ihrem Mann in Rom lebte, lässt sich das Unternehmen verfolgen.[130] Steinhäuser fertigte nach Bettines Entwurfszeichnungen kleine Skizzen an, um sich mit ihr über die einzelnen Arbeitsschritte zu verständigen. In einem Brief Paulines, der den Poststempel des 4. August 1849 trägt, findet sich eine kursorische Skizze des Throns von der Rückseite, die Bettines flächige Entwürfe in ein dreidimensionales Konstrukt übersetzt (Abb. 29).[131] Das Relief mit dem ›Sonnenweib‹ zwischen den Aloestauden ist auf der Rückenlehne deutlich zu erkennen. Der obere

130 Vgl. Karl Obser, Bettine von Arnim und ihr Briefwechsel mit Pauline Steinhäuser, in: Neue Heidelberger Jahrbücher 12 (1903), S. 85–137, sowie Bernhard Maaz, »Chère Betty« als Anwältin Carl Steinhäusers. Zu unbekannten Briefen und einem unmäßigen Engagement der Bettine von Arnim, in: Jahrb. FDH 1996, S. 201–231.

131 Pauline Steinhäuser an Bettine von Arnim, Freies Deutschen Hochstift, Hs–9796.

Rand des Throns wird als Segment des Tierkreises ausgebildet, den das ›Sonnenweib‹ nach Bettines Vorstellung tragen soll. Die Konstellation lässt in der stark abstrahierten Skizze unwillkürlich an eine Kreuzigung Christi zwischen den Schächern denken, ein Darstellungsschema, das jedem Künstler geläufig war. Wach überblendet mit diesem Schema die unorthodoxe Bildidee des ›Sonnenweibs‹ zwischen den Aloestauden.

Bettine von Arnims Hoffnung, Friedrich Wilhelm IV. von Preußen möge ihr Goethe-Denkmal als nationales Anliegen begreifen und bei Steinhäuser für Berlin in Auftrag geben, scheiterte ebenso wie ihr angestrengter Versuch, die Kosten durch eine Subskription zusammenzubringen. Als neue Möglichkeit kam Weimar ins Spiel, um Bettines Goethestatue »an den wahren Ort ihrer Bestimmung« zu bringen.[132] Erbgroßherzog Carl Alexander von Sachsen-Weimar-Eisenach besuchte Steinhäuser in seinem römischen Atelier und bewilligte 6.000 Taler, um die Figuration von Goethe und Psyche in kolossaler Größe, aber unter Verzicht auf das ganze schmückende Beiwerk fertigzustellen. Am 16. Dezember 1853 wurde die monumentale Marmorgruppe im Tempelherrenhaus im Weimarer Park aufgestellt.[133] Als Bettine dort ihr auf den Kern reduziertes und zu Stein erstarrtes Denkmal sah, sprang »die kleine Frau […] wie besessen umher und rief: ›Das soll mein Goethe sein? – das meine Psyche […]? Solch ein Monstrum und solch einen Knirps soll ich erdacht haben?!‹«[134]

Nach der Weimarer Enttäuschung stellte Bettine von Arnim ihre Arbeit am Denkmal keineswegs ein, sondern entwarf unverdrossen weitere Zeichnungen und vergrößerte ihr Modell. Carl Johann Arnolds Aquarell ›Quartettabend bei Bettine‹ dokumentiert, dass das Gipsmodell des Monuments in den 1850er Jahren den Salon ihrer Berliner

132 Pauline Steinhäuser an Bettine von Arnim am 10. November 1852; Werke und Briefe, Bd. 4, S. 1139.

133 Seinen dauerhaften Platz fand das Denkmal im Treppenaufgang des 1865 eingeweihten Großherzoglichen Museums und späteren Landesmuseums in Weimar. Es steht in einer rundbogigen Nische, die der Gruppe eine sakrale Anmutung verleiht. Nach einem Bombenschaden seit 1945 unzugänglich, wurde der Bau 1999 als Neues Museum neu eröffnet, ist derzeit aber geschlossen.

134 Adelheid von Schorn, Das nachklassische Weimar, Bd. 2: Unter der Regierungszeit von Karl Alexander und Sophie, Weimar 1912, S. 26.

Abb. 30
Carl Johann Arnold, Quartettabend bei Bettine von Arnim.
Aquarell (FDH – FGM).

Wohnung In den Zelten wie ein riesiger Altar beherrschte (Abb. 30).[135] Das Modell ist verschollen; überliefert ist nur ein allegorisches Gipsrelief (Abb. 32), das der Rauch-Schüler Albert Wolff (1814–1892) nach

135 Aquarell über Bleistift, um 1854/56; 32,3 × 26,1 cm. Freies Deutsches Hochstift – Frankfurter Goethe-Museum, Inv. Nr. III–12866.

zwei Bleistiftskizzen Bettines als Teilentwurf für den Unterbau des Denkmals ausführte (Abb. 31).[136]

Auch in diesem Bild begegnen sich Klassik und Romantik. Es zeigt eine Konfiguration all'antica, ein nacktes, nur mit einem Umhang drapiertes Paar in gleitender Bewegung über einem Medusenhaupt, das der Medusa Rondanini nachempfunden ist. Aus dem Mund fließt Wasser; Wasserspeier in Medusenform waren für den Brunnen am Goethe-Denkmal vorgesehen – das Relief sollte sich also als bauplastisches Element in die Brunnenanlage einfügen. Bettines Deutung überliefert der Schwiegersohn Herman Grimm: Eine mit der Krone geschmückte Königstochter steigt in die Arme eines schönen Hirtenjünglings herab; das Bild der Vereinigung dieses liebenden Paares ist als »Verherrlichung der Dichtkunst« zu verstehen, »deren Gewalt allen Unterschied zwischen dem höchsten und niedrigsten aufhebt«.[137] Mit der Gegenüberstellung von hohem und niederem Stil, Tragödie und Hirtendichtung, greift Bettine auf einen seit der Antike geläufigen Topos zurück, welcher – und das ist ihre Erfindung – im Bild des liebenden Paares aufgelöst wird.

Bettine kleidet ihre Idee in eine ungewöhnliche Form: Auf dem Kopf der wasserspeienden Medusa balanciert der Jüngling mit gegrätschten Beinen, während die Königstochter scheinbar schwerelos auf seinem Unterarm kniet und sich zu ihm herabneigt. Gliedert man die Konstellation in ihre Einzelteile auf, finden sich entsprechende Anregungen wie so oft bei Schinkel. Im Entwurf des Museumsfreskos ›Entwicklung des Lebens auf der Erde vom Morgen bis zum Abend‹ (1831) stellt er am »Quell der Phantasie«, den Pegasus losgetreten hat, ein Paar in ähnlicher Haltung dar. Es ist allerdings noch körperlich getrennt, das Mädchen kniet über dem Jüngling am Hang auf sicherem Boden.[138]

136 Beides Bleistiftzeichnungen, teilweise durchgepaust; 35,4 × 24,1 cm bzw. 36,5 × 29,9 cm. Jeweils bez. auf dem Untersatzkarton: »Goethedenkmal / Königstochter und Hirt / Rückseite des Thrones« und »Bettine«. Freies Deutsches Hochstift – Frankfurter Goethe-Museum, Inv. Nr. IV–1960–13, Nr. 16, Blatt 13 und Blatt 14; vgl. Jahrb. FDH 1980, S. 437.

137 Ebd., S. 437 (dort zitiert nach Herman Grimm im Katalog der Berliner Goethe-Ausstellung von 1861).

138 »Ein junger Held wird aus dem Quell der Begeisterung [von einer Nymphe] zu schöner und kühner That erfrischt«, lautet Schinkels Erklärung in der Überlieferung von Ernst Förster, zitiert nach Börsch-Supan, Bild-Erfindungen (Anm. 70), Nr. 296.3 (mit Abb.).

Abb. 31 und 32
Bettine von Arnim, Verherrlichung der Dichtkunst (Königstochter und Hirtenjüngling), Bleistiftzeichnung (FDH – FGM).

Albert Wolff nach Bettine von Arnim, Verherrlichung der Dichtkunst, Gipsrelief (FDH – FGM).

Die ornamentale Verbindung eines Medusenhauptes mit nackten Jünglingen, deren Haltung mit Bettines Hirten korrespondiert, ist aus Schinkels ›Sammlung architektonischer Entwürfe‹ bekannt (Abb. 33).[139]

Die ›Verherrlichung der Dichtkunst‹ erscheint im Kontext des Goethe-Denkmals gleichsam als ein bildkünstlerisches Vermächtnis Bettine von Arnims. Formal ist es das Destillat aus zahllosen anmutig stilisierten Jünglings- und Mädchenfiguren, die Bettine im Lauf ihres Lebens entworfen, variiert und mit Anregungen anderer Künstler verschränkt hat. Analog zu ihrem Ideal der Kindlichkeit wirken die Körper in der Skizze noch unentwickelt, die Kontur wird nur chiffrenhaft angedeutet. Bettine reduziert die Figuren auf Bildzeichen, die sie als Bestandteile ihrer »Sprache der Phantasie« nach Belieben konfigurieren kann. Der utopische Ansatz, der Bettines Schaffen durchzieht und der auf die Ver-

139 Heft 18, Berlin 1831.

Abb. 33
Karl Friedrich Schinkel, Medusa;
Sammlung architektonischer Entwürfe, Heft 18.

schmelzung von Gegensätzen, auf die Überbrückung von Widersprüchen abzielt, kommt in der ›Verherrlichung der Dichtkunst‹ in aller Deutlichkeit zum Ausdruck. Kunst und Natur, genus grande und genus humile, Klassik und Romantik, aber auch Herrschaft und Volk finden im Bild der Königstochter und des Hirten zueinander, untermalt vom Naturton des fließenden Wassers, der zudem die Musik ins Spiel bringt.

In Bettines Universum ist die Macht der Dichtkunst nicht denkbar ohne die Macht der Liebe, die alle Gegensätze aufhebt und sogar den Schrecken der Medusa zu bannen vermag. Nach ihrem eigenen Bekenntnis ist die Liebe die schöpferische Triebkraft, die sie am tiefsten bewegt: »Meine Seele ringt nach allen Seiten, es ist nichts was sie nicht als Mittel ergreift sich auszusprechen Musick und Kunst und Sprache und die Liebe alles mögte ich innerhalb meiner Grenzen bringen, ich mögte es beherrschen ausgenommen die Liebe die soll mich beherrschen […].«[140] Die Allegorie der Dichtkunst, die ihre Kraft aus der Liebe bezieht, fügt sich wie ein Schlussstein in das Ideenkonstrukt des Goethe-Denkmals ein, Bettines Lebenswerk, das sie selbstbewusst ein »stolz erhabenes, verklärtes Erzeugniß meiner Liebe; eine Apotheose meiner Begeistrung und seines Ruhms« nennt.[141]

140 Im April 1832 an den Fürsten Pückler-Muskau; Briefwechsel-Pückler, S. 75.
141 An Pückler, Ende März 1832; ebd., S. 58.

Freies Deutsches Hochstift

Aus den Sammlungen
Jahresbericht 2014

Inhalt

Aus den Sammlungen

Jahresbericht 2014

Aus den Sammlungen

»Urväter Hausrat drein gestopft«

Justus Junckers Gemälde ›Ein Gelehrter in seinem Studierzimmer‹

Zur Zeit des jungen Goethe gehörte Justus Juncker (1703–1767) zu den in Frankfurt am Main tätigen Malern, die nach einer handwerklichen Ausbildung in der von Sammlern hoch geschätzten Manier der Niederländer des 17. Jahrhunderts arbeiteten. Seine Spezialität waren Küchen-, Blumen- und Früchte-Stillleben sowie Genreszenen nach dem Vorbild von Adriaen Ostade, Thomas Wyck oder David Teniers dem Jüngeren. Bilder von Juncker befanden sich nachweislich im Gemäldekabinett Johann Caspar Goethes; dies geht nicht nur aus der Beschreibung des Sohnes in ›Dichtung und Wahrheit‹ hervor,[1] sondern auch aus dem Haushaltsbuch des Vaters.[2] Der Kunstchronist Henrich Sebastian Hüsgen berichtet 1780, dass »bey Herrn Rath Göthe auf dem großen Hirschgraben« eine Anzahl von »Küchen-, Blumen- und Früchten-Stücke vom alten Juncker« zu finden sei.[3] Auch der »Königsleutnant« François Théas de Thoranc griff auf Junckers bewährtes Repertoire zurück, als er bei den Frankfurter Malern Bilder für sein Familienpalais in Grasse bestellte.[4] Im Hause Goethe war man also mit den Gemälden Junckers vertraut. Die originale Sammlung Johann Caspar Goethes wurde 1795 beim Verkauf des Hauses zu den drei Leiern zwar zerstreut, doch die Kunstsammlungen des Hochstifts verfügen inzwischen wieder über 20 typische Werke Junckers,[5] die an Goethes

1 »Junckern, der Blumen- und Fruchtstücke, Stillleben und ruhig beschäftigte Personen, nach dem Vorgang der Niederländer, sehr reinlich ausführte«; Dichtung und Wahrheit I 1, WA I 26, S. 40.

2 Erwerbungen verzeichnet am 18. Mai 1753 und am 22. Oktober 1753 sowie am 9. November 1764; vgl. Johann Caspar Goethe. Liber Domesticus 1753–1779, hrsg. von Helmut Holtzhauer, Bern und Frankfurt am Main 1973, S. 6, 12 und 126.

3 Henrich Sebastian Hüsgen, Nachrichten von Franckfurter Künstlern und Kunst-Sachen, enthaltend das Leben und die Wercke aller hiesigen Mahler, Bildhauer, Kupfer- und Pettschier-Stecher, Edelstein-Schneider und Kunst-Gieser [...], Frankfurt am Main 1780, S. 333 f.

4 Vgl. Dichtung und Wahrheit I 3, WA I 26, S. 139.

5 Erfasst bei Petra Maisak und Gerhard Kölsch, Frankfurter Goethe-Museum. Die Gemälde. Bestandskatalog, hrsg. vom Freien Deutschen Hochstift, Frankfurt am Main 2011, Nr. 116–135.

Jugend erinnern und zu einem großen Teil die Wände des Gemäldekabinetts im Goethe-Haus schmücken.

Die Neuerwerbung des ›Gelehrten in seinem Studierzimmer‹[6] (Abb. 1) verdient besonderes Interesse, da das Motiv dem Bereich der Faust-Quellen nahesteht. Das Gemälde enthält typische, in der ikonographischen Tradition verankerte Ingredienzien der Gelehrtenstube, die schon in der frühen Fassung des ›Faust‹ auftauchen und von Goethe auch in die Ausgabe von 1808 übernommen werden:

> Mit Gläsern, Büchsen rings umstellt,
> Mit Instrumenten vollgepfropft,
> Urväter Hausrat drein gestopft –
> Das ist deine Welt! das heißt eine Welt!
> (Faust I, Vers 406–409)

Es ist nicht auszuschließen, dass der junge Goethe das Bild in Frankfurt einmal zu Gesicht bekam. In der Mitte eines hohen, in Ocker- und Brauntönen gehaltenen Gemachs mit Fliesenboden sitzt der Gelehrte, ein älterer Mann mit kurzem Bart, dunklem Gewand mit weißem Kragen und schwarzer Kappe, lesend am Schreibtisch, den ein grünes Tuch bedeckt; darauf sind Folianten und ein Globus drapiert. Über dem Tisch öffnet sich ein großes Fenster mit Bleiverglasung, aus dem helles Licht auf das Antlitz des in die Lektüre versunkenen Gelehrten fällt. Um ihn herum türmen sich pittoreske Stillleben von Büchern, Papieren und allerlei Gerätschaften, eine Spezialität von Juncker, bei der er die Dinge detailreich in der ihnen eigenen Materialität schildert und mit Glanzlichtern versieht. An den Wänden sind Regale mit Büchern und Gefäßen angebracht und über dem Schreibtisch hängt ein »Bild im Bild«, das undeutlich die Halbfigur eines Mannes im Melancholiegestus zeigt.

Das Gemälde ist – typisch für Juncker – in Feinmalerei auf einer Holztafel ausgeführt und signiert; auf der offenen Tür des Schränkchens im Vordergrund links ist »Juncker fecit« zu lesen. Eine Datierung fehlt, doch aus stilistischen Gründen kann das Bild der Zeit um 1750/60 zugeordnet werden. Gelehrte im Studierzimmer hat Juncker häufig dargestellt; wie bei Vermeers berühmtem ›Geographen‹ sitzen sie im Lichteinfall eines Fensters am Schreibtisch, den Folianten, oft auch ein Globus zieren. Ein 1751 datiertes Beispiel

6 Um 1750/60. Öl auf Eichenholz; 47,0×55,5 cm; u.l. bez.: »Juncker fecit«. In vergoldetem Schmuckrahmen. Rs. Klebezettel früherer, nicht identifizierbarer Sammler, dabei die Notiz: »Chimiste a son attellier par Junker«. Erworben am 8. November 2014 auf der 180. Kunstauktion beim Kunst- und Auktionshaus Döbritz, Frankfurt am Main, Lot 124 (Auktionskatalog S. 20). Inv. Nr. IV–2014–2.

Abb. 1
Justus Juncker, Gelehrter im Studierzimmer
(Foto: David Hall).

befindet sich im Gemäldekabinett des Goethe-Hauses,[7] weitere gibt es im Städel Museum (1754) und im Historischen Museum (1767) in Frankfurt sowie in den Staatlichen Museen Kassel (1754/56). Von diesen Gelehrtenstuben weicht das Interieur unserer Neuerwerbung allerdings ab, da hier der Erzählrahmen weiter gespannt wird. So sind Gehilfen am Werk: In der linken Ecke zerstampft ein Mann etwas in einem großen Mörser, während rechts im Hintergrund der Durchblick auf einen Nebenraum freigegeben wird, in dem zwei weitere Männer vor einem rauchenden Herd Flüssigkeit in einen Bottich schütten. Diese Tätigkeiten und die Ausgestaltung des Interieurs deuten auf

7 Bestandskatalog (Anm. 5), Nr. 117.

eine Werkstatt oder ein Laboratorium hin; während der Meister seine Studien betreibt, führen die Gehilfen das Werk in der Praxis aus.

Man denkt an ein Alchemistenlabor, zumal es von Juncker solche Darstellungen gibt. Das Gemälde ›Der Alchemist‹ von 1758 im Landesmuseum Mainz, das fast wie ein Gegenstück zu unserer Neuerwerbung wirkt, stellt allerdings die Praxis ins Zentrum und zeigt den Meister mit einem Blasebalg am Herd, während die Gehilfen sich mit Destillieren und anderen Arbeiten beschäftigen.[8] Die Darstellung steht dem Kupferstich ›Der Alchemist‹ nach Frans Mieris d. Ä. nahe, erinnert aber auch an den ›Alchemisten in seinem Laboratorium‹ von David Teniers d. J. aus den 1670er Jahren[9] und an verwandte Darstellungen, die durch Druckgraphik gerade im 18. Jahrhundert weit verbreitet waren.[10] Im 17. und 18. Jahrhundert waren Gelehrte und Alchemisten ein beliebtes Sujet der Genrekunst, das seit der 1558 gestochenen Bildsatire des ›Alchemisten‹ von Pieter Breughel d. Ä. in zahlreichen Variationen namentlich von niederländischen Künstlern wie Thomas Wyck oder David Teniers d. J. gestaltet wurde (Abb. 2). Der Popularität dieses Themenkreises entspricht die günstige Aufnahme des Faustbuchs, das in niederländischer Übersetzung bereits 1592 in Amsterdam erschien.

Aus der niederländischen Genrekunst kennt man auch das Motiv des lesenden Alchemisten, der sich am Schreibtisch oder im Laboratorium in seine Studien vertieft. Eindrucksvolle Beispiele gibt es von Thomas Wyck, David Rijckaert d. J. und natürlich von David Teniers d. J. Von ihm stammt der bekannte, um 1656/60 entstandene ›Alchemist‹ im Kunsthistorischen Museum Wien, der sich, bildfüllend in Nahsicht gegeben, tief über einen Folianten beugt.[11] Vor ihm werden auf dem Schreibtisch die einschlägigen Utensilien versammelt: ein großer Himmelsglobus, Gefäße, Bücher sowie eine Sanduhr und ein Schädel als Memento mori. Im Hintergrund sieht man schattenhaft drei Gehilfen bei der Arbeit im Labor.

Juncker nimmt Anregungen dieser Künstler auf, um sie in seiner charakteristischen ›Frankfurter‹ Art zu einem neuen Ensemble zu verschmelzen. Wie bereits erwähnt, wurde der Motivtransfer durch die Druckgraphik ermöglicht,

8 Vgl. Heidrun Ludwig, Die Gemälde des 18. Jahrhunderts im Landesmuseum Mainz, Mainz 2007, S. 138–140.

9 Vgl. David Teniers der Jüngere 1610–1690. Alltag und Vergnügen in Flandern, Ausstellungskatalog der Staatlichen Kunsthalle Karlsruhe, hrsg. von Margit Klinge und Dietmar Lüdke, Karlsruhe 2005, Nr. 103.

10 Zur druckgraphischen Rezeption vgl. ebd., S. 76–86.

11 Ebd., Nr. 88. – Ein über die Genrekunst hinausgehender Sonderfall ist Rembrandts Radierung ›Der Gelehrte in seinem Studierzimmer‹ (B 270), auch ›Faust‹ oder ›De practiseerende Alchimist‹ genannt.

Abb. 2
Jacques Nicolas Tardieu nach David Teniers d. J.,
Der Doktor der Alchemie, Radierung und Kupferstich, 1747
(Abb. aus: David Teniers der Jüngere 1610–1690. Alltag und Vergnügen in Flandern, Ausstellungskatalog der Staatlichen Kunsthalle Karlsruhe, hrsg. von Margit Klinge und Dietmar Lüdke, Karlsruhe 2005, Nr. 120, S. 340).

die in der Messe- und Handelsstadt Frankfurt einen geeigneten Umschlagplatz fand. Dabei fällt auf, dass Juncker im Gegensatz zu seinen niederländischen Vorbildern auf die traditionellen Vanitas- und Memento mori-Symbole verzichtet, die in den barocken Gelehrten-, Magier- und Alchemistendarstellungen unverzichtbar waren. Bei Juncker gibt es weder die obligatorischen Totenschädel noch andere krude Verweise auf die Sterblichkeit, keine Eulen und Fledermäuse und auch keine Sanduhren, die an das unerbittliche Verrinnen der Zeit und die Eitelkeit allen Tuns erinnern. Die okkulte Dimension, das Mysterium der Suche nach dem Stein der Weisen oder dem Elixier des Lebens wird nahezu ausgeblendet oder allenfalls durch die Lichtwirkung und die geheimnisvolle Tätigkeit der Figuren angedeutet. Vielleicht entsprach Juncker damit dem Geschmack seiner bürgerlichen Kundschaft, die Nachempfindungen der niederländischen Genrekunst des 17. Jahrhunderts zwar überaus schätzte, in Zeiten der Aufklärung jedoch lieber auf Formen der Mystifikation verzichtete.

Handelt es sich also wirklich um einen Alchemisten? Ein alter Klebezettel auf der Rückseite der Holztafel trägt den handschriftlichen Vermerk »Chimiste a son attellier par Junker«. Um die Mitte des 18. Jahrhunderts war bereits der Schritt von den alten Grenzbereichen Magie und Alchemie zur modernen Naturwissenschaft und insbesondere zur Chemie erfolgt. Exemplarisch bringt Joseph Wright of Derby diesen Wandel 1771 in seinem Gemälde ›The Alchemyst, in Search of the Philosopher's Stone, Discovers Phosphorus‹ (1771; Stichreproduktion 1775) zum Ausdruck. Juncker überlässt es freilich noch der Phantasie des Betrachters, ob es sich bei seinem ›Gelehrten im Studierzimmer‹ um Alchemie, Chemie oder um die Phase des Übergangs vom Einen zum Andern handelt.

Petra Maisak

Jahresbericht 2014

Bildung und Vermittlung

Ausstellungen

Verwandlung der Welt. Die romantische Arabeske

Bis zum 28. Februar 2014 war im Arkadensaal die großangelegte Ausstellung zu sehen, die anschließend in die Hamburger Kunsthalle wanderte, wo sie vom 21. März bis zum 15. Juni gezeigt wurde. Eine Ausstellung zur Arabeske der Romantik hatte es bislang nicht gegeben. Erstmals wurden signifikante Zeugnisse – konzentriert auf bildende Kunst und Literatur – zusammengestellt, um die Entwicklung und nachhaltige Wirkungskraft dieses Mediums zu veranschaulichen. Zur Klärung des Begriffs wurde sowohl die Vorgeschichte der Arabeske als auch die Ornamentdebatte des 18. Jahrhunderts einbezogen. Ein besonderer Reiz der Ausstellung bestand darin, dass sie das stete Wechselspiel zwischen Dichtung und Bildkunst, aber auch ihr unterschiedliches Arabeskenverständnis aufzeigte.

Die Ausstellung wurde von Petra Maisak kuratiert und stand unter der wissenschaftlichen Leitung von Prof. Dr. Werner Busch (Berlin). Sie umfasste ca. 200 Exponate (z.T. Serien): Gemälde, Zeichnungen, Druckgraphik, Bücher, Handschriften, Kunstgewerbe, Musikalien, darunter so kostbare Werke wie die selten gezeigten Aquarelle von Philipp Otto Runge und Moritz von Schwind, Fresken-Entwürfe von Peter Cornelius sowie bislang unbekannte Arbeiten von Eugen Napoleon Neureuther und Adolph Menzel. Dazu kamen einzigartige Handschriften von Novalis, Clemens Brentano, Achim von Arnim und auch von Goethe sowie bibliophile Raritäten wie Scheuchzers ›Physica Sacra‹, Ludwig Tiecks ›Minnelieder‹ mit Vignetten von Runge, die Erstausgabe von Brentanos und Arnims ›Des Knaben Wunderhorn‹ und von Schlegels Zeitschrift ›Athenaeum‹ oder Haydns ›Jahreszeiten‹ aus Beethovens Bibliothek, um nur einiges zu nennen. Die Hamburger Kunsthalle verfügt über die größte Runge-Sammlung. Runges Kompositionen, mit denen die romantische Arabeske ihren ersten Höhepunkt erreicht, standen im Zentrum der Ausstellung.

Wie erwartet wurde die Ausstellung zu einem Höhepunkt des Schwerpunkts »Impuls Romantik« des Kulturfonds Frankfurt RheinMain, der auch der bedeutendste Sponsor der Ausstellung war. Der begleitende, von Werner Busch und Petra Maisak im Auftrag des Freien Deutschen Hochstifts herausgegebene und aufwendig gestaltete Katalog erzielte überregionales Interesse. Für die Vermittlung und Vertiefung des Stoffes sorgte eine Reihe von Veranstaltungen: Petra Maisak und Dietmar Pravida leiteten das dreiteilige Seminar »Ornament und Bedeutungsträger. Die Arabeske in Kunst und Literatur der Romantik«. Vorträge hielten Dr. Jasmin Behrouzi-Rühl, Bettina Zimmermann, Prof. Dr. Heinz Rölleke und Prof. Dr. Friedrich Weltzien. Prof. Dr. Anne Bohnenkamp-Renken führte mit Prof. Dr. Werner Busch und Prof. Dr. Günter Oesterle ein »Gespräch zur Intermedialität der Arabeske«. Zusammen mit dem Werkbund Jung wurde »Blind Date – ein Gespräch mit arabeskem Verlauf« angeboten (14. Februar). Lisa Stiegler und Michael Benthin vom Schauspiel Frankfurt geleiteten bei der »Finissage« mit Texten der Romantik ein letztes Mal durch die Ausstellung.

Petra Maisak

»Österreichs Antwort«. Hugo von Hofmannsthal im Ersten Weltkrieg

Vom 9. April bis 3. Juni 2014 wurde im Arkadensaal eine von Katja Kaluga kuratierte Ausstellung über Hofmannsthals Auseinandersetzung mit den politischen und gesellschaftlichen Entwicklungen der Jahre 1914–1918 gezeigt. Sie dokumentierte anhand von mehr als 60 Werkhandschriften, Briefen und Dokumenten und ca. 40 thematisch einschlägigen Büchern aus der persönlichen Bibliothek des Dichters den Versuch Hofmannsthals, während des Krieges eine österreichische Kulturpolitik ins Werk zu setzen. Fast alle gezeigten Stücke, die aus dem Nachlass im Freien Deutschen Hochstift sowie Leihgaben aus Privatbesitz, aus dem Theatermuseum Wien, der Wienbibliothek im Rathaus und dem Deutschen Literaturarchiv Marbach am Neckar stammten, waren erstmals öffentlich zu sehen.

Als Prolog dienten Hofmannsthals depressionsreiche Militärzeit bis zum Austritt aus der Armee 1905 sowie zwei frühe Erzählungen, in denen er die Militärthematik in subversiver Weise behandelte. Der chronologisch geordnete Hauptteil beschäftigte sich in elf Stationen mit einem Abschnitt im Leben des Dichters, den die Forschung zumeist als eine schwere Verirrung beurteilt. Gezeigt wurden u. a. Hofmannsthals kriegsdienstliche Tätigkeit in der Pressestelle des Wiener Kriegsfürsorgeamtes, seine anfängliche Kriegsbegeisterung und seine Mitwirkung am Wiener »Dienstagverein«, dessen übernationalen Gesamtstaatspatriotismus Hofmannsthal teilte. Einen weiteren Schwerpunkt bildete Hofmannsthals publizistische Tätigkeit zur Beeinflussung der öffentlichen Meinung im pro-österreichischen Sinne; dazu gehörte etwa der rekonstruierte Plan zu einem Bildband ›Ehrenstätten Österreichs‹. Anhand von Briefen Harry Graf Kesslers und Werknotizen Hofmannsthals konnte gezeigt werden, welche Kriegserlebnisse in Hofmannsthals Komödie ›Der Schwierige‹ eingegangen sind. Eine weitere Station bildete Hofmannsthals Reise nach Prag

Abb. 1
Blick in die Hofmannsthal-Ausstellung.
Das Porträt links zeigt August von Hofmannsthal, den Großvater Hugo von Hofmannsthals, im Vordergrund das Manifest des Kaisers von Österreich »An meine Völker« vom 28. Juli 1914.

im Jahr 1917, wo die Begegnung mit irredentistischen tschechischen Intellektuellen seine Hoffnung auf eine Zukunft Österreich-Ungarns desillusionierte. Beschlossen wurde die Ausstellung durch einen Ausblick in die Zeit nach Kriegsende: Mit einem offenen Brief reagierte Hofmannsthal emphatisch zustimmend auf einer Deklaration französischer Intellektueller, welche die allseitige Verblendung eingestanden und den einstigen Gegnern die Hand zu neuer Zusammenarbeit reichten.

Die Ausstellungsgestaltung (Büro Sounds of Silence; Petra Eichler, Susanne Kessler) zielte darauf, Hofmannsthals Perspektive aus dem geschützten Raum seiner Wiener Wohnung auf die Ereignisse augenfällig zu machen, indem sie im Rundgang des Arkadensaals einen abgeschlossenen Raum schuf (Abb. 1). Wandhohe Kojen grenzten den Umgang ab und nahmen Vitrinen, historische Abbildungen und Informationstexte auf. Eine auf Realmaß vergrößerte Entwurfszeichnung des Wiener Architekten Oskar Strnad für Hofmannsthals neue Stadtwohnung (1917), auf der Möbel, ein Schreibtisch mit Bücherregalen und Bilder eingezeichnet sind, bedeckte die Stirnwand des Umgangs. Nach dieser Vorgabe waren Gemälde aus dem Nachlass und Bücherregale, in denen wichtige Lektüren der Kriegszeit sowie die ›Österreichische Bibliothek‹ aufgestellt waren, arrangiert. Der dadurch erzielte ruhige Raumeindruck eignete sich hervorragend für ein konzentriertes Studium der Exponate. Hörstationen boten Ausschnitte aus Hofmannsthals ›Reitergeschichte‹ sowie aus Karl Kraus' Satire ›Kriegsfürsorgeamt‹. Den Besuchern standen Beihefte mit Transkriptionen sämtlicher Exponate und den Informationstexten zur Verfügung. In 25 Führungen gaben Katja Kaluga und Sanja Methner eingehende Erläuterungen zu den Exponaten und zur Konzeption der Ausstellung.

Unterstützt wurde die Schau vom Arbeitskreis selbständiger Kultur-Institute e.V. (AsKI), der FAZIT-Stiftung und der Dr. Bodo Sponholz-Stiftung für Wohlfahrt, Kunst und Wissen.

Katja Kaluga

Goethes Hidschra

2014 wurde die Goethe-Universität in Frankfurt 100 Jahre alt, am Weihnachtsabend vor 200 Jahren schrieb Goethe das Gedicht ›Hegire‹. Beide Geburtstage waren in diesem Jahr Anlass für eine Reihe von Veranstaltungen der Goethe-Universität, die mit Unterstützung des Projekts ›Kunst baut Brücken‹ – *Morgenland trifft Abendland* von der Professur für Religionswissenschaft organisiert wurden.

In der Einleitung zu den ›Noten und Abhandlungen zu besserem Verständnis des West-östlichen Divans‹ stellte Goethe sich vor, ein Reisender zu sein, »dem es zum Lobe gereicht, wenn er sich der fremden Landesart und Neigung bequemt, deren Sprachgebrauch sich anzueignen trachtet, Gesinnungen zu theilen, Sitten aufzunehmen versteht«. Ein solcher Reisender übernimmt für die »Seinigen« die Rolle eines »Handelsmannes«, dem es um den ›Wechseltausch‹ zwischen Kulturen zu tun ist und »der seine Waaren gefällig auslegt und sie auf mancherlei Weise angenehm zu machen sucht«. Ganz in diesem Sinne zeigte die Ausstellung in einigen Räumen des Goethe-Museums und im Arkadensaal die schriftkünstlerische Auseinandersetzung der Gruppe ›lettera‹ mit Texten von Goethe und Hafis sowie Arbeiten des iranischen Kalligraphen Jamshid Sharabi zur persischen Übersetzung von Goethes ›Hegire‹. Zur Vernissage am 15. Mai wurde ein Rezitationsabend »Tausche Goethe gegen Hafis« veranstaltet, an dem Texte aus dem ›Divan‹ von Goethe, von Hafis und aus dem Koran, in deutscher, persischer und arabischer Sprache, zum Teil mit musikalischer Begleitung, aufgeführt wurden. Es rezitierten: Kurt Scharf, Dr. Hossein Khadjeh Zadeh, Karim El Hamdaoui, Gesang und Daf: Simin

Khakpour. Die Grußworte sprachen die Hochstiftsdirektorin Anne Bohnenkamp, Prof. Dr. Catherina Wenzel, Professorin für Religionswissenschaft an der Goethe-Universität, Dr. Mahdi Imanipour, Kulturrat in der Botschaft der Islamischen Republik Iran, Berlin und Abdolrahim Firouzzadeh, General Director of the International Affairs of the Iranian Academy of the Arts, Teheran.

Beatrix Humpert

Marianne von Willemer und Goethe im Spiegel des ›West-östlichen Divan‹

2014 jährten sich zum 200. Mal zwei Ereignisse, die Goethes ›West-östlichen Divan‹ entscheidend anregten: die Begegnung mit der jungen Sängerin, Tänzerin und Schauspielerin Marianne Willemer und mit dem persischen Dichter Hafis. Das Geschenk der ersten deutschen Gesamtübersetzung von Hafis, das Goethe im Frühjahr 1814 von seinem Verleger Cotta erhielt, wies Goethes Schaffen neue Wege. Im Sommer desselben Jahres kam er erstmals nach 17 Jahren wieder an den Main und begegnete dort der jungen Marianne Willemer. Angeregt durch die Motive der persischen Liebeslyrik begann ein von beiden leidenschaftlich unternommenes west-östliches Rollenspiel, ein orientalisierender Liebesdialog, der nach dem letzten Zusammensein im Sommer 1815 in Briefen und Gedichten fortgesetzt wurde. Höhepunkt des orientalischen Maskenspiels ist der poetische Liebesdialog im Buch Suleika des ›West-östlichen Divan‹.

Im Rahmen der diesjährigen Goethe-Festwoche zum Thema »Goethe und der Eros« wurde die Gelegenheit genutzt, Goethes Verhältnis zu Marianne Willemer wie zu Hafis zu beleuchten. Der ›Divan‹ wurde anhand von Handschriften, Büchern, Porträts präsentiert, die Beziehung zu Marianne durch die beiderseitigen Geschenke nachgezeichnet. Den Nachfahren der Familie Willemer ist es zu danken, dass zudem eine Vielzahl von Dokumenten, persönlichen Gegenständen und Porträts aus Privatbesitz zu sehen waren, die zu einem großen Teil noch nie in einer Ausstellung gezeigt wurden. Fünf Abteilungen widmeten sich der biographischen und literarischen Vorgeschichte sowie der Verwandlung des Erlebten in ein neues dichterisches Werk. Die Ausstellung wurde kuratiert von Anne Bohnenkamp und Joachim Seng aus dem Hochstift sowie von Prof. Dr. Hendrik Birus (Bremen), Prof. Dr. Andrea Polaschegg (Berlin) und Prof. Dr. Christoph Perels (Frankfurt am Main).

Ein reichhaltiges Begleitprogramm – Lesungen, Workshops und Diskussionsrunden sowie ein von Anne Bohnenkamp veranstaltetes dreiteiliges Seminar – bot nach allen Seiten ausgerichteten Gesprächsstoff. Nicht zuletzt waren die Ausstellung und das von Emek Sarigül mit Unterstützung von

Gloria Simon Lopez entworfene Begleitprogramm ein Beitrag zur Förderung der interkulturellen Verständigung. Ein Höhepunkt war das als Tag der offenen Tür gestaltete Interkulturelle Familienfest, an dem auch der Frankfurter Oberbürgermeister Peter Feldmann teilnahm. Neben einer Kalligraphie-Werkstatt und Orientalischen Märchenabenden für Kinder und Erwachsene, wurde u.a. auch ein Divan-Schultheater-Projekt mit Schülern und Lehrern der Ernst-Reuter-Schulle II, einer integrativen und inklusiven Gesamtschule, und dem Schultheater-Studio Frankfurt durchgeführt. Das von den Schülern erarbeitete Stück: ›Durchs Augenglas der Liebe‹ kam am 22. November 2014 im Arkadensaal des Hochstifts zur Aufführung. Für Lehrkräfte und Gruppenbetreuer gab es zudem eine Kuratorenführung sowie eine Lehrerweiterbildung, die von Fosia Musharraf in Kooperation mit Doris Schumacher und Emek Sarigül organisiert wurden.

Begleitend zur Ausstellung erschien ein Katalog mit 160 Seiten, der neben zahlreichen Abbildungen fünf Essays und zehn Miszellen zu den Themen der Ausstellung enthält.

Anne Bohnenkamp, Joachim Seng

Goethe und Rembrandt der Denker. Radierungen Rembrandts aus Goethes Sammlung

Goethes Blick auf Rembrandt bildete den Fokus der von Petra Maisak und Nina Sonntag kuratierten Ausstellung, in der vom 18. Dezember 2014 bis zum 8. März 2015 anhand von 90 Radierungen das einzigartige druckgraphische Können des großen Niederländers vorgestellt wurde. Das Spektrum der Schau reichte von winzigen Selbstporträts bis zu dem großformatigen Blatt ›Christus vor Pilatus‹ und umfasste sämtliche Themenbereiche aus allen Schaffensphasen Rembrandts: biblische Geschichten, Porträts, Tronjes, holländische Landschaften, Aktstudien, allegorische und mythologische Darstellungen sowie abwechslungsreiche Szenen aus dem Alltagsleben. Breiten Raum nahmen die stimmungsvollen Nachtstücke ein. Dazu kamen zahlreiche Werke von Künstlern der Goethezeit, die »in Rembrandts Manier« arbeiteten, um die starke Rezeption des ausgehenden 18. und beginnenden 19. Jahrhunderts zu dokumentieren. Die Aufmerksamkeit galt vor allem Johann Georg Trautmann, Johann Conrad Seekatz und Johann Andreas Benjamin Nothnagel, die Goethe während seiner Frankfurter Jugend kennenlernte.

Die Leitlinie der Ausstellung bildete Goethes Beschäftigung mit dem zeitlebens bewunderten Rembrandt, die erstmals in Form von Büchern, Autographen und eigenhändigen Zeichnungen dokumentiert und in sieben Kapiteln chronologisch aufgefächert wurde. Schon als 25-jähriger schrieb Goethe an Johanna Fahlmer: »Ich zeichne, künstle pp. Und lebe ganz mit Rembrandt«;

Abb. 2
Die Rembrandt-Rezeption des jungen Goethe:
»Ich zeichne, künstle pp. Und lebe ganz mit Rembrandt.«

diese Handschrift im Privatbesitz war bisher noch nie zu sehen. Im Alter von 81 Jahren verfasste Goethe den Aufsatz ›Rembrandt der Denker‹, der um die Radierung ›Der barmherzige Samariter‹ kreist. Die titelgebende Bezeichnung zeugt von Goethes Hochachtung vor der Fähigkeit des Künstlers, mit seinen Bildern nicht nur Gefühl und Sinne zu bezaubern, sondern auch den Verstand anzusprechen.

Goethes Auseinandersetzung mit Rembrandt begann mit einer indirekten Begegnung in Gestalt der Epigonen, deren Bilder er im Frankfurter Elternhaus sah. Als Heranwachsender kam er oft in die Werkstatt von Nothnagel, der neben seiner Tapetenmanufaktur als Maler, Radierer, Sammler und Auktionator tätig war. Dort konnte Goethe neben Imitaten auch originale Radierungen Rembrandts sehen, desgleichen in den großen Frankfurter und Leipziger Privatsammlungen. Unter dem Eindruck des Sturm und Drang begann er Anfang der 1770er Jahre, sich intensiv für Rembrandts Druckgraphik zu interessieren (Abb. 2). Als wichtigster Vermittler fungierte Goethes Darmstädter Freund Merck, ein ausgezeichneter Kenner, der auch als Sammler und Kunstagent tätig war. Galt Shakespeare in der Genieästhetik als das große »Originalgenie« unter den Dichtern, so wurde Rembrandt als sein Pendant unter den bildenden Künstlern bewundert. Rembrandts Einfluss macht sich – mehr als in den Zeichnungen – in Goethes frühen Schriften zur Kunst bemerkbar. So geht er in dem 1775 entstandenen Essay ›Aus Goethes Brieftasche. Nach Falkonet und über Falkonet‹ intensiv auf Rembrandts Radierung ›Anbetung der Hirten: Ein

Abb. 3
Blick in die Rembrandt-Ausstellung bei der Eröffnung.

Nachtstück‹ ein, das er als tief empfundenes, in seiner Natürlichkeit zeitloses Bild der Mutterliebe interpretiert. Im ersten Band von Lavaters ›Physiognomischen Fragmenten‹ (1775) charakterisiert Goethe Rembrandt als einen brillanten Schilderer menschlicher Abgründe, dem der Beweis gelungen sei, »daß moralische Zerrüttung, Zerrüttung der Physiognomie ist«.

In Italien wandelte sich Goethes gefühlsbetonte Hinwendung zu Rembrandt. Am Beginn seines römischen Zeichenstudiums kopierte er im Dezember 1786 Rembrandts Radierung ›Landschaft mit dem Kahn‹, um deren Kompositionsstruktur zu analysieren. Entstand zunächst eine motivgleiche, wenn auch grobe Skizze, so variierte Goethe die niederländische Landschaft in einem zweiten Schritt, indem er sie idealisierten Darstellungen der römischen Campagna und damit seiner neuen, südlich geprägten Kunstauffassung anglich. Eine gewisse Distanzierung zeichnet sich ab, wenn Goethe 1788 aus Rom an Herzog Carl August schreibt, letztlich sei die Reinheit der Form in der Kunst doch Rembrandts »marckiger Rohheit« und »schwebenden Geistigkeit« vorzuziehen. Den Klassiker Goethe irritierte nun Rembrandts Drastik und seine ungeschönte Wirklichkeitsnähe, für die er im Sturm und Drang noch so schwärmte. Doch die »schwebende Geistigkeit«, das geniale Kalkül des »denkenden« Künstlers, sollten ihn auch weiterhin in Bann schlagen.

Als Goethe in der Reihe seiner ›Schriften‹ bei Göschen 1790 ›Faust. Ein Fragment‹ publizierte, ließ er von Lips für das Frontispiz Rembrandts Radierung

›Der Gelehrte in seinem Studierzimmer‹ nachstechen. Goethe sah das rätselhafte Blatt, das auch unter dem Titel ›Faust‹ oder ›De practiseerende Alchimist‹ bekannt war, wahrscheinlich schon Anfang der 1770er Jahre, als er in Frankfurt mit der Arbeit am ›Urfaust‹ begann und die Erdgeist-Szene konzipierte. Rembrandts Bild des Gelehrten, dem eine magische Lichtvision die Geisterwelt öffnet, während ein Totenschädel über seine Schulter zu blicken scheint, muss Goethe tief beeindruckt haben. Der Nachstich wurde zum visuellen Leitmotiv und zur ersten von Goethe autorisierten Illustration der ›Faust‹-Dichtung.

In der Folge stellte Goethe immer wieder Betrachtungen über Rembrandt an, namentlich unter kunsthistorischem Aspekt. Im Alter blätterte er gern in seiner reichen Graphiksammlung und vertiefte sich in drucktechnische Details. Seine Aufnahmebereitschaft war staunenswert, denn er studierte ein halbes Jahr vor seinem Tod noch eingehend Giuseppe Longhis eben erschienene Publikation ›La Calcographia‹. Longhi hebt darin Rembrandts Radierung ›Der barmherzige Samariter‹ hervor, von der Goethe einen – freilich unklaren – Abzug besaß. Die Lektüre inspirierte ihn zu dem eingangs erwähnten Aufsatz ›Rembrandt der Denker‹, in dem er der Darstellung eine völlig neue Sinngebung abgewann.

Ermöglicht wurde die Ausstellung durch die Kooperation mit der Klassik Stiftung Weimar, die den größten Teil der Leihgaben zur Verfügung stellte. Die Weimarer Graphische Sammlung verfügt über einen ausgezeichneten Bestand an Rembrandt-Radierungen, der 2011 in einem Gesamtkatalog erfasst und wissenschaftlich bearbeitet wurde.[1] Die Kollektion geht im Kern auf die Graphiksammlungen von Herzog Carl August von Sachsen-Weimar-Eisenach und von Goethe selbst zurück. Drei Radierungen Rembrandts konnte das Hochstift beisteuern,[2] eine weitere stellte das Städel Museum zur Verfügung. Weitere Leihgaben waren dem Düsseldorfer Goethe-Museum und privaten Sammlern zu danken. Gefördert wurde die Ausstellung durch den Arbeitskreis selbständiger Kultur-Institute e.V. (AsKI) und die Botschaft des Königreichs der Niederlande.

Die sehr gut besuchte und von der Presse positiv aufgenommene Schau wurde am 17. Dezember 2015 mit einem Grußwort des Generaldirektors der Weimarer Museen Prof. Dr. Wolfgang Holler und mit Einführungen von Prof. Dr. Hermann Mildenberger, Leiter der Graphischen Sammlungen der Klassik Stiftung Weimar, sowie von Dr. Petra Maisak eröffnet (Abb. 3). Im Rahmen

1 Erik Hinterding, Rembrandts Radierungen. Bestandskatalog. Ehemalige Großherzogliche und Staatliche Sammlung, Klassik Stiftung Weimar. Graphische Sammlungen, hrsg. von Wolfgang Holler und Hermann Mildenberger, Köln und Weimar 2011.

2 Vgl. den Neuerwerbungsbericht in diesem Jahrbuch, S. 398–401.

des Begleitprogramms fanden wöchentlich öffentliche Kuratorenführungen statt, dazu kamen Kostümführungen mit Katharina Schaaf, die Satourday Familien-Führung »Rembrandts Spiel mit Licht und Schatten« und weitere Sonderführungen. In einem dreiteiligen Seminar »Fortgesetztes Studium Rembrandtischer Blätter. Goethe und die Rembrandt-Rezeption seiner Zeit« boten die beiden Kuratorinnen den Teilnehmern noch tiefergehende Einblicke zum Thema und den Objekten der Ausstellung. Dr. Erik Hinterding (Curator of Prints, Rijksmuseum Amsterdam) hielt den Vortrag »Rembrandt as an experimental and innovative printmaker«, eine Kooperationsveranstaltung mit dem Kunstgeschichtlichen Institut und dem Institut für deutsche Literatur und ihre Didaktik, Lektorat Niederländisch der Goethe-Universität Frankfurt, die von Laurette Artois moderiert wurde. Ein geselliger Höhepunkt war der Abend »Niederländer bleibt Niederländer«, bei dem »borrelhapje« gereicht wurden und Annina Schubert M.A. in niederländischer Sprache durch die Ausstellung führte. Den Abschluss bildete die Finissage »Ich lebe ganz mit Rembrandt«, bei der Katharina Schaaf ein letztes Mal als junger Goethe durch die Ausstellung führte.

Zur Ausstellung erschien ein von Petra Maisak und Nina Sonntag verfasstes und von Nina Sonntag gesetztes 40-seitiges Begleitheft mit zahlreichen Illustrationen.

Petra Maisak

Veranstaltungen

Feiern zu Goethes Geburtstag

Zu den Höhepunkten des Jahres zählten wie üblich die den Hochstiftsmitgliedern vorbehaltenen Feiern zu Goethes Geburtstag am 28. und 29. August 2014. Unter dem Motto »Goethe und die Romantik« trugen Samantha Gaul (Sopran) und Christopher Park (Klavier) die dreizehn ›Wunderhorn‹-Lieder des Frankfurter Komponisten und jahrzehntelangen Hochschullehrers Kurt Hessenberg (1908–1994) vor. Im Goethe-Haus brachten drei Mitglieder des Ensembles »Flötenspektakel« Flötenmusik der Goethezeit zu Gehör. Im Goethe-Museum präsentierte Dr. Cornelia Ilbrig die Romantik-Sammlung.

Goethe-Festwoche 2014

Vom 19. bis 28. September fand die Goethe-Festwoche statt, die als Kooperation zwischen Hochstift, Schauspiel Frankfurt und Kulturamt der Stadt Frankfurt alle zwei Jahre veranstaltet wird. Zwar könnte man glauben, über »Goethes Eros«, Goethe und die Frauen, Goethe und die Liebe sei alles gesagt.

Aber das Jubiläum 200 Jahre nach Goethes Begegnung mit Marianne Willemer bot den willkommenen Anlass, diesen Eindruck zu überprüfen. Zehn Frankfurter Einrichtungen nahmen Goethes Verhältnis zur Liebe und zum Eros aus unterschiedlichen Perspektiven in Vorträgen, Lesungen, Theateraufführungen, Diskussionen und musikalischen Veranstaltungen in den Blick. Die Festwoche begann mit der Eröffnung der Ausstellung »Marianne von Willemer und Goethe im Spiegel des ›West-östlichen Divans‹« im Arkadensaal. Es sprachen Prof. Felix Semmelroth, Oliver Reese und die Direktorin des Hochstifts, den künstlerischen Rahmen bildete Liebeslyrik von Hafis und Goethe in persischer und deutscher Sprache, rezitiert von Dr. Mariam Schamlu, Prof. Dr. Hendrik Birus und Michael Quast, musikalisch begleitet von dem Oudspieler Saif Karomi.

Tagung »Politische Romantik«

Der 100. Jahrestag des Ausbruchs des Ersten Weltkriegs war Anlass zu einer interdisziplinären Tagung »Politische Romantik« im Arkadensaal und im Cantate-Saal, die von der Kulturstiftung des Bundes in Kooperation mit dem Freien Deutschen Hochstift und mit Unterstützung durch das Kulturamt der Stadt Frankfurt ausgerichtet wurde. Mehrere hochkarätige Podien mit prominenten Diskutanten widmeten sich der Frage nach der Bedeutung politischer Leidenschaft von der Antike bis in die Gegenwart. Zu den Teilnehmern zählten Swetlana Alexijewitsch, Tariq Ali, Karl Heinz Bohrer, Helmut Lethen, Herfried Münkler, Joachim Radkau, Rüdiger Safranski, Peter Sloterdijk, Klaus Theweleit, Joseph Vogl, Sahra Wagenknecht und viele andere. Zur Eröffnung des Kongresses sprach Peter Sloterdijk über »Politischen Ikarismus«, gefolgt von der deutschen Erstaufführung des Films »Nachrichten vom Großen Krieg« von Alexander Kluge. Das Ensemble Modern spielte »10 Märsche, um den Sieg zu verfehlen« von Mauricio Kagel.

Gespräche im Goethe-Haus

21. Januar »Im Dialog mit der Weltliteratur«

Das erste Gespräch des Jahres gehörte zur Reihe »Europäische Begegnungen« der Deutschen Akademie für Sprache und Dichtung. Da der Arkadensaal durch die Arabeskenausstellung belegt war, stellte das Haus am Dom für diese und weitere Veranstaltungen dankenswerterweise einen Vortragssaal zur Verfügung. Prof. Dr. Klaus Reichert und der schwedische Dichter Jesper Svenbro sprachen über die wissenschaftliche Auseinandersetzung mit dem Ursprung von Schrift und Literatur, über die Passion des Lesens, die Arbeit des Übersetzers und über das Schreiben eigener Gedichte. Durch den Abend führte die Direktorin Anne Bohnenkamp.

4. Februar »Freiheit und Notwendigkeit. Zur Intermedialität der Arabeske«

Der Kunsthistoriker Prof. Dr. Werner Busch (Berlin) und der Literaturwissenschaftler Prof. Dr. Günter Oesterle (Gießen) unterhielten sich über die Bedeutung der Arabeske zwischen Zierat und freier Kunst und über den Zusammenhang zwischen ihrem archaischen Ursprung und ihrer Rolle in der ästhetischen Avantgarde. Die Moderation hatte wiederum Anne Bohnenkamp übernommen.

11. März »Goethe-Annalen: 1814«

Gustav Seibt, Ernst Osterkamp und Anne Bohnenkamp sprachen über das Jahr 1814 im Leben Goethes, das eines der produktivsten Jahre seines Lebens war: über das Schicksal der Politik nach Napoleons Rückzug, über die Lektüre des persischen Dichters Hafiz in der Übersetzung Joseph von Hammer-Purgstalls und die Begegnung mit Marianne von Willemer, sowie über die Entdeckung mittelalterlicher Kunst in der Sammlung Boisserée im Rhein-Main-Gebiet.

29. April »›William! Stern der schönsten Höhe‹.
Shakespeare und die Dichtkunst heute«

Zum 450. Geburtstagstag William Shakespeares diskutierte Hubert Spiegel, Leiter des Ressorts Literatur in der Frankfurter Allgemeinen Zeitung, mit der Schriftstellerin Ursula Krechel und dem Literaturwissenschaftler und Autor Prof. Dr. Heinrich Detering über Goethes Verhältnis zu Shakespeare, die Nutzung von dessen Werk für eine Standortbestimmung des eigenen Werks und das Verhältnis zeitgenössischer Autoren zu dem Klassiker. Begleitend wurden an diesem Abend und in den folgenden Wochen verschiedene Exponate gezeigt, die Goethes Beschäftigung mit Shakespeare beleuchten.

7. Mai »Nach Babel – Sprache und Sprachen«

In der Auftaktveranstaltung zur diesjährigen Reihe »Frankfurter Hausgespräche«, die das Hochstift seit einigen Jahren in Kooperation mit dem Holzhausenschlösschen, der Stiftung Polytechnische Gesellschaft, dem Haus am Dom und dem Literaturhaus Frankfurt veranstaltet, moderierte Dr. Roland Kaehlbrandt ein Podiumsgespräch mit Prof. Dr. Jürgen Trabant (Bremen), Michael Gahler MdEP und Prof. Dr. Jürgen Gerhards (Berlin) über die Vor- und Nachteile einer Verkehrssprache und der Sprachenvielfalt, über den Stand der Nationalsprachen, den Vereinheitlichungsdruck in Richtung einer weltweiten Verkehrssprache und über die Besonderheit und Widerständigkeit von National- und Regionalsprachen.

25. Mai »Sieben Sprünge vom Rand der Welt«

Im Rahmen dem städtischen Festival »LiteraTurm« sprachen die Schriftstellerin Ulrike Draesner und der Frankfurter Hirnforscher Prof. Dr. Wolf Singer über Draesners soeben erschienenen Roman ›Sieben Sprünge vom Rand der Welt‹ und dessen neurobiologischen Kontext.

17. Juni »Normalos, Fachidioten und Sprachmeister. Die deutsche Sprache als lebendes Wesen«

Die Vielfalt und Lebendigkeit der deutschen Sprache erkundeten – nicht ohne Seitenblicke auf Goethe – an diesem Abend die Linguistin Prof. Dr. Nina Janich (Darmstadt), der Rechtshistoriker Prof. em. Dr. Michael Stolleis und Dr. Julia Voss, Kunsthistorikerin und Journalistin der ›Frankfurter Allgemeinen Zeitung‹. Das Gespräch wurde moderiert von Prof. Dr. Anne Bohnenkamp.

20. September »›Im Atemholen sind zweierlei Gnaden‹. Goethe und der Islam«

Der Komparatist Prof. Dr. Hendrik Birus diskutierte mit dem Schriftsteller und Orientalisten Prof. Dr. Navid Kermani über Goethes intensive Beschäftigung mit Koran, Islam und persischer Poesie.

25. September »Lyrisches Wechselspiel der Liebe. Goethe und Marianne«

Dr. Rüdiger Safranski, Autor der 2013 erschienenen Biographie ›Goethe – Kunstwerk des Lebens‹, sprach mit Prof. Dr. Anne Bohnenkamp über die Beziehung zwischen dem 65-jährigen Dichter und der jungen Marianne Willemer und über die Verflechtung ihrer Liebe im Leben und in der Literatur.

Weltliteratur in Übersetzungen

Am 18. März sprach Kurt Flasch, einer der besten Kenner mittelalterlicher Philosophie, über seine Übertragung von Dante Alighieris ›Göttliche Komödie‹ und über sein lebenslanges Bemühen, sich und anderen Dantes Kosmos zu erschließen.

Vorträge

28. Januar »Arabeskenhaftes – Wunderhörnisches. Arabeskes Verfahren bei Clemens Brentano«

Prof. Dr. Heinz Rölleke (Wuppertal) stellte Überlegungen zu den Gedichten aus der hochromantischen Liedsammlung ›Des Knaben Wunderhorn‹ an und zeigte an einigen Texten und unter Rückgriff auf Philipp Otto Runges Bilder, wie sich literarische Werke mit dem Begriff der Arabeske erschließen lassen.

18. Februar »Die Natur der Arabeske«

Prof. Dr. Friedrich Weltzien (Hannover) führte an ausgewählten Beispielen vor, welche bildnerischen Verfahren und graphische Medien Künstler entwickeln, um dem naturgegebenen Trieb zum Sich-Schmücken zu entsprechen.

8. Mai »Gerade die freie deutsche Hochschule ist mir ein Hauptziel«

Die 6. Frankfurter Ringvorlesung stand zum Universitätsjubiläum unter dem Thema »100 Jahre Literaturwissenschaften in Frankfurt«. Prof. Dr. Anne Bohnenkamp stellte die Entwicklung des Freien Deutschen Hochstifts in seinem Verhältnis zur Goethe-Universität vor.

15. Juli »Goethe und die russische Romantik«

Der russische Literaturwissenschaftler und Goetheforscher Prof. Dr. Vladimir A. Avetisjan (Ischewsk) zeigte, welchen Einfluss Goethe auf Puschkin ausübte, dem der deutsche Dichter als »Riese der romantischen Poesie« galt, und wie ausgeprägt das Interesse Goethes an russischer Literatur war.

30. September »Faust und der dritte Schöpfungstag«

Prof. Dr. Hans-Jürgen Schings (Berlin) rückte Fausts Meereseindämmung im zweiten Teil des Dramas in seine literatur- und motivgeschichtlichen Zusammenhänge und bot damit neue, überraschende Einsichten und Vorschläge zu umstrittenen Deutungsfragen an.

14. Oktober »Kunststück Alter(n)«

Prof. Dr. Günter Oesterle (Gießen) sprach über Christoph Wilhelm Hufelands ›Makrobiotik oder die Kunst das Leben zu verlängern‹ und über Immanuel Kants Reaktion auf diese Schrift, in deren Verlauf er zu einer (Selbst-)Kritik an der Hybris, das eigene Leben verlängern zu wollen, gelangte.

21. Oktober »Die Brentanos und ihr Erbe. Zur Faszinationsgeschichte einer europäischen Familie im 20. Jahrhundert«

PD Dr. Ralf Klausnitzer (Berlin) stellte den Essayisten und Romancier Bernard von Brentano (1901–1964) und dessen Auseinandersetzung mit der Romantik vor. Peter Schröder vom Schauspiel Frankfurt las aus Brentanos Familienroman ›Theodor Chindler‹ (1936). Die Veranstaltung war Teil eines Literaturfestivals, das das Literaturhaus Villa Clementine in Kooperation mit Kulturinstitutionen in Wiesbaden, Frankfurt und Darmstadt vom 19.9. bis 21.10.2014 aus Anlass von Bernard von Brentanos 50. Todestag dem »Schriftsteller zwischen Romantik und Moderne« gewidmet hatte.

4. November »›Ich habe allerlei Briefe aus Deutschland bekommen‹. Aus der Korrespondenz A.W. Schlegels«

PD Dr. Jochen Strobel, Prof. Dr. Thomas Bürger und Dr. Claudia Bamberg (alle Marburg) präsentierten Schlegels umfangreiche Korrespondenz, die er mit nahezu allen namhaften Personen seiner Zeit führte. Eine Online-Edition dieses bislang kaum zur Hälfte publizierten Briefwechsels wird von den Vortragenden derzeit vorbereitet. Aus den Briefen lasen Simone Müller, Josia Krug und Henning Kallweit.

11. November »Friedrich Nietzsche – neu gelesen«

In einer Kooperation mit der Schopenhauer-Gesellschaft stellten Prof. Dr. Ludger Lütkehaus (Freiburg im Breisgau) und Dr. David Marc Hoffmann (Dornach) die von ihnen begonnene und im Stroemfeld Verlag erscheinende Ausgabe letzter Hand der Werke Nietzsches vor.

2. Dezember »Der politische Goethe«

Dr. habil. Jochen Golz, ehemaliger Direktor des Goethe- und Schiller-Archivs in Weimar und amtierender Präsident der Goethe-Gesellschaft, gab einen Überblick über Goethes lebenslanges Wirken im Dienst des Herzogtums Weimar.

Lesungen

28. Februar Finissage der Arabeskenausstellung

Michael Benthin und Lisa Stiegler lasen Texte von Novalis, Clemens Brentano, Achim von Arnim, den Brüdern Grimm, Friedrich Schlegel, E.T.A. Hoffmann, Jean Paul und Goethe.

4. April Dirk Schäfer, »Werther Lenz!«

Zum Büchnerfestival 2013 hatte der Schauspieler eine Textcollage aus Büchners ›Lenz‹ und Goethes ›Werther‹ erarbeitet und damit einen faszinierenden Dialog zwischen den beiden Dichtern geschaffen. Dirk Schäfer ging unter anderem der Frage nach, wieso das anfangs freundschaftliche Verhältnis zwischen Lenz und Goethe so abrupt endete.

24. Juni Eva Demski, ›Rheingau‹

Die Schriftstellerin las aus ihrem Buch über den Rheingau, das Land ihrer Kindheit und die literarische Landschaft der romantischen Dichtung.

8.–9. Juli Claude De Demo und Isaak Dentler, »Hölderlin und Diotima«

Die beiden Schauspieler aus dem Ensemble des Schauspiels Frankfurt lasen im Hochstift aus Briefen und Texten Hölderlins und Susette Gontards. Die Veranstaltung gehörte in den Rahmen der Tagung »Frauen der Romantik«, die in Kooperation mit dem Institut für Stadtgeschichte und der Hessischen Landeszentrale für politische Bildung im Karmeliterkloster veranstaltet wurde. Prof. Dr. Barbara Dölemeyer, wissenschaftliche Mitarbeiterin des Max-Planck-Instituts für europäische Rechtsgeschichte und Honorarprofessorin an der Universität Gießen, führte in das Thema des Abends ein.

Liederabende und Konzerte

25. März »Dies ist ein Lied für Dich allein«

Aus Anlass des 80. Todestages von Stefan George fand ein Liederabend mit Vertonungen von Egon Wellesz, Anton Webern, Hans Erich Apostel, Theodor W. Adorno und Alban Berg statt. Die Lieder wurden von Gabriele Hierdeis und Olaf Joksch vorgetragen. Prof. Dr. Christoph Perels sprach einige Worte zur Einführung in die Gedichte Georges.

13. Mai »Die Liebe ohnegleichen bleibt ewig im Herzen stehn«. Lieder und Duette der Romantik

Georg Poplutz (Tenor) und Christoph Begemann (Bariton) sangen Werke von Felix Mendelssohn, Robert Schumann und Johannes Brahms. Sie wurden am Klavier von Hilko Dumno begleitet.

10. Juni »Laß uns wieder von der Liebe reden«. Lieder von Strauss und Pfitzner

Richard Strauss und Hans Pfitzner haben eine beträchtliche Anzahl spätromantischer Klavierlieder hinterlassen. Esther Dierkes, Sopran, Björn Bürger, Bariton, und Hilko Dumno, Klavier, stellten ausgewählte Beispiele daraus vor.

1. Juli »Laß der Sonne Glanz verschwinden, wenn es in der Seele tagt. Eines langen Tages Reise in die Nacht«

Einen romantischen Höhepunkt boten Prof. Dr. Dieter Borchmeyer, die Sopranistin Magdalena Hinterdobler und der Pianist Gerold Huber: Anhand von Liedern und Gedichten aus dem 18. und 19. Jahrhundert zeigten sie, wie die Romantik einen Mythos der Nacht geschaffen hat, der der Verstandeshelle des Tags als Gegenwelt entgegentritt.

27. September »Temporäre Verjüngung. Suleika und Hatem«

Lieder aus dem ›West-östlichen Divan‹ in Vertonungen von Johannes Brahms, Robert Schumann, Hugo Wolf, Fanny und Felix Mendelssohn, Othmar Schoecke, Franz Schubert u.a. standen auf dem Programm eines Konzertabends in der Goethe-Festwoche. Die Vortragenden waren Katharina Magiera, Alt, und Björn Bürger, Bariton, am Klavier begleitet von Pauliina Tukiainen.

25. November »Wer mich liebt, den lieb ich wieder«

Der letzte Liederabend des Jahres war dem ›Spanischen Liederbuch‹ Hugo Wolfs gewidmet und kam passend zum 100. Todestag des Dichters Paul Heyse, der zusammen mit Emanuel Geibel die von Wolf vertonten geistlichen und weltlichen Lieder übertragen hat. Sie wurden von Sofia Pavone, Mezzosopran, Sebastian Geyer, Bariton, und Isabel von Bernstorff, Klavier vorgetragen.

Seminare und Tagungen

»Vom Ornament zum Bedeutungsträger« war der Titel eines ausstellungsbegleitenden Seminars, in dem sich Dr. Petra Maisak und Dr. Dietmar Pravida der Arabeske in Kunst und Literatur der Romantik widmeten. An drei Freitagen im Februar ging es um Wesen und Gestalt der romantischen Arabeske und um ihre wichtigsten Vorbilder. Im Zentrum standen Runges arabeske Bilder und Clemens Brentanos »Romanzen vom Rosenkranz«. Im November führte Prof. Dr. Anne Bohnenkamp in einem weiteren ausstellungsbegleitenden Seminar an drei Abenden in die Welt des ›West-östlichen Divan‹ und ihre vielfältigen Bezüge ein.

Am 8. und 9. Juli fand das zweite Symposium der Reihe »Romantik in Hessen und Frankfurt« statt, das sich den Frauen der Romantik widmete: Bettine von Arnim, Karoline von Günderrode, Caroline Schelling, Sophie Mereau, Dorothea Schlegel und Marianne Willemer. Die vom Institut für Stadtgeschichte in Zusammenarbeit mit der Hessischen Landeszentrale für Politische Bildung und dem Freien Deutschen Hochstift getragene Veranstaltung verband allgemein verständliche Fachvorträge mit einer Exkursion zu historischen Orten des Geschehens in und um Frankfurt sowie einem Vorausblick auf die Ausstellung über Marianne Willemer. Es referierten Prof. Dr. Ulrike Landfester (St. Gallen), Dr. Claudia Bamberg (Marburg), Barbara Sichtermann (Berlin), Prof. Dr. Marita Metz-Becker (Marburg), Prof. Dr. Carola Hilmes, Prof. Dr. Wolfgang Bunzel und Prof. Dr. Anne Bohnenkamp (alle Frankfurt am Main),

Weitere Veranstaltungen

10. Mai »Lange Nacht der Museen«

Schwerpunkt war die Epoche der Romantik in Texten, Bildern und Tönen. Das Improvisationstheater »Drama light« stellte dem Publikum die Frage »Romantik, was ist das?« Die Antworten des Publikums wurden spontan in Stegreiftheater verwandelt. Der Schauspieler Peter Schröder las über die »Nachtseiten der Romantik«, dazu gab es zahlreiche und vielsprachige Führungen durch Goethe-Haus und -Museum und durch die Ausstellung »Österreichs Antwort«.

18. Mai »Sammeln verbindet. Romantische Collagen«

Zum Internationalen Museumstag wurde ein von Gloria Simon Lopez betreuter Workshop für die jungen Besucher des Hauses angeboten, in dem die Gäste auf ihren selbstgestalteten Kunstwerken die schönsten Motive versammelten, die ihrer Auffassung nach zur Romantik gehören.

3. Juni »Wir haben doch einen langen Weg halb und halb nebeneinander gemacht«

Prof. Dr. Elsbeth Dangel-Pelloquin (Basel) stellte den von ihr besorgten Briefwechsel zwischen Hugo und Gerty von Hofmannsthal und Hermann Bahr vor, der 2013 bei Wallstein erschienen ist.

6. Juni Frankfurter Spaziergang

Dr. Lothar Voigt führte die Teilnehmer vom Frankfurter Goethe-Haus über verschiedene Spuren der Brentanos in der Stadt ans gegenüber liegende Ufer zum Städel.

22. Juli ›Faust I‹. Schauspielsolo

Der Schauspieler Peter Vogt machte Goethes Drama in einer Originaltextauswahl zu einem zweistündigen Schauspielsolo, in dem er selbst in mehr als zehn Rollen und nur durch kleine Requisiten unterstützt durch die Tragödie führte.

9. September »Hofmannsthal. Orte«

Dr. Claudia Bamberg, Dr. Konrad Heumann, Prof. Dr. David Oels und David Österle stellten den in Kooperation mit dem Ludwig Boltzmann Institut für Geschichte und Theorie der Biographie herausgegebenen Band mit »20 biographischen Erkundungen« zu Hugo von Hofmannsthal vor. Zur Veranstaltung war eine kleine Ausstellung mit Originalen zu sehen.

12. September Jahresexkursion zu wichtigen Stationen der Rheinromantik

Besucht wurden das Brentano-Haus in Oestrich-Winkel, der Ostein-Park auf dem Niederwald und das mythenträchtige Städtchen Bingen am Rhein mit dem berühmten Mäuseturm. Wolfgang Bunzel erläuterte die Bedeutung dieser Sehnsuchtslandschaft für die Romantik.

27. November »Handschriften der Romantik, neu gelesen von …«

Die letzte der Veranstaltungen in der Reihe – gemeinsam veranstaltet von Literaturland Hessen, hr2 Kultur und Freiem Deutschen Hochstift – fand im Arkadensaal statt. Der Schriftsteller Patrick Roth widmete den Abschlussabend Novalis. Moderiert wurde die Veranstaltung von Leonie Berger.

Seit Herbst 2014 informiert ein Facebook-Auftritt des Hochstifts über den aktuellen Veranstaltungsplan.

Beatrix Humpert

Museumspädagogik

Frau OStRin Ulrike Eisenträger, die seit 2006 zunächst auf Abordnung des Schulamts sehr erfolgreich das pädagogische Programm des Hochstifts für Schülerinnen und Schüler und für Lehrkräfte entwickelte und durchführte, konzipierte im Jahr 2013 begleitend zu den beiden Ausstellungen »... mein Werther – dein Werther – unser Werther ... Die Leiden des jungen Werthers: Ein Roman überwindet Grenzen« (5. Februar bis 24. März 2013) und »Namenlose Empfindung – Jean Paul und Goethe im Widerspruch« (28. August bis 13. Oktober 2013) jeweils eine ganztägige Lehrerfortbildung, für die sie zuvor umfangreiche Materialsammlungen angelegt hatte. Beide Veranstaltungen waren von ihr gründlich vorbereitet; der aufgrund ihrer Erkrankung für die Durchführung der Fortbildung zur Werther-Ausstellung eingesprungene Lehrer Albert Meyer wurde von ihr eingearbeitet. Wir verdanken Frau Eisenträger unter anderem auch den Aufbau der Kooperation mit dem Schultheaterstudio Frankfurt und die Anerkennung als akkreditierter Anbieter für Lehrer-Weiterbildungen.

Die im Jahr 2013 unter dem Titel »Literarische Entdeckungsreise« begonnene Kooperation mit der Frankfurter Bürgerstiftung im Holzhausenschlösschen (Organisation und Finanzierung) sowie der Klassik Stiftung Weimar wurde im Februar 2014 mit zwei weiteren Klassen des Heinrich-von-Gagern-Gymnasiums fortgesetzt. Das halbtägige Programm in Frankfurt umfasste dabei neben dem Besuch des Goethe-Hauses und des Goethe-Museums auch eine Schreibwerkstatt und eine Fragerunde im Kaminzimmer.

Neu begonnen wurde im Oktober das Projekt »Junges Literaturland Hessen«, zu dem der Hessische Rundfunk neben dem Goethe-Haus vier weitere Museen in Hessen eingeladen hatte. Die Schulklassen setzten sich, unterstützt von prominenten Autorinnen und Autoren, in kreativen Schreibwerkstätten mit dem jeweiligen Museum auseinander. Im Goethe-Haus waren Achtklässler der IGS Herder mit dem Lyriker, Romanautor und Übersetzer Matthias Göritz zu Gast. Die im Unterricht bei Marina Bock weiterbearbeiteten Ergebnisse werden auf der Homepage des Hessischen Rundfunks präsentiert.

Zwei Termine umfasste eine von Dr. Doris Schumacher und Emek Sarigül betreute Kooperation mit Dr. Kirsten Prinz von der Universität Gießen, die im Rahmen eines Seminars »West-östliche Autorenbegegnung: Johann Wolfgang Goethe und Navid Kermani« im November eine Exkursion ins Hochstift unternahm. Die Ideen der Studierenden zur musealen Umsetzung eines literarischen Themas wurden am zweiten Exkursionstag im Hochstift präsentiert.

Fortgesetzt wurde die Zusammenarbeit mit dem Medienzentrum Wiesbaden sowie dem Deutschen Filminstitut in Frankfurt, Dr. Doris Schumacher stand den Schulklassen im Anschluss an den Film ›Goethe!‹ als Gesprächspartnerin zur Verfügung.

Abb. 4
Satourday »Wundersame Zeit« mit Britta Groll (Foto: Doris Schumacher).

Neben der Nacht der Museen lockte das Haus auch zum Museumsuferfest und zum Internationalen Museumstag sowie zu den »Satourday«-Familientagen jeweils am letzten Samstag im Monat viele Besucher ins Goethe-Haus (Abb. 4). Angeboten wurden mehrere Führungen in verschiedenen Sprachen und kreative Vermittlungsangebote. Erstmals beteiligte sich das Hochstift am bundesweiten Vorlesetag mit der Präsentation des Buches ›Wie es euch gefällt. Shakespeare für Kinder‹ mit der Autorin Sylvia Schopf. Besondere Angebote für Kinder und Familien gab es auch wieder in der Vorweihnachtszeit.

Zu den Kernaufgaben der Abteilung zählt die Weiterbildung der Mitarbeiter. Insgesamt haben im Jahr 2014 vier Mitarbeiterinnen und Mitarbeiter ihre Prüfungen für Goethe-Haus- bzw. Museums-Führungen abgelegt. Den vier ehrenamtlich tätigen Kräften danken wir für je ein »Offenes Kaminzimmer« mit Schreibwerkstatt im Quartal; Dr. Hans-Georg Dewitz für die fremdsprachigen Führungen. Dr. Doris Schumacher nahm an mehreren Tagungen und Symposien zum museumspädagogischen Erfahrungsaustausch und zur Förderung der Integration von Kulturprojekten in den Schulalltag teil.

Bei den Schülerzahlen ist ein leichter Rückgang von 16231 (2013) auf 14656 (2014) festzustellen, die Zahl der Führungen von Schulklassen durch das Goethe-Haus entspricht mit 536 jedoch nahezu dem Vorjahreswert. Auffallend ist das gestiegene Interesse an den Museumsschwerpunkten (von 15 auf 39 Buchungen), Spitzenreiter ist dabei das Thema »Goethe und Schiller«.

Seit Anfang 2014 wirkt Emek Sarigül als Stipendiatin der Stiftung Polytechnische Gesellschaft im Freien Deutschen Hochstift, um in unserem Haus zur Museumskuratorin ausgebildet zu werden. Der besondere Schwerpunkt des Stipendiums lautet »Kulturelle Vielfalt und Migration«. Ihre Tätigkeit wird von Dr. Joachim Seng und Dr. Doris Schumacher betreut. Emek Sarigül entwickelt museumspädagogische Angebote, die zur interkulturellen Öffnung der Museumsarbeit beitragen sollen, u.a. zur Bildung und Vermittlung. Einen geeigneten Rahmen dafür bot im Haus die ›Divan‹-Ausstellung, für die sie ein abwechslungsreiches Begleitprogramm entwarf, bei dem erstmals ein interkulturelles Familienfest angeboten werden konnte.

Doris Schumacher

Deutsches Romantik-Museum

Die Spendenkampagne für den Bau des Deutschen Romantik-Museums wurde im Berichtsjahr 2014 auch nach der Förderzusage der Stadt Frankfurt im Dezember des Vorjahres fortgesetzt. Der Schwerpunkt lag auf der – kostenfrei durchzuführenden – Presse- und Öffentlichkeitsarbeit. Eine neue Fördermöglichkeit für den geplanten Museumserweiterungsbau ist das Modell der Exponat-Patenschaften, das zu Anfang des Jahres vorgestellt wurde. Die rasche Vergabe mehrerer Objekt-Patenschaften zugunsten des Deutschen Romantik-Museums zeigt das Interesse an dieser Form der Unterstützung für das Projekt.

Mitte 2014 wurde die Möglichkeit einer »Romantik-Mitgliedschaft« im Freien Deutschen Hochstift eingeführt. Sie ist für diejenigen Freunde des Hauses gedacht, die sich mit einem Mindestjahresbeitrag von € 300 besonders für die Realisierung des Deutschen Romantik-Museums engagieren wollen. Neben den Vorzügen einer Fördermitgliedschaft erhalten die Romantik-Mitglieder regelmäßig Informationen zum aktuellen Projektstand sowie Einladungen zu Sonderveranstaltungen.

Beim Einwerben von Spenden fand das Hochstift tatkräftige Unterstützer: Kanzlei Graf von Westfalen, die Frankfurter Werbeagentur WEFRA sowie engagierte Mitglieder des Hochstifts und Privatpersonen haben Spenden für den Museumserweiterungsbau gesammelt. Auch die ehemalige Oberbürgermeisterin der Stadt Frankfurt am Main Dr. h.c. Petra Roth rief anlässlich ihres Geburtstages ihre Gäste zu einer Spendenaktion für das Deutsche Romantik-Museums auf. Das erfolgreiche Zusammenspiel zwischen privaten und öffentlichen Unterstützern wurde im Februar mit einer großen Pressekonferenz gewürdigt. Oberbürgermeister Peter Feldmann, Kulturdezernent Prof. Dr. Felix Semmelroth, Petra Roth sowie Friedrich von Metzler sprachen sich gemeinsam für den Bau des Deutschen Romantik-Museums aus. Der Termin fand bundesweite Aufmerksamkeit.

Anlässlich der »Luminale«, einer Biennale der Lichtkultur, wurde im April der Standort des zukünftigen Deutschen Romantik-Museums Bühne eines Lichtkunstprojekts: Die Medienkünstler der Mainzer Gestaltungskooperative Tip Top Express bespielten mit ihren Installationen den dem Goethe-Haus benachbarten Innenhof, mehrere Räume rund um den Cantate-Saal sowie die Fassade des Goethe-Hauses. Passend zum entstehenden Ort der Romantik beschäftigten sich die Künstler mit der Romantik und ihrer Strahlkraft in die Gegenwart.

Ausgewählte Mitglieder des Deutschen Bundestages wurden eingehend über das Projekt und seine Perspektiven informiert. Am 13. November etatisierte der Haushaltsausschuss des Bundes die in Aussicht gestellten Mittel in Höhe von 4 Mio. Euro für den Bundeshaushalt 2015. Damit ist die Grundfinanzierung des Neubaus für das Deutsche Romantik-Museums gesichert.

Ein weiterer wichtiger Schritt hin zur Realisierung des Museums war der Architekturwettbewerb zum Bau der Goethe-Höfe, als deren Kernstück das Deutsche Romantik-Museum vorgesehen ist. Am 25. September konnte der finale Juryentscheid für eine Kombination aus den Entwürfen von Prof. Christoph Mäckler (Museum) und das Büro Landes & Partner (Wohnungsbau, Cantate-Saal und Goethe-Höfe) verkündet werden. Eine Ausstellung der prämierten Modelle im Arkadensaal (26. Juni bis 13. Juli) sowie ein Informationsstand zum geplanten Museumserweiterungsbau informierten die Mitglieder des Hochstifts zum Goethe-Geburtstag am 28.–29. August sowie interessierte Besucher des Museumsuferfestes am 30.–31. August über den aktuellen Projektstand. Sowohl die Entscheidung des Architekturwettbewerbs als auch die Sicherung der Grundfinanzierung erfuhren ein überregionales Presseecho.

Die Anfang des Jahres produzierte Imagefilmereihe zum Deutschen Romantik-Museum wurde am 27. August in einer Pressekonferenz und den Mitgliedern des Freien Deutschen Hochstifts exklusiv am Goethe-Geburtstag vorgestellt. Die Filme sind auf der Website www.deutsches-romantik-museum.de seit dem 29. August online. Im Herbst wurde die Filmreihe anlässlich des Juryentscheids um drei weitere Kurzfilme mit Interviews mit Prof. Dr. Semmelroth, Prof. Mäckler und Bürgermeister und Baudezernent Olaf Cunitz erweitert.

Veranstaltungen von Kooperationspartnern wie hr2 Kultur (»Texte der Romantik neu gelesen«), Alte Oper (»Die lange Nacht der Romantik«, 15. März), Kulturstiftung des Bundes (Kongress »Politische Romantik«, 10. bis 12. April), Frankfurter Literaturhaus (»Literaturfestival Romantik«, 31. Mai bis 6. Juni) und Fliegende Volksbühne (Veranstaltungsreihe »Brückenkopf Romantik«) gaben dem Freien Deutschen Hochstift das ganze Jahr über die Möglichkeit, die Spendenkampagne an sehr unterschiedlichen Orten in Frankfurt und der Region zu plazieren. Die im Fischer-Verlag erschienene Romantik-Anthologie ›Es geht um Poesie‹, die Blumenkugeln »Blaue Blume« und der romantische Adventskalender sind aufgrund der großen Nachfrage jeweils in die zweite Auflage gegangen. Auch die erfolgreiche Kooperation »POMP spendet Romantik« wird fortgeführt. Die Akquise von Großspendern wird nach Beendigung der ersten Spendenkampagne mit Nachdruck fortgesetzt. Hierzu laufen bereits die Vorbereitungen.

Anne Bohnenkamp, Kristina Faber

Forschung und Erschließung

Editionen und Forschungsprojekte

Historisch-kritische Ausgabe sämtlicher Werke und Briefe Clemens Brentanos (Frankfurter Brentano-Ausgabe)

Clemens Brentano, Sämtliche Werke und Briefe. Historisch-kritische Ausgabe veranstaltet vom Freien Deutschen Hochstift. Hrsg. von Anne Bohnenkamp, Ulrich Breuer, Ulrike Landfester, Christoph Perels, Hartwig Schultz. Stuttgart: Kohlhammer Verlag 1975 ff.

Zum Jahresende 2014 lagen insgesamt 46 Bände der Ausgabe vor:

1 Gedichte 1784–1801, Text, Lesarten und Erläuterungen, unter Mitarbeit von Michael Grus hrsg. von Bernhard Gajek (2007)
2,1 Gedichte 1801–1806, Text, Lesarten und Erläuterungen, hrsg. von Bernhard Gajek und Michael Grus (2012)
3,1 Gedichte 1816/1817, Text, Lesarten und Erläuterungen, hrsg. von Michael Grus und Kristina Hasenpflug (1999)
3,2 Gedichte 1818/1819, Text, Lesarten und Erläuterungen, hrsg. von Michael Grus, Kristina Hasenpflug und Hartwig Schultz (2001)
3,3 Gedichte 1820–1826, Text, Lesarten und Erläuterungen, hrsg. von Michael Grus (2002)
5,1 Gedichtbearbeitungen I, Text, Lesarten und Erläuterungen, unter Mitarbeit von Silke Franziska Weber hrsg. von Sabine Gruber (2011)
5,2 Gedichtbearbeitungen II, Trutz Nachtigal, Text, Lesarten und Erläuterungen, unter Mitarbeit von Holger Schwinn hrsg. von Sabine Gruber (2009)
6 Des Knaben Wunderhorn, Teil I, Text, hrsg. von Heinz Rölleke (1975)
7 Des Knaben Wunderhorn, Teil II, Text, hrsg. von Heinz Rölleke (1976)
8 Des Knaben Wunderhorn, Teil III, Text, hrsg. von Heinz Rölleke (1977)
9,1 Des Knaben Wunderhorn, Teil I, Lesarten und Erläuterungen, hrsg. von Heinz Rölleke (1975)
9,2 Des Knaben Wunderhorn, Teil II, Lesarten und Erläuterungen, hrsg. von Heinz Rölleke (1977)
9,3 Des Knaben Wunderhorn, Teil III, Lesarten und Erläuterungen, hrsg. von Heinz Rölleke (1978)
10 Romanzen vom Rosenkranz, Text und Lesarten, unter Mitarbeit von Michael Grus und Hartwig Schultz hrsg. von Clemens Rauschenberg (1994)

11,1 Romanzen vom Rosenkranz, Lesarten, Entstehung und Überlieferung, hrsg. von Dietmar Pravida (2006)
11,2 Romanzen vom Rosenkranz, Erläuterungen, hrsg. von Dietmar Pravida (2008)
12 Dramen I, Text, hrsg. von Hartwig Schultz (1982)
13,1 Dramen II,1, Aloys und Imelde, Text, unter Mitarbeit von Michael Grus und Simone Leidinger hrsg. von Christian Sinn (2010)
13,2 Dramen II,2, Dramen und Dramenfragmente; Prosa zu den Dramen, Text, hrsg. von Christina Sauer (2013)
13,3 Dramen II,3, Wiener Festspiele, Prosa zu den Dramen, Text, unter Mitarbeit von Dietmar Pravida und Christina Sauer hrsg. von Caroline Pross (2007)
14 Dramen III, Die Gründung Prags, Text, hrsg. von Gerhard Mayer und Walter Schmitz (1980)
15,2 Dramen II,1, Aloys und Imelde, Lesarten und Erläuterungen, unter Mitarbeit von Holger Schwinn hrsg. von Christian Sinn (2011)
15,3 Dramen II,2, Dramen und Dramenfragmente; Prosa zu den Dramen, Lesarten und Erläuterungen, unter Mitarbeit von Cornelia Ilbrig und Christina Sauer hrsg. von Jutta Heinz (2014)
15,4 Dramen II,3, Lesarten und Erläuterungen, unter Mitarbeit von Simone Leidinger, Dietmar Pravida und Christina Sauer hrsg. von Caroline Pross (2008)
16 Prosa I, Godwi, Text, Lesarten und Erläuterungen, hrsg. von Werner Bellmann (1978)
17 Prosa II, Die Mährchen vom Rhein, Text, Lesarten und Erläuterungen, hrsg. von Brigitte Schillbach (1983)
18,3 Prosa III,2, Italienische Märchen II, Text, hrsg. von Ulrike Landfester (2014)
19 Prosa IV, Erzählungen, Text, Lesarten und Erläuterungen, hrsg. von Gerhard Kluge (1987)
21,1 Prosa VI,1, Satiren und Kleine Prosa, Text, Lesarten und Erläuterungen, hrsg. von Maximilian Bergengruen, Wolfgang Bunzel, Renate Moering, Stefan Nienhaus, Christina Sauer und Hartwig Schultz (2013)
22,1 Religiöse Werke I,1, Die Barmherzigen Schwestern; Kleine religiöse Prosa, Text, hrsg. von Renate Moering (1985)
22,2 Religiöse Werke I,2, Die Barmherzigen Schwestern; Kleine religiöse Prosa, Lesarten und Erläuterungen, hrsg. von Renate Moering (1990)
24,1 Religiöse Werke III,1, Lehrjahre Jesu, Teil I, Text, hrsg. von Jürg Mathes (1983)
24,2 Religiöse Werke III,2, Lehrjahre Jesu, Teil II, Text, hrsg. von Jürg Mathes (1985)

26 Religiöse Werke V,1, Das bittere Leiden unsers Herrn Jesu Christi, Text, hrsg. von Bernhard Gajek (1980)
27,2 Religiöse Werke V,2, Das bittere Leiden unsers Herrn Jesu Christi, Lesarten und Erläuterungen, hrsg. von Bernhard Gajek und Irmengard Schmidbauer (1995)
28,1 Materialien zu nicht ausgeführten religiösen Werken (Anna Katharina Emmerick-Biographie), Text, hrsg. von Jürg Mathes (1981)
28,2 Materialien zu nicht ausgeführten religiösen Werken (Anna Katharina Emmerick-Biographie), Lesarten und Erläuterungen, hrsg. von Jürg Mathes (1982)
29 Briefe I (1792–1802), nach Vorarbeiten von Jürgen Behrens und Walter Schmitz hrsg. von Lieselotte Kinskofer (1988)
30 Briefe II (Clemens Brentanos Frühlingskranz), hrsg. von Lieselotte Kinskofer (1990)
31 Briefe III (1803–1807), hrsg. von Lieselotte Kinskofer (1991)
32 Briefe IV (1808–1812), hrsg. von Sabine Oehring (1996)
33 Briefe V (1813–1818), hrsg. von Sabine Oehring (2000)
34 Briefe VI (1819–1823), hrsg. von Sabine Oehring (2005)
35 Briefe VII (1824–1829), hrsg. von Sabine Oehring (2012)
38,1 Erläuterung zu den Briefen 1792–1802, hrsg. von Ulrike Landfester (2003)
38,3 Erläuterungen zu den Briefen 1803–1807, hrsg. von Lieselotte Kinskofer (2004)

Nachdem im Vorjahr die Texte der Dramen und Dramenfragmente, die während Clemens Brentanos Aufenthalten in Berlin, Prag bzw. Wien (ca. 1807–1817) entstanden sind, vorgelegt wurden, konnte im Folgejahr auch der zugehörige Band 15,3 der Frankfurter Brentano-Ausgabe mit den Lesarten und Erläuterungen fertiggestellt werden. Nun kann sich der Leser erstmals umfassend über die oftmals verwickelte Entstehungsgeschichte dieser Dramentexte informieren. Philologisch von Interesse ist besonders das Lustspiel ›Juanna‹, das – wie manch anderes Drama Brentanos – in zwei verschiedenen Fassungen vorliegt. Darüber hinaus führt der Kommentar einmal mehr vor Augen, in welch erstaunlichem Umfang Brentano auf bereits bestehende Texte anderer Autoren zurückgreift. Im Falle von ›Geheimrat Schnaps‹ (ein Drama, von dem ebenfalls zwei Fassungen existieren) ist das vor allem Goethes Lustspiel ›Der Bürgergeneral‹ (1793). Den übrigen Dramentexten liegen meist fremdsprachige Quellen zugrunde. Alle entschlüsselbaren intertextuellen Bezüge werden in den Erläuterungen nachgewiesen.

Im Druck erschienen ist mit Band 18,3 auch ein erster Teil des auf insgesamt vier Bände berechneten Werkkomplexes der sog. Italienischen Märchen. Während die Bände 18,1 und 18,2 alle übrigen Texte dieses Zyklus enthalten, sind die Bände 18,3 und 18,4 einem einzigen Werk daraus gewidmet:

dem sog. Gockel-Märchen, das in insgesamt zwei Fassungen vorliegt. Die zu Lebzeiten ungedruckt gebliebene Frühfassung ›Gockel und Hinkel‹ hat Brentano in seinen späten Lebensjahren enorm erweitert und 1838 schließlich als einzigen seiner Märchentexte publiziert. Dieses unter dem erweiterten Titel ›Gockel, Hinkel und Gackeleia‹ erschienene Spätwerk kann als Gipfelpunkt und Summe von Brentanos Schaffen angesehen werden. Zugleich handelt es sich dabei um das umfangreichste Kunstmärchen deutscher Sprache, das seinen Reiz nicht nur aus dem kunstvollen Aufbau, sondern auch aus der engen intermedialen Verbindung von Text und beigegebenen Abbildungen bezieht, die der Autor eigens dafür anfertigen ließ.

Die Deutsche Forschungsgemeinschaft bewilligte den im Frühjahr 2013 eingereichten finalen Fortsetzungsantrag auf Förderung, so dass die Weiterführung der Frankfurter Brentano-Ausgabe bis zum 31. Dezember 2016 gesichert ist. Bis zu diesem Zeitpunkt sollen große Teile der Gesamtedition abgeschlossen sein.

Am 19. Mai und 11. November 2014 fanden Versammlungen der Hauptherausgeber der Frankfurter Brentano-Ausgabe statt. Eine Exkursion führte die Mitarbeiterinnen und Mitarbeiter der Brentano-Abteilung nach Gelnhausen und Aschaffenburg.

Mitwirkende an der Frankfurter Brentano-Ausgabe:

Hauptherausgeber:

Prof. Dr. Anne Bohnenkamp (zugleich Projektleiterin, Frankfurt am Main), Prof. Dr. Ulrich Breuer (Mainz), Prof. Dr. Christoph Perels (Frankfurt am Main), Prof. Dr. Ulrike Landfester (St. Gallen), Prof. Dr. Hartwig Schultz (Steinbach), Prof. Dr. Christof Wingertszahn (Düsseldorf)

Mitarbeiter der Brentano-Redaktion:

Redaktionsleiter: Prof. Dr. Wolfgang Bunzel
Redakteure: Dr. Michael Grus, Dr. Holger Schwinn, Dr. Cornelia Ilbrig
wissenschaftliche Hilfskräfte: Stefanie Konzelmann M.A., Silke Weber M.A. (ab Mai)
studentische Hilfskräfte: Stephanie Buschmann, Franziska Mader, Katharina Ritter (ab Juni)
Praktikanten: Irmgard Kroll B.A. (7. Januar bis 12. März)

Bandherausgeber:

PD Dr. Johannes Barth (Wuppertal), Prof. Dr. Maximilian Bergengruen (Genf), Prof. Dr. Wolfgang Bunzel (Frankfurt am Main), PD Dr. Daniel Cuonz (St.

Gallen), Prof. Dr. Konrad Feilchenfeldt (München), Prof. Dr. Bernhard Gajek (Regensburg), Dr. Sabine Gruber (Wiesbaden/Tübingen), Dr. Michael Grus (Wiesbaden), PD Dr. Jutta Heinz (Notzingen/Jena), Prof. Dr. Steffen Höhne (Weimar), Dr. Cornelia Ilbrig (Frankfurt am Main), Prof. Dr. Ulrike Landfester (St. Gallen), Dr. des. Judith Michelmann (St. Gallen), Dr. Renate Moering (Wiesbaden), Prof. Dr. Stefan Nienhaus (Neapel), Dr. Sabine Oehring (Aachen), Dr. Armin Schlechter (Speyer/Koblenz), Prof. Dr. Marianne Sammer (St. Pölten), Dr. Christina Sauer (Saarbrücken) und Dr. Holger Schwinn (Offenbach).

Wolfgang Bunzel

Kritische Ausgabe sämtlicher Werke Hugo von Hofmannsthals

Von der auf 42 Bände angelegten Kritischen Werkausgabe Hugo von Hofmannsthals im S. Fischer Verlag, Frankfurt am Main, mit deren editorischer Bearbeitung Anfang der 70er Jahre begonnen wurde, sind bis zum 31. Dezember 2014 38 Bände erschienen:

I Gedichte 1, hrsg. von Eugene Weber (1984)
II Gedichte 2 (aus dem Nachlaß), hrsg. von Andreas Thomasberger und Eugene Weber † (1988)
III Dramen 1 (Kleine Dramen), hrsg. von Götz-Eberhard Hübner, Christoph Michel und Klaus-Gerhard Pott (1982)
IV Dramen 2 (Das gerettete Venedig), hrsg. von Michael Müller (1984)
V Dramen 3 (Die Hochzeit der Sobeide / Der Abenteurer und die Sängerin), hrsg. von Manfred Hoppe † (1992)
VI Dramen 4 (Das Bergwerk zu Falun / Semiramis / Die beiden Götter), hrsg. von Hans-Georg Dewitz (1995)
VII Dramen 5 (Alkestis / Elektra), hrsg. von Klaus E. Bohnenkamp und Mathias Mayer (1997)
VIII Dramen 6 (Ödipus und die Sphinx / König Ödipus), hrsg. von Wolfgang Nehring und Klaus E. Bohnenkamp (1983)
IX Dramen 7 (Jedermann), hrsg. von Heinz Rölleke (1990)
X Dramen 8 (Das Salzburger Große Welttheater / Pantomimen zum Großen Welttheater), hrsg. von Hans-Harro Lendner und Hans-Georg Dewitz (1977)
XI Dramen 9 (Florindos Werk / Cristinas Heimreise), hrsg. von Mathias Mayer (1992)
XII Dramen 10 (Der Schwierige), hrsg. von Martin Stern in Zusammenarbeit mit Ingeborg Haase und Roland Haltmeier (1993)

XIII	Dramen 11 (Der Unbestechliche), hrsg. von Roland Haltmeier (1986)
XIV	Dramen 12 (Timon der Redner), hrsg. von Jürgen Fackert (1975)
XV	Dramen 13 (Das Leben ein Traum / Dame Kobold), hrsg. von Christoph Michel und Michael Müller (1989)
XVI/I	Dramen 14/1 (Der Turm: 1. Fassung), hrsg. von Werner Bellmann (1990)
XVI/II	Dramen 14/2 (Der Turm: 2. und 3. Fassung), hrsg. von Werner Bellmann in Zusammenarbeit mit Ingeborg Beyer-Ahlert (2000)
XVII	Dramen 15 (Die Heirat wider Willen / Die Lästigen / Vorspiel für ein Puppentheater u.a.), hrsg. von Gudrun Kotheimer und Ingeborg Beyer-Ahlert (2006)
XVIII	Dramen 16 (Fragmente aus dem Nachlaß 1), hrsg. von Ellen Ritter (1987)
XIX	Dramen 17 (Fragmente aus dem Nachlaß 2), hrsg. von Ellen Ritter (1994)
XX	Dramen 18 (Silvia im »Stern«), hrsg. von Hans-Georg Dewitz (1987)
XXI	Dramen 19 (Lustspiele aus dem Nachlaß 1), hrsg. von Mathias Mayer (1993)
XXII	Dramen 20 (Lustspiele aus dem Nachlaß 2), hrsg. von Mathias Mayer (1994)
XXIII	Operndichtungen 1 (Der Rosenkavalier), hrsg. von Dirk O. Hoffmann und Willi Schuh (1986)
XXIV	Operndichtungen 2 (Ariadne auf Naxos / Die Ruinen von Athen), hrsg. von Manfred Hoppe (1985)
XXV/I	Operndichtungen 3/1 (Die Frau ohne Schatten / Danae oder die Vernunftheirat), hrsg. von Hans-Albrecht Koch (1998)
XXV/II	Operndichtungen 3/2 (Die ägyptische Helena / Opern- und Singspielpläne), hrsg. von Ingeborg Beyer-Ahlert (2001)
XXVI	Operndichtungen 4 (Arabella / Lucidor / Der Fiaker als Graf), hrsg. von Hans-Albrecht Koch (1976)
XXVII	Ballette – Pantomimen – Filmszenarien, hrsg. von Gisela Bärbel Schmid und Klaus-Dieter Krabiel (2006)
XXVIII	Erzählungen 1, hrsg. von Ellen Ritter (1975)
XXIX	Erzählungen 2 (aus dem Nachlaß), hrsg. von Ellen Ritter (1978)
XXX	Roman / Biographie (Andreas / Der Herzog von Reichstadt / Philipp II. und Don Juan d'Austria; aus dem Nachlaß), hrsg. von Manfred Pape (1982)
XXXI	Erfundene Gespräche und Briefe, hrsg. von Ellen Ritter (1991)
XXXIII	Reden und Aufsätze 2 (1901–1909), hrsg. von Konrad Heumann und Ellen Ritter (2009)
XXXIV	Reden und Aufsätze 3 (1910–1919), hrsg. von Klaus E. Bohnenkamp, Katja Kaluga und Klaus-Dieter Krabiel (2011)

XXXVIII Aufzeichnungen (Text), hrsg. von Rudolf Hirsch (†) und Ellen Ritter (†) in Zusammenarbeit mit Konrad Heumann und Peter Michael Braunwarth (2013)

XXXIX Aufzeichnungen (Erläuterungen), hrsg. von Rudolf Hirsch (†) und Ellen Ritter (†) in Zusammenarbeit mit Konrad Heumann und Peter Michael Braunwarth (2013)

XL Bibliothek, hrsg. von Ellen Ritter (†) in Zusammenarbeit mit Dalia Bukauskaitė und Konrad Heumann (2011)

In der Herstellung befinden sich die folgenden Bände:

XXXII Reden und Aufsätze 1 (1890–1902), hrsg. von Johannes Barth, Hans-Georg Dewitz, Mathias Mayer, Ursula Renner und Olivia Varwig

XXXVII Aphoristisches – Autobiographisches – Frühe Romanpläne, hrsg. von Ellen Ritter (†)

Als nächster Band wird redaktionell bearbeitet:

XXXVI Herausgebertätigkeit, hrsg. von Donata Miehe, Ellen Ritter (†) und Catherine Schlaud.

In der Folge soll die Ausgabe mit dem Band Reden und Aufsätze 4 (1920–1929) vollständig abgeschlossen werden.

Die Weiterführung der bis 2008 von der DFG geförderten Ausgabe ermöglicht seit 2009 das Freie Deutsche Hochstift aus eigenen Mitteln gemeinsam mit dem Deutschen Literaturfonds e.V. und der S. Fischer Stiftung (Berlin). Als weitere Förderer zur Überbrückung von Finanzierungslücken bei der Betreuung der Drucklegung wurden Anfang 2011 gewonnen: die Dr. Marschner Stiftung (Förderung von Band XXXII), die Wüstenrot Stiftung (Förderung von Band XXXVII) sowie Carl von Boehm-Bezing, Prof. Dr. Konrad Feilchenfeldt, Prof. Dr. Rolf Krebs, Friedrich von Metzler sowie die Cronstett- und Hynspergische evangelische Stiftung. Allen Förderern sei hiermit herzlich gedankt.

Als Mitwirkende an der Ausgabe sind zu nennen (Stand: 31.12.2014):

Hauptherausgeber:

Dr. Rudolf Hirsch (†), Prof. Dr. Anne Bohnenkamp (Frankfurt am Main), Prof. Dr. Mathias Mayer (Augsburg), Prof. Dr. Christoph Perels (Frankfurt am Main), Prof. Dr. Edward Reichel (Berlin), Prof. Dr. Heinz Rölleke (Wuppertal; zugleich Projektleiter)

Redaktion:

Dr. Katja Kaluga, Dr. Klaus-Dieter Krabiel, Sanja Methner (studentische Hilfskraft)

Nebenamtliche Mitarbeiter (Editoren):

PD Dr. Johannes Barth (Wuppertal), Dr. Hans-Georg Dewitz (Eschborn), Dr. Donata Miehe (Berlin), Prof. Dr. Mathias Mayer (Augsburg), Prof. Dr. Ursula Renner (Essen), Dr. Jutta Rißmann (Solingen), Catherine Schlaud (Frankfurt am Main), Dr. Olivia Varwig (Bad Homburg)

Heinz Rölleke

Historisch-kritische ›Faust‹-Edition (in Kooperation mit der Universität Würzburg und der Klassik Stiftung Weimar)

Bei den maßgeblich von der Deutschen Forschungsgemeinschaft geförderten Arbeiten an der Faust-Edition stand das ganze Jahr über die Sicherung der Ergebnisse und die Vorbereitung der für 2015 vorgesehenen Onlinepublikation im Zentrum. Auf der philologischen Seite wurde der bereits 2013 begonnene erste Korrekturdurchgang sowohl durch die Transkriptionen wie auch deren computerlesbare Kodierungen im Lauf des Jahres abgeschlossen und sogleich mit einem erneuten Durchlauf begonnen. Neben dieser Arbeit wurden auch Anpassungen und Nacharbeiten zur Kodierung vor allem der älteren Transkripte und einige systematische Ergänzungen und Anpassungen im Markup vorgenommen, die sich für die bessere Darstellbarkeit als wünschenswert erwiesen. Beim Korrekturlesen der Handschriftentranskriptionen wurde das Team von Charlotte Köhler, Dr. Renate Moering, Wiesbaden, und Wolfgang Ritschel, Weimar, unterstützt, die einen frischen Blick auf das Material hatten und eine große Hilfe bei der Bewältigung des äußerst umfangreichen und nicht selten auch sehr schwierig zu entziffernden Materials waren. Frau Dr. Moering und Herr Ritschel konnten aus Mitteln der Effi Biedrzynski-Stiftung finanziert werden, der für ihre Unterstützung hier herzlich gedankt sei. Auch die Text-Bild-Verlinkungen, die für die Benutzbarkeit der Online-Edition sehr wichtig sind, wurden zur Korrektur gelesen und wo nötig angepasst; diese Aufgabe übernahmen die studentischen Hilfskräfte Katharina Ritter und Anna Sievert (im Hochstift) und Julia Kockel (über die Universität Würzburg), die auch einen Teil der Nachkodierung vornahmen. Neben dem intensiven und wiederholten Korrekturlesen wurde auch die Vorbereitung der Textkonstitution für den Lesetext der Ausgabe durch Systematisierung und Kategorisierung der sehr umfangreichen Lesarten der Druckgeschichte fortgesetzt. Auf der IT-Seite stand die Bemühung um die Optimierung der Visualisierung der Transkriptionen im Mittelpunkt, aufgrund des Ausscheidens von Moritz Wissenbach kam es in der Mitte des Jahres zu Verzögerungen. Dank der Kooperation mit dem Projekt »Diachronic Markup and Presentation Practices« und dem neugewonnenen Informatiker Christoph Leijser konnte die Entwicklung der Benutzeroberfläche für die Edition jedoch planmäßig fortgesetzt werden. Im Lauf des Jahres fanden sechs Treffen aller am Projekt beteiligten statt, eins davon in Weimar, die anderen in Frankfurt.

Anne Bohnenkamp

Diachronic Markup and Presentation Practices for Text Edition in Digital Research Environments

An dem amerikanisch-deutschen Kooperationsprojekt sind Forscher aus verschiedenen laufenden wie abgeschlossenen Editionsprojekten beteiligt sind: das Walt Whitman Archive in Lincoln (University of Nebraska, Lincoln), die Münchener Editionen von James Joyces ›Ulysses‹ sowie der von Virginia Woolf stammenden biographischen, unvollendeten Aufzeichnungen ›Sketch of the Past‹ (Universität Passau, LMU München) und die Faust-Edition (Freies Deutsches Hochstift / Universität Würzburg / Klassik Stiftung Weimar). Finanziert wird das Projekt im Rahmen des bilateralen Digital Humanities-Programms vom National Endowment for the Humanities (NEH) und der DFG. Ziel des Projekts ist die methodische Weiterentwicklung der Kodierung und Visualisierung textgenetischer Vorgänge über zeitliche Distanzen hinweg.

Vorgesehen sind drei Säulen: 1. das Testen und Überarbeiten bestehender genetischer Auszeichnungen in XML im Rahmen der Text Encoding Initiative (TEI), 2. die Bereitstellung von Bausteinen / Tools für die Verarbeitung und Umwandlung genetischen Markups für weitere genetisch orientierte Editionsprojekte und 3. die Entwicklung von Best-Practice-Beispielen für webbasierte Benutzerschnittstellen zur Visualisierung von Daten.

Das Auftakttreffen des Projekts fand im Januar 2014 in Frankfurt statt. Seit dem Jahresanfang ist Christoph Leijser im Hochstift für das Projekt tätig. Er begann damit, die für das Diachronic Markup-Projekt wesentlichen Visualisierungsmodule der Faust-Edition auf einen Stand zu bringen, der es erlaubt, sie zur Evaluation und Weiterentwicklung an die Kooperationspartner weiterzugeben. Die Mitarbeiter der Faust-Edition haben die dokumentarische und genetische Auszeichnung anhand charakteristischer Manuskripte aus den anderen Subprojekten auf ihre Übertragbarkeit und Verallgemeinerbarkeit hin untersucht.

Anne Bohnenkamp

LOEWE-Schwerpunkt ›Digital Humanities‹

Ziel der Auslauffinanzierung des Teilprojektes »Illustrationen zu Goethes Faust« war es, auf der Basis des bereits digitalisierten Grafikbestandes der Kunstsammlungen des Freien Deutschen Hochstifts – Frankfurter Goethe-Museums eine thematische Ontologie, die das fachbezogene Vokabular der Illustrationen sowie die Bild/Bild/Text-Referenzen zwischen Faust-Text und Illustrationen repräsentiert, zu erstellen. Zu diesem Zweck erarbeitete die Kunsthistorikerin Dr. Susanne Zeunert eine kunstwissenschaftliche Fachontologie, welche die komplexen inhaltlichen inter- und intramedialen Beziehungen beschreibt. Sie ist auf den ikonographischen und formalen Elementen der Faust-Grafiken aufgebaut und bezieht die in der Sammlungssoftware erfassten Metadaten sowie kunsthistorisch und literaturwissenschaftlich interessante Motive mit ein. Melanie Blaschko und Anika Kindervater annotierten Personen, Gegenstände und formale Elemente der Bilder mit Hilfe des von der AG Texttechnologie unter der Leitung von Prof. Alexander Mehler entwickelten und für die Zwecke des Projekts weiterentwickelten OWLnotator und des Annotationstools Protegé. Die resultierenden Annotationen werden in speziellen Datenstrukturen, den so genannten Annotation Areas, abgelegt und sind im Zugriffsrechte-Verwaltungssystem des eHumanities Desktop integriert. Mit Hilfe der erstellten Ontologie, des OWLnotator und den fachspezifischen Annotationen kann der Bestand auf kunstwissenschaftlich und literaturwissenschaftlich relevante Fragestellungen (beispielsweise zu Motiven, Intermedialitätsfragen und Rezeptionsketten) untersucht werden. Aus der umfassenden Ontologie wurden bereits Teile zum Annotieren des Datenbestandes verwendet. Hierbei wurden formale Elemente zur Verortung der Figuren im Bild und die Gesten der Figuren annotiert, um etwa der Frage nach der Verwendung von Gestik und Körperhaltung bei Eugène Delacroix nachzugehen und Motivübernahmen durch andere Künstler quantitativ belegen zu können. Das Projekt wie auch der OWLnotator wurden zwischenzeitlich im Rahmen der Berliner Gespräche für Digitale Kunstgeschichte vorgestellt. Für 2015 sind Präsentationen auf internationalen Konferenzen und Publikationen vorgesehen, die außerhalb des 2014 ausgelaufenen Projektes weiterverfolgt werden.

Susanne Zeunert, Dietmar Pravida

Lehre und Vorträge

Anne Bohnenkamp hielt am 10. Februar auf Einladung der Goethe-Gesellschaft Mannheim einen Vortrag zum geplanten Deutschen Romantik-Museum im Reiss-Engelhorn-Museum. Im Rahmen einer Ringvorlesung zum 100jährigen Jubiläum der Goethe-Universität Frankfurt hielt sie einen Vortrag zur Geschichte des Hochstifts, der mit einem Zitat Otto Volgers betitelt war: »Gerade die freie deutsche Hochschule ist mir ein Hauptziel«. Auf der Tagung »Verzettelt, verschoben, verworfen. Textgenese und Edition moderner Literatur« vom 19. bis 21. Juni an der Universität Greifswald gab sie einen »Blick in die Faust-Werkstatt«. Im Juli sprach sie auf der Tagung »Frauen der Romantik« über Marianne Jung-Willemer. Im Oktober war die Direktorin auf Einladung von Peter Boerner (Bloomington) und der Goethe-Society of North America auf einer Archiv- und Vortragsreise in Bloomington, Pittsburgh und New York. An der Universität Pittsburgh hielt sie bei der 2014 Atkins Goethe Conference »Imagining Worlds. Aesthetics and its Institutions in the Age of Goethe« den Abschlussvortrag zum Thema »Mignon, Suleika, Helena: Über museale Erkenntnis«. Auf Einladung der Berliner Goethe-Gesellschaft sprach sie am 11. Dezember zum Thema »›Natur- und Kunstwerke lernt man nicht kennen, wenn sie fertig sind …‹ Blicke in die ›Faust‹-Werkstatt«. Gegenstand ihrer akademischen Lehrtätigkeit an der Goethe-Universität war im Sommersemester 2014 das Thema »Handschriften der Romantik« und im Wintersemester 2014/15 das Thema »Goethe sammeln und ausstellen« (Hauptseminare, jeweils zusammen mit Dr. Konrad Heumann). Zusammen mit Prof. Wolfgang Bunzel veranstaltete sie in beiden Semestern ein Oberseminar für fortgeschrittene Studenten.

Wolfgang Bunzel hielt am 25. Januar im Rahmen der Tagung »Napoleon und die Romantik« (Hanau) einen Vortrag zum Thema »›Höllensohn‹ oder gescheiterter ›Weltumwälzer‹? Clemens Brentanos und Bettine von Arnims Reaktionen auf Napoleon«. Am 8. und 9. Juli 2014 moderierte er das zweitägige Symposion zum Thema »Frauen der Romantik« und referierte dort auch selbst über Bettine von Arnim. Am 9. September referierte er vor der Goethe-Gesellschaft Kassel über »Die Brentanos und Goethe« und am Tag darauf im Eichendorff-Museum Neckarsteinach über »Das Verhältnis der romantischen Autoren zu Goethe«. Auf der Tagung »Konjunkturen der Ironie – um 1800, um 2000« an der Schiller-Universität Jena hielt er am 18. September einen Vortrag über »Transformationen des Ironischen in der mittleren und späten Phase der Romantik«. Anfang Juli wurde Prof. Dr. Wolfgang Bunzel zu einem der beiden Geschäftsführer der neu gegründeten Trägergesellschaft Brentano-Haus Oestrich-Winkel gemeinnützige GmbH ernannt, die er auch wissenschaftlich betreut. An der Goethe-Universität bot der Leiter der Brentano-Abteilung im Sommersemester 2014 ein Hauptseminar zu Sarah Kirsch und im Wintersemester 2014/15 eines zum Thema »Der Philister – ein Figurentyp und seine Karriere in der deutschen Literaturgeschichte« an.

Petra Maisak sprach am 12. September anlässlich der Romantik-Tage 2014 in Schloss Wiepersdorf über »Romantische Arabesken. Philipp Otto Runges ›Zeiten‹ – bewundert und neu interpretiert von Achim und Bettine von Arnim und Clemens Brentano«. Am 2. und 24. Oktober hielt sie bei der Goethe-

Gesellschaft Bonn und der Kurhessischen Gesellschaft für Kunst und Wissenschaft in Kassel einen Vortrag »›Die Kunst wird mir wie eine zweite Natur‹. Goethe und seine römischen Künstlerfreundschaften«.

Joachim Seng hielt im Rahmen des Kongresses: »Frankfurter Literaturwissenschaftler (1914–1945)« an der Johann Wolfgang Goethe-Universität Frankfurt am 20.–21. Juni 2014 einen Vortrag »›Wenn Wissenschaft Wissenschaft wird, ist nichts mehr dran‹: Ernst Beutlers Wirken für die Frankfurter Universität 1928–1947«.

Gerrit Brüning und Katrin Henzel hielten im Februar auf der 15. internationalen Tagung der Arbeitsgemeinschaft für germanistische Edition in Aachen einen Vortrag über »Nutzen und Nutzbarkeit der digitalen Faust-Edition«. Am 5. September sprach Gerrit Brüning im Schweizerischen Literaturarchiv Bern über digitale genetische Editionen in der Praxis. Im Sommersemester bot er Seminare mit den Titeln »Grenzüberschreitung und Scheitern in der Erzählprosa des 16. Jahrhunderts: Fortunatus und Faustus« an der Goethe-Universität Frankfurt und »Goethes Gedichte. Die Weimarer Ausgabe und künftige Herausforderungen« an der Universität Wuppertal an. Gegenstand seines Frankfurter Seminars im Wintersemester war Thomas Manns ›Doktor Faustus‹.

Katrin Henzel sprach im Juni auf der »Eighteenth-Century Worlds Athenaeum Lecture and Workshop 2014« an der University of Liverpool zum Thema »More than a souvenir – what autograph books can tell us about women's educational background during the late 18th century«. »Skizzen, Zettel, Munda oder Zur Notwendigkeit einer neuen historisch-kritischen Ausgabe von Goethes ›Faust‹« war das Thema eines Vortrags, den sie am 22. Oktober 2014 auf Einladung der Leipziger Goethe-Gesellschaft hielt.

Cornelia Ilbrig hat im Sommersemester 2014 und Wintersemester 2014/15 an der Universität Paderborn jeweils Hauptseminare über »Die deutsche Schauerromantik«, »Heinrich Heines Abschied von der Romantik: Das ›Buch der Lieder‹ und ›Die romantische Schule‹« sowie über »Franz Kafkas Erzählungen« abgehalten, des weiteren im Wintersemester 2014/15 zusammen mit Dr. Katrin Henzel ein Seminar über »Dichterwerkstätten. Die Handschriften von Autoren der Romantik und ihre Publikation« an der Goethe-Universität Frankfurt am Main.

Holger Schwinn hielt am 25. Juli 2014 auf dem 10. Kolloquium der Internationalen Arnim-Gesellschaft (Weimar) und am 12. September 2014 während der Romantischen Tage des Freundeskreises Schloss Wiepersdorf Vorträge über Achim von Arnim und Wiepersdorf. Außerdem erarbeitete er gemeinsam mit Dr. Claudia Bamberg (Philipps-Universität Marburg) die Kabinettausstellung »Achim von Arnim – Landwirt und Poet«, die vom 12. September 2014 bis zum 26. April 2015 im Bettina und Achim von Arnim-Museum auf Schloss Wiepersdorf zu sehen war.

Nina Sonntag hielt am 17. Juni einen Gastvortrag an der Universität des Saarlandes, Saarbrücken zum Thema »Wohnung – Werkbund.Jung«.

Publikationen

Publikationen des Freien Deutschen Hochstifts

»Denn das Leben ist die Liebe …«. Marianne von Willemer und Goethe im Spiegel des West-östlichen Divans, [Ausstellungskatalog zur gleichnamigen Ausstellung im Freien Deutschen Hochstift – Frankfurter Goethe-Museum 19. September bis 23. November 2014,] hrsg. von Hendrik Birus und Anne Bohnenkamp in Verbindung mit Christoph Perels, Andrea Polaschegg und Joachim Seng, Frankfurt am Main: Freies Deutsches Hochstift – Frankfurter Goethe-Museum.

Petra Maisak und Nina Sonntag, Goethe und ›Rembrandt der Denker‹, [Heft zur Ausstellung Goethe und »Rembrandt der Denker«, Freies Deutsches Hochstift – Frankfurter Goethe-Museum vom 18. Dezember 2014 bis 8. März 2015,] hrsg. vom Freien Deutschen Hochstift – Frankfurter Goethe-Museum, Frankfurt am Main: Freies Deutsches Hochstift – Frankfurter Goethe-Museum.

Clemens Brentano, Sämtliche Werke und Briefe. Historisch-kritische Ausgabe veranstaltet vom Freien Deutschen Hochstift, Bd. 15,3: Dramen und Dramenfragmente. Lesarten und Erläuterungen. Unter Mitarbeit von Cornelia Ilbrig und Christina Sauer hrsg. von Jutta Heinz, Stuttgart: Kohlhammer.

Clemens Brentano, Sämtliche Werke und Briefe. Historisch-kritische Ausgabe veranstaltet vom Freien Deutschen Hochstift, Bd. 18,3: Prosa III,2. Italienische Märchen II, Text, hrsg. von Ulrike Landfester, Stuttgart: Kohlhammer.

Hofmannsthal. Orte. 20 biographische Erkundungen, hrsg. von Wilhelm Hemecker und Konrad Heumann in Zusammenarbeit mit Claudia Bamberg, Wien: Zsolnay. – Mit Beiträgen von Claudia Bamberg, Albert Dikovich, Ilija Dürhammer, Tobias Heinrich, Wilhelm Hemecker, Konrad Heumann, Kurt Ifkovits, Katja Kaluga, Katya Krylova, David Oels, David Österle, Marco Rispoli, Katharina J. Schneider, Gerhard Schuster, Joachim Seng, Martin Stern, Reinhard Urbach.

Weitere Veröffentlichungen (Auswahl)

»Will keiner trinken? keiner lachen?«. Goethe und der Wein, hrsg. von Heiner Boehncke und Joachim Seng, Berlin: Insel.

Wolfgang Bunzel, Michael Hohmann, Hans Sarkowicz (Hrsg.). Romantik an Rhein und Main. Eine Topographie, Darmstadt: von Zabern. – Mit Beiträgen u. a. von Wolfgang Bunzel, Michael Grus, Holger Schwinn, Joachim Seng.

Wolfgang Bunzel, Clemens Brentanos Reversion. Zur Verschränkung von Religiosität und Autorschaft, in: Figuren der Konversion. Friedrich Schlegels Übertritt zum Katholizismus im Kontext, hrsg. von Winfried Eckel und Nikolaus Wegmann, Paderborn: Schöningh. (= Schlegel-Studien 4.) S. 5–29.

Wolfgang Bunzel, Bacharach, die Loreley und Liesel Mettens Dichter-Denkmal. In: Bacharach – an den Ufern der Poesie. Enthüllung der Skulpturengruppe: Clemens Brentano, Heinrich Heine, Victor Hugo – am Bacharacher Rheinufer am 6. Juni 2014, Bacharach: L. Metten, S. 6–15.

Wolfgang Bunzel, »Dem Menschen ist / Ein Mensch noch immer lieber als ein Engel«. Zum Diskurs des Wunderbaren in Lessings ›Nathan der Weise‹, in: Jahrb. FDH 2014, S. 7–23.

Wolfgang Bunzel, Der epistolare Pakt. Zum Briefwechsel zwischen Bettine von Arnim und Hermann Fürst von Pückler-Muskau, in: Briefnetzwerke um Hermann von Pückler-Muskau, hrsg. von Jana Kittelmann im Auftrag der Stiftung Fürst-Pückler-Museum Park und Schloss Branitz, Dresden: Thelem. (= Edition Branitz 11.) S. 15–26.

Wolfgang Bunzel, Briefe, Briefnetze, Briefnetzwerke. Überlegungen zur epistolaren Interkonnektivität, in: Fontanes Briefe – ediert. Internationale wissenschaftliche Tagung des Theodor-Fontane-Archivs Potsdam, 18. bis 20. September 2013, hrsg. von Hanna Delf von Wolzogen und Rainer Falk, Würzburg: Königshausen & Neumann. (= Fontaneana 12.) S. 232–245.

Michael Grus (Hrsg.), Leo von Seckendorf. Korrespondenzen der Goethezeit. Edition und Kommentar, 2 Bde., Berlin und Boston: de Gruyter.

Katrin Henzel, Mehr als ein Denkmal der Freundschaft. Stammbucheinträge in Leipzig 1760–1804, Leipzig: Leipziger Universitätsverlag. (= Literatur und Kultur. Leipziger Texte – Reihe B: Studien, Bd. 4.)

Holger Schwinn und Silke Weber, »…muß ich einige Berichtigungen in den beiden Liederbänden machen …«. Neuentdeckte Eintragungen Luise Hensels in ein Handexemplar von Brentanos ›Gesammelten Schriften‹, in: Jahrb. FDH 2014, S. 150–193.

Nina Sonntag, Die minimalistische Bühne bei Adolphe Appia, in: Gibt es das Nichts die Leere das Hohle? Annäherungen, Essen: Klartext. (= Akademiereihe des DWB NW, Heft 15.) S. 110–121.

Susanne Zeunert und Dietmar Pravida, Neue Ontologien: Illustrationen zu Goethes Faust online, in: Kunstchronik 67 (2014), H. 12, S. 623.

Erwerbungen

Kunstsammlungen[3]

Rembrandt Harmensz. van Rijn: Christus vertreibt die Geldwechsler aus dem Tempel

Rembrandt Harmensz. van Rijn (1606–1669) gehört neben Raffael zu den Künstlern, denen Goethe zeit seines Lebens die größte Bewunderung entgegenbrachte. In seine Weimarer Sammlung gelangten 53 Druckgraphiken von und nach Rembrandt, darunter 10 originale Radierungen.[4] Die vorzüglichsten Blätter seiner gesamten Kunstsammlung hob Goethe durch seinen Stempel hervor, so auch Rembrandts Radierung ›Christus vertreibt die Geldwechsler aus dem Tempel‹ (B 69) von 1635, zu der er außerdem einen kleinen Kommentar verfasste. Ein Abzug dieser Radierung konnte im Vorfeld der Ausstellung »Goethe und ›Rembrandt der Denker‹« nun auch für die Graphische Sammlung des Frankfurter Goethe-Museums erworben werden (Abb. 5).[5]

Dargestellt ist eine Szene aus dem Neuen Testament: »Und das Passafest der Juden war nahe, und Jesus zog hinauf nach Jerusalem. Und er fand im Tempel die Händler, die Rinder, Schafe und Tauben verkauften, und die Wechsler, die da saßen. Und er machte eine Geißel aus Stricken und trieb sie alle zum Tempel hinaus samt den Schafen und Rindern und schüttete den Wechslern das Geld aus und stieß die Tische um und sprach zu denen, die Tauben verkauften: Tragt das weg und macht nicht meines Vaters Haus zu einem Kaufhaus!« (Joh. 2,13–16).

Rembrandt widmete fast ein Drittel seines Werks biblischen Themen, die seinerzeit noch zu den vornehmsten Bildaufgaben zählten.[6] Er illustrierte den Text nicht, sondern interpretierte ihn, wobei er die ikonographische Tradition

3 Der Erwerbsbericht umfasst den Zeitraum der Jahre 2013 und 2014.

4 Vgl. Christian Schuchardt, Goethe's Kunstsammlungen, 1. Teil, Jena 1848, S. 176–180, Nr. 310–351. Goethes Rembrandt-Rezeption behandelt grundlegend Ludwig Münz, Die Kunst Rembrandts und Goethes Sehen, Leipzig 1934. Vgl. auch Petra Maisak, Zwischen Gefühl und Verstand: Goethes Blick auf Rembrandt, im Begleitheft der Ausstellung »Goethe und ›Rembrandt der Denker‹«, hrsg. vom Freien Deutschen Hochstift – Frankfurter Goethe-Museum, Frankfurt am Main 2014.

5 Radierung und Kaltnadel, auf Bütten, 13,8 × 16,9 cm. Bez. in der Platte u. r.: »Rembrandt. f. 1635«. Erworben bei Koller Zürich, Auktion am 19. September 2014, Lot 3647 (Kat. S. 279). Inv. Nr. III–15839. – Vgl. oben den Ausstellungsbericht S. 366–370.

6 Vgl. Christian Tümpel, Rembrandt legt die Bibel aus. Zeichnungen und Radierungen aus dem Kupferstichkabinett der Staatlichen Museen Preußischer Kulturbesitz, Berlin 1970.

Abb. 5
Rembrandt, Christus vertreibt die Geldwechsler aus dem Tempel.

oft eigenwillig durchbrach und neue Bildeinfälle einbrachte. Als Bürger der nördlichen Niederlande war er protestantisch-calvinistisch geprägt, berief sich bei seinen Darstellungen aber auch auf die ältere christliche Bildtradition. Der passionierte Kunstsammler besaß über 3000 Blätter mit religiösen Sujets, darunter zahlreiche Arbeiten von Albrecht Dürer. Rembrandt ließ sich davon inspirieren und versuchte mehrfach, sie im künstlerischen Wettstreit zu überbieten. In diese Reihe gehört auch die ›Vertreibung der Händler aus dem Tempel‹. Die zentrale Gestalt des zornigen Christus mit der Geißel aus Stricken ist Dürers Holzschnitt der ›Tempelreinigung‹ aus der Folge der ›Kleinen Passion‹ entlehnt.[7] Auf Dürers Blatt, einem Hochformat, erscheint Christus raumfül-

7 Vgl. ebd., Nr. 89, sowie Erik Hinterding, Rembrandts Radierungen. Bestandskatalog. Ehemalige Großherzogliche und Staatliche Sammlung, Klassik Stiftung Weimar. Graphische Sammlungen, hrsg. von Wolfgang Holler und Hermann Mildenberger, Köln/Weimar 2011, S. 54 f. – Dürers ›Kleine Passion‹ befand sich auch in Goethes Sammlung; ob er den Zusammenhang mit Rembrandts ›Vertreibung‹ erkannte, ist nicht bekannt.

lend mit nur wenigen Randfiguren; das narrative Beiwerk ist auf ein Minimum reduziert. Daraus entwickelt Rembrandt eine fulminante Bilderzählung voll barocker Dramatik.

Der Tempel wird als hohe Säulenhalle geschildert, in deren Hintergrund sich eine Versammlung um den Hohepriester eingefunden hat. Diese statisch aufgefasste Gruppe deutet schon auf die Verurteilung Christi durch die Priester voraus. Im Vordergrund inszeniert Rembrandt einen chaotischen Auftritt: Nach den Worten des Johannes verjagt Christus die dicht gedrängte Masse der Händler, Wechsler und Tempelbesucher, wobei die Bewegung wie eine wuchtige Welle von rechts nach links zu branden scheint. Tische stürzen um, Geld rollt herab, die Menschen ducken sich mit entsetzter Miene oder fliehen wie die Frau mit dem Geflügelkorb auf dem Kopf. Die Opfertiere werden im Strudel mitgerissen, eine Kuh hat ihren Besitzer umgeworfen und schleppt ihn am Boden mit, während ein anderer versucht, sein Huhn vor einem Hund zu retten. Durch Mimik, Gestik und Körpersprache bringt Rembrandt das ganze Spektrum seelischer Regungen zum Ausdruck. Charakteristische Physiognomien aller Art stechen aus dem Trubel hervor, nur das Antlitz Christi bleibt dunkel, verschattet vom Zorn.

Wie stets misst Rembrandt der Lichtregie besondere Bedeutung zu, war sein Markenzeichen doch das äußerst expressive Chiaroscuro, das durch Glanzlichter (oder »Widerscheine«, wie Goethe sagt) akzentuierte Helldunkel. Bei der ›Vertreibung der Händler aus dem Tempel‹ wird das turbulente Geschehen rechts und links durch Licht im Raum erhellt, die zentrale Lichtquelle befindet sich jedoch genau in der Mittelachse, die architektonisch durch eine Säule bezeichnet wird. Mittig, fast genau im Dreh- und Angelpunkt der Bildachsen, erstrahlt eine Glorie, die jedoch nicht der Konvention gemäß vom Haupt Christi, sondern von seiner zum Schlag erhobenen Hand ausgeht, die, ein über Dürer hinausgehender Einfall, dergestalt zum Sinnbild der strafenden göttlichen Macht wird.

Goethe erkannte die Bedeutung dieses Einfalls und war fasziniert. In solch überraschenden Details offenbarte sich ihm Rembrandts Fähigkeit, den Bildern als »peintre philosophe« einen tieferen Sinn zu unterlegen und geistreich zur Anschauung zu bringen. Unter dieser Prämisse verlieh Goethe in seinem letzten Aufsatz zur bildenden Kunst dem Niederländer das Prädikat eines »denkenden« Künstlers.[8] In den ›Maximen und Reflexionen‹ zu ›Kunst und Alterthum‹ ging er jedoch schon 1816 explizit auf Rembrandts genialen Kunstgriff ein: »In Rembrandts trefflicher Radierung, der Austreibung der Käufer und Verkäufer aus den Tempelhallen, ist die Glorie, welche gewöhnlich

8 Rembrandt der Denker; entstanden im Oktober 1831, Erstdruck in der Ausgabe letzter Hand, 1832; WA I 49/1, S. 303–305.

des Herrn Haupt umgibt, in die vorwärts wirkende Hand gleichsam gefahren, welche nun in göttlicher Tat glanzumgeben derb zuschlägt. Um das Haupt ist's wie auch das Gesicht, dunkel.«[9] Und in den Paralipomena bringt Goethe den tieferen Sinn der Komposition auf den Punkt: »Christi Hand, der die Kaufleute zum Tempel hinaustreibt, ist von der Glorie umgeben. Da ist für den Augenblick des Weisen Geist.«[10]

Tafel aus dem Dresdner Galeriewerk nach einem irrtümlich Rembrandt zugeschriebenen Gemälde: Das Opfer des Manoah

Goethe besaß zwar gute Kenntnisse der Rembrandtschen Druckgraphik, kannte aber nur wenige originale Gemälde. Da es zu seiner Zeit eine hohe Nachfrage, aber keine sichere Zuschreibungspraxis gab, kursierten zahllose Kopien und Fälschungen von Rembrandts malerischem Werk. Verlässliche Zuschreibungen gab es nur bei der Druckgraphik, die Edmé-François Gersaint 1751 in einem Gesamtverzeichnis erfasst hatte. Die bedeutenden Rembrandt-Sammlungen in Amsterdam, Paris und London besuchte Goethe nicht; außer kleineren Sammlungen kannte er nur die großen Rembrandt-Kollektionen der fürstlichen Galerien in Kassel und Dresden. Als der Student Goethe 1768 der Dresdner Galerie seinen ersten Besuch abstattete, äußerte er sich trotz seiner Vorliebe für die Niederländer nicht über Rembrandt. Beim Besuch der Galerie im Jahr 1794 mit Johann Heinrich Meyer ging Goethe jedoch ganz akribisch vor und erfasste in dem 500 Nummern zählenden Gesamtverzeichnis der Sammlung ein rundes Dutzend ›Rembrandts‹, die er alle knapp kommentierte. Das berühmte ›Selbstbildnis mit Saskia‹ (Nr. 23) fand Goethe »kräftig«, den frechen, malerisch bravourösen ›Raub des Ganymed‹ lobte er: »Schöner Pinsel. Eines seiner besten«. Das ›Opfer des Manoah‹ (Nr. 338) beurteilte er als »Sehr gut«; vielleicht gefiel ihm die fast klassizistische Stringenz der Komposition (Abb. 6). Dargestellt ist eine Geschichte aus dem Alten Testament: Den betagten Eltern Simsons wird vom Engel der Sohn verheißen, worauf Manoah ein Opfer darbringt (Richter 13,19–21).

Das Gemälde, das heute dem Rembrandt-Schüler Willem Drost (1633–1659) zugeschrieben wird, galt lange als eines der besten Werke des Meisters selbst.[11] Kein Wunder also, dass es in das prachtvolle, von Carl Heinrich von

9 WA I 34/2, S. 32 (Nr. 85).

10 WA I 49/2, S. 254.

11 Öl auf Leinwand, 242 × 283 cm, Dresden, Gemäldegalerie Alte Meister. Michael W. Alpatow, Die Dresdner Galerie Alte Meister, Dresden 1966, S. 82–86, widmet dem ›Opfer des Manoah‹ die ausführlichste Besprechung aller Gemälde, die in

Heine(c)ken herausgegebene Dresdner Galeriewerk aufgenommen wurde, das die Meisterwerke der Sammlung im Kupferstich wiedergibt. Aufgrund der Qualität seiner Texte und Abbildungen stellt das zweibändige Dresdner Galeriewerk einen Höhepunkt der Gattung dar. Die Tafel mit dem ›Opfer des Manoah‹ findet sich im zweiten Band, der 1757 publiziert wurde.[12] Die Stichvorlage wurde von Pierre Jules Hutin (gest. 1763) gezeichnet, den seitenverkehrten Druck führte Jacobus Houbraken (1698–1780) aus.[13] Um auf den berühmten (vermeintlichen) Künstler hinzuweisen, trägt die Darstellung mittig links die Signatur »Rembrandt f. 1641«.

Als separate Tafel gelangte der Kupferstich anlässlich der Ausstellung »Goethe und ›Rembrandt der Denker‹« als Geschenk von Dr. Dieter Rothhahn, Frankfurt a.M., in die Graphische Sammlung des Goethe-Museums. Der vorzügliche, kontrastreiche Druck mit seiner tiefen Schwärze lässt die hohe Qualität des Reproduktionsstichs erkennen, verdeutlicht aber auch die generellen Schwachstellen dieses Genres. Beim druckgraphischen Reproduktionsverfahren geht der authentische Duktus des Künstlers ebenso wie das Kolorit und die Lichtstimmung verloren; erfolgt die Wiedergabe im Druck spiegelverkehrt, verändert sich der Eindruck der gesamten Komposition. Beim ›Opfer des Manoah‹ wird das Schwergewicht der Darstellung durch die Spiegelung von rechts nach links verlagert, das leuchtende Rot des Mantels von Manoahs Frau sowie die satten Braun- und Goldtöne werden durch Grauschattierungen ersetzt und die transparente Gestalt des auffliegenden Engels erhält eine fast plumpe Körperlichkeit. Der Transformationsprozess bringt zwangsläufig erhebliche Einbußen mit sich. Die drucktechnische Vervielfältigung war vor Erfindung der Fotografie jedoch das beste und wichtigste

der Galerie bis zur kritischen Überprüfung durch das Rembrandt Research Project dem Meister selbst zugeschrieben wurden, und stellt es als »erhabenes« Werk sogar Raffaels ›Sixtinischer Madonna‹ an die Seite. Vgl. auch Fritz Saxl, Rembrandt's Sacrifice of Manoah, London 1939 (= Studies of the Warburg Institute 9).

12 Carl Heinrich von Heineken, Recueil d'estampes d'après les plus célèbres tableaux de la Galérie Royale de Dresde, II. Volume, contenant cinquante pièces avec une description de chaque tableau en françois et italien, Dresde MDCCLVII.

13 Nach Willem Drost (1633–1659), Das Opfer des Manoah, Kupferstich aus dem Dresdner Galeriewerk Bd. II, 1757 (s. Anm. 12); 35,2 × 41,3 cm (Blatt) und 33,8 × 40 cm (Darstellung; Plattenrand beschnitten). Bez. u.l.: »P. Hutin del.«, u.r.: »J. Houbraken sculps.«; Inv. Nr. III–15844. Wegen des Beschnitts nicht mehr sichtbar ist die weitere Bezeichnung des Blattes: u.l.: »Quadro di Rembrant dalla Galleria di Dresda / alto piedi 8 onc: 7 largo piedi«; mittig Wappen; u.r.: »Tableau de Rembrant de la Galerie royale a Dresde / Avant 8. pied 7 puces larges 10. pied. No. 47«.

Abb. 6
Willem Drost (?), Das Opfer des Manoah.

Medium, um die Kenntnis von oft schwer zugänglichen Kunstwerken weiten Kreisen zu vermitteln. Wenn Goethe über Kunst sprach, hatte er nicht selten statt der Originale nur Reproduktionsgraphiken vor Augen, auf die er sein kunsthistorisches Wissen stützte.

Nach Antonio Canova: Vier Kupferstiche nach Skulpturen

Die Frage, was sich besser in die Reproduktionsgraphik übersetzen lässt, die schwer fassbaren Valeurs der Malerei oder die feste, dreidimensionale Form der Plastik, war strittig. Beides florierte um 1800, und so wurde vornehmlich die antike und klassizistische Plastik nicht nur in Gipsabgüssen und in Daktyliotheken, sondern auch in einer Vielzahl von Druckgraphiken vervielfältigt. Zwei unterschiedliche Methoden standen dafür zur Verfügung: zum Einen der strenge, chiffrenhaft abstrahierende Konturenstil Flaxmanscher Prägung, der nur den Umriss wiedergibt, zum Anderen ein Druck mit Binnenzeichnung, der eine Modellierung durch Licht und Schatten erlaubt und auf diese Weise ein plastisches Volumen evoziert. Ein Pionier dieses Mediums war Antonio Canova (1757–1822),[14] der neben Bertel Thorvaldsen zu den international renommiertesten Bildhauern seiner Zeit zählte. Der in Venedig geborene, seit 1779 in Rom tätige Canova folgte in seiner Kunst dem Vorbild der Antike, verband damit aber auch den Schmelz, die Bewegtheit und den sinnlichen Oberflächenreiz des Barock, eine Ambivalenz, die ihm die signifikanten Beinamen sowohl eines »neuen Phidias« als auch eines »antiken Bernini« einbrachte.

Obwohl Canova zunächst die graphische Reproduktion von Skulpturen mit Skepsis betrachtete, nutzte er seit 1809 zunehmend das Medium, um sein Gesamtwerk zu erfassen und seinen Ruhm zu verbreiten. Die Nachfrage war groß, und in Giovanni Tognoli fand Canova einen Zeichner, der die Druckvorlagen nach seinen Angaben und unter seiner Aufsicht mit viel Geschick anfertigte. Für das Gesamtwerk der Stiche nach Canovas Werken erstellte Tognoli die meisten Vorlagenzeichnungen. Die gut gewählte Perspektive und die reiche, modellierende Binnenzeichnung bringen die Qualität der Skulpturen zur Geltung. Den Druck besorgten ausgezeichnete Stecher wie Domenico Marchetti und Raffael Morghen, den Goethe in Italien kennenlernte. Die Druckplatten blieben Canovas Eigentum und gingen nach seinem Tod in den Besitz der päpstlichen Calcografia camerale über. Dort erregte die antikische Nacktheit mancher Figuren Anstoß, die Platten wurden überarbeitet und die monierten Stellen mit züchtigen Schleiern bedeckt.

Goethe kannte Canovas Werk vornehmlich aus Reproduktionsgraphiken, obwohl er in Rom Gelegenheit gehabt hätte, die Originale zu sehen oder den mit Angelica Kauffmann befreundeten Künstler selbst zu treffen. In späteren Jahren schätzte Goethe die Stiche nach Canova, die das ästhetische Ideal der Antike transportierten, wohl auch, weil sie in seinen Augen ein Gegengewicht zur romantischen Kunstauffassung bildeten. In seinem Bericht über den Zustand der Kunst in Frankfurt, den Goethe 1816 in ›Kunst und Alterthum am Rhein und Main‹ publizierte, hob er eigens den Verdienst des Buchhändlers und Kunstverlegers Johann Friedrich Wenner hervor, der »die vortrefflichen Kupferstiche nach Canova und Thorwaldsen in seine Vaterstadt« brachte und damit »die Betrachtung und Anschaffung derselben erleichterte«.[15]

14 Grundlegend ist das Verzeichnis von Maria G. Bernini Pezzini und Fabio Fiorani (Hrsg.), Canova e l'incisione, Bassano del Grappa 1993. Vgl. auch Christian M. Geyer, Graphiken – das vom Künstler kontrollierte Bild, in: ders., Der Sinn für Kunst. Die Skulpturen Antonio Canovas für München, Berlin 2010, S. 226–229. Einen materialreichen Überblick und weiterführende Literatur zu Canova bietet der Ausstellungskatalog: Schönheit und Revolution. Klassizismus 1770–1820, hrsg. von Maraike Bückling und Eva Mongi-Vollmer, Städel Museum und Liebieghaus Frankfurt am Main, München 2013.

15 WA I 34/1, S. 120.

Abb. 7
Domenico Marchetti nach Canova, Amor und Psyche
(Foto: David Hall).

Goethe verfügte in seiner Weimarer Kunstsammlung über 24 Blätter verschiedener Stecher nach Werken Canovas. Darunter befindet sich auch ein Abzug von Domenico Marchettis Kupferstich der stehenden Marmorgruppe von ›Amor und Psyche‹ (um 1797; Louvre Paris), die in die Betrachtung eines Schmetterlings versunken sind (Abb. 7).[16] Nur der Schmetterling, das Sinnbild der Seele, macht das anmutige Paar als Amor und Psyche kenntlich. Im Anschluss an die berühmte antike Gruppe in den Kapitolinischen Museen verzichtet Canova auf alle weiteren Attribute und lässt allein die Körpersprache wirken. Von den Zeitgenossen wurde dieses Paar als besonders gelungene Annäherung an die Antike bewundert.

16 Vgl. Christian Schuchardt, Goethe's Kunstsammlungen. 1. Teil, Jena 1848, S. 20, Nr. 164–180 (Amor und Psyche: Nr. 172). Zu der Gruppe vgl. Schönheit und Revolution (s. Anm. 14), S. 132–134, zum Nachstich ebd., S. 339 und 344.

Abb. 8
Domenico Marchetti nach Canova, Venus und Mars
(Foto: David Hall).

Einen Abzug des Kupferstichs der Amor und Psyche-Gruppe[17] erhielt das Frankfurter Goethe-Museum nun als Schenkung von Aloisia und Christian M. Geyer, Frankfurt am Main, zusammen mit drei weiteren Blättern nach Antonio Canova: Domenico Marchetti stach die überlebensgroße Gruppe ›Venus und Mars‹ (1816–1822; Buckingham Palace, London),[18] Angelo Bertini die

17 Domenico Marchetti (1780–1844), Amor und Psyche, Kupferstich nach der Zeichnung von Giovanni Tognoli (1786–1862), 54,0 × 41,8 cm (Blatt; Plattenrand oben beschnitten), Inv. Nr. III–15846. Bernini Pezzini/Fiorani 1993, Nr. XXIV, S. 1.

18 Domenico Marchetti (1780–1844), Venus und Mars, Kupferstich nach der Zeichnung von Giovanni Tognoli (1786–1862), 51,5 × 38,6 cm (Blatt; Plattenrand allseits beschnitten; Spitze der Lanze fehlt), Inv. Nr. III–15847. Bernini Pezzini/Fiorani 1993, Nr. LXXV.

Abb. 9
Angelo Bertini nach Canova, Venus
(Foto: David Hall).

›Venus‹ aus der Sammlung Thomas Hope (1817–1820; City Arts Gallery, Leeds),[19] der das kanonische Vorbild der Kapitolinischen Aphrodite zugrunde liegt, und Raffael Morghen das Grabmal des Papstes Clemens XIII. (1792) im Petersdom in Rom, ein Hauptwerk Canovas (Abb. 8–10).[20] Die ›Venus Hope‹ ist ein Beispiel für die prüde Überarbeitung der originalen Druckplatten:

19 Angelo Bertini (1783–?), Venus Hope, Kupferstich nach der Zeichnung von Giovanni Tognoli (1786–1862), 51,8 × 43,5 cm (Blatt; Plattenrand oben beschnitten; Inv. Nr. III–15848. Bernini Pezzini/Fiorani 1993, Nr. LXXXII, S. 1, II. Zustand.

20 Raffael Morghen (1758–1833), Grabmal des Papstes Clemens XIII., Kupferstich nach der Zeichnung von Stefano Tofanelli (1752–1812), 75,0 × 48,0 cm (Blatt, Plattenrand allseits beschnitten). Inv. Nr. III–15845. Bernini Pezzini/Fiorani 1993, Nr. IV, S. 3.

Abb. 10
Raffael Morghen nach Canova, Grabmal des Papstes Clemens XIII.
(Foto: David Hall).

Ursprünglich verhüllte ein Tuch nur ihre Scham, im zweiten, vorliegenden Zustand bedeckt ein dünnes Gewand den Körper, das dessen natürlichen Reiz zu übertünchen versucht.

An Canova schieden sich im deutschsprachigen Raum die Geister; seine technische Brillanz und sein virtuoser Umgang mit der Tradition erregten sowohl überschwengliche Begeisterung als auch tiefe Skepsis.[21] Ein enthusias-

21 Vgl. Paolo Chiarini, Verfälschung des klassischen Kanons oder moderne Rezeption der Antike? Antonio Canova zwischen August Wilhelm Schlegel und Goethe, in: Bernd Witte/Mauro Ponzi (Hgg.), Goethes Rückblick auf die Antike, Berlin 1999, S. 122–131; Erik Jayme, Antonio Canova und die Kunstanschauungen der Goethezeit, in: Jahrb. FDH 1994, S. 190–220; Christian M. Geyer, Wahrnehmung von Kunst um 1800 in Deutschland. Der Fall Antonio Canova, in: Schönheit und Revolution (Anm. 14), S. 338–345.

tischer Anhänger war Ludwig I. von Bayern, seitdem er als Kronprinz in Venedig die graziöse Hebe gesehen und den Bildhauer in seinem römischen Atelier besucht hatte. Kritisch äußert sich dagegen August Wilhelm Schlegel in seinem ›Schreiben an Goethe über einige Arbeiten in Rom lebender Künstler‹ (Jenaische Allgemeine Literaturzeitung 1805). Noch harscher fällt das Urteil Carl Ludwig Fernows aus, der in seiner Publikation ›Über den Bildhauer Canova und dessen Werke‹ (1806) den Künstler als Verfälscher der Antike und des klassischen Kanons verurteilt. Negativ sind auch die Äußerungen des Bildhauers Christian Friedrich Tieck im Brief an August Wilhelm Schlegel vom 6./7. Oktober 1807 aus Rom, wobei wohl Neid auf den erfolgreichen Kollegen mitspielt: »Canova misbraucht noch immer sein Talent, seine grosse Statue Napoleons, ist den Kopf abgerechnet, wirklich schlecht und seine neueren Arbeiten sind es noch mehr. Sein Theseus mit dem Centaur ist ein Ungeheuer welches in Rubens Schule entstanden sein könnte [...].« Am 31. August 1808 schreibt Tieck verbittert an Schlegel: »Man bezahlt ungeheure Summen an Canova um eine Elende Figur zu haben, weniger als das Dritteil würde mich glücklich machen, und ich wollte wohl etwas viel bessres liefern«.[22] Die Brüder Boisserée waren dagegen sehr angetan, als Canova sie am 18. Dezember 1815 auf der Rückreise von London nach Rom in ihrer Heidelberger Sammlung besuchte und mit ihnen ganz vorurteilsfrei die Kunstauffassung der alten Meister diskutierte.[23]

Goethe schätzte »den fürtrefflichen Canova«,[24] fand im Verein mit Johann Heinrich Meyer aber auch kritische Töne. In dem Sammelband ›Winckelmann und sein Jahrhundert‹ (1805) wird der Bildhauer, ein »Künstler von vorzüglichen Verdiensten«, dem klassizistischen Malerfürsten Anton Raphael Mengs an die Seite gestellt: Beide strebten in der Nachfolge der Antike mit hoher Kunstfertigkeit »vor allem anderen die Schönheit der Formen« an, gelangten auf diesem Weg aber nie »zum Einklang des Ganzen«.[25] Seine Orientierung an der Antike, aber auch an der Natur bewahrt Canova in den Augen Goethes und Meyers vor einem Abgleiten in die Manier, zu der seine gefällige Komposition,

22 Digitale Edition der Korrespondenz August Wilhelm Schlegels (www.august-wilhelm-schlegel.de). Den Hinweis auf die Briefe Tiecks danke ich Dr. Claudia Bamberg.

23 Sulpiz Boisserée, Tagebücher, hrsg. von Hans-J. Weitz, Bd. 1, Darmstadt 1978, S. 294.

24 Schreiben vom 19. Juli 1804 an den dänischen Gesandten Wilhelm Christoph von Diede, dem Goethe empfiehlt, Canova zum Andenken an seine verstorbene Frau eine »Büste der Verewigten« anfertigen zu lassen (WA IV 17, S. 162).

25 Johann Wolfgang Goethe, Winckelmann und sein Jahrhundert in Briefen und Aufsätzen. Mit einer Einleitung von Helmut Holtzhauer, Leipzig 1969, S. 192–202.

seine elegante Formensprache und sein »bewundernswerter Fleiß und Glätte in Behandlung des Marmors« neigen.[26]

Diese Thesen werden am Grabmal des Papstes Clemens XIII. Rezzonico (1792) verdeutlicht, dessen Nachstich von Morghen nun in die Sammlung gelangte. Das Grabmal findet sich in einer zentralen Nische von St. Peter, wo es in Konkurrenz zur gesamten Gattung, vor allem zu Berninis Grabmal für Papst Alexander VII. (1671–1678) tritt.[27] Über einer klassizistischen, von zwei Löwen bewachten Sockelarchitektur kniet Papst Clemens XIII. in unüblicher Profilansicht. Das naturalistisch aufgefasste Porträt kontrastiert mit den beiden klassischen Assizstenzfiguren, der Allegorie der Religion mit dem Kreuz (links) und dem Genius des Todes mit der umgekehrten Fackel (rechts), deren asymmetrische, diagonale Anordnung dem Grabmal eine starke und ganz unklassische Bewegtheit verleihen. Dem Lob einzelner schöner Formen, die der Antike nachgebildet sind, folgt bei Meyer und Goethe die Kritik: »Es fehlt der Zusammenhang der Teile unter sich, die Übereinstimmung des Ganzen. Besonders gilt dieses vom Genius, dessen Stellung durchaus mißraten ist«. Der Leib des Genius wird allerdings als »vorzüglich schön« empfunden, entspricht er doch Lessings Postulat gemäß der Schrift ›Wie die Alten den Tod gebildet‹ (1769). Canovas klassisch schöne Gestaltung des Thanatos war eine Innovation in St. Peter, die besonders auffällt, wenn man sie mit dem grausig hervorbrechenden dunklen Skelett des Todes mit der Sanduhr auf Berninis Grabmal für Papst Alexander VII. vergleicht. Die lässig hingegossene, der Symmetrie widersprechende Haltung des Genius störte in der Sicht von Goethe und Meyer jedoch die Harmonie des gesamten Aufbaus – Canova hatte es gewagt, die klassische Norm zu sprengen und für Neues durchlässig zu machen.[28]

Der herzliche Dank der Kunstsammlungen gilt allen Freunden und Förderern für ihre großzügige Unterstützung: Dieter Rothhahn, Aloisia und Christian M. Geyer sowie Hans Grüters in Frankfurt am Main, Wolfgang Hönle (Ettlingen), Dagmar Ewald (Bruchköbel), Berta Schmücker (Wöllstein), Uta Janetzko (Gründau) und Gisela Stiehler-Alegria (Bad Homburg).

Petra Maisak

26 Werner Busch, Das sentimentalische Bild. Die Krise der Kunst im 18. Jahrhundert und die Geburt der Moderne, München 1993, S. 155, betont die Affinität der Kunstanschauung von Goethe und Canova, der »um eine Verschränkung von Natur und Antike, Individualität und Idealität« ringt, »wobei Idealität ganz im Goetheschen Sinne unmittelbar aus der Naturerfahrung heraus entwickelt sein soll«.

27 Vgl. ebd.: Canovas Papstgrabmal für Clemens XIII. in St. Peter – Die Ästhetisierung der Religion, S. 219–225.

28 »Eine Zerstörung dieser Ausgewogenheit muß daher an den Grundfesten klassisch-idealistischer Kunstvorstellung rütteln«, ebd., S. 210.

Handschriften

Im Berichtszeitraum 2014 wurde der Handschriftenbestand um 49 Stücke erweitert, alle Sammlungsschwerpunkte wurden ergänzt.

Goethe

Die Erwerbungen zu Goethe und seinem Umkreis wurden wiederum maßgeblich durch die Erich und Amanda Kress-Stiftung gefördert. Unserem Ehrenmitglied Frau Amanda Kress sei hierfür sehr herzlich gedankt.

Goethe an Friedrich Wilhelm Riemer, 22. Juni 1824
(Handschrift John mit eh. Unterschrift)[29]

In dem Billet geht es um die Verabredung einer Tischgesellschaft im Juni 1824, an der neben dem Berliner Bildhauer Christian Daniel Rauch und dem Weimarer Oberbaudirektor Clemens Wenzeslaus Coudray auch Riemer teilnehmen sollte. Rauch war wegen des Frankfurter Goethe-Denkmals in Weimar. Er erarbeitete in jenen Tagen den dritten Entwurf einer Sitzstatue, die nicht zur Ausführung kam (die Kleinfassungen befinden sich im Frankfurter Goethe-Museum). Das Essen hatte zunächst am 21. Juni 1824 stattfinden sollen. Der Termin musste jedoch zweimal verschoben werden, so dass Goethe zwei Billets an Riemer richtete. Das erste (vom 21. Juni) befindet sich im Goethe- und Schiller-Archiv, das zweite (vom 22. Juni) war bislang unbekannt: »Bey nochmaliger Verhinderung unseres werthen Gastes erbittet sich die Ehre freundlicher Gegenwart auf Mittwoch d. 23. Juny zum Mittagessen. Goethe«. In Goethes Tagebuch findet sich unter diesem Datum der Eintrag: »Blieben zu Tische Professor Rauch, Riemer und Coudray.« Das Besondere der beiden Mitteilungen ist, dass sie auf Spielkarten notiert sind.[30]

Das zweite Billet wurde vom Vorbesitzer auf einem Flohmarkt im Hochtaunuskreis gefunden und vom Freien Deutschen Hochstift im Rahmen einer Begutachtung erworben.

29 Hs–31006.
30 Vgl. zum neuerworbenen Billet weiterführend Nikoleta Skrapara in: Unboxing Goethe. Schätze aus dem Archiv ans Licht gebracht, Frankfurt am Main 2015, S. 75–80.

Goethe an Johann Jakob von Willemer, 16. Mai 1826 (Handschrift Schuchardt mit eh. Unterschrift und Nachschrift an Marianne Willemer)[31]

Am 18. April 1826 sandte Johann Jakob von Willemer seine soeben erschienene Abhandlung ›Von den Vorzügen des christlichen Moral-Prinzips und seinem Einfluß auf Erziehung an Goethe: ein Buch für wissenschaftlich gebildete Frauen und Mütter‹ mit einem kurzen Begleitschreiben an Goethe. Dessen Tagebuch vermerkt den Eingang bereits am folgenden Tag. Von den insgesamt 395 Seiten sind in Goethes Exemplar nur die ersten 60 aufgeschnitten. Entsprechend geht er in seiner Antwort einen Monat später nicht direkt auf den Inhalt ein, sondern deutet Willemers Beschäftigung »mit sittlichen und religiösen Verhältnissen« allgemein als Zeichen, dass dieser nicht nur »eigne Lebensereignisse, welche nicht immer die erfreulichsten sind,« zu tragen bereit sei, sondern auch ein offenes Ohr für die Schicksalsschläge seiner Freunde habe. Sodann zählt er verschiedene Ereignisse auf, die ihn und seine Umgebung erschüttert haben: im Dezember 1825 der Tod Kaisers Alexander I., der durch seine Schwester Maria Pawlowna mit dem Herzogtum verbunden war, eine Krankheit seines Freundes Johann Heinrich Meyer und schließlich Ende April 1826 ein Reitunfall der Schwiegertochter Ottilie. Wichtig ist die eigenhändige Nachschrift des Briefs, gerichtet an Marianne Willemer, der Goethe auf einen Brief vom 18. Dezember 1825 nicht geantwortet hatte: »Vorstehendes lesend wird ja wohl auch die liebe Freundin mit einigen Worten mich zu erquicken geneigt seyn. G«.

Goethe an Christian Gottlob von Voigt, 9. September 1796 (Handschrift Geist mit eh. Unterschrift)[32]

Der inhaltsreiche Brief an seinen Freund und Ministerkollegen Voigt zeigt Goethes strategisches Verhalten in universitätspolitischen Zusammenhängen. Konkret geht es um die Bestrebungen, dem jungen Altphilologen Heinrich Carl Abraham Eichstädt an der Fakultät vorbei eine außerordentliche Professur in Jena zu verschaffen, um ihn damit an die ›Allgemeine Literatur-Zeitung‹ zu binden. Diese Pläne wurden 1797 Realität. Im Jahr 1804, als die Zeitschrift zum Ärger des Herzogtums nach Halle und damit nach Preußen verlegt worden war, übernahm Eichstädt in enger Abstimmung mit Goethe die Redaktion der neu gegründeten ›Jenaischen Allgemeinen Literatur-Zeitung‹, eines Konkurrenzblattes, das die Hallische ›Allgemeine Literatur-Zeitung‹ bald an Bedeutung übertraf. Das Freie Deutsche Hochstift sammelt seit längerem Dokumente zur Geschichte der beiden Zeitschriften.

31 Hs–31013.

32 Hs–31028.

Goethe an Friedrich Siegmund Voigt, 2. November 1814 (Handschrift Kräuter mit eh. Unterschrift) Beiliegend zwei von Goethe adressierte Briefumschläge an Johann Jakob von Willemer[33]

Mit seinem Schreiben an Friedrich Siegmund Voigt (1781–1850), den Direktor des Botanischen Gartens in Jena, übersandte Goethe »2 Gläser, in dem Einen, Birn die sich aus Birn entwickelt, in dem andern, einen durch den Brand entstellten Mayskolben. Beyde wünsche dem Museum der Naturforschendengesellschaft einverleibt«. In seinem Tagebuch vermerkte er am selben Tag: »Voigt zwey Spirituosa«. Das Schreiben befand sich im Besitz von Friedrich List (1887–1965), der ab 1918 in Gießen zunächst als Bibliothekar und später als Professor für Technikrecht tätig war. 1922 veröffentlichte er im ›Jahrbuch der Goethe-Gesellschaft‹ einen Aufsatz mit dem Titel ›Goethes durchgewachsene Birne. Ein familiengeschichtlicher und literarhistorischer Beitrag zu Goethes morphologischen Studien‹, in dem er auch auf die Provenienz des Blattes eingeht: »In unserem kleinen Listschen Familienarchiv liegt ein, wohl durch die Schlosserschen Verwandten an uns gelangter […] Goethe-Brief.« Das Blatt konnte nun von den Nachkommen Friedrich Lists erworben werden.

Darüber hinaus fanden sich in Lists Nachlass zwei von Goethe eigenhändig adressierte Briefumschläge an Johann Jakob von Willemer. Der eine gehört zu Goethes Brief vom 14. April 1823, in dem er den Willemers ein erstes Lebenszeichen nach dem Herzinfarkt im Februar gibt: »Nur wenig Worte als Zeichen erneuten Lebens und Liebens […]«. Der andere Umschlag dürfte mit Goethes Schreiben vom 14. Dezember 1814 zusammenhängen, mit dem er auf Mariannes Gedicht »Zu den Kleinen zähl ich mich« reagierte: »Daß ich der lieben Kleinen noch ein Blättchen schuldig bin, habe ich nicht vergessen […].«

Goethe-Umkreis

Marianne Willemer an Meline von Guaita, nach dem 19. Oktober 1838 (Abb. 11)[34]

»Wie gern wäre ich noch zu Dir gekommen, um Dir für die Beweise von Theilnahme zu dancken, die Du mir durch Deine freundliche Nachfrage bezeugtes[t], allein es ist mir unmöglich; noch keinen Schritt aus dem Hauße, muß ich morgen auf die Mühle [sc. die Gerbermühle] […]. Beyfolgende Kleinigkeiten habe ich beim aufräumen gefunden sie sind sämtlich von Deiner Mutter [Maximiliane Brentano geb. von La Roche]. Der Schuh, die Strümpfe, das Bild kenst Du, auch den Schattenriß der sehr ähnlich seyn muß. Das portefeuille ist auch

33 Hs–31030.

34 Hs–31016.

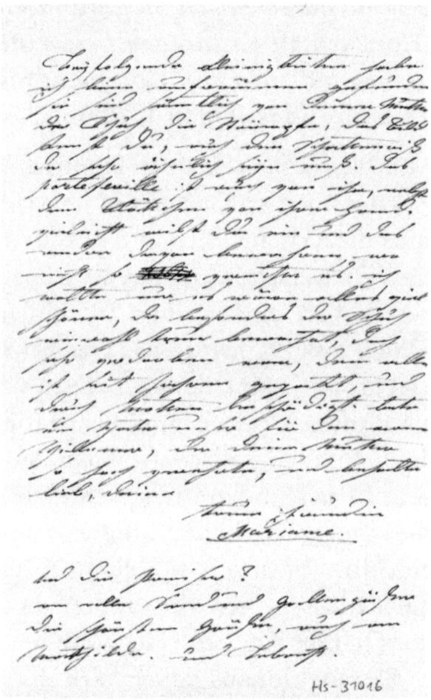
Hs-31016

Abb. 11 a und b
Marianne Willemer an Meline von Guaita,
nach dem 19. Oktober 1838.

von ihr, nebst dem Blättchen von ihrer Hand. Vielleicht willst Du ein und das andre davon bewahren, […] Bete ein Vater unser für den armen Willemer, der Deine Mutter so hoch verehrte […].»Der Brief dürfte kurz nach dem Tod Johann Jakob von Willemers im Oktober 1838 entstanden sein. Bei der Sichtung des Nachlasses fand Marianne Erinnerungsstücke an Melines Mutter Maximiliane Brentano, die mit Willemers erster Frau Maria Magdalena befreundet und Patin von Willemers jüngster Tochter Maximiliane war.

Rinaldo Vulpius an Eduard Boas, 2. April 1850[35]

Der Brief dokumentiert die Arbeit des Goetheforschers Eduard Boas (1815–1853) an seinem Buch ›Schiller und Goethe im Xenienkampf‹ (1851). Boas hatte den Ehrgeiz, möglichst viele Anspielungen aus Goethes und Schillers

35 Hs–31029.

1797 erschienenem Gemeinschaftswerk aufzudecken. So bat er am 16. März 1850 Rinaldo Vulpius (1802–1875), den Sohn von Goethes Schwager Christian August Vulpius, die in den »Blumendistichen« angesprochenen jungen Mädchen und Frauen zu identifizieren, die in den Drucken mit Kürzeln (etwa »N. Z. S. O. A. D.« oder »A. F. K. N. H. D.«) benannt worden waren. Vulpius konnte allerdings nicht helfen und antwortete: »Da nämlich meine Mutter (welche übrigens erst 1801 nach Weimar gekommen ist) [Helene Vulpius, geb. Deahna] durchaus keine Kenntniß von den in den Blumendistichen angeredeten Personen hatte, so wandte ich mich an die hier lebenden Verwandten der Schwiegertochter Göthe's, in der Hofnung, einige Auskunft hier zu erhalten. Hier wurde ich nun mit einer Antwort auf meine Anfrage bis jetzt hingehalten und auch jetzt kann ich Ihnen leider nur die Erfolglosigkeit meiner Bemühungen anzeigen. Noch kann ich quasi zu Ihrer Beruhigung hinzufügen, daß die Schwiegertochter Göthes [Ottilie von Goethe] selbst vor längerer Zeit in derselben Sache erfolglose Nachforschungen angestellt hat [...].«

So konnte Boas in seiner Abhandlung nur bemerken: »Es würde eine anmuthige Zugabe seyn, wenn uns jemand die sichere Deutung dieser abendländischen Blumensprache überliefert hätte.« (Bd. 1, S. 275)

Johann Isaak Freiherr von Gerning an Friedrich Brockhaus, 4. August und 16. Oktober 1812[36]

In den beiden Briefen geht es um Gernings Hexameterdichtung »Die Heilquellen am Taunus. Ein didactisches Gedicht in vier Gesängen«, die 1813 von Brockhaus in dessen »Kunst- und Industrie-Comptoir« (Leipzig und Amsterdam) verlegt wurde. Mit diesem Werk trug Gerning maßgeblich zur Durchsetzung des Namens »Taunus« bei. Der erste Gesang widmet sich Bad Soden, der zweite einer Wanderung zum Feldberg und zum Altkönig, der dritte Wiesbaden und Schlangenbad, der vierte Schwalbach und Bad Ems. In seinem Brief vom 4. August 1812 lobt Gerning die Illustrationen des entstehenden Bandes: »Die beyden Ansichten sind hübsch ausgefallen, und die Karte [die ›Carte zu den Heilquellen am Taunusgebirge‹ im Anhang] ist zieml. gut; nur Einiges muß noch dabey berichtigt werden, bey meiner Rückkehr von Schl[angen]bad, Ems und dem Rhein, wohin ich Morgen wandere. Das beste der Titelblätter [von Christian Georg Schütz] lassen Sie wohl auch gut stechen?« Der zweite Brief vom 16. Oktober 1812 berichtet u.a. von einer »Wanderung nach den Bädern und dem Taunus« mit Christian Friedrich Habel (1747–1814). Die beiden, die gerade in Wiesbaden gemeinsam den »Verein für Nassauische Altertumskunde und Geschichtsforschung« gegründet hatten, machten bei Bad

36 Hs–31014 und Hs–31015.

Ems »die wichtige antiquarische Entdeckung vom dortigen Laufe des Pfahlgrabens [d.h. des Limes], und stark bereichert wird nun mein historisches Werk, zugleich mit dem andern, auftreten können«. Gemeint ist Gernings Abhandlung ›Die Lahn- und Main-Gegenden von Embs bis Frankfurt‹ (Wiesbaden 1821), die in der Tat über die besagte »Entdeckung« berichtet (S. 8–10).

Widmung von Marianne Willemer in: Friedrich von Bodenstedt, Die Lieder des Mirza-Schaffy, Berlin 1859

Das Widmungsexemplar kam als Geschenk von David Streiff (Zürich), eines Ur-Ur-Enkels von Marianne Willemers Nichte Emilie Andreae-Kellner, ins Haus. Marianne hatte es ihrer Nichte Emilie geschenkt: »als Andencken an den Divan, vom Großmütterchen«.

Die ›Lieder‹ waren in der zweiten Hälfte des 19. Jahrhunderts ein großer Erfolg und machten Bodenstedt (1819–1892) als Schriftsteller international bekannt. Der Titel des Werkes ließ zunächst vermuten, es handele sich um die Übersetzung von Liedern eines orientalischen Dichters. Erst 23 Jahre nach Erscheinen der Erstauflage von 1851 lüftete Bodenstedt in der Fortsetzung ›Aus dem Nachlaß Mirza Schaffy's. Neues Liederbuch‹ (1874) das Geheimnis seiner Autorschaft. Entstanden waren Bodenstedts ›Lieder‹ unter dem Eindruck seiner Reiseerlebnisse: 1840 ging er zunächst als Lehrer nach Moskau, 1843 nach Tiflis. Dort lernte er Mirza Schaffy (1796–1852) kennen, der ihn in die tatarischen, persischen, georgischen und armenischen Sprachen einführte. 1845 kehrt Bodenstedt über Konstantinopel, den Balkan und Triest in seine Heimat zurück, wo er seine orientalisierende Dichtung verfasste. – Ebenfalls als Geschenk überließ David Streiff dem Hochstift einen Handschriftenband mit zahlreichen Gedichtabschriften, der über Generationen hinweg in der Familie bewahrt wurde. Der goldgeprägte Einband trägt den Titel »Gedichte Sammlung von Maria Willemer«.

Romantik

Clemens Brentano an Georg Friedrich von Guaita, 16. Januar 1816 (Abb. 12)[37]

Seit 1811 war Clemens Brentano mit Karl Friedrich Schinkel befreundet, der ein Jahr zuvor eine Stelle an der Berliner Oberbaudeputation angenommen hatte. Als Brentano, der sich gerade in Berlin aufhielt, über seinen Schwager Friedrich Carl von Savigny erfuhr, dass Georg Friedrich von Guaita, der Ehemann seiner Schwester Meline, sich in Frankfurt mit Bauabsichten trage,

37 Hs–31012.

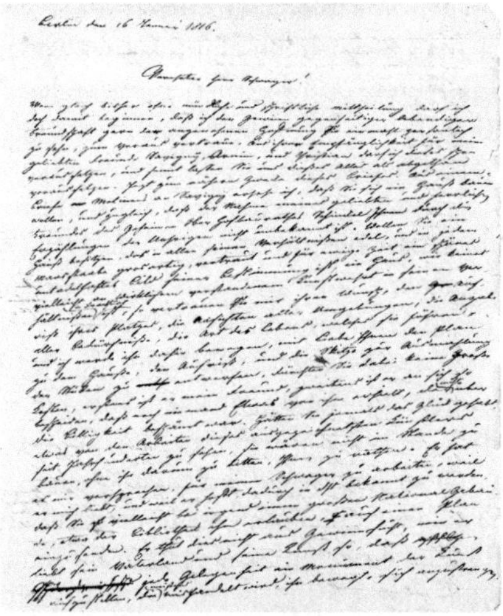

Berlin den 16 Januar 1816.

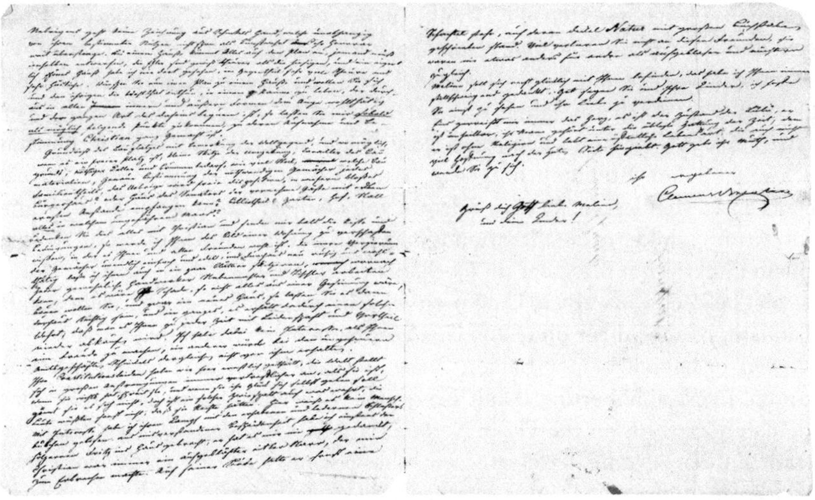

Abb. 12 a und b
Clemens Brentano an Georg Friedrich von Guaita,
16. Januar 1816.

wandte er sich an selbigen mit folgendem Brief: »Aus einem Briefe Melinens an Savigny ersehe ich, daß Sie sich ein Hauß bauen wollen, und zugleich, daß der Nahme meines geliebten und herrlichen Freundes des Geheimen Ober Hofbaurathes Schinckel Ihnen durch die Erzählungen der Unsrigen nicht unbekannt ist. Wollen Sie ein Hauß besitzen, das in allen seinen Verhältnißen edel, und in jedem Maasstaabe grosartig, vertraut und für ewige Zeit ein schönes untadelhaftes Bild seiner Bestimmung ist, ein Haus, wie keines vielleicht an Wirklichem verstandenem Kunstwehrt in seinen Verhältnißen in Frankfurt ist, so vertrauen Sie mir ihren Wunsch, den Aufriß ihres Platzes, die Ansichten aller Umgebungen, die Angabe aller Bedürfniße, die Art des Lebens, welches sie führen, und ich werde ihn dahin bewegen, mit Liebe Ihnen den Plan zu dem Hauße, den Aufriß, und die Skitze zur Ausmahlung der Stuben zu entwerfen. Fürchten Sie dabei keine große Kosten, erstens ist er mein Freund, zweitens ist er an sich so bescheiden, daß noch niemand Etwas von ihm erhielt, der nicht über die Billigkeit beschämt war. Hätten Sie jemals das Glück gehabt, etwas von den Arbeiten dieses ausgezeichnetsten Künstlers seit Jahrhunderten zu sehen, sie wären nicht im Stande zu bauen, ohne ihn darum zu bitten, Ihnen zu rathen. […] Bei einem Hauße kömmt Alles auf den Plan an, jemand muß denselben entwerfen, die F[rank]f[ur]ter sind gewiß theurer als die hiesigen, und ein eigentlich schönes Hauß habe ich nie dort gesehen, im Gegentheil sehr viele Theure und sehr Häsliche […].« Das dreistöckige Haus, das die Guaitas schließlich im Jahr 1820 auf der Neuen Mainzer Straße bezogen (Lit E. Nr. 23), stammte allerdings von einem anderen Architekten. Guaitas Schwager Franz Brentano hingegen hatte sich in der Tat von Schinkel ein Haus entwerfen lassen, wenige Schritte von dem der Guaitas entfernt. Achim von Arnim schilderte die Situation seiner Frau Bettine am 16. Oktober 1820 in einem illustrierten Brief, der im Hochstift verwahrt wird: »Der Platz des Franz ist viel besser, er hat einen Theil der Aussicht ganz sicher, er liegt dem neuen Gallusthore gegenüber ohne von den Vorübergehenden allzusehr belästigt zu werden, er hat auch einen Balkon vorne und eine Unterfahrt für Wagen nach hinten als Verschönerung daran gewendet, während Quaita auch nicht den kleinsten Zierrath an die Fläche seines Hauses gewendet hat. Das Haus des Franz an der Ecke liegt frey und einzeln, gewinnt dadurch an Sicherheit ist sehr bequem für den dahinter zu erbauenden Speicher gelegen aber noch nicht unter Dach. Quaita hat sich Monate mit der Auswahl von Tapeten gequält und kaum eine ist erträglich überall sieht man hier hübschere.« Der Brief stammt aus der Sammlung Georg von Hertlings und wurde von Anne Bohnenkamp-Renken aus dem Handel für das Freie Deutsche Hochstift erworben.

4 Briefe von Friedrich Schlegel (1772–1829) an Karl Joseph Hieronymus Windischmann, 4. und 18. September 1818, 17. Juni 1820, 23. April 1823[38]

Die Briefe Schlegels an seinen Freund Windischmann (1775–1839) stammen aus dem Nachlass des österreichischen Germanisten Jakob Minor (1855–1912), der sie 1887 in Bd. 15 des ›Archivs für Litteraturgeschichte‹ publiziert hatte. Sie wurden offenbar Ende der zwanziger Jahre von Minors Tochter Rita Zoebl verkauft und gelangten nun, nachdem ihr Verbleib viele Jahre unbekannt war, über den Handel ins Freie Deutsche Hochstift. Die ersten beiden Briefe entstanden im September 1818 in Frankfurt am Main, als Schlegel mit dem Titel eines österreichischen Legationsrats für den Bundestag arbeitete und gerade seinen Umzug nach Wien plante. Zur selben Zeit übersiedelte Windischmann von Offenbach nach Bonn, wo er Geschichte und Philosophie sowie Geschichte der Medizin lehrte. In den beiden Briefen der Jahre 1820 und 1823 schildert Schlegel seine prekäre Lebenssituation in Wien, die Krankheiten seiner Frau Dorothea, aber auch die Arbeit an der Ausgabe seiner Schriften und an dem Zeitschriftenprojekt »Concordia«, zu dem er Windischmann als Mitarbeiter gewinnen wollte.

Brentano-Familie

30 Briefe der Brentanos an Max Prokop von Freyberg, 1816–1823[39]

Durch die Vermittlung eines Antiquars konnte aus Kronberger Familienbesitz ein Konvolut mit unbekannten Briefen an Max Prokop von Freyberg (1789–1851) erworben werden. 18 der insgesamt 30 Briefe stammen von Antonie Brentano geb. von Birkenstock, weitere von ihrem Ehemann Franz Brentano, Prinzipal des Frankfurter Handelshauses der Brentanos, dessen Halbgeschwistern Georg und Meline Brentano sowie Melines Ehemann Georg Friedrich von Guaita.

Max Prokop von Freyberg hatte ab 1808 bei Friedrich Carl von Savigny in Landshut römisches Zivilrecht studiert und dort auch dessen Schwägerin Bettine Brentano kennengelernt, mit der er ab 1810 einen schwärmerischen Briefwechsel führte.[40] Seit der Landshuter Zeit zählte Freyberg zu den Freunden des Hauses Brentano. Anfang 1816 hielt er sich in Frankfurt am Main auf, um

38 Hs–31025,1–4.

39 Hs–31007,1–18.

40 Dieser 78 Briefe umfassende Briefwechsel, der sich noch heute im Besitz der Freiherren von Freyberg auf Schloss Jetzendorf/Oberbayern befindet, wurde 1972 von Sibylle von Steinsdorff publiziert.

einen alten Erbschaftsprozess seiner Familie voranzutreiben. In jener Zeit verkehrte er im Haus »Zum Goldenen Kopf« in der Sandgasse und nahm an den regelmäßigen »Kunstabenden« der Brentanos teil, bei denen man im geselligen Kreis die Sammlung von Antonies Vater Johann Melchior Birkenstock betrachtete. Nach seiner Abreise schilderte Antonie dem Freund die folgenden Kunstabende, während Georg Friedrich von Guaita und Georg Brentano mit ihm brieflich die Errichtung der Stadtbibliothek und des Städelschen Kunstinstituts diskutierten. Freyberg schlug den Münchener Klassizisten Karl von Fischer vor, der tatsächlich Entwürfe sandte. Im Folgenden wurden die Brentanos Zeugen von Freybergs missglückter Übersiedlung nach Italien und schließlich seiner Berufung an das Geheime Hausarchiv in München.

Das Freie Deutsche Hochstift besitzt bereits umfangreiche Korrespondenzbestände der Familien Brentano und von Guaita, die mit diesem Ankauf eine wichtige Bereicherung erfahren. Finanziert wurde das Konvolut dankenswerterweise durch Spenden der VA-Mitglieder Carl von Boehm-Bezing, Prof. Dr. Rolf Krebs, Friedrich von Metzler sowie Dr. Klaus-Dieter Stephan.

Hugo von Hofmannsthal und Umkreis

Hugo von Hofmannsthal an eine unbekannte Dame, 8. Februar 1915 (Abb. 13)[41]

Der Brief an eine unbekannte Dame zeigt Hofmannsthal als Mitarbeiter der Presseabteilung des Kriegsfürsorgeamtes in Wien, wo er von Mitte August 1914 bis Mai 1915 tätig war. Als neu gegründete Abteilung des Kriegsministeriums organisierte das Amt Spendenkampagnen. Die zahlreichen Mitarbeiter, zeitweise bis zu 2000, waren mit dem Sammeln und Verteilen von Geld- und Sachspenden für Soldaten, Invaliden, Witwen und Waisen zuständig. Darüber hinaus wurden Kriegsandenken wie Kunstpostkarten, Schmuckmarken für Briefe, Anstecknadeln und Medaillen beworben und vertrieben. Hofmannsthal bedankt sich in seinem Schreiben für die Bereitschaft der Unbekannten, zu spenden: »Sie haben den gütigen Wunsch geäussert, durch eine Spende etwas für arme, zu Krüppeln gewordene Soldaten zu tun – man kann nichts besseres und dringenderes tun, wo sich nun obendrein die grässlichen Fälle von Erfrierung mehren. Ich habe mich, wegen der bequemsten Form der Spende, erkundigt: Subscriptionsbogen haben wir nicht: aber ich habe mir erlaubt, inliegend einen Erlagsschein unseres Amtes zu überreichen, auf welchem nur die Ziffer fehlt.« Der Ankauf wurde dankenswerterweise von Heike Fritsch (im Gedenken an Walburga und Karl Sprenzinger) ermöglicht.

41 Hs–31004

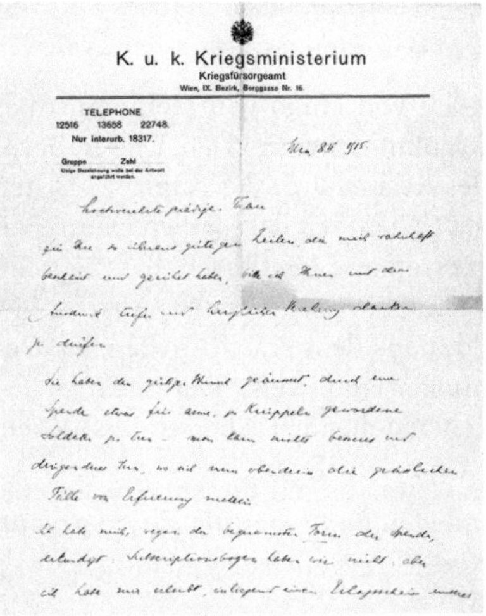
K. u. k. Kriegsministerium
Kriegsfürsorgeamt
Wien, IX. Bezirk, Berggasse Nr. 16.
TELEPHONE
12516 13658 22748.
Nur interurb. 18317.
Gruppe Zahl

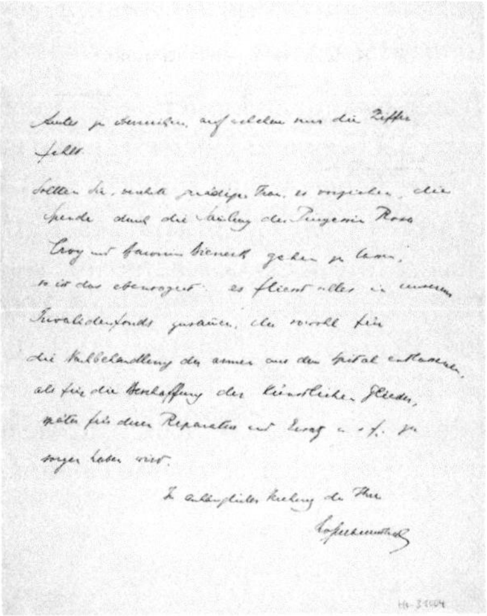

Abb. 13 a und b
Hugo von Hofmannsthal an eine unbekannte Dame, 8. Februar 1915.

Hugo von Hofmannsthal an Marianne Schlesinger, 11. November 1925[42]

Der berührende Beileidsbrief ist an Hofmannsthals Schwägerin Marianne Schlesinger gerichtet, deren Vater Moritz Geiringer am 9. November 1925 in Wien gestorben war: »Liebe Marianne / Seine Eltern verlieren, ist hart, und ich weiß wie Du an Deinem Vater hängst. Man sagt: es liegt in der Natur – und das ist ja auch wahr, aber kein unmittelbarer Trost; im Großen gesehen, vermag es doch zu trösten, später. Man muss versuchen es aus der Seele dessen zu verstehen, der gestorben ist, nicht aus der eigenen. Und ich glaube nicht, dass ein älterer Mensch nicht irgend etwas zutiefst in sich trägt, das mit dem Tod einverstanden ist. Die Zeit wird Dich trösten, so unbegreiflich das klingt, sie tröstet jeden (auch indem wir durch ihr Hinschwinden uns auch auf der gleichen Welle getragen fühlen, wie der, den wir verloren haben.) / Ich drücke Dir herzlich die Hand. / Dein Hugo.«

42 Hs–31017.

Hugo August Peter (Hofmann) von Hofmannsthal, Übersetzung aus dem Französischen, 14. Dezember 1892[43]

Bisher nur rar dokumentiert ist die Tätigkeit von Hugo von Hofmannsthals Vater als beeideter Übersetzer und Gerichtsdolmetscher in Wien. Diesen Beruf übte er neben seiner Tätigkeit als Leiter des Rechtsbüros der österreichischen Central-Boden-Creditbank aus. Anton Lang (Wien) hat dem Freien Deutschen Hochstift nun als Geschenk eine solche Übersetzung überlassen. Sie trägt den Titel »französische Consular-Agentie in Ismailia (Aegypten) / Auszug aus dem Register der Notariats Akte (Jahr 1892) aus dem Französischen, 14. Dezember 1892«. Der Text stammt von Schreiberhand, weist aber nach der Erklärung am Ende »Für die Richtigkeit der vorstehenden Übersetzung. Wien, am 14. Dezember 1892« die eigenhändige Unterschrift auf.

Konrad Heumann, Bettina Zimmermann

Bibliothek

In diesem Jahr vermehrte sich der Bestand um 1329 Bände und Medieneinheiten, wovon insgesamt 499 Titel angekauft wurden. Die übrigen kamen als Beleg, im Schriftentausch oder als Geschenk ins Haus (siehe die Spenderliste am Ende des Berichts). Der Altbestand konnte auch 2014 einen erfreulichen Zuwachs von 142 Titeln verzeichnen. Diese hohe Anzahl neuer Bücher aus der Zeit vor 1850 erklärt sich damit, dass vor einiger Zeit durch Schenkung ins Haus gekommene Werke nun überprüft und in den Bestand eingearbeitet werden. Dazu zählt eine etwa 500 Bände umfassende Sammlung mit Theaterstücken aus dem 18. und 19. Jahrhundert. Die Sammlung, die laut Zugangsnummern schon Anfang des 20. Jahrhunderts ins Haus gekommen sein muss und teilweise schon den Hochstiftsstempel, aber keine Signaturen trägt, ist einheitlich eingebunden und wurde offenbar von Ernst Beutler bereits gesichtet und bearbeitet. Das lässt sich daraus schließen, dass gelegentlich Autopsien nach Exemplaren der SUB Hamburg und der Hamburger Theatersammlung vorgenommen wurden, über die Beutler während seiner Hamburger Berufszeit gearbeitet hatte. Möglich wäre es, dass Beutler die Sammlung noch wissenschaftlich bearbeiten wollte, das Projekt aber dann aufgrund der Arbeitsüberlastung in Vergessenheit geriet. Über die Sammlung wird nach Abschluss der Aufnahme noch genauer berichtet werden.

Neu ins Haus kamen zudem große Teile der Bibliothek Konrad Hutzelmann (1942–2014). Dabei handelt es sich um etwa 600 Titel, zumeist Literatur

43 Hs–31034.

des Vormärz in Erst-, Werkausgaben und Sekundärliteratur mit einem Schwerpunkt auf dem Werk Ferdinand Freiligraths. Hutzelmann hatte sich schon während seines Germanistikstudiums intensiv mit der Literatur dieser Epoche beschäftigt und eine Magisterarbeit zur Poetik der Lyrik – insbesondere der politischen Lyrik – Ferdinand Freiligraths verfasst. Später arbeitete er unter anderem als wissenschaftlicher Mitarbeiter im Germanistischen Institut der Universität Münster. Schon in seiner Studienzeit hatte Hutzelmann begonnen, die Literatur des Vormärz zu sammeln und kontinuierlich eine reichhaltige Bibliothek zu Ferdinand Freiligrath und seinem Umfeld aufgebaut. Mit dieser Schenkung werden unsere Bestände um Werke jener Literaturbewegung erweitert, die in der romantischen Epoche beginnt und in ihrer Wirkung bis in die Zeit der Hochstiftsgründung reicht.

Das digitale Zeitalter stellt auch wissenschaftliche Spezialbibliotheken vor neue Herausforderungen. Seit 2001 ist die Bibliothek des Freien Deutschen Hochstifts im gemeinsamen Web-Katalog der Frankfurter Museumsbibliotheken vertreten und kann öffentlich genutzt werden.[44] Seit 2011 wurden im Kreis der Museumsbibliotheken Verhandlungen darüber geführt, einem der großen regional organisierten Bibliotheksverbünde beizutreten, um unsere Bestände über die großen Bibliotheksinternetportale bekannt zu machen. Schließlich wurde entschieden, dem Südwestverbund (SWB) mit Sitz in Konstanz beizutreten,[45] der die Medienbestände (Bücher, Zeitschriftentitel und -aufsätze, elektronischen Medien etc.) von mehr als 1.200 Bibliotheken aus den Regionen Baden-Württemberg, Saarland und Sachsen sowie aus weiteren Spezialbibliotheken in anderen Bundesländern nachweist. Nach Verhandlungen mit den städtischen Gremien konnte Ende des vergangenen Jahres ein Vertrag auf fünf Jahre zwischen dem SWB und der Stadt Frankfurt für den Verbund Frankfurter Museumsbibliotheken geschlossen werden. Die Stadt Frankfurt übernimmt die anfallenden Kosten für den Verbundbeitritt und auch die laufenden Kosten (u.a. für die Umwandlung und Einspeisung der Daten) in den nächsten fünf Jahren. 2014 begann die Schulung der bibliothekarischen Kräfte für den Export und die Eingabe der Daten. Bereits zu Anfang des Jahres wurden die ersten Daten der Bibliothek des Freien Deutschen Hochstifts in die Bestände des SWB katalogisiert. Der Datentransfer in den Online-Katalog des SWB soll 2015 abgeschlossen werden. Danach sollen unsere Daten auch über die Virtuelle Fachbibliothek Germanistik – Germanistik im Netz (GiN) zu finden sein, einem an der Universitätsbibliothek Johann Christian

44 http://www.museumsbibliotheken.frankfurt.de.

45 Gespräche wurden auch mit dem für das Bundesland Hessen zuständigen Bibliotheksverbund HeBIS geführt, der allerdings kaum Interesse zeigte, die Frankfurter Museumsbibliotheken in seinen Katalog aufzunehmen.

Senckenberg in Frankfurt angesiedelten Portal, das einen einheitlichen Recherche-Zugang zu relevanten Informationsressourcen der Faches Germanistik bietet und Print-Ausgaben von Büchern und Zeitschriften ebenso versammelt, wie digitale Medien, Online-Content-Datenbanken, Websites u.a.[46]

Mit Blick auf die bevorstehende ›Divan‹-Ausstellung (s. S. 365 f.) konnten im Jahr 2014 einige Bücher angekauft werden, die für Goethes Orientstudien von großer Bedeutung waren. Dazu zählt die Erstausgabe des Buches: Robert Lowth (1711–1787) *De Sacra Poesi Hebraeorum Praelectiones Academicae Oxonii Habitae* (Oxford, 1753), die Goethe nicht erst in Weimar bei der Niederschrift des ›West-östlichen Divan‹ zu Rate zog, sondern bereits als junger Student in Straßburg las. Das Buch bietet 34 Vorlesungen, die der Rhetorikprofessor und spätere Bischof von London an der Universität Oxford gehalten hatte und die Goethe in Straßburg durch Herder kennen lernte. Noch in ›Dichtung und Wahrheit‹ erinnert sich Goethe an diese Begegnung: »Ich ward mit der Poesie von einer ganz andern Seite, in einem andern Sinne bekannt als bisher, und zwar in einem solchen, der mir sehr zusagte. Die hebräische Dichtkunst, welche er nach seinem Vorgänger Lowth geistreich behandelte, die Volkspoesie, deren Überlieferungen im Elsaß aufzusuchen er uns antrieb, die ältesten Urkunden als Poesie, gaben das Zeugniß, daß die Dichtkunst überhaupt eine Welt- und Völkergabe sei, nicht ein Privat-Erbtheil einiger feinen gebildeten Männer.«[47] Das Besondere an Lowth' Buch bestand darin, dass hier erstmals die Poetik des Alten Testaments zum Gegenstand einer Untersuchung erhoben wurde. Er analysierte die ästhetischen Formen und Kompositionsprinzipien der Bücher des Alten Testaments und spricht ihnen einen poetischen Charakter zu.[48] Damit gab Lowth den entscheidenden Impuls zu einem neuen Bibelverständnis, das Herder in seiner Schrift ›Vom Geist der Ebräischen Poesie‹ (1782/83) konsequent fortführt. Das neu erworbene Werk überzeugt nicht allein durch seinen Inhalt, sondern auch durch seine typographische Ästhetik, die der von dem Göttinger Neologen Johann David Michaelis 1758/61 veranstalteten deutschen Ausgabe abgeht. Das in feiner, klarer Typographie gedruckte Buch erschien in schönster Antiqua-Schrift und mit sauber gedruckten hebräischen Schriftzeichen in der Clarendon Press, der berühmten Druckerei und Verlagsanstalt der Universität Oxford.

Ein zweites wichtiges Werk für Goethes Begegnung mit der orientalischen Dichtung – übrigens in ähnlich schöner typographischer Gestaltung – ist William Jones' *Poeseos Asiaticae Commentariorum libri sex, cum appendice;*

46 http://www.germanistik-im-netz.de/.

47 WA I 27, S. 313.

48 Vgl. Andrea Polaschegg, Der andere Orientalismus. Regeln deutsch-morgenländischer Imagination im 19. Jahrhundert, Berlin und New York 2005, S. 163 f.

subjicitur Limon, seu Miscellaneorum Liber (London: Typographeo Richardsoniano. apud T. Cadell, 1774). Das Buch konnte in der Erstausgabe erworben werden, die William Jones (1746–1794) berühmt und den sprachbegabten Juristen zu einem angesehenen Orientalisten machte. Darin entdeckt Jones die Schönheit arabischer Dichtung und beschreibt sie – wie Lowth die hebräische – nach den Kategorien antiker Poetik. Drei Jahre nach der Erstausgabe veranstaltete der Professor für Theologie und orientalische Sprachen in Jena, Johann Gottfried Eichhorn (1752–1827), einen Nachdruck des Werks und schenkte ein Exemplar Goethe. In der *Poesia Asiatica* präsentiert Jones auch eine Sammlung arabischer Dichtung aus vorislamischer Zeit, die sogenannten ›Moallakat‹, von denen Goethe sehr beeindruckt war. Schon 1783 übersetzt er ein Stück aus den ›Muallakat‹ nach der englischen Übertragung von Jones, und auch für seine Arbeit am ›Divan‹ nimmt er das Buch wieder zur Hand. Vor allem das ›Buch des Timur‹ bezeugt die Beschäftigung mit dieser alten arabischen Dichtung. Jones führt die Gedichte als »Goldene Oden« ein und stellt sie »als nie übertroffenen Auftakt und Höhepunkt der arabischen Dichtkunst« vor.[49] In seinen ›Noten und Abhandlungen zum besseren Verständnis des West-östlichen Divans‹ schreibt Goethe im Kapitel ›Lehrer‹ über ihn:

> Die Verdienste dieses Mannes sind so weltbekannt und an mehr als einem Orte umständlich gerühmt, daß mir nichts übrigbleibt, als nur im allgemeinen anzuerkennen, daß ich aus seinen Bemühungen von jeher möglichsten Vorteil zu ziehen gesucht habe.[50]

Neben diesen beiden Grundlagenwerken aus England konnte auch das Werk eines Mannes angeschafft werden, der in Goethes ›Noten und Abhandlungen‹ im Kapitel ›Hebräer‹ in einem Atemzug mit Herder genannt wird: Johann Gottfried Eichhorn. Von ihm konnte nun sein mehrbändiges Werk: *Repertorium für biblische und morgenländische Litteratur* (18 Teile in 6 Bdn., Leipzig: Weidmann, 1777–1786) angeschafft werden. Als Goethe 1775 nach Weimar kam, war Eichhorn gerade an die Universität Jena berufen worden. Schon in seinen frühen Weimarer Jahren trat Goethe in »dankbaren Lebensbezug zu diesem würdigen Manne«.[51] Er schätzte ihn als Kenner des Hebräischen und Arabischen und erlebte ihn als gründlichen Herausgeber des genannten Repertoriums, das Abhandlungen aus allen Gebieten der orientalischen Philologie, Bibelkritik sowie auch aus den Realfächern der morgenländischen Wis-

49 Katharina Mommsen, Goethe und die arabische Welt, Frankfurt am Main ³1988, S. 52.

50 FA I 3/1: West-östlicher Divan, hrsg. von Hendrik Birus, Frankfurt am Main ²2010, S. 269.

51 WA I 7, S. 220.

senschaft enthält, aber nicht bloß den Fachgelehrten als Leser im Auge hatte. Goethe erhielt manche Anregung von ihm und schrieb über ihn:

> Mit vergnüglicher Anerkennung bemerke ich, daß ich bei meinen gegenwärtigen Arbeiten noch dasselbe Exemplar benutze, welches mir der hochverdiente Mann von seiner Ausgabe des Jonesschen Werks vor zweiundvierzig Jahren verehrte, als wir ihn noch unter die Unseren zählten und aus seinem Munde gar manches Heilsam-Belehrende vernahmen. Auch die ganze Zeit über bin ich seinem Lehrgange im stillen gefolgt, und in diesen letzten Tagen freute ich mich höchlich, abermals von seiner Hand das höchst wichtige Werk, das uns die *Propheten* und ihre Zustände aufklärt, vollendet zu erhalten.[52]

1788 ging Eichhorn nach Göttingen. Zu seinem Nachfolger berief Goethe in Jena den Orientalisten Heinrich Eberhard Gottlob Paulus (1761–1851), dessen *Compendium Grammaticae Arabicae: ad Indolem Linguarum Orientalium Et Ad Usus Rudimentorum Conformatum; Cum Progymnasmatibus Lectionis Arabicae Ex Historia Ortus Ac Progressus Literarum Inter Arabes Decerptis* (Jena: Cuno, 1790) nun ebenfalls angeschafft werden konnte. Diese arabische Grammatik entstand während Paulus' Jenaer Zeit, in der Goethe viel mit ihm verkehrte. 1811 wurde Paulus Professor für orientalische Sprachen in Heidelberg, wo Goethe ihn 1814 und 1815 besuchte, als er in Frankfurt bei Marianne und Johann Jacob Willemer zu Gast war. Goethe übte damals mit ihm Arabischlesen und -schreiben. So berichtet er im Oktober 1815 an Knebel: »Bey Paulus habe ich 14 Tage arabisch geschrieben, welches zu manchen geselligen Scherzen Anlaß gab.«[53] Während der Arbeit am ›Divan‹ gehörte Paulus zu Goethes wichtigsten Beratern in Sachen Orient und arabischer Sprache und Dichtung.

Als Geschenk und zur Ergänzung unserer Orientalia kam Joseph Dacre Carlyles wichtiges Werk *Specimens of Arabian poetry from the earliest time to the extinction of the Khaliphat* (Cambridge: John Burges, 1796) in die Bibliothek (Abb. 14). Der englische Orientalist Joseph Dacre Carlyle (1759–1804) begann seine wissenschaftliche Karriere 1775 am Christ's College in Cambridge und wechselte 1778 ans Queen's College. An der Universität Cambridge wurde er 1795 als Nachfolger von William Craven zum »Sir Adam's Professor of Arabic« ernannt. Der so Geehrte, der zwischen 1799 und 1801 eine Forschungsreise nach Kleinasien, Palästina, Griechenland und Italien unternahm, hatte zu diesem Zeitpunkt bereits die Annalen ›Annales rerum Aegyptiacarum‹ publiziert und aus dem Arabischen übersetzt. 1796 erschien dann die nun erworbene und vielgerühmte Übersetzung früher arabischer Poesie unter dem

52 FA I 3/1, S. 270 f.

53 WA IV 26, S. 106.

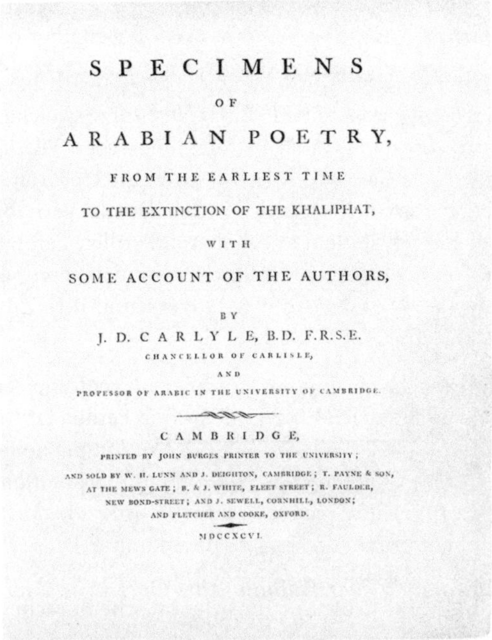

SPECIMENS

OF

ARABIAN POETRY,

FROM THE EARLIEST TIME

TO THE EXTINCTION OF THE KHALIPHAT,

WITH

SOME ACCOUNT OF THE AUTHORS,

BY

J. D. CARLYLE, B.D. F.R.S.E.

CHANCELLOR OF CARLISLE,

AND

PROFESSOR OF ARABIC IN THE UNIVERSITY OF CAMBRIDGE.

CAMBRIDGE,

PRINTED BY JOHN BURGES PRINTER TO THE UNIVERSITY;

AND SOLD BY W. H. LUNN AND J. DEIGHTON, CAMBRIDGE; T. PAYNE & SON, AT THE MEWS GATE; B. & J. WHITE, FLEET STREET; R. FAULDER, NEW BOND-STREET; AND J. SEWELL, CORNHILL, LONDON; AND FLETCHER AND COOKE, OXFORD.

MDCCXCVI.

Abb. 14
Joseph Dacre Carlyle, Specimens of Arabian poetry, Cambridge 1796.

Titel ›Specimens of Arabian Poetry‹. Der Band enthält Beispiele arabischer Dichtung aus »the most splendid period of the Mohammedan Empire« (S. II), wie es im Vorwort heißt, mit kurzen Einführungen zu den Dichtern und ihren Versen. Der Text ist erst in Arabisch und dann in Englisch abgedruckt. Goethe nutzte das Buch für seine Arbeiten am ›West-östlichen Divan‹, zumindest wird in Exzerpt-Abschriften der Name von Carlyles Buch genannt.

Pünktlich zur ›Divan‹-Ausstellung kam auch eine schön eingebundene Erstausgabe von Goethes *West-östlichem Divan* (Stuttgart: Cotta, 1819) ins Haus; erneut als Geschenk von Prof. Dr. Gottfried Brieger (Huntington Woods, USA), der die Bibliothek des Hochstifts schon 2012 mit dem Widmungsexemplar Goethes von ›Über Kunst und Alterthum‹ für Thomas Carlyle großzügig bedachte.[54] In der Folge der ›Divan‹-Ausstellung erhielt das Hochstift zudem

54 Vgl. Jahrb. FDH 2013, S. 355–364.

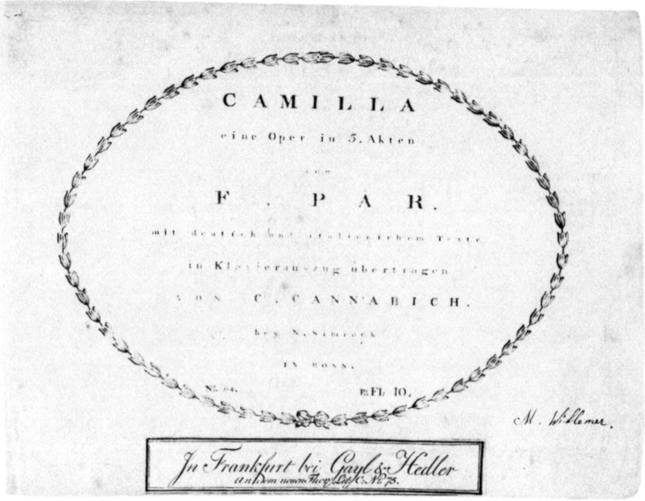

Abb. 15
Ferdinando Paer, Camilla: eine Oper in 3 Akten, Bonn 1799.

noch ein weiteres Geschenk aus Privatbesitz: zwei Klavierauszüge aus dem Besitz von Marianne Willemer, Joseph Haydns ›The creation: oratorio‹ (Offenbach: André, 1824) und Ferdinando Paer, ›Camilla: eine Oper in 3 Akten‹ (Bonn: Simrock, 1799). Beide Drucke enthalten den handschriftlichen Namenseintrag von Marianne Willemer und stammen aus dem Besitz der begabten Sängerin und Gesangs- und Klavierlehrerin (Abb. 15).

Für die Bibliothek von Goethes Vater konnten im Jahr 2014 insgesamt drei Titel angeschafft werden. Zu den juristischen Werken, die selten angeboten werden, zählt das *Churfürstlicher Pfaltz bey Rhein, erneuwert und verbesserte Landrecht* (5. Tle. in 1 Bd. Heidelberg: C. Vögelin 1611). Dabei handelt es sich um die erste Ausgabe dieser 1620 revidierten Fassung des Kurpfälzischen Landrechts, die den Juristen Johann Caspar Goethe interessieren musste. Die Titelbordüre zeigt die allegorische Darstellung von Pax, Justitia, Libertas, Prudentia und Fortitudo; sie trägt das Monogramm »ST« für Tobias Stimmer (1539–1584) und »MF« mit dem Messerchen für den Formschneider Lucas Mayer.

Ebenfalls in die juristische Abteilung gehört der Folioband: Heinrich Hahn (1605–1668) *Observata theoretico-practica, ad Matthaei Wesenbecii in L libros digestorum commentarios. Quartum recognita, emendata, multis responsis ac decisionibus locupletata Johanne Gothardo von Böeckellen* (Franco-

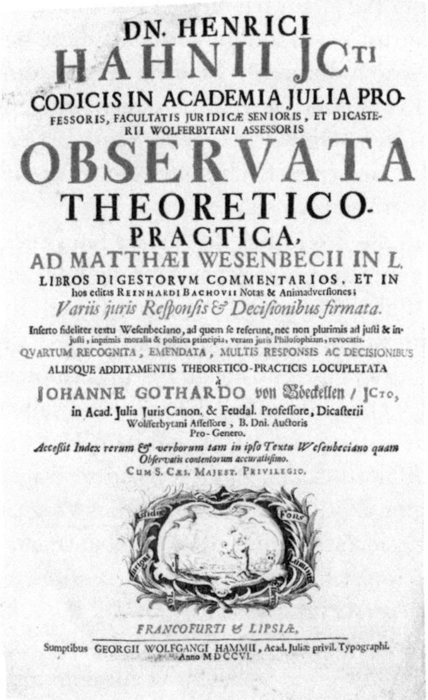
DN. HENRICI
HAHNII JCti
CODICIS IN ACADEMIA JULIA PROFESSORIS, FACULTATIS JURIDICÆ SENIORIS, ET DICASTERII WOLFERBYTANI ASSESSORIS
OBSERVATA
THEORETICO-PRACTICA,
AD MATTHÆI WESENBECII IN L. LIBROS DIGESTORVM COMMENTARIOS, ET IN hos editas REINHARDI BACHOVII Notas & Animadversiones;
Variis juris Responsis & Decisionibus firmata.
Inserto fideliter textu Wesenbeciano, ad quem se referunt, nec non plurimis ad justi & injusti, inprimis moralia & politica principia, veram juris Philosophiam, revocatis.
QVARTUM RECOGNITA, EMENDATA, MULTIS RESPONSIS AC DECISIONIBUS ALIISQUE ADDITAMENTIS THEORETICO-PRACTICIS LOCUPLETATA
à
JOHANNE GOTHARDO von Böckellen / JCto,
in Acad. Julia Juris Canon. & Feudal. Professore, Dicasterii Wolfferbytani Assessore, B. Dni. Auctoris Pro-Genero.
Accessit Index rerum & verborum tam in ipso Textu Wesenbeciano quam Observatis contentorum accuratissimo.
CUM S. CÆS. MAJEST. PRIVILEGIO.
FRANCOFURTI & LIPSIÆ,
Sumptibus GEORGII WOLFGANGI HAMMII, Acad. Juliæ privil. Typographi.
Anno MDCCVI.

Abb. 16
Heinrich Hahn, Observata theoretico-practica,
Frankfurt und Leipzig 1706.

furti et Lipsiae: Hamm, 1706; Abb. 16), der jetzt erworben werden konnte und einen weiten Weg zurücklegen musste, um in die Bibliothek des Goethe-Hauses zu gelangen. Er stammt ursprünglich aus der Bibliothek des kaiserlichen Geheimrat und Gesandten Christoph Wenzel Graf von Nostitz (1643–1712), der 1675 in den böhmischen Reichsgrafenstand erhoben worden war, und trägt dessen großes gestochenes Wappenexlibris. Auf verschlungenen Wegen gelangte es später in die Bibliothek des ›Board of Law Library Trustees‹ in Los Angeles und schließlich wieder in den Auktionshandel und nun in die Hochstifts-Bibliothek. Es handelt sich bei diesem Buch, das bereits 1650–1653 in erster Auflage erschien, um das Hauptwerk des Juristen und Professors an der Universität Helmstedt. Sein Buch markiert einen Umschwung in der Behandlung des Partikularrechts in den Pandektenkommentaren. Hahn diskutiert in dem rund 1300 Seiten starken Band die unterschiedliche Anwendung und Rezeption des römischen Rechts in verschiedenen deutschen Territorien.

Unter anderem geht er darin auf das Verbot der unbegrenzten Zinsforderung (»ne ultra alterum tantum«) ein und folgert, dass diese Bestimmung des römischen Rechts, da sie eine indifferente Materie betrifft, durch anderes positives Recht, bürgerliches Recht oder Gewohnheitsrecht aufgehoben werden könne. Es sei, so heißt es in den ›Observata theoretico-practica‹, nicht nachweisbar, dass die angeführten römischen Rechtssätze und Regeln überall in Deutschland einheitlich rezipiert worden seien.[55]

Den Weg zurück in die Bibliothek des Vaters fand auch ein Werk der Weltliteratur, von dem bereits im vergangenen Jahr die Rede war:[56] Miguel Cervantes' Roman ›Don Quijote‹. Die 1767 bei Gaspar Fritsch in Leipzig erschienene Edition mit den Kupfertafeln des französischen Malers Charles-Antoine Coypel (1694–1752) und des Leipziger Zeichners und Kupferstechers Johann Michael Stock (1737–1773), bei dem Goethe während seiner Leipziger Studienzeit häufig verkehrte, befand sich nicht mehr im Haus am Hirschgraben, als Goethes Mutter die Bibliothek des Vaters verkaufte. Dagegen fand sich auf der Versteigerungsliste eine Edition, die nach Goethes Weggang aus Frankfurt am Main ins Haus gekommen sein muss, die Ausgabe: *Leben und Thaten des weisen Junkers Don Quixote von Mancha. Neue Ausgabe, aus der Urschrift des Cervantes, nebst der Fortsetzung des Avellaneda. In sechs Bänden von Friedrich Justin Bertuch* (Weimar und Leipzig: Fritsch, 1775–1777). Bei dieser Ausgabe handelt es sich um die erste, vollständig aus dem Spanischen übertragene Ausgabe von Cervantes' Roman. Der Weimarer Verleger und Unternehmer Friedrich Johann Justin Bertuch (1747–1822) übertrug nicht nur das Originalwerk (Bde. 1–4), sondern auch die Fortsetzung eines unter dem Pseudonym Alonso Fernández de Avellaneda schreibenden Autors (Bde. 5–6). Bertuch schuf mit seiner Übertragung die Voraussetzung für eine weite Verbreitung von Cervantes' Roman im deutschsprachigen Mitteleuropa. ›Don Quixote von La Mancha‹ war ein großer Publikumserfolg und zugleich ein gutes Geschäft für den Übersetzer. Wieland, der Bertuch zu der Übertragung angeregt und ermutigt hatte, bemerkte später – wohl auch ein wenig neidisch auf den Freund, der allein mit dem ersten Band der Übersetzung 2000 Taler verdient hatte und sich davon in Weimar ein stattliches Haus bauen konnte: »Sonderbar ists, daß der ehrliche Cervantes, der in seinem undankbaren Vaterlande fast Hungers starb, einem Deutschen, einer Thüringer Heringsnase ein Haus erbauen mußte.«[57]

55 Vgl. Klaus Luig, Conring, das deutsche Recht und die Rechtsgeschichte, in: Hermann Conring (1606–1681). Beiträge zu Leben und Werk, hrsg. von Michael Stolleis, Berlin 1983 (= Historische Forschungen 23), S. 355–395, hier: S. 381 f.

56 Vgl. Jahrb. FDH 2013, S. 368 f.

57 Karl August Böttiger, Literarische Zustände und Zeitgenossen. Begegnungen und Gespräche im klassischen Weimar, hrsg. von Klaus Gerlach und René Sternke, Berlin 1998, S. 192.

Dass Bertuchs Übertragung ein so großer Publikumserfolg werden konnte – und bis ins 20. Jahrhundert hinein die verbreitetste deutsche Übersetzung blieb – verdankt sich auch einer literarischen Leistung Bertuchs. Er erlaubte sich manche Eingriffe, strich Episoden und ganze Kapitel des Romans zugunsten der besseren Lesbarkeit, vereinfachte den Satzbau, arbeitete die komischen Züge der Vorlage schärfer heraus und ›germanisierte‹ die handelnden Personen, so dass Sancho zum »echten sächsischen Bauern« werden konnte.[58] Darüber hinaus bleibt es Bertuchs Verdienst, die spanische Dichtung einem größeren Publikum bekannt gemacht zu haben, nicht zuletzt auch durch das von ihm herausgegebene ›Magazin der spanischen und portugiesischen Literatur‹ (3 Bde., 1780–82). Goethe kam in seiner Weimarer Anfangszeit früh mit Bertuch in Kontakt, der damals herzoglicher Kabinettssekretär war. Dass er Bertuchs Übersetzung zur Kenntnis nahm, kann als sicher gelten, auch wenn Cervantes' ›Don Quijote‹ im Werk Goethes wenig Spuren hinterlassen hat. Der nun für die Bibliothek Johann Caspar Goethes erworbenen Ausgabe fehlen leider das gestochene Cervantes-Porträt im ersten Band sowie die fünf Kupferstiche von Daniel Chodowiecki (1726–1801). Die schönen und anspielungsreichen sechs Kupfervignetten von Georg Melchior Kraus sind dagegen vorhanden. Erst die zweite Auflage der Ausgabe aus dem Jahr 1780 enthält weitere 25 Kupferstiche nach Chodowiecki von Daniel Berger (1744–1824).

In einer viel früher erschienenen, recht seltenen Ausgabe kam Cervantes' Roman in diesem Jahr noch als Geschenk in die Bibliothek: *Miguel de Cervantes Saavedra: Don Quixote von Mancha, Abentheurliche Geschichte. Erster [– Anderer Theil] / [J.R.B.], 2 Bde. mit Illustrationen* (Basel und Franckfurt: Verlegt von Johann Ludwig du Four, von Genff, 1683). Es handelt sich hier um die erste vollständige deutsche Übersetzung von Cervantes' Roman (es fehlen nur, wie meistens, die Widmungen, der Prolog an die Leser und die Gedichte von Cervantes), die jedoch anders als bei Bertuch nicht aus dem spanischen Original, sondern aus einer französischen Ausgabe übertragen wurde. Der Übersetzer bleibt anonym, nur seine Widmung an Ihre Durchlaucht Prinzessin Elisabeth Charlotte, Herzogin von Orléans, Pfalzgräfin bei Rhein, hat er mit seinen Initialen »J.R.B.« unterschrieben (Abb. 17). Wie aus seiner Vorrede hervorgeht, wurde als Vorlage die in Antwerpen 1673 erschienene spanische Ausgabe benutzt. Die Forschung hat diese Selbstangabe des Übersetzers aber in Frage gestellt, denn Analysen ergaben, dass ihm sehr wahrscheinlich die erste vollständige französische Ausgabe von Filleau de Saint-Martin (Paris

58 Don Quijote. Ausgaben in vierhundert Jahren, hrsg. von Biblioteca Nacional / Ministerio de Cultura unter Mitarbeit des Museums für Kunsthandwerk Frankfurt am Main, Madrid und Frankfurt am Main 1991, S. 258.

Abb. 17
Miguel de Cervantes Saavedra, Don Quixote von Mancha, Abentheurliche Geschichte. Anderer Theil, Basel und Franckfurt 1683.

1678) als Vorbild gedient hat.[59] Die Kapitelaufteilung im ersten und zweiten Teil des Buches entsprechen der für die deutsche Rezeption wichtigen französischen Übertragung ebenso, wie die Abweichungen im Schlusskapitel, wo Don Quijote von Krankheit und Wahn geheilt wird. Die Übersetzung gilt als nicht besonders gelungen, doch ist sie annähernd vollständig und enthält zudem eine ansprechende Würdigung des Werkes. »Gegenwärtiges Buch ist viel zu lustig / daß ich den Leser mit einer allzulangen Vorrede aufhalten sollte«, beginnt der Übersetzer seine Ausführungen und weist darauf hin, dass das Werk nicht mit dem Ziel geschrieben sei, ein vollkommener »*Roman*, oder Helden- und Liebes-Geschichte« zu sein: »Wahr ist es / daß unsers Spannischen Heldens posierliche Schwermereyen / und Abentheurliche Kämpff mit windmühlen / Schaafen / Löwen / und dergleichen gäntzlich nach dem Alten

59 Jürgen von Stackelberg, Übersetzungen aus zweiter Hand: Rezeptionsvorgänge in der europäischen Literatur vom 14. bis zum 18. Jahrhundert, Berlin und New York 1984, S. 65.

Romans riechen; Es ist aber zu wissen / daß diese Nachahmung auff nichts anders / als deroselben Verspottung / und Verlachung angesehen ist.« Dennoch sei das Buch kein »Possenreisser«, sondern »inmassen unseres Ritters wahnsinnigen schwencken / und des *Sancho*bosshaftiger Einfalt ungeachtet / so trefliche Reden auß jenes Mund geflossen / so offt es eine andere Sach / als die irrende Ritterschaft betroffen / daß sich billich über seinen Sinnreichen / und aller sachen kündigen Verstand zu verwundern ist«. Offenbar war es die Intention dieser Ausgabe, Cervantes' Roman als »reines Unterhaltungsbuch unter die Leute zu bringen […]. Die Schriftzeichen sind deutsch, die Anfangsbuchstaben eines jeden Kapitels dekoriert, und für die Zäsuren wurden typographische Verzierungen verwendet.«[60] Die Ausgabe enthält 34 Kupferstiche, von denen einige von Francois Diodati stammen. Es sind Kopien von Stichen Boutats, die aus der ersten illustrierten Ausgabe des ›Don Quixote‹ (Dordrecht 1656) stammen. Unsere Ausgabe im zeitgenössischen Pergamentband mit Rotschnitt trägt jeweils auf den Vorsätzen ein schönes Exlibris mit den Initialen »JCR« und einer Krone, das im zweiten Band handschriftlich auf 1807 datiert ist. Neun Kupfer und 13 fehlende Seiten wurden in Photokopie ergänzt und sauber mit eingebunden.

Die bedeutendste Neuerwerbung des Jahres 2014 sieht unscheinbar aus, hat es jedoch in sich. Es handelt sich um die zweibändige Ausgabe eines postum erschienenen Werkes des Physikers und Jenaer Frühromantikers Johann Wilhelm Ritter (1776–1810), der als die »unbestritten herausragendste Persönlichkeit unter den Naturforschern in dieser intellektuell so außerordentlich wirksamen« Kulturperiode im Thüringer Raum gilt.[61] Die Liste seiner Bewunderer ist lang. Novalis, der ihm freundschaftlich verbunden war, schätze ihn und sein Werk in besonderem Maße. Auch Persönlichkeiten wie Goethe, Herder, Alexander von Humboldt, Clemens Brentano waren dem Autodidakten, der ab 1795 in Jena studierte und bereits 1798 mit seiner Schrift ›Beweis, daß ein beständiger Galvanismus den Lebensproceß im Thierreiche begleitet‹ für Furore sorgte, verbunden. Für die Hochstifts-Bibliothek konnte nun Ritters für die Romantik einflussreiches Buch ›Fragmente aus dem Nachlasse eines jungen Physikers: ein Taschenbuch für Freunde der Natur‹ (Heidelberg: Mohr und Zimmer, 1810) in der seltenen Erstausgabe angeschafft werden.

Walter Benjamin hat Ritters Vorrede zu seinem Buch als »bedeutendste Bekenntnisprosa der deutschen Romantik« bezeichnet. In sein Buch ›Deutsche Menschen‹, eine kommentierte Briefsammlung, die Benjamin 1936 im Exil in der Schweiz unter dem Pseudonym ›Detlef Holz‹ herausbrachte, um Nazi-

60 Ebd., S. 254.

61 Klaus Richter, Das Leben des Physikers Johann Wilhelm Ritter. Ein Schicksal in der Zeit der Romantik, Weimar, 2003, S. XI.

Deutschland den Spiegel vorzuhalten und ihm zugleich das Bild eines besseren Deutschlands vor Augen zu stellen, nahm er einen Brief Ritters an den Arzt und Philosophen Franz von Baader auf und schrieb in seiner Vorbemerkung: »Was Ritter und Novalis miteinander verband, ist von der Art, daß dies Wort mehr enthält als eine Rangbestimmung von Ritters Tätigkeit für die Romantisierung der Naturwissenschaften; es zielt zugleich auf die menschliche Haltung, die wohl bei keinem Romantiker vornehmer und gegenwartsfremder zugleich war.«[62]

Aber auch Zeitgenossen zeigten sich tief beeindruckt von dem Physiker und Begründer der Elektrochemie. Ritters Freund Novalis schrieb am 20. Januar 1799 an Caroline Schlegel: »Ritter ist Ritter und wir sind nur Knappen«.[63] Auch Dorothea Schlegel zeigte sich beeindruckt und schrieb an Friedrich Schleiermacher: »Ich kann Ritter mit nichts vergleichen als mit einer elektrischen Feuermaschine, an der man nur die stille Künstlichkeit bewundert und eben nichts gleich wahrnimmt als das klare Wasser. Wer sie aber versteht, bringt auf den leisesten Druck eine schöne Flamme hervor. Übrigens ist er auch, wie der erste Brief der Lucinde, Schelmerei und Andacht und Essen und Gebet, alles durcheinander.«[64] Und Bettine von Arnim bemerkte über Ritters »Geistesnatur«: »nichts von Ordnung darin. Aber ›jeden Nachklang fühlt mein Herz‹ reimt sich auf diese Außerordnung.«[65]

Goethe lernte Ritter im September 1800 kennen, als dieser mit Friedrich Schlegel nach Weimar gekommen war. Schiller berichtet er über dieses Zusammentreffen: »Rittern habe ich gestern bei mir gesehen, es ist eine Erscheinung zum Erstaunen, ein wahrer Wissenshimmel auf Erden.« Und wenig später gesteht er dem Freund, wie sehr er die Poesie verdrängt sehe, »wenn er mit Rittern höhere Physik spreche«.[66] Im Februar 1801 führte Goethe gemeinsam mit Ritter einige »optische Versuche« im Zusammenhang mit seiner Farbenlehre durch und würdigte ihn wärmstens. »Ritter besuchte mich einen Augenblick und hat meine Gedanken auch auf die Farbenlehre geleitet«, schreibt Goethe im Frühjahr 1801 an Schiller, und fährt fort: »Die neuen

62 Deutsche Menschen. Eine Folge von Briefen. Auswahl und Einleitung von Walter Benjamin, in: Walter Benjamin, Gesammelte Schriften, hrsg. von Rolf Tiedemann und Hermann Schwewppenhäuser, 7 Bde., Frankfurt am Main 1974–1989, hier: Bd. 4/1: Kleine Prosa, Beaudelaire-Übertragungen, hrsg. von Tillman Rexroth, 1972, S. 176 f.

63 Ebd.

64 Dorothea Schlegel an Schleiermacher, Brief vom 17. November 1800, in: Aus Schleiermacher's Leben. In Briefen. Zum Druck vorber. von Ludwig Jonas, hrsg. von Wilhelm Dilthey, Bd. 3, Berlin 1861, S. 242.

65 FBA 30, S. 151.

66 Goethe an Schiller, Briefe vom 28. und 30. September1800; FA II 5, S. 77 und 79.

Entdeckungen Herschels welche durch unsern jungen Naturforscher weiter fortgesetzt und ausgedehnt worden schließen sich gar schön an jene Erfahrung an von der ich Ihnen mehrmals gesagt habe.«[67] In seinen ›Tages- und Jahresheften‹ deutet er später aber an, dass es in der Denk- und Arbeitsweise auch Differenzen zwischen dem Augenmenschen Goethe und dem jungen Physiker gab, der sich kundig auf dem Boden der experimentellen physikalischen Forschung bewegte: »Ritter besuchte mich öfters und ob ich gleich in seine Behandlungsweise mich nicht ganz finden konnte, so nahm ich doch gern von ihm auf was er von Erfahrungen überlieferte und was er nach seinen Bestrebungen sich ins Ganze auszubilden getrieben war.«[68] Dass die persönliche Beziehung zwischen beiden später abkühlte, ändert nichts daran, dass Goethe für Ritter hohe Wertschätzung empfand. So interessierte er sich lebhaft für Ritters Wünschelruten- und Pendelexperimente, die auch Spuren in seinem dichterischen Werk, in den ›Wahlverwandtschaften‹, hinterlassen haben.

Mit seinen Studien und Experimenten suchte Ritter nach der ›Urformel‹, der er sich zu nähern glaubte, also jene ›Weltformel‹, die zeigt, dass eine einzige Natur existiert, der alle Phänomene entspringen.[69] Seinem Freund, dem Naturforscher Hans Christian Ørsted, schrieb Ritter über seine Forschungen: »Ich habe sie aber, wie Goethe seinen Faust, in einen Sack gebunden, den ich mich fürchte aufzumachen. Sie ist das absolute Fatum.«[70] Doch der endgültige experimentelle Nachweis wollte ihm nicht gelingen, die Einheit aller Naturphänomene wollte im Experiment nicht erscheinen.

1806 ging Ritter nach München, wo er eine erste feste Anstellung erhielt. Seine Antrittsrede an der Münchner Akademie überschrieb er ›Physik als Kunst‹ und formulierte darin sein Ziel, das er – gemeinsam mit den Romantikern – zu erreichen suchte: Physik, Kunst und Geschichte sollten als eine höhere Einheit erfasst werden können. Seine ›Fragmente‹, denen von Novalis und Schlegel ebenbürtig, versuchen eben dies zur Sprache zu bringen. »Auf den Menschen reimt sich die ganze Natur«, lautet das 670. Fragment und erinnert an die Idee der »Universalpoesie«. In seiner Vorrede zu den ›Fragmenten aus dem Nachlasse eines jungen Physikers‹ nennt Ritter zwei Männer, denen er »unendlich viel zu danken habe«: einer ist Herder, der andere Novalis. Dieser sei ihm »wie ein alter Bekannter« gewesen, »der Alles um einen

67 Goethe an Schiller, Brief vom 3./4. April 1801; ebd., S. 140.

68 FA I 17, S. 73.

69 Vgl. Jürgen Daiber, Die Suche nach der Urformel: Zur Verbindung von romantischer Naturforschung und Dichtung, in: Aurora 60 (2000), S. 75–103.

70 Briefe von Johann Wilhelm Ritter an H.C. Oersted, in: Correspondance de H.C. Oersted avec divers savants, hrsg. von M.C. Harding, Bd. 2, Kopenhagen 1920, S. 120.

wüßte«.[71] Die ›Zueignung‹ von Novalis' Roman ›Heinrich von Ofterdingen‹ hat Ritter gern auf sich bezogen, vor allem den Beginn, wo es heißt: »Du hast in mir den edlen Trieb erregt / tief ins Gemüt der weiten Welt zu schauen.«[72] Auf das, was die Welt im Innersten zusammenhält, blickt zu allererst der Physiker, dessen Kunst die vollendetste von allen ist. Was die Künste, jede auf ihre Weise, vermögen, die Rückerinnerung an die Einheit von Natur und Kunst, vollendet für Ritter die Physik als Lehrmeisterin des Lebens. »Jeder Punkt im Universum ist eine Natur en miniature, nur hat der Künstler in jedem das Original von einer anderen Seite copirt«, lautet eines der Fragmente (S. 128). Die insgesamt 700 Fragmente des Buches, das in fünfzehn Abteilungen unterteilt ist, wollen gerade dies zeigen, doch diesmal nicht in einem analytischen Versuchsaufbau, sondern kühn und anarchisch. »Kein einziges war mit dem Gedanken an den einstigen Druck geschrieben«, ließ Ritter 1809 Ørsted wissen, »wodurch sie zu einer Ehrlichkeit, Naivität und oft Kühnheit gekommen, die ihnen einen eigenen Reiz lassen werden«.[73]

So entdeckt Ritter im umfangreichen ›Anhang‹ seines Buchs als Ergänzung zur Klangfigur die Lichtfigur, die Feuerschrift. »Die Welt, soweit sie sichtbar ist und werden kann, ist dieser Buchstabe, diese Schrift. Das Wort schreibt, der Buchstabe tont; beydes in seiner Unzertrennbarkeit ist das Seyn, das Bewußtseyn, das *Leben* – so herauf bis zum Gott. Schrift, Wort, Licht und Bewußtseyn fallen in Eins. Das Auge, der Sinn für Schrift, die nur am und durch den Ton erkannt werden kann. Der Ton selbst aber ist *Licht* das ohnehin einem anderen Sinne, als dem Auge, gehören mußte weil das Auge das Licht *nicht* sieht, sondern nur vermittels des Lichts = Tons.« (S. 242) Hier ist wieder an Walter Benjamin zu erinnern, der in seiner Habilitationsschrift ›Ursprung des deutschen Trauerspiels‹ (1925) eben auf jene »Darlegung des genialen Johann Wilhelm Ritter« verweist und dabei eine Stelle aus den ›Fragmenten‹ zitiert, um von der Auseinandersetzung mit Sprache, Musik und Schrift zu berichten, die Ritter anhand eines Versuchs mit Chladnischen Klangfiguren entwickelt hatte. Benjamin schreibt dazu: »Mit dieser Ausführung schließt die virtuelle romantische Theorie der Allegorie gleichsam fragend ab. Und jede Antwort hätte diese Rittersche Divination unter die ihr gemäßen Begriffe zu bringen; Laut- und Schriftsprache, wie auch immer einander zu nähern, so doch nicht anders als dialektisch, als Thesis und Synthesis, zu identifizieren, jenem anti-

71 Johann Wilhelm Ritter, Fragmente aus dem Nachlasse eines jungen Physikers: ein Taschenbuch für Freunde der Natur, Heidelberg 1810, S. XVI f. (künftig der Nachweis mit Angabe der Seitenzahl im Text).

72 Novalis, Schriften. Die Werke Friedrich von Hardenbergs, hrsg. von Richard Samuel in Zusammenarbeit mit Hans-Joachim Mähl und Gerhard Schulz, Bd. 1, Stuttgart u. a. [3]1977, S. 193.

73 Briefe von Johann Wilhelm Ritter an H. C. Oersted (Anm. 70), Bd. 2, S. 228 f.

thetischen Mittelgliede der Musik, der letzten Sprache aller Menschen nach dem Turmbau, die ihr gebührende zentrale Stelle der Antithesis zu sichern und wie aus ihr, nicht aber aus dem Sprachlaut unmittelbar, die Schrift erwächst, zu erforschen. Aufgaben, die weit über das Bereich romantischer Intuitionen wie auch untheologischen Philosophierens hinausliegen.«[74] Friedrich Schlegels »Erörterungen der Allegorie« im ›Gespräch über die Poesie‹ erreiche nicht »die Tiefe der Ritterschen Ausführung«.

Bei aller Tiefe und Weite der Ritterschen Gedankenfragmente, behielt er die Grenze allen menschlichen Strebens, den Tod, immer im Blick. »Ist das Leben ein Traum, in welchem ich mir des vorhergehenden nicht mehr bewußt bin, mir dessen aber mit dem Erwachen, (im Tode) von neuem bewußt werde? – So könnte ich allerdings von Ewigkeit her seyn« (S. 170), heißt es im 578. Fragment. Als er am 23. Januar 1810 nach langer Krankheit stirbt, ist er gerade einmal 33 Jahre alt. »Er hat uns eine unauslöschliche Sehnsucht zurückgelassen«, schreibt Friedrich August Heinrich von Schlichtegroll, der Generalsekretär der Münchner Akademie.[75] Das letzte ›Fragment‹ des Buches lautet: »Unsre irdische Hülle ist nur eine Anmerkung, die der Schöpfer zum geistigen Text gemacht hat. Man liest sie zuletzt, überschlägt sie auch wohl« (S. 221).

Zu den Goetheana, die 2014 für den Altbestand angeschafft werden konnten, gehört eine schön eingebundene illustrierte englische Ausgabe von Goethes ›Reinecke Fuchs‹: Johann Wolfgang von Goethe: *Reynard the fox / after the German version of Goethe by Thomas James Arnold. With ill. by Joseph Wolf* (London: Nattaliand Bond, 1855; Abb. 18). Die Illustrationen von Joseph Wolf wurden bei William Pickering in London gedruckt. Der hübsche Lederband enthält neben den 13 Kupferstichen auch arabeske Zierleisten an den Kapitelanfängen und zwei Titelseiten, von denen eine mit einer auf 1853 datierten illustrierten Randarabeske mit Zeichnungen aus dem Leben des ›Reineke Fuchs‹ geschmückt ist und eine andere 1855 in Rot und Schwarz gedruckt ist. Der Übersetzer Thomas James Arnold (1804–1877) hat neben dem ›Reineke Fuchs‹, auch Goethes ›Faust‹ ins Englische übertragen. Während seine Version des ›Reineke Fuchs‹ viel Beachtung fand, erschien die ›Faust‹-Übersetzung in einer aufwendigen Folio-Edition als Beigabe zu einem Band mit Illustrationen und blieb daher weitgehend unbekannt.

Interessanter als die Übersetzung sind die Illustrationen des deutschstämmigen Tiermalers Joseph Wolf (1820–1899), der 1848 nach London gegangen war und dort zum bedeutendsten Tiermaler des 19. Jahrhunderts wurde. Durch Ver-

74 Walter Benjamin, Ursprung des deutschen Trauerspiels, in: ders., Gesammelte Schriften (Anm. 62), Bd. 1/1: Abhandlungen, hrsg. von Rolf Tiedemann und Hermann Schweppenhäuser, 1974, S. 388.

75 Richter, Johann Wilhelm Ritter (Anm. 61), S. 156.

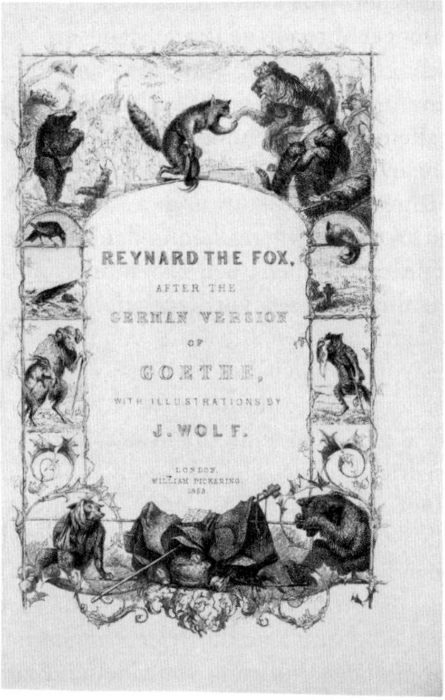

Abb. 18
Reynard the fox, after the German version of Goethe, with illustrations by J. Wolf, London 1855.

mittlung des Frankfurter Forschungsreisenden Eduard Rüppel (1794–1884) war Wolf 1840 zu Johann Jacob Kaup (1803–1873) an das Großherzogliche Naturalienkabinett in Darmstadt gekommen. Kaup förderte das außergewöhnliche Talent des jungen Künstlers und empfahl ihn seinem Kollegen Hermann Schlegel (1804–1884) in Leiden und John Gould (1804–1881) in London als Illustrator. Aus London erhielt Wolf 1848 ein Angebot, am Britischen Museum, dem heutigen Natural History Museum, zu arbeiten. Die Hauptstadt des britischen Empire war damals das Mekka der Naturkunde. Hier gab es nicht nur einen zoologischen Garten, in dem Wolf nach Herzenslust exotische Tiere beobachten konnte, sondern auch reiche Bürger, die Tiergemälde in Auftrag gaben. Von der Zoological Society of London erhielt er den Auftrag, Bilder von neuen Zootieren anzufertigen. So stammt das erste Porträt eines Gorillas von ihm. Zu seinen Aufgaben gehörte es auch, die wissenschaftlichen Publikationen der Zoologischen Gesellschaft zu illustrieren. Seine Aquarelle und

Lithographien machten Joseph Wolf bald zum begehrtesten Illustrator aller englischen Naturforscher. Mit seinen malerischen und lithographischen Fähigkeiten hat Wolf nach Überzeugung von Fachleuten eine Wende in der Tiermalerei herbeigeführt. Dass er sich aber auch Fabelwesen und literarischen Tieren wie Goethes ›Reineke Fuchs‹ annahm, belegt der neu erworbene Band.

Ganz besonders herzlich dankt die Bibliothek an dieser Stelle noch einmal Frau Amanda Kress, die mit der Einrichtung der ›Erich und Amanda Kress-Stiftung‹ den Erwerb aller Titel für die Bibliothek Johann Caspar Goethes ermöglichte. Aber auch allen anderen Spendern gilt unser aufrichtiger Dank:

Deutsche Bundesbank, Frankfurt am Main; Gemeinnützige Kulturfonds Frankfurt RheinMain GmbH; Goethe-Gesellschaft Siegburg e.V.; Ortsvereinigung Hamburg der Goethe-Gesellschaft in Weimar e.V.; Michael Imhof Verlag GmbH & Co. KG, Petersberg; Institut für Geschichte der Arabisch-Islamischen Welt an der Johann Wolfgang Goethe-Universität Frankfurt am Main; Jung und Jung, Salzburg; Novalis-Stiftung, Arnstein; R & V Verlag, Saarbrücken; Salzburger Festspiele, Salzburg; Verlag SCHNELL Peter Salmann, Warendorf; Universitätsarchiv Frankfurt, Johann Wolfgang Goethe-Universität Frankfurt am Main.

Dietlind Arnold; Thomas Bauer; Gert und Margrit Becker; Klaus Berge; Dr. Vera Bloemer; Prof. Heiner Boehncke, Prof. Dr. Anne Bohnenkamp-Renken; Prof. Dr. Gottfried Brieger; Prof. Dr. Dr. h.c. Dieter Biehl; Prof. Dr. Wolfgang Bunzel; Paul Däublin; Dr. Petra Dollinger; Dr. Clemens Engling; Dr. Ingo Fessmann; Dr. Dörte Folkers; Gernot Gabel; Prof. Dr. Klaus Garber; Dr. Peter Goßens; Manfred Grüter; Hans Grüters; Dr. Bernd Heidenreich; Hartmut Heinze; Dr. Katrin Henzel; Dr. Konrad Heumann; Doris Hopp; Dr. Michael Imhof; Prof. Dr. Soichiro Itoda; Herbert Kalbitz; Dr. Katja Kaluga; Eva Kampmann-Carossa; Dr. Michael Maaser; Gottfried Mader; Adelheid und Günter Markert; Prof. Dr. Werner Meißner; Stefan Metzger; Friedrich von Metzler; Dr. Renate Moering; Michael Mohr; Prof. Dr. Hellmut Oelert; Prof. Dr. Dr.-Ing. e.h. Heribert Offermanns; Prof. Dr. Christoph Perels; Prof. Dr. Bodo Plachta; Olga Poluetkova; Lutz H. Prüfer; Jozef de Raedemaeker; Frau Rautenberg; Dr. Thomas Regehly; Prof. Dr. Ursula Regener; Prof. Dr. Klaus Reichert; Prof. Dr. Luigi Reitani; Prof. Dr. Klaus Richter; Isolde Rosenthal; Sibylle M. Sannazzaro-Schäfer; Christiane Schaper; Eleonore Schönmaier; Dr. Doris Schumacher; Prof. Dr. Gerhard Schuster; Dr. Joachim Seng, Richard Speich; Dr. Gerd Spitzer; Ute Stöhr; Renate Strobel; Michael Trapp; Prof. Leonardo Di Vasto; Peter Vogt; Dr. Einhard Weber; Silke Weber; Dr. Jörg Ernst Weigand; Petra Wilhelmy-Dollinger; Konstanze Zinnecker-Mallmann.

Joachim Seng

Verwaltungsbericht

Die *Mitgliederversammlung* fand am 16. Juni 2014 statt. Sie erteilte dem Verwaltungsausschuss aufgrund der vorgelegten Bilanz sowie der Gewinn- und Verlustrechnung Entlastung. Für eine weitere Amtszeit von vier Jahren im Verwaltungsausschuss wurden Herr Münch, Herr Prof. Reichert und Herr Thürwächter wiedergewählt. Neu in das Gremium wurden Frau Prof. Dr. Fassbender, Frau Dr. Haid und Herr Dr. Haverkampf gewählt.

Dem *Verwaltungsausschuss* gehörten am 31. Dezember 2014 an:

Prof. Dr. Matthias Lutz-Bachmann, Vizepräsident der Johann Wolfgang Goethe-Universität

Dr. Burkhard Bastuck, Rechtsanwalt Kanzlei Freshfields Bruckhaus Deringer

Carl-L. von Boehm-Bezing, ehemaliges Mitglied des Vorstandes der Deutschen Bank AG

Prof. Dr. Heinrich Detering, Professor an der Georg-August-Universität Göttingen und Präsident der Deutschen Akademie für Sprache und Dichtung

Dr. Andreas Dietzel, Rechtsanwalt, Partner von Clifford Chance Partnergesellschaft

Prof. Dr. Andreas Fahrmeir, Professor an der Goethe-Universität Frankfurt am Main

Prof. Dr. Hedwig Fassbender, Dozentin an der Hochschule für Musik und Darstellende Kunst, Frankfurt am Main

Dr. Dieter Graumann, ehem. Präsident des Zentralrates der Juden in Deutschland

Dr. Gabriele C. Haid, ehem. Leiterin der Geschäftsstelle der ›Freunde der Alten Oper‹ und Mitglied im Vorstand des Freundeskreises

Dr. Helmut Häuser, Rechtsanwalt und Notar, Kanzlei Cahn, Häuser und Partner

Dr. Hans Haverkampf, ehemaliger Baudezernent der Stadt Frankfurt am Main

Hannes Hintermeier, Redakteur der ›Frankfurter Allgemeinen Zeitung‹

Prof. Dr. Dr. h.c. Rolf Krebs, ehem. Sprecher der Unternehmensleitung Boehringer Ingelheim

Dr. Bernd Kummer, Rechtsanwalt und Regierungspräsident a.D.

Prof. Dr. Gerhard Kurz, em. Professor an der Justus-Liebig-Universität Gießen

Prof. Christoph Mäckler, Architekt (ruhende Mitgliedschaft)

Friedrich von Metzler, Mitinhaber des Bankhauses B. Metzler seel. Sohn & Co. KGaA

Martin Mosebach, Schriftsteller

Michael Münch, Mitglied des Vorstandes der Deutschen Bank Stiftung

Prof. Dr. Klaus Reichert, em. Professor an der Goethe-Universität, Frankfurt am Main
Dr. Helmut Reitze, Intendant des Hessischen Rundfunks
Monika Schoeller, Geschäftsführende Gesellschafterin der S. Fischer Verlags GmbH
Dr. Klaus-Dieter Stephan, Rechtsanwalt, Kanzlei Hengeler & Müller
Dipl.-Ing. Anselm Thürwächter, Architekt
Dr. Rüdiger Volhard, Rechtsanwalt und Notar, Kanzlei Clifford Chance Partnergesellschaft

Vertreter der Bundesregierung:

Ministerialrat Dr. Stefan Schmitt-Hüttebräuker

Vertreter des Landes Hessen:

Staatssekretär Ingmar Jung
Regierungsoberrätin Anja Steinhofer-Adam

Vertreter der Stadt Frankfurt am Main:

Prof. Dr. Felix Semmelroth, Kulturdezernent

Vertreter der Stadtverordnetenversammlung der Stadt Frankfurt am Main:

Dr. Thomas Dürbeck
Sebastian Popp

Vorsitzender:

Carl-L. von Boehm-Bezing

Stellvertretender Vorsitzender:

Prof. Dr. Gerhard Kurz

Schatzmeister:

Dr. Helmut Häuser

Stellvertretender Schatzmeister:

Friedrich von Metzler

Dem *Wissenschaftlichen Beirat* gehörten am 31. Dezember 2014 an:

Prof. Dr. Jeremy Adler, King's College London
Prof. Dr. Gottfried Boehm, Universität Basel
Prof. Dr. Nicholas Boyle, Magdalene College Cambridge
Prof. Dr. Konrad Feilchenfeldt, Ludwig-Maximilians-Universität München
Prof. Dr. Almuth Grésillon, Institut des Textes et Manuscrits Modernes, Paris
Prof. Dr. Fotis Jannidis, Julius-Maximilians-Universität Würzburg
Prof. Dr. Gerhard Kurz, Justus-Liebig-Universität Gießen
Prof. Dr. Klaus Reichert, Goethe-Universität Frankfurt am Main
Prof. Dr. Luigi Reitani, Università degli Studi di Udine

Im Jahr 2014 waren im Hochstift tätig:

Prof. Dr. Anne Bohnenkamp-Renken	Direktorin
Heike Fritsch	Direktionssekretariat
Beatrix Humpert M.A.	Veranstaltungen und Öffentlichkeitsarbeit
Kristina Faber M.A.	Spendenkampagne Deutsches Romantik-Museum
Dr. Doris Schumacher	Museumspädagogin (Kulturvermittlung)
Emek Sarigül[1]	Stipendiatin der Stiftung Polytechnische Gesellschaft
Charlotte Köhler	studentische Hilfskraft

Verwaltung

Christian Alberth	Verwaltungsleiter
Sonja Wagner	Personalsachbearbeiterin
Christina Sternitzke	Buchhalterin
Carla Schröder	Verwaltungsangestellte (Einkauf/Verkauf)
Sigurd Wegner	Verwaltungsangestellter (EDV-Betreuung)
Andreas Crass	Haus-/Museumstechniker
Martin Hoffmann[2]	Haustechniker
Gloria Simon Lopez	Volontärin
Ksenia Gorbunova[1]	studentische Hilfskraft
Hans-Jürgen Emmrich	Empfang, Kasse, Museumsladen
Martina Falkenau	Empfang, Telefonzentrale
Alemseged Gessese	Empfang, Kasse, Museumsladen
Martha Gorachek-Acikgöz	Hausreinigung
Mirsada Mosenthin	Hausreinigung

1 Diese Mitarbeiter wurden zu Beginn oder im Lauf des Jahres 2014 neu eingestellt.
2 Diese Mitarbeiter schieden im Lauf oder am Ende des Jahres 2014 aus.

Handschriften-Abteilung

Dr. Konrad Heumann	Leiter der Abteilung
Bettina Zimmermann M.A.	Mitarbeiterin der Abteilung
Marie Vorländer	studentische Hilfskraft

Bibliothek

Dr. Joachim Seng	Leiter der Abteilung
Nora Schwarz	Diplombibliothekarin
Karin Zinn	Bibliotheksassistentin
Waltraud Grabe	Restauratorin und Buchbindemeisterin
Brita Werner	Buchbinderin

Goethe-Haus, Goethe-Museum, Kunstsammlung

Dr. Petra Maisak	Leiterin der Abteilung
Kristina Kandler M.A.[2]	Fotoarchiv
Andreas Wehrheim M.A.[1]	Fotoarchiv
Dr. Nina Sonntag	Volontärin
Annina Schubert M.A.[2]	wissenschaftliche Hilfskraft
Reinhard Düringer	Museumstechniker
Slobodan Adanski	Museumsaufseher
Babett Frank	Museumsaufseherin
Reiner Krausch	Museumsaufseher
Ernst-Jürgen Leinert	Fremdenführer
Vojislava Mitula	Museumsaufseherin
Uwe Staaf	Museumsaufseher
Christina Szilly	Fremdenführerin
Thomas Thörle	Museumsaufseher
Kristin Wöckel	Fremdenführerin
Katharina Lehnert-Raabe[2]	Fremdenführerin
Katharina Lücke[1]	Fremdenführerin
Dorothea Wolkenhauer[1]	Fremdenführerin

Wissenschaftliche Redaktion

Dr. Dietmar Pravida	wissenschaftlicher Mitarbeiter

Redaktion der Hugo von Hofmannsthal-Ausgabe

Dr. Katja Kaluga	wissenschaftliche Mitarbeiterin
Dr. Klaus-Dieter Krabiel	freier Mitarbeiter
Sanja Methner[2]	studentische Hilfskraft

Redaktion der Brentano-Ausgabe

Prof. Dr. Wolfgang Bunzel	Leiter der Abteilung
Dr. Michael Grus[3]	wissenschaftlicher Mitarbeiter
Dr. Cornelia Ilbrig[3]	wissenschaftliche Mitarbeiterin
Dr. Holger Schwinn[3]	wissenschaftlicher Mitarbeiter
Stefanie Konzelmann M.A.[2,3]	wissenschaftliche Hilfskraft
Silke Weber M.A.[1,3]	wissenschaftliche Hilfskraft
Stefanie Buschmann[2]	studentische Hilfskraft
Irmgard Kroll[1,2,3]	studentische Hilfskraft
Franziska Mader	studentische Hilfskraft
Katharina Ritter[1,3]	studentische Hilfskraft

Redaktion der Faust-Ausgabe

Dr. Gerrit Brüning	wissenschaftlicher Mitarbeiter
Dr. Dietmar Pravida[3]	wissenschaftlicher Mitarbeiter
Katharina Ritter[2,3]	studentische Hilfskraft
Anna Sievert[2,3]	studentische Hilfskraft

Diachronic Markup

Christoph Leijser[1,3]	wissenschaftlicher Mitarbeiter

LOEWE-Projekt Faust-Illustrationen

Michael Freiberg M.A.[2]	wissenschaftlicher Mitarbeiter
Susanne Zeunert M.A.[1,2]	wissenschaftliche Mitarbeiterin
Melanie Blaschko[1,2]	studentische Hilfskraft
Anna Eschbach[2]	studentische Hilfskraft
Anika Kindervater[1,2]	studentische Hilfskraft

Daneben waren im Laufe des Jahres 2014 folgende Mitarbeiter für den Führungs- und Aufsichtsdienst an Wochenenden, Feiertagen, Abendveranstaltungen und zur Vertretung bei Urlaub und Krankheit tätig: Suzanne Bohn, Daniel Fehrmann, Tina Hauff, Dunja Henker, Anna Hofmann, Christian Körner, Siegfried Körner, Monika Krusch, Katharina Leifgen, Thorsten Lessing, Carolin Mauritz, Peter Metz, Danijela Mihajlovic, Gabrijela Mihajlovic, Sandra Niedermaier, Christopher Rüther, Radojka Savic, Elisabeth Scherzberg, Silke Weber.

3 Diese Mitarbeiter wurden aus Mitteln der Deutschen Forschungsgemeinschaft finanziert.

Als Praktikanten waren im Jahr 2014 beschäftigt: Ksenia Gorbunova in der Faust-Abteilung und Irmgard Kroll B.A. in der Brentano-Abteilung.

Die Verwaltung hat zu Beginn des Jahres 2014 fristgerecht die Sepa-Reform umgesetzt und den Zahlungsverkehr entsprechend angepasst. Zu Ende des Jahres wurde eine neue Telefonanlage gekauft und eingerichtet. In der zweiten Jahreshälfte war die Verwaltung verstärkt in die Planung des Deutschen Romantikmuseums eingebunden, vor allem für die Haustechnik und die Raumplanung im Kassenbereich.

Vor allem für Forschungsprojekte, Ausstellungen und die Ankäufe wertvoller Handschriften, Bücher und Gemälde wurden im Jahr 2014 umfangreiche Drittmittel eingeworben und abgerechnet. Unter den Gebern seien besonders genannt: die Deutsche Forschungsgemeinschaft, die Kulturstiftung der Länder, die Hessische Kulturstiftung, das Hessische Ministerium für Wissenschaft und Kunst, das Kulturamt Frankfurt am Main, der Kulturfonds Rhein-Main, die Arbeitsgemeinschaft literarischer Gesellschaften (ALG), die Arbeitsgemeinschaft selbständiger Kulturinstitute (AsKI), die S. Fischer-Stiftung, die Stiftung Polytechnische Gesellschaft, die Botschaft der Niederlande, die Fazit-Stiftung, der Effi Biedrzynski-Fonds, die Sparkassen-Kulturstiftung, die Fritz Thyssen-Stiftung.

Christian Alberth

Peter Boerner
(1926–2015)

Peter Boerner, seit vielen Jahrzehnten ein Freund und Mitglied des Freien Deutschen Hochstifts und der Frankfurter Goethe-Stätten, ist am 12. Juni 2015 in Bloomington, Indiana, gestorben. Mit ihm verliert das Hochstift einen treuen Freund und einen großzügigen Gönner. Erst vor wenigen Jahren schenkte er der Bibliothek einen großen Bestand an Literatur zu Goethe und dessen Zeit, in diesem Jahr stiftete er noch eine große Anzahl von Goetheana für Bibliothek und Graphische Sammlung, darunter einige Stücke, die er bewusst mit Blick auf das Deutsche Romantik Museum nach Frankfurt gab.

Seit seiner Schulzeit, aber vor allem mit Beginn des Studiums 1946 in Frankfurt am Main bei Ernst Beutler, war Peter Boerner mit dem Frankfurter Goethe-Haus eng verbunden. »In Seminaren Ernst Beutlers öffnete sich mir die Welt Goethes«, erinnerte er sich später und war zwischen 1947 und 1951 ›Senior‹ in dessen Goethe-Seminaren. Er sollte der einzige Student sein, den Beutler als Doktorand annahm, und der seine Promotion 1954 mit einer Arbeit über ›Goethes Tagebuch der Jahre 1776 bis 1782. Mit einem Rückblick auf die Entwicklung des Tagebuchs vor Goethe‹ abschloss. Schon vorher hatte ihn Beutler zum Mitarbeiter der Goethe-Gedenkausgabe gemacht, die im Artemis-Verlag in Zürich erschien. Vier der wichtigen Register stammen von ihm, und wer weiß, wieviel Arbeit in einem guten Register steckt, wird Beutlers Begeisterung verstehen, als er dem Studenten im Januar 1951 schrieb: »Ihr Register ist der Kommentar. […] Boerner ist mehr als Goethe.« Kurz darauf, im Jahr 1952, wurde dem jungen Studenten die Herausgabe des Goethe-Kalenders anvertraut, der seit 1949 ebenfalls im Artemis-Verlag herauskam. So wurde Boerner zwischen 1951 und 1963 zu Goethes ›Kalendermann‹, wie er sich später gerne scherzhaft bezeichnete, und versah den unter den Mitgliedern des Hochstifts beliebten Kalender ›Mit Goethe durch das Jahr‹.

Wie sehr Beutler Boerners Arbeit schätzte, belegt ein Brief an den bekannten Germanisten Victor Lange, damals Professor an der Cornell University. Im Juni 1954 schrieb Beutler an den Kollegen: »Wenn Sie irgend hören, daß ein College oder eine University einen Instructer sucht, denken Sie bitte an Herrn Dr. Boerner. Er ist der einzige Student, den ich zum Doktor bei mir zugelassen habe, ein durchaus zuverlässiger Charakter, fleißig, gescheit, gewandt und treu. Er will nach Amerika, weil ihm Deutschland zu eng ist. Ich würde gern sehen, daß ihm geholfen würde.«

Nach einem Fellowship am Europa-Kolleg in Brügge, wurde Boerner 1955 zum ersten Kustos des neu gegründeten Goethe-Museums in Düsseldorf. Sein Vorgesetzter war Hellmuth von Maltzahn, ein ehemaliger Mitarbeiter des Frankfurter Goethe-Museums. Gerne berichtete er davon, wie er dort in der Anfangszeit die vielen einzigartigen Memorabilia zu Goethes Leben und Werk der Sammlung Kippenberg auspackte und inventarisierte.

Bereits während seiner Düsseldorfer Zeit hatte sich Boerner für das deutsche Studienzentrum der Stanford University um junge Amerikaner gekümmert und Verbindungen zu Universitäten in den USA geknüpft. Dort lernte er auch seine spätere Frau Nancy kennen. Boerners amerikanische Karriere begann 1961 als Assistant and Associate Professor of German an der University of Wisconsin in Madison. Es folgten Lehrtätigkeiten an der State University of New York, an der University of Michigan in Ann Arbor und schließlich an der Indiana University in Bloomington, wo er seit 1971 bis zu seiner Emeritierung 1994 als Professor für Comparative Literature lehrte.

Peter Boerner blieb – wie sein Vorbild Ernst Beutler – ein Leben lang dem Dienst an Goethe verpflichtet; und wahrscheinlich lag es ihm in den Genen, denn er war ein Nachfahre von Wilhelmine Schwenke, der langjährigen Dienerin und Gefährtin Caroline von Wolzogens, der Schwägerin Friedrich Schillers. Zwischen 1961 und 1963 gab er auf Anregung von Heinz Friedrich im Deutschen Taschenbuchverlag eine 45-bändige Goethe-Gesamtausgabe heraus, die Goethes Werk auch für Studenten erschwinglich machte. Zur gleichen Zeit erschien in Zürich der »Kleine Artemis Goethe«, eine auf 10 Bände reduzierte Gesamtausgabe, welche die große Ausgabe seines Lehrers neu und komprimiert vorlegte und durch die Lizenzausgaben der deutschen Buchgemeinschaften in viele Hände brachte. Im Jahr 1964 erschien dann als zweiter Ergänzungsband der Goethe-Gedenkausgabe sein Band mit Goethes Tagebüchern, der den Textteil der Ausgabe abschloss.

Im gleichen Jahr erschien Boerners größter Bucherfolg. Als 100. Band kam 1964 in der berühmten Reihe von Rowohlts Monographien seine Goethe-Biographie heraus, die fortan vielen Schülern und Studenten den Einstieg in Goethes Leben und Werk ermöglichte und erleichterte. Seit 1999 liegt das Büchlein in einer überarbeiteten Neuausgabe vor und erreichte bis 2012 insgesamt 43 Auflagen. Die Goethe-Biographie des Komparatisten und Weltbürgers Peter Boerner ist in viele Sprachen übersetzt worden, nicht nur ins Englische, sondern auch ins Chinesische, Japanische, Koreanische oder ins Dänische. Besonders stolz war der 1926 in Tartu (Dorpat) geborene, auf die Übertragung ins Estnische, die 2007 erschien. »Lieber Herr Boerner. Sie sind doch die einzig wahre, zuverlässig gearbeitete, niemals versiegende Quelle alles Wissens über Goethe«, schrieb ihm einst Ernst Beutler. Nun ist Peter Boerner gestorben, aber die Quelle ist nicht versiegt: das Wissen über Goethe sprudelt weiterhin, für jeden, der sein Goethe-Buch liest.

Joachim Seng

Dank

Über die institutionelle Förderung durch die Bundesrepublik Deutschland, das Land Hessen und die Stadt Frankfurt und die vorstehend erwähnten Drittmittel hinaus erhielt das Freie Deutsche Hochstift auch großzügige und wichtige Unterstützung von Freunden und Förderern. Besonders genannt seien hier:

Herr Gert Becker
Dr. Bodo Sponholz-Stiftung
Frau Prof. Anne Bohnenkamp-Renken
Herr Carl-L. von Boehm-Bezing
Clifford Chance
Deutsche Bank AG
Frau Heike Fritsch
Herr Dr. Volker Güldener
Generalkonsulat der Islamischen Republik Iran
Frau Dr. Eva Kampmann-Carossa
Erich und Amanda Kress-Stiftung
Herr Prof. Rolf Krebs
Frau Erika Lympius
Herr Friedrich von Metzler
Stiftung Michael Hauck
PWC Wirtschaftsprüfungsgesellschaft AG
Herr Dr. Klaus-Dieter Stephan
Herr Dr. Rüdiger Volhard
Herr Peter Voss-Andreae

HESSEN

Stadt Frankfurt am Main

Die Beauftragte der Bundesregierung
für Kultur und Medien

Adressen der Verfasser

Dr. Reinhold Grünendahl, Fachreferat Süd- und Südostasiatische Philologien, Niedersächsische Staats- und Universitätsbibliothek, 37070 Göttingen

Dr. Hans Wernher von Kittlitz, Alexanderstraße 44, 60489 Frankfurt am Main

Dr. Petra Maisak, Freies Deutsches Hochstift – Frankfurter Goethehaus, Großer Hirschgraben 23–25, 60311 Frankfurt am Main

Dr. Hermann Patsch, Johann-von-Werth-Straße 5, 80639 München

Dr. Dietmar Pravida, Freies Deutsches Hochstift – Frankfurter Goethehaus, Großer Hirschgraben 23–25, 60311 Frankfurt am Main

Prof. Dr. Luigi Reitani, Istituto Italiano di Cultura, Hildebrandstraße 2, 10785 Berlin